Orbis

Buch

Lorna Barnett, die eigensinnige und selbstbewußte Tochter eines reichen Minenbesitzers, mußte schon immer mit ihrem hübschen Kopf durch die Wand.

Und sie weiß genau, daß es alles andere als standesgemäß ist, wenn sie sich Hals über Kopf in Jens Harken verliebt, einen jungen Norweger, der im Haus ihrer Eltern angestellt ist. In den heißen Sommermonaten, die die Familie auf dem Feriensitz in White Bear Lake, Minnesota, verbringt, geraten die beiden immer tiefer in eine leidenschaftliche Liebesaffäre. Heimliche Rendezvous, gestohlene Momente der Zärtlichkeit – es wird ein Spiel mit dem Feuer. Und Lorna ahnt, daß sie es diesmal wohl nicht schaffen wird, sich gegen ihren tyrannischen Vater durchzusetzen. Denn er ist mindestens so dickköpfig wie sie....

Autorin

Mit wachsendem Erfolg schreibt LaVyrle Spencer sowohl zeitgenössische als auch historische Liebesromane. Seit ihrem Hardcover-Debüt 1988 hat sich ihre begeisterte Leserschaft in den USA mehr als verdreifacht, und mit jedem neuen Roman gelingt ihr eine höhere Plazierung auf der New-York-Times-Bestsellerliste. LaVyrle Spencer lebt mit ihrem Ehemann Dan in Stillwater, Minnesota.

LaVyrle Spencer

Wildnis des Herzens

Roman

Aus dem amerikanischen Englisch
von Kirsten Spieldiener

Orbis Verlag

Die Originalausgabe erschien unter dem Titel
»November of the Heart«
bei G. P. Putnam's Sons, New York

Umwelthinweis:
Alle bedruckten Materialien dieses Taschenbuches
sind chlorfrei und umweltschonend.
Das Papier enthält Recycling-Anteile.

Genehmigte Sonderausgabe 1998
Orbis Verlag für Publizistik, München

Satz: IBV Satz- und Datentechnik GmbH, Berlin
Druck: Elsnerdruck, Berlin
Lektorat: Anke Knefel
Redaktion: Karen Oßmann
Made in Germany
ISBN 3-572-00934-0

Erstes Kapitel

White Bear Lake, Minnesota 1895

Im Speisezimmer von Rose-Point-Cottage summte die Unterhaltung. Achtzehn Personen saßen im milden Schein des Kronleuchters an dem schweren Mahagonitisch und nahmen genüßlich den dritten Gang, halbgefrorenen Spargel garniert mit Kresse, zu sich. Die schneeweißen Servietten waren wie Schwäne gefaltet, die Butterstückchen hatten die Form zarter Seerosenblätter. Auf dem Tisch, der in irischem Leinen mit dem Familienwappen der Barnetts prangte, schimmerten das Tiffany-Tafelsilber und feines Porzellan. Der Tafelaufsatz war mit Bourbonrosen aus dem Garten des Landsitzes geschmückt. Ihr berauschender Duft vermischte sich mit der lauen Abendbrise, die vom See her durch die weit geöffneten Terrassentüren drang.

Auf der Tapete rankten wilder Wein und Akanthusblätter vor einem tiefroten Hintergrund. Die Wandtäfelung aus rötlich schimmerndem Kirschholz erreichte Schulterhöhe und zog sich mit reichen Verzierungen um die hohen Fenster, auf beiden Seiten eingerahmt von kunstvoll geschnitzten Engeln, die auf die Anwesenden herunterlächelten.

Am Kopf des Tisches thronte Gideon Barnett, ein untersetzter Mann mit graumeliertem Walroßschnauzer und einem stattlichen, an Wackelpudding erinnernden Doppelkinn. Am anderen Ende der Tafel saß seine ebenfalls beleibte Gattin Levinia, deren üppiger Busen wie ein vom Wind aufgeblähtes Segel wirkte. Ihr Haar türmte sich, ihrer Stellung als Hausherrin entsprechend, wie ein Diadem auf ihrem Kopf, die seitlichen Partien waren streng zurückgeschlagen und mit Kämmen und einer Organzarose geschmückt. Die vier Kinder der Barnetts, der Jüngste zwölf und die Älteste achtzehn, durften an diesem außergewöhnlichen Abend teilnehmen, ebenso die beiden Tanten Agnes und Henrietta, Gideon Barnetts ledige Schwestern, die mit der Familie unter einem Dach lebten. Die anderen Gäste gehörten zu dem erlesenen Freundeskreis der Barnetts, wie die Gastgeber selbst alle Mitglieder des White-Bear-Yacht-Clubs, die Saint Paul den Rücken gekehrt hatten, um den Sommer auf ihren Landsitzen zu verbringen.

Das Mahl war eigentlich als Siegesfeier geplant, denn der Minnetonka-Yacht-Club hatte mit viel Spektakel und unter großem Aufsehen den White-Bear-Yacht-Club zu einer Segelregatta herausgefordert. Es sollte drei Jahre lang jeden Sommer ein Rennen ausgetragen werden. Das erste hatte an diesem Nachmittag stattgefunden, und die gänzlich unerwartete Niederlage hinterließ in einem Kreis, in dem Segeln zur Obsession geworden war und dessen Mitglieder alles für einen Sieg gegeben hätten, den bitteren Nachgeschmack eines verlorenen Prozesses.

»Verdammt!« explodierte Gideon Barnett, seines Zeichens Präsident des White-Bear-Yacht-Clubs, und ließ seine Faust auf den Tisch niedersausen. »Eine Schande, daß wir nicht gewonnen haben!« Er trug noch die weißen Segelhosen und den blauen Pullover, auf dessen Vorderseite groß die weißen Initialen WBYC prangten. »Die *Tartar* ist schneller als die *Kite*, und jeder weiß das!« Barnett schlug noch einmal so kräftig auf den Tisch, daß die Weingläser klirrten. Levinia, die ihm gegenüber am anderen Ende der Tafel thronte, zog ihre Augenbraue in die Höhe und strafte ihren Gatten mit einem mißbilligenden Blick: Das Kristall war von Waterford, eine erlesene Kollektion von vierundzwanzig Stücken.

»Wir hätten größere Segel setzen sollen!« fuhr Gideon fort.

»Noch größere Segel?« Die ungläubige Frage kam von seinem Freund Nathan DuVal. »Sie hat doch schon sechshundertsiebzig Fuß Segel. Das ist mehr als genug für eine Siebzehn-Fuß-Yacht, Gid, und das weißt du genau.«

»Dann hätten wir sie eben aus Seide nähen lassen sollen und auf diese Weise Gewicht gespart. Habe ich nicht schon immer gesagt, wir sollten es mit Seide versuchen?«

Nathan fuhr geduldig und ruhig fort: »Das Problem sind nicht die Segel, Gid. Es ist das Boot selbst. Die *Tartar* scheint mir ein wenig rumpflastig.«

»Dann müssen wir eben das ganze Boot leichter machen! Im nächsten Jahr werden wir mit einem leichteren Boot das zweite Rennen gewinnen, denkt an meine Worte!«

»Die Frage ist bloß, wie.«

»Wie?« Gideon Barnett hob beide Hände. »Das weiß ich auch nicht! Ich weiß nur, daß ich auf keinen Fall noch einmal zehntausend Dollar an diese verdammten Burschen aus Minnetonka verlieren werde!«

»Niemand hat dich gezwungen, so hoch zu wetten. Hundert Dollar wären durchaus genug gewesen«, bemerkte Levinia spitz.

Den Wetten wurde jedoch mindestens genauso entgegengefiebert wie dem Rennen selbst, und so hatten die Klubmitglieder voller Siegesgewißheit die gesammelten zehntausend Dollar gesetzt.

Ein Diener trat neben Gideon und fragte mit ruhiger Stimme: »Sind Sie fertig mit dem Spargel, Sir?«

Gideon klatschte kurz in die Hand und bellte: »Ja, nehmen Sie ihn weg.« Er wandte sich an seine Frau und bemerkte mit beißender Stimme: »Jeder an diesem Tisch riskiert den gleichen Einsatz bei dieser Regatta, Levinia. Keiner von uns möchte verlieren, und besonders nicht gegen dieses Pack. Alle amerikanischen Zeitungen beobachten das Rennen, und Tim hier fotografiert das ganze Geschehen.« Er deutete auf Tim Iversen, ein Klubmitglied und erfolgreicher Fotograf, der seit der Gründung des Yachtclubs alle großen Ereignisse festhielt. »Geld beiseite, ich bin der Präsident des White-Bear-Yacht-Clubs, und ich hasse es, zu verlieren. Stellt sich also immer noch die Frage: Wie können wir sie schlagen?«

Gideons Tochter Lorna hatte sich lange genug auf die Zunge gebissen. Von der Mitte des Tisches hörte man nun ihre Stimme: »Wir könnten doch bei den Herreshoff-Brüdern ein neues Boot in Auftrag geben.«

Alle Blicke wandten sich zu dem hübschen, achtzehnjährigen Mädchen, deren braune Augen auf dem Vater ruhten. Ihr goldbraunes Haar war zu einer großzügigen Schnecke zusammengesteckt, die lockeren Seitenpartien umschmeichelten sanft das Gesicht, und die weich in den Nacken fallenden Korkenzieherlocken waren das ganze Gegenteil der strengen Frisur ihrer Mutter. Lorna trug diese Frisur, seitdem im vorigen Sommer Mister Charles Dana Gibson höchstpersönlich zu Gast in Rose-Point-Cottage gewesen war und ihr in langen Unterhaltungen viel von seinen Vorstellungen und Botschaften erzählt hatte: Frauen sollten Freiheit und Individualität besitzen, ohne deswegen ihre Weiblichkeit einbüßen zu müssen. In den Tagen, die dem Besuch Gibsons folgten, hatte Lorna nicht nur ihre Frisur geändert, sondern auch ihre mädchenhaft gerüschten Oberteile und verspielten Röcke mit einfachen Blusen und schlichten Röcken vertauscht. Als sie ihrem Vater nun ins Gesicht sah, blitzten ihre Augen herausfordernd.

»Warum nicht, Papa?«

»Die Herreshoff-Brüder?« wiederholte ihr Vater. »Die aus Providence?«

»Ja, genau die. Du könntest es dir doch leisten.«

»Was weißt du denn schon von den Herreshoff-Brüdern?«

»Ich kann lesen, Papa. Ihre Namen tauchen praktisch in jedem Segelmagazin auf. Kannst du dir einen besseren Bootsbauer vorstellen?«

Lorna Barnett wußte sehr genau, daß ihrem Vater ihr Interesse an dem undamenhaften Segelsport gründlich mißfiel, ganz zu schweigen vom Tennis! Und ginge es nach ihm, würde sie während des ganzen Essens schweigend auf ihrem Platz sitzen, wie es sich für eine wirkliche Dame gehört. In Lornas Augen jedenfalls waren wirkliche Damen entsetzlich langweilig. Und außerdem, so stellte sie mit einer gewissen Genugtuung fest, hatte sich ihr Vater ihre Begeisterung für den Sport und die fortschrittlichen Ideen selbst zuzuschreiben, denn immerhin war es Gideon selbst gewesen, der Mister Gibson nach Minnesota eingeladen hatte.

Und kaum war der junge Künstler mit seinen radikalen Ansichten zur Befreiung der amerikanischen Frauen ins Haus getreten, hatte Lorna auch schon das Benehmen und das Äußere von Gibsons »Knaben-Mädchen« angenommen. Gideon tobte: »Es ist bodenlos! Meine Tochter treibt sich auf dem Tennisplatz herum, mit entblößten Knöcheln! Und stiftet ihre Freundinnen zu einer weiblichen Segelmannschaft an! Zum Teufel! Dabei weiß jeder, daß eine Frau hinter den Skizzenblock gehört!«

Und nun besaß Gideons Tochter die Unverfrorenheit, während der Abendgesellschaft vor all seinen Freunden das Wort zu ergreifen und eine Lösung für ihr Problem vorzuschlagen.

»Kennst du einen besseren?« wiederholte sie ihre Frage, während ihr Vater sie noch immer anstarrte.

Aber in diesem Augenblick bekam sie Unterstützung von dem jungen Taylor DuVal, der neben ihr saß. »Sie müssen zugeben, Gideon, daß sie nicht ganz unrecht hat.«

Gideon wandte seinen Blick langsam von seiner Tochter zu Taylor, der mit seinen vierundzwanzig Jahren sowohl im Aussehen als auch seinem Gespür für Geschäfte verblüffend seinem Vater ähnelte. Taylor DuVal war ein außergewöhnlich gutaussehender, intelligenter junger Mann, der sicher seinen Weg machen würde. Die Männer tauschten rund um den Tisch Blicke: Gideon, Taylor, Nathan, Percy Tufts, George Whiting und Joseph Armfield – der mächtigste und einflußreichste Kreis, nicht nur im White-Bear-Yacht-Club, sondern in der Geschäftswelt der gesamten Region. Die Gästeliste der Barnetts las sich wie das *Who's Who* von Minnesota, ihre beträchtlichen Vermögen hatten sie mit Eisenbahnen oder Minen, mit Stahlhütten, Getreidemühlen oder mit dem Holzhandel erworben. Lorna hatte recht. Sie konnten es sich natürlich leisten, bei den Herreshoff-Brüdern ein Boot bauen zu lassen, mit dem sie Chancen auf den Sieg haben würden. Und wenn ihre Frauen etwas dagegen hätten...

Aber ihre Frauen würden nichts dagegen haben. Levinias spitze Bemerkung von vorher hatte keine Bedeutung. Sie genoß genau wie die anderen Frauen ihres gesellschaftlichen Kreises das Ansehen, das ihre Ehemänner mit dem Segelsport erlangten. Es galt als schick, privilegiert und fortschrittlich, in den Zeitungen neben dem Gatten und vor einem Segelboot abgebildet zu sein. Jede der anwesenden Frauen wußte, daß sie zuallererst an der Länge des Schattens ihres Ehemannes gemessen wurde, und keine von ihnen würde je auch nur den geringsten Einwand gegen eine Segeljacht der bekanntesten Bootsbauer in ganz Amerika vorbringen.

»Natürlich könnten wir es tun. Wir könnten sie damit beauftragen«, sagte Barnett.

»Diese Neuengländer wissen, wie man Boote baut, das konnten sie schon immer.«

»Und sie verstehen sich auch auf die neuen Segel aus Seide.«

»Wir könnten ihnen gleich morgen telegrafieren!«

»Und am Ende des Sommers hätten wir schon den ersten Entwurf in den Händen. Das Boot selbst könnte im nächsten Mai fertig sein, rechtzeitig zum Beginn der Segelsaison.«

Die Mißstimmung wich schnell der Aufregung, als die Männer nun mit gutgelaunten Gesichtern die ganze Angelegenheit besprachen. In der Zwischenzeit hatte das Personal bereits die Überreste des dritten Ganges abgeräumt. Ein livrierter Diener näherte sich Levinia und kündigte mit ruhiger Stimme an: »Der Hauptgang, Ma'am.«

Levinia blickte auf, steile Falten zwischen ihren Augenbrauen, während der Mann bewegungslos neben ihr stand und den mit einer silbernen Glocke bedeckten, goldgerandeten Teller in seiner Hand hielt. »Dann tragen Sie schon auf, um Himmels willen!« zischte sie leise.

In diesem Moment ließ Jens Harken den vorgewärmten, heißen Teller von einer Handbreit Höhe auf den Tisch fallen. Die silberne Glocke verrutschte mit hörbarem Klirren. Levinia zuckte zusammen. Sie mochte wie alle anderen Frauen in diesem Raum in vielerlei Hinsicht nicht mehr als der Schatten ihres Ehemannes sein, aber in einer Position war sie unangefochten: Sie hatte das gesamte Hauspersonal unter sich.

Fassungslos, daß es ein Hausangestellter fertigbrachte, sie durch seine Tölpelhaftigkeit bloßzustellen, fragte sie mit scharfer Stimme: »Wo ist Chester?«

»Heimgegangen, Ma'am. Sein Vater ist krank.«

»Und Glynnis?«

»Krank, Ma'am, hat Zahnschmerzen.«

»Und wer sind Sie?«

»Jens Harken, Ma'am, der Küchengehilfe.«

Levinias Gesicht lief rot an. Der Küchengehilfe, und das bei einer wichtigen Abendgesellschaft! Die Haushälterin würde etwas zu hören bekommen! Finster musterte sie den hochgewachsenen, jungen Burschen und versuchte sich zu erinnern, ob sie ihn zuvor schon gesehen hatte. Dann befahl sie: »Heben Sie die Glocke hoch!«

Mit einer hastigen Bewegung lüftete er den Deckel, und zum Vorschein kam gebratene Ente an Artischocken und Rosenkohl, um die sich kunstvolle Arabesken aus Kartoffelpüree rankten, die der Komposition einen ovalen Rahmen gaben.

Levinia prüfte das Kunstwerk mit kritischem Blick, griff zu ihrer Gabel, stach in die Ente, nickte Jens zu und sagte: »Tragen Sie weiter auf.«

Jens ging mit gemessenem Schritt durch die Schwingtür. Auf der anderen Seite angekommen, verfiel er in Laufschritt und durcheilte einen schier endlosen Korridor, der durch eine zweite Schwingtür in die Küche führte.

»Zum Teufel, ein fünf Meter langer Gang, nur damit keine Küchengerüche in das Speisezimmer dringen? Die Reichen müssen verrückt sein!«

Hulduh Schmitt, die Köchin, drückte ihm zwei Teller in die Hand und befahl ruhig: »Geh schon!«

Acht weitere Male durchquerte er eilig den langen Korridor, bremste seinen Schritt kurz vor der zweiten Schwingtür, bemüht, beim Betreten des Speisezimmers seine Atemlosigkeit zu verbergen, und trug die Teller auf. Bei jedem Mal schnappte er einige Unterhaltungsfetzen auf; das Gespräch drehte sich um die Regatta und um die Fragen, weshalb Barnetts Boot, die *Tartar*, verloren hatte, wie im folgenden Jahr eines ihrer eigenen Boote gewinnen könnte und ob wohl das Boot oder die Segel, die Verteilung der Sandsäcke oder der angeheuerte Skipper an der Niederlage schuld waren. Ja, sie alle waren sehr ehrgeizig, vom Segelfieber ergriffen und wollten nichts anderes, als den Minnetonka-Segelklub besiegen.

Und nur Jens Harken wußte, wie sie das schaffen konnten.

»Mrs. Schmitt, geben Sie mir ein Blatt Papier!« platzte er durch die Küchentür, die beiden letzten Silberglocken in der Hand.

Hulduh Schmitt richtete sich auf und ließ die Spritztülle sinken, mit der sie Eiscreme auf die Dessertteller füllte.

»Ein Stück Papier? Und wofür?«

»Bitte geben Sie mir eins, und auch einen Stift. Ich werde dafür auch morgen, an meinem freien Tag, arbeiten – wenn Sie es mir nur schnell geben und nichts mehr fragen.«

»Ja, und damit meine Stellung verlieren«, bemerkte die Deutsche und blies kräftig in die Spritztülle. Eine gerippte Eisschlange wand sich aus der Öffnung und schmiegte sich in ihr Nest, eine Mandelmeringe.

»Wofür, um alles in der Welt, brauchst du Papier und Bleistift? Hier, bring das in den Eisschrank«, befahl sie dem zweiten Küchenmädchen, die das Dessert auf dem Teller in eine mit zerstoßenem Eis gefüllte Metallkiste bettete und den Deckel schnell wieder schloß.

Jens ließ die Silberglocken in das zinkene Spülbecken fallen, sprang quer durch die Küche und nahm die aufgeblasenen, geröteten Wangen der Köchin zwischen seine Hände.

»Bitte, Mrs. Schmitt, wo?«

»Du bist ein Quälgeist, Jens Harken, und was für einer«, japste sie. »Siehst du denn nicht, daß ich noch zehn Portionen Eis auffüllen muß, bevor die Herrin zum Dessert läutet?«

»Wir helfen Ihnen. Alle hier helfen Ihnen.« Jens deutete in Richtung der beiden Küchenmädchen Ruby und Colleen. Er nahm eine Schüssel Eis aus dem Eisschrank. »Wie geht das?«

»Laß, laß, du wirst alles ruinieren, und das kostet mich meine Stellung!« Mrs. Schmitt nahm ihm resolut die Kupferschüssel aus der Hand und machte sich daran, das Eis herauszukratzen. »Da an der Wand hängt die Liste für die Haushälterin, du kannst das Ende abreißen. Ich verstehe aber immer noch nicht, was du so Dringendes aufzuschreiben hast, ausgerechnet während des wichtigsten Essens des ganzen Jahres.«

»Sie haben recht! Es könnte wirklich zum wichtigsten Essen des Jahres werden, besonders für mich, und wenn das so ist, dann bin ich Ihnen ewig dankbar, meine liebe, gute Mrs. Schmitt.«

Hulduh Schmitt erlag wie immer seinem Charme, schlug leicht mit der Hand nach ihm und errötete noch ein wenig mehr. »Ach, red nicht«, sagte sie, bedeckte das Ende der Spritztülle mit einem Musselintuch und machte sich wieder an die Arbeit.

Jens riß vorsichtig das Ende des Papierstreifens ab und schrieb in klaren Druckbuchstaben: *Ich weiß, warum Sie heute das Rennen verloren haben. Ich kann Ihnen helfen, im nächsten Jahr zu gewinnen.*

»Mrs. Schmitt, warten Sie. Geben Sie mir diesen Teller.« Er nahm ihr den Dessertteller aus der Hand, legte den Zettel darauf und bedeckte ihn mit einer ihrer luftigen, goldgelben Meringen. Ein Eckchen des Zettels ließ er darunter hervorschauen. »So, und nun das Eis darauf.«

»Auf den Zettel? Du bist verrückt! Wir verlieren beide unsere Stellung. Was hast du bloß vor?«

»Machen Sie sich keine Gedanken. Füllen Sie nur das Eis auf die Meringe.«

Aber Mrs. Schmitt war eigensinnig. »Nein, Jens Harken, das werde ich im Leben nicht tun. Ich bin die Köchin. Ich bin für alles verantwortlich, was diese Küche verläßt. Und es wird kein Dessert mit einem Zettel diese Küche verlassen.«

Er begriff, daß sie unnachgiebig bleiben würde, wenn er sie nicht in seinen Plan einweihte. »In Ordnung. Der Zettel ist für Mr. Barnett. Ich habe ihm geschrieben, daß ich weiß, wie er im nächsten Jahr die Regatta gewinnen kann.«

»Ach, schon wieder diese Boote. Du und deine Boote.«

»Ich möchte nicht mein Leben lang Küchengehilfe bleiben. Und bald wird mir jemand zuhören.«

»Oh, natürlich, und ich heirate den Gouverneur und werde First Lady.«

»Dem könnte Schlimmeres passieren, Mrs. Schmitt«, neckte Jens sie. Mrs. Schmitt bekam den nachgiebigen Gesichtsausdruck, den Jens nur zu gut kannte. Er sah, daß er seinem Ziel näher kam, und versprach: »Wenn es Ärger gibt, werde ich alle Schuld auf mich nehmen. Ich werde ihm sagen, daß ich es war, der den Zettel unter das Eis geschoben hat und daß Sie mich davor gewarnt haben.«

Schließlich entschied Levinia Barnett selbst die Angelegenheit, indem sie an der Satinschnur zog und die Messingglocke über der Küchentür erklang. Mrs. Schmitt starrte zu ihr hinauf und wurde aufgeregt. »Da siehst du, was du anrichtest! Über all dem Unfug habe ich noch nicht einmal das Dessert fertig. Geh schon! Nimm die ersten Portionen mit und bete zu Gott, daß ich genug Puste für den Rest habe.«

Im Speisezimmer angelangt, beobachtete Levinia den Küchengehilfen Jens Harken mit Adleraugen. Nach seinem ersten Fauxpas servierte er die Desserts ohne weiteres Mißgeschick. Das Eis hatte seine scharfen Konturen trotz der sommerlichen Hitze behalten, und jede Portion wurde formvollendet aufgetragen, so wie es Levinia von ihrem Personal erwartete. Das Nest aus Pfirsicheis war von einem Ring Aprikoseneis umgeben und mit gezuckerten Erdbeeren gefüllt. Die Meringen waren knusprig und leicht gebräunt, und die Teller, auf denen sie angerichtet waren, schimmerten und glänzten. Die anwesenden Damen konnten an dem Essen nichts auszusetzen haben.

Als könnte sie die Gedanken der Gastgeberin lesen, lobte Cecilia Tufts: »Ein exquisites Dessert, Levinia. Wo haben Sie nur diesen Koch gefunden?«

»Oh, sie fand *mich* vor über vierzehn Jahren, indem sie mir ganz geschickt Kostproben ihrer köstlichen Torten zukommen ließ. Seitdem ist sie bei mir, aber vor kurzem machte sie Andeutungen, zu kündigen – sie ist schon weit über fünfzig. Ich wüßte nicht, was ich ohne sie täte.«

»Ich verstehe Sie gut. Heutzutage verdingt sich ja jeder als Koch, der in der Lage ist, seinen Ellbogen von einem Suppenknochen zu unterscheiden. Man findet kaum noch Küchenpersonal, das –«

»Levinia!« Es war Gideon, der die Unterhaltung vom anderen Tischende aus unterbrach. Die Konsonanten zerrissen die Luft wie Segel den Wind. Sein Mund war schmal und hart geworden.

»Kann ich dich einen Moment sprechen?«

Bei dem Ton seiner Stimme setzte Levinias Herz für einen Moment aus. Sie blickte auf und sah durch die Rosenblüten hindurch Gideon, dem der Ärger deutlich im Gesicht geschrieben stand. Vor

Schreck glitt ihr ein Bissen Aprikoseneis die Kehle hinunter, ohne daß sie es verhindern konnte, und fieberhaft fragte sie sich, was seinen Zorn erregt haben könnte.

»Jetzt, Gideon?«

»Ja, sofort!«

Er stieß seinen Stuhl zurück, während Levinias Gesicht tiefrot anlief und sie sich mit der Serviette hastig die Mundwinkel abtupfte.

»Bitte entschuldigen Sie mich«, murmelte sie, verließ den Tisch und folgte ihrem Gatten in den Bedienstetenkorridor.

Ausgerechnet in den Bedienstetenkorridor, unter den Blicken ihrer engsten Freundinnen! Der schmale, fensterlose Gang war nur schwach erleuchtet und roch durchdringend nach gedünstetem Rosenkohl. Glücklicherweise war der Geruch nicht bis in das Speisezimmer vorgedrungen, bevor das Gemüse serviert wurde.

»Gideon, was im Himmel –«

»Was, verdammt, geht hier vor, Levinia!«

»Sprich leise, Gideon. Ich sterbe schon vor Scham, von meinem eigenen Ehemann in den Bedienstetenkorridor zitiert zu werden, mitten in einer Abendgesellschaft! Wir besitzen eine Bibliothek und ein Morgenzimmer, die beide –«

»Ich verdiene genug Geld, um dich in Seide zu kleiden, unseren Gästen Eiscreme zu offerieren und zwei Häuser zu unterhalten! Muß ich nun auch noch das Personal beaufsichtigen?« Er hielt ihr den Zettel entgegen. In einer Ecke prangte ein Erdbeerfleck. Er blieb an seinen Fingern kleben, als er ihn Levinia geben wollte.

Sie löste den Zettel vorsichtig ab und las ihn, während er mit schneidender Stimme sagte: »Er war *in meinem Dessert.*«

Ihr Blick schnellte in die Höhe. »In deinem Dessert? Das kann nicht sein, Gideon.«

»Ich sage dir, daß er in meinem Dessert war. Offensichtlich hat ihn jemand aus der Küche dort versteckt. Die Küche ist deine Angelegenheit, Levinia. Wer ist dafür verantwortlich?«

»Ich... warum... w...?« Levinias Mund stand offen. »Mrs. Lovik.« Mrs. Lovik war die Haushälterin, und zu ihren Aufgaben gehörte die Auswahl des Küchen- und Reinigungspersonals.

»Sie geht!«

»Aber Gideon –«

»Ebenso wie die Köchin! Wie heißt sie noch?«

»Mrs. Schmitt, aber Gideon –« Er stürmte den Korridor entlang in Richtung Küche und ließ ihr keine andere Wahl, als zu folgen.

»Und wer auch immer diesen Zettel geschrieben hat, geht ebenso. Ich kann mir kaum vorstellen, daß eine Haushälterin oder eine Köchin die Unverfrorenheit besitzt, mir zu erzählen, wie ich eine Regatta gewinnen kann, die der gesamte White-Bear-Yacht-Club nicht gewinnen konnte.« Dicht gefolgt von Levinia stieß er die Tür auf und brüllte: »Mrs. Schmitt! Wer ist Mrs. Schmitt?« Von den vier Personen in der Küche waren nur drei sichtlich eingeschüchtert. Gideons Blick blieb an dem Burschen hängen, der zuvor Levinias Teller fallen gelassen hatte. »Ich wiederhole! Wer ist Mrs. Schmitt?« stieß er wütend hervor.

Eine rundliche Frau mit einem Gesicht, das so rot war wie die Glut im Küchenherd, flüsterte: »Ich, Sir.«

Gideon fixierte sie mit kaltem Blick. »Sind Sie dafür verantwortlich?«

Ihre gestärkte weiße Haube zitterte, ihre Hände fuhren nervös über die fleckige, bodenlange Schürze.

Jens erhob die Stimme. »Nein, das ist sie nicht. Ich war es.«

Gideons Blick schnellte zu dem Übeltäter. Verachtung überzog sein Gesicht. Es vergingen zehn Sekunden, bis er sprach.

»Harken, nicht wahr?«

»Ja, Sir.«

Der Mann zitterte nicht, noch war er verschreckt. Er stand aufrecht mit erhobenem Kopf neben dem Spülstein. Sein gutgeschnittenes Gesicht glänzte vor Schweiß, ein Tropfen rann von seiner linken Schläfe zum Kieferknochen. Er hatte einen offenen Blick, blaue Augen, blondes Haar und war glattrasiert, wie es Levinia von ihrem männlichen Personal verlangte.

»Sie sind entlassen«, erklärte Gideon. »Packen Sie Ihre Sachen und verlassen Sie sofort das Haus!«

»Ganz wie Sie wünschen. Aber wenn Sie die Regatta gewinnen wollen, sollten Sie mich besser anhören –«

»Nein, jetzt hören Sie erst mal mir zu!« Pfeilschnell trat Gideon auf Harken zu und stieß ihm seinen Zeigefinger in die Brust. »Dieses Haus gehört mir; Sie arbeiten hier! Sie haben mich nicht anzusprechen, bevor nicht das Wort an Sie gerichtet wird. Genausowenig haben Sie weder meine Frau noch mich bloßzustellen, indem Sie Zettel in das Dessert legen, während die wichtigsten Leute von White Bear Lake an unserem Tisch sitzen! Und Sie haben mir verdammt noch mal keine guten Ratschläge über Boote zu geben! Haben Sie verstanden?«

»Warum nicht?« fragte Jens ruhig. »Sie wollen doch gewinnen, oder nicht?«

Gideon sprang mit geballten Fäusten nach vorne und stieß Levinia, die ihn beschwichtigend am Arm gefaßt hatte, beiseite. »Schmitt, sorgen Sie dafür, daß er binnen einer Stunde das Haus verläßt. Und Sie gehen ebenfalls. Der Lohn für diese Woche wird Ihnen zugeschickt.«

Harken sprang ihm nach und packte ihn beim Arm. »Es hat nichts mit den Segeln, dem Skipper oder dem Ballast zu tun. Mr. DuVal hat recht. Es liegt an dem Rumpf des Bootes. Ihre Boote fahren mühsam *durch* das Wasser *hindurch*. Sie brauchen aber ein Boot, das *über* das Wasser *fliegt*. Und ich kann es für Sie bauen.«

Barnett drehte sich langsam um, Hochmut lag in seinem Blick. »Ach, Sie sind das. Von Ihnen habe ich schon gehört.«

Harken ließ Barnetts Arm los. »Ja, das kann ich mir vorstellen, Sir.«

»Alle Segelklubs in ganz Minnesota haben Sie weggejagt.«

»Ja, Sir. Und auch einige an der Ostküste. Aber schon bald wird mich jemand anhören. Und sein Boot wird das schnellste sein, das auf der ganzen Welt jemals gebaut wurde.«

»Nun, Sie haben Mut, das muß ich zugeben, so unverschämt Sie auch sein mögen. Ich wüßte nur gerne, was Sie dann zum Teufel in *meiner* Küche treiben!«

»Von irgend etwas muß ich leben.«

»Gut, dann suchen Sie sich etwas anderes. Ich will Sie jedenfalls nie wieder hier sehen!«

Mit großen Schritten stampfte Gideon in Richtung Korridor, gefolgt von seiner Frau, die ihn am Ärmel zog. »Gideon, bleib sofort stehen!«

Ihr Ausruf war noch im Speisezimmer deutlich zu hören. Lorna beobachtete, wie die Gäste unbehagliche Blicke tauschten, und schaute zur Schwingtür.

»Gideon, bleib sofort stehen, habe ich gesagt!«

Aber Gideon dachte nicht daran. Sie ergriff seinen Ellbogen und zwang ihn stehenzubleiben. Gideon gab ihr ungeduldig nach.

»Levinia, unsere Gäste warten.«

»Oh, es ist großartig, daß du dich an unsere Gäste erinnerst, nachdem du mich vor ihnen und dem Personal lächerlich gemacht hast! Wie kannst du es wagen, Gideon Barnett, mich vor meinen eigenen Angestellten bloßzustellen? Ich möchte nicht, daß Mrs. Schmitt entlassen wird, nur weil du dich über einen Küchengehilfen geärgert hast. Sie ist die beste Köchin, die wir jemals hatten!« Sie drückte seinen Ärmel so stark, daß sie aus Versehen zukniff.

Er zuckte zusammen und jaulte auf. »Autsch! Levinia, das Personal kann doch nicht –«

»Das Personal kann nicht Zeuge werden, wie du dich über meine Entscheidungen hinwegsetzt. Wenn sie den Eindruck gewinnen, daß ich nicht für meinen eigenen Haushalt verantwortlich bin, werden Sie mich nicht mehr respektieren. Wie soll ich dann noch etwas anordnen? Ich bestehe darauf, daß du zurückgehst und Mrs. Schmitt sagst, daß sie bleibt. Und wenn dir das nicht gefällt, dann –«

Die Unterhaltung wurde lauter und lauter, bis es Lorna, der inzwischen die Schamesröte im Gesicht stand, nicht länger auf ihrem Stuhl hielt. Wie konnten ihre Eltern nur ausgerechnet während einer Abendgesellschaft im Bedienstetenkorridor in Streit geraten!

»Entschuldigen Sie mich«, sagte sie ruhig und erhob sich. »Bitte lassen Sie sich nicht stören.«

Mit beiden Händen stieß sie die Schwingtür auf, gerade als Gideon schrie: »Levinia, ich gebe keinem verdammten –«

»Mutter! Vater! Was in aller Welt geht hier vor!« Lorna stockte mit finsterem Blick, als sich die Schwingtür hinter ihr schloß. »All eure Gäste starren auf diese Tür und rutschen auf ihren Stühlen hin und her. Begreift ihr denn nicht, daß sie jedes Wort hören können? Ich kann es einfach nicht glauben, daß ihr euch hier über das Küchenpersonal streitet! Was ist in euch gefahren?«

Gideon zog seinen Pullover zurecht und versuchte, sein würdiges Aussehen wiederzuerlangen. »Ich bin gleich wieder da. Geht ihr zurück und bringt die Gäste in den Salon. Lorna, bitte spiel ihnen etwas auf dem Klavier vor.«

Lorna starrte die beiden fassungslos an. Dann drehte sie sich um und trat durch die Schwingtür zurück ins Speisezimmer. Als sie verschwunden war, sagte Gideon in etwas ruhigerem Ton: »In Ordnung, Levinia, sie kann bleiben.«

»Und Mrs. Lovik auch. Ich bin nicht im geringsten geneigt, den Sommer damit zu verbringen, eine neue Haushälterin zu suchen.«

»In Ordnung, in Ordnung…« Er hob resignierend die Hände. »Die beiden können bleiben, aber sag ihnen, daß… daß« – er zeigte mit bebendem Finger in Richtung Küche – »daß Harken noch in dieser Stunde mein Haus verläßt, oder ich bringe ihn um, verstehst du mich?«

Mit beleidigtem Schniefen und hoch erhobenem Kopf drehte sich Levinia um.

In der Küche redeten alle durcheinander. Als Levinia die Tür öffnete, verstummten sie. Die Mädchen, die im Spülstein die Töpfe und Pfannen schrubbten, unterbrachen ihre Arbeit und richteten sich auf. Harken und Mrs. Schmitt, die streitend neben dem Eisschrank standen, gerieten ins Stocken und schwiegen. Der Raum war heiß, die feuchte Luft roch noch streng nach Rosenkohl. Levinia schoß es kurz in den Sinn, daß sie die Speisen lieber roh essen würde, als sie hier selbst zu kochen.

»Mein Gatte hat überstürzt gehandelt, Mrs. Schmitt. Bitte nehmen Sie es ihm nicht übel. Die Mahlzeit heute abend war ausgezeichnet, und ich hoffe sehr, daß Sie bleiben.«

Mrs. Schmitt schniefte und verlagerte ihr Gewicht auf das andere Bein. Mit einem Zipfel ihrer fleckigen Schürze wischte sie sich den Schweiß von der Nase. »Nun, ich weiß nicht, Ma'am. Meine Mutter geht auf die Achtzig zu und lebt ganz allein, seitdem mein Vater tot ist. Ich denke schon lange daran, meine Stellung aufzugeben, um mich um sie zu kümmern. Ich habe ein wenig Geld beiseite gelegt, und außerdem werde ich alt.«

»Ach, Unfug, Sie sind noch genauso frisch wie damals, als ich Sie einstellte. Und denken Sie nur an das phantastische Essen, das Sie heute ohne die geringste Mühe zubereitet haben.«

Mrs. Schmitt tat, was sie noch nie zuvor getan hatte: Sie setzte sich in der Gegenwart ihrer Herrin. Sie ließ ihren schweren Körper auf einen schmalen Stuhl plumpsen, und ihr üppiger Leib schien förmlich überzulaufen, so wie ein Soufflé über die Form quoll.

»Ich weiß nicht«, sagte sie und schüttelte müde ihren Kopf. »Mir ist in letzter Zeit häufig schwindlig. All die Hetze. Und manchmal habe ich Herzklopfen.«

»Bitte, Mrs. Schmitt...« Levinia preßte ihre Hände zusammen wie eine Opernsängerin bei ihrer Arie. »Ich möchte... Nun, ich weiß nicht, was ich ohne Sie tun soll, noch dazu mitten im Sommer, hier auf dem Land. Ich weiß nicht, wie ich jemals Ersatz für Sie finden soll.«

Mrs. Schmitts fleischiger Unterarm mit dem aufgekrempelten Ärmel ruhte auf dem blankgescheuerten Holztisch in der Mitte des Raumes. Sie betrachtete ihre Herrin und überlegte.

Levinia hielt ihre Hände fest aneinandergepreßt.

Mrs. Schmitt schaute zu Ruby, dann zu Colleen, die immer noch mit offenen Mündern zu Salzsäulen erstarrt am Spülstein standen. Mit einer leichten Handbewegung, weniger als ein Wort, bedeutete sie ihnen weiterzuarbeiten.

Levinia sagte: »Vielleicht würden Sie drei Dollar mehr in der Woche überzeugen.«

»Oh, das wäre nett, Ma'am. Aber das erleichtert mir nicht die Arbeit, vor allem nicht, wenn er geht.« Die Köchin deutete über ihre Schulter hinweg auf Harken.

»Ich werde ein neues Küchenmädchen einstellen.«

»Also, ganz ehrlich, Ma'am, ich möchte hier niemand Neuen. Ich nehme das Geld an, und ich danke Ihnen dafür, Ma'am, aber wenn ich bleibe, bleibt auch er. Er arbeitet gut, ich hatte nie einen besseren Küchengehilfen, und er ist hilfsbereit. Und er erledigt all die schweren Arbeiten, er trägt das Gemüse, putzt es. Bald geht's ja ans Einmachen, und die Kessel sind so schwer.«

Levinias Korsettstäbe schnitten ihr in die Rippen. Sie betrachtete Harken mit ihrem strengsten Gesicht und traf in Sekundenschnelle ihre Entscheidung. »Gut, aber Sie dürfen meinem Mann nicht unter die Augen kommen, Harken, und Sie müssen mir versprechen, daß Sie – *nie* – wieder so etwas wagen wie heute abend.«

»Nein, Ma'am, nie wieder.«

»Und Sie halten sich nirgendwo anders auf als in der Küche und im Gemüsegarten. Haben Sie mich verstanden?«

Als Antwort verbeugte sich Harken leicht.

»Dann sind wir uns einig. Und, Mrs. Schmitt, bitte bereiten Sie morgen zum Frühstück Spiegelei auf Spinat, so wie es Mr. Barnett gerne mag.«

»Spiegelei auf Spinat, geht in Ordnung, Ma'am.«

Ohne ein weiteres Wort verließ Levinia die Küche. Auf dem langen Weg durch den stickigen, schlecht beleuchteten Korridor schlug ihr das Herz bis zum Hals. Sie hatte Gideons Anordnungen rückgängig gemacht. Er würde toben, wenn er das herausfand. Aber die Küche war nun einmal ihre Sache – ihre ganz allein! Er hatte sein Geschäft, seine Politik, seinen Segelklub und seine Jagd, aber was hatte sie schon, außer den netten Komplimenten ihrer Freundinnen über das gelungene Dessert und die phantastischen Beilagen?

An der Tür zum Speisezimmer hielt sie kurz inne, rückte ihr Oberteil zurecht, strich über ihre Stirn und bemerkte, daß sie schweißnaß von der unerträglichen Hitze in der Küche war. Sie suchte in der verborgenen Rocktasche nach einem Taschentuch, tupfte die Stirn trocken, strich das Haar zurecht und trat zu ihren Gästen in den Raum.

Der Abend war natürlich ruiniert. Obwohl die Gäste höflich darum bemüht waren, so zu tun, als hätten sie von dem Streit im Bedienstetenkorridor nichts bemerkt, hatten sie doch das meiste mitgehört. Die Damen, die zu scharfen Konkurrentinnen wurden, wenn es um die gesellschaftlichen Auftritte als Gastgeberin ging, tauschten insgeheim stillschweigende Botschaften aus, während sie Levinia mit gütiger Nachsicht behandelten.

Vom Klavier aus beobachtete Lorna das Eintreten ihrer Mutter, ihre mühsam erzwungene Ruhe, als sie Daphne und Theron zu Bett schickte. Lorna wußte, daß sie noch immer aufgebracht war und Mühe hatte, dies zu verbergen. Aber was war der Grund für diese Auseinandersetzung? War es der gutaussehende blonde Hausangestellte? Wer war er überhaupt? Und warum hatte er sie bedient, wenn er es offensichtlich doch nicht durfte?

Um die Aufmerksamkeit von ihrer Mutter abzulenken, sagte Lorna: »Laßt uns alle zusammen ein Lied singen!«

Plötzlich stand Taylor DuVal hinter Lorna, legte seine Hand auf ihre Schulter und begann mit kräftiger Stimme zu singen. Auf Taylor konnte man sich verlassen, er war immer bereit, Lornas Vorschlägen zu folgen. Die anderen hingegen fielen nicht mit ein, so schloß Lorna den Klavierdeckel und überließ die Rolle der Gastgeberin wieder ihrer Mutter. Statt dessen bat sie Taylor, sie auf die Veranda zu begleiten.

Sofort sprang ihre Schwester Jenny auf und verkündete: »Ich komme auch mit!«

Lorna ärgerte sich. Eine sechzehnjährige Schwester konnte die Pest sein. In diesem Sommer hatte Levinia Jenny zum ersten Mal erlaubt, zu einem Anlaß wie diesem mit den Erwachsenen aufzubleiben, und nun wich sie Taylor den ganzen Abend schon nicht mehr von der Seite. Nicht nur, daß sie ihn bei jeder erdenklichen Gelegenheit anhimmelte, nein, sie lief hinterher auch noch zu Levinia und erzählte ihr, worüber gesprochen wurde.

»Mußt du denn jetzt nicht zu Bett gehen?« fragte Lorna spitz.

»Mutter hat mir erlaubt, bis Mitternacht aufzubleiben.«

Lorna tauschte Blicke mit Taylor. Er feixte hinter Jennys Rücken und hob in gespielter Hilflosigkeit die Arme.

Lorna lächelte ihm kurz zu und sagte dann zu Jenny gewandt: »In Ordnung, dann komm eben mit uns.«

Die Veranda verlief über die gesamte Vorderfront des Hauses. Korbstühle, Tische und Liegen standen herum, matt beleuchtet durch den Schein, der durch die Fenster des Salons und des Morgenzimmers drang. Es roch nach Blumen und leichtem Moder, nach den Rosen, die sich an der Südwand emporrankten, und den Polstern, die den Winter über im Keller aufbewahrt wurden.

Der Sommersitz der Barnetts lag an der Ostspitze von Manitou

Island, während der White Bear Lake sich vor der Landzunge hin ausdehnte; das Städtchen White Bear indes befand sich im Rücken des Anwesens, an der Nordwestküste der Snyder Bay. Das Haus lag nur wenige Meter von der Küste entfernt, eingebettet in einen großzügigen Garten mit Zierbeeten und einem Gemüsegarten.

In jener warmen Sommernacht lag ein berauschender Duft über dem Garten. Es war Juni, die Rosen standen in voller Blüte, und der Springbrunnen aus italienischem Marmor sorgte für einen angenehm plätschernden Hintergrund. Der Mond war bereits aufgegangen und stand als goldene Sichel über dem Wasser. Von der Ferne konnte man den Dampfer *Don Quijote* hören, der voll mit Konzertbesuchern aus dem Ramaley Pavillon jenseits des Sees war und sich auf dem Rückweg zu seiner Anlegestelle befand.

Ganz nah sah man wie einen schwach beleuchteten Finger die Anlegestelle von Rose Point.

Die romantische Stimmung war heute abend jedoch gründlich verdorben. Jenny ergriff Lornas Arm, als sie ins Dunkel traten.

»Erzähl mir, was in der Küche vorgefallen ist, Lorna! Was war nur mit Papa los? Worum ging es denn überhaupt?«

»Das alles müssen wir nicht vor Taylor besprechen. Jenny, wo sind deine Manieren?«

»Oh, kümmert euch nicht um mich«, sagte Taylor. »Ich bin doch schließlich ein alter Freund der Familie, nicht wahr?«

»Komm schon, Lorna, erzähl's mir.«

»Nun, ich weiß nicht alles, aber ich weiß, daß Papa die Köchin entlassen wollte und Mama damit nicht einverstanden war.«

»Die Köchin? Warum? Es hat heute abend doch allen ausgezeichnet geschmeckt.«

»Ich weiß nicht, warum. Papa hat in seinem ganzen Leben noch nie die Küche betreten, und schon gar nicht während einer Gesellschaft, und Mama war sehr wütend auf ihn. Sie haben sich gegenseitig so angeschrien, als wollten sie aufeinander losgehen.«

»Ich weiß. Das konnten wir im Speisezimmer hören, nicht wahr, Taylor?«

Lorna erzählte, was sie mitbekommen hatte, aber die beiden Schwestern konnten sich keinen Reim darauf machen. Lorna war genauso ratlos wie Jenny, doch bevor sie den Vorfall weiter besprechen konnten, kam Tom Iversen auf die Veranda geschlendert und unterbrach sie in ihren Spekulationen. Er zündete seine Pfeife an, als wolle er länger verweilen, und so schwenkte das Gespräch zu den Fotografien, die er am Nachmittag bei der Regatta gemacht hatte und die nun in den Zeitungen des ganzen Landes erscheinen würden.

Einige andere Gäste traten aus dem Haus und gesellten sich zu ihnen. Die beiden Schwestern hatten nun keine Gelegenheit mehr, über die merkwürdigen Vorkommnisse zu reden.

Lorna grübelte jedoch noch immer darüber nach, als das Fest sich seinem Ende zuneigte. Sie und Jenny gingen gemeinsam die Treppen hinauf, während Levinia und Gideon die letzten Gäste verabschiedeten.

»Hat Mama irgend etwas über den Vorfall in der Küche erwähnt?« flüsterte Jenny.

»Nein, nichts.«

»Also weißt du immer noch nicht, worum es ging?«

»Nein, aber das möchte ich gerne herausfinden.« Oben angekommen, küßte Lorna ihre Schwester auf die Wange. »Nacht, Jen.« Sie gingen in ihre Zimmer – Jenny teilte ihres mit Daphne, und Lorna hatte ein eigenes. In dem Raum war es trotz der hohen Decke und der geöffneten Fenster sehr warm. Sie nahm ihre Ohrringe ab und legte sie auf ihren Toilettentisch, zog dann ihre Schuhe aus, die sie neben den Stuhl stellte. Noch voll bekleidet ließ sie sich auf der Bettkante nieder und wartete, bis es still war im Haus. Als sie sich sicher war, daß alle im Bett lagen, öffnete sie die Tür, horchte einen Augenblick und schlüpfte hinaus auf den Gang.

Alles war ruhig. Die großen Lampen in der Halle waren gelöscht. Die Tanten waren ein wenig vorher nach oben gekommen und schliefen sicherlich schon.

In der Dunkelheit schlich sie auf Zehenspitzen an der Haupttreppe vorbei zu der schmalen, verwinkelten Dienstbotentreppe am äußersten Ende der Halle. Sie führte von den Schlafzimmern im dritten Stockwerk direkt in die Küche und war auch vom zweiten Stockwerk aus durch eine Tür zugänglich, die allerdings nie benutzt wurde. Vorsichtig drehte Lorna nun den Schlüssel im Schloß, öffnete sie und rümpfte die Nase bei dem strengen Geruch des Rosenkohls, der ihr entgegenschlug.

Trotzdem stieg sie die Treppe hinab.

Als sie die Küchentür öffnete und in den Raum trat, waren noch vier Personen in der Küche. Zwei Küchenmädchen, Mrs. Schmitt und Harken, der junge Bursche, der heute abend Mutters Teller fallen gelassen hatte. Die Köchin schnitt Schinken, und Harken kehrte den Küchenboden.

Meine Güte, er ist ein angenehmer Anblick, dachte sie in dem kurzen Augenblick, in dem sie ihn beobachtete, er sie jedoch noch nicht bemerkt hatte.

Schließlich erschrak sie über sich selbst, als sie begriff, wie unpassend es war, einem Küchengehilfen bewundernde Blicke zuzuwerfen, und sagte: »Hallo!« Es herrschte Totenstille.

Mrs. Schmitt gewann ihre Fassung wieder. »Hallo, Miss.«

Lorna schloß vorsichtig die Tür und trat einige Schritte in den Raum. »Wann dürfen Sie denn eigentlich zu Bett gehen?«

»Wenn wir mit dem Aufräumen fertig sind, Miss.«

An der Wand hing eine sechseckige Uhr, so groß wie ein Bräter. Lorna blickte darauf. »Um Viertel vor eins?«

»Morgen ist ja unser freier Tag. Gleich nach dem Frühstück gehen wir in die Kirche. Wir müssen davor nur das kalte Buffet für die beiden anderen Mahlzeiten vorbereiten.«

»Oh… ja, natürlich… nun…« Lorna lächelte kurz. »Ich wußte nicht, daß Sie so lange arbeiten.«

»Nur bei Gesellschaften, Miss.«

Es herrschte Schweigen. Die beiden Küchenmädchen standen da, in den Händen saubere Kupfertöpfe. Harken hatte aufgehört zu fegen und stützte seine Hände auf den Besenstiel. Zehn unangenehme Sekunden vergingen.

»Kann ich etwas für Sie tun, Miss?« fragte schließlich die Köchin.

»Oh, nein, nein! Ich wollte nur wissen… nun…« Lorna bemerkte schnell, daß sie im Begriff war, einen Fehler zu begehen. Die Frage, die sie stellen wollte, schickte sich nicht, nicht einmal gegenüber dem Küchenpersonal. Wie konnte sie diese müden, verschwitzten Leute fragen, was sie heute abend falsch gemacht hatten und weshalb ihr Vater so wütend gewesen ist. »Es ist so heiß oben. Kann ich wohl noch etwas Saft bekommen?«

»Wir haben die Orangen für morgen früh noch nicht ausgepreßt, aber ich glaube, es ist noch etwas Bowle da. Möchten Sie ein Glas davon?«

Die Bowle enthielt Champagner und Rum. Lorna durfte noch nicht davon trinken.

»Der größte Teil ist Tee, Miss«, fügte die Köchin hinzu.

»Oh, gut, dann… ja, ein Glas davon wäre fein.«

Die Köchin lief nach dem Glas. Als sie verschwunden war, ergriff Harken das Wort. »Wenn Sie erlauben, Miss, ich kann mir vorstellen, daß Sie sich fragen, was vorhin in der Küche vorgefallen ist.«

Zum ersten Mal blickte sie ihm geradewegs in die Augen – sie waren so blau wie die Punkte, die einem vor den Augen tanzen, nachdem man direkt in einen Blitz geschaut hat.

Harken erwiderte fest ihren Blick. Sie war zu hübsch, um sich selbst das Vergnügen zu verderben und wegzuschauen.

»Er war wütend auf mich«, gestand er offen. »Ich habe ihm einen Zettel unter sein Eis gelegt.«

»Einen Zettel? Unter das Eis meines Vaters?« Lornas Mund stand vor Erstaunen offen, während Jens sich wieder ans Kehren machte. »Ist das wahr?«

Er warf ihr einen kurzen Blick zu. »Ja, Miss.«

»*Sie* haben einen Zettel unter das Eis *meines* Vaters gelegt?« Ihre Mundwinkel begannen zu zucken. Sie brach in schallendes Gelächter aus, die Küchenmädchen tauschten verunsicherte Blicke.

Sie hielt sich beide Hände auf den Mund, durch den Raum drang ihr Glucksen, und als ihr Kichern endlich nachließ, brachte sie hervor: »Meinem Vater, Gideon Barnett?«

Harken unterbrach seine Arbeit und genoß offensichtlich die äußerst unschickliche Unterhaltung. »So ist es.«

»Und was stand auf dem Zettel?«

»Daß ich weiß, wie er im nächsten Jahr die Regatta gewinnen kann.«

Sie hatte nun ihr Lachen unterdrückt, und ihre Augen weiteten sich ungläubig. »Und was hat er gesagt?«

»Sie sind entlassen.«

»Oh, das...« Sie wurde mit einem Schlag ernst, als sie begriff, daß der bemitleidenswerte junge Bursche die Situation sicherlich weniger komisch fand. »Das tut mir leid.«

»Das muß es nicht. Mrs. Schmitt hat mich gerettet. Sie wollte nur bleiben, wenn auch ich bleiben kann.«

»Dann sind Sie also nicht entlassen?«

Er schüttelte langsam den Kopf.

Sie musterte ihn mit einem langen Blick. »Wissen Sie wirklich, wie mein Vater im nächsten Jahr die Regatta gewinnen kann?«

»Ja, aber er wollte mir nicht zuhören.«

»Natürlich nicht. Mein Vater hört niemandem zu. Es war keine gute Idee, meinem Vater einen Ratschlag geben zu wollen.«

»Das weiß ich nun auch.«

»Sagen Sie es mir – wie kann er die Regatta gewinnen?«

»Er muß die Form seines Bootes verändern. Ich könnte es für ihn tun. Ich könnte –«

Mrs. Schmitt kam mit dem Getränk zurück.

»Bitte, Miss.«

»Oh, vielen Dank.« Lorna nahm das Glas und hielt es mit beiden Händen fest. Plötzlich, in der Gegenwart der Köchin, wurde ihr schlagartig klar, daß es sich nicht gehörte, hier mit dem Küchenpersonal über Familienangelegenheiten zu sprechen, ganz egal, wie sehr sie sich auch für das Segeln interessierte.

Sie warf einen kurzen Blick auf die beiden Küchenmädchen, die noch immer in ehrfürchtiger Reglosigkeit verharrten. Plötzlich begriff sie, daß sie sie am Zubettgehen hinderte. Schnell leerte sie das Glas.

»Nochmals vielen Dank«, sagte Lorna freundlich. »Und gute Nacht.«

Die Mädchen machten einen tiefen Knicks und erröteten.

»Gute Nacht, Mrs. Schmitt.«

»Gute Nacht, Miss.«

Und nach einer kurzen Pause... »Gute Nacht, Harken.« Sie blickte wieder in seine tiefblauen Augen. Äußerlich war ihm weder ein Lächeln noch Nervosität anzumerken, sondern nur die Achtung, die ein Hausangestellter seiner Herrschaft zollt. Er erwiderte ihren Gruß mit einem kurzen Kopfnicken. Aber als sie auf die Tür zuging, sogen seine Augen ihre Gestalt von Kopf bis Fuß auf, und seine Hände umfaßten den Besenstiel noch eine Spur fester. Es war wahrhaftig nicht seine Art, aber ein Mann mußte blind sein, um ihr gegenüber gleichgültig zu bleiben. Als sie an der Tür ankam und gerade die Hand auf den Knauf legte, vernahm sie seine Worte.

»Darf ich fragen, Miss, wer Sie sind? Man hat uns gesagt, daß es hier drei Töchter gibt.«

Sie verharrte einen Augenblick und blickte über ihre Schulter zurück. »Ich bin Lorna, die Älteste.«

Lorna, die Älteste, dachte er und konnte kaum seine Bewunderung verbergen.

»Aha«, sagte er ruhig. »Dann gute Nacht, Miss Lorna, schlafen Sie gut.«

Sie schlief überhaupt nicht gut. Wie sollte sie auch, wenn sie ständig die tiefblauen Augen des Küchengehilfen vor sich sah? Wenn derselbe Küchengehilfe den Mut hatte, ihrem Vater einen Zettel zuzuschieben und ihm zu sagen, wie er die Regatta gewinnen konnte? Wenn sie selber gerne um alles in der Welt gewußt hätte, wie er das anstellen wollte? Wenn die abendlichen Ereignisse eine größere Auseinandersetzung zwischen ihren Eltern verursacht hatten und morgen alle ihre Freunde darüber sprechen würden? Wenn sie ihre erste Bowle getrunken hatte und ihr davon ein wenig wunderlich zumute war? Und sie für einen kurzen, herrlichen Moment die Pflichten einer Gastgeberin übernommen und für die Gäste Klavier gespielt hatte, auf der Veranda geheime Botschaften mit Taylor ausgetauscht hatte und sich sicher war, daß er sie in einem stilleren Augenblick geküßt hätte?

Wie konnte ein junges Mädchen von achtzehn Jahren in einer lauen Sommernacht schlafen, wenn das Leben in ihrer Brust pochte wie ein Schmetterling in seiner Puppe, kurz bevor er schlüpft?

Zweites Kapitel

In den Schlafräumen von Rose Point Cottage schlüpfte Levinia in ihr weites weißes Nachthemd mit den langen Ärmeln und knöpfte es trotz der sommerlichen Hitze bis oben hin zu. Sie trat hinter dem Paravent des Ankleidezimmers hervor, fertig vorbereitet für die Nacht. Ihre Zofe Mattie wartete bereits neben dem Frisiertisch.

Schweigend setzte sich Levinia. Mattie nahm die Organzarose

und die Kämme aus dem Haar, bürstete es und flocht es zu einem langen, lockeren Zopf. Als sie das Ende umwickelt hatte, fragte sie: »Haben Sie noch Wünsche, Ma'am?«

Levinia erhob sich, immer noch mit königlicher Haltung, obwohl ihr Haardiadem bereits aufgelöst war. Sie dankte ihren Angestellten nicht; der wöchentliche Lohn war ihr Dank. Außerdem führte übertriebene Dankbarkeit nur zu Selbstgefälligkeit, und aus Selbstgefälligkeit wurde schnell Faulheit. Sie verzog ihre Lippen zu einem fast unmerklichen Lächeln und sagte: »Nein, nichts mehr, Mattie. Gute Nacht.«

»Gute Nacht, Ma'am.«

Levinia verharrte aufrecht wie eine Heiligenstatue, bis die Tür sich hinter dem Mädchen schloß. Dann schob sie ihr Nachthemd hoch und gab endlich dem rasenden Verlangen nach, sich die tiefen Striemen zu kratzen, die die Korsettstäbe auf ihrem Brustkorb hinterlassen hatten. Sie tat dies so lange, bis ihre Haut schmerzte, fluchte leise vor sich hin, schloß den Bund ihrer langen, baumwollenen Pumpunterhose, löschte den Gasleuchter und trat in das Schlafzimmer.

Gideon saß zigarrerauchend im Bett und sah aus, als hätte er nicht übel Lust, die Zigarre auf Levinias Stirn auszudrücken. Die Matratze war sehr hoch; sie fühlte sich immer ausgeliefert, wenn sie unter seinen Blicken das Bett erklomm.

»Mußt du dieses abscheuliche Ding hier rauchen? Es stinkt wie ein brennender Misthaufen.«

»Das ist mein Bett, Levinia! Und ich rauche hier, wann es mir paßt!«

Sie drehte sich auf die Seite, kehrte ihm den Rücken zu und zog die Decke bis unter die Achselhöhlen, obwohl sie sehr schwitzte. Es würde ihr nicht gut bekommen, wenn sie sich auf die Bettdecke legte. Jedesmal, wenn sie das tat, näherte er sich ihr stoßend und rempelnd, um *es* wieder zu tun. Sie hatte sich schon unzählige Male gefragt, wie alt ein Mann werden mußte, um dieser abscheulichen Sache überdrüssig zu werden.

Er verpestete weiter die Luft mit dem widerlichen Kraut, weil er genau wußte, wie sehr sie es haßte und weil er sich heute abend über sie geärgert hatte, was wiederum er haßte.

In Ordnung, dachte sie, was *du* kannst, kann *ich* auch.

»Was ich dir noch sagen wollte, Gideon, Mrs. Schmitt wollte nur bleiben, wenn Harken auch bleibt; also habe ich ihn behalten.«

Hinter ihrem Rücken hustete und prustete es.

»Du... hast... *was?*«

»Ich habe Harken erlaubt zu bleiben. Ich mußte es tun, um Mrs. Schmitt zu behalten, so ist das nun einmal.«

Er griff ihre Schulter und drehte sie auf den Rücken. »Nur über meine Leiche.«

Sie starrte ihn wütend an, ihre Hände zogen krampfhaft die Decke über ihre Brust. »Du hast mich heute bloßgestellt, Gideon. Du hast uns lächerlich gemacht, ein Streit während der Dinnerparty! Und alles, weil du dir nichts sagen lassen willst! *Ich* habe dir aber widersprochen – weil ich nur so mein Gesicht wahren kann. Es wird sich herumsprechen – das ist immer so. Unsere Angestellten werden es denen der DuVals erzählen, und die erzählen es denen der Tufts, und bald weiß die ganze Welt, daß Levinia Barnett ihr Personal nicht unter Kontrolle hat. Deshalb bleibt Mrs. Schmitt – und Harken ebenso. Und wenn du hier noch weiter diesen stinkenden Rauch verbreitest, nur weil ich einmal das letzte Wort behalten habe, werde ich mit Vergnügen die Nacht auf dem Sessel im Ankleidezimmer verbringen!«

»Ja, das würde dir so gefallen, nicht wahr? Dann müßtest du mich nicht einmal im Schlaf berühren!«

»Laß mich in Frieden, Gideon. Es ist unerträglich heiß.«

»Es ist immer unerträglich heiß, nicht wahr? Oder du bist todmüde oder hast Angst, daß die Kinder etwas hören oder meine Schwestern. Es gibt immer eine Ausrede, nicht wahr, Levinia!«

»Gideon, was ist in dich gefahren?«

Er riß ihr die Decke weg, griff unter ihr Nachthemd und begann, die Knöpfe ihrer langen Hose zu lösen.

»Gleich weißt du, was in mich gefahren ist!«

»Bitte nicht, Gideon. Mir ist heiß, und ich bin sehr müde.«

»Das ist mir gleichgültig. Einmal in drei Monaten hat wohl jeder Mann das Recht. Und heute sind die drei Monate vorbei.«

Als sie begriff, daß nichts ihn aufhalten konnte, gab sie ihren Widerstand auf und lag da wie ein toter Ast, mit steifem Körper. Ihre Beine gaben seinem Drängen nach, sie ließ die Schande, die das Ehegelübde mit sich brachte, über sich ergehen. Während das Unvermeidliche seinen Lauf nahm, versuchte er, sie zu küssen. Aber ihr Mund blieb fest zusammengepreßt.

Als das unselige Geschehen vorüber war, drehte sich Gideon um, seufzte kurz und fiel sogleich in tiefen Schlaf. Levinia jedoch lag wach an seiner Seite, den Mund noch immer fest zugekniffen, mit eisigem Herzen.

Auch in dem Raum, den Agnes und Henrietta Barnett teilten, stand ein Wandschirm. Henrietta zog sich zuerst aus.

Henrietta betrachtete es als ihr gottgegebenes Recht, immer zuerst an der Reihe zu sein. Sie war schließlich die Erstgeborene. Henrietta war neunundsechzig, Agnes siebenundsechzig Jahre alt. Henrietta hatte Agnes ihr ganzes Leben lang bevormundet. Und das sollte sich auch jetzt nicht mehr ändern.

»Beeil dich, Agnes, und lösch das Licht. Ich bin müde.«

»Ich muß zuerst noch mein Haar bürsten, Etta.« Agnes ging zum Toilettentisch und schloß ihr Nachthemd am Hals. Henrietta lehnte sich in ihre aufgeschüttelten Kissen zurück, schloß ihre Augen und genoß den rosafarbenen Schimmer hinter ihren Lidern, während sie lauschte, wie Agnes in ihrer etwas ungeschickten Art am Frisiertisch hantierte und sie am Einschlafen hinderte.

Agnes setzte sich, zog die Zelluloidnadeln aus ihrem dicken, grauen Haar und begann sich zu bürsten. Eine Stechmücke schwirrte um den runden Schirm der Gaslampe, aber Agnes beachtete sie nicht und tat ruhig einen Bürstenstrich nach dem anderen. Ihre Augen waren hellblau, ihre Augenbrauen verliefen in einem leicht geschwungenen Bogen, der sich am Ende verjüngte. Sie sahen noch aus wie damals, als sie gerade zwanzig war, obwohl sich das Mahagoni ihrer Jugend in Grau verwandelt hatte. Sie hatte ein schmales Gesicht mit feinen Zügen und einen zartgliedrigen Körper. Ihre Stimme hatte nun ein leichtes Beben, das sich auch in ihren Augen widerzuspiegeln schien.

»Ich glaube, der junge DuVal hat sich in unsere Lorna verliebt.«

»Ach was, Agnes, du glaubst immer, daß jeder junge Mann in jedes junge Mädchen verliebt ist, sobald sie nur ein Wort tauschen.«

»Nun, ich glaube, daß er tatsächlich in sie verliebt ist. Hast du sie heute abend nicht zusammen auf der Veranda gesehen?«

Henrietta kapitulierte und öffnete ihre Augen. »Ich habe sie nicht nur gesehen, sondern auch gehört, worüber sie gesprochen haben. Und damit du es weißt: *Sie* hat *ihn* nach draußen eingeladen. Darüber wollte ich im übrigen auch mit Levinia sprechen. Ich frage mich, wohin es wohl führt, wenn ein junges Mädchen von achtzehn Jahren so verwegen handelt. Das schickt sich nicht!«

»Unsere Lorna ist kein Mädchen mehr, Etta. Sie ist eine junge Frau. Ich war erst siebzehn, als Captain Dearsley um mich warb.«

Henrietta drehte sich zur Wand und gab ihrem Kissen einen Knuff. »Ach, du und dein Captain Dearsley. Bitte verschone mich mit dieser Geschichte.«

»Ich werde nie vergessen, wie er an jenem Abend aussah, in seiner Uniform mit den goldenen Schulterstücken, die im Mondlicht glänzten, und den...«

Henrietta fiel ein. »... und den Handschuhen, so weiß wie Schwanenfedern. Wenn du es noch einmal erzählst, Agnes, dann dreht sich mir der Magen um.« Sie warf einen Blick über ihre Schulter. »Lösch nun das Licht und geh zu Bett!«

Agnes bürstete weiter verträumt ihr Haar. »Er hätte mich geheiratet, wenn er aus der Schlacht zurückgekehrt wäre. O ja, das hätte er! Und wir hätten ein ebenso schönes Haus wie dieses gehabt – und Personal – und drei Söhne und drei Töchter.

Der erste Sohn hätte Malcolm geheißen und die erste Tochter Mildred. Captain Dearsley und ich hatten schon über Kinder gesprochen. Er wünschte sich ebenso wie ich eine große Familie. Jetzt wäre unser Malcolm schon in den Vierzigern, und ich hätte schon Enkel. Stell dir das doch einmal vor, Etta: ich als Großmutter.«

Henrietta schnaubte wütend.

»Ach, ich...« Agnes seufzte. Sie legte die Bürste nieder und ließ ihr Haar offen über die Schultern fallen.

»Flechte einen Zopf«, befahl Henrietta.

»Es ist zu heiß heute abend.«

»Eine Dame flicht zur Nacht immer einen Zopf, Agnes. Wann wirst du das endlich lernen?«

»Wenn ich Captain Dearsley geheiratet hätte, hätte ich sicher an vielen Abenden keinen Zopf geflochten. Er hätte mich gebeten, mein Haar offen zu tragen, und ich hätte es getan!«

Als das Haar zu einem festen Zopf geflochten war, löschte Agnes das Licht, trat an das Fenster und schaute über das Gewächshaus und die Rabatten mit Levinias preisgekrönten Rosen, die einen betörenden Duft verströmten. Sie schob die Gardinen beiseite, lauschte dem Plätschern des Springbrunnens und atmete tief die Nachtluft ein. Dann trippelte sie mit bloßen Füßen zu dem geschnitzten Bett und legte sich neben ihre Schwester, auf den Platz, wo sie schlief, solange sie denken konnte.

Durch die Wand hörten sie die gedämpften Stimmen Levinias und

Gideons. »Oh, mein Gott«, flüsterte Agnes, »es hört sich so an, als stritten sie noch immer.« Plötzlich brach die Unterhaltung ab, und ein gleichmäßiges Poltern gegen die gemeinsame Wand setzte ein.

Henrietta hob leicht den Kopf und horchte einen Moment, drehte sich auf die andere Seite und zog sich die Decke über den Kopf.

Agnes lag auf dem Rücken, blickte in die Schatten der Nacht, lauschte den Geräuschen und lächelte verträumt.

In einem der Zimmer auf der anderen Seite des breiten Korridors saß Jenny Barnett im Schneidersitz auf dem Bett ihrer Schwester Daphne. Die beiden trugen ihre Nachthemden, das Licht war bereits gelöscht. Jenny hatte den Streit ihrer Eltern schon wieder vergessen. Sie sprach über ihr Lieblingsthema.

»Lorna kann so glücklich sein.« Jenny ließ sich auf den Rücken fallen, ein Fuß baumelte über die Bettkante. »Er sieht soooo gut aus.«

»Das sag' ich ihm.«

»O nein, das wirst du nicht. Wenn du das tust, verrate ich, daß du heimlich hinter dem Gewächshaus rauchst.«

»Das ist nicht wahr!«

»O doch. Theron hat's gesehen und mir erzählt. Du und Betsy Whiting.«

»Oh, ich bringe ihn eines Tages noch um!«

Jenny wippte mit dem Fuß. »Gefällt dir Taylors Bart?«

»Ich finde Bärte dumm.«

Jenny rollte auf den Bauch und legte ihre Wange auf die gefalteten Hände. »Bei Taylor ist er nicht dumm.« Sie stieß einen tiefen Seufzer aus. »Ich würde alles darum geben, an Lornas Stelle zu sein. Theron hat gesagt, daß Taylor sie letzte Woche im Rosengarten geküßt hat.«

»Ihhhhh! Ich würde nie Taylor DuVal küssen. Ich würde gar keinen Jungen küssen. Jungs sind eklig.«

»Ich würde Taylor küssen. Ich würde ihn sogar mit offenem Mund küssen.«

»Mit offenem Mund! Jenny Barnett, du kommst in die Hölle, wenn du so etwas sagst!«

Jenny setzte sich wieder in den Schneidersitz. Sie ließ ihren Kopf so weit in den Nacken fallen, daß ihr Haar die Hüfte erreichte, umfaßte ihre Hände, streckte sie zur Zimmerdecke und drückte ihre kleinen Brüste unter dem kurzen Nachthemd nach vorne. »Nein, komme ich nicht. Sissy hat gesagt, daß alle Erwachsenen so küssen. Sie legen sich sogar gegenseitig ihre Zungen in den Mund.«

»Das sag' ich Mama!«

Jenny verschränkte ihre Arme hinter sich auf der Matratze. »Dann erzähl's ihr doch! Sissy hat gesagt, daß alle es tun.«

Sissy Tufts war Jennys beste Freundin und so alt wie sie.

»Woher weiß Sissy das?«

»Sissy hat es getan. Mit Mitchell Armfield. Sie sagt, daß es schrecklich aufregend war!«

»Du lügst. Niemand würde etwas so Ekliges tun.«

»Oh, Daphne...« Jenny erhob sich von dem Bett, mit geradem Rücken und gestreckten Fußspitzen wie eine Ballerina, die über die Bühne zu ihrem Prinzen schwebt. »Ach, du bist noch ein Kind.« Sie sank auf der Fensterbank nieder, hinter ihr flutete Mondlicht in das Zimmer. Hingegossen wie eine Diva schlang sie beide Arme um ihr nacktes Knie und bettete ihre Wange darauf.

»Bin ich nicht! Ich bin nur zwei Jahre jünger als du!«

Jenny zog mit einer Fußspitze einen Halbkreis in der Luft. »Eines weiß ich. Wenn ein Junge mich küssen möchte, dann versuch' ich's. Und wenn er seine Zunge in meinen Mund legen möchte, dann werde ich auch das versuchen.«

»Glaubst du wirklich, daß Lorna das mit Taylor getan hat?«

Jenny gab ihre Pose auf, stellte beide Füße fest auf die Fensterbank und faltete ihre Hände über den nackten Zehen.

»Theron hat sie mit seinem Fernglas beobachtet.«

»Theron und sein blödes Fernglas. Ich wünschte, Tante Agnes hätte es ihm nie geschenkt. Er nimmt es überall mit hin und beobachtet meine Freundinnen und gackert dann ›Das Auge sieht alles.‹ Das ist wirklich nicht lustig.«

Sie saßen eine Weile schweigend da und dachten darüber nach, wie lästig ein zwölfjähriger Bruder manchmal sein konnte und wann sie wohl das erste Mal küssen würden.

Jenny unterbrach die Stille. »Du, Daph?«

»Was?«

»Was macht man mit der Nase, wenn man einen Jungen küßt?«

»Woher soll ich das wissen?«

»Glaubst du, sie ist im Weg?«

»Ich weiß es nicht. Sie ist jedenfalls nicht im Weg, wenn die Tanten mich küssen.«

»Das ist aber anders. Wenn dich erst Jungs küssen, dann werden dich die Tanten nicht mehr küssen.«

Nach einem kurzen Schweigen sagte Jenny: »Du, Daph?«

»Was?«

»Was geschieht, wenn ein Junge versucht, uns zu küssen, und wir wissen nicht, was wir tun müssen?«

»Wir werden es wissen.«

»Woher sollen wir es wissen? Ich finde, daß wir es üben sollten.«

Daphne ahnte, was ihre Schwester vorhatte. »O nein, ich nicht! Such dir jemand anderen!«

»Du wirst eines Tages aber auch einen Jungen küssen müssen. Willst du dich dann blamieren, wenn du noch gar nichts darüber weißt?«

»Ich will mich lieber blamieren, als mit dir das Küssen zu üben.«

»Ach, komm schon, Daphne.«

»Du bist verrückt. Du hast wohl zuviel nach Taylor DuVal geschielt.«

»Wir treffen ein Abkommen. Wir werden niemandem davon erzählen, solange wir leben.«

»Nein«, beharrte Daphne dickköpfig. »Ich werde es nicht tun.«

»Stell dir vor, David Tufts ist der erste, der dich küßt, und eure Nasen stoßen zusammen, und du blamierst dich, wenn er versucht, seine Zunge in deinen Mund zu legen.«

»Woher weißt du das mit David Tufts?«

»Theron beobachtet mit seinem Fernglas nicht nur Lorna.«

»David Tufts würde niemals versuchen, mich zu küssen. Er erzählt mir immer nur von seiner Käfersammlung.«

»Vielleicht nicht in diesem Sommer, aber irgendwann sicher.«

Daphne dachte einen Augenblick nach und kam zu dem Schluß, daß Jenny vielleicht doch recht haben könnte. »Na gut. Aber umarmen werde ich dich nicht!«

»Natürlich nicht. Wir tun es wie Sissy und Mitchell. Sie haben nebeneinander in der Schaukel auf der Veranda gesessen, als es passiert ist.«

»Was soll ich nun tun? Soll ich mich neben dich setzen?«

»Klar!«

Daphne verließ ihr Bett und setzte sich neben ihre Schwester auf die Fensterbank. Ihre nackten Füße berührten den Boden, ihr Haar schimmerte im Mondlicht. Sie schauten sich an und kicherten, verstummten und wurden unsicher. Keine bewegte sich.

»Müssen wir die Augen schließen?« fragte Daphne.

»Ich glaube schon. Es wäre zu peinlich, es mit geöffneten Augen zu tun.«

Daphne willigte ein. »Gut, dann laß es uns versuchen. Mach schon. Ich komme mir so dumm vor.«

»In Ordnung. Schließ deine Augen und neige ein wenig deinen Kopf zur Seite.«

Die beiden neigten ihre Köpfe und spitzten ihre Lippen wie Würstchen, die beim Kochen aufgeplatzt waren. Ihre Lippen trafen sich ganz kurz, dann zuckten die beiden wieder zurück und öffneten die Augen.

»Was denkst du?« fragte Jenny.

»Wenn das Küssen war, dann schaue ich mir lieber David Tufts' Käfersammlung an.«

»Es war ein wenig enttäuschend, nicht wahr? Glaubst du, wir sollten es noch einmal versuchen und uns mit den Zungen berühren?«

Daphne schaute zweifelnd. »Na gut, aber wisch zuerst deine Zunge am Nachthemd ab.«

»Eine gute Idee.«

Die beiden Schwestern zupften an ihren Nachthemden und rieben ihre Zungen mit dem weichen Stoff ab, legten schnell die Köpfe auf die Seite, kniffen die Augen zu, schnellten nach vorne und küßten sich so, wie sie glaubten, daß es richtig sei. Nach zwei Sekunden drang ein lautes Schnauben durch Daphnes Nase.

»Hör auf!« tadelte Jenny. »Du hast mich beschleimt!« Aber auch sie mußte lachen.

Daphne spuckte in ihr Nachthemd und rieb ihre Zunge, als hätte sie den Mund voll Gift. »Ihhhgitt, war das schrecklich. Wenn das Küssen ist, würde ich lieber David Tufts' Käfersammlung *essen.*«

Sie wanden sich vor Lachen, bis ihre Bäuche schmerzten. Dann schmiegten sie sich in ihre Kissen. Die warme Nachtluft, die durch das Fenster drang, umschmeichelte ihre nackten Beine, und sie fühlten sich wie zwei junge Elfen, die auf dem Grat zum Erwachsensein schwebten, noch zögerten, die Grenze zu überschreiten und doch wußten, daß sie dazu bereit waren und es bald soweit sein würde. Ihre geblümten Baumwollnachthemdchen erschienen im fahlen Mondlicht wie zwei blaue Flecken auf den Kissen, in denen sie zusammengerollt lagen, nun erschöpft und müde. Ihre ersten Kußversuche waren schon zu einer lustigen Episode geworden, die sie ihren eigenen Kindern erzählen und bis an ihr Lebensende in Erinnerung behalten sollten. Jenny blickte nachdenklich durch das Fenster hinauf zu den Sternen und sagte nach einer Weile: »Ich glaube, es funktioniert nur mit einem Jungen!«

»Ja, so ist es wohl«, stimmte Daphne zu und blickte ebenfalls zu den Sternen.

Vom Ufer her hörte man das sanfte Klatschen der Wellen. In der Luft lag das Quaken der Frösche. Aus dem Garten stieg der berauschende Duft von Mamas Rosen und das Plätschern des Springbrunnens auf. Ganz aus der Ferne konnte man das Zischen der Dampflokomotive vernehmen, die einen Schwung Sommergäste aus Saint Paul brachte. In ihrer kindlichen Unschuld glitten Jenny und Daphne in das Reich der Träume, auf ihren Zungen war nicht der Geschmack eines Kusses, sondern nur der ihrer gestärkten Nachthemden.

In Theron Barnetts Zimmer brannte das Licht noch. Er lag in seinem Bett, dessen Kopf- und Fußende geformt waren wie die Schaufelräder eines Raddampfers, umgeben von zahlreichen Seefahrtutensilien. Sein schmaler rechter Knöchel ruhte auf dem angewinkelten linken Knie, sein Nachthemd war bis zur Hüfte hochgezogen. In der rechten Hand hielt er sein Messingfernrohr, das zu voller Länge ausgezogen war. Er schwenkte es durch die Luft und stieß gleichzeitig ächzende Maschinengeräusche aus.

Er hatte im vergangenen Winter viel über den Bürgerkrieg gelernt. Besonders faszinierte ihn die Seeschlacht zwischen der *Monitor* und der *Merrimack*.

»Vrrrtt!« Er ahmte das Stöhnen der Dampfmaschine nach. Wild bewegte er sein Fernrohr, warf sich von einer Seite auf die andere, lehnte sich seitlich aus dem Bett, bis sein Kinn fast den Boden berührte. Er ruderte mit seinen nackten Füßen in der Luft und ahmte mit seiner Stimme das Brausen des Meeres nach. Plötzlich schoß er in die Höhe, kniete sich in die Mitte seines Bettes, kniff ein Auge zu, spähte mit dem anderen durch sein Fernrohr auf die Wand. Ein fremdes Kriegsschiff mit geblähten Segeln war in Sicht.

»Schiff ahoi! Die Brigg *Theron* zehn Grad Backbord!« Er wußte nicht genau, was die Worte bedeuteten. Er schwenkte sein Fernrohr durch das Zimmer und sah sein Schiff von einer feindlichen Flotte umzingelt. »Alle Mann an die Kanonen!« Artilleriefeuer traf sein Schiff, er brach zusammen, mit geschlossenen Augen und zuckenden Lidern, das Fernrohr glitt ihm aus der Hand.

Als er, alle viere von sich gestreckt, auf seinem zerwühlten Bettlaken lag, hörte er Kichern aus dem Zimmer seiner Schwestern. Er richtete sich auf, griff nach dem Rädchen der Gaslampe und löschte schnell das Licht. Dann sprang er aus dem Bett, huschte flink zum Fenster, schob die Gardine beiseite und richtete sein Fernrohr auf das seitliche Fenster des Zimmers seiner Schwestern, das wie seines in einem Erker gelegen war. Aber ihr Fenster war dunkel, und alles, was er erkennen konnte, waren die weißen Gardinen.

Enttäuscht, daß er, der gefürchtete und gehaßte Yankee-Spion Black Barnett, in dieser Nacht nichts Aufregendes ausspähen konnte, ließ er sein Fernrohr auf der Fensterbank liegen und tappte gähnend zurück in sein Bett.

Das sonntägliche Morgenritual in Rose Point Cottage begann um acht Uhr mit dem Frühstück, gefolgt von dem Kirchgang um zehn. Lorna wachte schon um halb sieben auf, schoß hellwach in die Höhe, blickte auf ihren Wecker und sprang aus dem Bett.

Mrs. Schmitt hatte gesagt, daß das Personal frei hatte, sobald das Frühstück vorbereitet war. Das hieß, daß sie Harken noch vor acht Uhr abpassen mußte, wenn sie ihm noch einige Fragen stellen wollte. Um Viertel vor acht betrat Lorna abermals über den Dienstbotenzugang die Küche, fertig angezogen und bereits für den Kirchgang frisiert. Glynnis, das Serviermädchen, war wieder da und kam gerade mit einem Stapel sauberer Teller aus der Geschirrkammer.

Mrs. Schmitt bereitete die Eier zu, das rothaarige Küchenmädchen trocknete in einem Geschirrtuch den gewaschenen Spinat ab, die andere hackte auf dem Fleischerblock Kräuter. Harken kniete auf einem Baumwollappen und zerkleinerte Eis. »Entschuldigen Sie mich«, sagte Lorna, und abermals erstarrten alle.

Nach einem kurzen Moment der Überraschung fand Mrs. Schmitt ihre Sprache wieder. »Es tut mir leid, Miss, aber das Frühstück ist noch nicht ganz fertig. Es wird um acht auf dem Buffet im Speisezimmer stehen.«

»Oh, ich bin nicht wegen des Frühstücks hier. Ich möchte mit Harken sprechen.«

Harken ließ einen Brocken Eis in die geschliffene Glasschale fallen, erhob sich langsam und trocknete seine Hand an der Hose ab.

»Ja, bitte«? sagte er höflich.

»Ich möchte von Ihnen wissen, wie mein Vater im nächsten Jahr die Regatta gewinnen kann.«

»Jetzt sofort, Miss?«

»Wenn es Ihnen nichts ausmacht, ja.«

Harken und Mrs. Schmitt tauschten einen kurzen Blick, bevor ihre Augen zu der großen Küchenuhr wanderten. »Ich würde es Ihnen gerne erklären, Miss, aber Chester ist noch immer nicht da, und ich muß Mrs. Schmitt helfen.«

Lorna blickte ebenfalls zur Uhr. »Oh, natürlich, wie dumm von mir. Vielleicht später? Es ist so wichtig.«

»Selbstverständlich, Miss.«

»Nach dem Gottesdienst?«

»Nun, ...äh...« Er räusperte sich und verlagerte sein Gewicht von dem einen Bein auf das andere. Er faltete seine Hände über dem Stiel der Eishacke. Mrs. Schmitt wendete die Eier in der Pfanne und warf ein: »Er hat heute frei, Miss. Er wollte zum Angeln gehen. Ihr Mädchen«, rief sie den beiden Küchenhilfen zu, »beeilt euch und macht den Spinat und die Kräuter fertig.«

Die eine legte den Spinat in eine Schüssel, die andere hackte weiter die Kräuter, und Lorna begriff, daß sie die Angestellten von der Arbeit abhielt. Sie wandte sich Harken zu. »Oh, natürlich, ich wollte Ihnen Ihren freien Tag nicht stehlen. Aber ich möchte mehr über Ihre Idee wissen. Es wird nur ein paar Minuten dauern. Angeln Sie hier am See?«

»Ja, mit Mr. Iversen.«

»Mit *unserem* Mr. Iversen? Mit Tim?«

»Ja, Miss.«

»Das ist ja phantastisch! Ich werde mit der Jolle zu Tim hinübersegeln, sobald wir aus der Kirche zurück sind. Dann können wir einige Minuten reden, und Sie haben den ganzen Nachmittag zum Angeln. Sind Sie einverstanden?«

»Ja, natürlich, Miss.«

»Gut. Dann treffen wir uns bei Tim, sobald ich weg kann.«

Als Lorna die Küche verlassen hatte, blickte Mrs. Schmitt Harken von der Seite an. Sie rührte die Käsesoße, und ihr wackelndes Doppelkinn erinnerte an einen Truthahn. »Paß auf, was du tust, Jens Harken. Du hast in dieser Woche fast schon einmal deine Stellung verloren. Und beim nächsten Mal kann ich dich nicht mehr retten.«

»Was hätte ich denn tun sollen? Es ablehnen?«

»Ich weiß es nicht, aber sie gehört zu den Herrschaften und du zum Personal. Das darf man niemals durcheinanderbringen. Daran solltest du immer denken!«

»Wir stehlen uns doch schließlich nicht davon, um uns allein zu treffen, Iversen ist doch dabei.«

Mrs. Schmitt schnaubte und ließ ihren hölzernen Löffel sinken. »Ich sage nur: Paß gut auf, junger Mann. Du bist fünfundzwanzig, sie achtzehn – und es ist gefährlich.«

Beim Frühstück verspürte Lorna eine leichte Enttäuschung, daß Glynnis und nicht Harken den Kaffee servierte. Papa und Mama waren an diesem Morgen außergewöhnlich still. Jenny, Daphne und Theron schienen noch sehr müde zu sein, nachdem sie am vorigen Abend mit den Erwachsenen aufbleiben durften. Tante Henrietta redete auf Tante Agnes ein, daß sie nicht zuviel essen dürfe und mit den scharfen Würstchen vorsichtig sein solle. Zuviel davon würde ihrer Verdauung schaden. Tante Agnes plauderte, wie immer, mit dem Serviermädchen.

»Danke, Glynnis«, sagte sie, als die junge Frau ihr Kaffee einschenkte. »Wie geht es heute Ihrem Zahn?«

Levinia schaute tadelnd hinüber zu Agnes, die jedoch den Blick nicht bemerkte und dem Mädchen mit der weißen Schürze und dem Häubchen zulächelte. Sie war höchstens achtzehn, hatte pockennarbige Haut und eine zu große Nase.

»Viel besser, Mum, danke.«

»Haben Sie Neuigkeiten von Chester?«

»Nein, Mum, wir haben nichts von ihm gehört.«

»Wie schrecklich, daß sein Vater krank ist.«

»Ja, Mum, er ist schon sehr alt. Siebenundsiebzig, hat Chester gesagt.«

Levinia räusperte sich hörbar, hob ihre Tasse und ließ sie wieder auf die Untertasse sinken. »Mein Frühstück wird kalt, bevor ich meinen Kaffee habe, Glynnis.«

»Oh, natürlich, Mum.« Glynnis schoß die Röte ins Gesicht, sie eilte auf die andere Seite des Tisches.

Als sie den Raum verlassen hatte, tadelte Henrietta: »Du lieber Himmel, Agnes, ich wünschte, du wärest nicht so schwatzhaft mit dem Personal. Das schickt sich wirklich nicht.«

Agnes schaute mit Unschuldsmiene. »Aber warum denn nicht? Ich habe das arme Kind nur nach seinen Zahnschmerzen gefragt. Und Chester gehört nach all den langen Jahren ja schon fast zur Familie. Tut es dir nicht leid, daß sein Vater krank ist?«

Levinia sagte mit kühler Stimme: »Selbstverständlich bedauern wir es, Agnes. Aber Henrietta hat recht: Darüber sprechen wir nicht mit dem Personal.«

Agnes erwiderte hartnäckig: »Du vielleicht nicht, Levinia. Aber ich lege Wert auf die Unterhaltung mit den Angestellten. Und Glynnis ist ein ausgesprochen nettes, junges Mädchen. Bitte reiche mir die Butter, Daphne.«

Levinias linke Augenbraue hob sich. Sie tauschte einen heimlichen Blick mit Henrietta.

Lorna ging zum Buffet und nahm sich von den frischen Erdbeeren. Sie betrachtete das Eis in der geschliffenen Glasschale und dachte an Harken, wie er, kaum vor einer Viertelstunde, auf Knien gelegen und es zerkleinert hatte. Wieder am Tisch, sagte sie: »Wenn heute niemand die Jolle braucht, würde ich sie gerne nach der Kirche nehmen. Darf ich, Papa?«

Gideon hatte während der ganzen Mahlzeit noch kein Wort gesagt. Die Augen fest auf seinen Teller mit den Würstchen gerichtet, antwortete er, ohne aufzublicken. »Ich schätze es nicht, wenn Frauen segeln, Lorna. Das weißt du genau.«

Er schob das Würstchen in seinen Mund, einige Fettropfen blieben dabei in seinem Walroßschnauzer hängen.

Lorna schaute ihn an und versuchte, gelassen zu bleiben. Wenn es nach ihm ginge, würde sie immer nur zu Hause bleiben, im Schatten sitzen und das Leben vorbeiziehen sehen. So, wie ihre Mutter es tat. Sie konnte natürlich mit ihm streiten, aber Überredung war bei Papa der bessere Weg. Solange er glaubte, die Entscheidung läge bei ihm, hatten die Frauen der Familie wenigstens eine geringe Chance, ihren Willen durchzusetzen.

»Ich bleibe ganz nah am Ufer, und ich werde auch meinen Hut aufsetzen.«

»Selbstverständlich trägst du einen Hut«, warf Tante Henrietta ein. »Mit einer spitzen Hutnadel!« Ständig schärfte Tante Henrietta ihren Nichten ein, sie sollten immer eine spitze Hutnadel bei sich haben. Das sei schließlich ihre einzige Waffe. Lorna hatte sich schon oft gefragt, was Tante Henrietta wohl widerfahren sein mochte, daß sie glaubte, stets eine Waffe bei sich tragen zu müssen. Was sollte Lorna außerdem an einem herrlichen Sonntagnachmittag mitten auf dem White-Bear-Lake zustoßen?

»Ich werde meine spitzeste Nadel mitnehmen«, stimmte sie mit sanfter Stimme zu. »Und ich bin auch pünktlich wieder da.«

Gideon wischte seinen Schnurrbart ab und blickte seine Tochter finster an, als er nach seiner Tasse griff. Sie ahnte, daß er schlechter Stimmung war.

»Du kannst das Ruderboot nehmen.«

Sie hatten erst kürzlich eine gehörige Auseinandersetzung gehabt, als ihm durch Therons Geplapper zu Ohren gekommen war, daß sie Mitch Armfield überredet hatte, ihr das Segeln beizubringen.

»Das Ruderboot«, jammerte sie, »aber Papa –«

»Das Ruderboot oder gar keines. Zwei Stunden. Und du nimmst den Rettungsring mit. Wenn du mit deinen Röcken über Bord fällst, wirst du untergehen wie eine bleierne Ente.«

»Ja, Papa«, stimmte sie artig zu. Zu ihrer Mutter sagte sie: »Wenn du nichts dagegen hast, nehme ich den Picknickkorb und etwas zu essen mit.«

Sonntags konnten sie ohne große Umstände einen Picknickkorb vorbereiten lassen, denn fast alle Hausangestellten hatten ihren freien Tag, und es gab ohnehin nur ein kaltes Buffet.

»Nun gut«, stimmte Levinia zu. »Aber ich habe trotzdem Angst, wenn du ganz allein auf dem Wasser bist.«

»Ich könnte mitfahren!« warf Theron hoffnungsvoll ein.

»Nein!« schrie Lorna noch im selben Augenblick.

»Bitte, Mutter, darf ich?« Unter dem Tisch zappelte Theron in freudiger Erwartung mit den Beinen.

»Mutter, ich habe ihn letzte Woche schon in die Stadt mitgenommen, als ich eigentlich allein fahren wollte. Und außerdem war er vor einigen Tagen mit Taylor und mir bei dem Konzert. Warum muß ich ihn immer mitnehmen?«

»Lorna hat recht. Du bleibst heute zu Hause.«

Lorna seufzte erleichtert und beeilte sich, vor den anderen das Frühstück zu beenden. »Ich sage Mrs. Schmitt geschwind Bescheid.« Sie stürzte schnell den letzten Schluck Kaffee hinunter und stürmte aus dem Speisezimmer, bevor ihre Eltern es sich wieder anders überlegten.

Jens Harken war in der Küche, als Lorna den Kopf durch die Tür steckte. Er kniete vor dem Eisschrank und zog gerade den Abtropfbehälter heraus. Als sich die Schwingtür öffnete, schaute er auf. Seine Augen waren wirklich so blau wie in ihrer Erinnerung, sein Gesicht genauso gut geschnitten, seine Schultern ebenso breit.

Er stand auf, den Ablaufkasten mit dem schwappenden Wasser in beiden Händen, nickte ihr kurz zu und verschwand durch den Hinterausgang in den Küchengarten.

»Mrs. Schmitt?« rief Lorna und spähte zum Ausgang. Mrs. Schmitt kam aus der Geschirrkammer herangeeilt. Sie war gerade dabei gewesen, das Silber zu zählen.

»Oh, Miss, schon wieder Sie.«

»Ja.« Lorna errötete leicht, lächelte und begriff, daß solche Wünsche wie der, den sie jetzt auf dem Herzen hatte, das bißchen freie Zeit des Personals noch verkürzte. Harken war zurückgekommen und kniete vor dem Eisschrank, um den Behälter wieder einzusetzen.

»Ich wollte Sie fragen, ob Sie mir einen Picknickkorb zurechtmachen könnten. Nur ein wenig von dem Buffet. Ich möchte ihn im Ruderboot mitnehmen.«

»Natürlich. Ich packe auch einige von den kleinen Johannisbeertörtchen ein, die Sie so mögen.«

Lorna war verblüfft. Sie hatte Mrs. Schmitt nie gesagt, daß sie die Johannisbeertörtchen liebte.

»Woher wissen Sie denn das?«

»Die Dienstboten haben's mir gesagt. Ich kenne all Ihre Lieblingsspeisen und auch die Ihrer Geschwister und Eltern.«

Lorna lächelte nochmals. »Vielen Dank, Mrs. Schmitt, ich liebe Johannisbeertörtchen. Genießen Sie Ihren freien Tag!«

»Danke, Miss, das werde ich.«

Sie verließ die Küche, ohne nochmals Harken anzuschauen. Aber sie wußte genau, daß seine Arme unter dem aufgekrempelten Hemd stark und kräftig waren wie die Äste einer Eiche und daß seine Augen mehr als einmal auf ihr geruht hatten, während er seiner Küchenarbeit nachgegangen war.

Gegen Mittag brach Lorna auf. Ihr Strohhut war sorgfältig mit einer spitzen Hutnadel befestigt. Die blauen Bänder, die dieselbe Farbe hatten wie die Streifen ihres Kleides, reichten ihr bis zu den Hüften. Sie hatte die weißen Segeltuchschuhe gewählt, die mit Gummibändern geschlossen wurden und ihr das lästige Schnüren ersparten. Wenige Meter vom Ufer entfernt ließ sie die Ruder fallen, entledigte sich ihrer Schuhe, der dünnen Strümpfe und der Strumpfbänder. Die überflüssigen Utensilien stopfte sie kurzerhand in den Picknickkorb. Sie nahm die Ruder wieder auf, warf einen kurzen Blick auf das Festland hinter ihr und nahm Kurs auf Tim Iversens Anwesen jenseits des Sees.

Tim Iversen gehörte zu den wenigen Menschen, die jeder mochte. Er war dank seines Berufs in der glücklichen Lage, die Grenzen der unterschiedlichen Gesellschaftskreise überschreiten zu können, denn als Fotograf hatte er mit Menschen aller Schichten zu tun. Er war nicht reich im eigentlichen Sinne, und sein selbstgezimmertes Blockhaus stand schon am Ufer des White Bear Lake, bevor die Reichen hier ihre luxuriösen Sommersitze errichten ließen. Sein Haus trug den Namen Birch Lodge und stand allen Besuchern offen. Er segelte nicht nur mit den Reichen, er jagte und angelte auch mit ihnen und pflegte so regen Umgang mit ihnen. Seitdem die Crème de la crème der Gesellschaft White Bear zu ihrem Tummelplatz erklärt hatte, dokumentierte er alle wichtigen Ereignisse, die dort stattfanden, mit seinen Fotografien.

Aber auch die einfachen Leute hatten in Tim einen Freund. Er stammte aus ärmlichen Verhältnissen und hatte das auch nie vergessen. Er war anspruchslos und sah nicht gut aus. Als Junge hatte er durch einen Unfall mit Pfeil und Bogen sein linkes Auge verloren und trug seitdem ein Glasauge. Sein rechtes Auge reichte jedoch, um ein Fotograf beider Gesellschaftsschichten zu werden. Er besaß ein Atelier in Saint Paul und war darüber hinaus zu landesweitem Ruf gelangt, da er die ganze Welt bereiste und Bilder aus allen Ländern mitbrachte.

Von Iversens Kamera war indessen keine Spur zu sehen, als Lorna sich dem Ufer näherte. Er und Harken standen mit hochgerollten Hosenbeinen im seichten Wasser. Noch ein gutes Stück vom Ufer entfernt zog Lorna wieder Schuhe und Strümpfe an. Sie tat noch einige Ruderschläge, blickte über die Schulter zum Ufer und sah, wie Tim ihr zuwinkte. Sie winkte zurück. Harken beobachtete mit seinem Netz in der Hand reglos das Boot. Als sie an der Anlegestelle ankam, erwarteten sie die beiden Männer bereits im knietiefen Wasser. Harken griff nach dem Seil, um das Boot zu vertäuen, während Tim Lorna begrüßte. »Das ist aber eine gelungene Überraschung, Miss Lorna.«

Sie erhob sich und geriet kurz ins Schwanken, als das Boot am Ufer aufstieß.

»Es ist gar keine Überraschung, Mr. Iversen. Harken hat doch sicher erzählt, daß ich komme.«

»Ja, das hat er«, lachte Iversen und sprang auf den Steg, um Lorna die Hand zu reichen. »Aber ich kenne Ihren Vater und seine Meinung zu segelnden Frauen. Deshalb war ich sicher, daß er Sie nicht weglassen würde.«

»Wie Sie unschwer erkennen, hat er mir auch nur das Ruderboot gegeben«, antwortete Lorna, als sie Iversens Hand ergriff und auf den Steg trat. »Außerdem mußte ich versprechen, in zwei Stunden wieder zurück zu sein.«

Bis jetzt hatte sie es vermieden, Harken anzuschauen. Nun, als er im Wasser stand und ihr Boot festmachte, blickte sie zu ihm runter.

»Hallo«, sagte sie ruhig.

Er hob seinen Kopf. Sein blondes Haar glänzte in der Sonne. Seine Hosen waren naß bis fast in den Schritt. Er trug ein kragenloses, weißes Hemd und rote Hosenträger. Mit einem kräftigen Ruck zog er den Knoten fest.

»Hallo, Miss.«

»Ich störe Sie beim Fischen.«

»Oh, das macht nichts.« Er warf einen Blick in Richtung seiner Angelutensilien. »Wir können später noch weiterfischen.«

Sie ging den ausgebleichten Steg entlang, gefolgt von Iversen, der nasse Fußspuren hinterließ. Harken ging neben ihr durchs Wasser zum Ufer. Sie trafen sich am Sandstrand. Die Sonne stach vom Himmel hinab, die seichten Wellen kamen mit leichtem Plätschern an. Es war ein heißer, windstiller Nachmittag. Die Grillen zirpten ununterbrochen, und die Ahornbäume des nahe gelegenen Wäldchens ließen vor Hitze ihre Blätter hängen. Die Trauerweiden auf dem gegenüberliegenden Ufer schienen ihre Äste ins Wasser zu tauchen, um zu trinken.

Lorna fragte Tim: »Hat Ihnen Mr. Harken erzählt, daß ich wissen möchte, wie wir die Regatta gewinnen können?«

»Ja, das hat er. Aber er hat *Ihnen* sicher nicht gesagt, daß er seinen Vorschlag schon einem halben Dutzend Mitgliedern des White Bear Yacht Clubs gemacht hat, die ihn alle für verrückt erklärt haben?«

Ihr Blick wandte sich wieder zu dem hochgewachsenen, blonden Mann. »Sind Sie verrückt, Mr. Harken?«

»Vielleicht. Aber ich glaube es nicht.«

»Was schlagen Sie also vor?«

»Eine revolutionäre, neue Bootsform.«

»Erklären Sie sie mir.«

Zum ersten Mal trafen seine Augen ihre. Er fragte sich, warum so ein hübsches, junges Ding wie sie sich wohl für Boote interessierte. Würde sie es überhaupt verstehen? Er hatte oft versucht, seine Idee Bootsbauern zu erklären, die weiß Gott mehr von der Sache verstanden als sie, und diese hatten ihm schon nicht folgen können. Wenn außerdem ihr Vater von dem heimlichen Treffen erfuhr, würde er ohne jeden Zweifel seine Stellung verlieren. Hulduh Schmitt hatte ihn ja schon gewarnt. Aber hier stand sie nun, schaute ihn mit erwartungsvollen Augen an, ein leichter Schimmer von Schweiß lag auf ihrem Gesicht, und ein feuchter Rand zeichnete sich unter dem Puffärmel ihres Kleides ab. Von der Taille abwärts war sie schlank wie eine Birkenrute, darüber trug sie die vollen Brüste ihrer Mutter. Ein Mann mußte schon *zwei* Glasaugen tragen, um nicht zu bemerken, wie hübsch sie war. Aber Jens Harken wußte, wo sein Platz war. Es bereitete ihm keine Schwierigkeit, den gebührenden Abstand einzuhalten und sie mit dem von einem Hausangestellten erwarteten Respekt zu behandeln. Aber niemand konnte von ihm verlangen, eine Gelegenheit auszulassen, mit einem weiteren Menschen über sein Segelboot zu sprechen. Das Boot würde funktionieren. Das wußte er so sicher, wie ihm klar war, daß er nicht hier stehen sollte, barfuß mit aufgekrempelten Hosenbeinen neben Miss Lorna in ihrem hübschen gestreiften Kleid und dem Strohhut mit dem Band. Aber wie dachte sie darüber? Vielleicht amüsierte sich das reiche, verwöhnte Fräulein nur über ihn, den Hausangestellten? Er nahm zu ihren Gunsten an, daß ihre Absichten ehrlich waren, und beschloß, ihr das zu zeigen.

»In Ordnung«, antwortete er und griff nach dem Eimer mit den Köderfischen. Er machte drei Schritte ins Wasser, schüttete die kleinen Fischchen mit einem Schwung zurück in den See und füllte den Eimer mit Wasser. »Passen Sie auf«, bemerkte er, bevor er das Wasser auf den Sand kippte. Von einem Busch brach er einen Ast ab, kehrte zu Lorna zurück und kauerte sich neben sie.

»Sie können ein wenig segeln, nicht wahr?« fragte er, während er begann, in den feuchten Sand zu zeichnen.

»Ja, ein bißchen. Wann immer ich die Gelegenheit dazu habe.«

Er lächelte, wandte seinen Blick aber nicht vom Boden. »Das ist ein Boot, wie es Ihr Vater besitzt. Es ist eine Schaluppe, und Sie wissen, wie der Rumpf eines solchen Boots geformt ist...« Er zeichnete eine lange Finne. »Dieser Kielbau hat zur Folge, daß dieser ganze Bereich von hier... bis hier« – er zeichnete die Wasseroberfläche – »Wasser verdrängt. Aber im Rennen trägt das Boot eine Menge Segel, als Gegengewicht werden Ballast, gewöhnlich Eisengewichte und Blei, am Kiel befestigt. Und außerdem benutzt man Sandsäcke, die die Mannschaft beim Halsen auf die andere Seite schichtet.«

»Ja, das kenne ich.«

»Gut, stellen Sie sich nun vor...« Er ging jetzt auf die Knie und begann eifrig, sein Boot zu zeichnen. »Eine Schute, ein kleines, leichtes Ding mit praktisch flachem Boden, das über das Wasser gleitet, anstelle es zu durchpflügen. Ein Rumpf, der auf der Oberfläche aufliegt, anstatt das Wasser zu verdrängen – das ist die Lösung! Wir verkleinern die Segelfläche, dann brauchen wir auch nicht das ganze Gewicht. Ein 38-Fuß-Boot mit herkömmlichem Rumpf, das, sagen wir, elfhundert Pfund wiegt und durchs Wasser pflügt, würde in der flachen Bauweise höchstens die Hälfte wiegen. Wir sparen jede Menge Gewicht!«

»Aber was wird das Boot ohne den Ballast am Kentern hindern?«

»Die Form.« Er warf Lorna einen kurzen Blick zu, er war nun in seinem Element, und entwarf eine neue Skizze. »Stellen Sie sich vor, das Boot hat die Form einer plattgetretenen Zigarre. Es wird vom Deck bis zum Rumpf nur eine Höhe von drei Fuß messen.«

»So flach?«

»Ja, und das ist noch nicht alles. Wir können auch auf die ganzen Bugaufbauten verzichten und auf einen großen Teil der Takelage. Wir brauchen nur ganz kleine Segel.«

»Aber wird es denn nicht mit dem Bug unter Wasser kommen, wenn es doch so flach ist?«

»Nein.«

»Es wird schwer sein, meinen Vater *davon* zu überzeugen.«

»Vielleicht, aber ich habe recht. Ich weiß, daß ich recht habe! Es mag zwar flach sein, aber es hat einen ordentlichen Rumpf« – er zeigte auf die »flache Zigarre« – »und durch ihre außergewöhnlichen Gleiteigenschaften hat es genug natürlichen Auftrieb. Wenn ein Fallwind es erwischt, dann wird der Rumpf sich heben anstelle abzusinken, und wenn sich das Boot im Aufwind befindet, dann wird der Rumpf sich so anheben, daß fast keine Berührung mehr mit dem Wasser stattfindet – im Gegensatz zu der alten Form, bei der der Rumpf vollständig im Wasser liegt und das Boot unbeweglich macht.«

Er holte tief Luft, setzte sich zurück auf seine Fersen und blickte Lorna direkt in die Augen. Seine Augen fingen die sommerliche Sonne ein und hatten dieselbe Farbe wie der Himmel über ihnen.

»Woher wissen Sie all das?«

»Ich weiß nicht. Es ist einfach so.«

»Haben Sie studiert?«

»Nein.«

»Wie können Sie dann nur all das wissen?«

Er blickte in die Ferne, warf den Stock, mit dem er gezeichnet hatte, von sich und rieb seine Handflächen aneinander. »Ich bin Norweger. Ich glaube, es liegt uns im Blut, und außerdem segle ich von Kindesbeinen an. Mein Vater hat es mir beigebracht, und er hat es auch von seinem Vater gelernt.«

»Wo?«

»Zuerst in Norwegen, und dann, nachdem wir ausgewandert waren.«

»Ausgewandert?«

Er nickte. »Damals war ich acht.«

Daher also sein merkwürdiger Akzent. Als sie sein Profil betrachtete, bemerkte sie die klaren, scharf geschnittenen nordischen Gesichtszüge – die gerade Nase, die hohe Stirn, den wohlgeformten Mund, das blonde Haar und diese beunruhigend blauen Augen.

»Ist Ihr Vater auch Ihrer Meinung?«

Er blickte sie ohne zu antworten an.

»Zu dem Boot, meine ich«, fügte sie hinzu.

»Mein Vater ist tot.«

»Oh, entschuldigen Sie.«

Er griff wieder nach dem Stock und stocherte geistesabwesend im Sand. »Er starb, als ich achtzehn war, bei einem Feuer in der Werft in New Jersey, wo er arbeitete. Auch ich arbeitete dort. Ich habe versucht, die Leute dort von meiner Idee zu überzeugen, aber sie lachten mich aus wie alle anderen auch.«

»Und Ihre Mutter?«

»Sie lebt auch nicht mehr, sie starb schon vor meinem Vater. Ich habe einen Bruder, er lebt in New Jersey.« Sein Lächeln kehrte langsam zurück. »Ich habe ihm gesagt, daß ich nach Minnesota gehe, um hier jemanden zu finden, der mir zuhört. Und wenn ich erst einmal ein reicher und berühmter Bootsbauer bin, hole ich ihn auch hierher. Er ist verheiratet und hat zwei kleine Kinder, deshalb kann er nicht alle Brücken hinter sich abbrechen und herkommen. Aber eines Tages werde ich ihn holen können.«

Die beiden knieten im Sand, blickten einander an und merkten gar nicht, wie die Zeit verging. Seine Hand lag reglos auf dem Stock, der im Sand stak. Lornas Hände ruhten in ihrem Schoß. Seine Augen lagen im vollen Sonnenlicht, ihre wurden von der breiten Krempe des Strohhuts beschattet. Sie sah sehr weiblich aus in ihrem ausgeschnittenen Oberteil mit den großen Puffärmeln. Und er wirkte sehr männlich in seinem weißen Hemd mit den Hosenträgern und den nackten Füßen. Für einen kurzen Augenblick waren sie nichts weiter als zwei außergewöhnlich gutaussehende Menschen, die einfach Freude daran fanden, sich gegenseitig zu betrachten.

Dann schienen sie sich zu besinnen, und Harken senkte seinen Blick. »Sie beschmutzen Ihren Rock, Miss Lorna.«

»Oh.« Sie sah an sich hinab. »Es ist nur Sand. Ich werde ihn abbürsten, sobald er getrocknet ist.« Sie beugte sich über die Skizze und fuhr die Linien mit ihren Fingerspitzen nach.

»Sagen Sie, was wird es kosten, ein solches Boot zu bauen?«

»Mehr als ich habe. Mehr als der Segelklub bereit wäre zu geben.«

»Wieviel?«

»Ungefähr siebenhundert Dollar.«

»Oh, das ist wirklich viel.«

»Besonders dann, wenn alle glauben, daß das Boot sich bei seiner ersten Fahrt auf die Seite legt und sinkt.«

»Ich muß gestehen, daß ich das noch nicht richtig verstanden habe. Erklären Sie es mir noch einmal, damit ich meinen Vater überzeugen kann.«

Aus seinem Gesicht sprach schiere Überraschung. »Meinen Sie das ernst?«

»Ich will versuchen, ihn von Ihrer Idee zu überzeugen.«

»Sie werden ihm sagen, daß wir uns getroffen und zusammen gesprochen haben?«

»Nein, ich erzähle ihm, daß ich mit Mr. Iversen geredet habe und daß er glaubt, daß es funktioniert.«

Harkens Lippen verformten sich zu einem unausgesprochenen, ungläubigen »Oh«. Dann faßte er sich wieder. »Sie sind eine mutige junge Dame.«

Sie schüttelte den Kopf. »Eigentlich nicht. Sagen Sie, Mr. Harken, haben Sie schon von dem Schriftsteller Charles Kingsley gehört?«

»Nein, leider nicht.«

»Nun, Mr. Kingsley vertritt die Meinung, daß heutzutage viele Frauen an Erkrankungen leiden, die auf drei Ursachen zurückzuführen sind: Ruhe, Langeweile und häusliche Abgeschiedenheit. Ich bin entschlossen, diese Fehler nicht zu begehen und gesund zu bleiben, das ist alles. Meinem Vater gefällt das zwar nicht, aber gelegentlich ist er der ständigen Ermahnungen und Verbote überdrüssig, und ich kann wenigstens ab und zu meinen Willen durchsetzen. Wer weiß, vielleicht auch diesmal. Aber bitte erklären Sie mir nun noch einmal das Boot.«

Während Harken erneut begeistert von seiner Idee sprach, hörte man plötzlich ganz nah eine Explosion. Die beiden blickten erschrocken auf. Da stand Iversen, umhüllt von einer dichten Rauchwolke, und tauchte unter dem schwarzen Tuch seiner Kamera auf, die auf drei Beinen auf dem Sand stand.

»Mr. Iversen, was tun Sie da?« schrie Lorna.

»Mein Gefühl sagt mir, daß die Skizzen im Sand eines Tages Geschichte machen werden. Ich möchte sie ganz einfach für die Nachwelt aufbewahren.«

Sie richtete sich auf beide Knie auf und hob verängstigt den Arm. »Oh, das hätten Sie nicht tun sollen.«

Iversen lächelte. »Haben Sie keine Angst, ich werde das Bild Ihrem Vater nicht zeigen. Zumindest nicht, bevor dieses Boot gebaut ist und Jens damit den See überquert hat, ohne zu sinken. Dann allerdings kann ich nichts versprechen.«

Lorna entspannte sich und sank zurück auf ihre Fersen. »Gut. Aber bis dahin darf keine Menschenseele das Bild zu Gesicht bekommen! Sie kennen meinen Vater. Seit gestern abend ist er nicht gut auf Mr. Harken zu sprechen, und wenn er auch nur ahnt, daß ich hier war und mit ihm über das Boot gesprochen habe, dann trifft ihn der Schlag. Ich muß ihn davon überzeugen, daß Sie hinter Harken stehen und auch an das Boot glauben. Einverstanden?«

»Ich bin *wirklich* davon überzeugt, daß es funktioniert.« Lorna schaute von Iversen zu Harken und wieder zurück zu Iversen. »Warum haben Sie es meinem Vater nicht schon gesagt?«

»Das habe ich, aber er schenkt mir ebensowenig Glauben. Sie kennen doch meine Segelkünste!«

Er stand tatsächlich in dem Ruf, stets als letzter die Ziellinie zu passieren, und einmal kam er gar hinter seinem Boot herschwimmend durchs Ziel – er war der Meinung, daß er mit Schieben schneller war als mit Segeln.

Lorna sprang auf die Beine und ging zu Iversen. »Versuchen Sie es doch noch einmal, zusammen mit mir! Oder mit Harken, wenn Vater bereit ist, ihn anzuhören!«

»Das kann ich gerne tun.«

»Oh, vielen, vielen Dank, Mr. Iversen!« Unvermittelt flog sie ihm um den Hals, besann sich jedoch schnell und gewann wieder Haltung. »Bitte entschuldigen Sie. Sagen Sie bitte Mutter nichts davon.«

Iversen lachte.

»Oder Tante Henrietta.« Als Iversens schallendes Gelächter abgeebbt war, herrschte Stille. »Nun«, sagte Lorna und strich ihren Rock glatt, »ich habe einen Picknickkorb dabei und werde langsam hungrig. Möchten die Herren vielleicht an meiner kleinen Mahlzeit teilnehmen?«

»Von Mrs. Schmitt zubereitet?« fragte Iversen mit erhobenen Augenbrauen. »Da müssen Sie einen Junggesellen nicht zweimal fragen!«

Auch Harken hatte sich wieder aufgerichtet und stand schweigend neben seinen Zeichnungen. Lorna schaute ihn fragend an. »Mr. Harken?« forderte Sie ihn ruhig auf.

Sie hatte keine Ahnung, wie reizend sie anzuschauen war, mit dem Sonnenlicht auf ihrem herzförmigen Gesicht, die blauen Hutbänder auf dem Rücken baumelnd. Keiner brauchte Harken zu sagen, daß es außerhalb jeder Möglichkeit lag, mit ihr zusammen zu picknicken. Aber Iversen war hier, und es war eine gestohlene Stunde, von der ihr Vater, so hoffte er, niemals erfahren würde. Außerdem würde Jens Harken morgen wieder in seine Küche zurückkehren und Lorna Barnett zu ihren Krocketpartien auf dem Rasen hinter dem Haus, und keiner von beiden würde jemals wieder einen Gedanken an dieses Ereignis verschwenden, an dieses unwirkliche Zusammentreffen an einem heißen Nachmittag im Juni.

»Hört sich gut an«, antwortete Harken.

Drittes Kapitel

Iversen holte eine Decke, die sie neben seinem Blockhaus im Schatten der Birken ausbreiteten. Die drei saßen im Schneidersitz, und Lorna förderte aus ihrem Picknickkorb Schinken, Butterröllchen, hartgekochte Eier, frische Erdbeeren, süß-sauer eingelegte Melonenschale und Johannisbeertörtchen zutage. Sie stellte die Dinge um ihren ausgebreiteten Rock herum, der sie wie ein zusammengefaltetes, blau-weißes Zelt umgab.

»Ist es nicht angenehm hier?« fragte sie.

Harken bemühte sich, seinen Blick auf das Essen gerichtet zu halten, aber es fiel ihm sehr schwer. Sie hob die Arme und zog die Nadeln aus ihrem Strohhut, nahm ihn ab und warf ihn in das Gras neben der Decke. Sie streckte ihren Nacken. »Es ist herrlich hier im Schatten!« Erneut hob sie die Arme und lockerte ihr aufgestecktes Haar. In dieser Bewegung traten ihre vollen Brüste hervor, und die weißen Puffärmel umrahmten ihr Gesicht. Das Medaillon, das sie eng um den Hals trug, verschwand unter ihrem Kinn, während das nach unten spitz zulaufende Oberteil ihre Rippen eng umspannte.

Sie ließ ihre Arme fallen, schaute auf und traf Harkens Blick. Sofort wandte er ihn ab.

»Nun!« sagte sie, rieb ihre Handflächen gegeneinander und beugte sich vor zu den mitgebrachten Köstlichkeiten.

»Erdbeeren, Schinken, Eier... Meine Herren, wonach steht Ihnen der Sinn?« Sie griff nach einem Teller und schaute Iversen an.

»Ein wenig von allem, bitte.«

Sie belud den Teller und reichte ihn ihm, indem sie sich weit über ihre raschelnden Röcke nach vorne streckte.

»Und Sie, Mr. Harken?«

»Auch ein bißchen von allem, außer der Melonenschale.«

»Oh, die ist aber besonders gut.« Sie nahm von den Eiern und den Erdbeeren, während er ihrer zarten Hand mit dem abgespreizten kleinen Finger mehr Beachtung schenkte als dem Essen.

»Sie würden anders denken, wenn Sie Mrs. Schmitt beim Einlegen geholfen hätten. Die Küche stinkt dabei entsetzlich.«

Sie leckte genüßlich Daumen und Zeigefinger ab, als sie ihm seinen Teller reichte. »Haben Sie auch bei diesen geholfen?«

»Ich helfe immer beim Einmachen. Ich wasche das Obst und Gemüse und trage die großen Kessel. Die sind viel zu schwer für die Frauen. Vielen Dank, Miss.«

Er nahm ihr den Teller ab und begann zu essen, während sie die süßsauren Melonenschalen betrachtete und bemerkte, daß sie keine Vorstellung davon hatte, wie schwer wohl ein Einmachkessel war oder wieviel Mühe es kostete, eine solche Mahlzeit zuzubereiten.

»Was gehört außerdem zu Ihren Aufgaben?«

Er schaute ihr gerade in die Augen und sagte mit ruhiger Stimme: »Ich bin der Küchengehilfe. Ich tue alles, was man mir aufträgt.«

»Aber was denn genau?«

»Nun, heute morgen hatte der Gärtner frei, und so habe ich um halb sechs die Erdbeeren gepflückt. Und danach –«

»Um halb sechs?«

»Mrs. Schmitt glaubt, daß sie am süßesten sind, wenn man sie ganz früh am Morgen pflückt, bevor die Sonne sie austrocknet.

Dann habe ich sie gewaschen, Holz in die Küche gebracht, es im Ofen aufgeschichtet, Mrs. Schmitt beim Silberpolieren geholfen, Orangen ausgepreßt, frisches Eis aus dem Kühlhaus geholt, etwas davon für die Erdbeeren zerkleinert, den Rest in den Eisschrank gelegt, die fettigen Pfannen abgewaschen, den Picknickkorb aus der Kammer geholt und etwas abgestaubt, den Küchenboden gefegt und den Kräutergarten gegossen. Oh, und außerdem habe ich Mrs. Schmitt beim Packen des Picknickkorbes geholfen.«

Lorna starrte ihn verblüfft an.

»Und all das haben Sie heute morgen getan? An Ihrem freien Tag?«

Harkens Mund war voll mit Brot und Schinken. Er schluckte und sagte: »Mein freier Tag beginnt nach dem Frühstück.«

»Oh, ich verstehe. Das alles wird getan, bevor ich überhaupt aufgestanden bin.«

»Der frühe Morgen ist die beste Tageszeit. Es macht mir nichts aus, so früh aufzustehen.«

Sie überlegte einen Augenblick, dann fragte sie: »Warum hat der freie Tag des Gärtners nicht auch erst nach dem Frühstück begonnen?«

»Ich glaube, er hat eine besondere Regelung mit Ihrer Mutter getroffen, Miss.«

»Und warum gelten für ihn Ausnahmen?«

Harken war mit dem Essen auf seinem Teller beschäftigt und wollte es lieber vermeiden, sich in Einzelheiten über die stete Konkurrenz unter den Damen um die Dienstboten zu ergehen.

Statt dessen antwortete Iversen. »Sie wissen sicher von dem Ehrgeiz aller Damen, wenn es um ihre Gärten geht.«

»Ja... und?«

»Und Sie wissen, daß Smythe aus England stammt.«

»Ja, sein Vater war Gärtner bei der Königin Victoria persönlich. Ich erinnere mich, daß Mutter das erzählte, als sie ihn einstellte.«

Harken fuhr fort: »Bei seiner Einstellung stellte Smythe die Bedingung, daß er jedes Wochenende von Sonntag morgen acht Uhr bis zum Sonnenaufgang Montag morgen frei hat.«

»Oh, ich verstehe. Also müssen Sie sonntags das Obst und Gemüse ernten.«

»Ja, Miss.«

»Und meine Mutter ist stolz darauf, das beste Gemüse und die schönsten Blumen in ganz White Bear Lake zu haben, obwohl sie selbst gar nichts dazu beiträgt. Ich muß gestehen, daß ich es nie richtig begriffen habe, weshalb meine Mutter und ihre Freundinnen um den schönsten Garten wetteifern, wenn sie die Arbeit nicht selbst tun.«

»Oh, das verhält sich ganz ähnlich wie mit dem Segeln«, bemerkte Harken. »Den Herrschaften gehören zwar die Boote, aber die Mannschaft heuern sie an.«

»Zumindest bei den wichtigen Regatten, wie gestern zum Beispiel«, fügte Lorna hinzu.

»Und das ist nur möglich, weil es die Segelvereinigung erlaubt«, fügte Tim hinzu.

»Glaubst du denn, daß sie unbedingt selbst segeln wollen?« warf Harken ein. »Ich jedenfalls würde es tun, wenn ich ein Boot hätte.«

»Sie haben recht. Es ist tatsächlich kein Unterschied, ob meine Mutter den Gärtner oder mein Vater seine Mannschaft anstellt.«

Iversen fuhr fort: »In der Segelvereinigung denkt man bereits über eine Änderung der Statuten nach. Der Besitzer des Boots soll auch der Skipper sein.«

Das führte zu einer lebhaften Diskussion über die Vorteile und die Nachteile eines angeheuerten Skippers, und man kam natürlich schnell auf die Regatta vom Vortag zu sprechen.

Lorna beugte sich nach vorne, suchte sich eine Erdbeere aus und biß hinein. »Aber Sie, Tim« – sie deutete mit der verbliebenen Erdbeerhälfte auf ihn – »Sie haben sich Ihren eigenen Namen gemacht.«

»Sie meinen mit der *May-B*? Bitte, Miss Lorna, ich wäre Ihnen sehr dankbar, wenn Sie mich nicht *daran* erinnern und mir den schönen Nachmittag damit verderben würden.«

Alle lachten, und Lorna sagte: »Ich sprach von Ihrem Beruf, nicht von Ihren Segelkünsten. Sagen Sie, stimmt es, daß Ihre Aufnahmen bei Sears & Roebuck verkauft werden?«

»Ja, das ist richtig.«

»Oh, Tim, Sie können stolz auf sich sein. Allein der Gedanke, daß Ihre Fotos in so gut wie allen amerikanischen Salons hängen! Erzählen Sie uns, wo Sie sie überall aufgenommen haben!«

Er erzählte von der Weltausstellung in Chicago, die er zwei Jahre zuvor besucht hatte, und von solch außergewöhnlichen Orten wie dem Grand Canyon und Mexiko und den Goldsucherstädten. Er zündete sich eine Pfeife an und lehnte sich an einen Baumstamm, während Lorna an ihrem Johannisbeertörtchen knabberte und ihn fragte, wohin er wohl im kommenden Winter reisen werde. Vielleicht nach Ägypten, um die Pyramiden zu fotografieren.

Sie atmete tief ein: »Die Pyramiden… o mein Gott…«, nahm sich noch ein Johannisbeertörtchen, biß hinein und war sich nicht bewußt, wie reizend sie in diesem Augenblick aussah, gebannt von Tims Erzählungen, umgeben von ihren raschelnden Röcken, an dem Törtchen knabbernd.

Harken saß im Indianersitz, die Beine gekreuzt und die Ellenbogen auf die Knie gestützt, kaute auf einem Grashalm und bewunderte ihr Profil, ihre Gesten, ihr schnelles Lachen und ihre Natürlichkeit. Plötzlich sagte sie: »Vielleicht reisen Sie ja auch nach New Jersey. Mr. Harken hat dort nämlich einen Bruder.«

Sie wandte sich zu Harken und lächelte ihn an. Sie hatte ihn auf frischer Tat ertappt. Es gelang ihm nicht, seinen Blick von ihr zu wenden, aber sie hielt ihm stand. Mit seinem Daumennagel spaltete er den Grashalm, und beide wurden einander so schlagartig gewahr, daß ein Zittern durch ihre Körper lief.

Der lichte Schatten, die Trägheit, die dem Essen gefolgt war, die nette Unterhaltung – all das hatte die Aufmerksamkeit getrübt und es ihnen erlaubt, sich ein wenig der Neugier hinzugeben, die keine Klassengrenzen kannte. Sie waren wissensdurstig, bewunderten, was sie sahen, und speicherten Einzelheiten, um sie später, wenn sie wieder allein waren, zu erforschen – die Farbe der Augen, der Fall des Haares, die Konturen der Lippen, das Profil der Nase, die Form des Kinns. Iversen lehnte noch immer an dem Baumstamm, zog an seiner Rosenholzpfeife und beobachtete die beiden. Noch nicht einmal seine Gegenwart konnte ihre Versunkenheit unterbrechen, bis schließlich seine Pfeife heruntergebrannt war und er sie an dem Baumstamm ausklopfte.

Mit einem Ruck löste sich Lorna aus ihrer Erstarrung und bemerkte erschrocken, wie lange sie Tim ignoriert hatten. Sie ergriff die erstbeste Gelegenheit: die Kuchendose.

»Noch ein Stück Kuchen, bevor ich ihn wieder einpacke?« Sie bot ihn Iversen an.

»Nein danke«, sagte er, »ich bin satt.«

»Mr. Harken?« Sie hatte nicht gewußt, welch ein vertrautes Gefühl es sein konnte, einem Mann Kuchen anzubieten, einem Mann, der ein Hausangestellter ihrer Eltern war und mit dem sie unter normalen Umständen niemals in Kontakt gekommen wäre.

»Nein danke, das letzte Stück gehört Ihnen«, sagte er und zwang sich, seinen Blick von ihr abzuwenden. Er schaute zu Iversen hinüber, dessen Mund unter dem Schnauzbart einen erfreuten, wenn nicht gar wissenden Zug trug. Harken merkte nun selbst, daß es an der Zeit war, diese Narrheit zu beenden.

»Nun, Tim, wie steht's mit dem Fischen?«

Lorna zuckte zusammen, als hätte man sie mit einer Nadel gestochen. »Himmel, ich habe Sie aufgehalten!«

Kniend schloß sie die Dosen und Gläser und packte alles zurück in den Picknickkorb.

»Davon kann keine Rede sein, Miss Lorna!« Harken ging ebenfalls auf die Knie, um ihr zu helfen. Nun waren sie wieder so dicht beieinander wie am Strand, als Harken seine Skizzen in den Sand gezeichnet hatte.

Bei jeder Bewegung verströmte sie einen köstlichen Duft – warm, süß, weiblich. Sie setzte im Knien ihren Strohhut auf, befestigte ihn mit der Hutnadel, schloß den Picknickkorb, richtete sich auf und schüttelte ihre Röcke aus. Gleichzeitig bückten sich beide nach dem Korb.

»Ich nehme ihn«, sagte er und wartete darauf, daß Iversen sich ebenfalls erhob und sie zum Boot begleitete. Als Iversen keine Anstalten machte, sagte Harken: »Willst du hier den ganzen Tag lang faul sitzenbleiben, oder willst du nicht lieber die Dame zu ihrem Boot bringen?«

Iversen sprang auf und sagte: »Ich bringe die Decke zurück ins Haus.«

Er ergriff Lornas Hand. »Auf Wiedersehen, Miss Lorna.« Er küßte ihren Handrücken und sagte: »Viel Glück mit Ihrem Vater!«

Jens und Lorna ließen Tim zurück, der die Decke ausschüttelte, während die beiden nebeneinander vom kühlen Schatten in die gleißende Sonne traten und über den heißen Sand hinüber zu dem Holzsteg liefen.

Er wollte ihr so viele Dinge sagen, wußte aber, daß er es nicht konnte. Sie hatte erwähnt, daß sie in zwei Stunden wieder zurück sein mußte, und schon jetzt waren mehr als zwei Stunden vergangen. Sie schien ein wenig in Eile zu sein. Sie schritt aufrecht wie eine Dame zu ihrem Boot. Er wandte sich ihr zu und gönnte sich einen letzten Blick in ihr Gesicht. An ihrem Boot angekommen, hielt sie inne, drehte sich zu ihm um und schaute ihm so offen ins Gesicht, daß er ihrem Blick nicht standhalten konnte. Wie ein Blitz schoß er ihm durch die Augen in die Brust.

»Es war ein wundervoller Nachmittag«, sagte sie freundlich mit unüberhörbarem Bedauern über den Abschied in der Stimme. »Danke.«

»Ich danke *Ihnen,* Miss Lorna. Für das Picknick.«

»Ich habe es ja nur mitgebracht. Sie haben es zubereitet!«

»Es war mir ein Vergnügen«, antwortete er.

»Ich gebe Ihnen Bescheid, sobald ich mit meinem Vater gesprochen habe.«

Er nickte schweigend.

Fünf Sekunden vergingen, bewegungslos standen sie sich gegenüber.

»Auf Wiedersehen«, sagte sie.

»Auf Wiedersehen, Miss.«

Sie reichte ihm die Hand, und für den kurzen Augenblick, in dem sie in ihr Boot stieg, genossen sie die gegenseitige Berührung. Ihre Hand war weich wie ein kostbarer Stoff, seine rauh wie Leder. Sie setzte sich, und er reichte ihr den Korb hinunter. Er kniete nieder, um den Knoten zu lösen und gab ihr die Leine. In diesem Augenblick schaute sie zu ihm hoch; die Krempe des Strohhuts berührte beinahe sein Kinn. Ihre Gesichter waren sich ganz nahe.

»Pflücken Sie morgen früh wieder Erdbeeren?« fragte sie. Ihr Herz machte einen kleinen Sprung, als er antwortete: »Ja, Miss.«

»Dann werde ich welche zum Frühstück essen«, erwiderte sie.

Darauf gab er dem Boot lächelnd einen leichten Schubs.

Er stand auf dem Steg und beobachtete, wie sie zuerst vorwärts die kleine Bucht verließ und dann fachmännisch das Boot drehte, bis ihr Blick in seine Richtung zeigte. Fünf Ruderschläge lang schauten sie einander an, dann hob sie einen Arm, winkte und rief: »Auf Wiedersehen, Mr. Iversen!« Aus dem kleinen Wäldchen hinter dem Blockhaus rief Tim zurück: »Auf Wiedersehen, Miss Lorna!«

Sie lächelte Harken nicht mehr zu und winkte ihm auch nicht. Er konnte ihre Augen, die im Schatten der breiten Krempe lagen, nicht erkennen, aber er war ganz sicher, daß sie auf ihm ruhten. Er starrte in ihr immer kleiner werdendes Gesicht, bis es zu weit entfernt war, als daß er ihre Züge noch hätte erkennen können.

Er dachte an sie, als er an diesem Abend auf seiner schmalen Pritsche in seiner kleinen Kammer im dritten Stock lag, deren einziges Fenster auf den Gemüsegarten zeigte. Tim hatte nur einen Satz gesagt, als Harken vom Bootssteg zurückkehrte. Er hatte die Pfeife aus dem Mund genommen, ihm gerade ins Gesicht geblickt und nur gesagt: »Sei vorsichtig, Jens.«

Jens Harken würde vorsichtig sein, in Ordnung. Trotz all der bedeutsamen Dinge, die sich heute nachmittag abgespielt hatten, war er doch nicht so verrückt, auch nur an die geringste Chance für sich und Lorna Barnett zu glauben. Ihm lag sehr an seiner Stellung, und vor allem wollte er nicht auf die Nähe zu den Männern verzichten, die sich die Yachten leisten konnten, die er eines Tages zu bauen hoffte. Aber was, um alles in der Welt, dachte *sie* sich dabei, dem Küchengehilfen schöne Augen zu machen? Sie hatte ohne jeden Zweifel Verehrer, die eines Tages so reich sein würden wie ihr alter Herr, die sie umschwirrten und ihre Tanzkarte haben wollten. Elegant gekleidete, gutsituierte Verehrer, die ein Boot besaßen und denen ihr Vater im Salon den teuersten Brandy anbot.

Einer von dieser Sorte war es ohne Zweifel, der gestern an ihrer Seite gesessen hatte, da war Jens sich ganz sicher.

Wie sollte er also die heutigen Ereignisse verstehen?

Sie schien nicht auf schnelle Koketterien aus zu sein, im Gegenteil, die Spannung zwischen ihnen war während des ganzen Nachmittags langsam gestiegen. Ein Grund mehr, Tims Rat zu beherzigen. Eine sich langsam steigernde Leidenschaft war viel gefährlicher als ein schneller Flirt. Er täte besser daran, das kleine Küchenmädchen Ruby zu ermutigen, die ihm erst kürzlich ihr Interesse signalisiert hatte. Rubys rotes, gekraustes Haar und die Pockennarben sagten ihm nicht besonders zu: Lornas Haar hingegen glänzte mahagonifarben, und am Haaransatz war ein leichter Flaum zu erkennen. Als sie erhitzt aus dem Boot ausgestiegen war, kringelten sich kleine Löckchen in ihrem Nacken und über den Ohren. Er war immer der Meinung gewesen, daß vornehme Damen im Sommer alles daransetzten, sich nicht zu erhitzen. Sie hingegen war in der Mittagshitze über den ganzen See gerudert, hatte den Hut abgelegt, ihr Haar gelockert und ihr Picknick mit einem geteilt, für den sie im besten Fall nur Gleichgültigkeit, wenn nicht Verachtung empfinden sollte. So war es doch gewöhnlich: Die Reichen verachteten diejenigen, die die schwere Arbeit für sie verrichteten.

Verachtung jedenfalls schien Lorna Barnett heute fern gewesen zu sein.

Jens lag in seiner Dienstbotenkammer und versuchte, Lorna aus seiner Erinnerung zu streichen. Sein Laken war feucht vor Schweiß. Er rollte sich auf die Seite, drehte die kühle Unterseite seines Kissens nach oben und schloß die Augen – aber da war sie wieder, noch immer in seinem Gedächtnis, wie sie hinabstieg in ihr Boot, den Picknickkorb aus seinen Händen entgegennahm, ihr herzförmiges Gesicht zu ihm hob und ihn fragte, ob er ihr morgen wohl wieder Erdbeeren zum Frühstück pflücken würde. Er erinnerte sich daran, wie sie in eine gebissen und dann beim Sprechen damit auf Tim gedeutet hatte – ein strahlendes, vollkommen natürliches Mädchen mit haselnußbraunen Augen und einem unbekümmerten Lächeln, das im Laufe des Nachmittags immer seltener geworden war.

Lag sie vielleicht auch schlaflos in ihrem Bett und dachte an die Ereignisse des Nachmittags?

Genau das tat Miss Lorna Barnett. Sie lag auf dem Rücken, die Arme unter dem Kopf verschränkt, und starrte auf die verschwommenen Schatten der Stuckmedaillons, die die Deckenlampe umgaben. Als sie heute nachmittag zu ihrer Bootsfahrt aufgebrochen war, hatte sie noch nicht ahnen können, was die ihr bringen sollte.

Jens Harken... Sie dachte über diesen Namen nach, den Namen, den sie ihm gegenüber nicht laut auszusprechen gewagt hatte, denn damit hätte sie die Demarkationslinie überschritten, die sogar sie mit ihrem unabhängigen Geist niemals verletzen würde. Aber allein an diesen Namen zu denken, erfüllte sie mit Freude. Jens Harken, der Küchengehilfe... Gütiger Himmel, was war nur in sie gefahren?

Sie war nur zu Tim hinübergerudert, um mehr über diese Boote in Erfahrung zu bringen, die sie in ihren Bann gezogen hatten. Und obwohl sie im Augenblick noch nicht segeln durfte, war sie ganz sicher, daß sie es eines Tages tun würde. Und wenn sie die Gelegenheit haben würde, mit bahnbrechenden neuen Booten über das Wasser hinweggleiten zu können, warum sollte sie es nicht tun? Wenn ihr Vater zu starrköpfig war, um Jens Harkens neuen Ideen Gehör zu schenken, sie war es nicht!

Papa, dieser Dickschädel! Zuerst hatte sie gedacht, daß es ihr schon reichen würde, wenn ihr Vater nur einmal seine Meinung ändern und Jens Harken bloß anhören würde. Und wenn seine Idee Gefallen finden und der White Bear Yacht-Club im kommenden Jahr die Regatta gewinnen würde – um so besser. Aber nach diesem Nachmittag, seitdem sie neben Harken im Sand gekniet und er ihr die Entwürfe erklärt hatte, beschäftigten sie noch weitere Fragen. Woher wußte er all die Dinge, ohne ein Studium im Schiffsbau absolviert zu haben? Er hatte ihr allein durch seine Überzeugungskraft klargemacht, daß sein Plan aufgehen würde. Sie war sich ganz sicher, daß er bei all der Zeit, die sie heute zusammen verbracht hatten, nur in den wenigen Minuten, in denen er die Skizzen in den Sand gezeichnet und über die Beschaffenheit des Bootsrumpfes gesprochen hatte, die Unterschiede zwischen ihnen beiden vergessen hatte. Als sie ihn angeschaut und gefragt hatte, woher er das alles wußte, hatte er nur geantwortet: »Ich weiß es nicht«, und sie war sich sicher gewesen: *Er weiß es tatsächlich nicht!* Seit diesem Augenblick hatte ihre Faszination für ihn Flügel bekommen.

Sie hatte neben ihm gekniet, in seine strahlendblauen Augen geblickt und gedacht, *Es gelingt ihm. Ich weiß, daß es ihm gelingen wird.* Und sofort nach diesem Gedanken schoß ihr ein anderer durch den Kopf. *O mein Gott, wie gut er aussieht.* Seine Augen, sein Gesicht hatten sie heute immer wieder in ihren Bann gezogen, obwohl sie so tun mußte, als sei er ihr gleichgültig. Die gerade Nase und die reine Haut, der wunderbare Mund – ohne einen Bart, der ihn verdeckte. Bärte kannte sie nur allzugut: Alle Männer, die sie kannte, trugen Bärte. Deshalb war Harkens glattes Gesicht, abgesehen davon, daß es ausgesprochen gut geschnitten war, etwas ganz Neues für sie. Und er hatte einen muskulösen Körper, vom ständigen Heben der schweren Eisblöcke, Einmachkessel und Weiß-Gott-was-nicht-noch-alles in der Küche.

Wie lange war er schon bei ihnen? Hatte er schon im vergangenen Winter in der Stadt für sie gearbeitet? Oder ist er schon im vergangenen Sommer da gewesen? Oder noch früher? Warum hatte sie ihn nicht danach gefragt? Plötzlich wollte sie alles über ihn wissen – und über seine Mutter, seinen Vater und die Fahrt über den Ozean, über seine Kindheit und die Jahre an der Ostküste. Aber vor allem wollte sie wissen, wie lange er schon für ihre Familie arbeitete, die Sachen berührte, die sie aß, das Silber polierte, das ihren Mund berührte.

All diese Fragen schwirrten in ihrem Kopf umher.

Ganz plötzlich richtete sie sich in der Dunkelheit auf, streckte ihre Beine aus dem Bett und raufte sich verzweifelt das Haar. Gott, warum konnten diese Gedanken bloß nicht aufhören? Warum rann der Schweiß unaufhörlich? Warum regte sich bloß kein Lüftchen? Sie hob das Haar aus ihrem erhitzten Nacken, tat einen lauten Seufzer und ließ ihre Schultern fallen.

Sie nahm sich vor, von nun an nicht mehr an Jens Harken zu denken. Und wenn sie schon für einen schwärmen mußte, dann gefälligst für Taylor DuVal. Ihn hatten Mama und Papa für sie ausgesucht. Das wußte sie bereits seit einer geraumen Weile, auch wenn sie es nicht offen gesagt hatten. Außerdem konnte sie es vor noch nicht einmal vierundzwanzig Stunden kaum erwarten, auf der Veranda von Taylor geküßt zu werden. Und nun ging ihr der Küchengehilfe nicht mehr aus dem Sinn! Das schlug sie sich am besten ganz schnell aus dem Kopf!

Sie ließ sich auf die Seite rollen, zog ein Knie an und streifte das Nachthemd hoch, so daß Luft an ihre Beine drang. Aber sie konnte nicht einschlafen. Und sie konnte nicht aufhören, an Jens Harken zu denken.

Am nächsten Morgen verschlief sie und verpaßte das Frühstück. Das Speisezimmer war bereits leer, als sie es betrat – kein Leinen mehr auf dem Tisch, keine von Jens Harken frisch gepflückten Erdbeeren mehr auf dem Buffet. Der Raum roch, als sei er gerade eben mit Limonenöl ausgesprenkelt worden. Ein frisches Blumenarrangement stand auf dem Spitzenläufer in der Mitte des langen Eßtisches. Es zeugte davon, daß Levinia schon seit längerem auf war. Lorna blickte zu der Tür, die in den Küchengang führte. Sie konnte in die Küche gehen und nach irgend etwas fragen – ein guter Vorwand, Harken zu sehen, aber gleichzeitig auch eine gefährliche Verlockung, die leicht zur Gewohnheit werden konnte.

Sie besann sich eines Besseren und trat statt dessen in das Morgenzimmer, wo sie ihre Mutter Briefe schreibend am Sekretär fand. Im Gegensatz zum Speisezimmer war das Morgenzimmer zu dieser Stunde sonnendurchflutet. Es war ganz in Cremeweiß und Apricot gehalten und mit leichten Chintzstoffen anstelle der dunklen Jacquardmuster ausgestattet. Große Flügeltüren führten auf die sonnige Terrasse. Sie waren geöffnet, und so drang eine angenehme Morgenbrise in den Raum.

»Guten Morgen, Mutter.«

Levinia schaute einen kurzen Augenblick auf, dann schrieb sie weiter.

»Guten Morgen, Liebes.«

»Wo sind die anderen? Das Haus scheint ausgestorben zu sein.«

»Dein Vater ist zurück in die Stadt gefahren. Die Tanten sitzen auf der hinteren Veranda im Schatten, und die Mädchen sind zu Betsy Whiting gegangen. Wo Theron ist, weiß ich auch nicht genau. Er ist mit seinem Fernrohr losgezogen und sitzt wahrscheinlich auf irgendeinem Baum. Er wird wie immer mit schmutzigen Kleidern zurückkommen.«

»Kommt Vater heute abend wieder?«

»Nein, erst morgen.«

»Verflixt, warum denn nicht?«

»Lorna, ich habe dich gebeten, nicht solche vulgären Ausdrücke zu benutzen. Was ist denn so wichtig?«

»Ach, nichts. Ich wollte nur mit ihm sprechen.« Sie wandte sich zur Tür, doch Levinia hielt sie auf.

»Einen Augenblick, Lorna. Ich möchte mit dir reden.«

Lorna drehte sich um und begann zu erklären: »Ja, Mutter, ich weiß. Ich habe gesagt, daß ich gestern in zwei Stunden wieder da sein wollte, aber es war so schön auf dem See und –«

»Das meine ich nicht. Schließ bitte die Türen, Liebes.«

Verwirrt blickte Lorna ihre Mutter kurz an, bevor sie die hohen Flügeltüren zur Terrasse schloß.

»Es geht um Samstag abend«, sagte Levinia. Ihre schmalen Lippen schienen, als könnten sie Glas schneiden.

»Samstag abend?« Lorna schmiegte sich unschuldig in die Sofaecke.

Levinia hingegen saß aufrecht auf ihrem Stuhl. »Ich habe es bemerkt, Tante Henrietta hat es bemerkt, und andere Anwesende haben es sicherlich auch bemerkt.«

»Was haben sie bemerkt?«

»Daß du Taylor aufgefordert hast, mit dir auf die Veranda zu gehen.« Lorna rollte schon mit den Augen, bevor ihre Mutter weitersprechen konnte. »Lorna, das schickt sich einfach nicht.«

»Mutter, es waren mindestens fünfzehn Personen im Salon!«

»Das ist um so mehr ein Grund, dich auf deine Manieren zu besinnen.«

»Aber Mama –«

»Du bist die Älteste, Lorna. Du solltest deinen Schwestern mit gutem Beispiel vorangehen, aber in der letzten Zeit bin ich offengestanden immer befremdeter darüber, wie du die Regeln des Anstandes in den Wind schlägst. Das habe ich dir schon mehrmals gesagt, aber als mir nun Tante Henrietta erzählte –«

»Ach, immer Tante Henrietta!« Lorna warf ihre Arme in die Luft und sprang auf. »Sie hat dir wohl einen Floh ins Ohr gesetzt. Warum tut sie so etwas?«

»Schschtt! Sprich nicht so laut, Lorna!«

Lorna fuhr mit leiserer Stimme fort, stellte sich aber direkt vor ihre Mutter und schaute ihr gerade ins Gesicht. »Weißt du, was mit Tante Henrietta los ist? Sie haßt die Männer, das ist es. Tante Agnes hat's mir erzählt. Henrietta hatte einen Verehrer, mit dem sie verlobt war, aber er hat sie wegen einer anderen sitzenlassen, und seitdem haßt sie alle Männer.«

»Wie dem auch sei. Sie wollte nur dein Bestes, als sie den Vorfall zwischen dir und Taylor zur Sprache brachte.«

»Aber Mutter, ich dachte, du magst Taylor!«

»Das tue ich, Liebes. Dein Vater und ich schätzen Taylor ausgesprochen. Tatsächlich haben wir bereits mehrmals festgestellt, was für ein passender Ehemann Taylor für dich wäre.«

Lorna hatte es geahnt.

Ihre Mutter blickte auf den Schreibtisch, während sie den Füllfederhalter zwischen den Fingern drehte. »Ich habe noch nicht darüber gesprochen, aber du bist nun achtzehn, und Taylor hat sich in diesem Sommer sehr um dich bemüht. Aber verstehe, Lorna, wenn seine Eltern anwesend sind und *du* ihn auf die Veranda lockst –«

»Ich habe ihn nicht *gelockt*! Es war unerträglich schwül im Haus, und die Männer haben zudem noch ihre Zigarren geraucht. Außerdem war Jenny die ganze Zeit bei uns.«

»Und was lernt Jenny daraus, wenn sie sieht, wie ihre Schwester amouröse Tête-à-têtes herbeiführt?«

»Amourös...« Vor Wut stand Lornas Mund offen.

»Theron hat einige davon mit seinem Fernrohr beobachtet!«

»Theron!«

»Als du und Taylor in der letzten Woche von dem Konzert zurückgekehrt seid.«

»Am liebsten würde ich Theron sein dummes Fernrohr in den Rachen schieben!«

»Ja, das glaube ich dir«, sagte Levinia ruhig und zog ihre linke Augenbraue in die Höhe. Sie legte den Füller beiseite.

Lorna ließ sich auf die Lehne des Sofas sinken und sagte ohne Umschweife: »Ja, Taylor hat mich geküßt. Ist irgend etwas daran verkehrt?«

Levinia faltete ihre Hände auf der Schreibunterlage. »Nein, davon kann keine Rede sein. Das tun die jungen Verehrer nun einmal, aber du darfst niemals...« Levinia brach ab und betrachtete ihre gefalteten Hände, als suchte sie den richtigen Ausdruck. Sie räusperte sich. Ihr Gesicht verfärbte sich dunkelrot, die Fingerknöchel traten weiß hervor.

»Darf niemals was, Mutter?«

Levinia starrte auf ihre Hände und flüsterte kaum hörbar: »Sie dürfen dich niemals berühren!«

Lorna fühlte, wie auch sie errötete. »Mutter!« flüsterte sie fassungslos. »Das würde ich nie zulassen.«

Levinias Blick traf Lorna. »Du mußt verstehen, Lorna, wie schwer es für eine Mutter ist, dies auszusprechen, aber es ist meine Pflicht, dich zu warnen. Die Männer versuchen es immer.« Sie ergriff Lornas Hand und drückte sie eindringlich.

»Sogar Taylor. So ein anständiger junger Mann er auch sein mag, aber auch er wird es versuchen. Und wenn er es tut, mußt du es auf der Stelle unterbinden. Du mußt dann sofort ins Haus kommen oder ... dich unverzüglich nach Hause bringen lassen. Versteht du mich?«

»Ja, Mutter«, antwortete Lorna gehorsam. »Du kannst ganz beruhigt sein.«

Levinia schien erleichtert. Sie lehnte sich zurück und löste ihre gefalteten Hände. Die Röte wich langsam aus ihrem Gesicht. »Gut, nun kann nichts mehr passieren. Und kann ich mich in Zukunft darauf verlassen, daß du Taylor bei seiner Werbung nicht mehr zuvorkommst?«

»Aber Mutter, ich bin mir nicht einmal sicher, ob er mich überhaupt umwirbt!«

»Oh, du Dummes, natürlich tut er das! Er hat nur gewartet, bis du im richtigen Alter bist. Und nun ist es soweit. Ich nehme an, daß alles recht schnell gehen wird.«

Alles schien schon lange beschlossene Sache zu sein – Levinia und Gideon waren mit Taylor DuVal einverstanden.

»Kann ich nun gehen, Mutter?«

»Selbstverständlich. Ich muß noch meine Briefe beenden.«

Lorna ging langsam zu den Flügeltüren, öffnete sie und verließ das Morgenzimmer in völliger Verwirrung. Was hatte Mutter gesagt? Daß Küssen in gewissen Grenzen erlaubt war? Aber daß die Männer versuchen würden, diese Grenzen zu überschreiten und sie zu berühren? Wo berühren? Mutters Warnung war äußerst vage gewesen, aber ihr Erröten hatte mehr als alle Worte verraten und deutlich gemacht, daß zu diesem Thema alles gesagt war.

Eines aber war glasklar. Wenn Mutter schon darüber verärgert war, daß sie, Lorna, mit Taylor auf die Veranda gegangen war, dann würde sie ohne jeden Zweifel explodieren, wenn ihr zu Ohren käme, daß ihre Tochter eine Verabredung mit dem Küchengehilfen gehabt und ihn sogar zum Picknick eingeladen hatte.

Lorna beschloß, sich von nun an von der Küche fernzuhalten, um eine größere Auseinandersetzung tunlichst zu vermeiden.

Der Rest des Montags plätscherte ereignislos dahin. Die wenigen Beschäftigungen, zwischen denen ein weibliches Wesen wählen konnte, nämlich im Garten spazierengehen, Muscheln oder Schmetterlinge sammeln, lesen, sticken, einkaufen gehen, auf der Veranda Limonade trinken oder Klavier spielen, langweilten Lorna.

Ihr stand der Sinn eher nach einer Partie Tennis, aber ihre Freundin Phoebe Armfield war mit dem Zug nach Saint-Paul gefahren, um einzukaufen, und Lornas Schwestern waren bei Betsy Whiting. Sie traute sich nicht, mit der Jolle eine Segeltour zu unternehmen, da sie gestern zu spät wiedergekommen war. Da war noch das Ruderboot, sicher, aber ohne Tim Iversen und Jens Harken auf der anderen Seite des Sees erschien ihr auch diese Unternehmung uninteressant. Nach der informellen Mittagsmahlzeit – während der sie sich fragte, ob wohl Jens Harken das Gemüse geerntet und gewaschen hatte – hielt Lorna ein Schläfchen in der Hängematte auf der Veranda. Am späten Nachmittag spielte sie mit ihren Schwestern eine Partie Krocket, und kurz vor dem Abendessen stellte sie Theron in seinem Zimmer zur Rede und drohte ihm an, ihm das Fernrohr in den Rachen zu stoßen, wenn er noch ein einziges Mal hinter ihr herspionierte.

Er stieß ein gackerndes Gelächter aus und sang: »Lorna ist hinter Taylor her, Lorna ist hinter Taylor her!« Als sie versuchte, ihn zu fangen, um ihn gehörig zu schütteln, entkam er ihr kurzerhand über das Treppengeländer.

Zu Lornas großer Freude erschien am frühen Abend ihre Freundin Phoebe Armfield. Sie kam am Ufer entlang; das Haus ihrer Eltern lag nur vier Anwesen von dem der Barnetts entfernt. »Komm mit zu uns, und sieh dir an, was ich heute gekauft habe!« Sie schlenderten den Küstenweg entlang, der die ganze Insel umgab, und Lorna rief erleichtert aus: »Ich bin so froh, daß du da bist. Ich dachte heute den ganzen Tag, ich würde mich zu Tode langweilen.«

Der Sommersitz der Armfields war mit seinen siebzehn Zimmern ebenso wenig bescheiden wie das Sommerhaus der Barnetts.

Phoebes Vater gehörte zu der zweiten Generation einer reichen Minenbesitzerfamilie, die ihr Imperium zur Zeit des Eisenbahnbaus durch Verkäufe von Eisenerz an die großen Eisenhütten begründet hatte.

Phoebes Zimmer befand sich in einem Erker und bot eine herrliche Aussicht auf den See. An den weit geöffneten Türen ihres Wandschranks hingen zwei neue Kleider. Phoebe führte sie ihrer Freundin vor: Das eine war für die bevorstehende Mondscheinsegeltour gedacht, die der Segelklub organisiert hatte, das andere für die Ballnacht an Bord des Ausflugsdampfers *Dispatch*, die am kommenden Wochenende stattfinden würde.

»Stell dir vor, ich gehe mit Jack aus!« Jackson Lawless war ein junger Mann, der eines Tages die Eisenwarenhandlungen seines Vaters in Saint-Paul erben würde. Der Sommersitz der Lawless' befand sich in Wildwood, jenseits des Sees.

»Gehst du mit Taylor?« fragte Phoebe, während sie mit ihrem neuen Kleid durch das Zimmer tanzte. Sie war ein quirliges, zierliches Mädchen mit zimtfarbenem Haar.

»Ich weiß es noch nicht. Ich glaube schon.«

»Was meinst du damit: Ich glaube schon? *Magst* du Taylor denn?«

»Natürlich mag ich ihn. Er ist nun einmal immer dabei, wenn sich unsere beiden Familien treffen. Wenn ich ihn nicht mögen würde, hätte ich auch keine andere Wahl.«

»Nun, wenn du ihn wirklich nicht magst, laß es mich nur wissen. Ich finde ihn nämlich süß, und Daddy hält große Stücke auf ihn. Er wird die Millionen seines Vaters erben und binnen kürzester Zeit verdoppeln.«

»Phoebe, reichen dir die Millionen deines Vaters noch nicht?«

Phoebe hielt in einer schwungvollen Drehung inne und starrte

Lorna verblüfft an. Sie hängte das Kleid zurück an die Schranktür und warf sich neben Lorna auf das quietschende Bett.

»Lorna Barnett! Was ist in dich gefahren? Wärest du etwa lieber arm?«

Lorna ließ sich zurückfallen und starrte auf die Wandleuchte über Phoebes Bett.

»Ich weiß nicht, was ich sage. Ich bin in einer komischen Stimmung, das ist alles. Aber überleg doch mal: Hätten wir das ganze Geld nicht, wäre es unseren Vätern gleichgültig, mit wem wir ausgingen oder ob sich das Segeln oder das Tennisspielen für eine junge Dame schickte! Ich bin es so leid, immer gesagt zu bekommen, was sich gehört und was nicht!«

»Das geht mir genauso!« Phoebes Miene verdüsterte sich plötzlich. »Manchmal bin ich wie du. Dann möchte ich nur *irgend etwas* tun. Etwas, das mir gefällt und das ihnen zeigt, daß ich achtzehn Jahre alt bin und nicht mehr nach ihren dummen Regeln leben will!«

Lorna schaute ihre Freundin prüfend an, dann platzte sie unvermittelt mit ihrem Geheimnis heraus. Selbstzufrieden enthüllte sie: »Ich *habe* etwas getan.«

Phoebe richtete sich überrascht auf. »Was? Lorna Barnett, sag es mir! Was hast du getan?«

Lorna richtete sich ebenfalls auf, ihre Augen strahlten. »Ich erzähl's dir. Aber du mußt mir versprechen, es keinem Menschen zu sagen, denn wenn mein Vater es erfährt, steckt er mich ins Kloster.«

»Ich verspreche es. Niemand wird es erfahren!« Phoebe legte ihre Hand aufs Herz und beugte sich begierig zu Lorna. »Was hast du getan?«

»Ich habe mit unserem Küchengehilfen gepicknickt!«

Phoebes Augen und ihr Mund bildeten drei weitaufgerissene Os in ihrem Gesicht, bis Lorna mit ihren Fingern Phoebes Kinn wieder nach oben drückte.

»Mach den Mund wieder zu, Phoebe!«

»Das ist nicht wahr, Lorna!«

»Ach, es war gar nicht so unglaublich, wie es sich anhört. Tim Iversen war auch dabei, und wir haben uns über Boote unterhalten. Es war sooo aufregend. Harken glaubt, daß er –«

»Harken?«

»Jens Harken, so heißt er. Er glaubt, daß er ein Boot bauen kann, das den gesamten Segelsport revolutioniert. Es wird schneller sein als alle anderen Boote, aber niemand aus dem Segelklub hört ihm zu. Er ging sogar so weit, meinem Vater am Samstagabend einen Zettel unter sein Dessert zu stecken, und Papa wurde so wütend, daß er eine schreckliche Szene aufführte.«

»Ach, das war der Grund! Die ganze Welt spricht schon darüber!«

Lorna erzählte den ganzen Rest der Geschichte, angefangen beim Streit ihrer Eltern bis hin zu ihrem Plan, mit ihrem Vater über Harkens Idee zu sprechen. Als sie fertig war, fragte Phoebe: »Lorna, du wirst ihn doch nicht etwa wiedersehen, oder?«

»Gütiger Himmel, nein! Ich habe dir doch gesagt, daß ich meinen Vater nur dazu bringen möchte, ihn anzuhören. Und außerdem hat heute vormittag meine Mutter mit mir über Taylor gesprochen. Sie und Vater sind der Meinung, er sei eine gute Partie!«

»Das ist er in der Tat. Das hast du doch selber gesagt!«

Lorna wurde plötzlich nachdenklich. Sie starrte auf die zerwühlte Tagesdecke.

»Phoebe, darf ich dich etwas fragen?«

»Natürlich...« Phoebe war besorgt über Lornas unerwarteten Stimmungswandel und legte ihre Hand auf die ihrer Freundin.

»Was ist los, Lorna?«

Lorna starrte weiter auf die Decke. »Mutter hat heute vormittag etwas zu mir gesagt und... nun, ich verstehe nicht, was sie meint.« Lorna hob ihren verwirrten Blick und fragte: »Hat Jack dich schon geküßt?«

Phoebe errötete. »Schon einige Male.«

»Hat er dich jemals... nun, jemals berührt?«

»Mich berührt? Natürlich hat er mich berührt! Als er mich zum ersten Mal küßte, berührte er meine Schultern. Und beim zweiten Mal hat er mich umarmt.«

»Ich glaube, das meinte meine Mutter nicht. Sie sagte, daß die Männer versuchen, die Frauen zu berühren, sogar Taylor, und daß ich sofort ins Haus gehen muß, wenn er es versucht. Es war ihr schrecklich peinlich, es auszusprechen. Ihr Gesicht war so rot, daß ich glaubte, ihr oberster Knopf würde jeden Augenblick abspringen. Aber ich habe nicht verstanden, was sie meinte. Ich dachte, daß du vielleicht... nun, daß du es mir vielleicht erklären könntest.«

Phoebes Gesicht hatte sich unterdessen verfinstert. »Irgend etwas stimmt hier nicht! Genau dasselbe hat mir auch meine Mutter erzählt, es war im Frühling. Und sie war genauso, ganz rot im Gesicht und sehr aufgeregt.«

»Was hat sie denn gesagt?«

»Sie sagte, daß ich nun eine junge Dame sei und daß ich immer meine Beine kreuzen solle, wenn ich mit Jack ausgehe.«

»Deine Beine kreuzen? Was hat das miteinander zu tun?«

»Ich weiß es nicht. Ich bin genauso ratlos wie du.«

»Es sei denn...«

Ein schrecklicher Gedanke kam beiden gleichzeitig in den Sinn. Sie blickten sich an und konnten es nicht glauben.

»O nein, das ist unmöglich!« Sie dachten eine Weile nach, bevor Phoebe fragte: »Was hat deine Mutter genau gesagt?«

Die beiden merkten nicht, daß sie nur noch flüsterten.

»Sie sagte, daß Taylor versuchen würde, mich zu berühren und daß ich es unter keinen Umständen zulassen dürfte. Und was hat deine Mutter gesagt?«

»Sie sagte, daß ich immer meine Beine kreuzen solle, wenn ich mit Jack ausgehe.«

Lorna führte entsetzt ihre Fingerspitzen zu den Lippen. »O mein Gott, das können sie doch nicht gemeint haben, oder?«

Phoebe flüsterte. »Natürlich haben sie das nicht gemeint! Warum sollte ein Mann so etwas tun?«

»Ich weiß es nicht. Aber warum sind unsere Mütter dann errötet?«

»Ich weiß es nicht. Warum flüstern wir eigentlich?«

»Weil direkt gegenüber das Zimmer meines Bruders Mitchell liegt und ich tot umfallen würde, wenn er auch nur ein Wort hören würde.«

Nach einer ganzen Weile Schweigen schlug Lorna vor: »Vielleicht könntest du Mitchell danach fragen?«

»Bist du von allen guten Geistern verlassen? Meinen Bruder fragen!«

»Nein, du hast recht, das war keine gute Idee!«

»Er bringt uns vielleicht das Segeln bei, wenn wir manchmal ausbüxen können, aber ich würde lieber im Erdboden versinken, als ihn so etwas zu fragen.«

»Gut, ich sehe ein, daß es wirklich keine gute Idee war.«

Ihnen fiel niemand ein, den sie fragen konnten.

»Irgendwie«, sagte Lorna nachdenklich, »irgendwie scheint es mit dem Küssen zusammenzuhängen.«

»Das habe ich schon vermutet, aber vor dem Küssen hat Mutter mich nie gewarnt.«

»Meine auch nicht. Nicht einmal, als sie hörte, daß ich es schon getan habe. Mein unmöglicher Bruder Theron hat Taylor und mich durch sein blödes Fernrohr beobachtet und es dann meiner Mutter erzählt. So hat alles angefangen.«

»Lorna, hast du jemals gesehen, daß sich deine Eltern küssen?«

»Gütiger Himmel, nein! Und du?«

»Einmal. Sie waren in der Bibliothek und haben mein Eintreten nicht bemerkt.«

»Haben sie etwas gesagt?«

»Mutter sagte: ›Aber Joseph, die Kinder.‹«

»›Aber Joseph, die Kinder‹? Sonst nichts?«

Phoebe schüttelte den Kopf.

»Hat er sie berührt?«

»Er hielt sie an den Schultern.«

Wieder herrschte Schweigen. Die beiden Mädchen starrten ratlos auf ihre Röcke, dann blickten sie sich achselzuckend an und ließen sich auf den Rücken fallen. Sie starrten lange an die Decke, bevor Lorna sagte: »Ach, es ist so kompliziert.«

»Und rätselhaft.«

Lorna seufzte.

Phoebe seufzte ebenfalls.

Und sie fragten sich, wann das Geheimnis gelüftet würde.

Viertes Kapitel

Das Mondscheinsegeln fiel wegen eines starken Sommerregens ins Wasser. Lorna mußte sich also noch bis zum Samstag abend gedulden, um mit ihrem Vater zu sprechen, denn erst dann würden alle drei – sie, Tim Iversen und ihr Vater – wieder beisammen sein: bei der Ballnacht auf der *Dispatch*.

Lorna trug ein leuchtend pinkfarbenes Ballkleid aus schwerem Seidenorgandy. Der weite Ausschnitt war mit cremefarbener Spitze umsäumt, die vorne und hinten jeweils in zwei anmutigen Schleifen auslief. Der Rock war gerade geschnitten und hatte auf den Seiten Falten, die hinten zusammengenommen waren und auf der Rückseite raschelnd hinter der Trägerin herschleiften.

Das Kindermädchen Ernesta war sehr eigenwillig, wenn es um das Frisieren ging, besonders bei der hochmodernen Schneckenfrisur, die Lorna sich mit viel Mühe selbst beigebracht hatte. So wurde Ernesta, nachdem Lorna angekleidet war, weggeschickt, um Theron beim Abendessen zu beaufsichtigen, und Lorna machte sich selbst an ihrer Frisur zu schaffen.

Jenny und Daphne hatten Stühle herbeigeholt und sich rechts und links von Lorna niedergelassen, die ihrer Frisur den letzten Schliff gab. Die jungen Mädchen beobachteten genau jede Bewegung Lornas und ließen sie nicht aus den Augen, während sie mit der Frisierschere sorgfältig feine Korkenzieherlocken um ihr Gesicht herum kringelte.

»Ach, Lorna, du hast es ja sooo gut«, seufzte Jenny.

»Du wirst noch auf genug Bälle gehen dürfen, wenn du erst einmal achtzehn bist.«

»Aber bis dahin sind es noch zwei ganze Jahre!« stöhnte Jenny.

Daphne faltete ihre Hände über dem Herzen und tat so, als würde sie jeden Augenblick ohnmächtig dahinsinken. »Und wen soll sie dann nur anschwärmen, wenn Taylor schon mit dir verheiratet ist?«

»Halt den Mund, Daphne Barnett!« gab Jenny zurück.

»Mädchen, hört auf zu streiten und helft mir lieber, das hier in meinem Haar zu befestigen.« Lorna hielt ein Sträußchen seidene Wicken in die Höhe. Jenny gebührte die Ehre, es im Haar ihrer Schwester festzustecken, während Lorna ihre Perlenohrringe anlegte und ihren Atem mit Orangenblütenöl erfrischte.

Das Ergebnis entzückte sogar Daphne, die anerkennend bemerkte: »Kein Wunder, daß Taylor dich anhimmelt.«

Lorna erhob sich und kniff ihre kleine Schwester liebevoll in die noch kindlichen Pausbacken. »Ach, Daphne, du bist so süß.« Die beiden jungen Mädchen wichen Lorna nicht von der Seite, als sie mit raschelnden Röcken durch die Diele zu dem großen Spiegel schwebte. Lorna betrachtete sich von allen Seiten, drückte den Rock eng gegen ihren Leib und machte einen Tanzschritt, um ihren Spielraum zu überprüfen.

»Ja, ich glaube, das wird gehen.«

Jenny rollte die Augen, schwebte wie ihre ältere Schwester vor den Spiegel, ahmte den Tanzschritt nach, hob ihren nicht vorhandenen Rock und neigte anmutig die Schultern. »La, la, di, la... ich glaube, das wird gehen.« Sie drehte sich um und versicherte Lorna: »Du wirst das hübscheste Mädchen an Bord sein, und behaupte nicht, du wüßtest das nicht!«

»Ach, wen interessiert denn schon ein hübsches Gesicht? Ich wäre viel lieber abenteuerlich, sportlich und interessant.

Ich wäre viel lieber die Gründerin des ersten Frauen-Segelklubs in Minnesota oder Großwildjägerin in Afrika. Wenn ich das wäre, würde niemand mehr sagen: ›Da ist Lorna Barnett, ist sie nicht hübsch?‹ Alle würden sagen: ›Da ist Lorna Barnett, die so gut segelt wie ein Mann und wilde Tiere jagt. Haben Sie schon gehört, daß auf ihrem Kaminsims eine ganze Reihe Pokale stehen und darüber ein ausgestopfter Tigerkopf hängt?‹ Ja, so eine Frau wäre ich gerne!«

»Na dann, viel Glück. Papa würde sicher *deinen* Kopf über den Kamin hängen, wenn du auf die Großwildjagd nach Afrika gingest! In der Zwischenzeit würde ich alles daransetzen, mit Taylor DuVal auf die Bälle zu gehen.«

Lorna sah Jenny mitleidig an und kniff auch ihr in die Wange. »Du bist auch süß, Jenny. Ich sage Taylor, daß du ihm deine Tanzkarte für den ganzen Abend geben würdest, wenn du auch schon achtzehn wärst, was hältst du davon?«

»Lorna Barnett, wage es nicht! Wenn du ihm auch nur ein einziges Wort sagst, schäme ich mich zu Tode!«

Lachend breitete Lorna ihren elfenbeinernen Fächer aus, winkte ihren Schwestern zum Abschied und entschwebte. In der Halle traf sie auf Tante Agnes, die gerade ihr Zimmer verließ.

»Meine kleine Lorna! Bleib stehen und laß dich anschauen.«

Sie nahm Lornas Hand und drehte ihre Nichte nach allen Seiten. »Du siehst himmlisch aus. Ganz erwachsen und bereit für den Ball.«

Lorna vollführte eine Drehung für sie. »Auf dem Dampfer!«

»Mit dem jungen Taylor DuVal, nehme ich an.« Tante Agnes' Augen begannen zu glänzen.

»Ja, er erwartet mich am Pier.«

»Er ist ein sehr gutaussehender, junger Mann. Wenn er dich sieht, wird er deine Tanzkarte für den ganzen Abend haben wollen.«

»Soll ich sie ihm geben?« scherzte Lorna.

Tante Agnes' Augen blitzten schelmisch. »Das kommt darauf an, wer sie sonst noch haben möchte. Als Captain Dearsley um mich warb, habe ich immer auch mit anderen getanzt, damit er sich weiter anstrengte. Aber keiner tanzte wie er.« Verzückt schloß sie die Augen und neigte den Kopf zur Seite. Mit einer Hand faßte sie sich an ihr Herz, die andere fuhr durch die Luft. »Ach, wir tanzten Walzer, bis alles sich um uns herum drehte, die goldenen Fransen seiner Schulterstücke wiegten sich im Takt, wir lächelten uns an und hatten das Gefühl, daß die Geigen nur für uns allein spielten.«

Lorna trat an Captain Dearsleys Stelle und tanzte mit Tante Agnes durch die Halle, während sie »Geschichten aus dem Wienerwald« summte. Sie drehten sich und lächelten sich an, Lornas Kleid raschelte leise.

»Ich wette, du warst die Schönste auf dem ganzen Ball, Tante Agnes.«

»Ich trug damals ein Kleid, das eine ganz ähnliche Farbe wie deines hatte, und Captain Dearsley sagte mir, ich sehe aus wie ein Rosenstrauß. Als ich es zum ersten Mal trug, hatte er eine weiße Uniform an, und ich spürte ganz deutlich, daß jede Frau gerne an meiner Stelle gewesen wäre.«

Sie tanzten weiter. »Erzähl mir von deinen Schuhen. Wie sahen sie aus?«

»Es waren weiße Satinpumps mit hohen Absätzen.«

»Und wie trugst du dein Haar?«

»Damals war es noch dunkelbraun. Ich frisierte es zu seitlichen

Schnecken, und Captain Dearsley sagte, mein Haar empfinge das Licht der Sonne und schickte es wieder zum Himmel.«

Plötzlich hörten die beiden eine scharfe Stimme. »Agnes, laß das Mädchen gehen. Ihre Eltern warten schon unten bei der Kutsche auf sie!«

Sie brachen mitten in einer Drehung ab. Lorna erblickte am Fuß der Treppe Tante Henrietta.

»Tante Agnes und ich haben gerade über früher geplaudert.«

»Ja, das habe ich gehört. Schon wieder über Captain Dearsley. Wirklich, Agnes, deine alten Geschichten über diesen Mann interessieren Lorna nicht im geringsten!«

»O doch, sie interessieren mich!« Tante Agnes krampfte ihre Hände zusammen. Lorna ergriff sie und drückte sie ganz fest.

»Ich wünschte, du könntest heute abend mitkommen und Captain Dearsley auch. Taylor würde dich um deine Tanzkarte bitten, da bin ich ganz sicher, und stell dir nur vor: Wir könnten für einen Walzer unsere Partner tauschen!«

Tante Agnes gab Lorna einen Kuß auf die Wange. »Du bist ein liebes Mädchen, Lorna, aber das ist *dein* Ball! Lauf nur, deine Eltern warten! Und amüsiere dich!«

»Ja, das werde ich. Und was wirst du tun?«

»Ich muß noch einige Blumen pressen, und vielleicht werfe ich dann das Grammophon an und höre ein oder zwei Platten.«

»Hab einen schönen Abend. Ich werde Taylor einen kleinen Gruß von einem Rosensträußchen ausrichten.« Sie verneigte sich formvollendet vor ihrer Tante. »Und vielen, vielen Dank für den Walzer!« Als sie an Tante Henrietta vorbeihuschte, die, wie üblich, ihre tadelnde Miene zur Schau trug, fragte Lorna: »Warum tanzt du heute abend nicht mit Tante Agnes, es bereitet ihr solch große Freude!«

Aber Tante Henrietta ließ nur ein unmißverständliches Schnauben vernehmen.

Im offenen Landauer fuhr Lorna mit ihren Eltern zum Pier. Die Fahrt dauerte nur wenige Minuten, denn Manitou Island war nicht länger als eine knappe Meile. Die Insel war mit dem Festland durch eine hölzerne Brücke verbunden. An der Küste jenseits des Sees reihten sich zahlreiche Sommerhotels aneinander, die schließlich in das Städtchen White Bear Lake übergingen.

Als die Kutsche die hölzerne Brücke überfuhr, ertönte unter den Hufen der Pferde ein melodiöses Getrappel, das sich in dumpfes Stampfen verwandelte, als die Kutsche den Steg hinter sich ließ und in die Lake Avenue einbog. Es war ein herrlicher, lauer Sommerabend. Hohe Bäume säumten den See und hoben sich gegen das Blau des Wassers ab, die weißen Wolken wurden von den letzten Sonnenstrahlen beschienen, in der West Bay konnte man noch die Segel der Boote erkennen.

Lorna betrachtete sie sehnsüchtig, als Gideon, der ihr in seinem schwarzen Frack gegenübersaß, die Hände auf dem Messingknauf seines Spazierstockes ruhend, bemerkte: »Deine Mutter hat mir erzählt, sie hätte mit dir über Taylor gesprochen.«

»Ja, das hat sie.«

»Dann weißt du, daß wir ihn sehr schätzen. Wenn ich richtig informiert bin, wirst du den heutigen Abend in Taylors Begleitung verbringen.«

»Ja, das stimmt.«

»Vorzüglich!«

»Aber ich werde auch mit anderen tanzen, Papa!«

Gideons Augen funkelten, und sein Schnauzbart erbebte, als er antwortete: »Ich verbiete dir, irgend etwas zu unternehmen, was Taylor auf die Idee bringen könnte, du wolltest ihn nicht heiraten.«

»Ihn heiraten? Aber Papa, er hat ja noch nicht einmal um meine Hand angehalten!«

»Das wird er in Kürze tun. Er ist ein ehrgeiziger junger Mann und gutaussehend obendrein.«

»Ich behaupte gar nicht, daß er nicht ehrgeizig oder gutaussehend ist. Mutter und du, ihr legt ihm eure Worte in den Mund, wie es euch gefällt.«

»Lorna, dieser Mann schwirrt schon den ganzen Sommer lang um dich herum. Sorge dich nicht, er wird um deine Hand anhalten!«

Da Lorna ihrem Vater an diesem Abend um keinen Preis die gute Laune verderben wollte, erwiderte sie nichts mehr. Wenig später erreichten sie den Pier.

Der *Saint Paul Globe* hatte erst kurz zuvor berichtet, daß in White Bear Lake mehr reiche Familien als im ganzen Land zusammen lebten. Die Szene, die sich an der Anlegestelle bot, als der Landauer der Barnetts eintraf, hätte den Artikel perfekt illustriert. Die Mitglieder des Segelklubs hatten an diesem Abend den Ausflugsdampfer *Dispatch* gemietet. Er lag vor dem Hotel Chateaugay, wo sich bereits eine staunende Menschengruppe versammelt hatte.

Das Hotel, das jenseits der Uferpromenade lag, war mit seinem Blick auf den See das schönste und eleganteste der Stadt. Es hatte zahlreiche Türmchen und Erker. Seine Mauern erstrahlten in reinem Weiß, die Fensterläden waren in zartem Lindgrün gestrichen. Von der großzügigen, mit gußeisernen Bänken und Gartenschaukeln ausgestatteten Veranda führten einige Stufen auf den kurzgeschnittenen, gepflegten Rasen. An diesem Abend erhielt die Szene durch die festliche Garderobe der Damen, die das Bild wie bunte Edelsteine schmückten, zusätzlichen Glanz, der durch die schwarzen Fräcke der Herren nur noch verstärkt wurde. Livrierte Kutscher thronten auf den Böcken der herrschaftlichen Kutschen. Das Pferdegetrappel vermischte sich mit den Maschinengeräuschen der *Dispatch*, während eifrige Dienstmänner damit beschäftigt waren, die herabgefallenen Pferdeäpfel auf Blechschaufeln zu kehren, bevor die Nasen der Damen den Geruch wahrnahmen. Vom oberen Deck der *Dispatch* drang bereits die Musik des kleinen Orchesters, es war Zeit, an Bord zu gehen.

Taylor erblickte Lorna, als sie aus dem offenen Landauer stieg. Er eilte mit erfreutem Lächeln über den Rasen des Hotels auf sie zu.

»Lorna«, rief er aus, »welch reizender Anblick!« Er ergriff ihre behandschuhte Hand, verbeugte sich artig und küßte ihren Handrücken. Wie es sich für einen höflichen Kavalier gehörte, ließ er auch sogleich Lornas Hand los und begrüßte ihre Eltern.

»Mr. Barnett, Mrs. Barnett, Sie sehen fabelhaft aus! Vater und Mutter stehen übrigens dort drüben auf dem Rasen.«

Als Lornas Eltern zu den DuVals hinüberschlenderten, ergriff Taylor Lornas Hand. »Miss Barnett.« In seinen Augen glänzte an diesem Abend ein besonderer Ausdruck. »Sie sehen ebenso köstlich aus wie Erdbeereiskreme mit Sahne, ganz in Rosa und Weiß und herrlich duftend, wenn ich mir die Bemerkung erlauben darf.«

»Orangenblüte. Auch Sie sehen großartig aus und duften angenehm.«

»Sandelholz«, erwiderte er, und beide lachten, während er ihr seinen Arm anbot.

Er war ein sehr aufmerksamer Begleiter – und ein ausgesprochen attraktiver obendrein. Als sie an Bord gingen, bemerkte Lorna, daß mehr als nur ein Augenpaar auf sie beide gerichtet war. Taylors dunkelbrauner Backenbart war genau wie sein Schnauzer perfekt geschnitten und verbarg nur wenig von dem entschlossenen Kinn und den vollen Lippen. Sein Nasenrücken war leicht gebogen und hatte eine ganz besondere Ausstrahlung. Seine Augen waren haselnußbraun. Er trug sein tiefbraunes, glänzendes Haar in der Mitte gescheitelt und hinter die wohlgeformten, wenngleich etwas zu großen Ohren zurückgekämmt. Er sah an diesem Abend in seinem schwarzen Frack mit dem weißen, dicht am Hals abschließenden Hemd noch anziehender aus als gewöhnlich.

Lorna bemerkte: »Meine Tante Agnes läßt Ihnen viele Grüße ausrichten. Sie wäre gerne dabeigewesen heute abend.«

»Sie ist ein Schatz.«

»Bevor wir aufbrachen, haben wir zusammen in der Halle Walzer getanzt.«

Er lachte und sagte: »Wenn ich mir erlauben darf, Miss Barnett, Sie sind auch ein Schatz.«

Arm in Arm betraten sie die *Dispatch*.

Phoebe und Jack Lawless waren bereits auf dem Deck und kamen herbeigeeilt, um die beiden zu begrüßen. Als Taylor Phoebes Hand ergriff, errötete sie und bemerkte: »Ihr könnt sicher sein, nach euch drehen sich die Leute um.« Sie lächelte kurz Lorna, dann länger Taylor an. »Aber trotzdem bitte ich Sie, Taylor, daran zu denken, daß auch all die Mauerblümchen heute abend gerne mit Ihnen tanzen würden.«

Taylor antwortete: »Ich bin zu allem bereit!« und forderte Phoebe auf, während Jack Lorna den Arm reichte. Sie gingen auf das obere Deck, wo das Orchester spielte.

Die letzten Strahlen der untergehenden Sonne lagen auf den Tanzenden. Die Schiffsglocke läutete zweimal, und der Dampfer legte ab. Die Maschinen dröhnten, eine schwarze Rauchwolke entwich dem mächtigen Schornstein, das Schiff nahm Kurs auf den See, und eine leichte Brise erhob sich. Der Sommerwind strich durch Lornas Locken und raschelte in ihren Röcken. Sie beschattete die Augen mit ihrer rechten Hand und hielt Ausschau nach Tim. Als das Schiff schließlich östlichen Kurs einnahm und die Sonne sie nicht mehr blendete, entdeckte sie ihn.

»Tim!« rief sie winkend und ging auf ihn zu.

»Guten Abend, Miss Lorna«, begrüßte er sie, nahm die Pfeife aus dem Mund und blickte sie mit seinem gesunden Auge an, während das andere über die Reling zu blicken schien.

»Oh, Tim, ich freue mich so, Sie hier zu sehen!«

»Ich habe Ihnen doch gesagt, daß ich kommen würde.«

»Ich weiß, aber Pläne können sich ja ändern. Wir werden heute abend mit meinem Vater sprechen, nicht wahr?«

»Meine Güte, Sie sind ungeduldig wie ein junges Fohlen!«

»Bitte, Tim, necken Sie mich nicht! Werden wir es heute abend wagen?«

»Selbstverständlich! Jens ist schon genauso gespannt darauf wie Sie, wie Gideon wohl reagieren wird.«

»Hören Sie zu, Tim. Wir sollten erst mit ihm sprechen, wenn die Sonne untergegangen und es etwas kühler geworden ist, denn Papa verabscheut die Hitze. Und bis dahin wird er einige Cocktails getrunken haben und etwas weniger streitlustig sein. Einverstanden?«

Tim verneigte sich leicht und lächelte sie im nächsten Augenblick nachdenklich an.

»Wenn Sie die Frage erlauben, Miss Lorna, welche Absicht verfolgen Sie damit? Warum wollen Sie um jeden Preis die Meinung Ihres Vaters über den jungen Harken ändern?«

Lornas Augen weiteten sich in purer Unschuld. Ihre Lippen öffneten sich, schlossen sich sogleich wieder und öffneten sich abermals. Sie versuchte, die Fassung zu bewahren und ihr Erröten zu verhindern. Schließlich erwiderte sie: »Ich glaube, daß er recht hat und sein Boot alle anderen schlagen wird.«

»Sind Sie sicher, daß dies der einzige Grund ist?«

»Selbstverständlich. Welchen anderen Grund könnte es geben?«

»Täusche ich mich, oder habe ich am vergangenen Sonntag eine gewisse gegenseitige Anziehung bemerkt?«

Lornas Wangen färbten sich tiefrot. »Oh, Tim, um Himmels willen, seien Sie nicht albern. Er ist ein Küchengehilfe!«

»Ja, das ist er. Und ich fühle mich verpflichtet, Sie an diese Tatsache zu erinnern, denn ich bin schließlich ein Freund beider – Ihres Vaters und Jens Harkens.«

»Ich weiß. Aber bitte, Tim, erwähnen Sie nichts von dem Picknick.«

»Nein, das habe ich bereits versprochen.«

»Sie kennen meinen Vater«, sagte sie und kniff ihn nachdrücklich in den Arm. »Sie wissen, wie er über die Frauen denkt. Wir sind lediglich hohlköpfiges und willenloses Heiratsmaterial, dem er Befehle erteilt, die ohne Widerrede befolgt werden müssen. Ich möchte, daß mein Vater mich nur einmal, ein einziges Mal, so anschaut, als ahnte er, daß ich ein Gehirn im Kopf habe, als ahnte er, daß ich Wünsche und Träume habe, die mehr sind, als mir einen Ehemann zu angeln, einen Haushalt zu führen und Kinder zu erziehen, wie Mama es tut. Ich würde so gerne segeln. Papa würde das niemals zulassen. Ich würde so gerne aufs College gehen. Papa hält das für überflüssig. Ich würde so gerne nach Europa reisen. Papa sagt, ich könne das während meiner Hochzeitsreise tun. Verstehen Sie denn nicht, Tim? Es gibt keine Möglichkeit, sich als Frau bei meinem Vater Ansehen zu verschaffen. Nun, vielleicht kann ich das ändern, wenn Papa Harken anhört und sein Boot finanziert. Wenn dieses Boot dann gewänne, würde Vater mich dann nicht mit anderen Augen betrachten?«

Tim legte seine Hand auf ihren Arm. Sie spürte die Wärme seiner Pfeife, als er ihn drückte.

»Wenn Sie glauben, daß der richtige Moment gekommen ist, geben Sie mir ein Zeichen.«

Sie lächelte ihn dankbar an, legte ihre Hand auf seine und dachte, welch ein großartiger Mann er doch war.

Sie tanzte mit Taylor und Jack, mit Percy Tufts und Phoebes Vater, wieder mit Taylor, einmal mit Tim, dann wieder mit Taylor und Phoebes Bruder Mitchell, der sie nach ihren Segelkünsten befragte. Obwohl Mitchell zwei Jahre jünger war als Lorna, bemerkte sie, daß er offensichtlich Interesse an ihr hatte.

Sie war darüber sehr erstaunt, da sie ihn immer nur als Phoebes kleinen Bruder gesehen hatte. Aber aus dem kleinen Mitchell war inzwischen ein hochgewachsener, breitschultriger junger Mann geworden. Als der Tanz mit ihm vorüber war und er sie zu Taylor zurückbrachte, drückte er kurz und verstohlen ihre Hand.

Die Sonne verschwand langsam hinter einer Wand aus violetten Wolken. Die Luft wurde kühler. Die *Dispatch* fuhr gemächlich alle Ausläufer des wie ein Kleeblatt geformten Sees ab, und in der hereinbrechenden Nacht leuchteten die glühenden Zigarrenspitzen der Herren wie Lava. Lorna tanzte wieder mit Taylor, was ihr Vater mit selbstzufriedener Zustimmung zur Kenntnis nahm. Ihm zuliebe lächelte sie ihren Begleiter an, während sie sich in ihrem Innersten fragte, wie solch ein flaches Boot ohne zu kentern auf der Wasseroberfläche gleiten konnte und wie lange es wohl dauern würde, es zu bauen und ob er wohl für eines der kleinen Küchenmädchen schwärmte und ob er *sie* verehrte.

Über Taylors Schulter hinweg beobachtete sie, daß Tim Iversen nun plaudernd mit ihrem Vater zusammenstand. Als der Tanz endete, bat sie ihn: »Bringen Sie mich bitte zu Papa, Taylor? Sie dürfen mich in zwei Tänzen auch wieder abholen.«

»Selbstverständlich.« Als sie zu Gideon gingen, glitten im Schutze der Nacht seine Finger über ihre Hüfte, seine Hand fuhr an ihrer Wirbelsäule hinab und geriet in alarmierende Nähe des Pos. Das Blut schoß ihr in die Wangen, und ein merkwürdiger Schauer überlief sie. Sie erschauerte nochmals, als er ihr ins Ohr flüsterte: »Darf ich Ihren Vater wohl um Erlaubnis bitten, Sie nach Hause zu bringen?«

»Natürlich«, antwortete sie und war sich sicher, daß es sich hier um eine der Berührungen handelte, vor denen sie ihre Mutter gewarnt hatte. Sie war sehr erstaunt, daß er es nun direkt unter den Augen ihres Vaters tat, denn sie hatte eigentlich erwartet, daß derartige Zwischenfälle sich nur in absoluter Dunkelheit und unter den verborgensten Umständen zutrugen.

»Mr. Barnett«, sagte Taylor höflich, als er Lorna bei ihrem Vater ablieferte, »hätten Sie etwas dagegen, wenn ich Lorna heute abend nach Hause begleite?«

Gideon nahm eine Zigarre aus dem Mund und räusperte sich.

»Keinerlei Einwände, mein Junge.«

»Ich komme wieder«, flüsterte Taylor Lorna zu und verschwand.

Tim klärte Lorna auf: »Wir unterhielten uns gerade über die Regatta im nächsten Jahr.«

Dem Himmel sei gedankt, der gute Tim, dachte Lorna.

Gideon sagte: »Es sieht so aus, als hätte auch Tim von dem hirnverbrannten Plan unseres Küchengehilfen gehört. Die beiden segeln zusammen.«

»Ja, ich weiß. Tim und ich haben am vergangenen Sonntag darüber gesprochen.«

»Das habe ich gehört. Über den ganzen See bist du gerudert.«

»Es war ein solch himmlischer Tag, ich konnte der Versuchung nicht widerstehen. Das Essen reichte für zwei, also habe ich mein Picknick mit Tim geteilt, und wir haben über Harkens Idee geredet.«

Tim sprach weiter. »Der Bursche ist sich sicher, daß das Boot nicht kentert, Gideon. Und es leuchtet mir auch tatsächlich ein, daß das Boot schneller als alle anderen ist, da es nicht soviel Wasser verdrängen muß. Ich an deiner Stelle würde Harken zumindest anhören.«

»Auch wenn alle anderen ihn schon weggeschickt haben und über ihn lachen?«

Lorna fiel ein: »Demzufolge wärest du der einzige, der ihm eine Chance gibt. Stell dir doch nur vor, der Plan würde aufgehen: Du wärest unsterblich! Und schließlich bist du der Präsident des Segelklubs, da muß man auch etwas wagen – im Interesse des Sports!«

Gideon zog nachdenklich an seiner Zigarre und stieß den Rauch langsam wieder aus. Er genoß es, daran erinnert zu werden, daß er der Präsident des Klubs war – allerdings nicht im Zusammenhang mit solch schlechten Nachrichten wie in der letzten Woche, als die Zeitung hämisch über ihn als den Präsidenten des unterlegenen Klubs berichtete. Dieser Artikel, begleitet von Tims Foto, war ohne jeden Zweifel auch in den Zeitungen der Ostküste zu lesen, denn das ganze Land beobachtete mit großem Interesse die Fortschritte des Segelsports auf den Seen im Inneren des Landes und die kürzliche Gründung der Inland Lake Yachting Association.

»Hör zu, Papa«, argumentierte Lorna, denn auch sie las ab und an die Zeitung, »hier auf diesem Schiff ist so viel Geld versammelt, wie es kein Mensch im ganzen Leben ausgeben kann.

Wozu ist all dieses Geld gut, wenn du es nicht genießt? Du würdest die paar lumpigen hundert Dollar, die das Boot kostet, doch gar nicht vermissen. Und wenn es kentert, was soll's? Harken hat gesagt – zu Tim natürlich –, daß es nicht umkippen wird. Es soll einen Rumpf aus Tannenholz bekommen, und keinen metallbeschlagenen. Die Masten werden hohl sein, sie werden kaum etwas wiegen. Und fünf Männer können das Boot unten halten, wir brauchen keine Sandgewichte mehr!«

Für eine Weile herrschte Schweigen. Dann fügte Tim hinzu: »Er sagt, daß ein 38-Fuß-Boot nur die Hälfte des normalen Gewichts wiegen wird. Kannst du dir vorstellen, was ein derart leichtes Boot aus nur einem bißchen Wind macht, Gideon?«

»Wir möchten nur, daß du ihn anhörst, Papa.«

»Er kann dir das Boot viel besser erklären als ich, Gid.«

»Und wenn du danach noch immer nicht überzeugt bist, dann gibst du ihm das Geld nicht. Aber er ist unsere beste Chance, im nächsten Jahr zu gewinnen, und du weißt das, Papa.«

Gideon räusperte sich, spuckte über die Reling und ließ die Asche ins Wasser fallen. »Ich werde darüber nachdenken«, sagte er und fuhr durch die Luft, als wolle er lästige Krümel von sich fortwischen. »Nun geh schon, Lorna, und hör endlich auf, mich zu beschwatzen. Tanze lieber mit dem jungen DuVal.«

Sie lächelte und knickste vor den beiden Männern. »Ja, Papa. Bis später, Tim.«

Als sie sich wieder ins Getümmel gestürzt hatte, bemerkte Gideon zu Tim: »Diese Lange führt etwas im Schilde, wenn ich nur wüßte, was es ist!«

Die *Dispatch* legte um Viertel vor elf wieder an.

Schmiedeeiserne Gaslaternen erleuchteten die Schiffstreppe, als die Mitglieder des Segelclubs von Bord gingen und am Pier in kleineren Grüppchen zusammenstanden. Einige wollten im Hotel Chateaugay noch ein Dessert zu sich nehmen, und Lornas und Taylors Eltern schlossen sich ihnen an. Lorna verabschiedete sich winkend von Phoebe, und Taylor ergriff Lornas Arm.

»Die Kutsche steht dort drüben«, sagte er.

»Müssen Sie auf dem Rückweg Ihre Eltern hier abholen?« fragte sie.

»Nein, wir sind mit zwei Kutschen hier.«

Sie schlenderten die Straße entlang, vorbei an plaudernden Grüppchen im Laternenschein. Die Gartenschaukeln auf der Veranda des Hotels schienen wie leere Kokons, deren Bewohner ausgeflogen waren. Der Geruch des nahe gelegenen Wassers mischte sich mit dem der Pferde, als sie an einer Reihe im Stehen schlafender Tiere vorbeigingen, die, noch immer vor die Kutschen gespannt, auf ihre Herrschaften warteten. Mehrere Droschken fuhren an den beiden vorbei, das Klappern der Hufe verhallte langsam in der Dunkelheit, als Taylor Lorna in den Wagen half. Er selbst ging vor zu den Pferden, überprüfte ihr Geschirr und stieg dann auch ein.

»Es ist ein wenig kühl«, sagte er, während er sich umdrehte und hinter sich griff. »Ich schließe das Verdeck.« Einen Augenblick später war die halbe Sichel des Mondes nicht mehr zu sehen, und ein Geruch von Leder verbreitete sich, als das Verdeck sich über ihnen wölbte.

Taylor nahm die Zügel auf und schnalzte mit ihnen, aber das Pferd machte keine Anstalten, seinen Schritt zu beschleunigen. »Old Tulip ist heute abend faul. Sie mag es nicht, wenn man ihr Schläfchen unterbricht!« Er schaute auf Lorna hinab.

»Stört Sie die langsame Fahrt?«

»Nein, nicht im geringsten. Es ist eine himmlische Nacht.« Langsam näherten sie sich auf Pfaden, die sich Tulip selber suchte, wieder Manitou-Island. Manchmal tauchten sie in tiefe Schatten, manchmal ging es durch Lichtungen aus Mondschein, in dem Lornas Kleid lavendelblau leuchtete. Auf der Insel angekommen, fuhren sie die mit alten Ulmen gesäumte Allee entlang. Durch das dichte Laubdach der Bäume drang kein noch so schwacher Lichtstrahl. Die einzige Straße teilte die Insel in eine Nord- und eine Südseite, die beide aus prächtigen, großzügig mit Rasenflächen und Gärten umgebenen Anwesen bestanden, die man von der Straße aus hinter dem dichtbewachsenen Waldstück erahnen konnte. Sie fuhren am Sommersitz der Armfields vorbei, bogen jedoch kurz vor Rose-Point-Cottage auf einen Seitenpfad ab, der so eng war, daß die Speichen der Räder das Unterholz streiften.

»Taylor, wohin fahren wir?«

»Nur noch ein kleines Stückchen, bis wir das Wasser sehen können. Brrrr, Tulip.«

Der Wagen hielt auf einer kleinen, mondbeschienenen Lichtung, von der aus man durch die knorrigen Weiden das Ufer erblicken konnte. In der nahen Dunkelheit hörte man ein Pferd wiehern.

»Wir sind hinter den Stallungen der Armfields, nicht wahr?«

Taylor zog die Bremse an und knotete die Zügel um den Kutschergriff.

»Ja. Wenn wir uns große Mühe geben, können wir vielleicht sogar Phoebes Zimmer erspähen.«

Taylor lehnte sich in die Polster zurück und legte einen Arm auf die lederne Rückenlehne, während Lorna sich vorbeugte und nach dem beleuchteten Schlafzimmerfenster ihrer Freundin Ausschau hielt. »Ich sehe es nicht.«

Taylor lächelte und streifte ihre nackte Schulter mit dem Rücken seines Fingers.

»Taylor, hier wimmelt es vor Stechmücken!«

»Das kann wohl sein, aber zumindest lauern hier keine kleinen Geschwister.«

Mit sanftem Druck zog er sie zurück in das Polster, ergriff ihre rechte Hand, streifte vorsichtig ihren Handschuh ab und umfaßte sie fest mit seiner Hand. Sein Gesicht näherte sich ihrem.

»Taylor«, flüsterte sie, »ich sollte nun wirklich nach Hause!«

»Wann immer Sie es wünschen«, murmelte er. Sein Kopf verdeckte den Mond, als er sie mit beiden Armen umfing und sein Mund sich dem ihren näherte, um den ersten richtigen Kuß zu empfangen. Sie spürte seinen weichen Bart, seine warmen Lippen und seine kräftige Brust, als er sie an sich zog. Sie legte ihre Arme um ihn und fühlte sich zart umfangen, bis die Umarmung fester wurde und Taylors Lippen sich öffneten. Seine warme, feuchte Zunge verscheuchte alle Gedanken an Stechmücken und Phoebes Fenster. Er drehte leicht den Kopf, und durch diese fast magische Bewegung ergab sich ein wunderbares Gefühl in ihren vereinten Mündern. Seine rechte Hand lag oberhalb ihrer Hüfte und berührte parallel zu seiner suchenden Zunge leise ihren Körper zwischen den Korsettstangen. Irgendwo weit weg, am Rande der Wahrnehmbarkeit, hörte man das Quaken eines Frosches und sehr viel näher, direkt neben dem Verdeck, die vorhergesagten Stechmücken mit ihrem durchdringenden Summen und Surren, sie ließen sich nieder, wurden verjagt und ließen sich wieder nieder – während der Kuß dauerte und dauerte. Sein widerstrebendes Ende hinterließ die beiden atemlos, Stirn und Nasen berührten sich noch.

»Vergeben Sie mir, daß ich Sie in den Wald entführt habe?« fragte er, während er noch an ihren Lippen hing.

»Oh, Taylor, so hast du mich noch nie geküßt«, entfuhr es Lorna, zum vertraulicheren Du übergehend.

»Ich wollte es immer schon. Aber als ich dich heute abend aus der Kutsche deines Vaters steigen sah, wußte ich, daß der richtige Augenblick gekommen war. Wie lange, glaubst du, werden unsere Eltern mit dem Dessert zubringen?«

»Ich weiß es nicht«, murmelte sie.

Seine Lippen senkten sich abermals zu ihren hinab, ihre erhoben sich zu seinen. Beim zweiten Kuß wanderten seine Hände über ihre Rippenbögen und wieder zurück, als wolle er sie nach einem plötzlichen Schauer warm reiben. Das konnte keine der Berührungen sein, vor der ihre Mutter sie gewarnt hatte, dachte Lorna, denn diese fühlte sich angenehm an, und sie verspürte kein Verlangen, sich ins Haus zu flüchten.

Taylor selbst beendete den Kuß mit einem bedauernden Seufzer, während er sie fest mit beiden Armen umschlungen hielt. Dann räkelte er sich über den Polstersitz und betrachtete sie aus einiger Entfernung. Er zog sie wieder an sich, vergrub sein Gesicht in ihrer Schulter und murmelte: »Lorna Barnett, du bist das hübscheste Wesen, das Gott auf dieser Erde geschaffen hat, und du duftest zum Anbeißen süß.«

Seine Zunge berührte ihren Nacken, was ihr ein überraschtes Kichern entlockte.

»Taylor, hör auf damit!« Sie versuchte, ihn wegzuschubsen, doch seine Zunge hinterließ einen heißen, feuchten Fleck, von dem der intensive Duft des Orangenöls wie eine Brise des Südens aufstieg. Sie gab ihren Widerstand auf und schloß die Augen. »Das muß doch« – sie rang nach Atem – »schrecklich schmecken!« Sie neigte den Kopf, um es ihm leichter zu machen und fühlte plötzlich einen warnenden Schauer in ihrem Innern. Er biß sie ganz leicht, so wie die Hengste im Frühjahr ihre Stuten necken, nahm ihr Ohrläppchen zwischen seine Lippen und lutschte daran, bevor er wieder ihre Lippen berührte.

»Einfach schrecklich...«, murmelte er und übertrug den Geschmack ihres Parfüms von seiner Zunge auf ihre. Sie machte es ihm nach, öffnete ihren Mund und gab sich dem erregenden Gefühl hin.

Mit geöffnetem Mund küssen... Welch wundervoller, aufregender Brauch! Seine Hand lag geöffnet auf ihrer Taille, und sein Daumen bewegte sich langsam auf der Seide ihres Oberteils, er berührte leicht ihre Brust. Lorna überkamen Schauer der Erregung.

Sie löste ihren Mund von seinem und flüsterte mit zitternder Stimme: »Taylor, ich muß nach Hause... bitte...«

»Ja...«, murmelte er und suchte ihre Lippen, sein Daumen berührte nun fest ihre Brust. »Ich auch.«

»Taylor, bitte...«

Er unternahm nichts, als eine Stechmücke sich auf seiner Stirn niederließ und zu saugen begann. Als er sie endlich verscheuchte, richtete Lorna sich in dem Polster auf und rutschte etwas von ihm weg, obwohl sich ihr Rock unter seinem Bein verfangen hatte.

»Ich möchte nicht, daß meine Eltern sich Sorgen machen, Taylor.«

»Nein, natürlich nicht.« Er straffte seinen Oberkörper und fuhr mit beiden Händen durch sein Haar. »Du hast recht.«

Sie strich über ihren Rock, rückte ihr Oberteil zurecht, nestelte an ihrem Haar und fragte: »Bin ich zerzaust?«

Er faßte ihr Kinn und drehte ihr Gesicht zu sich. Er lächelte, sein Blick strich über ihre Frisur und blieb an ihrem Mund hängen. »Niemand wird dir etwas ansehen«, antwortete er, zog sie erneut an sich und hob mit seinem Daumen ihr Kinn, als sie seinem Blick ausweichen wollte. »So schüchtern«, sagte er. »Das finde ich ganz besonders reizend.« Er gab ihr einen Kuß auf die Nasenspitze. »Miss Barnett«, neckte er sie, »ich werde Ihnen den ganzen Sommer lang nicht mehr von der Seite weichen!«

Sie blickte ihn mit dem stummen Erstaunen an, das eine junge Frau verspürt, wenn sie zum ersten Mal die erwachende Lust fühlt und denjenigen vor sich sieht, mit dem sie sie erleben soll.

»Mr. DuVal«, antwortete sie ernst, »das will ich hoffen.«

Fünftes Kapitel

An dem Dienstag, der dem Ball auf der *Dispatch* folgte, wurde nachmittags das Beutelchen, in dem Levinia Barnett ihr loses Kleingeld aufbewahrte, in die Küche gebracht. Die Münzen sollten mit Wasser und Seife gereinigt werden. Jens Harken war bei der Arbeit, als die Haushälterin, Mary Lovik, die Küche betrat.

Sie war eine magere Person, ihr Gesicht trug einen harten Ausdruck, der Mund war stets auf ein Drittel seiner eigentlichen Größe zusammengekniffen, und ihre kalten Augen huschten rasch umher wie die eines Wiesels. Sie trug eine weiße Haube, die wie ein Soufflé auf ihrem Kopf thronte und sich von denen der anderen Hausangestellten durch ihre zusätzlichen Biesen unterschied. Ihr Haar war schwarz, sie trug ein graues Kleid und darüber eine Schürze, die so sehr gestärkt war, daß sie sich beim Laufen anhörte wie ein Metallschild.

Mrs. Lovik bewegte sich unter ihren Untergebenen stets mit einer Miene der Überheblichkeit. Sie stand an der Spitze des gesamten Hauspersonals, gemeinsam mit Chester Poor, dem Butler. Alle anderen hatten ihren Befehlen Folge zu leisten, und sie genoß es außerordentlich, sie bei jeder Gelegenheit daran zu erinnern.

»Harken!« bellte sie in den Raum, als sie durch die Schwingtür trat. »Mr. Barnett erwartet dich in seinem Arbeitszimmer.«

Harkens Hände erstarrten im Seifenwasser. »Mich?«

»Ja, dich! Oder heißt hier noch jemand Harken? Mr. Barnett wartet nicht gerne, also geh schon!«

»Ja, Ma'am. Sobald ich mit den Münzen fertig bin.«

»Ruby soll weitermachen. Ruby, wasche Mrs. Barnetts Münzen und trockne sie ab. Und daß mir kein Penny verschwindet!«

Harken ließ die Münzen zurück in die Schüssel fallen und griff nach einem Handtuch, um seine Hände zu trocknen.

»Wissen Sie, was er von mir möchte, Lovik?«

»Für dich bin ich *Mrs.* Lovik. Natürlich weiß ich nicht, was Mr. Barnett wünscht, aber ich wäre nicht erstaunt, wenn er dich wegen deiner Flausen mit den Booten entlassen würde. Mrs. Schmitt! Haben Ihre Küchenmädchen nichts Besseres zu tun, als jeden anzuglotzen, der den Raum betritt? An die Arbeit, Mädchen! Ruby, deine Schürze ist schmutzig. Zieh sofort eine saubere an. Los, Harken, beweg dich schon!«

Kaum hatte Harken die Küchentür erreicht, hatte Mrs. Lovik etwas Neues auszusetzen. »Um Himmels willen, streif deine Ärmel hinunter und leg dir einen Kragen um. Du kannst doch nicht wie Küchengesindel im Arbeitszimmer des gnädigen Herrn auftauchen!«

»Ich bin aber Küchengesindel, Mrs. Lovik, und das weiß er!«

»Dein freches Gerede kümmert mich nicht, Harken, aber ich will dir eines sagen: Wenn es nach mir ginge, ich hätte dich noch in der gleichen Nacht entlassen, als du dem gnädigen Herrn diesen schamlosen Streich mit dem Dessert gespielt hast!«

»Aber es ist nicht nach Ihnen gegangen, nicht wahr?« Er grinste sie herausfordernd an, verbeugte sich und machte mit seinem rechten Arm eine großzügige Geste in Richtung des Bedienstetenkorridors. »Bitte nach Ihnen, Mrs. Lovik.«

Mit erhobener Nase und vor Wut bebender Haube schritt sie dennoch würdevoll an ihm vorbei.

»Und geh danach sofort wieder in die Küche!«

Er stieg die Stufen in das Erdgeschoß hoch. *Das* war eine Treppe! Er hatte sie noch nie vorher betreten und kannte weder das schimmernde Geländer aus Mahagoni noch die geschnitzten Engel auf dem Treppenabsatz. Die kleinen nackten Gestalten hielten eine Gaslampe in ihren Händen und lächelten auf ihn hinunter, als er den wertvollen türkischen Läufer betrat. Über ihm befand sich ein bleiverglastes, buntes Fenster, das auf den Garten zeigte, und zwei weitere Engel mit Gasleuchtern in den Händen. Oben angelangt, traf er auf einen langen Gang. Er blickte ihn zuerst rechts, dann links hinab. Von beiden Flügeln gingen Türen ab, aber es gab keinen Hinweis darauf, welche zu Mr. Barnetts Arbeitszimmer führte.

Er entschied sich für die linke Seite und trat in ein Zimmer, in dem eine alte, grauhaarige Dame schlafend in einem Schaukelstuhl saß, ein Buch im Schoß. Er erinnerte sich, sie an jenem Abend im Speisezimmer bedient zu haben. Leise schloß er die Tür und trat in den nächsten Raum. Es war ein Badezimmer mit einem Boden aus grünweißen Granitfliesen, einer Toilette aus weißem Porzellan, darüber ein Spülkasten aus Eiche, einem Waschtisch und einer riesigen Badewanne mit Löwenfüßen. Es duftete nach Blumen, und durch das Fenster mit den weißen Gardinen strömte die Sonne.

Als nächstes betrat er ein Jungenzimmer, dessen Tapete mit Windjammern vor einem dunkelblauen Hintergrund bedruckt war, das Bett war zerwühlt. Er hatte bereits bemerkt, daß er sich im falschen Flügel befand, machte jedoch nicht kehrt, sondern wollte auch in die letzten Räume noch einen kurzen Blick werfen – die einzige Chance, die er jemals dazu haben würde.

Er kam zu einer geöffneten Tür und erstarrte.

Da war Miss Lorna. Sie saß auf einem Stuhl und blätterte in einem Magazin. Bei ihrem Anblick vollführte sein Magen einen Sprung. Das Licht traf sie von zwei Seiten, ihr langes Haar fiel locker über ihre Schultern, ihre Füße waren nackt, die Knie angezogen und dienten als Stütze für das Magazin. Sie trug einen lavendelfarbenen Rock und eine weiße Bluse mit Stehkragen, die an diesem heißen Nachmittag nicht bis oben hin zugeknöpft war und nun ihr Schlüsselbein freigab. Der Raum war luftig und bot Aussicht auf See und Garten. Die Wände waren in demselben Blau gehalten wie die Streifen des Rockes, den sie am vergangenen Sonntag getragen hatte.

Als er vor ihrem Zimmer stehenblieb, blickte sie auf. Beide erstarrten für einen Augenblick zu Salzsäulen.

»Harken?« flüsterte sie mit vor Überraschung geweiteten Augen. Langsam kam wieder Leben in ihre Glieder, sie ließ ihre Knie sinken und bedeckte hastig ihre bloßen Füße mit dem Rock. »Was tun Sie hier oben?«

»Bitte entschuldigen Sie die Störung, Miss Lorna, aber ich suche das Arbeitszimmer Ihres Vaters. ›Oben‹ hat man mir nur gesagt.«

»Es befindet sich im anderen Flügel. Die zweite Tür rechts.«

»Vielen Dank, jetzt werde ich es finden.«

Er drehte sich um.

»Warten Sie!« rief Lorna, warf ihr Magazin beiseite und sprang auf.

Er wartete einige Schritte entfernt, während sie aus ihrem Zimmer trat. Ihr Rock war zerdrückt, und ihre Bluse saß nicht richtig. Unter dem Rocksaum blitzten ihre Zehennägel hervor.

»Hat Vater Sie zu sich bestellt?«

»Ja, Miss.«

Ihre Augen funkelten vor Aufregung. »Ich wette, um mit Ihnen über das Boot zu sprechen! Oh, Harken, ich bin ganz sicher.«

»Ich weiß es nicht, Miss. Mrs. Lovik sagte nur, ich solle mich beeilen und nicht wie Küchengesindel aussehen.« Er blickte an sich hinunter, sah die Hose mit den Wasserflecken und sein grobes, weißes Baumwollhemd, das von den schwarzen Hosenträgern in drei Streifen unterteilt wurde. »Aber das tue ich wohl.« Er zuckte ratlos mit den Schultern.

»Ach, Mrs. Lovik.« Lorna fuhr mit der Hand durch die Luft. »Sie ist ein Griesgram. Hören Sie am besten gar nicht auf sie. Papa möchte Sie sicher wegen des Boots sprechen. Er hat darüber nachgedacht. Denken Sie immer daran, daß er sich nichts, aber auch nichts so sehr wünscht wie den Sieg im nächsten Jahr. Er haßt es zu verlieren. Überzeugen Sie ihn, vielleicht können Sie dann schon bald mit dem Bau des neuen Boots beginnen.«

»Ich werde mich bemühen, Miss.«

»Und lassen Sie sich nicht von Papa einschüchtern.« Sie erhob mit Nachdruck ihren rechten Zeigefinger. »Er wird es sicher versuchen, Sie dürfen es aber nicht zulassen!«

»Ja, Miss.« Er mußte ein Lächeln unterdrücken. Welch kindliche Begeisterung sie zeigte, als sie ihm hier gegenüberstand, liederlich gekleidet, das offene Haar fiel ihr über die Schultern wie die störrischen Ranken des wilden Weins. Es glänzte dunkel und stand nach allen Seiten ab, als hätte sie es beim Lesen mit den Fingern zerwühlt. Ihr unordentliches Aussehen konnte jedoch nicht über ihre natürliche Schönheit hinwegtäuschen, die sie auch ohne teure Hüte, Lokken und Korsettstangen umgab. Sie war ohne jeden Zweifel das hübscheste weibliche Wesen, das er jemals gesehen hatte.

»Ich lasse Ihren Vater jetzt besser nicht länger warten.«

»Nein, lieber nicht.« Sie legte beide Hände an den Türrahmen, lehnte sich aus dem Zimmer und wies ihm die Richtung. »Dort entlang. Es ist die geschlossene Tür.«

»Ja. Vielen Dank.« Er drehte sich um.

»Harken?« flüsterte sie.

Abermals wandte er sich ihr zu.

»Viel Glück«, flüsterte sie.

»Danke, Miss.«

Als er vor der Tür von Mr. Barnetts Arbeitszimmer angekommen war, schaute er den Gang entlang und sah sie noch immer aus ihrem Zimmer spähen. Sie winkte ihm mit zwei Fingern zu, er erhob seine rechte Hand und erwiderte ihr Zeichen. Dann klopfte er an die Tür. Sie blickte ihn immer noch an, als Gideon rief: »Herein!«

Jens Harken betrat einen Raum mit hohen Fenstern, die hinter einem mächtigen Schreibtisch weit geöffnet waren. Hinter dem Schreibtisch thronte Gideon, eingerahmt von Bücherregalen, die bis unter die Decke reichten. Es roch nach Zigarrenrauch und Leder, obwohl eine leichte Nachmittagsbrise an den schweren Samtvorhängen vorbei ins Zimmer drang. Der Raum war zugleich in Sonnenlicht und Schatten getaucht. Die bereits niedrig stehende Spätnachmittagssonne durchflutete den Raum, erreichte jedoch nicht den Schreibtisch, sondern warf ihr goldenes Licht auf die Rücken der Bücher im Regal und auf das gewachste Parkett vor der gegenüberliegenden Wand. Der äußerste Winkel des Raumes, wo eine Gruppe hoher Lehnsessel einen Tisch mit Globus, einigen ledergebundenen Bänden und einer Zigarrenkiste aus chinesischem Lack umgaben, lag dagegen im Dunkeln.

»Harken«, sagte Barnett, der nicht gerne grüßte.

»Guten Tag, Sir«, erwiderte Harken, als er vor den wuchtigen Schreibtisch trat, sich jedoch nicht niedersetzte, obwohl einige Stühle in der Nähe standen.

Gideon bot ihm keinen Platz an. Er zündete sich gemächlich eine dicke Zigarre an und hielt sie zwischen den Zähnen fest, während er den blonden Mann vor sich ausgiebig musterte. Der Rauch stieg auf und verflüchtigte sich durch das geöffnete Fenster. Barnett tat noch einige Züge, um die Nerven des jungen Mannes zu prüfen, und wartete auf die anfängliche Nervosität. Aber Harken stand ganz ruhig da, die Hände hingen an den Seiten herunter, und seine Kleidung hatte noch Wasserflecken von der Arbeit in der Küche.

»Also!« bellte Barnett schließlich und nahm seine Zigarre aus dem Mund. »Sie glauben also zu wissen, wie man Boote baut.«

»Ja, Sir.«

»Schnelle Boote?«

»Ja, Sir.«

»Wie viele haben Sie schon gebaut?«

»Genug. In einer Werft in Barnegat Bay.«

Gideon konnte seine Überraschung gut verbergen: Barnegat Bay in New Jersey, die Wiege des Segelns. Die Segelmagazine waren voll mit Artikeln darüber. Er spitzte seine Lippen und drehte das feuchte Ende seiner Zigarre zwischen ihnen hin und her. Er fragte sich, weshalb dieser Gernegroß offensichtlich keine Angst vor ihm hatte.

»Haben Sie auch schon so eines gebaut, von dem Sie die ganze Zeit erzählen?«

»Nein, Sir.«

»Also wissen Sie nicht, ob es kentert und sinkt.«

»Ich weiß es. Es wird nicht sinken.«

»Soso, Sie wissen es also«, bellte Barnett. »Es ist eine Schnapsidee, dafür mein Geld zu geben!«

Harken bewegte sich weder, noch antwortete er. Sein Gesicht schien unbeteiligt, seine Augen waren ununterbrochen auf sein Gegenüber gerichtet. Barnett bemerkte, daß die Kühnheit des jungen Mannes ihn langsam verunsicherte.

»Einige Menschen aus meiner Umgebung haben mich dazu gebracht, Sie anzuhören.«

Harken sagte nichts, was in Barnett den wachsenden Wunsch erzeugte, ihn einzuschüchtern.

»Nun rede schon, Junge!« brüllte er ihn an.

»Ich kann es Ihnen aufzeichnen, wenn Sie etwas vom Bootsbau verstehen.«

Barnett verschluckte sich beinahe an seiner eigenen Spucke. Er verspürte ein unstillbares Verlangen, diesen Burschen im Nacken zu packen und vor die Tür zu setzen. Der Küchengehilfe besaß tatsächlich die Dreistigkeit, *ihm,* Gideon Barnett, dem Präsidenten des White Bear Yacht-Club, zu unterstellen, er verstünde nichts vom Bootsbau!

Gideon warf einen Bleistift auf einen Stapel mit großen, weißen Blättern, der auf seinem Schreibtisch lag. »Hier! Zeichnen Sie!«

Harken blickte zuerst auf den Bleistift, dann zu Barnett, dann wieder auf den Bleistift. Schließlich griff er nach dem Stift, stützte seine Hand auf das Papier und begann zu zeichnen. »Soll ich zu Ihnen herumkommen, oder kommen Sie auf meine Seite, Sir?«

Barnetts Kiefermuskel spannte sich einen Augenblick lang an, aber er gab seine Position der Überlegenheit auf und wechselte die

Seite des Schreibtisches, während Harken, die linke Hand auf die Tischplatte gestützt, weiterzeichnete.

»Zuerst muß Ihnen klar sein, daß ich hier von zwei vollkommen unterschiedlichen Bootstypen spreche. Ich rede nicht mehr von dem Verdrängungsrumpf. Ich rede von einem gleitenden Rumpf – leicht und flach.« Er zeichnete die Querschnitte zweier völlig unterschiedlich geformter Schiffsrümpfe und erklärte Barnett das Verhalten des neuen Boots und daß man viel weniger Takelage benötigte, da die Segel wesentlich kleiner sein würden. Er sprach von Länge und Breite und dem natürlichen Auftrieb eines Segelschiffs mit flachem Rumpf, wie es noch nie gebaut worden war.

»Wenn es keinen Kiel hat, wohin kommt dann der Ballast?« fragte Gideon.

»Die Mannschaft ist der Ballast, wir brauchen keine Sandsäcke mehr.«

»Und das alleine kann das Kentern verhindern?«

»Nein, nicht das alleine. Das Boot wird Ausleger bekommen.« Er machte sich erneut ans Zeichnen. »Anstelle eines Kiels wird es zwei seitliche Ausleger haben, die, je nach Bedarf, gehoben und gesenkt werden können. Sehen Sie?«

Barnett betrachtete eine Weile die Skizzen und dachte nach.

»Und Sie könnten so ein Boot entwerfen?«

»Ja, Sir.«

»Und bauen?«

»Ja, Sir.«

»Ohne fremde Hilfe?«

»Ja, ziemlich. Ich brauche einen zweiten Mann, um die Bretter zu biegen und die Planken anzubringen.«

»Ich habe keinen anderen Mann übrig.«

»Ich werde mir einen suchen, wenn Sie ihn bezahlen.«

»Was wird das Ganze kosten?«

»Das ganze Boot? Um die siebenhundert Dollar.«

Barnett überlegte einen Moment. »Wie lange würde es dauern?«

»Drei Monate. Höchstens vier, Innenausbau und Anstrich schon mitgerechnet. Ich brauche Werkzeug und einen Schuppen, das ist alles. Ich könnte meine eigene Dampfkammer bauen.«

Barnett sah auf die Zeichnungen hinab, drückte seine Zigarre im Ascher aus, ging langsam zum Fenster und blickte auf den See hinaus.

»Nur die Segel und die Takelage kann ich nicht selbst herstellen. Wir könnten sie in Chicago in Auftrag geben«, sagte Harken. Barnett drehte sich um. »Das Boot kann im späten Herbst fertig sein, und die Segel werden dann über den Winter genäht. Ich werde selber auftakeln. Und im nächsten Frühling, rechtzeitig zur Segelsaison, kann es zu Wasser gelassen werden.« Harken legte seinen Stift beiseite, richtete sich auf und blickte Barnett in die Augen. Hinter ihm glitzerte der See.

Als Barnett nichts erwiderte, fuhr Harken fort: »Ich bin schon eine Menge gesegelt. Mein Vater segelte und vor ihm sein Vater, und davor sein Vater, bis hin zu den Wikingern. Ich weiß sicher, daß mein Plan funktionieren wird, so sicher wie ich weiß, woher meine Liebe zum Wasser stammt.«

Nun herrschte Schweigen zwischen den beiden. Barnett musterte abermals den jungen Mann. »Sie sind sehr von sich überzeugt, nicht wahr, junger Mann?«

»Nennen Sie es, wie Sie wollen, Sir, aber ich weiß, daß das Boot funktionieren wird.«

Barnett faltete die Hände hinter dem Rücken, verlagerte das Gewicht auf seine Fußspitzen und rollte wieder auf den Fersen ab und sagte schließlich: »Ich werde darüber nachdenken.«

»Ja, Sir«, antwortete Harken ruhig. »Ich gehe zurück in die Küche.«

Bis er die gepolsterte Tür des Arbeitszimmers erreicht hatte, brannte ihm Barnetts Blick auf seinem Rücken. Er spürte förmlich, wie Barnett ihn mit seinen Blicken durchdrang, fühlte, wie sehr sich Barnett sträubte, einem Untergebenen Vertrauen zu schenken. Aber er spürte auch, wie sehr Barnett von dem Verlangen durchdrungen war, der Beste zu sein, egal, worum es sich handelte. Miss Lorna hatte gesagt, daß ihr Vater nichts mehr haßte als die Niederlage, und das wurde nun sehr deutlich. Jens Harken fragte sich, wie Gideon Barnett – sollte er wirklich das Boot bauen dürfen und wäre es tatsächlich so schnell, wie er glaubte – sich wohl in der Stunde seines Triumphes erkenntlich zeigen würde.

Er ging geradewegs zurück in die Küche, bemerkte jedoch unterwegs, daß die Tür zu Miss Lornas Zimmer geschlossen war.

In der Küche saßen alle um den Tisch herum und nahmen die Nachmittagsvesper mit Sandkuchen und Pfefferminztee zu sich. Als er eintrat, sprangen alle auf, umringten ihn und ließen einen Schwall von Fragen auf ihn los.

»Was hat er gesagt? Darfst du es bauen? Warst du in seinem Arbeitszimmer? Wie sieht es dort aus?«

»Langsam, langsam!« rief er mit erhobenen Armen. »Er wird darüber nachdenken, nichts weiter!«

Enttäuschung machte sich auf ihren Gesichtern breit. »Er denkt immerhin schon darüber nach, na also!« sagte Jens tröstend.

»Wie sieht sein Arbeitszimmer aus?« fragte Ruby.

Während er jede Einzelheit beschrieb, flog plötzlich die Schwingtür auf, und Miss Lorna Barnett stand im Raum.

»Was hat er gesagt?« stieß sie atemlos hervor, noch immer in dem zerknitterten Rock, aber mit zugeknöpfter Bluse und Schuhen an den Füßen. Sie tat einige zögernde Schritte in den Raum, durchquerte ihn schließlich und stellte sich zu dem Küchenpersonal an den blankgescheuerten Tisch in der Mitte des Raumes. Sie sah aus, als gehörte sie zu ihnen. Ihre Augen leuchteten wie schwarzer Tee, in den die Sonne scheint, ihre Wangen glühten vom schnellen Laufen, ihre Lippen waren vor Aufregung leicht geöffnet.

»Er fragte mich, ob ich ein schnelles Boot bauen könne, und ich sagte ja. Er ließ es mich aufzeichnen, und als ich fertig war, sagte er, er würde es sich überlegen.«

»Ist das alles?« Ihre Aufregung schwand und verwandelte sich in Wut. »Oh, wie dickköpfig er nur ist!« Sie schlug mit der Faust in die Luft. »Haben Sie versucht, ihn zu überzeugen?«

»Ich habe alles getan, was in meinen Kräften stand. Ich kann ihn nicht zwingen!«

»Das kann niemand. Mein Vater kann starrsinnig sein, wenn er will.« Sie seufzte und schüttelte den Kopf. »Nun gut...«

In der Küche herrschte bedrücktes Schweigen. Keiner der Angestellten wußte, wie man sich in Anwesenheit der jungen Dame am besten verhielt.

Wieder einmal brach Mrs. Schmitt das Schweigen. »Wir haben hier noch etwas Pfefferminztee, Miss, und Sandkuchen. Mögen Sie ein wenig davon?«

Lorna blickte auf den blanken Holztisch und sagte: »Oh, ja bitte, das hört sich gut an.«

»Ruby, spül ein Glas aus. Colleen, hol noch etwas Tee. Glynnis, bring mir das Tablett. Harken, zerkleinere bitte frisches Eis für Miss Barnett.« Alle setzten sich in Bewegung, um die Anweisungen der Köchin auszuführen. Lorna stand nun allein neben dem Tisch und betrachtete neugierig das Treiben um sie herum.

»Ernesta wird Ihnen die Vesper auf Ihr Zimmer bringen, oder ist Ihnen die Veranda lieber?«

Lorna warf einen verstohlenen Blick auf Harken und fragte Mrs. Schmitt: »Kann ich nicht hier essen?«

»Hier, Miss?«

»Ja, warum denn nicht? Sie saßen eben alle hier, kann ich mich nicht dazusetzen?«

Mrs. Schmitt unterdrückte ihr Erstaunen und sagte: »Natürlich, Miss, wenn Sie es wünschen.«

Lorna setzte sich.

Die Köchin brachte das silberne Tablett mit einem goldgerandeten Teller, einer silbernen Gabel, einem langstieligen Löffel und einer leinenen Hohlsaumserviette und stellte es auf den blanken Tisch, wo das einfache Geschirr des Personals stand – klobige, weiße Steingutteller, dicke Wassergläser und plumpe Gabeln, die noch in den Kuchenstücken steckten. In der Mitte des Tisches standen ein Schmalztopf, ein Salzfäßchen, ein mächtiger Block mit Fleischermessern und außerdem die Gurken, die noch für das Abendessen geschnitten werden mußten.

In der Küche herrschte Schweigen.

Unsicher stellte Ruby die Teekanne auf den Tisch und entfernte sich rückwärts.

Lorna ergriff langsam ihre Gabel, die Gesichter um sie herum beobachteten sie aufmerksam, und keiner der Umstehenden nahm wieder Platz. Sie stach in ihren Kuchen und hielt inne: Noch nie zuvor hatte sie sich so deplaziert gefühlt. Sie blickte auf und sandte Harken einen stillen Hilferuf.

»Nun denn!« Seine Erstarrung löste sich, er klatschte kurz in die Hände und rieb sie gegeneinander. »Ich hätte nichts gegen ein weiteres Stück Kuchen einzuwenden, Mrs. Schmitt, und einen Schluck Tee nehme ich auch noch.« Er rückte sich den Stuhl neben Lorna zurecht und setzte sich, ganz in Cowboymanier, rittlings darauf, dann griff er nach dem Teekrug und schenkte sein Glas voll.

»Noch ein Stück Kuchen für jeden«, verkündete Mrs. Schmitt. Der Raum erfüllte sich wieder mit Leben. Ruby fragte Harken: »Möchtest du noch etwas Eis?«

»Nein, ist schon gut.« Er füllte die Gläser seiner Nachbarn und reichte den Krug auf die andere Tischseite. Bald saßen alle auf ihren angestammten Plätzen, folgten Harkens Beispiel und unterhielten sich munter drauflos.

»Wie geht es Chesters Vater? Weiß jemand etwas Neues?«

»Es geht ihm ein wenig besser. Chester sagt, er habe wieder guten Appetit.«

»Und Ihre Mutter, Mrs. Schmitt? Fahren Sie sie am Sonntag wieder besuchen?«

Sie plauderten, aßen Kuchen und verbrachten vergnügliche zehn Minuten, während Lorna, innerlich jede seiner Bewegungen registrierend, still neben Harken saß, der Dreiviertel seines Glases mit einem großen Schluck leerte und genüßlich in sein riesiges Stück Kuchen biß. Dann rollte er seine Hemdsärmel hoch, stützte beide Ellbogen neben seinem leeren Teller auf dem Tisch auf und stieß hinter vorgehaltener Hand verstohlen auf. Er neckte Glynnis mit der großen Forelle, die sie angeblich gefangen hatte, und lächelte Ruby zu, die herumging und die Gläser abermals mit Tee füllte. Er räkelte sich zufrieden und berührte dabei wie zufällig Lornas Schulter. Von Mrs. Schmitt wollte er wissen, wann sie wohl wieder ihren köstlichen Sauerbraten mit Klößen machen würde, und sie neckte den fischhungrigen Norweger, wie ihm wohl ein solch schweres, deutsches Gericht bekommen würde. Beide lachten gutgelaunt. Harken stieß mit seinem weitausgespreizten Knie unter dem Tisch gegen Lornas Bein. »Entschuldigung«, sagte er ruhig und zog es zurück.

Nach einer Weile schob Mrs. Schmitt ihren Stuhl zurück und warf einen Blick auf die große, runde Küchenuhr. »Auf, auf, die Gurken müssen gewässert werden, der Spinat ist zu waschen, und die Kartoffeln sind zu schälen! Die Zeit vergeht rasch.«

Alle standen auf, und Lorna sagte: »Vielen Dank für Tee und Kuchen. Es war köstlich.«

»Bitte, gern geschehen, Sie sind hier jederzeit gerne gesehen.« Mrs. Schmitt sammelte die Gläser ein.

Abermals verlangsamten sich die Bewegungen des Küchenpersonals, denn keiner wußte, wie man sich zu verhalten habe, wenn Mrs. Schmitt sie wieder zu ihrer Arbeit beorderte, bevor die junge Dame die Küche verlassen hatte. Lorna lächelte Mrs. Schmitt zu, dann schweifte ihr freundlicher Blick über die anderen. Sie ging zur Tür. Jens beeilte sich, die Tür vor ihr zu erreichen und ihr zu öffnen. Ihre Blicke trafen sich für den Bruchteil einer Sekunde, als sie durch die Tür schlüpfte, und sie schenkte ihm den Anflug eines Lächelns.

Er nickte ihr formell zu. »Einen schönen Nachmittag, Miss.«

»Danke, Harken.«

Als die Tür sich hinter ihr geschlossen hatte, waren alle wieder bei der Arbeit, außer Ruby. Sie hatte die Hände voll Gemüse und musterte ihn mit abfälligem Blick. Als er an ihr vorbeiging, flüsterte sie ihm zu: »Warum hat sie nicht ihren Vater gefragt, was er dir gesagt hat? Das wäre einfacher gewesen, als in die Küche zu kommen und dich danach zu fragen.«

»Kümmere dich um deine eigenen Angelegenheiten, Ruby«, antwortete er und verschwand in den Garten, um den bereits gepflückten Spinat zu holen, der in der Schubkarre im Schatten neben dem Gewächshaus wartete.

Am folgenden Wochenende veranstaltete der White Bear Yacht-Club eine Regatta für seine Mitglieder. Zweiundzwanzig Boote waren am Start. Gideon Barnett trug den offiziellen dunkelblauen Klubpullover und steuerte sein eigenes Boot, die *Tartar*. Zu seinem großen Ärger jedoch konnte er nur den zweiten Platz belegen.

Bei dem anschließenden Umtrunk im Klubhaus klagte er Tim Iversen sein Leid: »Hundert Dollar habe ich in diesem verdammten Rennen an Percy Tufts verloren!«

Tim zog ausgiebig an seiner Pfeife und erwiderte: »Nun, du kennst meine Antwort darauf.«

Gideon schwieg eine Weile und sagte: »Du kannst sicher sein, daß ich über die Sache nachdenke!«

Er dachte noch bis zum folgenden Abend nach, dann sprach er mit Levinia über die Angelegenheit. Sie waren im Schlafzimmer, fertig für die Nacht. Gideon stand in seinem kurzbeinigen Pyjama vor dem Kamin, genoß die letzte Zigarre des Tages und sagte ins Blaue: »Levinia, du mußt wohl einen neuen Küchengehilfen einstellen. Harken wird ein Boot für mich bauen.«

Levinia war gerade dabei, die Bettkante zu erklimmen. Sie hielt inne. »Nicht, wenn Mrs. Schmitt wieder mit ihrer Kündigung droht!«

»Das wird sie nicht tun.«

»Wie kannst du dessen so sicher sein?« Levinia ließ sich auf die hohe Matratze fallen und lehnte sich in ihre Kissen zurück.

»Es ist nur vorübergehend. Ich brauche ihn für höchstens drei oder vier Monate, dann wird er wieder in der Küche arbeiten, da, wo er hingehört. Ich habe vor, morgen vormittag mit ihm zu sprechen.«

»Ach, Gideon, ständig diese Scherereien!«

»Ich will es so und Schluß damit!« Er drückte seine Zigarre aus und stieg zu ihr ins Bett.

Levinia dachte darüber nach, ob weiterer Widerstand lohnenswert wäre, scheute jedoch die ihr seit dem letzten Streit bekannten Folgen einer neuerlichen Auseinandersetzung mit Gideon. Sie schluckte ihre Einwände stillschweigend hinunter und machte sich mit dem Gedanken an die mühselige Suche nach einer Aushilfskraft vertraut.

Um neun Uhr des folgenden Morgens wurde Jens Harken abermals in Barnetts Arbeitszimmer beordert. Diesmal wirkte der Raum wesentlich freundlicher und war von goldener Morgensonne durchflutet, Barnett jedoch sah so mißgelaunt und finster aus wie immer. Er trug einen Anzug und Weste, eine goldene Uhrenkette baumelte über seinem Bauch.

»In Ordnung, Harken, drei Monate! Und Sie bauen mir ein Boot, das den Kahn dieser verdammten Sandsäcke aus Minnetonka und alles andere auf dem Wasser in den Schatten stellt! Haben Sie mich verstanden?«

Harken unterdrückte mühsam ein Grinsen. »Ja, Sir.«

»Und wenn es fertig ist, arbeiten Sie wieder in der Küche.«

»Selbstverständlich.«

»Sagen Sie Mrs. Schmitt, daß Sie nur für diese Zeit ausfallen. Ich will nicht, daß sie sich wieder aufregt. Sie können sich im Schuppen hinter dem Gewächshaus ausbreiten. Ich werde mit meinem Freund Matthew Lawless sprechen, damit Sie in seinem Geschäft das nötige Werkzeug abholen können. Fahren Sie mit dem Zug nach Saint-Paul, sobald Sie sich in der Küche abgemeldet haben. Steffens soll Sie zum Bahnhof fahren. Was das Holz anbelangt, kaufen Sie es auf meine Rechnung bei Thayer. Sie wissen, wo das ist?«

»Ja, Sir. Aber wenn es Ihnen nichts ausmacht, würde ich das Holz, das ich für die Form benötige, gerne selber bezahlen.«

Barnett schaute ihn mißtrauisch an. »Warum?«

»Ich möchte die Form danach behalten.«

»Behalten Sie sie.«

»Danke, Sir. Ich hoffe, eines Tages ein Boot für mich selbst bauen zu können, dann kann ich die Form gut gebrauchen.«

»Einverstanden. Die Zeichenutensilien...« Barnett kratzte seine Braue und dachte nach.

»Die besitze ich bereits, Sir.«

»Oh.« Barnett ließ seine Hand fallen. »Ja, ja, natürlich. Nun denn.«

Er setzte seinen grimmigsten Blick auf und richtete sich zu voller Größe auf. »Von nun an sind Sie direkt mir unterstellt, haben Sie das verstanden?«

»Ja, Sir. Kann ich einen Helfer einstellen, wenn es notwendig ist?«

»Ja, aber nur, wenn es unbedingt erforderlich ist.«

»Ich habe verstanden.«

»Sie essen auch weiterhin mit dem Küchenpersonal, und ich gehe davon aus, daß Sie so lange arbeiten wie bisher.«

»Auch sonntags, Sir?«

Barnett schien bei dieser Frage etwas gereizt, antwortete jedoch: »In Ordnung, der Sonntag ist frei.«

»Bevor ich in die Stadt fahre, würde ich lieber zuerst den Schuppen anschauen, wenn es Ihnen recht ist, Sir.«

»Dann lassen Sie Steffens wissen, wann Sie ihn brauchen.«

»Das geht in Ordnung. Und die Zugfahrt, Sir?«

Barnetts Mund wurde zu einem schmalen Strich, sein Gesicht rötete sich leicht. Seine Oberlippe schien unter dem mächtigen Schnauzbart zu zittern.

»Sie treiben es noch auf die Spitze, bis einem gar nichts anderes übrigbleibt, als Sie hinauszuwerfen. Ich warne Sie, Sie Küchenjunge!« Er deutete mit seiner glühenden Zigarre auf ihn. »Überschätzen Sie sich nicht, sonst landen Sie schneller wieder in der Küche, als Sie sich umschauen können.« Aus seiner Westentasche zog er eine Münze und ließ sie auf die Schreibplatte fallen. »Hier ist Ihre Zugfahrt, gehen Sie jetzt.«

Harken hob die Fünfzig-Cent-Münze auf und dachte bei sich, daß er lieber zur Hölle fahren würde, als die Zugfahrt aus eigener Tasche zu bezahlen und diesen reichen Mann damit noch reicher zu machen. Er sparte eisern jeden Cent und hatte große Pläne damit. Es wurde ihm jedoch etwas Neues über seinen Arbeitgeber klar: Ein Mann in seiner Position benötigte die Achtung der Gleichgestellten. Wenn aber bekannt würde, daß er einen Angestellten auf eigene Kosten mit dem Zug nach Saint-Paul schickte – und durch das Hauspersonal verbreiteten sich solche Gerüchte schnell –, hätte dies unter Umständen Gideon Barnetts Ansehen getrübt.

Harken steckte die Münze ohne den geringsten Anflug von Verlegenheit in seine Hosentasche. »Danke, Sir«, sagte er und verließ das Arbeitszimmer.

In der Küche wurde die Neuigkeit mit einer Mischung aus überschwenglicher Freude und leiser Besorgnis aufgenommen. Colleen, das kleine irische Küchenmädchen, neckte ihn: »Wie schön, jetzt basteln wir schon das Spielzeug für unsere Herrschaften.«

Mrs. Schmitt brummelte: »Drei Monate! Und wie soll ich jemanden finden, der sein Geld wert ist und mir in dieser Zeit hilft? Wir werden schließlich doch alles allein machen müssen!«

Ruby tadelte mit ruhiger Stimme: »Zuerst hoch in sein Arbeitszimmer, dann Bewegungsfreiheit auf ihrem Besitz! Paß auf, Jens, du gehörst nicht zu ihnen, und sie weiß das. Du solltest dich wirklich fragen, warum sie ausgerechnet auf dich ein Auge geworfen hat.«

»Du träumst, Ruby«, antwortete er und verließ die Küche.

Er fühlte sich wie ein anderer Mensch, als er durch den Küchengarten in den warmen Sommertag hineinschlenderte. Hatten die Kräuter schon einmal herrlicher geduftet? Hatte die Sonne schon einmal schöner geschienen?

Er war wieder Bootsbauer!

Er ging an den Blumenrabatten vorbei, wo die Dienstboten sich normalerweise nicht blicken lassen durften. Vor ihm lag das Gewächshaus, in dem während des Winters das Gemüse ausgesät und im Frühling die jungen Pflänzchen angezogen wurden. Hinter dem Gewächshaus rahmten schlanke Pappeln den ausgedehnten, sorgfältig gepflegten Gemüsegarten ein. Als Harken ihn durchquerte, sah er in einiger Entfernung den Obergärtner Smythe, der einen ausgeblichenen Strohhut trug und zwischen zwei Reihen hoher Strohpyramiden, die ihn um die Hälfte überragten, werkelte. Obwohl Smythe ein griesgrämiger Geselle war, konnte Harken in seinem freudigen Überschwang nicht widerstehen, ihn anzurufen: »Hallo, Smythe. Wie steht's heute morgen mit den Johannisbeeren?«

Smythe drehte sich um und ließ ein verkniffenes Lächeln erahnen, als Jens bei ihm haltmachte. »Ah, Harken. Nicht schlecht, nicht schlecht!« Smythe hatte noch nie in seinem Leben richtig gelächelt, davon war Harken überzeugt. Seine britische Steifheit würde es niemals erlauben. Er hatte ein langes Gesicht mit tiefhängenden Augenlidern und einer langen, höckrigen Nase, die einem Rettich glich.

»Ich denke, bis Mitte der Woche habe ich einige Pfund beisammen.«

Das Küchenpersonal wußte genau Bescheid über Smythes preisgekrönte schwarze Johannisbeeren und die Vorliebe, die Mrs. Barnett für sie hegte. Er hatte eine Methode gefunden, die Ernte zu verzögern, indem er die Sträucher pyramidenförmig mit Stroh umgab und so selbst bestimmen konnte, wann die Sonne sie reifen ließ. Auf diese Weise hatte er die Johannisbeersaison um ganze zwei Monate verlängert.

»Kann ich eine probieren?« Harken pflückte eine dunkle Beere und steckte sie in den Mund, bevor Smythe antworten konnte. »Mmmmh... lecker, wirklich, Smythe, Sie verstehen Ihr Handwerk!«

Smythe war bekannt dafür, daß er seinem Mißfallen auf sehr kultivierte Weise Ausdruck verlieh.

»*Missss*-ter Harken! Sie wissen doch genau, daß die Johannisbeeren nicht für das Küchenpersonal gedacht sind! Die Herrin hat das sehr deutlich gesagt!«

»Oh, entschuldigen Sie«, antwortete Harken grinsend, »aber ich gehöre nicht mehr zum Küchenpersonal. Ich bin gerade auf dem Weg zum Schuppen, um das neue Boot für Mr. Barnett zu bauen. Ich werde in diesem Sommer noch öfter durch Ihren Garten kommen. Jetzt muß ich aber weiter.« Er schlenderte weiter und blickte über die Schulter zurück. »Und danke für die Johannisbeeren, Smythe!«

Gutgelaunt ging er durch die Reihen mit den verschiedenen Gemüsesorten, die den Wunsch der Reichen demonstrierten, nur das Beste aufzutischen: Artikschocken, Brokkoli, Lauch, Kletterbohnen, Spargel. Dann kam er zu den einfacheren Gemüsen wie Kartoffeln, roten Rüben, Karotten und dem permanenten Spinat, von dem er bestimmt schon ganze Wagenladungen gewaschen hatte. *Drei Monate,* dachte er. *Drei Monate lang nicht mehr dieses verdammte Zeug waschen! Und wenn mein Boot wirklich so schnell ist, wie ich glaube, werde ich nie mehr solch eine Arbeit tun müssen.*

Er ging an den Obstbäumen und den Haselnußsträuchern vorbei und an einem Himbeerbusch, an dem sich die Vögel gütlich taten. Er machte es ihnen nach und pflückte sich eine Handvoll reifer Beeren, die er langsam verspeiste, während er durch die Pappelreihe hindurch in den wilderen Teil des Gartens trat, in dem sich der Schuppen befand.

Der Schuppen war ein langgestreckter Bretterverschlag, der offenbar niemals einen Anstrich gesehen hatte. Ein Paar hohe Holztore öffneten sich quietschend und gaben den Blick auf die rauhen Bodenplanken und das freiliegende Dachgebälk frei. Der Schuppen besaß zwei schmale, schmutzige Fenster. Jens erblickte eine rostige Säge mit gebrochenem Blatt, einige Säcke mit alten Kartoffeln, deren lange Triebe sich durch die Leinwand bohrten, eine altersschwache Gartenbank, mehrere Stapel alter Zeitungen, Eimer, Körbe und eine Menge Gerümpel mehr, unter dem er ganze Generationen von Mäusen und Eichhörnchen vermutete. Sein neues Reich gefiel ihm ausgezeichnet. Es war kühl, die Luft roch nach feuchter Erde, es gab hier weder Spülsteine noch Eisschränke, weder heiße, dampfende Kessel noch machtgierige Haushälterinnen, die ihm befahlen, was er zu tun und zu lassen hatte. Keine gelangweilten Herrschaften, die ihm ihr Kleingeld zum Waschen schickten, weil ihre Fingerspitzen zu kostbar waren, um mit dem gemeinen Schmutz in Berührung zu kommen. Keine Rettiche, die ihm beim Schneiden das Wasser in die Augen trieben, keine Enten, die ausgenommen werden mußten, keine Kupfertöpfe, die auf eine Politur warteten, kein Hase, dem er das Fell über die Ohren ziehen mußte. Drei Monate lang konnte er in diesem Paradies arbeiten und das tun, was er am liebsten tat, nur umgeben von den Tieren des Waldes und dem Zwitschern der Vögel in den Bäumen.

Er schritt den Schuppen der Länge nach ab und schaute dabei hoch ins Gebälk, das stark genug sein mußte, um die Winde zu halten. Dann wählte er den Ort für den Rauchabzug. Jetzt war es Juli, aber Anfang September würde er einen Ofen brauchen, und gegen Ende September könnten bereits die ersten Schneeflocken fallen. Er nahm die blinden Fensterscheiben in den verquollenen Rahmen in Augenschein und kam zu dem Schluß, daß sie sich mit der nötigen Ausdauer und einigen kräftigen Stößen öffnen ließen. Ein frischer Wind wirbelte durch den Schuppen und trug den grünen Geruch des Waldes herein. Harken stellte sich vor, wie eine solche Brise die Segel seines Bootes füllen würde, die Segel eines schlanken, flachen Bootes, das sanft und schnell über das Wasser glitt, ohne auch nur eine Welle zu schlagen. Er sehnte sich nach dem Geruch der Eichenplanken in der Dampfkammer, nach dem Geräusch des Hammers, wenn er die Nägel in die Bretter schlug, nach dem Stolz, der ihn erfüllen würde, wenn seine Idee unter seinen eigenen Händen Formen annahm.

Er stand da mit verschränkten Armen, seine Hände ruhten auf dem schulterhohen Fensterbrett, und blickte hinaus auf die grünen Bäume, den wilden Rittersporn und die Nester der Eichhörnchen hoch in den Ästen. Dann schlug er mit beiden Händen gleichzeitig auf das staubige Fensterbrett und sagte mit überzeugter Stimme: »Ihr werdet schon sehen!«

Sechstes Kapitel

Die Fahrt in die Stadt gab Jens Harken ein Gefühl der Freiheit. Er bestellte die Kutsche, ließ sich in die Polster fallen, die sonst nur den Reichen vorbehalten waren, und träumte von dem Tag, an dem er selbst eine Kutsche mit Pferd besitzen würde. Als er in White Bear Beach den Zug bestieg, genoß er das Gefühl, zu einer Tageszeit unterwegs zu sein, zu der er normalerweise in der Küche bei den Vorbereitungen zum Mittagessen half. Als er sich dreißig Minuten später inmitten des geschäftigen Treibens im Zentrum von Saint Paul befand und sich durch das Getümmel seinen Weg zu Lawless' Eisenwarenhandlung bahnte, wurde ihm bewußt, daß Gideon Barnett, so geizig und bärbeißig er auch war, ihm die Chance seines Lebens gab, auf die er so lange gewartet hatte. Jetzt war es an ihm, Jens Harken, das Beste daraus zu machen.

Er wählte das beste Werkzeug, das man für Geld kaufen konnte – vom Sandpapier, das er zum Spitzen seiner Bleistifte benötigte, bis zu dem leistungsstarken Motor, der seine Säge antreiben sollte. Nachdem er die Einzelheiten der Lieferung geklärt hatte, bummelte er eine Stunde lang ziellos durch das Geschäftszentrum und widerstand dem verführerischen Duft der gebratenen Würste, die fliegende Händler hinter ihren Straßenständen feilboten. Er sparte sein Geld lieber und aß mit Appetit das mitgebrachte Sandwich, schaute sich die Auslagen der Geschäfte an, beobachtete die Straßenbahn und genoß die Betriebsamkeit, die ihn umgab. Die Stadt war ohne Zweifel aufregend, aber als er in den Zug nach White Bear Beach stieg, ließ die Vorfreude auf die kommenden Monate die Faszination der Stadt schnell verblassen.

Wieder in White Bear angekommen, lief er von der Eisenbahnstation hinüber zur Holzhandlung und bestellte alles, was er für den Bau des Bootes brauchte. Dann schlug er den Weg nach Manitou Island ein und ging am Ufer des Sees entlang, auf dem an diesem Nachmittag mitten in der Woche nur wenige Segel zu sehen waren. Jens genoß trotzdem ihren Anblick.

In Rose Point Cottage zog er sich seine Arbeitskleidung an, holte aus der Küche Besen und Lappen und ging durch den Garten zu seinem Schuppen.

Als er in seinem kleinen Reich angekommen war, öffnete er weit die Tore, trat in die Kühle des Raums und spürte abermals das Prikkeln, das er bereits am Morgen gefühlt hatte, und die Überzeugung, daß an diesem Ort etwas sehr Wichtiges geschehen würde. Er trug die alten Kartoffelsäcke und die Zeitungen vor das Tor, türmte einen Stapel Unrat auf und verbrannte das Gerümpel. Dann trug er vorsichtig die Mäusenester nach draußen, fegte den Holzboden und begann, die Fenster zu putzen. Er stand gerade auf einem alten Faß und war mitten in der Arbeit, als er Lorna Barnetts Stimme vernahm.

»Mr. Harken, wo, *um alles in der Welt,* haben Sie gesteckt?«

Sie stand in dem weitgeöffneten Tor, beide Hände in die Hüften gestützt, nur eine Silhouette im warmen Licht des späten Nachmittags. Ihre Puffärmel waren aufgeplustert wie Daunenkissen, ihr Rock wölbte sich wie eine Glocke. Er konnte an den Konturen ihres Kleides einen rosafarbenen Schimmer ausmachen, ihr Haar war in Form zweier kleiner Vogelnester über den Ohren frisiert. Mehr konnte er gegen das Licht nicht erkennen.

»Ihr Vater hat mich in die Stadt geschickt, Miss.«

»Davon hat er gar nichts erwähnt. Als ich aufstand, war er schon weg, und niemand schien zu wissen, wo Sie steckten. Sie werden das Boot bauen, nicht wahr?«

»Ja, Miss, genau das werde ich tun!«

Sie machte einen Luftsprung, schleuderte ihre kleinen Fäuste in die Luft und rief: »Hurra!«

Harken brach in lautes Gelächter aus, sprang von dem Faß herunter, warf den Putzlappen in den Wassereimer und legte sich den Lappen zum Trockenwischen über die Schulter. »Das hätte ich am liebsten auch getan, als er es mir gesagt hat.«

Sie trat langsam in das Innere des Schuppens, ihre Röcke raschelten über den schmutzigen Boden. »Bauen Sie es hier?« Kurz vor ihm blieb sie stehen, nun konnte er ihr Gesicht erkennen – und welch ein reizendes Gesicht.

»Ja. Er gab mir sein Einverständnis, alles zu kaufen, was ich brauche. Also fuhr ich in die Stadt, um die Werkzeuge zu bestellen. Miss Barnett« – er schaute an ihr hinunter – »Sie werden sich schmutzig machen in diesem staubigen Schuppen. Ich habe den Boden zwar gefegt, aber er ist noch immer nicht besonders sauber.«

Sie raffte ihren Rock und schüttelte ihn kurz. »Ach, wen interessiert das schon!« Eine große Staubwolke wirbelte auf, als sie die Röcke wieder fallen ließ. Ein Hauch ihres Orangenöls vermischte sich mit dem Staub und drang ins Innere des dunklen Schuppens. »Ich weiß gar nicht, weshalb ich immer noch diese dummen Kleider trage, die sich überall verfangen. Mr. Gibson sagt, sie seien nicht mehr modern.«

»Wer ist Mr. Gibson?«

Ihr Gesicht verzog sich schmerzlich. »Oh, bitte, Harken, lassen Sie uns nicht über Rocklängen reden. Ich bin gekommen, um zu hören, was Papa gesagt hat.«

Obwohl sie eine reizende Erscheinung war, trat er einen Schritt nach hinten, um für einen angemessenen Abstand zu sorgen. »Nun, er sagte, ich habe drei Monate Zeit, um das Boot zu bauen, dann soll ich wieder zurück in die Küche.«

»Was noch?« Sie folgte ihm auf den Fersen, begierig, Neues zu erfahren.

»Sonst nichts.«

»Oh, Harken, das kann doch nicht alles gewesen sein!«

»Nun...« Er dachte eine Weile nach und fügte dann hinzu: »Er sagte, ich solle Mrs. Schmitt ausrichten, daß ich nur vorübergehend ausfalle, weil er keinen Ärger mit ihr bekommen wolle.«

Lorna lachte, ihre zarte Stimme verwandelte das schlichte Gebäude, und Jens konnte der Versuchung nicht widerstehen, einen langen Blick auf sie zu werfen. Heute trug sie ein rosa-weiß gestreiftes Kleid mit einem Stehkragen aus weißer Spitze, großen Puffärmeln und einem enganliegenden Oberteil, das zu ihrem Schoß hin in einer Spitze auslief. Das Kleid betonte ihre weiblichen Formen. Wenn er sich einige Schritte von ihr weg bewegte, folgte sie ihm auf den Fuß, scheinbar ohne schlechtes Gewissen. Schließlich blieb er stehen – sie war jetzt nur eine Armlänge von ihm entfernt – und verschränkte die Arme vor seiner Brust.

»Darf ich Sie etwas fragen, Miss?«

»Natürlich.«

»Warum stellen Sie all diese Fragen nicht Ihrem Vater?«

»Ach, pffff!« Sie winkte mit beiden Händen geringschätzig ab. »Er würde mir keine richtige Antwort geben. Das tut er nie!«

»Das habe ich bemerkt.«

»Außerdem mag ich Sie.« Sie lächelte ihn unverhohlen an.

Er lachte kurz auf, schaute zuerst auf den Boden, dann auf sie.

»Sind Sie immer so offen?«

»Nein«, antwortete sie. »Ich bin sehr häufig mit Taylor DuVal zusammen. Kennen Sie Taylor? Nein, ich glaube nicht. Nun, wie dem auch sei, man kann wohl sagen, daß er um mich wirbt. Aber ich habe ihm noch nie gesagt, daß ich ihn mag.«

»Aber Sie mögen ihn?«

Sie dachte einen Augenblick nach. »Mehr oder weniger. Taylor glaubt nicht an bestimmte Dinge, nicht so, wie Sie an Ihr Boot glauben. Seine Familie besitzt Getreidemühlen, und – ganz offen gesagt – das ist ein ziemlich langweiliges Thema: die Weizenernte, die voraussichtlichen Marktpreise, die besten Lieferanten für Baumwollsäcke und so weiter und so weiter. Wenn wir zusammen sind, sprechen wir natürlich auch über andere Dinge, aber es ist immer dasselbe: meine Familie, seine Familie, welche Bälle in der nächsten Zeit stattfinden, was es Neues im Segelklub gibt.«

»Segelt er?«

»Ja, seiner Familie gehört die *Kite.*«

»Ich habe sie schon gesehen. Sie ist kiellastig.«

In Lornas Augen blitzte der Schalk auf. »Sind das nicht alle Boote, verglichen mit dem Boot, das Sie bauen werden?«

Sie lächelten sich eine Weile an, beide erfüllte die Vorfreude, das Boot zum ersten Mal über den See gleiten zu sehen. Beide fragten sich einen kurzen Augenblick, was bis dahin wohl noch alles passieren würde. Eine Fliege schwirrte in einem goldenen Sonnenstrahl nahe der geöffneten Fenster.

Lorna Barnett war das reizendste Mädchen, das er jemals getroffen hatte. Sie schien mit beiden Beinen so fest auf dem Boden zu stehen wie jedes der Küchenmädchen. Er entschied, ihr zu vertrauen.

»Darf ich Ihnen etwas sagen, Miss Lorna?«

»Alles.«

»Wenn dieses Boot funktioniert, werde ich niemals wieder auch nur einen Schritt in eine Küche machen.«

»Das ist gut, Harken, dort gehören Sie auch nicht hin.«

Sie standen dicht genug voreinander, daß Lorna die Entschlossenheit in seinen Augen erkennen konnte und Jens die Bestätigung in ihren; dicht genug auch, daß er das Orangenparfüm in ihren Kleidern riechen konnte und sie das Essigwasser in seinem Putzlappen; dicht genug, um zu merken, daß es sich nicht schickte – und sich nichts daraus zu machen.

»Was haben Sie denn vor?« fragte sie.

»Ich möchte meine eigene Werft aufbauen.«

»Woher bekommen Sie all das Geld?«

»Ich spare. Und ich habe einen Plan. Ich möchte meinen Bruder aus New Jersey holen und die Werft mit ihm zusammen betreiben.«

»Fehlt er Ihnen?«

Er antwortete mit einem leichten Zucken der Mundwinkel, sein Blick schweifte in die Ferne und schien voller Erinnerungen.

»Er ist meine ganze Familie.«

»Schreiben Sie sich?«

»Fast jede Woche.«

Sie lächelte ihn verschwörerisch an. »In dieser Woche haben Sie ihm aber wichtige Neuigkeiten zu berichten, nicht wahr, Harken?«

Er lächelte ebenfalls, und für einen Augenblick teilten sie das Gefühl des Triumphes, unter das sich der unbestimmte Eindruck mischte, daß sie sich sehr mochten. Die Stille hielt an, und sie waren sich bewußt, daß ihre Blicke wieder ineinander verschmolzen, so wie damals, aber nun waren sie zum ersten Mal allein. Im Wald herrschte Schweigen, nicht einmal die Vögel zwitscherten. Nur die Fliege summte noch immer im Schuppen umher. Auf dem Holzboden und den Wänden lagen die grünlichen Schatten der Laubbäume, die sich auf den vom Staub grauen Planken und den rauhen Brettern in eine filigrane Spitzenarbeit verwandelten. In der Tiefe des Raums, wo Jens und Lorna sich gegenüberstanden, fiel das Licht durch das zur Hälfte geputzte Fenster und beleuchtete nur eine Seite ihrer Gesichter. Ihres hatte weiche, runde Konturen, schien auf dem hohen Spitzenkragen, der fast bis zu den Ohrläppchen reichte, zu ruhen. Seines war staubig und kantig und hob sich deutlich von dem groben blauen Arbeitshemd ab.

Als sie langsam aus ihrer Versunkenheit erwachten, sagte Jens mit ruhiger Stimme: »Ich glaube nicht, daß es Ihrem Vater gefiele, wenn er wüßte, daß Sie hier sind.«

»Mein Vater ist in die Stadt gefahren. Und meine Mutter hält ihren Mittagsschlaf mit einem nassen Tuch auf der Stirn. Und außerdem war ich nie eine gehorsame Tochter, und das wissen sie. Ich gebe zu, daß sie es nicht immer leicht hatten mit meiner Erziehung.«

»Das überrascht mich nicht.«

Als Antwort lächelte sie. Sie wußten, daß sie allein waren, und wieder herrschte Schweigen zwischen den beiden. Sie wußten nicht, was sie tun sollten.

Sie blickte auf ihre Hände herunter und sagte: »Ich glaube, es ist besser, wenn ich gehe. Sie sollten weiterarbeiten.«

»Ja, das ist wohl das beste.«

»Ich muß Ihnen aber noch etwas sagen, wegen gestern.«

»Gestern?«

Ihr Blick hob sich abermals und ruhte auf seinem Gesicht.

»Als ich in die Küche kam und mit Ihnen Tee getrunken habe. Als es schon zu spät war, habe ich gemerkt, wie unangenehm es Ihnen allen war. Ich wollte Ihnen für Ihr Verständnis danken, Harken.«

»Unsinn, Miss. Sie hatten das Recht, da zu sein.«

»Nein.« Mit vier Fingerspitzen berührte sie leicht die nackte Haut seines Unterarmes, nur einen ganz kurzen Moment lang. Als sie ihren Fehler bemerkte, zog sie rasch ihre Hand zurück und ballte die Finger zur Faust. »Ich habe Ihnen gesagt, daß ich nicht gehorsam bin. Manchmal tue ich Dinge, die ich später bereue. Und als Mrs. Schmitt das Silbertablett mit meinem Kuchen und der guten Leinenserviette brachte, da wäre ich am liebsten im Erdboden versunken. Sie haben das bemerkt und mir über die peinliche Lage hinweggeholfen. Ich habe einfach nicht nachgedacht, Harken. Deswegen danke ich Ihnen für Ihre Hilfe.«

Er hätte weiter darauf bestehen können, daß sie sich im Irrtum befand, doch beide wußten, daß sie recht hatte.

»Gern geschehen, Miss«, antwortete er. »Ich muß gestehen, daß ich lieber hier draußen mit Ihnen spreche, ohne die anderen. Sie...« Er brach ganz plötzlich ab, und sie fühlte, daß er wünschte, diesen Satz nie begonnen zu haben.

»Sie... was?«

»Ach, nichts, Miss.«

»Sie wollten etwas sagen. Sie was?«

»Bitte, Miss.«

Wieder berührte sie seinen Arm, diesmal drückte sie ihn fest. »Harken, seien Sie ehrlich zu mir. Sie was?«

Er seufzte und begriff, daß sie darauf bestand, die Wahrheit zu hören. »Sie mißverstehen Ihre Absichten.«

»Was haben sie gesagt, über meine Absichten?«

»Nichts Genaues.« Er errötete, wandte den Blick ab und nestelte an dem Putzlappen, der noch immer über seiner Schulter lag.

»Sie sind nicht ehrlich zu mir!«

Als sein Blick sich ihr wieder zuwandte, lag in seinen Augen der angelernte gleichgültige Ausdruck eines gewöhnlichen Küchengehilfen. »Wenn Sie mich entschuldigen wollen, Miss Lorna, Ihr Vater hat mir eine Frist gesetzt, und ich muß mich wirklich wieder an die Arbeit machen.«

Es war schon sehr lange her, daß Lorna so schnell in Wut geraten war. »Oh, Sie sind genau wie er!« Sie stemmte die Fäuste in die Seite. »Die Männer treiben mich zur Weißglut. Ich kann Sie zwingen, es mir zu sagen, und das wissen Sie! Vergessen Sie nicht, daß Sie mein Dienstbote sind!«

Jens war erschrocken von ihrem unerwarteten Stimmungsumschwung und stand erstarrt und sprachlos da. Für Bruchteile einer Sekunde machte sich Schrecken auf seinem Gesicht breit, dann Enttäuschung, und schließlich nahm es wieder seinen gewohnten, ruhigen Ausdruck an. »Ja, ich weiß.« Er wandte sich ab, bevor sie sehen konnte, wie ihm die Röte ins Gesicht stieg. Schwerfällig bückte er sich nach dem Lappen im Eimer, wrang ihn aus, stieg ohne ein Wort auf das Faß und fuhr mit seiner Arbeit fort.

Lornas Wut verflüchtigte sich so schnell, wie sie gekommen war. Sie war bestürzt über ihren gedankenlosen Ausbruch, machte einen Schritt auf ihn zu und schaute zu ihm hoch.

»Oh, Harken, so habe ich das nicht gemeint!«

»Ist schon in Ordnung, Miss.« Er fühlte, wie ihm die Hitze im

Nacken hochstieg. Wie lächerlich mußte er ihr vorgekommen sein, als er seine Stellung vergessen und aus seiner Bewunderung für sie keinen Hehl gemacht hatte.

Sie tat einen weiteren Schritt auf ihn zu. »Nein, das ist es nicht. Es ist... es hat mich einfach überkommen, das ist alles... bitte...« Sie streckte ihre Hand aus, als wolle sie sein Bein berühren, zog sie dann aber schnell wieder zurück. »Bitte verzeihen Sie.«

»Es gibt nichts zu verzeihen. Sie haben ganz recht, Miss.«

Er würde sie weder anschauen noch seine Arbeit unterbrechen. Der Lappen quietschte über die trockene Scheibe. Er drehte ihr den Rücken zu.

»Harken?« Das Flehen in ihrer Stimme ging ihn nichts an.

Unbeirrt arbeitete er weiter.

Sie wartete, aber seine Absicht war unmißverständlich, seine Verletzung eindeutig, die Wand zwischen ihnen war so greifbar wie die Bretter des Schuppens. Sie fühlte sich wie eine Närrin und wußte nicht, wie sie das Gesagte wiedergutmachen sollte.

»Nun«, sagte sie mit dünner Stimme, aus der die Reue klang, »ich lasse Sie besser allein. Es tut mir leid, Harken.«

Er mußte sich nicht umdrehen, um zu wissen, daß sie gegangen war. Sein Körper schien Sensoren entwickelt zu haben, die ihn ein Prickeln verspüren ließen, sobald sie sich näherte. Nun, nachdem sie verschwunden war, verflog auch das Prickeln. Er blieb zurück und starrte stumpf vor sich hin, auf dem hölzernen Faß stehend, die Hände gegen den Fensterrahmen gestemmt, den Lumpen noch immer über der Schulter hängend. Er wendete langsam den Kopf, blickte über seine linke Schulter auf den sonnenbeschienenen Staub, den ihr Kleid aufgewirbelt hatte. Sein Blick fiel wieder durch das Fenster auf das dichte Gestrüpp hinter dem Schuppen. Er stieß einen lauten Seufzer aus und stieg langsam von dem Faß. Da stand er nun in der Stille des Nachmittags. Reglos. Verletzt. Sie war also doch wie ihre Eltern, aristokratisch, herrisch. Und das sollte er besser nie wieder vergessen. Vielleicht hatte Ruby recht: Lorna Barnett war ein reiches, verwöhntes Mädchen und spielte mit dem Hausangestellten, um sich einfach nur die Langeweile zu vertreiben.

Wütend schleuderte er den Lumpen in den Eimer. Schmutziges Wasser spritzte umher und färbte den staubigen Boden dunkel. Dann gab er dem Eimer einen Tritt.

Den Rest des Tages verbrachte er mißgelaunt und unglücklich. An diesem Abend ging er mit Ruby spazieren und küßte sie im Kräutergarten, kurz bevor sie wieder die Tür zur Küche erreichten. Aber es fühlte sich an, als küsse er die Schnauze eines Cockerspaniels, feucht und unangenehm. Er beeilte sich, seinen Mund abzuwischen und seinen Nacken von ihren Händen zu befreien.

Als er später in seinem Bett lag, dachte er an Lorna Barnett... in ihrem rosa-weiß gestreiften Kleid, nach Orangenblüten duftend, mit aufgeregten braunen Augen und einem Mund wie reife Beeren.

Diese Frau hätte besser daran getan, nie in die Nähe seines Schuppens zu kommen!

Und das tat sie genau drei Tage lang. Am vierten war sie wieder da. Es war fast drei Uhr nachmittags, Jens saß auf einem Faß und arbeitete an seinem selbstgezimmerten Zeichentisch aus Planken und Brettern. Er zeichnete eine lange, geschwungene Linie auf Millimeterpapier und lehnte sich gerade zurück, um seinen Entwurf zu begutachten, als er plötzlich einen Blick auf sich ruhen spürte. Er schaute auf, und da stand sie, reglos wie eine Statue, in dem offenen Tor. Sie trug eine blaue Bluse mit weiten Ärmeln und hielt ihre Hände hinter dem Rücken gefaltet. Sein Herz tat zwei Schläge auf einmal. Er richtete sich auf. »Ähm...«, sagte er.

Sie blieb reglos stehen, die Hände noch immer hinter dem Rücken gefaltet. »Darf ich hereinkommen?« fragte sie schüchtern.

Er blickte sie eine Weile an, in der einen Hand den Stift, in der anderen ein Schiffsmodell.

»Wie es Ihnen beliebt«, antwortete er und beugte sich wieder über seine Arbeit.

Sie trat mit vorsichtigen kleinen Schritten in den Raum und blieb vor seinem Tisch stehen. So stand sie nun voller Reue vor ihm.

»Harken?« sagte sie leise.

»Was?«

»Schauen Sie mich doch bitte an.«

»Wenn Sie es wünschen, Miss.« Gehorsam hob er seinen Blick.

Große Tränen glänzten in ihren Augen. Ihre Unterlippe wölbte sich zitternd.

»Es tut mir sehr, sehr leid«, flüsterte sie, »und ich werde nie wieder so etwas tun.«

Oh, gütiger Himmel, wußte diese Frau denn nicht, welche Wirkung sie auf ihn ausübte, wenn sie so vor ihm stand wie ein kleines Mädchen, die Hände hinter dem Rücken, in den Augen Tränen so groß wie Trauben? Mit allem hätte er gerechnet, aber nicht damit. Ihr Seufzer ließ sein Herz erzittern und seinen Körper beben. Er schluckte zweimal, die Gefühle schnürten ihm die Kehle zu. *Miss Lorna Barnett,* dachte er, *wenn du wüßtest, was gut für dich ist, würdest du deine Beine in die Hand nehmen und weglaufen, so schnell du könntest.*

»Auch mir tut es leid«, antwortete er. »Ich vergaß, wer ich bin.«

»Nein, nein...«, flüsterte sie, streckte die Hand nach dem Zeichenpapier aus und berührte es vorsichtig. »Es war meine Schuld. Ich habe Sie gezwungen, Dinge zu sagen, die Sie nicht aussprechen wollten. Ich habe Sie wie einen Untergebenen behandelt.«

»Aber Sie hatten recht. Ich arbeite für Sie.«

»Nein. Sie arbeiten für meinen Vater. Für mich sind Sie ein Freund. Und ich habe drei Tage lang gelitten bei dem Gedanken, unsere Freundschaft zerstört zu haben.«

Fast wollte er gestehen, daß es ihm ebenso ergangen war. Er wußte nicht, was er nun antworten sollte. Es kostete große Anstrengung, auf dem Faß auf der anderen Seite des Tisches sitzen zu bleiben.

Mit sanfter Stimme sprach sie zu den Zeichnungen. »Ich kann mir gut vorstellen, was die Küchenangestellten gesagt haben. Das ist nicht schwer.« Sie blickte auf. »Daß ich Ihnen schöne Augen gemacht habe, nicht wahr? Mich auf Kosten des Personals amüsiert habe, mit Ihnen spiele.«

Er starrte auf seinen Stift. »Nur Ruby hat das gesagt, Sie können beruhigt sein.«

»Ruby ist die Rothaarige, nicht wahr?«

Er nickte.

»Sie mochte mich schon neulich nicht, als ich in die Küche kam, das habe ich gespürt.«

Als er nicht antwortete, fragte sie: »Ist sie Ihre Freundin?«

Er räusperte sich. »Wir sind an unseren freien Tagen zusammen spazierengegangen.«

»Also ja.«

»Sie wäre es gerne. Das ist alles.«

»Ich habe Sie also in Schwierigkeiten gebracht, als ich in die Küche kam und dort Kuchen essen wollte.«

»Mein Vater hat immer gesagt, daß niemand einen anderen in Schwierigkeiten bringen kann. Das kann man nur selbst. Ich habe Ihnen schon gesagt, daß Sie das Recht hatten, es zu tun, und das habe ich auch so gemeint.«

Nach einer Weile drückenden Schweigens, in der er auf das Zeichenpapier starrte und sie ihre Blicke fest auf ihn gerichtet hielt, sagte Lorna Barnett ruhig: »Ich spiele nicht mit Ihnen, Harken.«

Sein Blick schnellte auf. Sie stand aufrecht vor ihm, ihre Fingerspitzen berührten noch immer den rauhen Tisch, die Rundung ihrer Brust hob sich weich und fließend hervor, als hätte er sie mit einem seiner Kurvenlineale entworfen, ihr locker aufgestecktes Haar umspielte ihr Gesicht. Dieses Gesicht war so aufrichtig und hübsch und verletzlich. Er hätte es am liebsten zwischen beide Hände genommen und die zitternden Lippen geküßt, bis sie wieder lächelten.

Statt dessen konnte er nur ruhig antworten: »Nein, Miss.«

»Ich heiße Lorna. Wann werden Sie mich endlich so nennen?«

»Ich habe Sie schon so genannt.«

»Nicht Miss Lorna. Lorna.«

Obwohl sie darauf wartete, sträubte sich in ihm alles dagegen, diesen Namen zu wiederholen. Diese letzte Formalität war eine notwendige Barriere zwischen ihnen, die Jens um ihrer beider willen aufrechterhalten wollte.

Schließlich fragte sie: »Haben Sie mir vergeben?«

Wieder hätte er ihr erklären können, daß er ihr nichts zu vergeben hatte, aber sie beide wußten, daß sie ihn verletzt hatte.

»Vergessen wir es einfach.«

Sie versuchte zu lächeln, aber es wollte ihr nicht recht gelingen. Er versuchte, seine Blicke von ihr abzuwenden, aber es wollte ihm genausowenig gelingen. In der Stille spürten beide diese törichte, ungewollte Anziehungskraft, die zwischen ihnen wirkte. Man konnte es in ihren Gesichtern so deutlich sehen wie die Linien auf dem Papier. Er wußte, daß wenigstens einer von beiden vorsichtig sein mußte, und wie immer wandte er zuerst seinen Blick ab.

»Möchten Sie sich meine Entwürfe ansehen?«

»Sehr gern.«

Sie kam auf die andere Seite des Tisches und stellte sich neben Jens, umhüllt von einer Wolke des Orangenblütenduftes.

Aus seinen Augenwinkeln sah Jens das strahlende Blau ihrer Bluse, der weite Ärmel streifte beinahe seine Wange.

»Die Zeichnungen sind noch nicht ganz fertig«, sagte er, »aber man kann schon die Form des Bootes erkennen.«

Sie griff nach einem Blatt Papier, auf dem man die groben Umrisse des Bootes sehen konnte.

»Wird es so aussehen?«

»Ungefähr.«

Sie studierte die Skizze eine Weile, legte dann das Blatt beiseite und griff nach der viel größeren, genaueren Zeichnung, an der er gearbeitet hatte. Sie war mit Reißzwecken am Tisch befestigt.

»Zeichnen Sie immer auf dem Kopf?«

»So wird das Boot gebaut, und so zeichne ich es auch.«

»Sie bauen es umgekehrt?«

»Ja, so... hier, sehen Sie?« Er zeigte auf eine der zahlreichen Linien, die sich durch den Querschnitt des Bootsrumpfes zog. »Alle zwei Fuß auf der gesamten Länge des Bootes befinden sich solche Böcke, die das Ganze tragen. Auf ihnen ruht die Form. Sie bestimmen die Ausmaße des Schiffs. So... sehen Sie?«

Er fuhr mit beiden Händen durch die Luft, las aber in ihrem Gesicht, daß sie es sich nicht vorstellen konnte.

»Das kann man auf einer eindimensionalen Zeichnung schlecht sehen, aber ich werde noch Detailzeichnungen anfertigen, die es deutlicher zeigen. Dann werden Sie es verstehen.«

»Wie lange dauert das?«

»Bis die Zeichnungen fertig sind? Ungefähr noch eine Woche.«

»Und dann beginnen Sie zu bauen?«

»Nein. Dann konstruiere ich zunächst die Form.«

»Wozu ist die gut?«

»Die braucht man, um sicherzugehen, daß keine Unebenheiten entstehen, daß das Boot gleichmäßig und wohlgeformt wird.« *Wie du,* dachte er. »Wie ein Apfel«, sagte er. »Die Oberfläche des Rumpfs muß ganz ebenmäßig sein. Nur so kann es schnell sein.«

Lorna Barnett blickte auf Jens Harken hinab, betrachtete das Profil seines Kopfes und Nackens, die schwarzen Hosenträger, den kräftigen Rücken, die Rundungen seiner Schultern.

Ebenmäßig, dachte sie, *o ja, wirklich sehr ebenmäßig.*

Sie verspürte ein starkes Verlangen, ihre Hand auszustrecken und seinen Kopf, den weichen Nacken und die starken Schultern zu berühren. Sie wußte, daß es besser war, den Schuppen zu verlassen, etwas Abstand zwischen sie beide zu bringen.

Außerdem war klar, daß er mit seiner Arbeit nicht fertig werden würde, wenn sie ihn unterbrach. »Ich lasse Sie jetzt besser allein mit Ihrer Arbeit.« Sie drehte sich um und ging zurück auf die andere Seite des Tisches. »Darf ich wiederkommen?«

Jede andere Frage der Welt wäre einfacher zu beantworten gewesen. Er wollte sagen: *Nein, kommen Sie nicht wieder,* aber er konnte ihr die Bitte nicht abschlagen und sich selbst die Freude nicht versagen.

»Ich freue mich darauf«, antwortete er.

Sie besuchte ihn häufig und stürzte ihn nicht nur während ihrer Anwesenheit in Verwirrung, sondern auch, wenn sie schon längst wieder weg war. Sie betrachtete seine Entwürfe und stellte viele Fragen, saß auf der gußeisernen Bank und erzählte, beobachtete ihn schweigend bei seiner Arbeit, manchmal so intensiv, daß er ihre Blicke durch und durch spürte.

Eines Freitags tauchte sie auf, die Entwürfe waren beinahe fertig, begutachtete die Fortschritte und ließ sich auf der Gartenbank nieder, nachdem sie die verrostete Sitzfläche mit einem Stück Papier abgewischt hatte. Sie zog die Knie an und umschlang sie mit beiden Armen.

»Mögen Sie Orchestermusik?« fragte sie unvermittelt.

»Orchestermusik? Aber natürlich, und wie.«

»Mr. Sousa kommt morgen.«

»Ja, ich habe die Plakate gesehen.«

»Nein, ich meine, er kommt hierher, nach Rose Point. Mutter gibt ihm zu Ehren einen Empfang nach dem Konzert morgen abend. Er wird bei uns übernachten.«

»Sie gehen also zu dem Konzert?«

Sie legte das Kinn auf ihre Knie. »Mm-hmm.«

»Wird Mr. DuVal auch da sein?«

»Mm-hmm.«

»Dann wünsche ich Ihnen viel Vergnügen.«

»Kommen Sie auch?«

»Nein. Ich spare mein Geld.«

»Das ist gut so. Für eine eigene Werft.«

Sie schaute ihm eine Weile beim Zeichnen zu. Dann fragte sie unvermittelt: »Wann werden Sie mit dem Bootsbau beginnen?«

»In einigen Wochen.«

»Ich werde Ihnen dabei helfen.«

Es war ein ausreichend großer Abstand zwischen ihnen, so daß er es sich erlauben konnte, sie lange anzuschauen. Heute trug sie ein blaßgelbes Kleid. Der Rock fiel über die Kante der Bank, ihre Brust war fest gegen die aufgestellten Oberschenkel gepreßt, das dunkle Haar umspielte ihr Gesicht.

»Haben Sie sich eigentlich schon einmal überlegt, was passieren würde, wenn Ihr Vater hier auftauchte? Er möchte sich sicher irgendwann einmal die Entwürfe anschauen.«

»Er wäre sehr wütend, er würde mich ausschelten, und ich würde ihm sagen, daß es mein Recht ist, hier zu sein, aber er würde Sie niemals entlassen, weil er unbedingt dieses Boot haben möchte. Und Sie sind der einzige, der es für ihn bauen kann.«

»Sie scheinen sich Ihrer Sache ja sehr sicher zu sein.«

»Sie etwa nicht?«

»Nein.«

Nachdenklich legte sie ihr Kinn wieder auf die Knie und schaute ihn unverwandt an. »Ist Ihr Bruder so wie Sie?«

»Nein.«

»Wie ist er?«

»Er arbeitet sehr hart. Er ist an der Ostküste geblieben, da hat er seine sichere Arbeit, während ich den unsicheren Weg gewählt habe. Aber er kennt sich gut aus mit Booten.«

»Baut er auch so schöne Boote wie Sie?«

Jens schüttelte den Kopf, als wolle er sagen: *Mädchen, bleibe besser nicht hier.*

»Sieht er Ihnen ähnlich?«

»Ja, man sagt es.«

»Dann sieht er sehr gut aus, nicht wahr?«

Jens errötete. »Miss Barnett, ich denke nicht, daß es sich schickt, wenn...«

»Oh, hört, hört! ›Miss Barnett‹ – mit dieser Stimme. Und jetzt werde ich gescholten, ich weiß schon.«

Er erhob sich von dem Faß, kam um den Tisch, packte ihre Handgelenke und zog sie mit einem Ruck auf die Beine. »Raus!« befahl er. »Raus hier. Ich soll hier ein Boot bauen!«

Sie ging rückwärts auf das Tor zu, während er ihren Schritt beschleunigte. »Darf ich Ihnen dabei helfen?«

»Nein.«

»Warum nicht? Ich werde ohnehin da sein.«

»Weil ich es gesagt habe. Und jetzt raus hier, gehen Sie zu Mr. DuVal, da, wo Sie hingehören, und kommen Sie nicht wieder.«

Sie drehte sich um, warf ihren Kopf zur Seite, sagte mit aller Überzeugung der Welt: »Das meinen Sie nicht so!« und rauschte durch das Tor. Als sie verschwunden war, atmete er tief durch, stieß die Luft energisch aus und fuhr sich ratlos mit den Fingern durchs Haar, bis es zu Berge stand.

»Himmel«, flüsterte er zu sich selbst.

Am Samstagabend, eine Stunde bevor Mr. Philip Sousa persönlich seinen Taktstock im Ramaley Pavillon erheben sollte, war der Barnettsche Haushalt in heller Aufregung. Die ganze Familie wollte zu dem Konzert gehen, auch die Tanten. In ihrem gemeinsamen Zimmer schimpfte Henrietta mit Agnes: »Sei nicht so einfältig, du kannst nicht ohne Handschuhe gehen.«

In einem anderen Zimmer versuchte Ernesta, Theron einen Mittelscheitel zu ziehen und sein störrisches Haar mit Brillantine zu bändigen, während der kleine Junge quietschte und jaulte und zu seinem Fernrohr wollte.

Ein Zimmer weiter zog Daphne Jenny auf: »Ich wette, du wirst heute abend wieder die Augen nach Taylor DuVal verdrehen und dich dabei wie immer zum Gespött machen.«

Gideon trat in das eheliche Schlafzimmer, als Levinia noch nicht mit dem Anziehen fertig war. Sie flüchtete sich hinter den Wandschirm und schimpfte: »Gideon, du könntest vor dem Eintreten wenigstens anklopfen.«

Lorna benötigte Hilfe beim Ankleiden, und da Ernesta noch mit Theron beschäftigt war, ging sie in das Zimmer der Tanten.

»Tante Agnes, würdest du mir bitte das Kleid zuknöpfen?«

»Natürlich, mein Liebes. Welch bezauberndes Kleid! Du siehst aus wie eine niedliche kleine Butterblume. Wird Mr. DuVal heute abend auch da sein?«

»Selbstverständlich.«

Am anderen Ende des Zimmers schürzte Henrietta ihre Lippen und sagte: »Dann vergiß deine spitze Hutnadel nicht, Lorna.«

Mit dem Dampfer *Manitoba* überquerten sie den See und gingen am Ramaley Pavillon eine gute halbe Stunde vor Beginn des Konzerts von Bord. Der Pavillon stellte das beeindruckendste Gebäude am ganzen Ufer des Sees dar, er wirkte mit seinen Erkern und Türmchen, Spitzbögen und Zinnen wie ein französisches Lustschloß. Die breite Freitreppe führte zu großen Flügeltüren, über denen stuckverzierte Giebel prangten. Im zweiten Stock befand sich der Ballsaal, umgeben von hohen Glastüren, die in das prächtige säulengesäumte Foyer führten, das gesamte dritte Stockwerk diente als Konzertsaal. In dem prachtvoll mit rotem Samt und Goldbrokat ausgestatteten Raum fanden zweitausend Besucher Platz.

Die Barnetts betraten ihre private Loge und nahmen auf den gepolsterten Sesseln Platz – außer Gideon, der hinter der Bühne persönlich Mr. Sousa willkommen hieß.

Die Tanten lächelten in freudiger Erwartung, wisperten miteinander und deuteten mit ihren geschlossenen Fächern auf bekannte Gesichter. Daphne und Jenny warfen verstohlene Blicke über die Balustrade und kicherten, wenn junge Männer ihre Köpfe zum Gruß neigten. Theron spähte durch sein Fernrohr und bemerkte: »Toll, ich sehe die Haare in der Nase der dicken Frau!«

»Theron, leg sofort das Fernrohr beiseite!« wies ihn seine Mutter zurecht.

»Aber ich sehe sie wirklich! Und was für eine große Nase! Die Nasenlöcher sind so groß wie Hufeisen, Mama, du solltest sie sehen!«

Theron erntete eine Kopfnuß mit dem Fächer.

»Autsch!« Er ließ sein Fernrohr sinken und rieb sich den Hinterkopf.

»Sobald das Orchester spielt, kannst du wieder durchschauen. Aber nicht vorher.«

Nörgelnd rutschte er auf seinem Sitz hin und her.

»Und paß auf, was du sagst, junger Mann!«

Taylor DuVal trat ein, begrüßte die Anwesenden, küßte galant die Hände der Damen und warf einen Blick durch Therons Fernrohr. Theron drückte sich an ihn, nun abgeschirmt von seiner Mutter, zeigte in die Zuschauermenge und flüsterte: »Da unten, die Dicke in dem blauen Kleid, man kann Haare in ihrer Nase sehen.«

Taylor schaute abermals durch das Fernrohr und flüsterte zurück: »Ich habe auch welche in den Ohren gesehen.«

Zu Lorna gewandt sagte er mit einem ganz besonderen Lächeln auf den Lippen: »Wir sehen uns in der Pause.«

Das Konzert war großartig. Die Musik verursachte Lorna eine Gänsehaut und ließ sie innerlich erzittern. Es gab tosenden Beifall.

In der Pause trafen sich Lorna und Taylor im Foyer. Taylor sagte: »Ich habe dich sehr vermißt.«

»Wirklich?«

»Ja, tatsächlich. Und ich habe die Absicht, nachher dafür entschädigt zu werden.«

»Schschtt, Taylor. Jemand könnte dich hören.«

»Wer soll mich denn hören? Alle um uns herum unterhalten sich angeregt.«

Er ergriff ihre Hand, legte sie über seine, bedeckte sie mit seiner anderen Hand und streichelte sie, als wollte er eine geknickte Buchseite glätten. »Hast du mich auch vermißt?«

Das hatte sie nicht. »Darauf gibt eine Dame keine Antwort«, erwiderte sie.

Er lachte und küßte ihre Fingerspitzen.

Zu dem Empfang waren fünfzig einflußreiche Persönlichkeiten der Umgegend geladen. Das Speisezimmer war mit Girlanden aus roten, weißen und blauen Blumen geschmückt. Die Torte in Form einer Trommel war mit dem amerikanischen Adler verziert, der goldene Pfeile in seinen Krallen hielt. Man reichte Tee und kleine Canapés, die wie wertvolle Schmuckstücke aussahen.

Es herrschten angeregte Gespräche, die Stimmung wurde durch die Anwesenheit des beliebten und stolzen Patrioten noch gesteigert, dessen Berühmtheit sich über die Grenzen Amerikas hinweg verbreitet hatte, seitdem er seine Stellung als Dirigent des amerikanischen Marineorchesters aufgegeben hatte und Konzertreisen in die ganze Welt unternahm. Lorna beobachtete aus der Entfernung, wie er sich mit seiner ovalen Brille und der weißen, mit drei Medaillen geschmückten Uniform über Tante Agnes' Hand beugte. »Schau nur Tante Henrietta an«, sagte Lorna zu Taylor. »Sobald Mr. Sousa sich umdreht, wird sie etwas Gemeines zu Tante Agnes sagen, um ihr die Freude zu verderben.«

Und tatsächlich wurde Tante Henriettas Mund so schmal wie ein

Stück Schnur, als sie einige barsche Worte an ihre Schwester richtete. Agnes' Geplapper verstummte jäh.

»Warum tun Menschen so etwas?«

»Lorna, deine Tante Agnes ist ein wenig kindisch. Henrietta rückt ihr manchmal den Kopf zurecht.«

»Sie ist nicht kindisch!«

»Die Weise, wie sie immer von ihrem Captain Dearsley spricht, findest du das nicht kindisch?«

»Aber sie hat ihn doch geliebt! Sie denkt noch immer an ihn, und Tante Henrietta kann so grausam sein. Ich habe Mutter gesagt, daß ich glaube, daß sie die Männer haßt. Sie wurde sitzengelassen, als sie jung war. Und deshalb redet sie heute von allen schlecht.«

»Und du?«

Als sie ihm nicht antwortete, sagte Taylor: »Ich habe dich verärgert, Lorna. Bitte verzeih mir, das war nicht meine Absicht.«

Taylor stand dicht hinter Lorna. Sie fühlte, wie er im Verborgenen mit seinen Händen über ihren Rücken strich, und Schauer überliefen sie. Sie befanden sich in der menschengefüllten Halle, nur wenige Schritte von ihrem Vater entfernt im Durchgang zum Morgenzimmer, in Sichtweite ihrer Mutter, die sich im Speisezimmer aufhielt, und Lorna war überrascht. Eine solche Kühnheit – vor den Augen ihrer Eltern!

Taylor fragte: »Würde man uns wohl vermissen, wenn wir für einige Augenblicke in den Garten gingen?«

Es war merkwürdig, genau in diesem Moment mußte sie an Harken denken. Harken, der ihre Gedanken die meiste Zeit beschäftigte, wenn Taylor nicht da war.

»Wir sollten hierbleiben.«

»Ich habe etwas für dich.«

Sie blickte über ihre Schulter, ihre Stirn dicht vor Taylors Kinn. Sein dunkler Bart glänzte, seine Augen und sein Mund lächelten auf sie hinab – das war der Mann, den sie heiraten sollte. »Was denn?«

In dem engen Raum zwischen ihnen ließ Taylor seine Fingerspitzen an ihrer Wirbelsäule hinabgleiten, Wirbel für Wirbel. »Das sage ich dir erst im Garten.«

Sie war eine junge Frau im heiratsfähigen Alter, ließ sich gerne umschmeicheln und war allen Formen der Werbung zugetan. Sie drehte sich um und bahnte sich den Weg zur Tür.

Draußen schritt sie an seiner Seite über die Kieswege, vorbei an den preisgekrönten Rosen ihrer Mutter, an dem plätschernden Springbrunnen und den Rabatten mit den duftenden Levkojen, den Chrysanthemen und Ringelblumen. Sie blieb auf dem mondbeschienenen Weg stehen, den man vom Haus aus sehen konnte. Er faßte sie jedoch am Ellbogen, sagte »Nicht hier« und führte sie in den hintersten Winkel des Gartens, in das Gewächshaus, wo die Luft feucht war und nach Humus roch. Sie standen auf dem gepflasterten Weg zwischen Tontöpfen, in denen schulterhohe Johannisbeersträucher wuchsen, die Smythe für eine späte Ernte im Winter heranzog.

»Wir sollten zurückgehen, Taylor.«

»Ich lasse die Tür offen, so daß wir hören, wenn jemand nach uns sucht.« Er ergriff ihre Hand und hielt sie locker. »Du bist sehr schön heute abend, Lorna. Darf ich dich küssen... endlich?«

»Oh, Taylor, du bringst mich in Verlegenheit! Was glaubst du wohl, sollte eine Dame darauf antworten?«

Er drehte ihre rechte Hand und küßte die Fingerspitzen. »Dann antworte gar nichts«, sagte er und legte ihre Hände auf seine Schultern. Er schlang seinen Arm um ihre Hüfte, sein Kopf senkte sich und verdunkelte den Mond, der durch das gläserne Dach des Gewächshauses schien. Seine Lippen berührten vorsichtig ihre.

Er küßte sie nur kurz, trat dann einen Schritt zurück, faßte in die Innenseite seines Gehrocks und zog aus der Westentasche ein kleines samtbezogenes Kästchen.

»Ich weiß seit einiger Zeit, daß meine Eltern sehr erfreut über unsere Heirat wären, Lorna. Mein Vater sprach vor ungefähr einem Jahr mit mir darüber, und seitdem habe ich beobachtet, wie du herangewachsen bist, habe dich bewundert und verehrt. Und wenn ich mich nicht sehr irre, würden deine Eltern eine Heirat ebenso begrüßen wie meine. Ich möchte dir etwas schenken...«

Er öffnete das Kästchen und ließ ein Schmuckstück in seine Handfläche fallen. Es schimmerte golden.

»Es ist kein Verlobungsring. Ich denke, dafür ist es noch ein wenig früh. Aber es ist etwas Ähnliches und soll meine feste Absicht unterstreichen, um deine Hand anzuhalten, sobald wir beide glauben, uns gut genug zu kennen. Das gehört dir, Lorna.«

Er legte das Kleinod in ihre Hand, einen schmalen goldenen Reif, an dem eine zarte ovale Uhr hing.

»Sie ist wunderschön, Taylor.«

»Darf ich?«

Was sollte sie nun sagen? Daß sie mit einem Angestellten im Schuppen hinter dem Garten geflirtet hatte? Daß sie viel öfter an ihn dachte als an Taylor? Daß sie gerne von ihm geküßt worden wäre?

»Oh, ja... natürlich.«

Er nahm die Uhr aus ihrer Hand und befestigte sie an dem Oberteil ihres Kleides. Er gab sich alle Mühe, nicht ihre Brust zu berühren, seine Vorsicht war schon fast herausfordernd. Seine Fingerspitzen auf ihrem Mieder, das wiederum ihre Haut berührte, ließ sie erschauern. Als die Uhr festgesteckt war, berührte sie sie mit den Fingerspitzen und blickte auf in Taylors Gesicht.

»Danke, Taylor, du bist ein sehr aufmerksamer Mann.«

Er nahm ihr Kinn zwischen Daumen und Zeigefinger und hob es leicht an. »Du weißt, Lorna, daß ich mich in dich verliebt habe.« Er küßte sie abermals, zuerst ganz sanft, bis er spürte, daß ihre Zurückhaltung in Neugier umschlug, dann fordernder. Seine Lippen öffneten sich, er zog sie in einer festen Umarmung an sich, so wie Lorna es sich noch vor kurzem mit Harken vorgestellt hatte. Wie oft hatte sie dicht neben ihm gestanden, jedes Zusammentreffen ihrer Blicke ein Erdbeben. Wie sehr hatte sie sich gewünscht, daß er seinem Verlangen nachgäbe und sie küßte, sie an seinen Körper drückte und all die Fragen beantwortete, die sie sich gestellt hatte. Leider war es nicht passiert. Statt dessen küßte Taylor sie nun, seine Zunge tastete ihren Mund ab, sein Arm war fest um ihre Taille geschlungen, seine rechte Hand umfaßte ihre Brust. In ihrem ganzen Leben hatte sie noch keine Berührung so elektrisiert wie diese. Kein Wunder, daß ihre Mutter sie gewarnt hatte.

Gleichzeitig kamen beide wieder zu sich, abrupt endete der Kuß, ihre Gesichter senkten sich zu Boden, die Köpfe dicht beieinander beruhigte sich ihr Atem.

Taylor schwieg, Lorna ebenso.

Die beiden letzten Minuten waren bedeutsamer als alle Worte.

Sie traten auseinander. Taylor griff nach Lornas Händen.

Nach einer Weile sagte Lorna: »Wir sollten jetzt zurückgehen, Taylor.«

»Ja, natürlich«, flüsterte er heiser. »Was hast du morgen vor?«

»Morgen? Ich...« Morgen war Sonntag. Sie wollte eigentlich zu Tim hinüberrudern und schauen, ob Harken wieder dort war.

»Wollen wir zusammen segeln?«

Als sie zögerte, fuhr Taylor fort: »Ich komme mit dem Boot über den See und hole dich um zwei Uhr am Steg ab. Was hältst du davon?«

Sie täte besser daran, Harken zu vergessen, das wußte sie. Nicht nur, daß er unbeirrt höflich blieb und sich seiner Stellung immer bewußt zu sein schien – selbst wenn er seinem Verlangen nachgeben würde, wohin sollte das führen?

Auch er wußte, was das Beste für sie beide war, als er sie aus dem Schuppen wies und sagte, sie sollte zu Taylor gehen, dort, wo sie hingehörte.

Lorna hörte sich selbst antworten, wie es die Umstände erforderten: »Einverstanden. Soll ich Mrs. Schmitt bitten, uns einen Picknickkorb zu packen?«

Taylor lächelte. »Wunderbar! Wir werden ein Rendezvous haben.«

Siebtes Kapitel

Taylors Uhr sorgte bei den Barnetts für Aufregung. Man betrachtete sie trotz Lornas lautem Protest als Verlobungsgeschenk. Ihre Mutter lächelte voller Stolz und bemerkte: »Wartet nur, bis Cecelia Tufts das erfährt.« Ihr Vater gab ihr bereitwillig die Erlaubnis für den Segelausflug mit Taylor. Theron sagte: »Ich habe euch ja gesagt, daß Taylor Lorna den Hof macht.« Daphne bekam glänzende Augen, während Jenny stumpf vor sich hin blickte und begriff, daß es nur noch eine Frage der Zeit sein würde, bevor sie ihren Angebeteten unwiederbringlich verlor. Tante Henrietta gab Lorna die Empfehlung, bei dem Segelausflug die spitze Hutnadel nicht zu vergessen, und Tante Agnes sagte träumerisch: »Du glückliches Mädchen! Mir ist es versagt geblieben, mit Captain Dearsley segeln zu gehen.«

Um Punkt zwei Uhr holte Taylor Lorna ab. Sie verbrachten den ganzen Nachmittag in Taylors Segelboot auf dem Wasser. Lorna war in ihrem Element, obwohl das Boot nur ein Segel besaß. Er ließ sie an die Pinne, und beim Halsen durfte sie sogar das Segel halten. Sie segelten von Manitou Island zur Snyders Bay, dann ostwärts nach Mahtomedi und von dort um den westlichsten Punkt herum nach Dellwood Shore. Sie segelten an Tims Blockhaus vorbei. Es war niemand zu sehen. Dann nahmen sie Kurs auf Birchwood. In der Nähe des Ufers holten sie das Segel ein und verspeisten das Picknick, während das Boot ruhig auf dem Wasser tänzelte. Lorna hatte keinen Anlaß, die Hutnadel zu gebrauchen, was ohnehin gar nicht möglich gewesen wäre, da sie schon eine Stunde zuvor den Hut abgenommen hatte und nun die Sonne in ihrem Gesicht genoß.

Während sie aßen, frischte der Wind auf, und als sie den See wieder überquerten, streckte Lorna ihr Gesicht in den Wind wie eine Galionsfigur am Bug eines stolzen Windjammers. Ihr Kleid war naß, und das aufgelöste Haar flatterte im Wind, als sie sich den Fischbänken in der nördlichen Bucht näherten, wo viele Ruderboote vor Anker lagen, deren Besitzer an Bord mit Angelruten in der Hand in der warmen Nachmittagssonne vor sich hin dösten.

Lorna erkannte ihn sofort an den ihr so vertrauten breiten Schultern. Trotz des großen Strohhutes und obwohl er im Boot saß, wußte sie, wer es war. Bei ihm war ein anderer Mann, den sie noch nie gesehen hatte.

Ein Lächeln überzog ihr Gesicht, sie sprang auf und winkte mit beiden Armen. »Jens! Hallo!«

Er winkte zurück. »Hallo, Miss Lorna!«

Sie hielt beide Hände an den Mund und rief: »Guter Fang heute?«

Er beugte sich aus dem Boot und zog ein beachtliches Bündel mittelgroßer Fische aus dem Wasser. »Sehen Sie selbst!«

»Was sind das für welche?«

»Welse!«

»Oh, die mag ich am liebsten!«

»Ich auch!«

»Heben Sie mir einen auf!« scherzte sie, dann setzte sie sich rasch wieder nieder, als Taylors Boot einen Schlenker machte und sich langsam entfernte.

Mit einem mißtrauischen Seitenblick auf Lornas lächelndes Gesicht erkundigte sich Taylor: »Wer war das?«

»Oh«, antwortete sie schnell, »das war Harken, unser Küchengehilfe.«

Taylor schaute sie prüfend an. »Du hast ihn Jens genannt.«

Zu spät bemerkte Lorna ihren Fehler und versuchte, ihn zu korrigieren, indem sie hastig hervorbrachte: »Ja, Jens Harken, er baut das Boot für meinen Vater.«

»Und mit dem willst du Fisch essen?«

»Oh, Taylor, sei nicht dumm. Das habe ich doch nicht ernst gemeint.«

»Ach dann«, bemerkte er. Aber Lorna wußte sehr wohl, daß er ihr nicht ganz glaubte.

Nach dem Zusammentreffen mit Jens machte ihr der Tag keinen Spaß mehr. Ihre Begeisterung für das Segeln verflüchtigte sich, das nasse Kleid klebte an ihrem Körper, und der Sonnenbrand in ihrem Gesicht begann zu schmerzen.

»Würde es dir etwas ausmachen, mich wieder nach Hause zu bringen, Taylor?«

Taylor schaute sie so durchdringend an, daß sie sich abwandte und nach ihrem Hut griff, um seinem forschenden Blick zu entkommen. Sie drückte ihn auf ihr zerzaustes Haar und stach die Hutnadel hinein. »Ich habe einen Sonnenbrand, und Mama wird mich umbringen, wenn sie mich in dem nassen Kleid sieht.«

»Dann sollten wir vielleicht warten, bis es getrocknet ist.«

»Nein, bitte nicht, Taylor, ich möchte mich nicht erkälten.«

Schließlich willigte er ein. Mit den Worten »Wie du wünschst!« nahm er Kurs auf Manitou Island.

Jens Harken nahm den Fisch aus, legte ihn in den Eisschrank und hinterließ auf dem Küchentisch einen Zettel für Mrs. Schmitt, in dem er sie bat, ihn am folgenden Morgen für die Küchenangestellten zu braten.

Als er am nächsten Morgen um halb sechs die Küche betrat, war Mrs. Schmitt gerade dabei, seine Bitte zu erfüllen. Sie panierte den Fisch in Buttermilch und Mehl, Colleen würfelte den Speck zum Braten, und Ruby deckte den Tisch.

»Schönen guten Morgen«, grüßte Jens.

Mrs. Schmitt antwortete: »Kann sein.«

Er blickte verständnislos von Colleen zu Ruby und dann auf den festen Knoten an Mrs. Schmitts Hinterkopf. »Sie haben ja eine feine Laune heute morgen!«

Sie panierte unbeirrt den Fisch und bemerkte: »Ich hoffe, du hast ihn allein geangelt.«

»Nein, zufälligerweise nicht.«

»Jens Harken, du hast den Verstand einer Kröte, wenn du dieses Mädchen mitgenommen hast!«

»Welches Mädchen?«

»Welches Mädchen, fragt er auch noch. Lorna Barnett natürlich, als ob du es nicht wüßtest.«

»Ich habe Lorna Barnett nicht mitgenommen!«

»Weshalb hat sie dann gestern ein Picknick für zwei bestellt?«

»Woher soll ich das denn wissen? Sie hat doch Freunde, oder?«

Mrs. Schmitt warf ihm drohende Blicke zu. Ihre Augen sprühten vor Zorn, als wolle sie sagen: *Lüg mich nicht an, junger Mann!*

»Ich war mit meinem neuen Freund unterwegs, Ben Jonson, wenn Sie es genau wissen wollen. Ich habe ihn in der Sägemühle kennengelernt, er ist ungefähr in meinem Alter, alleinstehend und besitzt ein Boot. Also sind wir zusammen zum Angeln gegangen. Sind Sie nun zufrieden?«

Mrs. Schmitt schob einen metallenen Wender unter den Fisch, wirbelte ihn auf die andere Seite, Fett spritzte durch die Luft, und bemerkte zu ihrer Bratpfanne: »Das ist auch besser so!«

Ruby durchbohrte Jens aus den Augenwinkeln mit ihren Blicken, während sie die Teller krachend auf den Tisch fallen ließ.

Er kümmerte sich nicht um sie und sagte zu Mrs. Schmitt gewandt: »Braten Sie alle. Ich nehme die übrigen mit zum Schuppen und esse sie mittags. So muß ich meine Arbeit nicht unterbrechen und hierherkommen, wo all die alten Hennen nur darauf warten, auf mir herumzuhacken.«

Sie würde kommen. Er war sich so sicher, wie man sich nur sein kann. Sie würde kommen, um ihm zu erklären, warum sie mit Taylor DuVal ausgesegelt war. Der Mann im Segelboot war Taylor DuVal, das wußte Jens ganz genau, ein verdammt gutaussehender Bursche mit einer schicken Segelmütze mit aufgestickter Krone, schwarzem Schild und Goldkordel – genau die Sorte Mann, an dessen Seite sie gehörte.

Es nieselte schon seit dem Morgengrauen, der Himmel war bleiern. Regentropfen, die sich auf den Blättern gesammelt hatten, platschten in unregelmäßigen Abständen auf das Dach des Schuppens. An den beiden kleinen Fenstern rann das Wasser in gewundenen Bächen hinab.

Innen jedoch war es trocken, eine Gaslampe erhellte den Raum, und es duftete nach frischem Holz. An den Wänden stapelten sich Bretter aus Eiche, Mahagoni, Fichte und Zedernholz. Besonders das Zedernholz verströmte einen herrlichen Geruch. Die Bretter lagerten im hinteren Teil des Schuppens auf Holzböcken. Jens hatte den ganzen Morgen auf den Knien gelegen und den Boden mit Fichtenbrettern ausgelegt, von denen ein heller Glanz ausging. Der Raum wirkte jetzt bedeutend einladender und freundlicher. Um die Fichtenbretter herum bildete der alte Boden einen schmutzigen, dunkelgrauen Rahmen. Dort hatte er die schweren Arbeitsstiefel ausgezogen, war nur auf Strümpfen die Fläche abgeschritten und betrachtete sein Werk. Dann kniete er sich wieder auf den Boden und brachte Markierungen für spätere Arbeiten an.

Da hörte er das Tor quietschen und blickte auf.

Wie er es erwartet hatte, betrat Lorna den Schuppen und schloß die Tür hinter sich.

»Hallo«, vernahm er ihre Stimme aus dem vorderen Teil des Raumes.

»Hallo.«

»Hier bin ich wieder!«

Da stand sie nun in schmalgeschnittener Kleidung und bauschigen Ärmeln, und ihre Silhouette zeichnete sich in so klaren und ebenmäßigen Linien ab, wie er es bei keinem Boot je schöner gesehen hatte. Er schenkte ihr als Antwort ein Lächeln, ließ den Hammer sinken und richtete sich auf.

»Es duftet herrlich hier«, bemerkte sie, als sie sich ihm näherte.

»Frisches Holz.«

»Ja, das sehe ich.« Sie schritt vorsichtig um die Fichtenplanken herum und betrachtete interessiert die gestapelten Bretter. »Und neue Lampen.« Sie blickte hoch ins Gebälk und blieb dicht neben dem knienden Jens stehen.

»Ja.« Er setzte sich auf seine Fersen und betrachtete sie, als sie aus dem Schatten in den Schein der Lampe trat. Sie trug einen blaugeblümten Rock und eine strahlendweiße Bluse. Ihr zum Gebälk erhobenes Gesicht machte seine vernünftigsten Absichten zunichte.

»Sieht so aus, als hätten Sie gestern ein wenig zuviel Sonne abbekommen«, bemerkte er.

Sie hielt sich beide Hände an die Wangen. »Es wäre nichts passiert, wenn ich nicht meinen Hut abgenommen hätte, aber ich konnte einfach nicht widerstehen.«

»Tut es sehr weh?«

»Ja, aber ich werde es überleben.« Sie schaute auf die Markierungen hinab, die Jens auf dem blanken Holz angebracht hatte, zahlreiche kleine Punkte, die durch eine langgezogene, leicht gebogene Linie miteinander verbunden waren.

»Was tun Sie da?«

»Ich markiere die Umrisse der Form.«

»Ach, so geht das. Das wird also die Form, richtig?«

»Richtig.«

»Das Boot soll ja schließlich so wohlgeformt und gleichmäßig werden wie ein Apfel, nicht wahr?«

Jens lächelte still.

»Wie macht man das?«

Ihr etwas zu erklären, war eine sehr viel sichere Angelegenheit, als sie ununterbrochen bewundernd anzustarren, also begann er.

»Nun, ich fertige eine Eins-zu-eins-Zeichnung des Boots an, zuerst von vorne, dann verschiedene Seitenansichten im Querschnitt. Wenn ich damit fertig bin, werden sich auf den Fichtenplanken jede Menge Punkte befinden. Die verbinde ich dann mit dem langen Kurvenlineal, so daß die Linien gleichmäßig gekrümmt sind. Die Linien müssen aber wirklich gleichmäßig sein. Zeigt eine davon auch nur die geringste Unebenheit, mißlingt das ganze Boot. Also muß ich die Linien in Ordnung bringen, *bevor* ich die Form baue.«

»Oh.«

Er konnte in ihrem Gesicht lesen, daß sie seine Ausführungen nicht verstanden hatte.

»Arbeiten Sie ruhig weiter«, sagte sie. »Ich möchte Sie nicht stören.«

Ein leises Lächeln huschte über sein Gesicht. Er erwiderte: »Das haben Sie bereits. Aber ich könnte jetzt ohnehin zu Mittag essen.« Aus seiner Hosentasche zog er eine Uhr. »Huuhh! Der Vormittag ist wie im Flug vergangen! Als ich zum letzten Mal auf die Uhr schaute, war es kurz vor neun.« Und tatsächlich verspürte er schon seit zwei Stunden großen Hunger, wollte jedoch noch nichts essen, weil er gehofft hatte, sie würde ihn besuchen – er dachte daran, daß er ihr etwas von dem Fisch aufbewahren sollte. »Stört es Sie, wenn ich esse, während ich Ihnen alles zeige?«

»Nein, nicht im geringsten.«

Er legte den Hammer und die Reißzwecken nieder, erhob sich, überquerte in Strümpfen die Fichtenplanken, angelte aus der obersten Etage des Holzregals eine Blechdose und öffnete den Deckel.

Sie reckte neugierig ihren Hals. »Was ist da drin?«

»Gebratener Wels.«

»Wirklich?« In ihrem Gesicht spiegelte sich Überraschung wider, die Augenbrauen hoben sich, die Wangen glühten, die Lippen formten sich zu einem Lächeln. »Ist das der Fisch, den Sie gestern geangelt haben?«

»Ich sollte Ihnen doch etwas davon aufbewahren!«

»Oh, Jens, welch eine Überraschung! Ist der wirklich für mich?«

»Natürlich.« Er machte eine ausladende Geste in Richtung der rostigen Gartenbank. »Bitte nehmen Sie Platz.«

Sie blickte um sich und erwiderte: »Gerne, aber nicht dort. Wir können uns doch in das Boot setzen.«

»In das Boot?«

»Ja, warum nicht? Wir können unser erstes Picknick in dem Boot veranstalten, bevor es überhaupt das Wasser berührt hat.«

Er lachte leise und antwortete: »Wie Sie wünschen, Miss Lorna. Warten Sie, ich suche uns ein Tischtuch.« Während er sich umdrehte, um einen Bogen Millimeterpapier zu holen, zog sie ihre Schuhe aus und stellte sie neben seine Arbeitsstiefel.

»Oh, ziehen Sie nicht Ihre Schuhe aus«, rief er durch den Raum. »Das Holz wird ohnehin schmutzig.«

»Wenn Sie *Ihre* Schuhe ausziehen, dann ziehe ich *meine* ebenfalls aus!« Ihre Schritte klangen dumpf, als sie den Holzboden überquerte. Seine groben Stiefel neben ihren schmalen Schuhen ergaben ein ungewohntes und doch vertrautes Bild, dachte Jens, als er das Papier auf den Fichtenplanken ausbreitete und die Dose mit dem Fisch darauf abstellte. Er genoß den Anblick ihres lose aufgesteckten Haars und des geblümten Rocks. Ihre Bluse hatte die üblichen weiten Puffärmel und war mit zahllosen kleinen Knöpfchen bis hoch zum Hals geschlossen. Über ihrer rechten Brust baumelte ein winziger Anhänger, den er noch nie zuvor an ihr gesehen hatte. Er zog unweigerlich die Blicke auf die sanfte Rundung. Jens zwang seinen Blick in eine andere Richtung, ließ sich ihr gegenüber nieder und forderte sie auf: »Bitte bedienen Sie sich.«

Sie griff in die Dose und schenkte ihm ein strahlendes Lächeln.

»Unser zweites Picknick«, sagte sie.

Auch er griff in die Dose und angelte sich ein großes Stück. Während die beiden in dem vorgestellten Boot saßen und sich den kalten Fisch schmecken ließen, konnten sie sich nichts Schöneres vorstellen, denn sie waren zusammen, redeten miteinander, lächelten einander an, erforschten sich gegenseitig mit ihren Blicken.

»Sie haben sich wirklich einen feinen Sonnenbrand geholt«, bemerkte er. »Ihre arme, kleine Nase leuchtet wie ein rotes Haltesignal.«

»Ich konnte die ganze Nacht kein Auge schließen.«

»Haben Sie etwas auf die Haut getan?«

»Buttermilch. Aber sie hat nicht viel geholfen.«

»Versuchen Sie es mit Gurke.«

»Gurke?«

»Das hat meine Mutter immer getan, als wir noch klein waren. Fragen Sie Mrs. Schmitt nach einer Gurke oder holen Sie sie sich einfach aus dem Gemüsegarten.«

»Ja, das werde ich tun.«

Er schaute lange forschend in ihr Gesicht, der Sonnenbrand lieferte ihm nun einen hervorragenden Vorwand. »Sie wird sich sicher schälen.«

Selbstbewußt berührte sie ihre Nase. »Und ich werde aussehen wie eine schuppige, alte Latschenkiefer.«

»Hmmm... das glaube ich nicht. Sie werden nie wie eine schuppige, alte Latschenkiefer aussehen.«

»Wirklich nicht?« Bei diesem versteckten Kompliment blitzten ihre Augen ihn herausfordernd an. »Wie sehe ich dann aus?«

Ihre Augen trafen sich lächelnd. Er biß in seinen Fisch, kaute und schluckte den Bissen langsam hinunter. Er genoß das kokette Wortgeplänkel ebenso wie sie. Schließlich erwiderte er mit breitem Grinsen: »Essen Sie lieber Ihren Fisch.« Sie hatten das erste Stück verspeist und machten sich an das zweite.

»War das gestern Ihr Mr. DuVal?« erkundigte sich Jens.

»Es war Mr. DuVal. Nicht *mein* Mr. DuVal.«

»Ich dachte mir schon, daß er es sein müßte. Er saß an dem Abend, als ich das Dinner servierte, neben Ihnen. Ein gutaussehender Bursche!«

»Ja, allerdings, das ist er.«

»Er ist auch ein hervorragender Segler.«

»Ich wette, Sie sind besser.«

»Dazu braucht man aber ein Boot.«

»Das werden Sie eines Tages haben, wenn Sie erst einmal Ihre eigene Werft haben. Da bin ich ganz sicher!« Sie leckte sich die Finger ab.

»Sie und Mr. DuVal haben gestern gepicknickt, nicht wahr?«

»Du liebe Güte, das Küchenpersonal klatscht wohl gerne.«

»Ja, Ma'am, das tut es. Dummerweise dachten alle, wir beide würden zusammen picknicken.«

»Was?«

»Mrs. Schmitt bemuttert mich gerne, aber gestern hat sie sich selbst übertroffen. Sie hielt mir eine große Standpauke darüber, wie gefährlich und außerdem unschicklich es sei, mit Ihnen angeln zu gehen. Aber machen Sie sich keine Sorgen – von dieser Idee habe ich sie wieder abbringen können. Ich habe ihr gesagt, daß ich nicht mit Ihnen auf dem See war, sondern mit jemand anderem.«

»Und verraten Sie mir auch, mit wem?«

»Ein neuer Freund, Ben Jonson. Ich habe ihn in der Sägemühle kennengelernt, als ich das Holz bestellte. Es war sein Boot.«

»Ein neuer Freund – das ist schön. *Meine* beste Freundin ist Phoebe Armfield. Wir kennen uns schon von klein auf. Bestellen Sie Ihrem Freund, daß ich froh bin, daß er Sie zum Angeln mitgenommen hat – der Fisch war köstlich!«

Wieder leckte sie sich die Finger ab und schaute sich nach etwas um, mit dem sie ihren Mund abwischen könnte, aber fand nichts.

Kurz entschlossen griff sie nach einem Rockzipfel und fuhr sich damit über den Mund. Jens brach in schallendes Lachen aus.

»Aber Miss Lorna, was würde Ihre Mutter wohl dazu sagen?«

»Was sie nicht weiß, macht sie nicht heiß!« Sie ließ den Rock wieder fallen und sagte: »Danke. Dieses wunderbare Picknick werde ich nie vergessen.«

Er lächelte sie an. Sie erwiderte sein Lächeln. Wie immer war er es, der das Gespräch in Gang hielt.

»Erzählen Sie mir, wie war Mr. Sousas Konzert?«

»Großartig!«

»Haben Sie ihn kennengelernt?«

»Ja. Er hat eine vorzügliche Haltung, trägt eine goldgerandete Brille mit kleinen ovalen Gläsern, einen kleinen Schnauzer und einen Spitzbart, was zusammen mit der Uniform ein hervorragendes Bild abgibt. Die war übrigens weiß mit goldenen Kordeln, und dazu trug er eine Kapitänsmütze. Und weiße Handschuhe, die er nur auszog, als die Häppchen gereicht wurden. Mutters Empfang war ein großer Erfolg!«

»War Mr. DuVal auch da?«

»Ja«, antwortete sie. Ihr Blick suchte seinen. »Es scheint, als sei Mr. DuVal überall, wo ich auch bin.« Fast flüsternd fügte sie hinzu: »Außer hier natürlich.«

Es kostete Jens viel Kraft, Haltung zu bewahren. Er antwortete mit einfühlsamer Stimme: »So ist das, wenn man ein Paar ist.«

»Aber das sind wir doch gar nicht!« Empörung klang aus ihrer Stimme.

»Nein? Das haben Sie mir aber doch erzählt.«

»Ich habe vielleicht gesagt, daß wir viel Zeit miteinander verbringen, aber ich habe nicht gesagt, daß wir ein Paar sind! Noch nicht.« Ihre Stimme wurde immer erregter. »Es reicht schon, daß meine Familie das behauptet! Oh, Harken, ich weiß nicht. Ich bin so verwirrt.«

»Weswegen?«

»Deswegen.« Sie zeigte auf die Uhr an ihrer Brust. »Sie ist von Taylor.« Jens warf einen weiteren Blick auf die Uhr und fühlte Eifersucht in sich aufsteigen. »Er hat sie mir am Samstag nach dem Konzert geschenkt und gesagt, sie sei kein Verlobungsgeschenk. Aber meine ganze Familie glaubt nun, daß sie es sei. Und ich möchte noch nicht mit Taylor verlobt sein, verstehen Sie das?«

Jens sagte, was er glaubte sagen zu müssen. »Aber er ist doch ein blendend aussehender, dazu noch reicher Mann aus Ihren Kreisen. Er verehrt Sie und trägt Sie auf Händen, Ihre Eltern halten große Stücke auf ihn. Was spricht also dagegen, sich mit einem solchen Mann zu verloben?«

Schon bevor sie den Mund öffnete, sagte ihm der verwirrte Ausdruck in ihren aufrichtigen, weichen Augen, daß ihre nächsten Worte besser ungesagt geblieben wären. Sie sprach leise, während sie ihm direkt in die Augen blickte.

»Aber was ist, wenn ich jemand anders lieber mag?«

Die Sekunden verflossen, während ihr offen ausgesprochenes Geständnis schwer auf beiden lastete. Er hätte nur seine Hand nach ihrer ausstrecken müssen, und ihre beider Leben hätten sich schlagartig verändert. Statt dessen wählte er den vorsichtigeren Weg und erwiderte: »Nun, das ist ein Dilemma, Miss Lorna.«

»Harken –«

»Und Sie sollten es sich wirklich gut überlegen, bevor Sie eine Partie wie Mr. DuVal aufgeben.«

»Harken, bitte –«

»Nein, Miss Lorna.« Er griff nach der Blechdose und machte Anstalten, sich zu erheben. »Ich habe Ihnen gesagt, wie ich darüber denke. Und ich glaube, es ist ein guter Rat, der einzig richtige, um genau zu sein. Aber es ist wohl besser, wenn Sie in Zukunft mit jemand anderem darüber sprechen.« Er erhob sich und brachte die Dose weg.

Sie folgte ihm mit ihren Blicken. »Mit wem?«

»Wie steht es zum Beispiel mit Ihrer Freundin Phoebe?«

Lorna erhob sich, griff nach ihren Schuhen und ließ sich auf der rostigen Gartenbank nieder, um sie anzuziehen. »Das ist keine gute Idee. Phoebe ist so geblendet von Taylor, daß sie unmöglich objektiv sein kann. Alles, was sie sagen würde, wäre ›Wenn du ihn nicht mehr magst, nehme ich ihn.‹«

»Sehen Sie? Er ist eine gute Partie!«

Jens stellte die Dose in das Holzregal, drehte sich um und sah Lorna auf sich zukommen. Sie blieb erst stehen, als sie so nah war, daß sein Atem ihr Haar streifte.

»Sie können manchmal sehr hartnäckig sein, wissen Sie das?«

»Sie auch.«

»Gefällt es Ihnen nicht, wenn ich Sie hier besuche?«

»Doch, natürlich. Aber Sie wissen genausogut wie ich, wo das Problem liegt.«

Sie sah ihn aus der kurzen Entfernung forschend an, und ihre dunkelbraunen Augen baten um den Kuß, den er klugerweise bisher verweigert hatte. Als sie begriff, daß es zwecklos war, blickte sie zur Seite und starrte geistesabwesend eine Weile auf das Holzregal. Ganz plötzlich hob sie den Blick zu ihm und fragte geradeheraus: »Werden Sie mich denn eigentlich nie küssen?«

Er atmete ruckartig in einem kurzen Lachen aus, das zur Hälfte aus Überraschung, zur Hälfte aus Selbstschutz bestand.

»O doch«, antwortete er, »an dem Tag, an dem mich Ihr Vater in den Segelklub aufnimmt.«

Er wollte sich abwenden, doch sie hielt ihn am Arm fest. Die Abdrücke ihrer Finger brannten sich wie Feuer in sein Fleisch. Nichts bewegte sich. Weder er noch sie, weder die Erde noch die Zeit. Alles um sie herum verharrte in Spannung.

»Ich habe daran gedacht, es Ihnen zu befehlen, aber das habe ich schon einmal versucht, und es klappte nicht gut.«

Er beugte sich zu ihr hinunter und küßte sie so zart und leicht, daß es schon vorüber war, noch ehe einer von beiden die Augen schließen konnte.

»Nein, Harken«, schimpfte sie. »Ich bin kein Kind mehr. Behandeln Sie mich bitte nicht so.«

Sie befanden sich in höchster Erregung, die Versuchung schmerzte, ihre Kehlen waren wie zugeschnürt, beiden wußten genau, daß ein Kuß zwischen ihnen auf keinen Fall sein dürfte. Aber schon jetzt hatten sie alle Grenzen überschritten, indem sie sich trafen, zusammen picknickten, Freunde geworden waren. Was konnten dumme, alte Gesetze bedeuten angesichts dessen, was sie bereits füreinander empfanden?

»In Ordnung«, sagte er. »Einmal. Und dann gehen Sie!«

»Und dann gehe ich«, erwiderte sie.

Er wußte, daß er verloren sein würde, wenn er es auch nur einmal täte. Trotzdem legte er seine Hände auf ihre gestärkten Puffärmel und machte einen einzigen schicksalhaften Schritt nach vorn, so daß ihre Brüste seine Hosenträger berührten. Sein Kopf neigte sich im selben Herzschlag zur Seite wie ihrer. Ihre Augen schlossen sich, ihre Lippen trafen aufeinander, alles um sie herum erstarrte jäh – außer ihren Herzen. Er verstärkte seine Umarmung, sein Kopf senkte sich weiter. Sie öffneten ihre Lippen und fühlten sich zum ersten Mal, vertieften sich ineinander, in die gegenseitige weiche Feuchte, bis sie ein seliges Gefühl überkam und ihre Köpfe sich wiegten, während um sie herum der Regen niederrauschte und der Duft des Zedernholzes den Schuppen erfüllte.

Ein Kuß. Nur ein einziger.

Sie küßten sich und küßten sich und küßten sich, und der Gedanke, aufzuhören, war schmerzlich.

Da schlug etwas auf dem Dach des Schuppens auf. Sie fuhren auseinander, blickten erschrocken in die Höhe und sahen ein Eichhörnchen durch die Ziegel in das Gebälk huschen. Sie schauten sich in die

Augen, die Lippen waren noch geöffnet, ihr Atem raste, Lornas Brust hob und senkte sich so schnell wie die eines schlafenden Kätzchens. Jens hielt sie noch immer in den Armen, die Hände in die weiße Baumwolle ihrer Bluse vergraben.

Sie sprach mit heiserer Stimme.

»Eines Tages, wenn ich so alt bin wie Tante Agnes, werde ich meinen Enkeln von diesem Augenblick erzählen, so wie sie mir von ihrer verlorenen Liebe erzählt hat, von Captain Dearsley.«

Jens lächelte und ließ seine Blicke über ihr Gesicht wandern – über Lippen, Wangen, Augenlider und den Haaransatz, wo die dunkle Fülle ihrer Haare, aus der sich einige vorwitzige Strähnen gelöst hatten, herabfiel.

»Sie sind romantisch, Miss Lorna, das ist nicht klug.«

Sie schaute ihn mit einem so glückseligen Ausdruck in ihren Augen an, als hätte der Kuß sie dieser Welt enthoben.

»Woher hätte ich das wissen sollen«, antwortete sie, »vor diesem Kuß?«

»Nun wissen Sie es. Sind Sie nun glücklicher?«

»Ja. Ich bin viel glücklicher.«

»Miss Lorna Barnett« – er schüttelte seinen Kopf – »Sie sind eine temperamentvolle, wunderhübsche, reizende junge Dame, und Sie machen es einem Mann schwer, Sie wegzuschicken.«

Er ließ seine Arme fallen. »Aber ich muß es jetzt tun.« Mit sanfter Stimme fügte er hinzu: »Bitte gehen Sie jetzt.«

Sie seufzte und schaute sich um, als landete sie gerade wieder auf dem Boden der Tatsachen. »Gut, aber ich muß tatsächlich mit meiner Freundin Phoebe sprechen. Ihr Verstand setzt zwar aus, wenn es um Taylor geht, aber sie ist nun einmal meine beste Freundin, und wenn ich mit niemandem darüber rede, werde ich platzen.«

Wie um alles in der Welt sollte er sich gegenüber einer solchen Frau verhalten? Sie präsentierte ihm vorbehaltlos offen ihre Gefühle wie ein Händler seine schönsten Früchte, stolz auf die wunderbaren

Farben und die unvergleichliche Frische, mit der Aufforderung, sie doch in die Hand zu nehmen, zu prüfen und selbst zu entscheiden.

»Halten Sie das für klug?«

»Phoebe kann ich vertrauen. Wir haben schon viele Geheimnisse geteilt.«

»Nun gut, aber denken Sie daran, daß sich so etwas wie eben niemals wiederholen wird. Verstanden?«

An ihrer Unterlippe nagend blickte sie nachdenklich in seine blauen Augen. »Ich kann nichts versprechen, von dem ich nicht weiß, ob ich es auch wirklich halten kann.«

Er schaute sie ratlos an und fragte sich, wie es wohl möglich war, daß ein einfacher Bursche wie er einen solch verliebten Ausdruck in das Gesicht eines reichen, privilegierten und wunderschönen Mädchens zaubern konnte. »Bringen Sie mich zur Tür?«

Widerstrebend näherte sie sich dem Tor des Schuppens. Er folgte an ihrer Seite und wünschte sich insgeheim, sie könnte den ganzen Nachmittag bei ihm bleiben und ihm Gesellschaft leisten, während er an seinem Boot arbeitete. Zum ersten Mal in seinem Leben wünschte er sich, reich zu sein. Am Tor blieb sie stehen und drehte sich zu ihm.

»Vielen Dank für den Fisch.«

»Nichts zu danken, Miss Lorna.«

»Immer dieses dumme ›Miss Lorna‹! Bedeutet es Ihnen denn gar nichts, daß wir uns geküßt haben?«

Er legte all sein Gefühl in die Antwort. »Es bedeutet mir sehr viel!«

Sie fing seinen Blick auf, und beide schmerzte der Gedanke, sich nun trennen zu müssen. Er konnte ohne Mühe in ihrem Gesicht lesen, daß sie ihn abermals küssen wollte. Auch er sehnte sich nach ihrem Kuß. Er öffnete das Tor schulterbreit. Die Feuchtigkeit schlug ihnen entgegen, während die Regentropfen klatschend auf das Blätterdach der Bäume niederfielen.

Er hätte am liebsten gesagt: *Komm doch wieder, ich liebe es, dich bei mir zu haben, mit dir über das Boot zu sprechen, mit dir meine Träume zu teilen; ich liebe dein Haar, deine Augen, dein Lächeln und so viele andere Dinge mehr an dir.*

Statt dessen sagte er: »Vergessen Sie nicht die Gurken!«

Sie lächelte und erwiderte: »Ich werde daran denken.«

Seine Blicke folgten ihr, wie sie den Weg hinunterlief, ihre Röcke bis zum Knie gerafft.

Lorna Barnett stellte mit Überraschung fest, daß sie keinerlei Lust verspürte, ihr Tête-à-tête mit Jens Harken ihrer Freundin Phoebe Armfield anzuvertrauen. Sie behielt ihr Geheimnis für sich und ging an diesem Abend früh auf ihr Zimmer, um allein in der Dunkelheit über alles nachzudenken. Auf dem Rücken liegend, das Gesicht mit Gurkenscheiben bedeckt, die nach Salat rochen, ließ sie das Geschehen Revue passieren. In ihrer Erinnerung verdichtete sich der Nachmittag zu einer Einheit aus dem Duft des Holzes, dem Geräusch des Regens und dem Gefühl von Aufrichtigkeit und Schlichtheit. Welchen Gefallen hatte sie daran gefunden, mit gekreuzten Beinen auf den Fichtenplanken zu sitzen und den gebratenen Fisch vom Vortag zu essen. Welches Vergnügen hatte es ihr bereitet, Jens Harken ganz nah zu sein und den stetig wechselnden Ausdruck seines Gesichts zu beobachten – von Lachen über Nachdenklichkeit zu Bewunderung. Und nach dem Kuß drückte es dasselbe unverhohlene Verlangen aus, das auch sie verspürte.

Ihre Mutter würde tot umfallen, wenn sie es wüßte.

Lorna stellte fest, daß sie nicht wie ihre Mutter war. Sie war eine empfindsame, sinnliche Frau, für die Jens Harken kein bezahlter Untergebener, sondern ein Mann war. Jemand, den sie respektierte, mochte, bewunderte, jemand, der Träume hatte und dafür lebte. Ihre körperliche Sehnsucht nach ihm durchbrach nicht nur die Schranken der Gesellschaft – sie hob sie vollkommen auf, ließ sie einfach nicht existieren. Wenn sie zusammen waren, waren sie nichts weiter als ein Mann und eine Frau, nicht länger ein armer Mann und eine reiche Frau. Sie fühlte sich glücklich in seiner Gegenwart. Sie schaute ihm fasziniert bei seiner Arbeit zu. Seinen Worten zu lauschen, war ebenso fesselnd wie die Musik von John Philip Sousa. Sie war erstaunt, welche Wirkung allein sein Äußeres auf sie hatte. Sein Gesicht natürlich zuallererst, sein gutgeschnittenes, nordisches Gesicht, aber auch seine Hände, sein Hals, die Venen an seinen Armen, die gekreuzten Hosenträger, ja sogar die Zehen in seinen Socken – der Anblick all dessen löste in ihrem Inneren einen Sturm von Gefühlen aus, nur allein deshalb, weil es zu ihm gehörte. Jede seiner Bewegungen erschien ihr wie eine Szene aus einem Ballett, jede seiner Kopfbewegungen war elegant. Selbst das Rascheln seiner Kleider schien sich von dem bei anderen Männern zu unterscheiden.

Und von ihm geküßt zu werden, oh, es war eine Wonne, wie sie größer kaum sein konnte. Er roch nach Zedernholz, man konnte es fast schmecken, und als seine Zunge ihre berührte, war es, als sammelte sich der rosa Schimmer, der über dem Schuppen lag, in diesem Punkt und durchströmte schlagartig ihren Körper. Allein der Gedanke an diesen Kuß entfachte ihr Verlangen. In ihrem Zimmer, genau ein Stockwerk unter seinem, beschloß sie, daß nichts in der Welt sie davon abhalten konnte, ihn wieder zu küssen.

Jens Harken war klargeworden, daß es weitaus einfacher war, Lorna Barnett aus seinem Schuppen zu verbannen als aus seinem Kopf. Den Rest des Nachmittags dachte er an nichts anderes als an sie, lächelte leise bei der Erinnerung an ihr erhobenes Gesicht, das geküßt werden wollte und sich nach dem Kuß noch immer ihm entgegenstreckte.

Ein verdammt bezauberndes und unbelehrbares Mädchen.

Auch jetzt am Abend war sie noch in seinem Kopf, beinahe schon in seinem Herzen. Um ein weiteres Vordringen in diese Richtung zu verhindern, schrieb er an seinen Bruder.

Lieber Davin,
ich habe endlich einen großen Fortschritt gemacht. Ich habe jemanden gefunden, der mir das Geld für den Bau des Bootes gibt, von dem ich seit Jahren spreche – Du wirst es nicht glauben, es ist mein Arbeitgeber, Mr. Gideon Barnett. Er hat mir einen Schuppen zur Verfügung gestellt, mich Werkzeug und Holz kaufen lassen, und ich baue nun schon die Form. Ich glaube, er hält mich zwar immer noch für verrückt, aber er riskiert sein Geld für die unwahrscheinliche Möglichkeit, daß ich es vielleicht doch nicht bin. Er hat mir drei Monate Zeit gegeben, obwohl das Boot erst im kommenden Sommer ins Rennen gehen wird. Wenn es gewinnt, kannst Du hierherkommen. Es wird gewinnen, und es wird so gewinnen, daß es bald das ganze Land weiß und wir unsere eigene Werft eröffnen können. Ich spare jeden Cent, ich hoffe, Du ebenfalls. Wir brauchen das Geld, wenn wir die Harken-Bootswerft Wirklichkeit werden lassen wollen. Ich habe das Material für die Form selbst bezahlt, so kann ich sie danach behalten, und der Anfang wäre gemacht. Das ist schon mehr, als ich hatte, bevor ich in den Osten ging.
Ich wünschte, Du wärest hier und wir könnten über das Boot sprechen und zusammen daran arbeiten. Ich habe einen Freund gefunden, Ben Jonson. Ich möchte ihn bitten, mir beim Biegen der Rippen zu helfen, wenn es soweit ist. Er ist auch Norweger, wie Du Dir sicher schon gedacht hast, und niemand sonst kann so gute Boote bauen wie wir Norweger, nicht wahr, kleiner Bruder? Er arbeitet in der Sägemühle, wo ich das Holz gekauft habe, und dort wird die Arbeit im Herbst, wenn die Bausaison vorüber ist, weniger. So hoffe ich, daß er mir helfen kann. Am Sonntag waren wir zusammen angeln, und wir haben einige ganz hübsche Welse gefangen. Ach, übrigens, heute habe ich meinen Fisch mit einer Dame geteilt.

›Heute habe ich meinen Fisch mit einer Dame geteilt.‹ Das war alles, was Jens Harken sich von seinem Geheimnis preiszugeben traute. Die stürmischen Gefühle, die Lorna Barnett in ihm entfesselt hatte, zwangen ihn dazu, sich jemandem anzuvertrauen, andernfalls, da ging es ihm nicht anders als ihr, würde er platzen. Aber mehr schrieb er nicht.

Als er den Brief beendet und das Licht gelöscht hatte, lag er wie sie ein Stockwerk tiefer in seinem Bett und sah sie vor sich, erinnerte sich an das Vergnügen, sie bei sich zu haben, die Wonne, sie zu küssen.

Er schloß seine Augen, faltete die Hände auf der Brust, und schlagartig wurde ihm etwas klar. Wenn er bisher an sein Boot gedacht hatte, dann hatte er davon geträumt, es für sich allein zu bauen. In seinen Vorstellungen war es ein Vergnügen, das Boot über das Wasser fliegen zu sehen und die Möglichkeit verlockend, eine eigene, gutgehende Werft aufzubauen. Nun jedoch träumte er zum ersten Mal davon, für sie zu segeln, in den Augen ihres Vaters an Ansehen und den Respekt der anderen Mitglieder des Segelklubs zu gewinnen und nicht mehr zurück in die Küche verwiesen werden zu können.

Er stellte sich die Regatta vor – er selbst als Skipper an Bord und Lorna Barnett am Ufer, zusammen mit den anderen Frauen unter Sonnenschirmen ihn anfeuernd; wenn der Wind auffrischte, die weißen Segel sich aufblähten und der Rumpf des Schiffes sich aus dem Wasser erhob. Er malte sich aus, wie sein Boot die letzte Boje umrunden und als Sieger über die Ziellinie gehen würde. Er hörte den Applaus der Menge von dem Rasen vor dem Klubhaus und stellte sich vor, wie Tim Iversen ihn für die Siegerwand im Klubhaus fotografierte und Gideon Barnett ihm die Hand schüttelte und sagte: »Gut gemacht, Harken.«

Ein einziger Kuß hatte seinen Traum derartige Ausmaße annehmen lassen. Doch tief im Herzen wußte er, daß das alles unmöglich war. Er war kein Mitglied des Segelklubs und würde es sicher auch nie sein. Genausowenig würde er jemals der Skipper auf seinem eigenen Boot sein, denn zumeist wurden erfahrene Skipper aus dem ganzen Land angeheuert, die bereits gesiegt hatten. Und er hatte weder Sieg noch Boot, weder Geld noch Prestige vorzuweisen. Und am allerwenigsten hatte er das Recht, sich in Gideons Barnetts Tochter zu verlieben.

Achtes Kapitel

Es waren heiße Julitage. Die Sonne schien erbarmungslos vom Himmel, kein Regentropfen fiel mehr zu Boden, der Garten stand in voller Blüte. Levinias Rosen blühten prächtiger als jemals zuvor, Smythes erwartete eine großartige Beerenernte. Der Rasen, der das Anwesen von Rose Point Cottage umgab, mußte fast täglich gemäht werden, und so lag ein ständiger Duft von geschnittenem Gras über dem Garten. Die Tore des Schuppens im äußersten Winkel des Gartens unter den mächtigen, alten Bäumen standen vierzehn Stunden am Tag dem frischen Sommerwind und Miss Lorna Barnett offen – sie war willkommen, wann immer sie das Bedürfnis verspürte, ihn zu besuchen.

Sie erschien drei Tage nicht. Am vierten Tag suchte sie erst ihre Mutter und fand sie im Blumengarten. Sie schnitt die langen Blütenrispen des Rittersporns und legte sie in einen Korb, der an ihrem Arm hing.

»Mutter… guten Morgen!« rief Lorna.

Levinia blickte unter der breiten Krempe ihres Strohhutes auf. Sie trug grüne Gartenhandschuhe und hielt eine Rosenschere in der Hand.

»Guten Morgen, Lorna.«

»Ist es nicht ein herrlicher Tag?«

»Es wird sehr heiß werden, du solltest einen Hut aufsetzen.«

»Oh, entschuldige, Mutter. Ich habe ihn vergessen.«

»Vergessen? Du schälst dich doch immer noch von deinem letzten Sonnenbrand! Außerdem wirst du Sommersprossen bekommen, die du nie wieder loswirst!«

»Entschuldige, Mutter. Das nächste Mal werde ich daran denken.«

»Was hast du da?«

»Plätzchen. Aus der Küche duftete es so verlockend, und so habe ich mir welche geben lassen. Mit Äpfeln und Zimt. Möchtest du probieren?«

Lorna öffnete die weiße Serviette. Levinia streifte die Handschuhe ab und nahm sich ein Plätzchen.

»Den Rest bringe ich Mr. Harken in den Schuppen, wenn du nichts dagegen hast.«

»Gute Güte, Lorna. Ich mag es nicht, wenn du dich in dieser Weise mit dem Personal abgibst.«

»Ich weiß, aber manchmal arbeitet er über Mittag, und ich dachte, daß er vielleicht Hunger hat. Darf ich, Mutter?«

»Nun...« Levinia blickte zweifelnd über den Gemüsegarten zu dem dahinterliegenden Wald, dann unschlüssig auf die Serviette in Lornas Hand.

»Ist das nicht unser gutes Leinen?«

»O nein. Das ist eine Serviette des Personals. Du kannst sicher sein, daß ich Harken sage, er soll sie wieder in die Küche zurückbringen, wenn er die Plätzchen aufgegessen hat.«

Abermals warf Levinia einen unsicheren Blick hinüber zu dem Schuppen. »Nun gut, lauf.«

»Ich habe schon manchmal vorbeigeschaut, um zu sehen, ob das Boot Fortschritte macht. Es ist sehr interessant. Er zeichnet es in voller Größe auf den Boden. Willst du nicht mitkommen?«

»In diesen alten, modrigen Schuppen? Himmel, nein. Außerdem muß ich noch einige Sträuße arrangieren.«

»Nun, dann muß ich wohl alleine gehen.« Lorna ließ bewundernde Blicke über den Garten schweifen. »Mutter, deine Blumen sind in diesem Jahr einzigartig. Darf ich eine davon mitnehmen?«

»Bitte, nimm dir ... aber Lorna, du bleibst doch nicht lange in diesem Schuppen, nicht wahr?« Levinia blickte beunruhigt.

»Aber nein.« Lorna brach eine Rispe des Rittersporns und roch daran. Überraschenderweise duftete sie nicht. »Ich möchte nur sehen, wie die Arbeit vorangeht, und Mr. Harken die Plätzchen geben. Dann wollte ich Phoebe besuchen. Sie hat mich zum Lunch auf der Veranda eingeladen.«

»Oh, wie reizend.« Levinia schien erleichtert. »Richte ihrer Mutter Grüße von mir aus. Wann wirst du zurück sein, Liebes?«

Im Umdrehen erwiderte Lorna: »Nicht spät. Um drei Uhr bin ich wieder da. Wenn es bis dahin noch nicht so heiß ist, kann ich vielleicht noch eine Partie Tennis mit Jenny spielen. Auf Wiedersehen, Mutter.«

Levinia blickte ihrer Tochter hinterher, das angebissene Plätzchen in der Hand. »Und bleibe bitte nicht zu lange in diesem gräßlichen Schuppen!« rief sie ihr nach.

»Nein, Mutter.«

»Und das nächste Mal möchte ich dich mit deinem Hut sehen!«

»Ja, Mutter.«

Mit einem Seufzer sah Levinia ihre eigensinnige Tochter entschwinden.

Lorna lief durch den Gemüsegarten, am Gewächshaus vorbei und erreichte schließlich die ersten Bäume des Wäldchens. Schon vor dem Schuppen hörte sie den Motor. *Pup ... pup ... pup*. Kleine Explosionen gefolgt von langen Pausen. Sie lauschte einen Moment und näherte sich dann auf dem schmalen Weg der scharfen Rechtsbiegung, hinter der das Tor von Harkens Schuppen lag. Kurz vor der Biegung blieb sie stehen, um sich zu betrachten. In einer Hand die Plätzchen und den Rittersporn balancierend, ordnete sie sich mit der anderen das Haar und glitt sanft über die beiden großen Haarspangen, mit denen die seitlichen Schnecken befestigt waren. Sie zupfte ihre Röcke zurecht, strich über ihr grün-weiß gestreiftes Mieder und nestelte an ihrem seidenen Schultertuch.

Schließlich nahm sie zufrieden den Rittersporn in die rechte Hand und trat durch das Tor in Harkens Reich.

Er sägte Holz und bemerkte ihr Erscheinen nicht sofort. Sie harrte im Kreischen der Säge aus und genoß den Anblick, den er in seinem verblichenen Hemd bot, das irgendwann einmal tomatenrot gewesen sein mußte. Jetzt war es abgetragen und dünn und hing schlaff an seinem Körper herab. Dazu trug er wie immer schwarze Hosenträger und eine schwarze Arbeitshose. Er arbeitete ohne Hut, sein schweißnasses Haar wirkte dunkler als gewöhnlich.

Das Kreischen der Säge verstummte, aber das unterbrochene *pup… pup* des Motors war noch immer zu vernehmen. Leise pfeifend betrachtete er das soeben geschnittene Stück Holz und ließ seine Fingerspitzen über die Sägekante gleiten.

»Hallo, Jens.«

Er blickte auf. Seine Finger hielten inne. Ihr unbesonnener Kuß stand zwischen ihnen, so als hätte er eben erst stattgefunden. Er drängte sich in ihre Erinnerung, obwohl beide genau wußten, daß sie ihn vergessen mußten.

»Schau an, wer mich da besucht.«

»Und sogar Geschenke mitbringt.«

Lorna trat in den Schuppen und näherte sich Jens, der abwartend neben der Säge stehenblieb, mit der gefalteten Serviette in der einen und dem Rittersporn in der anderen Hand. »Diesmal bin ich dran. Zimt-Apfel-Plätzchen, ganz frisch aus Mrs. Schmitts Ofen… und etwas fürs Auge.«

Zuerst hielt sie ihm den Rittersporn entgegen. Er blickte auf die

Blüte, dann in ihr Gesicht. Der Motor neben ihnen ließ ein deutliches *pup* vernehmen. Er nahm ihre Geschenke in Empfang. Die leuchtendblauen Blütenblätter bildeten einen starken Kontrast zu seiner schmutzigen Hand und der verblichenen Arbeitskleidung.

»Was ist das für eine Blume?«

»Rittersporn.«

»Danke.«

Die Blume hatte das Blau seiner Augen. Lorna mußte ihre ganze Willenskraft aufbieten, um ihren Blick von ihnen loszureißen. Dann erinnerte sie sich, daß sie noch etwas mitgebracht hatte. Sie legte die Serviette in seine Hand.

»Nochmals vielen Dank.«

»Heute kann ich nicht lange bleiben. Ich bin bei Phoebe zum Lunch auf der Veranda eingeladen, aber ich wollte wenigstens kurz vorbeischauen und sehen, wie es Ihnen geht.«

Er drehte sich um, ging hinüber zu dem Motor und schaltete ihn aus. »Mir geht es gut«, antwortete er aus sicherer Entfernung.

»Und schauen Sie, was ich hier habe. Ihr Vater hat mir gestattet, diesen wunderbaren Dampf-Elektro-Motor zu kaufen.«

»Dampf-Elektro-Motor?«

»Vier Pferdestärken!«

»Ist das viel?«

»Da können Sie sicher sein! Er wird mit dieser kleinen Batterie in Gang gesetzt und mit Leuchtgas betrieben.«

»Mit Leuchtgas... wirklich?«

»Man muß nur den Schalter bedienen und kann dann ohne die geringste Anstrengung Holz sägen. Ist das nicht ein kleines Wunder?«

Aufmerksam betrachtete sie den Motor. Er hatte ein großes Schwungrad, das durch lange Riemen mit der Säge verbunden war. Jens hatte beim Sprechen die Riemen in ihrer vollen Länge abgespult, um auf diese Weise eine gewisse Distanz zu schaffen.

»Ja, wahrhaftig, ein Wunder. Sie haben offenbar schon damit gesägt.« Auf dem Boden lagen bereits einige zurechtgesägte Holzplanken, die aussahen, als würden sie später den Rumpf des Bootes bilden.

»Sie kommen gut voran.«

»Ja.«

»Ich wünschte, ich könnte Ihnen eine Weile bei der Arbeit zusehen, aber ich fürchte, ich muß nun gehen. Ich werde um zwölf bei Phoebe erwartet.«

»Dann... vielen Dank für die Plätzchen. Und die Blume.«

»Gern geschehen.«

Sie schaute ihn eine Weile an – gut zehn Fuß lagen zwischen ihnen – und sagte unvermittelt: »Ja, ich hatte recht. Sie haben die Farbe des Rittersporns.«

Bei Phoebe angekommen, geleitete man sie in das kühle, meergrün dekorierte Sommerzimmer, wo Mrs. Armfield nahe der geöffneten Verandatür an ihrem zierlichen Damensekretär Briefe schrieb. Sie streckte Lorna beide Arme entgegen. »Lorna, wie schön dich zu sehen. Ich fürchte, Phoebe geht es heute nicht gut, aber sie bat mich, dich trotzdem zu ihr hoch zu schicken.«

Phoebe lag auf ihrem Bett, ein Kissen auf den Unterleib gepreßt.

»Phoebe, oh, arme Phoebe, was hast du?« Lorna eilte zu ihrem Bett, ließ sich neben ihrer Freundin auf der Bettkante nieder und strich ihr fürsorglich eine Haarsträhne aus dem Gesicht.

»Das, was ich jeden Monat habe. Oh, manchmal hasse ich es, ein Mädchen zu sein. Ich habe solche Bauchschmerzen!«

»Ich weiß. Die habe ich auch manchmal.«

»Mutter hat mir heiße Wickel bringen lassen, aber sie haben überhaupt nicht geholfen.«

»Arme Phoebe... das tut mir so leid.«

»Nein, mir tut es leid. Meinetwegen muß nun unser Lunch ausfallen.«

»Ach, sei nicht dumm. Wir holen ihn einfach später nach. Ruhe dich noch ein wenig aus, und morgen wird es dir schon viel bessergehen. Wollen wir dann morgen zusammen essen?«

Sie verabredeten sich für den nächsten Tag, und Lorna verabschiedete sich von ihrer Freundin.

Auf dem Rückweg entschied Lorna sich gegen die Straße und nahm den ruhigen Uferweg zurück nach Rose Point Cottage. Im stillen dankte sie Phoebe für den Vorwand, unter dem sie nun zum Schuppen zurückkehren konnte. Ihre Mutter ahnte nichts, und niemand erwartete sie vor dem Nachmittag zurück. Sie bahnte sich ihren Weg durch den lichten Wald. Kaum war der Schuppen in Sicht, verspürte sie abermals diese eigentümliche Spannung, die sie schon von ihren früheren Besuchen bei Harken kannte. Er würde sich um Distanz bemühen, das wußte sie, und sie verstand auch, warum.

Als sie ankam, war der Schuppen leer. Der Rittersporn, den sie ihm mitgebracht hatte, lag noch immer auf dem Fensterbrett. Die Plätzchen waren verschwunden, aber die Serviette lag säuberlich gefaltet auf einem Bretterstapel. Der Motor stand still. Sie trat neben die Säge, bückte sich hinab zu dem Häufchen Sägemehl, hob eine Handvoll auf, roch daran und ließ es durch ihre Finger rinnen – ein feines, aromatisches Überbleibsel seiner morgendlichen Arbeit. Sie betrachtete die Fortschritte seiner Arbeit, fuhr mit den Fingerspitzen über die Bleistiftlinien auf dem Holz sowie über die Kanten der Bretter, die er mit der Säge bearbeitet hatte, genauso wie er selbst es nach vollendeter Arbeit getan hatte. Sie erinnerte sich an seine Freude über die guten Werkzeuge. Sie ging durch den gleichen Raum wie er sonst, berührte die Dinge, die er berührt hatte, atmete die Luft ein, in der auch er atmete, und stellte fest, daß diese bodenständige Szenerie sie in Erregung versetzte, weil sie ganz einfach seine Welt darstellte. Sie ließ sich auf der gußeisernen Gartenbank nieder und wartete. Eine halbe Stunde später vernahm sie Schritte, Jens Harken trat in den Schuppen.

Als er sie erblickte, blieb er im Tor stehen. Wie schon die Male zuvor spürte sie plötzlich die Spannung zwischen ihnen.

»Phoebe ist krank«, klärte sie ihn auf. »Und niemand erwartet mich vor drei Uhr zurück. Darf ich solange hierbleiben?«

Er rührte sich weder vom Fleck, noch antwortete er. Gegen das helle Tageslicht konnte Lorna seinen Gesichtsausdruck nicht erkennen. Aber sein Zögern war eindeutig genug: Es war Vorsicht, die pure Vorsicht.

»Warum fragen Sie nicht Ihre Eltern?«

»Das habe ich bereits getan. Ich habe meine Mutter um Erlaubnis gebeten, bevor ich Ihnen die Plätzchen gebracht habe.«

»Sie haben Ihre Mutter gefragt?«

»Ich habe sie im Garten getroffen, ihr erzählt, daß ich Ihnen Plätzchen bringen möchte und sie gefragt, ob ich auch eine Blume pflücken darf.«

»Und sie hat es erlaubt?«

»Nun... ich muß gestehen, daß sie nicht wußte, daß die Blume für Sie war.«

»Miss Lorna, Sie wissen, daß ich Ihre Gesellschaft sehr gern habe, aber ich halte es für keine gute Idee, so oft hierherzukommen.«

»Machen Sie sich keine Sorgen, Sie müssen mich nicht noch einmal küssen.«

»Sie wissen auch ganz genau, daß ich das nicht noch einmal tun würde.«

»Ich möchte Ihnen nur bei der Arbeit zuschauen.«

»Sie lenken mich ab.«

»Ich werde so leise wie ein Mäuschen sein.«

Er lachte laut, sie fiel ein, als sie bemerkte, was sie so alles dahinplapperte.

»Nun, vielleicht nicht ganz so leise«, gab sie zu, »aber lassen Sie mich doch bitte bleiben.«

»Also gut«, willigte er ein.

Es gab keinen Kuß mehr. Als sie schließlich aufbrach, forderte er sie nicht zum Wiederkommen auf. Bei ihrem nächsten Besuch jedoch war die rostige Gartenbank frisch gestrichen.

Und so setzte sich die Reihe von Besuchen fort. Lorna nahm ihren Platz auf der Bank ein und leistete Jens bei der Arbeit Gesellschaft. Sie erschien meistens am frühen Nachmittag, wenn ihre Mutter sich zum Mittagsschlaf zurückgezogen hatte, und brachte manchmal auch einen kleinen Leckerbissen vom Mittagessen der Barnetts mit, den sie dann teilten, während Jens zuweilen einen Nachspeisenrest aus der Küche beisteuerte. Er erklärte ihr, daß die Dienstboten andere Desserts bekamen als die Familie, und seiner Meinung nach waren sie besser als die raffinierten und oftmals viel zu süßen Leckereien, die im Speisezimmer serviert wurden.

Sie redeten viel. Besonders Lorna. Sie saß im Schneidersitz auf der Bank und erzählte ihm von ihrem Leben. Wenn sie ein Konzert oder ein Theaterstück besucht hatte, berichtete sie ihm in allen Einzelheiten davon. Hatte am Abend zuvor ein Empfang stattgefunden, beschrieb sie jedes Detail. Er fragte sie nach Mr. Gibson, den sie bei einem ihrer ersten Besuche kurz erwähnt hatte, und so erzählte sie ihm vom vergangenen Sommer, als der berühmte Künstler im Haus ihrer Eltern zu Gast gewesen war und sie so tief beeindruckt hatte, daß sie ihre Kleidung und ihre Frisur änderte. Sie redeten lange darüber, ob Lorna eher der Vorstellung von Gibsons »Knaben-Mädchen« entsprach (das sportlich war und lieber auf dem Rücken eines durchgegangenen Pferdes starb, als die Bewunderung eines liebeskranken Verehrers zu genießen) oder vielleicht doch der »Überzeugten« näherkam (die sich ein Ziel setzte und es mit eisernem Willen verfolgte). Sie entschieden, wenn es überhaupt einen »Überzeugten« gab, konnte dies niemand außer Harken sein, da er seine Familie verlassen hatte, um eines Tages ein erfolgreicher Bootsbauer zu werden.

Jens sprach von seinem Bruder Davin und davon, wie sehr er ihn vermißte. »Ich habe ihm in meinen Briefen alles über das Boot erzählt, und er ist fast genauso aufgeregt wie ich selbst. Falls es die Regatta im nächsten Jahr gewinnt, will er hierherkommen und gemeinsam mit mir die Werft aufbauen. Und wenn er den ganzen Weg schwimmt!«

»Ich kann es gar nicht erwarten, ihn kennenzulernen. Haben Sie ihm von mir erzählt?«

»Ich habe ihm geschrieben, daß wir zusammen Bratfisch gegessen haben.«

»Das ist alles?«

»Das ist alles.«

»Erzählen Sie mir von Ihren Eltern«, bat sie ihn eines Tages. Und so erzählte er ihr von einem strengen Vater und einer fleißigen Hausfrau, die ihre Familien verließen, um ihren Söhnen in Amerika ein besseres Leben bieten zu können. Er erzählte ihr, wie er mit seinem Vater in der Werft gearbeitet hatte und dem schweigsamen Mann, der nie verstehen konnte, woher Jens all die Fragen nahm, Antworten entlockte, die den Jungen jedoch nicht befriedigen konnten. Seine Gier, alles, was auch nur im entferntesten mit Booten zu tun hatte, zu wissen, überstieg die Kenntnisse des Vaters bei weitem.

»Also haben Sie das meiste, was Sie über Boote wissen, gar nicht in der Werft gelernt.«

»Nein. Vieles kommt einfach hierher.« Er tippte sich an die Schläfe. »Ich brauche mir ein Boot nur vorzustellen, und schon weiß ich, wie es sich auf dem Wasser verhalten wird.«

Und sie glaubte ihm aufs Wort.

Eines Tages sagte er zu ihr: »Es muß sehr schön sein, eine so große Familie zu haben, sogar Ihre Tanten leben bei Ihnen. Das gefällt mir.«

»Das glauben Sie nur. Die Familie ist so groß, daß es schwer ist, einen Platz zu finden, an dem man allein ist.« Lorna erzählte Jens von Tante Henrietta, die immer über alles Bescheid wußte und sie ständig daran erinnerte, eine spitze Hutnadel als Waffe mitzunehmen, wenn sie ausging. Und von Tante Agnes verlorener Liebe, Captain Dearsley, und davon, daß Tante Agnes' Verehrung für ihn niemals nachlassen würde, sondern wie eine Laterne die einsamen, von den Demütigungen der älteren Schwester getrübten Jahre der alten Dame erhellte.

»Ich liebe Tante Agnes«, sagte Lorna, »aber Tante Henrietta kann ich manchmal kaum ertragen. Wenn ich mir etwas wünschen dürfte, dann wünschte ich Captain Dearsley für Tante Agnes zurück.«

»Würden Sie sich selbst nichts wünschen?«

»Ach nein. Ich habe mein ganzes Leben vor mir und kann an der Erfüllung meiner Wünsche selbst arbeiten. Tante Agnes ist schon alt, und es muß schwer für sie sein, zu sehen, wie ihr Leben zu Ende geht, ohne daß sie jemals eine eigene Familie und Kinder hatte.«

»Sie können sich also alle Ihre Wünsche selbst erfüllen, es sind keine Luftschlösser?«

Diese Frage entfesselte eine lebhafte Unterhaltung über Glück und darüber, ob jeder einzelne es selbst in der Hand hatte oder ob es vorgezeichnete Wege des Schicksals gab.

An Tagen, die mit solch angeregten Gesprächen ausgefüllt waren, machte das Boot große Fortschritte. Die Streben aus Zedernholz waren schon fertig und auf der vollen Länge des Bootes miteinander verbunden.

So vergingen im Duft des Zedernholzes die warmen Hochsommertage.

Lorna und Jens wurden Vertraute und Freunde. Aber beide hielten sich fest an die Übereinkunft, sich nicht mehr zu küssen. Bis zu dem Tag, an dem Lorna die preisgekrönten schwarzen Johannisbeeren mitbrachte, eingezuckert, mit Sahne und in einer Schüssel aus

Sèvres-Porzellan unter einer Segelzeitschrift versteckt aus dem Haus geschmuggelt. Jens sah sie den Weg entlangkommen und ließ seine Arbeit für einen Augenblick ruhen, um sie zu begrüßen.

»Schauen Sie, was ich mitgebracht habe.« Sie enthüllte ihr kostbares Diebesgut. »Ta-ta-ta-ta!«

»Johannisbeeren?« Jens lachte lauthals. »Wenn Smythe das jemals erfährt, platzt er vor Wut.«

»Uuund...« Lorna zog das Wort wie eine Fanfare, dann zog sie stolz einen silbernen Löffel hervor.

»Nur einer?« fragte Jens.

»Wir brauchen nur einen.«

Mit vereinten Kräften rückten sie die Gartenbank in das Schuppentor und saßen im schattigen Schuppen. Seite an Seite, die Beine in die Sonne gestreckt, verspeisten sie mit Genuß abwechselnd die gezuckerten Johannisbeeren, bis Lorna schließlich den letzten Rest des dunkelroten Saftes zusammenkratzte und Jens den Löffel entgegenhielt.

»Das ist für Sie«, befahl er ihr. »Der Saft ist immer das Beste.«

»Nein... für Sie«, beharrte Lorna.

Er hatte einen Arm bequem auf die Rückenlehne der Bank hinter Lornas Schultern gelegt, die Beine weit von sich gestreckt. Sie streckte ihm abwartend den Löffel entgegen, ihre braunen Augen blickten fest in seine blauen, bereit, ihm den letzten Rest zu überlassen. Schließlich nahm er ihr Angebot an, näherte sein Gesicht dem Löffel und öffnete den Mund. Sie konnte für einen Sekundenbruchteil seine Zunge erahnen und beobachtete fasziniert, wie seine Lippen den Löffel umschlossen, der Löffel sich in seinem Mund bewegte, von seiner Zunge umspielt wurde, dort ruhte. Der unvergeßliche Kuß hatte sie wieder eingeholt. Schließlich gab er den Löffel frei. Mit feinem Klingeln legte sie ihn zurück in die Schüssel, die auf ihren weiten Röcken lag. Alles, was sie jetzt noch vernahmen, war das Klopfen ihrer Herzen und ihr eigener Atem, während sich zwischen ihnen eine ungebetene Spannung aufbaute, die schnell an Intensität zunahm. Sie hatten sich so sehr darum bemüht, vorsichtig und diplomatisch miteinander umzugehen, die Grenzen zu respektieren. Aber vergeblich: Wo Liebe war, konnte keine Freundschaft entstehen.

Lange bevor er sich bewegte, wußte er, daß er es tun würde. Sein Arm rutschte von der Lehne und zog sie sanft an sich, während ihr Gesicht sich zu seinem erhob und seines ihr entgegenkam. Seine Finger glitten an ihren warmen Achselhöhlen vorbei, ihre Arme schlangen sich um seinen Hals. Sie brauchten keine Zurückhaltung vorzutäuschen, keine Koketterie oder Höflichkeiten standen mehr zwischen ihnen. Ihr Kuß war vom ersten Augenblick an kraftvoll, vertraut und entschieden. Ihre Zungen schienen sich nicht mehr näher kommen zu können, ihre Körper drängten zueinander. In ihren Mündern vermischte sich das Aroma der Johannisbeeren mit dem der Versuchung, und der Kuß hielt länger als der Geschmack der Johannisbeeren, den sie untereinander austauschten. Er endete, als Jens sie von der Schüssel und dem Löffel befreite, um sie abermals fest an sich zu ziehen. Sie kam ihm mit Begierde entgegen, ihre Hände wanderten über seinen Rücken wie die Sonne über die Prärie, und ihre Münder öffneten sich wieder. Ihre Hände erforschten die erlaubten Stellen wie Rippenbogen, Rücken, Nacken, Taille, während sich die übrigen Körperteile vergeblich nach einer solchen Berührung sehnten. Als dieser Kuß endete, blickten sie sich ernst an, ihr Atem schlug ihnen ins Gesicht. Da sie gut sichtbar waren für jeden, der um die Kurve biegen würde, löste er sich aus ihrer Umarmung und befahl: »Komm mit mir.« Er ergriff ihre Hand und zog sie in den Schuppen. Hinter den schützenden Holzwänden zog er sie wieder an sich, sie schmiegte sich glücklich an ihn, ging auf die Zehenspitzen und schlang erneut ihre Arme um seinen Hals. Sie küßten sich stehend, eng aneinander gepreßt und entdeckten das Wunder, das sie so oft in ihren Träumen herbeigesehnt hatten. Die

Minuten schienen endlos in der schattigen Stille des Nachmittags, während seine Hände ihren Rücken erforschten, an ihren Seiten hinabglitten, über ihre Hüften wieder nach oben wanderten und dicht neben ihren Brüsten zum Halten kamen.

Er hob sanft den Kopf.

»Lorna«, sagte er. Nur Lorna.

»Jens«, erwiderte sie, ebenso wie er das Bedürfnis habend, den anderen beim Vornamen zu nennen.

Minutenlang betrachteten sie einander.

»Darf ich dir etwas sagen?« wollte er wissen.

»Ja... alles.«

»Du bist die schönste Frau, die ich jemals gesehen habe. Das wußte ich vom ersten Augenblick an, als du in die Küche kamst.«

»Und du bist der wunderbarste Mann. Es war sehr schwer, das so lange nicht zu sagen.«

»Es war sehr schwer, so viele Dinge nicht auszusprechen.«

»Jetzt kannst du alles sagen.«

»Du schönes Mädchen, weißt du eigentlich, wie oft ich mir vorgestellt habe, das zu tun?«

»Mich zu küssen?«

»Dich zu küssen, dich zu halten, mit meinen Händen deinen wunderbaren Körper zu berühren.«

Seine Hände lagen noch immer neben ihren Brüsten. Er ließ die Daumen über die süße Rundung gleiten, ganz dicht an der empfindlichsten Stelle vorbei.

»Wie oft?«

»Fünfzigmal, hundertmal, tausendmal. So oft, daß ich nachts nicht schlafen konnte, weil ich es mir ununterbrochen vorgestellt habe.«

»Mir ging es genauso. Du hast mich um den Schlaf gebracht.«

»Ich bin so glücklich.«

Beim nächsten Kuß kam sie ihm auf Zehenspitzen und mit geöffnetem Mund entgegen, eine Einladung, die er nur allzugern akzeptierte. Ihre Zungen vollführten einen temperamentvollen Tanz, umschlangen sich, lösten sich, umschlangen sich abermals. Vorsichtig biß er ihre Unterlippe, streichelte sie mit seiner Zunge, als wollte er einen nicht vorhandenen Schmerz lindern, und abermals drang seine Zunge tiefer vor. Währenddessen bewegte er seine Hände, ließ sie in die Mitte ihres Körpers gleiten und umfaßte sanft ihre Brüste.

Lorras Atem stockte.

Ihr Kuß erstarb. »Oh...«, flüsterte sie und nochmals »Oh...«, dann verstummte sie mit geschlossenen Augen, ihre Arme noch immer um seinen Hals geschlungen. Er streichelte ihre Brüste langsam und behutsam, gab ihr die Möglichkeit, mit der Berührung vertraut zu werden. Als es soweit war, erforschte er sie mit seinen Daumen.

Ihre Augenlider öffneten sich. Zwischen ihren Zähnen erschien die Zungenspitze. Ihre Brüste hoben und senkten sich in seinen Händen im Rhythmus ihres schnellen Atems. Seine Finger umkreisten den empfindlichsten Punkt, bis ein Schauer sie durchlief. Dann legte er seine Arme um ihren Körper und hielt sie ganz fest.

Er flüsterte in ihr Haar: »Hier sind wir nicht sicher.«

»Dann müssen wir uns an einem sichereren Ort treffen.«

»Willst du das wirklich?«

»Ja. Ich weiß schon seit langem, daß ich das will. Oh, Jens.«

Sie zog ihn mit all ihrer Kraft an sich, verspürte ebenso wie er Angst und Unsicherheit angesichts der ungewohnten Situation, Dinge zu planen, *solche Dinge zu planen*. Sie hatten zwar das unbestimmte Gefühl, den Bogen zu überspannen, auf der anderen Seite jedoch lauerte die noch stärkere Ahnung der Unvermeidlichkeit. Sie wußten, daß sie nichts gegen ihre Gefühle unternehmen konnten.

»Kannst du bis Sonntag warten?«

»Wenn es sein muß. Aber ich fühle mich, als müßte ich sterben, wenn ich mich von dir trenne.«

»Es gibt da einen kleinen Wald, südlich von Tims Blockhaus, da wo die Küste felsig und steil ist. Dort kommt nie jemand hin. Ich werde da auf dich warten. Ben wird mir sein Boot leihen. Ein Uhr?«

»Um ein Uhr.«

»Lorna?«

»Ja, Jens?«

»Wenn du weißt, was gut für dich ist, vergiß nicht die spitze Hutnadel.«

Am Sonntag schien die Sonne. Lorna ließ sich einen Picknickkorb packen und vergaß auch die Decke nicht. Sie trug ein blaues Kleid und steckte ihre längste und spitzeste silberne Hutnadel in den breitkrempigen Strohhut. Sie ruderte über den See und sah Jens' Boot bereits vom Wasser aus an dem felsigen Abschnitt der Küste liegen. Als sie sich dem Ufer näherte, trat er zwischen den Bäumen hervor und lief den Weg hinunter, um sie zu empfangen. Er trug seinen schwarzen Sonntagsanzug und eine schwarze Melone. Über ihre Schulter sah sie, wie er wartend dastand, den rechten Fuß auf einen Felsen gestellt.

»Hallo«, rief er, als sie die Ruder einholte und das Boot in die kleine Bucht gleiten ließ.

»Hallo.« Er wartete darauf, daß sie ihm die Leine herüberwarf, damit er das Boot an einem Busch vertäuen konnte. Das Boot schlug gegen die Steine und schrammte an den vorstehenden Felsen entlang. Lorna erhob sich und stieg über die Ruderbank, um ihm die Decke und den Picknickkorb herauszureichen. Dann ergriff sie seine Hand und setzte zu dem großen Schritt auf die Steine am Ufer an. Jens hob sie mit Schwung aus dem Boot und nahm sie sicher in Empfang.

Danach ließ er seine Hände auf ihren Hüften liegen, und sie behielt ihre um seinen Hals geschlungen. Wie gelähmt von der Gegenwart des anderen und dem langen heißen Sommertag, der vor ihnen lag, standen sie sich gegenüber.

Sie nahm seine Gestalt in sich auf, die ihr durch den formellen Sonntagsanzug, das weiße Hemd, die schwarze Krawatte und den Hut sehr ungewohnt erschien. Sie war überrascht, wie sehr dies alles sein Gesicht veränderte.

Er ließ ihren Anblick auf sich wirken und stellte erfreut fest, daß sie denselben blau-weiß gestreiften Rock trug wie damals bei ihrem ersten Picknick, dieselbe weiße Bluse mit den großen Puffärmeln und denselben Strohhut mit den blauen Bändern.

»Hallo«, wiederholte er mit sanfterer Stimme und fast scheuem Lächeln.

Sie antwortete ihm mit einem Lächeln und flüsterte ebenfalls »Hallo«.

Von den vielen Dingen, die beide in diesem Augenblick sagen wollten, kam ihnen keines in den Sinn. Sie standen sich in der gleißenden Mittagssonne schweigend gegenüber und waren überwältigt von der Macht der Gefühle füreinander. Auf dem Wasser waren Boote in Sichtnähe. Er bückte sich nach der Decke und reichte sie ihr. Er selbst trug den Korb und führte sie vorsichtig bei der Hand den überwucherten, steinigen Fußweg hinauf.

»Sei vorsichtig, es ist steil hier.«

Als sie ins Straucheln geriet, zog er sie die letzten Meter hoch bis zu einem Plateau, wo die Bäume so dicht standen, daß sie ihnen Sichtschutz vom Wasser her gewährten. Unter den Birken breiteten sie die karierte Wolldecke aus und das Picknick, für das sie ja hierhergekommen waren. Verstohlen warfen sie sich bewundernde Blicke zu. Er fing einen solchen von ihr auf, als er sich vom Auspakken des Korbes aufrichtete. Da standen sie nun auf dem niedrigen Gras, zwischen ihnen ausgebreitet das Picknick.

»Stimmt etwas nicht?« fragte er.

»Ich habe dich noch nie in einem Anzug gesehen«, antwortete sie. Er schaute an sich hinab.

»Es ist ein sehr alter Anzug, mein einziger.«

»Und auch noch nie mit einem Hut.«

Er nahm ihn ab und hielt ihn verlegen in den Händen, eine Geste, mit der er noch keine Erfahrung hatte. »Es ist doch Sonntag.«

»Nein«, protestierte sie, »setz ihn bitte wieder auf. Er gefällt mir.«

»Also gut.« Er setzte den Hut mit beiden Händen wieder auf. »Nur für dich.«

Sie blickte ihn an, ließ ihren Blick von der Melone in sein frisch rasiertes Gesicht wandern, von dort auf seine Krawatte, die zwischen den runden Kragenecken einen dicken Knoten bildete. Sein zugeknöpftes Jackett schien etwas zu eng und an den Ärmeln eine Spur zu kurz zu sein, als sei er nach dem Kauf noch gewachsen. In Lornas Augen unterstrich es nur noch seine guten Proportionen.

»Ich glaube, es schickt sich nicht für eine Dame, zu sagen, ein Mann sieht atemberaubend aus.«

Jens konnte ein Lächeln nicht unterdrücken. »Nein, normalerweise macht wohl der Herr der Dame derartige Komplimente.« Sein Gesicht wurde ernst. »Du siehst atemberaubend aus, Lorna. Ich hoffe, du glaubst mir, wenn ich dir sage, daß ich schon immer deine perfekte Figur in den Puffärmeln und den schmalen Röcken bewundert habe.«

»Wirklich?« Nun schaute sie an sich hinab und nestelte an ihren Puffärmeln, als wollte sie sie noch weiter aufplustern. »Das ist ein schönes Kompliment, auch wenn die Ärmel immer an den Türen hängenbleiben, sich überall verfangen und schließlich zerknittern. Und der Rock ist übrigens nur auf der Vorderseite schmal geschnitten. Hinten ist er gerafft... schau.« Sie wirbelte herum und wendete ihm ihren ebenfalls wohlgeformten Rücken zu, der Rock plusterte sich auf, das gestärkte Oberteil raschelte, und die blauen Hutbänder flatterten. Als sie ihn wieder anblickte, waren ihre Wangen gerötet.

Er konnte keinen anderen Gedanken fassen, außer den, wie gerne er sie geküßt hätte, aber zuerst sollten sie essen und sich höflich unterhalten, vielleicht über das Wetter oder das Angeln oder die Fortschritte, die das Boot machte. Nichts hätte er lieber berichtet als das letztere.

»Bitte nehmen Sie Platz, Miss Barnett, dann kann auch ich mich endlich setzen.«

»Oh, du lieber Himmel, ich habe gar nicht bemerkt, daß wir noch immer stehen.« Sie kniete sich auf die Decke und beobachtete, wie er sich umständlich niederließ und mit seinen langen Beinen mehrere Positionen ausprobierte, um die bequemste zu finden. Schließlich stellte er ein Bein angewinkelt auf, das andere streckte er aus, eine Hand stützte er auf der Decke hinter dem Rücken auf.

Sie betrachteten einander, dann schweiften ihre Blicke über den See. »Wir hätten uns keinen schöneren Tag aussuchen können«, bemerkte er.

»Nein, es ist herrlich!«

»Es sind viele Fischer unterwegs.«

»Ja.«

»Und viele Segelboote.«

»Hmmm.«

»Es tut gut, für einen Tag aus dem Schuppen herauszukommen.«

Abermals trafen sich ihre Blicke, in den Gesichtern konnte man das Ungesagte lesen.

»Wollen wir nun essen?« fragte sie.

»Nichts lieber als das. Was hast du denn mitgebracht?«

Sie öffnete den Korb und packte die Utensilien aus. »Kaltes Hühnchen mit Pilzsauce, Artischocken mit Schinken, Mandeltörtchen und kandierte Birnen.«

»Du verwöhnst mich!«

»Es ist schön, dich zu verwöhnen.« Sie richtete die Speisen auf Tellern an. »Aber ich mußte mir schon etwas einfallen lassen, um den gebratenen Fisch zu überbieten. Das ist es, was ich an unseren Picknicks liebe. Meine sind exotisch und deine solide und nahrhaft. So lernen wir einander kennen, nicht wahr?«

Mit einem strahlenden Lächeln reichte sie ihm einen Teller und bereitete dann ihren eigenen zu. Er beobachtete jede ihrer Bewegungen, jede Geste ihrer feinen Finger, den schmalen Hals über dem weißen Spitzenkragen, die mit unzähligen kleinen Knöpfen geschlossene Bluse, ihr locker aufgestecktes glänzendes Haar, das kleine Polster unter dem Kinn, das sich zeigte, wenn sie den Kopf senkte.

»Hat Mrs. Schmitt den Korb gepackt?« fragte er.

»Ja.«

»Was hat sie gesagt?«

Den Blick noch immer auf ihren Teller gerichtet, erwiderte sie mit spitzer Stimme: »Sie wird nicht dafür bezahlt, Fragen zu stellen. Außerdem antworte ich Mrs. Schmitt nicht, und du solltest das ebenfalls nicht tun. Hast du das Boot von deinem Freund geliehen?« Nun schaute sie offen in sein Gesicht.

»Ja.«

»Und was hast du ihm gesagt?«

»Die Wahrheit. Daß ich mich mit einem Mädchen treffe.«

»Wollte er wissen, mit wem?«

»Er weiß es.«

»Er weiß es?«

»Er hat den Rittersporn auf der Fensterbank gesehen und mich gefragt, von wem ich ihn bekommen habe. Ich bin ein schlechter Lügner.« Für einen Augenblick herrschte zitterndes Schweigen, in dem ihnen ihre unausgesprochenen Gefühle und die Tragweite ihrer geheimen Treffen bewußt wurden. Nach einer Weile fuhr Jens fort. »Lorna, du solltest wissen, daß ich die Wahrheit sagen werde, falls man uns eines Tages entdeckt oder deine Eltern einen Hinweis bekommen und mich zur Rede stellen.«

Sie blickte ihm tief in die Augen und erwiderte: »Ich ebenfalls.«

Die Blicke der beiden verrieten, daß sie schon viel zu lange auf einen Kuß gewartet hatten.

Jens stellte seinen Teller ins Gras. Über den Korb hinweg nahm er ihr ihren aus der Hand und räumte ihn zusammen mit dem Korb und den anderen Utensilien beiseite. Dann setzte er seinen Hut ab.

»Ein wirklich köstliches Picknick«, sagte er, »aber ich bin nicht im geringsten hungrig.«

Lornas Wangen verfärbten sich tiefrot, und ihr Herz machte einen Sprung, als Jens vor ihr niederkniete, seine blauen Augen unverwandt auf ihr zu ihm erhobenes Gesicht gerichtet, seine Bewegungen drückten Erwartung aus, während Lorna reglos auf ihren Fersen saß. Sie faltete die Hände in ihrem Schoß. Er ergriff sie bei den Schultern, ihre Bluse knisterte unter seinen Händen. Dann zog er sie an sich. Freudig gab sie dem Druck nach, und sie versanken in einem langen Kuß, nach dem sie sich schon lange gesehnt hatten. Schon damals, als beide nachts allein im Dunkeln lagen, hatten sie von dieser Stunde, von dieser Minute geträumt. Während der endlos langen Tage hatten sie davon geträumt. Während sie jeder für sich zu diesem Ort ruderten, hatten sie davon geträumt. Und nun endlich war es soweit, so zögernd es auch begonnen hatte. Eng aneinandergepreßt vereinten sich sanft ihre Lippen und tauschten erst ihre wirkliche Begrüßung aus. Jens drang mit seiner Zunge in Lornas Mund vor, spürte ihre Zungenspitze sich scheu seiner nähern und kam ihr ungestüm entgegen. *Komm zu mir, hab keine Angst, laß mich dich begrüßen.*

Einige Möwen flogen heiser kreischend vorbei. Einige Fliegen umschwirrten ihre Teller. Aus der Ferne vernahm man das Tuten eines Dampfers. Aber sie hörten nichts davon, hörten nur die Stimmen in ihren Köpfen, die *endlich, endlich* jubilierten.

Die Erde seufzte, oder war es der Wind? Die Luft zitterte, oder waren es ihre Berührungen? Die beiden glücklichen Liebenden wußten es nicht, und es war ihnen auch egal. Jens' Hände griffen blind nach ihrem Hut, ertasteten die Nadel, zogen sie heraus und nahmen ihn ab. Lorna hielt abrupt inne, unterbrach den Kuß, gerade als der Hut in das Gras segelte. Sie senkte den Kopf und tastete mit demselben Zögern wie früher nach losen Strähnen in ihrem Haar Er faßte sie beim Kinn und hob ihr Gesicht auf die Höhe seines Blicks.

Nur der Sommer war Zeuge, als sie sich gegenseitig erforschten, sich aneinander ergötzten – Augen, Nase, Lippen, Kinn, Schultern, Haar und wieder Augen.

»Ja«, murmelte er, »du bist so wunderbar, wie ich dich in Erinnerung hatte.« Er senkte sein Gesicht über ihres, umschlang sie und zog ihren willenlosen Körper an sich. Ihre Körper schmiegten sich eng aneinander, ihre Lippen verschmolzen. Sie fühlten alles, was sie sich so gewünscht hatten: atemberaubendes Verlangen. Mit seinen Händen preßte er sie an seine Hüfte, die Knie weit gespreizt. Ihre Röcke umwallten sie. Sie klammerte sich an seine Schultern.

Sie ließen sich treiben wie zwei vom Wind geschüttelte Blätter, ihr Kuß wurde ungestümer, leidenschaftlicher und vorbehaltloser in dem ungeduldigen Ausbruch zwischen Erregung und Verzweiflung. Sie entzog ihm ihren Mund und stammelte: »Jens... Jens...«, während ihre Arme ihn fest umklammerten und sie über seine Schulter hinweg die Birkenzweige über sich wiegen sah.

»Ich kann es nicht glauben«, sagte er mit fremder Stimme, einer Stimme, die die Erregung einschnürte.

»Mir geht es ebenso.«

»Du bist wirklich hier.«

»Und du bist wirklich hier.«

»Ich dachte, dieser Nachmittag würde nie kommen, und als er da war, dachte ich, ich würde hier vergebens warten.«

»Nein... nein...« Sie näherte sich ihm und gab ihm einen schnellen Kuß auf den Mund, dann einen auf die Wange. »Wie konntest du nur so etwas glauben? Ich bin doch jedes Mal zu dir gekommen! Du wußtest doch, daß ich alles daransetzen würde, hier zu sein.«

Er ergriff ihre Hände, küßte die Handflächen und preßte sie fest an seine Brust.

»Ja, das ist mir nun klar.« Sie kniete ihm gegenüber, ihre Handflächen gegen sein wollenes Jackett gestützt, das sich warm und rauh und herrlich aufregend anfühlte, nur weil es diesem außergewöhnlichen Mann gehörte.

»Jedes Mal, wenn du den Schuppen betrittst und ich dich im Tor stehen sehe, geht es mir so.«

»Wie?«

»So.« Er preßte ihre rechte Hand noch stärker an sich.

»So?« Sie blickte fest in seine blauen Augen, ließ drei Finger unter seine Jacke schlüpfen und legte ihre Hand auf sein pochendes Herz. Sein weißes Hemd war gestärkt, darauf zeichneten sich deutlich die Hosenträger ab, daneben konnte sie unter ihren Fingern seine feste, muskulöse, warme Brust erahnen. *Bum, bum, bum.* Sein Herz schlug so heftig, als wolle es ihre Hand erreichen.

»Oh...«, hauchte sie, reglos vor ihm kniend. »Genau wie meines... noch Stunden nach unserem Treffen.«

»Wirklich?« fragte er sanft, während er den Druck ihrer Hand auf seiner Brust genoß. »Laß es mich spüren.«

Als sie nicht antwortete, legte er vorsichtig seine Hand auf ihr Herz – die große, kräftige Hand eines Bootsbauers auf dem feinen Stoff ihrer blütenweißen Bluse. Er zählte ihre Herzschläge, die nun dieselbe Geschwindigkeit hatten wie seine.

In ihren Augen suchte er Zustimmung. Und schließlich wanderte seine Hand sachte hinab und umschloß ihre volle Brust. Sie schloß die Augen und verspürte einen leichten Schwindel. Ihre Finger gruben sich in seine Brust. Ihr Atem kam stoßweise und preßte ihren Körper in kurzen Abständen fest gegen seine Handfläche.

Sie dachte *Oh, Mutter... Mutter...*

Und dann *Oh, Jens... Jens...*

Seine Lippen senkten sich auf ihre herab, und der Druck seines Körpers ließ sie langsam nach hinten sinken. Sanft bettete er sie auf den Rücken und ließ sich auf sie sinken. Sein Gewicht lastete nun auf ihr, sein wunderbares Gewicht, das sie schützend unter ihm begrub, während seine Hand weiter ihre Brust streichelte, sein Mund weiter ihren erforschte. Sein Körper bewegte sich im gleichen Takt wie ihrer, mit seinem Bein schob er ihr linkes Knie beiseite und schuf sich eine Wiege, in die er sich nun schmiegte.

Nach dem Kuß öffnete sie langsam die Augen und blickte in sein von grünen Blättern und blauem Himmel umrahmtes Gesicht. Der Takt seines Körpers verstummte... nur eine kurze Unterbrechung, bevor sie fortfuhren... langsamer. Sie hielten abermals inne. Kein Lächeln. Zwischen ihnen war nur die Übereinstimmung der Schwingungen ihrer Körper. Seine Hand bewegte sich nun langsamer auf ihrer Brust und erforschte sie sanft, während er auf sie hinabblickte und zarte Küsse auf ihre Nase, Augenlider und Kinn hauchte.

Er nahm ihre Hand und führte sie zu ihrer Taille. »Öffne sie«, flüsterte er, während er sich auf die Knie aufrichtete, die ihr rechtes Bein umschlossen, ihre Röcke eng an sie drückend. Er setzte sich auf ihr Bein und zog seine Jacke aus, während sie begann, langsam die dreißig Knöpfe ihrer Bluse zu öffnen.

Dreißig Knöpfe waren eine Menge. Nachdem er sich seiner Jacke und Krawatte entledigt hatte, sagte er: »Laß mich.« Er beugte sich über sie, um die süße Aufgabe zu übernehmen. Seine Augen folgten seinen Fingern, ihre Augen seinen. Als er beim letzten Knopf unter ihrem Kinn angekommen war, hob sie es, um ihm den Weg frei zu machen. Der letzte Knopf öffnete sich, beide rangen erregt nach Atem. Er glitt mit seinen Händen unter die Bluse, um sie ihr über die Schulter zu streifen und ihr makelloses Dekolleté und das weiße Hemdchen mit den in Spitze gefaßten Trägern freizulegen, das wieder eine Reihe Knöpfe besaß.

Er löste auch diese Verschlüsse, öffnete aber das Hemd nicht und ließ die Brüste bedeckt. Dann stützte er seine Hände neben ihrem Kopf ab, schloß seine Augen und begann, mit seinen geöffneten

Lippen von ihrem Schlüsselbein aus über den Hals bis zum Kinn zu wandern. Er liebkoste sie so sanft, daß sie nicht ausmachen konnte, ob er sie küßte oder sie nur seinen Atem auf ihrer Haut spürte. Sie fühlte etwas Warmes in der Höhlung unter ihrem Kinn – Lippen oder Atem? –, das dann über ihre linke Brust glitt, so daß sie dachte sterben zu müssen, wenn er sie nicht an dieser Stelle berührte.

Er berührte sie. An der Brust…, durch das Hemdchen hindurch.

Dann rollte er auf die Seite und zog sie mit sich, indem er seinen Arm zwischen ihrer Achselhöhle und dem Boden um sie schlang.

Ihre Brust war schwer, voll und weich. Er hielt sie wie einen reifen Pfirsich in der Hand und erforschte sie durch den weißen Baumwollstoff hindurch – die ebenmäßige, straffe Rundung, die harte Kuppe. Für einen kurzen Augenblick unterbrach er sein Streicheln, um seine Hände über ihre Schultern gleiten zu lassen und eine ihrer Brüste dem warmen Sommerwind und seinen verliebten Blicken preiszugeben. Ihre Brustwarze war wie mit Kupfer überhaucht und lag vor seinen Augen wie ein dunkler Juwel auf einem runden, hellen Hügel. Sie war von einem fast unsichtbaren, weichen Flaum umgeben.

»Meine Mutter hat gesagt…«, murmelte Lorna mit geschlossenen Augen und ließ den angefangenen Satz unvollendet, als seine feuchten Lippen jeden vernünftigen Gedanken verscheuchten und ihre Brust mit Leben, Wärme und Verlangen erfüllten. Von dieser Stelle schien sich ein leuchtender, gleißender Strom durch ihren ganzen Körper zu ergießen.

Dann lastete sein Gewicht wieder auf ihrer Hüfte, und seine geöffneten Lippen hatten die eine Brust verlassen, um die andere zu liebkosen. Ihre Schultern erhoben sich zu ihm: »Oh…«, stöhnte sie, während sie mit ihren Händen durch sein Haar fuhr, »es ist sündhaft, nicht wahr, Jens?«

Er hob seinen Kopf und küßte ihren Mund. »Manche Menschen nennen es so. Fühlt es sich sündhaft an?«

»Nein… o nein… Ich habe noch nie etwas so Herrliches verspürt.«

»Deine Mutter hat dich davor gewarnt – wolltest du das sagen?«

»Sag nichts, Jens. Bitte… nur…« Ihre Finger glitten durch sein dickes blondes Haar, sein Gesicht senkte sich auf ihres hinab. Sie folgte mit ihrem Finger den Windungen seines Ohrs und zog seinen Kopf sanft an sich. Und abermals begann das glühende Spiel, die Küsse und Liebkosungen jedoch hinterließen jetzt in Lorna eine Enttäuschung, die sie nicht kannte und verstand.

Jens aber begriff. Als sie einen Gipfel der Zärtlichkeit erreichten, hielt Jens es nicht länger aus und stieß heiser hervor: »Lorna, wir müssen aufhören.« Abrupt rollte er zur Seite. Nach Atem ringend lag er auf dem Rücken, die Augen mit seinem Handrücken bedeckt.

»Warum?«

»Sprich nicht.« Er griff um ihre Taille und zog sie an sich.

Seine Fingerspitzen lagen in ihrem Schritt. »Sprich nicht.«

Sie blickte forschend in sein Gesicht, doch seine Augen waren geschlossen. Seine Finger gruben sich in ihren Schoß. Sie blickte in die Baumkronen und holte Atem, die ganze Zeit spürte sie seine Hand, wohl wissend, wo sie sich befand. Irgendwo im Wald war ein Eichhörnchen zu hören. Neben ihr hob und senkte sich Jens' Brust wie die eines Fiebernden. Seine Hand geriet in Bewegung, auf und ab, rieb ihre Unterkleider an ihrer Haut, seine Fingerspitzen bewegten sich unter ihren Petticoat, zwischen ihren Unterröcken und Pumphosen auf einen versteckten Ort zu, der verblüffende Reaktionen zeigte. Was war das für eine Liebkosung? Dieser feste Griff, der auf und ab wanderte, sich dann zwischen ihren Beinen seitlich drehte?

Sie wußte nicht, was sie tun, sagen oder denken sollte. Sie lag reglos da wie im Schlaf, nur steifer, ängstlicher, während sie im Inneren all ihr Blut in die intime Wölbung unter seinen Fingerspitzen strömen spürte. Sein Handrücken bedeckte noch immer seine Augen. Sein Ärmel berührte ihren entblößten rechten Arm.

Ich muß gehen, dachte sie in fieberhafter Erregung, aber bevor sie diese Worte aussprechen konnte, zog er seine Hand zurück.

Eine Weile lag er reglos da. Schließlich wandte sich sein Gesicht zu ihr, und sie spürte seinen Blick aus nächster Nähe.

Wie gelähmt starrte sie in die Wipfel der umstehenden Bäume. Die Blätter bildeten ein grünes Dach vor dem blauen Himmel.

Eine lange Zeit verging, bevor Jens sprach, so daß ihr schien, als habe er lange darüber nachgedacht.

»Weißt du, wohin dies alles führt, Lorna?«

»Was führt wohin?« Sie verspürte Scheu davor, ihm offen ins Gesicht zu schauen, seitdem er sie auf diese Weise berührt hatte.

»Du weißt es nicht, nicht wahr?«

»Ich weiß nicht, was du meinst.«

»Die Ratschläge deiner Tante Henrietta – die Hutnadel. Weißt du, was das bedeutet?«

Verwirrt schwieg sie.

»Ich nehme an, deine Mutter hat dich vor diesen sündhaften Berührungen gewarnt.«

»Sie hat nicht gesagt, daß es sündhaft ist.«

»Was hat sie dann gesagt?«

Als sie nicht antwortete, faßte er sie am Kinn und zwang sie, ihn anzusehen.

»Sag mir, was sie dir erzählt hat.«

»Daß Männer versuchen... versuchen würden, mich zu berühren, und daß ich dann unverzüglich ins Haus gehen müßte.«

»Sie hat recht, weißt du. Du solltest sofort aufstehen und zurückrudern.«

»Möchtest du, daß ich gehe?«

»Nein. Ich sage dir nur, was das Beste für dich ist. Ich möchte, daß du hier bleibst, hier bei mir, solange du kannst.«

»Oh, Jens, das verstehe ich wirklich nicht.«

»Du hast das noch nie vorher getan, nicht wahr?«

Sie errötete und wollte sich blitzschnell aufrichten, aber er war schneller und hielt sie dort, wo sie war.

»Du hast es schon einmal getan!« stieß er verblüfft hervor und beugte sich über sie, um ihr direkt in die Augen zu sehen. »Mit DuVal?«

»Jens, laß mich aufstehen.«

»Nicht bevor du mir geantwortet hast.« Er nahm sie beim Kinn. »War es mit DuVal?«

Da sie seinem Blick nicht ausweichen konnte, fiel es ihr schwer, zu lügen. »Nun... ein bißchen.«

»Ein bißchen?«

Sie nahm all ihren Mut zusammen. »Nun gut, ja!«

»Er hat dich so geküßt, wie ich es getan habe?«

»Nein, er hat mich nur... weißt du... nur berührt, so wie du... es im Schuppen... im Schuppen getan hast.«

»Dich berührt.«

»Aber ich habe getan, was meine Mutter gesagt hat. Ich bin sofort ins Haus gelaufen.«

»Das war sehr klug von dir.«

»Was ist los, Jens? Ich hätte das nicht mit dir tun sollen, und nun bist du böse auf mich, nicht wahr?«

»Ich bin nicht böse auf dich. Steh auf.« Er nahm sie bei den Händen und zog sie zum Sitzen hoch. »Ich bin nicht böse – so etwas darfst du nicht denken. Aber jetzt ist es Zeit, daß du dich wieder anziehst.«

Zum ersten Mal verspürte sie Schuld. Mit hängendem Kopf zog sie ihr Hemdchen hoch und bedeckte ihre Blöße. Er sah sie mitleidvoll an und brachte den verdrehten Träger auf ihrer Schulter in Ordnung. Dann lehnte er sich zurück und beobachtete, wie sie mit gesenktem Kopf langsam die dreißig Knöpfe ihrer Bluse schloß. Diesmal zählte er mit. Er hob ihr Kinn und küßte ihren Mund. »Schau nicht so unglücklich drein. Du hast nichts Unrechtes getan.« Aber auch seine Worte konnten nicht die plötzliche Düsternis aus ihrem Gesicht vertreiben. Es blieb auch gesenkt, als er begann, mit den vorwitzigen Locken zu spielen, die sich aus der Frisur gelöst hatten. »Dein Haar ist in Unordnung geraten. Hast du einen Kamm?«

»Nein«, erwiderte sie kniend.

»Ich habe einen.« Aus seiner Tasche zog er einen Kamm. »Hier.«

Sie blickte ihn nicht an, während sie ihre Haarnadeln auf der Decke zusammensuchte und ihr Haar in Ordnung brachte. Als sie ihr Haar wieder aufgesteckt hatte, reichte sie ihm den Kamm zurück.

»Danke«, sagte sie so leise, daß er ihre Stimme kaum hören konnte.

Er hob ihren Hut auf, sah zu, wie sie ihn mit der Hutnadel feststeckte und überlegte, wie er sie wieder glücklich machen konnte.

»Wollen wir jetzt essen?« fragte er.

»Ich bin nicht sehr hungrig.«

»Ich schon«, erwiderte er. Er wollte alles tun, um ihr Lächeln wiederkehren zu sehen.

»Gut.« Gehorsam stand sie auf, um die Teller aufzuheben. Auf dem Essen krabbelten schon Dutzende Ameisen. Zu Lornas Ärger füllten sich ihre Augen mit Tränen. Sie hielt ihren Kopf abgewandt und versuchte, ihrer Stimme einen beherrschten Klang zu geben. »Ich fürchte, unser Picknick ist... ist... ist... v... vollkommen ruiniert. Überall sind...« Sie setzte abermals an. »Überall...« Sie schluckte einige Male, konnte die Tränen aber nicht zurückhalten, ihre Kehle war wie zugeschnürt. Schluchzen brach aus ihr hervor, ihr wurde schwarz vor Augen, sie taumelte einige Schritte nach vorne und ließ die Teller fallen und verlor selbst das Gleichgewicht.

Sofort ging Jens auf die Knie und nahm sie in seine Arme.

»Lorna, was hast du? Weine nicht, mein Liebling... du brichst mir das Herz.«

Sie umschlang seinen Nacken. »O mein Gott, Jens, ich liebe dich.«

Er schloß die Augen und schluckte. Er zog sie liebevoll an seine Brust, während sie unter Schluchzen redete. »Ich liebe dich so s... sehr, daß alles andere m... mir gleichgültig ist, ich will d... dich nur sehen, m... mit dir zusammensein. O Jens, wie w... wird es nur weitergehen?«

Er wußte keine Antwort. All die Tage zuvor hatte er keine gebraucht, weil diese Worte ungesagt blieben. Nun waren sie ausgesprochen, von Lorna, die unter Tränen fortfuhr.

»Als ich im Frühjahr hierherkam, ahnte ich noch nicht einmal, daß es dich gibt, und jetzt bist du das W... Wichtigste in meinem Leben.«

»Wir hätten es nicht so weit kommen lassen dürfen...«

»Nein! Sag nicht so etwas. Wie kann ich damit aufhören, wenn alles andere unwichtig geworden ist? Wenn ich lebendiger bin als jemals zuvor? Wenn meine Tage mit dem Gedanken an dich beginnen und ebenso enden? Wenn ich abends in meinem Zimmer liege, nur eine Etage unter dir, und mir vorstelle, mich über die Dienstbotentreppe nach oben zu dir zu schleichen.«

»Nein! Das darfst du nie tun, Lorna, hörst du, nie!« Er streckte sie von sich und hielt sie fest an den Unterarmen.

»Versprich mir das!«

»Das kann ich nicht versprechen. Ich liebe dich. Liebst du mich auch, Jens? Ich weiß, daß du es tust. Ich habe es hundertmal in deinen Augen gelesen, aber du wirst es nicht sagen, nicht wahr?«

»Ich dachte... ich dachte, wenn ich es nicht ausspreche, ist alles einfacher.«

»Nein, nichts wird einfacher sein. Sag es. Wenn du es fühlst, dann sag es. Tu es für mich.«

Ihre Herausforderung stand zwischen ihnen, bis er es schließlich, fast von ihr bezwungen, herausbrachte. »Ich liebe dich, Lorna.«

Sie flog in seine Arme und hielt ihn fest, als wolle sie sich nie wieder von ihm trennen. »Dann bin ich glücklich. Für diesen einen Augenblick bin ich glücklich. Ich wußte von Anfang an, daß es so kommen würde. Ich wußte es von dem Augenblick an, in dem ich nachts in die Küche kam und wissen wollte, was meinen Vater so wütend gemacht hat. Als du erzählt hast, daß du einen Zettel in seinem Dessert versteckt hattest, begann ich auf der Stelle, dich zu bewundern.«

»Dieser verdammte Zettel«, stieß er verzweifelt hervor.

»Nein«, erwiderte sie bewegt. »Nein. Es sollte so kommen und nicht anders. Spürst du das denn nicht?«

Sie teilten einen Augenblick der Stille, während sie sich fest umarmt hielten, aber Jens fühlte, daß vor ihnen beiden noch viel Schmerz liegen würde. Er trat einen Schritt zurück, hielt locker ihre Hände und strich mit seinen Daumen über ihre Knöchel. »Und DuVal?« fragte er. »Was ist mit der Uhr, die er dir geschenkt hat, und mit dem Wunsch deiner Eltern, ihn zu heiraten? Ist dir denn überhaupt klar, daß ich euer Küchenangestellter bin?«

»Niemals!« Ihre finstere Entschlossenheit verbot jede Widerrede. »Nie mehr, Jens Harken! Du bist Bootsbauer und wirst eines Tages deine eigene Werft haben, und die Leute werden aus dem ganzen Land zu dir kommen, um sich bei dir ein Boot bauen zu lassen. Das hast du mir selbst erzählt!«

Er legte seine Hand unter ihr Kinn. »Ach, Lorna, Lorna...« Er seufzte lang und tief. Dann schweifte sein Blick in die Wälder.

Es verging einige Zeit.

Sie brach die traurige Stille. »Wann können wir uns wieder treffen?«

Er schien mitten aus seinen Gedanken gerissen. Zärtlich blickte er in ihre Augen.

»Überlege es dir gut. Denke darüber nach, ob du es wirklich willst, ob du immer weinen willst, wenn wir uns sehen, ob du deine Eltern belügen und dich verstecken willst. Ist es das, was du willst, Lorna?«

Das wollte sie nicht. Ihre Augen verrieten es ihm.

»Du hast gesagt, du würdest nicht lügen«, erinnerte sie ihn.

»Habe ich das?« Die unausgesprochenen Worte sagten, daß beide es tun würden, wenn sie gezwungen wären. Aber keiner der beiden wollte die Wahrheit sehen.

»Es ist schon spät«, sagte er. »Du mußt langsam aufbrechen.«

Tränen glänzten in ihren Augen, als sie auf die mit Ameisen bevölkerten Teller blickte.

»Ja«, flüsterte sie voll stiller Verzweiflung.

»Komm, ich helfe dir beim Zusammenpacken.«

Sie knieten sich nieder und leerten das köstliche Essen ins Gras, stapelten die Teller und falteten in trauriger Stille die Decke. Er nahm den Korb, sie die Decke, und so gingen sie langsam auf den Abhang zu. Er führte sie sicher die Böschung hinab. Am Boot angekommen, verstauten sie die Utensilien unter der Ruderbank, dann wandten sie sich einander zu. So standen sie vor dem grauen Fels und blickten sich an.

»Ich habe dich gar nicht nach dem Boot gefragt«, sagte sie. »Wie geht es voran?«

»Gut. Bald werde ich die Rippen biegen.«

»Darf ich dabei zusehen?«

Er hob sein Gesicht zum Himmel, schloß seine Augen und schluckte.

»Gut«, lenkte sie ein. »Ich werde nicht kommen. Aber sage mir noch einmal, daß du mich liebst, so daß ich mich immer daran erinnern kann.«

Er nahm ihr feines Gesicht zwischen seine Hände, legte seine Lippen auf ihre und küßte sie verzweifelt. All seinen Schmerz legte er in diesen Kuß. Ihre Zungen trafen sich und verabschiedeten sich, während über ihren Köpfen die Sonne glühte und neben ihnen das blaue Wasser glitzerte. »Ich liebe dich«, sagte er und sah sie mit Tränen in den Augen in ihr Boot steigen und davonrudern.

Neuntes Kapitel

Als Lorna nach ihrem schweren Abschied von Jens wieder nach Hause zurückkehrte, war sie dankbar, daß es Sonntag war.

Sonntags war im Speisezimmer ein zwangloses, kaltes Buffet aufgebaut, und jeder bediente sich, wenn er Hunger hatte. So mußte sie ihren Eltern nicht bei einem formellen Essen gegenübersitzen. Außerdem verspürte sie keinen Hunger und ging gleich nach ihrer Rückkehr auf ihr Zimmer. Sie zeichnete Jens' Namen in verschnörkelten Lettern, umrahmt von Rosen und Bändern und Vergißmeinnicht. Sie tauchte ihre Feder in die Tinte und fügte eine Schwalbe hinzu. Als noch ein Flügel fehlte, ließ sie die Feder fallen, stützte ihre Ellbogen auf den Tisch und bedeckte mit beiden Händen ihr Gesicht.

Wollte er sie wirklich nie wieder sehen? War das sein letztes Wort, wenn er sagte: *Überlege es dir gut, Lorna. Denke darüber nach, ob du immer weinen willst, wenn wir uns sehen, ob du deine Eltern belügen und dich verstecken willst.*

Sie war den Tränen nahe.

Das war also Liebe – dieser Schmerz, diese verzweifelte Qual. Sie hatte nicht erwartet, daß sie derart unbarmherzig über einen hereinbrechen würde, daß sie ein Leben, das auf einem festen Kurs zu sein schien, so aus den Bahnen werfen konnte, daß sie ein strahlendes Leben zu einer traurigen Existenz machte.

Sie fuhr seinen Namen mit der Feder nach und fügte Blumen mit hängenden Köpfen ein. In die Blüten zeichnete sie Gesichter, aus denen sich Tränen ergossen. Als in ihr selbst die Tränen aufstiegen, versteckte sie die Zeichnungen in einem ihrer Sommerhüte.

Dann strich sie ziellos durch das Haus. Ihre Schwestern blätterten in Sammelalben, Theron war schon zu Bett gegangen.

Gideon saß eine Zigarre rauchend auf der Veranda, Levinia und

Henrietta waren in eine Partie Backgammon vertieft. Ihre Aufmerksamkeit richtete sich auf das Spielbrett, keine der beiden bemerkte, daß Lorna sich der Tür des Morgenzimmers näherte. Sie blieb einen Augenblick stehen und beobachtete die beiden Frauen, die den Anschein erweckten, als ärgerte sich jede über die Züge der anderen, dann ging sie die Treppen hinauf und klopfte leise an Tante Agnes' Tür.

Agnes antwortete »Herein« und legte das Buch mit den aufgeschlagenen Seiten nach unten auf ihre Bettdecke, als sie Lorna in der Tür erblickte.

Lorna trat ein und fand ihre Tante in die Kissen gelehnt. Wie ein kleines, verlorenes Mädchen fragte sie: »Was liest du da?«

»Oh, eines meiner Lieblingsbücher. Es heißt *Anne*.«

»Ich wollte dich nicht stören.«

»Oh, du lieber Himmel, sei nicht dumm. Ich habe die alte Geschichte schon mindestens hundertmal gelesen. Was hast du denn, Liebes?« Tante Agnes zog ein langes Gesicht. »Du siehst aus wie der Trübsinn in Person. Komm her, mein Kind.« Sie streckte die Arme nach ihr aus, und Lorna nahm bei ihr Zuflucht.

»Erzähl deiner alten Tante Agnes, was los ist.«

»Ach... nichts. Und alles. Erwachsen werden, es Mutter recht machen, diese stillen Sonntagabende.«

»Ach ja, die können für einsame Frauen wie uns lang werden, nicht wahr? Wo ist denn dein junger Verehrer? Warum unternimmst du nichts mit ihm?«

»Taylor? Ach, ich weiß es nicht. Mir ist heute nicht danach.«

»Hast du dich mit ihm gezankt? Könnte das der Grund für deinen Trübsinn sein?«

»Nein, überhaupt nicht.«

»Was ist mit deinen Schwestern – und Phoebe? Wo sind sie?«

»Mir steht der Sinn nicht nach ihrer Gesellschaft.«

Agnes gab sich damit zufrieden und drang nicht tiefer in das Mädchen. Draußen erschien am Himmel das erste Abendrot, während Lorna in den Armen ihrer Tante lag, umgeben von den herrlichen Gerüchen von gestärkter Wäsche, Veilchen und Kampfer.

Nach einer Weile sagte Lorna: »Tante Agnes?«

»Hmmm?«

»Erzähl mir von dir und Captain Dearsley ... wie war das, als ihr euch ineinander verliebt habt?«

Die weißhaarige Dame erzählte ihre alten Geschichten von einem Mann in einer weißen Uniform mit goldenen Schulterstücken und einer verliebten jungen Frau.

Als die Erzählung verklungen war, lag Lorna noch immer in den Armen ihrer Tante und betrachtete die mit Rosen und Bändern verzierte Tapete.

»Tante Agnes ...« Sie überlegte sich ihre Worte gut, bevor sie sie aussprach. »Wenn du mit ihm zusammen warst, hast du dich jemals in Versuchung gefühlt?«

Agnes dachte bei sich: *Das ist es also, was sie bewegt.* Klug umging sie eine direkte Antwort. Statt dessen erwiderte sie weise: »Die Versuchung liegt in der Natur der Liebe.«

»War er ebenso in Versuchung wie du?«

»Ja, Lorna, da bin ich mir ganz sicher.«

Lange Stille folgte, die beiden verstanden einander auch ohne Worte. Schließlich fragte Lorna: »Wenn Tante Henrietta mir rät, immer eine Hutnadel bei mir zu tragen – was meint sie dann wirklich damit?«

Tante Agnes zögerte einige Sekunden. »Hast du deine Mutter schon danach gefragt?«

»Nein. Sie würde mir auch nicht ehrlich antworten.«

»Sind du und dein junger Kavalier euch nähergekommen?«

»Ja«, flüsterte Lorna.

»Und ist es sehr ... persönlich geworden?«

»Ja.«

»Dann weißt du es.« Agnes drückte ihre Nichte fester an sich. »Oh, Lorna, Liebling, sei vorsichtig. Sei sehr, sehr vorsichtig. Frauen können in entsetzliche Schwierigkeiten geraten, wenn sie solche Dinge mit einem Mann tun.«

»Aber ich liebe ihn, Tante Agnes.«

»Ich weiß, ich weiß.« Agnes schloß ihre faltigen Augenlider und küßte Lornas Haar. »Ich habe Captain Dearsley auch geliebt. Auch wir haben durchlebt, was du nun erfährst, aber du mußt bis zu deiner Hochzeitsnacht ausharren. Dann gibt es keine Verbote mehr, du kannst deinen Körper ohne Scham mit ihm teilen und dich den Freuden der Liebe hingeben.«

Lorna erhob ihren Kopf und küßte die Wange ihrer Tante. Sie war eingefallen und weich. »Tante Agnes, ich liebe dich. Du bist der einzige Mensch in der Familie, mit dem ich reden kann.«

»Ich liebe dich auch, mein Kind. Und ob du es glaubst oder nicht – du bist auch für mich die einzige, mit der ich sprechen kann. Alle anderen halten mich für ein verrücktes Huhn, nur weil ich meine Erinnerungen genieße. Aber was bleibt mir bei der Kälte deiner Mutter und Henriettas ständiger Gängelei, und dein Vater – dem ich natürlich dankbar bin, daß wir unter seinem Dach leben dürfen –, nun, dein Vater behandelt mich auch wie eine alte Närrin. Nie fragt er nach meiner Meinung. Dich hingegen schon, obwohl du fast noch ein Kind bist. Aber du bist auch etwas ganz Besonderes. Du hast etwas, das wichtiger ist als all das Geld, als alle Macht und gesellschaftliches Ansehen, das man erlangen kann. Du liebst die Menschen. Sie sind dir nicht gleichgültig, und das zeichnet dich gegenüber allen anderen aus. An vielen Tagen danke ich Gott dafür, daß es dich gibt. Nun...« Agnes gab Lorna einen Klaps auf den Schenkel. »Ich glaube, Henrietta kommt. Sie hat sicherlich wieder eine häßliche Bemerkung parat, wenn sie dich hier findet, wie du ihre Bettseite in Unordnung bringst. Du stehst besser auf.«

Noch bevor Lorna aus dem Bett springen konnte, trat Henrietta ins Zimmer. Sie hielt inne, als sie Lorna flink aus dem Bett klettern sah, und schloß erst dann die Tür hinter sich.

»Ich denke, junge Frau, daß du besser in deine Schuhe schlüpfst als in fremde Betten. Und du, Agnes, solltest so etwas nicht erlauben.«

Um Henrietta zu ärgern, streckte sich Lorna quer über das Bett und drückte Agnes einen Kuß auf die Wange.

»Ich liebe dich«, flüsterte sie. Im Vorbeigehen bedachte Lorna ihre andere Tante, deren Mund sich wie so oft zu einem schmalen Strich verengt hatte, mit einem kühlen »Gute Nacht, Tante Henrietta«.

Am folgenden Tag, dem Tag nach dem Picknick mit Jens, hatte ihre Mutter eine Krocketpartie anberaumt. Der Tag stand schon seit zwei Wochen fest, und so hatte Lorna keine Ausrede.

Levinia hatte das Spiel für den frühen Abend vorgesehen, ein Treffen der jungen Leute, so nannte sie es, und anschließend sollte ein Abendessen auf dem Rasen stattfinden.

Als die ersten Gäste ankamen, schimmerte der Rasen in der warmen Abendsonne wie Samt. Vor dem sattgrünen Hintergrund erschienen die weißen Hosen der Herren und die cremefarbenen Röcke der Damen wie wertvolle Juwelen. Selbst die hellen Krockettore wirkten ausnehmend elegant. Am Rand des Rasens waren festlich geschmückte Vierertische aufgestellt. Sie waren mit feiner spitzengesäumter Tischwäsche gedeckt, an deren Seitenpartien Sträußchen aus pinkfarbenen Rosen und weißen Orchideen befestigt waren. Die langen Seidenbänder, die die kleinen Buketts zusammenhielten, ringelten sich bis auf den Rasen hinab. Auf jedem Tisch stand ein Windlicht, dessen silberner Fuß von den gleichen Blumen umgeben war. Jede Einzelheit der Szenerie wirkte kostbar. Im Hintergrund schimmerte der See, die Damen trugen breitkrempige, ebenfalls mit üppigen Blüten dekorierte Hüte.

Lorna trug einen neuen weißen Hut, ein Kunstwerk aus duftigem Tüll, das mit einem zarten Sträußchen lavendelfarbener Kletterrosen verziert war, die dieselbe Farbe hatte wie ihr engtailliertes Kleid.

Sie hatte die trübe Stimmung des Vortages überwunden und genoß nun in vollen Zügen des Krocketspiel. Auch die Jüngeren waren mit von der Partie – Jenny und ihre Freundinnen Sissy Tufts und Betsy Whiting. Auch Jack Lawless und Taylor fehlten nicht, ebensowenig wie Phoebe und ihr jüngerer Bruder Mitch. Sie waren insgesamt sechzehn und spielten in zwei Gruppen auf parallelen Parcours. Mitch war in Lornas Mannschaft gelandet und machte ihr von Beginn des Spieles an den Hof. Er lud sie ein, noch ein letztes Mal mit ihm segeln zu gehen, bevor er wieder zurück in die Stadt zur Schule mußte. Als sie zum dritten Mal lachend seine Einladung abgelehnt hatte, versetzte er seinem blaugestreiften Ball einen entschlossenen Schlag, der ihn gegen ihren stoßen ließ.

Mit schalkhaft blitzenden Augen betrachtete er ihren rotgestreiften Ball. »Nun... ich könnte großzügig sein und dich dort liegen lassen... oder ich könnte dich wieder an den Anfang schicken. Was ist dir lieber?«

»Mitch, das würdest du nicht tun.«

»Weshalb nicht? Wenn du nett wärst und meine Einladung zum Segeln annehmen würdest, könnte ich vielleicht Nachsicht üben.«

»Oh, Mitch, bitte...« Sie entschied sich, ihn zu umschmeicheln. »Schau doch nur, wie dicht dein Ball bei dem Tor liegt. Mit den nächsten beiden Freischlägen könntest du ihn mühelos bis zum nächsten Tor bringen.«

Aber statt dessen bückte er sich, um ihren Ball zum Anfang des Parcours zurückzurollen. Sie versetzte ihm kichernd einen leichten Schubs, der ihn aus dem Gleichgewicht brachte, während er sie beiseite schob, um an ihren Ball zu gelangen. Das freundschaftliche Handgemenge nahm seinen Lauf.

»Du Baby«, neckte sie ihn.

Quer über den Rasen rief Taylor: »Lorna, schickt er dich zurück?«

»Ich glaube schon. Wirst du Rache an ihm nehmen, wenn er es wirklich tut?«

»Hier ist mein Schlag!« Mitch hielt seinen eigenen Ball mit dem Fuß fest, holte schwungvoll aus und schlug Lornas Ball mit einem kräftigen Schlag über den Rasen und den gepflasterten Weg hinweg in eine Ligusterhecke, die den Garten säumte.

Lorna drehte sich um und folgte ihrem Ball mit den Augen.

»Mitch, du ungezogener Junge. Warte nur, bis –«

Die Worte blieben ihr im Halse stecken. Dort um die Ecke bog – Jens Harken. Er trug noch seine Arbeitskleidung, die Hosen staubig von Sägemehl, die Hemdsärmel bis über die Ellbogen hochgekrempelt. Offenbar war er auf dem Weg in die Küche, es war Zeit zum Abendessen. Er hielt inne, als er sie erblickte. Die beiden starrten sich an wie gebannt.

Hinter ihr näherte sich Taylor, versetzte Mitch die angedrohten Püffe und Klapse und legte dann Lorna selbstzufrieden seine Hand auf die Schulter. »Ich habe ihm das Tor abgejagt, Lorna.«

Sie wußte ganz genau, wie dieses Bild auf Jens wirken mußte: ein reiches Mädchen, umschwärmt von ihren Verehrern, sich auf dem gepflegten Rasen die Zeit mit einer Partie Krocket vertreibend, während im Hintergrund die festlich gedeckten Tische warteten. Die jungen Männer in den weißen Leinenanzügen würden die Damen mit den kostspieligen Hüten und den teuren Handschuhen zu Tisch führen, während das Personal im Schein der Windlichter die Speisen auftrug. Und inmitten dieser ausgelassenen Szene sie, die Frau, die gestern noch Jens Harken ihre Liebe gestanden hatte und heute die kleine goldene Uhr eines anderen an der Brust trug, im unbeschwerten Spiel mit jungen Privilegierten ihrer Schicht – und dem zukünftigen Besitzer einer Getreidemühle, den sie nach dem Willen ihrer Eltern heiraten sollte.

Sie starrte Jens Harken in der sommerlichen Dämmerung an und wünschte sich nichts sehnlicher, als den Schläger fallen zu lassen, zu ihm zu laufen und ihm zu versichern: All das bedeutet mir nichts; das ist nun einmal unser Leben, ob es uns gefällt oder nicht. Ich aber wäre viel lieber bei dir im Schuppen als bei dieser Abendgesellschaft, die meine Mutter arrangiert hat. Ich betrachte lieber deine Hände, unter denen das Boot entsteht, als in meinen eigenen einen Krocketschläger zu halten und einen dummen Ball über den Rasen zu rollen.

»Lorna?« vernahm sie Taylors Stimme hinter sich. Er drückte ihre Schulter. »Ich glaube, du bist dran.«

Sie drehte sich um und sah, daß auch seine Blicke auf Jens ruhten, der nun seinen Weg zum Haus fortsetzte.

Von dem anderen Parcours schallten Stimmen herüber: »He, DuVal, was machst du da drüben? Du spielst bei uns!«

»Taylor, komm wieder rüber!«

»Lorna?« fragte er mit gerunzelter Stirn, »stimmt etwas nicht?«

»Doch, doch, alles in Ordnung«, antwortete sie hastig und wünschte, er würde seine Hand von ihrer Schulter nehmen, seinen durchdringenden Blick von ihr abwenden und sie allein lassen. »Ich muß nur irgendwie an diesen Ball herankommen, das ist alles.« Sie entzog sich seinem Griff und sagte mit erzwungener Fröhlichkeit: »Danke, daß du mich verteidigt hast.«

Aber wer würde sie vor Jens Harken verteidigen? Wer würde ihm erklären, daß sie sich zu der Ligusterhecke rettete, um die Tränen in ihren Augen vor den anderen zu verbergen? Er mußte glauben, und das mit gutem Grund, daß sie zwei Männer gleichzeitig den Kopf verdrehte. Dreien sogar, denn da war ja noch der um ganze zwei Jahre jüngere Mitchell Armfield, mit dem sie gerade in die freundschaftliche Rauferei verstrickt war, als Jens den Weg entlangkam und sie erblickte. Was sollte ihn also davon abhalten zu glauben, sie verdrehte gleich mehreren Männern den Kopf? Wie außerdem konnte ein mittelloser Bootsbauer einem so reichen und privilegierten Mädchen glauben, daß sie ihr Leben beengend und erstickend fand?

»Zu Tisch, alle zu Tisch.« Levinia stand, mit einem weißen Taschentuch winkend, am Rande des Rasens. »Ihr solltet nun die Partie zum Ende bringen.«

Hinter ihr stand Gideon, die Finger in der Westentasche, betrachtete er das Treiben der jungen Leute. Die Windlichter waren bereits angezündet. Silberne Obstkörbe schmückten nun die Tische, die kristallenen Schalen brachen den Schein der Kerzen und verbreiteten das Glitzern des Lichts wie Sterne.

»Kommt nun. Legt die Schläger nieder.«

Taylor war plötzlich wieder neben Lorna, hakte sie unter und zog sie sanft an sich. »Kommt nun«, imitierte er leise Levinias Stimme und nahm Lorna den Schläger aus der Hand. »Leg den Schläger nieder und laß dich von dem Burschen, der dich für das hübscheste Mädchen weit und breit hält, zu Tisch führen. Es sei denn, du legst Wert darauf, neben Mitchell Armfield zu sitzen, der im übrigen – das wird dir sicher nicht verborgen geblieben sein – noch grün hinter den Ohren ist.«

Da ging sie nun mit Taylor an ihrer Seite. Und dort stand ihr Vater und betrachtete sie wohlwollend. Ebenso wie ihre Mutter, die einzig und allein am Erfolg ihrer Gesellschaften gemessen wurde. Und um sie herum Lornas Freunde, die sich unbekümmert amüsierten und nichts von der stillen Tragödie ahnten, die soeben stattgefunden hatte – an der Hecke, an der der in die Rolle des Bootsbauers geschlüpfte Küchengehilfe die Schöne erblickte, die er noch gestern heimlich geküßt und liebkost hatte.

Lorna fühlte sich in einem gesellschaftlichen Netz gefangen, aus dem es kein Entrinnen gab. So ließ sie sich willenlos von Taylor zu Tisch führen.

An diesem Abend fand sie keinen Schlaf. Sie fühlte, daß sie Jens eine Erklärung schuldete. Die Nächte waren schon kühler geworden und trugen den Duft von Chrysanthemen mit sich – die ersten Boten des Herbstes. Nicht mehr lange, und der September würde kommen, dann der erste Frost, der die Wasserleitungen im Haus bedrohen und bewirken würde, daß die Familie ihre Koffer packte und zurück nach Saint-Paul reiste. Während sie wieder das Haus in der Summit-Avenue bezogen, würde Jens hierbleiben, um sein Boot fertigzubauen. Was dann? Würde diese Sommerliebe einfach nur zu einer schönen Erinnerung werden? Zu einer Erinnerung an eine Liebelei zwischen einem irregeleiteten Backfisch und einem einsamen Einwanderer, die für einen kurzen Augenblick Gefallen aneinander gefunden hatten?

Sie fühlte mehr.

Sie fühlte Liebe.

Es *war* Liebe. Das, was heute vorgefallen war, verlangte eine Erklärung und eine Entschuldigung.

Am folgenden Morgen machte Lorna sich gleich nach dem Frühstück auf den Weg zum Schuppen. Sie roch schon lange vor dem Schuppen den Duft des Holzes, der so schwer in der Luft lag, daß sie sicher war, daß nach ihrem Besuch auch ihre Kleider nach Holz riechen würden. Sie erreichte das weit geöffnete Tor und erkannte sogleich den Grund: Jens hatte im Schuppen eine Dampfkammer errichtet, um die Rippen des Bootes biegen zu können. Das Feuer loderte unter dem Wasserkessel und schickte weiße Wasserdampfwölkchen in das Rohr, das in die Dampfkammer führte. Vor der Dampfkammer stand ihr Vater und inspizierte die Arbeiten. Neben ihm stand Ben Jonson, den sie schon an jenem Sonntagnachmittag auf dem See in dem Ruderboot gesehen hatte. Auch Tim Iversen war da und fotografierte das Geschehen für die Wand des Klubhauses und interessierte Zeitungen.

Im selben Augenblick, in dem Lorna ihren Vater sah, erblickte er auch sie.

»Lorna, was hast du denn hier verloren?«

»Ich wollte sehen, welche Fortschritte das Boot macht. Immerhin wäre es ohne mich nie entworfen worden. Guten Morgen, Mr. Iversen. Guten Morgen, Mr. Harken.« Nicht umsonst war Lorna Gideons Tochter. Unbeeindruckt betrat sie den Schuppen, als hätte sie niemand anderen als ihren Vater hier erwartet. »Ich glaube, wir kennen uns noch nicht«, sagte sie zu Jonson gewandt. »Ich bin Lorna Barnett, Gideons Tochter.«

Jonson zog höflich seine Mütze und schüttelte die ihm angebotene Hand. »Ben Jonson. Erfreut, Sie kennenzulernen, Miss Barnett.«

»Arbeiten Sie für meinen Vater?«

»Nicht direkt. Ich arbeite in der Sägemühle, aber jetzt zum Herbst wird die Arbeit weniger, und so nehme ich mir die Vormittage frei und helfe Jens beim Biegen der Rippen.«

»Ich hoffe, es stört Sie nicht, wenn ich zuschaue.«

»Ganz und gar nicht.«

Gideon unterbrach sie barsch. »Weiß deine Mutter, daß du hier bist?«

Ihre Stimme antwortete: »Nein, ich glaube, sie weiß es nicht.« Ihre Augen aber erwiderten: *Hast du es immer noch nicht bemerkt, Vater – ich bin achtzehn Jahre alt!*

»Das ist Männerarbeit, Lorna, geh zurück ins Haus.«

»Und was soll ich da tun? Blumen pressen? Bei allem Respekt, Vater, wie kannst du mich ins Haus zurückschicken, wenn hier ein Boot gebaut wird, das die Geschichte des Segelns neu schreiben wird, hier, in unserem Schuppen! Bitte laß mich bleiben!«

Tim unterbrach ihren empörten Redestrom. »Während du deine Entscheidung triffst, Gideon, laß dich doch bitte einmal fotografieren. Die Kamera ist bereit.« Er trat einen Schritt zurück und verschwand unter dem schwarzen Tuch. »Diese Aufnahme geht vielleicht eines Tages in die Annalen des Segelklubs ein: Bootsbauer, Bootsbesitzer und Tochter des Bootsbesitzers, die ihren Vater von dieser Idee überzeugt hat. Vergiß nicht, Gid, ich war dabei, als sie dich fragte!«

»In Ordnung, mach deine Höllenaufnahme, aber mach sie schnell. Ich muß zum Zug.«

Tim machte diese Höllenaufnahme und noch einige mehr. Gideon Barnett vergaß den Zug in die Stadt, denn nun ging es an das Biegen der Rippen, und er war von dem Geschehen ebenso in den Bann geschlagen wie seine Tochter.

Jens hatte die Dampfkammer aus einem Metallrohr mit weitem Durchmesser hergestellt. Ein Ende war mit einer Holzplatte bedeckt, über das andere hatte er einen alten Lumpen gespannt, durch den der im Kessel erzeugte Wasserdampf langsam ins Innere der Röhre ziehen konnte. Der heiße Kessel gab ein leises Zischen von sich, als Jens seine Arbeit erklärte.

»Eine Stunde in der Dampfkammer reicht aus, um das Holz biegsam zu machen. Wenn die weiße Eiche hier herauskommt, ist sie so weich wie eine gekochte Nudel, aber nur für eine kurze Zeit. Deshalb brauche ich Bens Hilfe, alles muß dann sehr schnell gehen. Die Form ist soweit schon fertig, wie Sie sehen können.«

Er wandte sich den Fichtenplanken zu. »Die Stringer haben die richtige Breite.« Nun zeigte er auf drei Längsbalken. »Auch der Schandeckel ist fertig. Nun fehlen nur noch die Rippen. Was meinst du, Ben« – die beiden jungen Männer tauschten Blicke aus – »bist du bereit?«

Sie zogen sich feste Handschuhe aus Segeltuch über, und Jens entfernte den Lumpen von dem einen Ende des Rohrs. Eine große Wolke aromatischen Dampfs entwich. Als er wieder etwas sehen konnte, griff er behende in das Rohr und zog ein Eichenbrett heraus. Es war tatsächlich weiß und biegsam wie eine gekochte Nudel. Ben griff nach dem anderen Ende, und gemeinsam trugen sie es flink zum Boot und bogen es unter den Planken hindurch.

»Puh, dieses hier ist besonders heiß!«

Auf jeder Seite des Bootes stand einer der beiden und paßte das feuchte Holz an die schon vorhandenen Planken an. Dann zogen sie die Handschuhe aus und nagelten die soeben geformte Rippe fest. Das Ganze dauerte nur wenige Minuten.

»Wenn wir mit den Rippen fertig sind, kann man die Form des Rumpfes schon ganz genau erkennen, Mr. Barnett. Er wird so ebenmäßig wie bei keinem zweiten Boot, das schwöre ich Ihnen. Und jetzt die nächste Rippe.« In Sekundenschnelle war Jens wieder bei der Dampfkammer, zog die nächste Rippe heraus, trug sie mit Ben zum Boot, bog sie in die gewünschte Form und nagelte sie fest. Und die nächste: Die beiden Männer bogen, nagelten, formten – alle sechs Inches, auf der vollen Länge des Rumpfs. Ihre Handschuhe waren inzwischen durchgeweicht, und sie mußten nun vorsichtiger zu Werke gehen. Manchmal jaulte einer der beiden kurz auf, öfter bliesen sie sich in die geröteten Hände. Auch ihre Arbeitskleidung war langsam durchnäßt, und mehr als einmal verbrannten sie sich.

Lorna beobachtete fasziniert, wie das Boot langsam, Rippe für Rippe, Form annahm. Sie beobachtete den Mann, den sie liebte, wie er sich mit den Zähnen die Handschuhe auszog, den Hammer schwang, mit der Säge hantierte, mehr und mehr schwitzte, je weiter das Werk voranschritt, und nach und nach ein weißes, feuchtes, nach frischem Holz duftendes Skelett schuf. Sie beobachtete, wieviel Freude er bei seiner Arbeit empfand, mit welchem Geschick und Sachverstand er zu Werke ging, welchen Gemeinschaftssinn und welche Kameradschaft er in der Zusammenarbeit mit Jonson offenbarte. Die beiden Männer arbeiteten Hand in Hand, ohne überflüssige Worte, bis sie die allerletzte Rippe angebracht hatten. Sie tauschten einen kurzen Blick, als sie zurücktraten und ihr gemeinsames Werk betrachteten, ein Blick der Zufriedenheit und

Übereinstimmung, eine gegenseitige Anerkennung der geleisteten Arbeit.

Dann schritt Jens langsam das weiße Skelett ab, ließ seine Hände prüfend über jede einzelne Rippe gleiten. Er umrundete das gesamte Boot und musterte jede Einzelheit. Lorna begriff nun langsam, weshalb er der Form des Bootes eine solche Bedeutung beimaß. Der norwegische Bootsbauer schien mit der Exaktheit der Form, die nun dreidimensionale Ausmaße angenommen hatte, zufrieden zu sein.

»Ja, das wird gut«, murmelte er, mehr zu sich selbst als zu irgendeinem der Anwesenden.

In weniger als zwei Stunden stand das komplette Gerüst des Bootes. Gideon Barnett war noch immer da und beobachtete die Vorgänge, Tim Iversen hatte unzählige Fotografien gemacht, und auch Lorna Barnett hatte das ganze Geschehen aufmerksam beobachtet und wartete nun auf ein Zeichen von Harken.

Als Jens das Boot von allen Seiten betrachtet und geprüft hatte, erklärte er Barnett: »Die Form ist absolut gleichmäßig. Davon gibt es nicht viele auf dem Wasser, nicht wahr?«

»Nicht viele«, stimmte Barnett zu, »die Frage ist nur, ob es schwimmt oder sinkt.«

Harken wandte sich ab, aber in seiner Frage lag die sichere Überlegenheit, die ihm sein Wissen verlieh. »Und was glauben Sie?«

Barnett biß sich auf die Zunge. Je länger er diesem Harken zuschaute, desto mehr kam er zu der gleichen Überzeugung wie der großspurige Bootsbauer: Dieses Boot würde schwimmen, nein, es würde fliegen und alle anderen Boote wie schwerfällige Albatrosse aussehen lassen.

In die Stille sagte Iversen, während er nachdenklich die Pfeife aus dem Mund nahm: »Wie soll es denn heißen, Gid?«

Gideon blickte in Iversens gesundes Auge. »Ich weiß nicht. Es muß jedenfalls ein Name sein, der die Geschwindigkeit ausdrückt – etwas wie *Robbe* oder vielleicht *Sturm*.«

»Wie wäre es denn mit einem lieblicheren Namen?« Tims Blick wanderte zu Lorna und dann zurück zu Gid. »Lorna hat an das Boot geglaubt, lange bevor du davon überzeugt warst. Ich fände es angebracht, wenn du dieses Boot nach deiner Tochter nennen würdest. Wie ist dein zweiter Name, Lorna?«

»Diane.«

»Gid, wie wäre es mit *Lorna D*? Der Name hat einen angenehmen Klang. Das harte *D* paßt gut zu dem weichen *A*.« Tim zog mehrmals an seiner Pfeife. Der Pfeifenrauch vermischte sich wohltuend mit dem Geruch des Holzes. »Die *Lorna D*. Was hältst du davon, Gid?«

Gideon dachte darüber nach, während er auf dem rechten Ende seines riesigen Schnurrbartes kaute. Er betrachtete Lorna, die es schon den ganzen Vormittag vermieden hatte, Jens auch nur einen Blick zu schenken.

»Was meinst du dazu, Lorna? Möchtest du, daß dieses Boot nach dir benannt wird?«

Sie dachte an Jens, wie er hier in seinem Schuppen Tag für Tag an der *Lorna D* arbeitete, Tag für Tag seine starken, geschickten Hände über das Boot gleiten ließ und es schnell, sicher und wendig machte.

»Meinst du das ernst?«

»*Göttliche Gerechtigkeit*, so würdest du sie wohl nennen. Besonders wenn sie gewinnt.«

»Das hast du gesagt.« Während Lorna mit ihrem Vater scherzte, konnte sie unmöglich verhindern, daß ihre Augen vor Aufregung glänzten.

»Natürlich würde es mir gefallen, Papa. Und das weißt du ganz genau!«

An der Tatsache, daß seine Tochter ihn Papa genannt hatte, erkannte Gideon, wieviel seiner Tochter daran lag. Seitdem sie erwachsen war, kam es nicht mehr oft vor, daß sie ihn so nannte. Nur wenn er sehr hoch in ihrer Gunst stand oder sie bei ihm etwas erreichen wollte, entschlüpfte ihr dieses Wort.

»Also gut. Nennen wir sie *Lorna D.*«

»Oh, Papa, danke.« Sie sprang durch den Schuppen und fiel ihrem Vater um den Hals, während Gideon durch den Schwung seiner Tochter leicht in Schwanken geriet und wie gewöhnlich nicht wußte, was er in einer solchen Situation mit seinen Händen tun sollte. Er liebte seine Töchter, gewiß, aber er zeigte es, indem er barsche, herrische Anweisungen gab, wie es sich für einen viktorianischen Vater geziemte, und die Rechnungen für die aufwendigen Abendgesellschaften und die kostspielige Garderobe bezahlte. Lornas Art der Liebesbezeugung brachte ihn in äußerste Verlegenheit. Sie vor den Augen der umstehenden Männer zu umarmen, war unter Gideons Barnetts Würde. »Verdammt, Mädchen, du reißt mir ja den Kragen vom Hemd.«

Als Lorna wieder auf ihren eigenen Füßen stand, räusperte sich Gideon, um seine Fassung wiederzuerlangen.

»Darf ich es meinen Freundinnen erzählen?« wollte Lorna wissen.

»Deinen Freundinnen... Teufel, das ist mir egal.«

»Dann ist es also offiziell?« Lorna legte gespannt den Kopf zur Seite.

Gideon machte eine abwehrende Geste. »Nun geh schon, in Gottes Namen, und erzähl es ihnen.«

»Darf ich sie auch hierher mitbringen, damit sie alles anschauen können?«

»Und hier alles durcheinanderbringen?« brauste Gideon auf.

»Nicht alle, nur Phoebe.«

»Zum Teufel, ihr jungen Frauen benehmt euch heutzutage wie Burschen. In Ordnung, bring sie mit.«

»Und darf ich ab und zu vorbeischauen, um zu sehen, welche Fortschritte die *Lorna D* macht? Du hast doch nichts dagegen, Papa, oder?«

»Du wirst Harken im Weg sein.«

»Oh, liebe Güte, heute waren wir zu dritt hier – mit einer Kamera – und wir waren nicht im Weg, nicht wahr, Harken?« Sie warf Harken einen herausfordernden Blick zu. Es war heute das erste Mal, daß sich ihre Augen trafen.

Sein Blick wanderte schnell zu ihrem Vater. »Ich... äh...« Er räusperte sich. »Nein, es stört mich nicht, Sir.«

»Nun gut, aber wenn sie Ihnen zur Last fällt, werfen Sie sie raus. Kaum zu glauben, ein junges Mädchen treibt sich im Bootsschuppen herum. Deine Mutter wird einen hysterischen Anfall bekommen.« Während er sich in Rage redete, griff Gideon in seine Westentasche und zog seine goldene Taschenuhr heraus.

»Verflucht, schon fast Mittag. Ich muß in der Stadt sein, bevor es Zeit ist, wieder nach Hause zu fahren! Harken, Sie melden sich bei mir, wenn es Zeit ist, die Segel in Chicago zu bestellen. Jonson, was schulde ich Ihnen für Ihre Arbeit?«

»Nichts, Sir. Es war mir ein Vergnügen, wieder einmal an einem Boot zu arbeiten.«

»Gut. Ich gehe jetzt. Und du auch, Lorna. Tu mir einen Gefallen und stimme deine Mutter versöhnlich, indem du dich den Rest des Tages einem damenhafteren Zeitvertreib widmest.«

»Ja, Papa«, antwortete sie artig.

»Ich verabschiede mich ebenfalls«, sagte Tim. »Danke, daß ich Unkundiger dabeisein und fotografieren durfte. Du siehst die Aufnahmen bald, Jens.«

Ohne ein persönliches Abschiedswort schloß sich Lorna den beiden anderen an.

Als die kleine Gruppe verschwunden war, kehrte wieder Ruhe in den Schuppen ein. Ben und Jens waren eine Weile damit beschäftigt aufzuräumen, das Sägemehl aufzukehren, die abgesägten Holzstücke zusammenzusammeln, hier und da noch einen zusätzlichen Nagel in die soeben angebrachten Rippen zu schlagen. Während er sich emsig zu schaffen machte, pfiff Jens leise ein altes norwegisches Volkslied vor sich hin. Er strich prüfend über die eichenen Rippen, rüttelte an ihnen, aber alle waren gut befestigt. Er räumte die noch herumliegenden Nägel zusammen und hängte den Hammer an die Werkzeugwand. Bens Augen folgten ihm nachdenklich.

Jens pfiff eine weitere Strophe des Liedes.

Ben lehnte sich mit gekreuzten Armen und Beinen an den Schiffsrumpf. »Also...«, begann er, »das ist das Mädchen, mit dem du dich am vergangenen Sonntag getroffen hast?«

Jens hielt inne. Sein Kopf fuhr in die Höhe. »Wie kommst du denn darauf?«

»Du hast sie die ganze Zeit nicht ein einziges Mal angeschaut.«

Jens wandte sich wieder seiner Arbeit zu. »So?«

»Ein so schönes Mädchen?«

»Findest du sie schön?«

»Schöner als der Sonnenaufgang an einem norwegischen Fjord. Viel schöner. Ich mußte mich zusammenreißen, um sie nicht ständig anzustarren.«

»So?«

»Und auch sie hat dich keines Blickes gewürdigt. Erst als sie ihren Vater herumgekriegt hatte, ihr zu erlauben, hier vorbeizuschauen, wann immer sie möchte. Und jetzt pfeifst du ein norwegisches Lied.«

»Weißt du, Jonson, ich glaube, du hast ein wenig zuviel Dampf abbekommen. Vielleicht hat dein Hirn einen kleinen Schaden erlitten, hm? Was, in aller Welt, hat das Lied mit Lorna Barnett zu tun?«

Jonson begann leise, das norwegische Lied zu singen – es war ein altes Liebeslied. Sein breites Grinsen verfolgte Jens durch den ganzen Schuppen.

Als er verstummte, hatte Jens seine emsige Geschäftigkeit aufgegeben. Er stand neben dem Ofen, in dem noch die Kohlen glühten, und starrte nachdenklich auf die Dampfkammer.

»Du hast recht.« Sein Blick schweifte zu Ben. »Wir empfinden etwas füreinander, Lorna und ich.«

»Oh, Jens«, sagte Ben mit warmer, verständnisvoller Stimme; sein neckender Unterton war verschwunden. »Das kann doch nicht gutgehen.«

»Wir konnten es auch nicht glauben, aber es kam, wie es kommen mußte.«

»Ich hatte schon so eine Ahnung, als sie dir neulich auf dem See zuwinkte. Wie sie es getan hat – man mußte den Eindruck gewinnen, daß sie am liebsten ins Wasser gesprungen und rübergeschwommen wäre.«

»Sie ist ein gutes Mädchen, Ben. Sie kam hier vorbei und hat sich für das Boot interessiert, dann für mich und meine Familie. Schon bald haben wir uns unterhalten wie alte Freunde. Und eines Tages hat sie mich gebeten, sie zu küssen.« Jens schaute einen Augenblick schweigend zu Boden, bevor er seinen Kopf schüttelte. »War wohl mein größter Fehler, sie zu küssen.«

Jens griff nach zwei Stücken Sandpapier und reichte Ben eines. Gemeinsam begannen sie die Rippen zu schmirgeln.

Ben bemerkte: »Wenn ihr alter Herr das erfährt, fliegst du hier hochkant raus, und das ist das Ende deiner Bootsbauerei.«

»Ja.«

»Daran hättest du gleich zu Beginn denken sollen, Jens. Die von unserem Schlag, Jens, die küssen Küchenmädchen.«

»Das habe ich versucht.« Er schnitt eine Grimasse und machte sich wieder ans Schmirgeln. »Ruby heißt sie.«

»Ruby? Welche ist das?«

»Eine Rothaarige mit Sommersprossen.«

»Und?«

Das Sandpapier knirschte. »Erinnerst du dich, wie es früher war, wenn du zu Hause einen kleinen Hund hattest? Du kamst abends von der Schule wieder, und das kleine Ding war so glücklich, dich zu sehen, daß es dir vor Freude über das ganze Gesicht leckte. Genauso fühlte es sich an, Ruby zu küssen. Ich habe mir die ganze Zeit nur ein Handtuch gewünscht.«

Die beiden Männer lachten. Nach einer Weile fragte Ben: »Wie weit ist es denn gekommen mit dir und dem Mädchen, dessen Vater dich aus dem Haus jagen würde, wenn er etwas davon ahnte?«

»Nicht ganz so weit, wie du vielleicht denkst. Aber es könnte so weit kommen, wenn wir uns weiter treffen. Letzte Nacht habe ich beschlossen, daß es aus ist. Es kann so nicht weitergehen. Wir gehören zwei unterschiedlichen Welten an, sie paßt nicht in meine und ich nicht in ihre. Himmel, Ben, du hättest sie sehen sollen, gestern abend ...«

Jens beschrieb seinem Freund die Szene, in die er am Vorabend auf dem Weg zum Abendessen so unvermittelt geplatzt war. Er vergaß keine Einzelheit zu schildern, auch nicht die Beziehung zwischen Lorna und Taylor DuVal. »... Und da stand sie, DuVals Hand auf ihrer Schulter, seine Uhr baumelte an ihrer Brust, genau an der Stelle, an der am Tag zuvor meine Hand lag. Jetzt sag selbst – was soll ich mit einer solchen Frau?« Als er die Worte aussprach, fühlte er Wut und Schmerz in sich aufsteigen.

»Wenn sie das nächste Mal hier auftaucht, sage ich ihr klipp und klar, daß sie verschwinden soll. Ich will das Boot fertigbauen und eine eigene Werft aufbauen – das ist mir mehr wert als Lorna Barnett.«

Er wünschte, es wäre wirklich so. Den ganzen Nachmittag lang, nachdem Ben gegangen war und Jens allein an seinem Boot weiterarbeitete, begleitet von dem eintönigen *sch-sch sch-sch* des Sandpapiers auf dem Holz, die Wärme in der Handfläche spürend, jede Unebenheit des Holzes unter seinen schwieligen Fingern wahrnehmend, wünschte er sich, das Boot würde ihm wirklich mehr bedeuten als Lorna. Aber mit jedem Gedanken an sie wuchs seine Sehnsucht. Jede Erinnerung weckte neue Wünsche. Um sieben Uhr schloß er das Schuppentor hinter sich, legte die Stange vor, hielt einen Augenblick unentschlossen inne und lauschte dem leisen Zirpen der Grillen. Die Abendluft war kühl, aus der Erde stieg leichter Dampf auf. Er zog seine wollene Jacke enger um seinen Körper, stellte den Kragen auf und warf einen Blick zum Himmel. Im Westen leuchtete er noch pfirsichfarben und verlief nach oben hin ins Violette. Über ihm hob sich das grüne Laub der Bäume bereits gegen das Schwarz des Himmels ab. Er schlug den ausgetretenen Weg in Richtung des Pappelhains ein. Im Gemüsegarten schwirrten schon die Fledermäuse umher, pfeilschnell schossen sie an seinem Kopf vorbei. Die Tomatenbüsche gaben ihren scharfen Geruch ab. Das frühe Gemüse war bereits abgeerntet, Smythe zog im Gewächshaus schon die Pflanzen heran, die die Familie im Winter in der Stadt versorgen würden. Jens griff nach einer in der Luft schwebenden Spinnwebe – ein untrügliches Zeichen für den herannahenden Herbst.

Er hatte Lornas Anwesenheit nicht bemerkt, bis sie ihn mit einem leisen »Psst« auf sich aufmerksam machte. Sie stand unter den Pappeln, so ruhig und aufrecht wie die Bäume selbst, halb verdeckt von dem dichten Laub im Schutz der tiefen Schatten. Um ihre Schultern trug sie einen wollenen Umhang, den sie mit beiden Händen an ihrem Hals zusammenhielt. »Ich habe auf dich gewartet.«

»Lorna...« Er verließ den Weg und trat zu ihr in den Schatten der Bäume. »Du mußt damit aufhören.«

Wie wunderschön sie aussah, die Abenddämmerung überzog ihr Gesicht mit einem bläulichen Schimmer, ihre Augen leuchteten wie polierte Achate und waren mit einem Ausdruck der unverhohlenen Anbetung auf ihn gerichtet. »Ich weiß, daß ich nicht auf dich hätte warten sollen, aber ich konnte nichts dagegen tun.«

Flüsternd flehte sie: »Jens Harken, was hast du nur mit mir gemacht?«

Sein Herz vollführte einen wilden Tanz, und all seine guten Vorsätze schwanden dahin. Gleichzeitig bewegten sie sich aufeinander zu, im Liebesrausch öffnete sie ihren Umhang und schlang ihn um ihre beiden Körper, bevor sie in ihrer Umarmung versanken. Seine Zunge öffnete flink und behutsam ihren Mund, drang rasch mit dem Geschmack nach Holz und Verlangen und Enttäuschung ein, die nach den beiden letzten Treffen in ihm herangewachsen war, nachdem sie füreinander nichts als vorgetäuschte Gleichgültigkeit zeigen durften. Sie küßte ihn wie nach einer langen Trennung, ihre Zunge forderte eine Erfüllung, von der sie bis vor kurzem noch nichts wußte. Er drückte ihren Körper fest an sich, er spreizte die Beine und suchte eine Stellung, in der er ihren Körper noch näher spüren konnte.

Seine Hände wanderten hinab, ertasteten ihr Hinterteil unter den Röcken, packten fest zu, zogen sie nach oben, bis ihre Fußspitzen den Kontakt zum Boden verloren hatten, ihre Brust und Bauch eng an seinen Oberkörper gepreßt waren.

Atemlos setzte er sie ab, in ihren Augen loderte das Verlangen. Sie redeten hastig wie im Rausch.

»Du warst heute böse auf mich«, sagte Lorna.

»Ja, das war ich.«

»Wegen gestern abend?«

»Ja, und darüber, daß du in den Schuppen gekommen bist, während dein Vater dort war, und über DuVal. Über alles.«

»Das mit gestern abend tut mir leid. Ich wollte nicht mit ihm zusammensein, aber ich konnte keine Ausrede finden. Meine Mutter hatte den Abend schon seit langem geplant, ich hatte keine andere Wahl.«

»Du gehörst ihm.«

»Nein. Ich liebe ihn nicht. Du bist der Mann, den ich liebe.«

Er hielt ihr Gesicht zwischen seinen Händen und schaute sie mit mutlosem Blick an. »Du gehörst ihm, und was mich am wütendsten macht, ist, daß ich weiß, daß es so ist und niemand etwas daran ändern kann. Ihr beide lebt in derselben Welt, siehst du das denn nicht? Sousa ist Gast im Haus deiner Eltern, denk an die Gespräche mit Mr. Gibson, die Abendgesellschaften in eurem Garten. In dieser Welt habe ich nichts zu suchen. Ich kann nur durch deine Erzählungen ein klein wenig daran teilnehmen, das ist alles.«

Als er verstummte, flüsterte sie mit verzweifelter Stimme: »Du hast mir noch nicht gesagt, daß du mich liebst.«

»Weil es zu sehr schmerzt.« Er gab ihrem Kopf einen Ruck. »Weil du jedes Mal, wenn ich es sage, glaubst, daß es gutgehen kann, und das ist nicht wahr. Du hattest Glück heute morgen, als du kamst und dein Vater schon da war.«

»Aber nun habe ich seine Erlaubnis, hörst du?«

»Nicht für das, was wir tun. Belüge dich nicht selbst, Lorna.«

»Oh, bitte, Jens, sei nicht mehr böse auf mich. Du bist es immer noch – das habe ich gemerkt, als du mich geküßt hast.«

»Du bist so verflucht unvernünftig«, schimpfte er und küßte sie abermals, ebenso wie zuvor, seinen ganzen Körper fest an ihren gedrängt, zwischen Anziehung und Flucht. Seine Hände berührten sie sanft, wo er sie gerne leidenschaftlich liebkost hätte. »Meine Hände sind schmutzig... Ich habe den ganzen Tag gearbeitet.«

»Nein... nein...« Sie ergriff seine Hand, schmiegte ihr Gesicht in die Handfläche und küßte sie. »Ich liebe deine Hände. Ich liebe sie, wenn du arbeitest. Und ich liebe sie, wenn du mich mit ihnen berührst. Sie riechen nach Holz.« Sie breitete seine Handfläche über ihr Gesicht aus, als seien sie eine Salbe, die sie heilen könnte.

Ihre offene und ehrliche Zuneigung ließ sein Herz überlaufen.

Er beugte sich hinab, nahm sie auf beide Arme und trug sie den Weg zum Schuppen hinab, durch das Wäldchen, das nun im Dunkel der Nacht lag. Sie schlang ihre Arme um seinen Hals und preßte ihren Mund an seinen Kieferknochen, wo sie die einen Tag alten Bartstoppeln an ihren Lippen spürte.

»Wird man dich vermissen?« fragte er. Ihre Hüfte war eng an seinen Körper gepreßt.

»Mutter und Vater sind bei den Armfields eingeladen.«

Vor dem Schuppen angekommen, setzte er sie ab und entfernte den Balken vom Tor. Er öffnete es einen kleinen Spaltbreit. »Geh hinein und lege etwas Holz auf die Kohlen. Ich bin gleich wieder da.«

»Wohin gehst du?«

»Tu, was ich dir sage, aber mache kein Licht.«

Er rannte in den dunklen Wald, die Ellbogen vor dem Körper, um überhängende Zweige aus dem Weg zu schieben, in die Richtung, die vom Haus wegführte auf das nördliche Seeufer zu.

Am Ufer angekommen, riß er sich in Windeseile die Kleider vom Leib und sprang kopfüber ins Wasser. Keuchend tauchte er wieder auf. In der kühlen Nachtluft schrubbte er mit den Händen seinen ganzen Körper ab, so gut es eben ging ohne Seife, verließ das Wasser und schüttelte sich auf dem Sand wie ein nasser Hund, bevor er wieder in seine Arbeitshose schlüpfte und die Hosenträger über die nackten Schultern zog. Die übrigen Kleidungsstücke und seine Schuhe rollte er in das Hemd und machte sich wieder auf den Weg durch den Wald zu dem Schuppen und der Frau, die auf ihn wartete.

Im Schuppen herrschte tiefe Dunkelheit, nur zwei Punkte konnte man ausmachen – den glühenden Ofen und Lornas Gesicht, die mit angezogenen Beinen und dem Rücken zum Tor vor dem Ofen kauerte. Das Tor quietschte.

»Jens?« wisperte sie verschreckt, ihr Kopf fuhr herum.

Er schloß das Tor und antwortete: »Ja, ich bin es.«

Die Anspannung fiel von ihr ab, sie atmete auf, als sie seine Gestalt aus dem Dunkel auftauchen sah. Er trug nur seine Hose und die schwarzen Hosenträger. Langsam erhob sie sich, ihr Blick hing wie gebannt auf seinem nackten Oberkörper; die blonden Haare, die seine Brust bedeckten, schimmerten im Schein der Glut.

»Ich habe noch rasch ein Bad genommen«, sagte er, während er sichtbar am ganzen Körper zitterte. Mit seiner zusammengerollten Kleidung rieb er seinen Oberkörper warm, dann legte er sie beiseite.

»Oh«, murmelte sie und versuchte, ihren Blick abzuwenden. Sein plötzliches Erscheinen in diesem unerwarteten Zustand brachte sie in äußerste Verlegenheit.

Er fuhr sich mit beiden Händen durch sein nasses Haar, trocknete seine Handflächen an der Hose ab und trat auf sie zu, über und über mit Gänsehaut bedeckt. Ihr scheuer Blick blieb abermals auf seiner entblößten Brust mit den hellen Brustwarzen hängen. »Du mußt sehr frieren.« Sie trat einen Schritt beiseite, als wollte sie ihm den Weg zu dem glühenden Ofen frei machen.

Mit festem Griff hielt er ihren Arm fest.

»Lorna... bitte bleib hier.« Seine Finger hinterließen feuchte Abdrücke auf dem Ärmel ihrer Bluse. Mit der langsamen Bewegung einer Liebenden, die weiß, daß nun ihre beiden Leben zusammenfließen werden, wendete sie sich ihm zu. Behutsam nahm er den wollenen Umhang von ihren Schultern und ließ ihn achtlos ins Dunkel zu ihren Füßen fallen. Ihre Blicke vereinten sich, und sie schloß ihre Augen, als er sie sanft in seine Umarmung zog und mit kalten, feuchten Lippen und warmer, feuchter Zunge küßte. Ihre Arme schlangen sich um seine Schultern, die Ärmel ihrer Bluse eng an seinen feuchten Rücken gepreßt, ihre Brust an seine. Ihre Hände glitten über seine Gänsehaut. Ein kalter Tropfen fiel von seinem Haar in ihr Gesicht. Und noch einer... und noch einer... und alle drei rannen in einem kleinen Bach über ihre Wange. Der Kuß wurde intensiver, wurde zu einem anmutigen Tanz ihrer Köpfe und Hände. Sie faßte nach ihren Ärmelenden, zog die Ärmel in die Länge und begann, seinen Rücken trockenzureiben. Ein Körper zitterte... oder waren es beide? War es die Kälte oder die rasche Entladung der Spannung? Die beiden wußten es nicht.

Seine Finger stießen auf die Knöpfe am Rückenteil ihrer Bluse und öffneten sie langsam – zuerst bis zu den Schulterblättern, bevor er die Träger ihres Hemdchens von der Bluse löste und sie ihr über den Kopf zog. Haarnadeln fielen leise klimpernd auf den Holzboden, als ihr Kopf mit aufgelöster Frisur wieder erschien und sie ihn mit erwartungsvoll geöffneten Augen ansah. Ihr Hemdchen war aus hauchzartem, weißem Batist und mit einem blauen Seidenband um die Schultern gerafft. Mit beiden Händen griff er nach ihren Brüsten unter dem feinen Stoff. Während seine Daumen ihre Brustwarzen umkreisten und in ihr Verlangen entfachten, blickte er ihr offen in die Augen.

»Fürchtest du dich, wenn ich dich so berühre?« fragte er leise.

»Beim ersten Mal ja.«

»Und jetzt?«

»Jetzt... oh, jetzt...« Sie entspannte sich unter seinen Liebkosungen und ließ sich einfach davontreiben. Er umschloß ihre Brust, beugte sich hinab, küßte sie durch den feinen Stoff und biß sie sanft mit seinen Lippen. Er bedachte auch die andere Brust mit denselben zarten Liebkosungen, hielt beide fest mit seinen Händen umschlossen und lächelte in ihr glückliches Gesicht.

»Ein Mann kann eine Frau auch noch anders berühren. Davon weißt du noch nichts, oder?«

»Nein...«, wisperte sie.

»Hier...« Seine Hand glitt an den Röcken hinab und rieb behutsam ihren Schamhügel. »So« – er tastete langsam weiter, bis seine Fingerspitzen sich eng an den verborgenen Ort anschmiegten – »und so... Das ist ein Teil der Liebe. Weißt du auch, warum?«

Sie schüttelte den Kopf, gebannt von seiner Stimme und seinen Berührungen.

»Um Babys zu machen.«

»B... Babys?« Sie zuckte zurück, die Augen ungläubig auf ihn gerichtet.

»Manchmal. Manchmal auch nur zum Vergnügen.«

»Babys? Ohne verheiratet zu sein?«

»Ich ahnte, daß du nichts davon wußtest, aber ich wollte dir nicht verschweigen, daß so etwas passieren kann.«

Mit einem Schlag verstand sie die Warnung ihrer Mutter. Brüsk stieß sie ihn von sich. Sie fühlte sich getäuscht, belogen. All die überschäumenden Gefühle, die sie für Jens empfand, waren also nur ein schäbiger Streich, den die Natur ihnen spielte.

»Ich darf kein Baby bekommen. Mutter und Vater würden... würden... Oh, Himmel, ich weiß nicht, was sie tun würden.« Blankes Entsetzen stand in ihrem Gesicht.

»Ich habe dir angst gemacht, das wollte ich nicht.« Er umarmte sie behutsam und zog sie abermals an sich. »Du wirst kein Baby bekommen, Lorna. So einfach passiert das nicht. Man muß mehr tun, als sich nur zu berühren, und selbst dann passiert es nicht immer. Und es wird nicht passieren, wenn wir rechtzeitig aufhören.«

»Oh, Jens...« Sie ließ sich in seine Arme fallen. »Ich bin so erleichtert. Du hast mir angst gemacht. Ich dachte schon, ich müßte sofort zurück ins Haus gehen, und das ist das letzte, was ich jetzt möchte.« Ihre Umarmung wurde enger, ihr Drängen stärker. »Ich möchte hier bei dir bleiben, bis die Sonne aufgeht, und morgen den ganzen Tag, und übermorgen und alle anderen Tage. Es gibt keinen Platz, an dem ich lieber wäre, als in deinen Armen. Wenn das keine Liebe ist, weiß ich nicht, was es sonst sein soll. Oh, Jens Harken, ich liebe dich so sehr, daß sich mein ganzes Leben verändert hat.«

Ihre plötzliche Liebesbezeugung endete abermals in einem Kuß – ein verzweifeltes Suchen, das seinen geöffneten Mund über ihr Gesicht jagte und ihren über seines, um die so abrupt unterbrochene Leidenschaft wiederzufinden, zu erneuern und zu übertreffen. Mund an Mund, Brust an Brust, Körper an Körper kamen sie dem letzten Schritt und Höhepunkt der Liebe unausweichlich immer näher. Mit beiden Händen hob er ihren Rock, bahnte sich seinen Weg hoch zu ihren Hüften und zog sie mit einem festen Griff an seinen

Unterleib. Seine Hände zeigten ihr den Rhythmus der Bewegung, wie Wellen, die auf den Sand rollten, und wo ihre Körper sich trafen, sprühte das Verlangen. Sein Kuß wurde fordernder, eine atemlose Verschmelzung zweier Münder, dann faßte er mit seinen Zähnen ihre Unterlippe, hielt sie fest, biß sie leicht, als wollte er sagen *Hab keine Angst*, während seine Hand über ihr Hemdchen glitt. Er knetete ihre Haut zwischen seinen Fingern wie eine Handvoll weicher Erde. Der sanfte, rhythmische Takt ihrer Körper löste in ihr eine Welle von Wärme und Farben aus, hinter ihren geschlossenen Augen erschienen alle Farben des Regenbogens und strömten von dort aus durch ihren ganzen Körper.

»Oh, Jens…«, wisperte sie, als seine Hand tiefer wanderte.

Ihr Kopf hing mit leicht geöffnetem Mund und geschlossenen Augen nach hinten.

»Leg dich hin«, flüsterte er heiser und stützte sie, während beide auf die duftenden Holzplanken sanken, auf denen das Boot entstand, das eines Tages ihren Namen tragen sollte. Nun würde er ihren Körper kennenlernen, wie er die *Lorna D* bereits kannte. Seine Hände glitten über ihre Haut wie am Morgen über das weiße Eichenholz. In ihrem Inneren pulsierte die Wärme. Seine Hände folgten dem Lockruf der unzähligen verborgenen Pfade ihres Körpers, bis sich ihre Hüften von dem hölzernen Boden hoben und nach mehr verlangten.

Er schlug ihre Röcke zurück, stützte sich auf einen Ellbogen und beobachtete ihre von Verlangen gezeichneten Gesichtszüge, wie sich ihr Kopf nach hinten bog und ihr Hals aufbäumte, während die letzte Glut des Feuers das Profil ihres Gesichts in einen warmen Schein tauchte. Sie hielt ihre Augen geschlossen, die Arme lagen weit von ihrem Körper entfernt auf dem hellen Holz, ihre Schultern berührten kaum den Boden.

»Lorna, Lorna… du wunderschönes Wesen…«, murmelte er. »Genauso habe ich mir dich vorgestellt.«

Ihre Lider flackerten in die Höhe, als er seine Hände von ihr nahm. Er öffnete einige Knöpfe ihres Mieders und streifte es über ihre Schultern. Vor ihm lagen ihre entblößten Brüste. Er küßte sie, liebkoste sie, erforschte sie mit seiner Zunge und seinen Lippen. Währenddessen glitt seine Hand erneut in ihren Schoß. Lornas Lider senkten sich wieder, mit einem kehligen Stöhnen rollte sie sich ihm entgegen auf die Seite und umschlang ihn mit Armen und Beinen.

Und wieder verspürte Jens den Drang, ihren Blick zu suchen, in seinen Augen spiegelte sich der letzte Schein der Glut, die langsam neben ihnen verlöschte. »Ich liebe dich so sehr«, flüsterte er.

»Ich liebe dich ebenso. Und ich werde dich immer, immer lieben, egal, was passiert.« Sanft senkte er seine geöffneten Lippen auf ihre und flüsterte: »Du kannst mich auch streicheln.« Ihr Schweigen verriet ihm, daß sie nicht wußte, wo und wie. »Wo auch immer du möchtest.«

Sie berührte zögernd seinen nackten Oberkörper, er verließ ihren Mund, um sie dabei zu beobachten. Zaghaft suchte sich ihre Hand den Weg: durch den goldenen Flaum auf seiner Brust, über die kräftigen Rippen, zurück zu dem seidigen Haar, scheu die Berührung mit seinen Brustwarzen vermeidend.

»Du bist ganz golden. Wie ein Wikinger. Manchmal denke ich so an dich – als mein goldhaariger, norwegischer Wikinger, der auf seinem stolzen Schiff dahergesegelt kommt und mich mitnimmt.« Sie nahm seinen Kopf in beide Hände und zog ihn zu einem Kuß zu ihrem Gesicht hinab. Dann setzte ihre Hand die Wanderung fort, glitt über seine nackte Brust, unter dem Hosenträger hindurch zu seinen kräftigen Schultern.

»Streif ihn ab«, flüsterte er in ihren Mund. »Ist schon in Ordnung... streif ihn ab.«

Sie streifte den Hosenträger von der Schulter. Er fiel weich auf seinen Arm.

»Und jetzt den anderen«, murmelte er, während er sein Gewicht verlagerte und ihr freien Weg gab.

Auch der zweite Träger fiel, und ihre Hände konnten sich nun ungehindert über seine Haut bewegen – Schultern, Hals, Rippen, Brust, bis seine Sinne zum Zerreißen gespannt waren und sich alles in ihm danach sehnte, in sie einzudringen. Er faßte nach ihrer Hand und führte sie drängend nach unten. »Hab keine Angst... fürchte dich nicht... hier... so...«, und sie spürte seine Wärme und Härte zum ersten Mal durch den rauhen Wollstoff. Er legte seine Hand auf ihre und preßte sie fest an seinen Unterleib. Immer wieder murmelte er den Namen, den er so sehr liebte – »Lorna... Lorna...« – und bewegte in schnellem Takt ihre beiden Hände, bis ihre den richtigen Rhythmus gefunden hatten. Dann öffnete er die vier Knöpfe seiner Hose und zeigte ihrer Hand den Weg zu dem warmen, dunklen Geheimnis. In dem Augenblick dieser innigen Begegnung lagen beide auf der Seite, ein Ohr jeweils auf dem ausgestreckten Arm, mit ineinander versunkenen Blicken.

Seine Augen schlossen sich mit der Berührung, und seine Brust hob und senkte sich so heftig, als hätte er schwer gearbeitet.

»Oh«, sagte sie, verwundert über die Form und Wärme ihrer soeben gemachten Entdeckung. »Oh... ich habe also nicht geträumt...«

Er zeigte ihr alles, was sie wissen mußte, legte ihre Hand fest um seine warme Härte und führte seine eigene Hand wieder zu ihrem wartenden Körper. So innig verbunden, gaben sie dem lockenden Ruf ihrer Körper und ihrer jungen Liebe nach. Manchmal küßten sie sich, andere Male murmelten sie Unverständliches, das ihrer Leidenschaft, ihrer Begierde und ihren gegenseitigen Versprechungen entsprang, während das überwältigende Verlangen unaufhörlich wuchs und Erfüllung forderte. Am Wendepunkt angekommen, schob er ihre Hand beiseite und rollte sich über sie. Über ihr kniend zog er ihren Körper fest an sich, während seine Hände sie von hinten stützten, bis sich ihr ganzer Körper wölbte wie ein Segel im Wind und Kopf und Schultern kaum noch den Boden berührten. Durch die Stoffschichten hindurch dürsteten ihre Körper so sehr nach Liebe, daß sie selbst das dünnste, feinste, zerbrechlichste Hindernis zwischen ihnen nicht mehr ertrugen.

Er kniete auf allen vieren über ihr und befahl ihr mit rauher, nach Atem ringender Stimme: »Lorna, öffne die Augen.« Sie tat, was er sagte, und schaute ihn aus dem Gewirr ihres dunklen Haares, das ihren Kopf auf dem hellen Untergrund umrahmte, fragend an. »Verstehst du nun? Ich... in dir... so passiert es. Aber wenn wir es wirklich tun, könntest du ein Baby bekommen. Und das möchte ich nicht.«

Mit ihrer Handfläche streichelte sie sein Gesicht.

»Ich liebe dich... Oh, Jens, ich liebe dich so sehr... Ich habe nicht geahnt, daß es so stark sein würde.«

»Wir können entweder aufhören oder hoffen, daß es bei diesem einen Mal nicht passiert.«

»Aufhören? Oh... ich... bitte... bitte, Jens, nein... wird es denn wirklich passieren?«

»Ich weiß es nicht. Vielleicht nicht. Ich... o Gott, Lorna, wie ich dich liebe... Ich möchte dir nicht weh tun oder dich in Schwierigkeiten bringen.«

»Du würdest mir nur weh tun, wenn du mich nicht mehr lieben würdest. Bitte, Jens, zeige mir auch noch den Rest.«

Er ging auf die Ellbogen nieder, sein Gesicht dicht über ihrem. Er küßte ihren Mund voller Liebe, Entschuldigung und Verlangen und sagte dann: »Warte...« und griff neben sich nach seinen zusammengerollten Kleidern. Ein Ruck und die Schuhe fielen polternd aus dem Päckchen. »Geh beiseite«, befahl er, »ich lege das hier unter dich.« Unter ihrem Becken breitete er sein Hemd auf dem nackten Holzboden aus. »Es wird etwas bluten, aber hab keine Angst. Das passiert nur beim ersten Mal.«

»Bluten? Aber, Jens... dein Hemd... Jens, es wird ganz –«

Mit einem Kuß vertrieb er ihre Besorgnis. »Leg dich ganz ruhig hin...«, flüsterte er behutsam und drang in sie ein, während ihre beiden Herzen in wilder Erwartung schlugen.

»Jens«, flüsterte sie an seine Schultern geklammert.

»Sei ganz ruhig.«

»Jens... oh...«

»Es kann etwas weh tun... Es tut mir leid...« Und abermals flüsternd: »Es tut mir leid...«

Mit einem behutsamen Ruck verband er sie, ihre Körper und ihre Seelen.

Sie hielt den Atem an, verspürte einen kurzen Stich und stieß einen leisen Schmerzenslaut aus. Er hielt sofort inne, blickte in ihr Gesicht und verwünschte den Schmerz, bis sie sich langsam wieder entspannte und die Augen öffnete, während sein ganzes Gewicht auf seinen Ellbogen ruhte.

»Alles in Ordnung?« fragte er.

Sie atmete erleichtert auf und nickte.

»Ich wünschte, ich könnte dir jetzt ein weiches Federbett bieten«, sagte er, als er langsam begann, sich zu bewegen, »und ein weiches Kissen und frisch gepflückte Blumen, vielleicht blauen Rittersporn, so wie der, den du mir neulich gebracht hast, und eine Rose oder zwei, wegen des Dufts. Ich würde sie dir ins Haar stecken und dabei dein Gesicht anschauen. Ah, Lorna... mein süßer Schatz, Lorna... wir sind uns nun so nahe, wie es zwei Menschen nur sein können, und unser Leben wird sich in diesem Augenblick ändern.«

Sie versuchte, ihre Augen offenzuhalten, aber die Lust, die sie nun überkam, war zu gewaltig. »Ich glaube« – sie rang zwischen ihren Worten nach Atem – »ich bin die stolzeste... Frau... der Welt... wenn ich ein Baby... von dir bekäme... Oh, Jens...« Sie stöhnte, ihr Körper bäumte sich unter seinem auf, ihr Kopf fiel steil nach hinten ab. »Oh, Jens... oh... ohahhh...«

Im Moment ihres Schreis entzog er sich ihr, ergoß sich auf sein Hemd und hoffte inständig, daß sie seinetwegen nie in Schwierigkeiten käme. Dann ließ er sich erschöpft auf ihre wogende Brust sinken. Ihr Atem schlug an sein Ohr, und ihre Herzen pochten im Gegentakt. Er ruhte schwer auf ihr, während ihre Finger an seinem Hinterkopf spielten.

Die Glut im Ofen neben ihnen war verloschen.

Über ihnen schimmerte das Skelett der *Lorna D.*

Die Stille der Spätsommernacht um sie herum hütete ihr Geheimnis. Sie dachten an ihre Zukunft – der sichere Abschied lag vor ihnen – und an alles, was nun kommen würde, an die Kräfte, die versuchen würden, sie voneinander fernzuhalten.

»Ich würde es wieder tun«, sagte sie. »Ich würde diese sündhafte, wundervolle, unglaubliche Sache wieder mit dir tun, wohl wissend, was dabei passieren kann. Bin ich nun schlecht?«

Er verlagerte die Last seines Körpers auf seine Ellbogen und schaute hinab in ihre wundervollen braunen Augen. »Du bist nun meins, so wie es keine Hochzeit und keine Versprechen vermögen. Wie soll ich jemals von dir Abschied nehmen, wenn du wieder zurück in die Stadt mußt?«

»Scht…« Sie legte ihren Zeigefinger auf seinen Mund. »Laß uns nicht darüber sprechen. Zuerst muß der Frost kommen und die Wasserleitungen einfrieren. Bis dahin bleiben uns mindestens noch fünf Wochen. Vielleicht sechs, wenn wir Glück haben.«

»Mitte Oktober. Geht ihr dann gewöhnlich zurück in die Stadt?«

Schweigend nickte sie. »Aber ich möchte nicht darüber sprechen.« Sie zog ihn schon bei dem Gedanken daran in stiller Verzweiflung an sich. »Bitte, Jens, laß uns nicht darüber sprechen.«

»Einverstanden. Reden wir nicht darüber.« Er hielt sie eine Weile umarmt und ahnte, daß sich ihre Augen mit Tränen gefüllt hatten. Im Dunkel, das im Schuppen herrschte, konnte er es nicht erkennen.

»Bleib, wo du bist«, sagte er und entschlüpfte in die Dunkelheit, fand einige Holzscheite und warf sie in den Ofen. Während er wartete, daß sie Feuer fingen, zog er seine Hose hoch, schloß die Knöpfe und ließ die Hosenträger an der Seite hinabbaumeln. Als das Holz glühte, ging er zurück zu Lorna und zog sie mit einer Hand hoch zum Sitzen. Im orangefarbenen Schein der Glut setzte er sich neben sie und strich ihr über das Gesicht.

»Ich bin sicher, daß du es nicht weißt...« Worte wie diese waren so schwer auszusprechen, trotz der innigen Momente, die sie gerade geteilt hatten. Es ging um die weniger romantischen Dinge im Leben.

»Oder?«

Er tat einen tiefen Atemzug und sagte, was gesagt werden mußte. »Wenn deine Regel ausbleibt, mußt du es mir sofort sagen. Versprochen?«

»Meine Regel?« Auch ihr waren diese Worte peinlich. Sie zog ihr Hemdchen enger an sich, um ihre Blöße zu bedecken.

Er erklärte ihr geduldig den Zusammenhang. »Wenn sie ausbleibt, kann das bedeuten, daß du ein Baby bekommst. Wenn das so ist, mußt du sofort zu mir kommen und es mir sagen. Dann können wir gemeinsam überlegen, was wir tun. Versprich es mir.«

»Ich verspreche es«, murmelte sie mit gesenktem Kopf.

Sie schwiegen eine Weile, stellten sich vor, wie es sein würde, und hofften, daß es nie dazu käme. Lorna knöpfte langsam ihr Mieder zu. Als sie beim obersten Knopf angekommen war, schob er sachte ihre Hand beiseite und band die blaue Schleife. Seine Finger wirkten auf der feinen, weichen Seide grob und plump.

Als er fertig war, blickten sie einander an, beide waren mit der nun langsam aufsteigenden Traurigkeit beschäftigt.

Jens ergriff Lornas Hände.

»Ich liebe dich«, sagte er. »Ich möchte dich heiraten, aber das wird noch etwas dauern. Wenn ich jetzt bei deinem Vater um deine Hand anhielte, würde er mich rauswerfen. Aber wenn sich die

Dinge nach meinem Plan entwickeln, werde ich im nächsten Jahr meine eigene Bootswerft haben. Dann kann ich für dich sorgen. Könntest du mit dem Einkommen eines Bootsbauers glücklich sein, Lorna?«

Sie blickte ihn mit tiefem Erstaunen an. »Ja«, antwortete sie entschlossen, als sei sie soeben aus einer Erstarrung erwacht.

»O ja!« rief sie aus und warf sich an seinen Hals. »Oh, Jens, ich hatte solche Angst, daß du nicht fragen würdest. Ich dachte, daß du vielleicht... nach dem, was wir getan haben... Ach, ich weiß nicht, was ich gedacht habe.«

Er umfaßte ihre Oberarme und schob sie von sich, so daß er ihr Gesicht sehen konnte.

»Hast du vielleicht geglaubt, ich würde so etwas mit dir tun und mich danach verhalten, als sei nichts passiert?«

»Ich weiß nicht. Es schoß mir danach durch den Sinn, als wir so ruhig nebeneinanderlagen – so würde ich mit keinem anderen Mann daliegen wollen. Und ich könnte es auch gar nicht, nach dem, was zwischen uns geschehen ist. Aber wenn du mich nicht hättest heiraten wollen, was dann?«

»Ich frage dich noch einmal. Lorna Barnett, willst du mich heiraten, sobald mein Boot das Rennen gewonnen hat, ich meine eigene Werft besitze und uns meine Kunden aus dem ganzen Land ein angenehmes Leben ermöglichen?«

Sie strahlte ihn an. »Ja. Und nichts in der Welt wird mich davon abhalten. Weder mein Vater noch meine Mutter, noch Taylor DuVal oder irgendwelche gesellschaftlichen Verpflichtungen. Nur du zählst für mich. Besonders nach heute abend.«

»Oh, Lorna...« Er zog sie an sich und umarmte sie fest. »Ich werde so verdammt hart für dich arbeiten, und auch wenn ich vielleicht nie so reich sein werde wie dein Vater, so kann ich dir doch ein sorgenfreies Leben bieten, du wirst sehen.«

»Da bin ich sicher, Jens.«

»Und wir werden viele Babys bekommen, denen wir das Segeln beibringen und die wir zu Picknicks mitnehmen. Und wenn sie alt genug sind, werde ich ihnen zeigen, wie man Boote baut.«

»Ja«, seufzte sie, »ja.«

Sie hielten einander bei den Händen und lächelten sich selig an.

»Jetzt ziehst du dich besser wieder an und gehst zurück ins Haus, bevor deine Eltern wiederkommen.«

»Wann sehen wir uns wieder?«

»Ich weiß es nicht.«

»Morgen. Ich zeige Phoebe das Boot.«

»Das Skelett, es ist noch kein fertiges Boot.«

»Ja, das Skelett. Ich komme mit Phoebe, einverstanden?«

»Einverstanden. Aber ich kann nicht versprechen, daß ich die Wahrheit verbergen kann. Ich umarme dich auf der Stelle und küsse dich – egal ob Phoebe dabei ist oder nicht.«

Sie gab ihm einen liebevollen Klaps auf die Brust. »Das wirst du nicht tun. Du wirst sehr höflich sein, so wie heute.«

»Das wird mir aber sehr schwerfallen.«

»Gut so«, neckte sie ihn und berührte seine Lippe mit ihrem Zeigefinger.

Nach einer Weile glitt ihre Hand auf seine Brust, dann ergriff sie seine. Die Zeit verging wie im Flug. Sie wußten, daß sie sich trennen mußten, wollten nur noch eine Minute gemeinsam verbringen, sich bei den Händen halten wie unschuldige Kinder, sich gegenseitig bewundern, sich aneinander satt sehen für die bevorstehende Zeit der Trennung.

»Du mußt gehen«, sagte er sanft.

»Ich weiß.«

»Laß mich dir beim Anziehen helfen.«

Er zog sie auf die Füße und knöpfte ihre Bluse auf dem Rücken zu, während sie ihr offenes Haar beiseite hielt. Als alle Knöpfe und Haken verschlossen waren, faßte er sie um die Taille.

»Lorna, das mit DuVal...«

Sie ließ ihr schweres Haar fallen und drehte sich zu ihm. »Ich spreche sofort mit meiner Mutter über ihn. Mit Papa wird es etwas schwieriger sein, also beginne ich mit Mutter und versuche ihr zu erklären, daß wir nicht zueinander passen. Je eher sie begreifen, daß ich ihn nicht heiraten werde, desto besser.«

Jens sah erleichtert aus.

»Und ich verspreche«, fügte sie ernst hinzu, »daß ich nie wieder seine Uhr tragen werde. Dieses Versprechen gilt ab sofort. Ich schwöre es bei meiner Liebe zu dir.«

Er drückte fest ihre Hände, seine Augen verrieten ihr, wie dankbar er ihr für das Versprechen war.

»Steck nun noch dein Haar hoch.«

»Oh, du liebe Güte, ich habe meinen Kamm vergessen. Hast du einen dabei?«

Er schüttelte den Kopf – »Nein, tut mir leid.« – und versuchte, ihre Frisur mit seinen Fingern in Ordnung zu bringen.

»Ach, das nützt nichts. Dazu braucht man mehr als nur Finger.«

Sie fuhr mit allen zehn Fingern durch ihr Haar, während er die Haarnadeln vom Boden aufsammelte.

»Helfen dir diese vielleicht weiter?«

Sie gab sich alle Mühe, das dunkle, dicke Haar mit den Händen zu bändigen und zu einem lockeren Nest zusammenzudrehen. Er beobachtete sie dabei. Jede Bewegung, jede Geste nahm er in den Vorrat seiner Erinnerung auf, so daß er sich später daran erinnern könnte, in den einsamen Nachtstunden, wenn er ein Stockwerk über ihr in seinem Bett lag und an sie dachte.

»Ich habe dir noch nicht gesagt, daß ich dein Haar liebe.«

Mit flinken Fingern steckte sie die letzte Haarnadel ein.

Langsam ließ sie ihre Hände sinken. Sie war so durch und durch mit reiner Liebe erfüllt, daß es ihr vorkam, als hätte ihr Herz ihren Körper verlassen und wäre in seinen geschlüpft.

»So würde ich dich gerne jeden Tag beobachten«, fuhr er fort, »wie du ein kleines Nest baust mit deinem Haar. Ich stelle mir vor, wie du es tust – wenn ich nachts alleine in meinem Zimmer liege. Jedesmal wenn ich mir dich vorstelle, trägst du das blau-weiß gestreifte Kleid mit den großen Puffärmeln, die dir fast bis zu den Ohren reichen, und deine Taille, so schlank wie eine Tanne. Und dann lege ich meine Arme um sie, und du schlingst deine um meinen Hals, und dann sagst du meinen Namen. Jens ... einfach Jens, so wie du es immer sagst. Das ist der einfache Traum, den ich von dir habe.«

Sie lächelte, und in der Dunkelheit glühten ihre Wangen vor Freude.

»Oh, Jens, du bist ein wundervoller Mann.«

Er lachte leise. Wohl möglich, daß er für einen Mann zu romantisch war, aber es war die Wahrheit, die er ihr schon den ganzen Sommer lang sagen wollte.

»Wenn ich deine Frau bin«, sagte Lorna, »kannst du mich jeden Morgen beobachten.«

Ihre Frisur war in Ordnung, ihr Kleid zugeknöpft, und es war schon spät.

»Ich muß nun gehen«, sagte sie.

Er legte ihr das wollene Tuch um die Schultern. Gemeinsam gingen sie zum Tor. Er stieß es auf, und es quietschte zum Abschied. Vor dem Schuppen umarmten sie sich ein letztes Mal, leise, voller Hoffnungen. Er wandte sich zur Seite, küßte beide Seiten ihres Halses und ihre Stirn. Dann trat er zurück und ließ sie gehen.

Zehntes Kapitel

Phoebe war sowohl von der *Lorna D* als auch von ihrem Erbauer gehörig beeindruckt. Als die beiden Mädchen wieder allein waren, rief sie aus: »Er ist es also!«

Lorna legte den Finger auf die Lippen. »Scht!«

»Aber er ist es doch, von dem du mir erzählt hast. Der, mit dem du gepicknickt hast, der, den du so süß findest, oder?«

»Phoebe, sei still! Wenn dich jemand hört, werde ich Schwierigkeiten bekommen!«

»Ach, wer soll mich denn schon hören, hier im Garten. Komm, laß uns zur Laube gehen, dort können wir uns ungestört unterhalten. Dort sehen wir auch rechtzeitig, wenn sich jemand nähert.«

Sie schlenderten zu der Laube, die auf einer leichten Anhöhe errichtet war, setzten sich auf die Holzbank und lehnten sich mit den Rücken an das Spalier. Sie genossen die milde Nachmittagssonne, die immer mehr an Kraft verlor, je näher der September kam.

»Also gut«, begann Phoebe, »was ist nun zwischen dir und dem gutaussehenden norwegischen Bootsbauer? Erzähl mir alles!«

Lorna schien zu resignieren. In ihrer Stimme war nichts mehr von der mädchenhaften Ausgelassenheit zu finden, als sie zögernd antwortete. »Phoebe, du mußt mir versprechen, daß du keinem Menschen auch nur ein Sterbenswörtchen davon erzählst!«

»Ich gebe dir mein Wort!«

»Ich liebe ihn, Phoebe. Ich liebe ihn mit Haut und Haaren, für immer und ewig.«

Lornas Ernst, ihre ruhige, feste Stimme, ihr entschlossener Ausdruck verrieten ebenso viel wie ihre Worte. Phoebe hatte keinen Zweifel an dem, was ihre Freundin da sagte.

»Aber Lorna.« Auch sie war plötzlich sehr ernst. »Was ist mit Taylor?«

»Taylor hat mir nie etwas bedeutet. Meine Eltern müssen einfach begreifen, daß ich ihn nicht mehr sehen möchte.«

»Das werden sie niemals verstehen. Sie werden sehr wütend sein!«

»Ja, das fürchte ich auch. Aber ich kann nichts dagegen tun, Phoebe. Als ich Jens zum ersten Mal gesehen habe, ist hier drinnen etwas passiert.« Lorna legte ihre Hand auf ihr Herz.

»Vom ersten Wort an herrschte ein ganz besonderes Einverständnis zwischen uns, so als sei unser Zusammentreffen Bestimmung gewesen, mehr als nur ein flüchtiges Kennenlernen. Wir haben es beide gefühlt, lange bevor wir das erste Wort gewechselt oder uns geküßt haben.«

»Er hat dich geküßt?«

»O ja. Er hat mich geküßt, umarmt, mir zärtliche Worte ins Ohr geflüstert, und ich habe es ebenso getan. Wir können nicht anders, Phoebe.«

Mit traurigem Blick ergriff Phoebe Lornas Hand. »Ich habe Mitleid mit dir!«

»Mitleid?«

»Er ist ein gewöhnlicher Mann, Lorna, ein armer Einwanderer. Er hat weder Familie noch Geld, noch eine gesellschaftliche Stellung. Sie werden es niemals zulassen, daß du ihn heiratest, niemals. Sobald sie es herausfinden, werden sie alles tun, was in ihrer Macht steht, um das zu verhindern.«

Lornas Blick schweifte über den Garten. »Ja, da kannst du recht haben.«

»Oh, Lorna, es wird sehr weh tun.«

Lorna seufzte und schloß für einen Augenblick ihre Augen. »Ich weiß.« Ihr Körper straffte sich. »Aber bitte sag mir nicht, ich solle ihn nie wiedersehen, Phoebe. Das könnte ich nicht ertragen. Ich brauche wenigstens einen Menschen, dem ich vertrauen kann, einer, der daran glaubt, daß ich das Richtige tue... für Jens und für mich.«

»Du kannst mir vertrauen, Lorna. Du hast mein Versprechen, und ich werde nie versuchen, dich davon abzubringen, weil ich sehe, daß du ihn wirklich liebst. Du hast dich auch verändert in der letzten Zeit.«

»Verändert? Wirklich?«

»Du bist ruhiger geworden, gelassener.«

»Gelassener... ja, das ist möglich. Genauso fühle ich mich... als hätte ich mein Leben lang durch eine schmutzige Fensterscheibe geschaut, enttäuscht darüber, daß ich die Dinge nicht klar sehen konnte. Und nun hat jemand diese Scheibe geputzt. Jetzt sehe ich die ganze Welt in einem anderen Licht, in hellen, leuchtenden Farben, und ich frage mich, weshalb ich früher nie bemerkt habe, wie schön alles ist. Oh, Phoebe...«

Lorna schenkte ihrer Freundin ein strahlendes Lächeln. »Ich kann es kaum beschreiben. Wenn ich nicht bei ihm bin, erscheint mir alles um mich herum grau und leblos. Erst in seiner Gegenwart beginnt das Leben. Dann ist alles herrlich und hat einen Sinn. Und wenn er spricht... seine Stimme ist mehr als nur Worte. Sie ist wie ein Lied. Und wenn er mich berührt, weiß ich erst, daß ich lebe. Sein Lachen macht mich glücklicher als mein eigenes. Und wenn wir auseinandergehen...« Lorna lehnte ihren Kopf zurück an das Spalier und ließ ihren Blick hinüber zum Schuppen schweifen. »Und wenn wir auseinandergehen... herrscht in meinem Herzen Eiszeit.«

Sie saßen schweigend beieinander, beide unter dem Eindruck von Lornas schmerzlichem Geständnis. Zwischen den Blumen summten Bienen. In der Ferne konnte man Smythe erkennen, der unter den Bäumen die herabgefallenen Eicheln zusammenkehrte. Tante Agnes wandelte zwischen den Blumenbeeten, ihren Strohhut in den Nacken geschoben, und ihr weißes Haar leuchtete in der Sonne, als sie sich über eine Blüte beugte und ihr Schmetterlingsnetz darüberstülpte.

»Da ist Tante Agnes«, bemerkte Lorna melancholisch.

»Sie fängt Schmetterlinge für ihre Sammlung.«

Die alte Dame unternahm einen neuen Versuch und verstaute diesmal ihre Beute in einem kleinen Messingkästchen.

»Arme Tante Agnes, sie preßt Blumen, sammelt Schmetterlinge und denkt an ihre verlorene Liebe.«

Agnes erblickte die beiden, erhob ihre Hand und winkte ihnen zu. Die Mädchen erwiderten ihr Winken.

»Alles, was sie im Leben wollte, war ihr geliebter Captain Dearsley.«

»Dann würde sie ja deine Gefühle für Jens verstehen.«

Die beiden Mädchen blickten sich an. Die unausgesprochenen Worte schwebten zwischen ihnen: Lorna würde in der vor ihr liegenden Zeit Trost und Unterstützung brauchen.

»Ja, ich glaube, das würde sie.«

Der September brachte noch heiße Tage. Theron, Jenny und Daphne fuhren ebenso wie Mitchell Armfield täglich mit dem Zug in die Stadt, um die Schule zu besuchen. Am späten Nachmittag kehrten sie, über die Hitze im Zug und im Schulzimmer stöhnend, zurück.

Lorna dankte Gott für jeden heißen Tag, denn solange es noch sommerlich warm war, wurden keine Pläne für die Rückkehr in ihr Haus in der Summit-Avenue geschmiedet.

Taylor lud sie ein, mit dem Zug nach Saint-Paul zu fahren und eine Aufführung von *The Widow Jones* mit May Irwin zu besuchen. Lorna jedoch lehnte mit der Begründung ab, sie verspüre nicht die geringste Lust, eine dralle, lärmende Blondine zu den neuen Rhythmen, die sich Ragtime nannten, über die Bühne springen zu sehen. Taylor schlug eine andere Aufführung, einen anderen Abend vor und erkundigte sich dann nach der Uhr, die er seit einiger Zeit nicht mehr an Lorna gesehen hatte. Lorna faßte erschrocken an ihre Bluse und antwortete mit bestürztem Gesicht: »Oh, Taylor, es tut mir so leid. Ich muß sie verloren haben.« In dieser Nacht schlich sie sich heimlich hinunter zum See und warf die kleine goldene Uhr vom Ende des Stegs in hohem Bogen ins Wasser.

Einige Tage später plante ihre Mutter eine Abendgesellschaft mit zwölf Personen. Für Levinia bestand keinerlei Zweifel, daß Lorna neben Taylor sitzen würde, und so plazierte sie auch die feinen Tischkarten aus handgeschöpftem Büttenpapier. Lorna betrat das Speisezimmer, als ihre Mutter gerade letzte Hand an die Tischdekoration legte. Geschwind stellte sie ihre Karte an das entgegengesetzte Ende der Tafel. Levinia runzelte die Stirn und fragte mit scharfer Stimme: »Lorna, was um alles in der Welt hat das zu bedeuten?«

»Wärest du sehr enttäuscht, Mutter, wenn ich neben jemand anderem säße?«

»Jemand anderem – aus welchem Grund, Lorna?«

Lorna versuchte, einen möglichst gelassenen Gesichtsausdruck beizubehalten, ergriff die Lehne eines Stuhles und blickte Levinia über den elegant dekorierten Tisch hinweg direkt in die Augen. »Ich fürchte, du würdest mir nicht glauben, wenn ich dir sagte, daß Taylor und ich nicht zusammenpassen.«

Levinia schaute so ungläubig, als hätte man ihr soeben die Unterwäsche gestohlen.

»Unfug!« explodierte sie. »Natürlich paßt ihr zusammen! Ich möchte nie wieder so etwas Dummes aus deinem Mund hören!«

»Aber ich empfinde nichts für ihn, Mutter.«

»Empfinden! Was hat das schon mit Empfindungen zu tun? Die Heirat mit Taylor wird dich in ein ebenso wohlhabendes Haus bringen wie unseres, du wirst in die Spitze der Gesellschaft aufsteigen. In noch nicht einmal zwei Jahren, vielleicht schon im nächsten Sommer, wird Taylor sogar ein Sommeranwesen hier draußen am See besitzen!«

»Hast du deswegen auch Vater geheiratet? Ein großes Haus, eine

Stellung in der Gesellschaft und ein Sommersitz am White-Bear-Lake?«

»Werde nicht unverschämt, junge Dame! Ich bin deine Mutter und ich –«

»Und was? Liebst du Vater?«

»Sprich nicht so laut!«

»Ich spreche nicht laut. Du bist diejenige, die sich ereifert. Es ist eine ganz einfache Frage, Mutter. Liebst du Vater? Das habe ich mich schon so oft gefragt!«

Levinias Gesicht war dunkelrot angelaufen. »Was ist nur in dich gefahren, du ungezogenes Kind?«

»Wenn Taylor mich berührt, möchte ich am liebsten schnell ins Haus laufen.«

Levinia schnappte nach Luft. »O du liebe Güte...« Sie ließ den Stapel Tischkarten fallen und kam um den Tisch geeilt. »O gnädiger Himmel, das ist ja unglaublich. Lorna, hat er Besitz von dir ergriffen?«

»Besitz ergriffen?«

Levinia packte ihre Tochter beim Arm, schleppte sie ins Morgenzimmer und schloß alle Türen hinter sich.

»Ich habe dich vor den Männern gewarnt. In diesem Punkt sind sie alle gleich! Hat er... hat er... du weißt schon...« Levinia gestikulierte wild. »Hat er etwas Unrechtes getan, als ihr allein wart?«

»Nein, Mutter.«

»Aber du hast doch gesagt, er hätte dich berührt?«

»Bitte, Mutter, es war nichts. Er hat mich geküßt, das ist alles.« Lorna sprach mit voller Überzeugung, denn nun wußte sie, daß das, was Taylor und sie getan hatten, wirklich nichts von Bedeutung war.

»Und dich umarmt?«

»Ja.«

»Und das war alles? Bist du sicher, daß das alles war?«

»Ja.«

Levinia ließ sich mit einem Seufzer der Erleichterung auf einen Stuhl fallen. »Dem Himmel sei gedankt. Trotzdem, nach alldem, was ich nun weiß, ist es höchste Zeit den Hochzeitstermin anzuberaumen.«

»Den Hochzeitstermin? Aber Mutter, ich habe dir doch gerade gesagt, daß ich Taylor nicht heiraten möchte!«

Levinia fuhr fort, als habe sie Lornas Einwand überhaupt nicht vernommen. »Zuerst spreche ich mit deinem Vater über die Angelegenheit. Er wird dann mit Taylor reden, und alles weitere wird sich finden. Juni wäre wohl der passendste Monat, wenn im Garten die Rosen blühen. Das Wetter war im Juni bisher immer gut, und hier im Garten können wir mehr Gäste unterbringen als in Saint-Paul. Oh, Himmel...« Sie biß sich auf die Unterlippe und schaute hinaus auf den Rasen. »Das beste Sommergemüse wird aber noch nicht erntereif sein. Ich muß sofort Smythe fragen, ob er es schon im Winter vortreiben kann. Ja, das soll er tun – und die Johannisbeeren ebenfalls. Smythe ist ein Zauberer, er bringt alles zum Wachsen. Die Hochzeitstafel wird auf dem Rasen stehen. Oh!« Sie zeigte auf Lorna. »Und die Trauung findet in der Laube auf der Anhöhe statt, natürlich! Ich werde Smythe gleich sagen, daß er dort frühblühende Sommerblumen aussäen soll; für die Clematis ist es im Juni noch zu früh. Deine Schwestern werden natürlich die Brautjungfern sein, und wenn du möchtest auch Phoebe. Wunderbar! Lorna?... Lorna, wohin gehst du? Lorna, komm zurück!«

Lorna lief geradewegs zu Jens. In wilder Panik durchquerte sie den Garten, um in seinen Armen Trost zu finden. Aber er war nicht allein. Im Schuppen standen zwei Freunde ihres Vaters, Mitglieder des Segelklubs, die das Boot begutachteten. Sie machte auf dem Fuße kehrt und lief zu Tante Agnes. Aber Agnes hielt unglücklicherweise gerade ihr Mittagsschläfchen, und Lorna brachte es nicht übers Herz, die friedlich schlafende alte Dame zu wecken. Sie rannte treppab und wollte gerade aus der Eingangstür schlüpfen, als Levinia in der Halle erschien.

»Lorna, wohin gehst du?«

»Zu Phoebe!« rief sie und stob davon, als sei ihr der Teufel auf den Fersen.

Phoebe war Gott sei Dank zu Hause. Sie spielte im Salon Klavier, als Lorna atemlos hereinplatzte.

»Phoebe, ich brauche dich!«

»Lorna, hallo... Oh, Liebes, stimmt etwas nicht?«

Lorna ließ sich neben sie auf die Klavierbank sinken und fiel erschöpft in die Arme der Freundin. »Ich bin wütend und habe Angst! Am liebsten würde ich meine Mutter an ihre dumme Laube fesseln und sie dort mit ihren Clematis überwintern lassen!«

»Was ist denn passiert?«

»Ich habe ihr gesagt, daß ich Taylor nicht heiraten möchte, aber sie hat gesagt, daß es höchste Zeit für den Hochzeitstermin ist! Oh, Phoebe, ich werde ihn nicht heiraten, unter gar keinen Umständen!« Phoebe drückte Lorna fest an sich und sann nach tröstenden Worten, die nicht abgedroschen klangen. Aber zuerst ließ sie Lorna reden.

»Ich will nicht wie meine Mutter enden! So kann ich nicht leben! Phoebe, ich habe sie gefragt, ob sie meinen Vater liebt, und sie brachte noch nicht einmal eine Lüge heraus! Statt dessen hat sie abgelenkt und meine Hochzeit geplant, von Smythe geredet... und... Gemüse... und... Juni... und... der Laube...« Lorna brach in lautes Schluchzen aus.

»Weine nicht... Oh, Lorna, Liebes, weine nicht!«

»Ich weine nicht. Doch, natürlich, aber ich bin so wütend, daß ich auf der Stelle platzen könnte!« Lorna richtete sich auf und ballte ihre Fäuste im Schoß. »Oh, Phoebe, siehst du denn nicht, was sie mit uns machen? Wir sind nichts! Was wir fühlen, was wir denken, was wir wollen, wen wir lieben – das interessiert sie überhaupt nicht. Und das nur, weil wir Frauen sind, und schlimmer noch, Frauen, die reichen Männern gehören! Trüge ich Hosen, könnte ich mir aussuchen, wen ich heirate, und niemand würde sich darum kümmern. Aber uns betrachten sie als Eigentum der Gesellschaft. Aber ich lasse mich so nicht behandeln! Du wirst schon sehen!«

Phoebe mußte sich Mühe geben, nicht vor Lachen laut herauszuplatzen, weil Lorna so wütend und gleichzeitig so hübsch aussah.

»Lach du nur, wenn du willst!« schimpfte Lorna.

Nun konnte sich Phoebe nicht mehr zurückhalten. Sie brach in schallendes Gelächter aus, das der Situation die Spannung nahm.

»Ich kann nichts dagegen tun. Du solltest dich sehen, du solltest dich hören. An der Stelle deiner Eltern hätte ich wirklich Angst um mein Leben, wenn du so aufgebracht bist! Weiß dieser Jens Harken überhaupt, welch eine Löwin er sich da ausgesucht hat?«

Phoebe hätte keine bessere Überleitung finden können, und Lorna mußte sich ihrem Humor geschlagen geben.

»Was glaubst du denn? Natürlich! Schließlich hat er mich um meine Hand gebeten, oder nicht? Aber das hätte er gar nicht tun müssen, denn wir waren uns von Beginn an darüber einig. Zuerst aber muß er die *Lorna D* vollenden und mit ihr die Regatta gewinnen, so daß er seine eigene Werft eröffnen kann. Nur so kann er Vater beweisen, daß er es zu etwas bringen wird. Und das wird er, o Phoebe, ich weiß es einfach.«

»Das ist doch wunderbar! So mußt du einfach nur deine Mutter bis zum nächsten Juni hinhalten, bis zur nächsten Regatta.«

»Aber sie möchte, daß im Juni schon die Hochzeit stattfindet!« Phoebe dachte eine Weile nach. »Vielleicht könntest du sie zu einem Termin im August überreden.«

»Ich kann nicht mehr lügen! Ich habe schon einmal gelogen, als ich Taylor sagte, ich hätte seine Uhr verloren und sie dann in den See geworfen habe.«

»Dann vergiß meinen Vorschlag.«

Lorna seufzte. Sie ließ ihre Finger über die Tasten des Klaviers huschen und entlockte dem Instrument einen traurigen Akkord, der durch den Salon klang, bis er Erinnerung geworden war.

»Das Leben ist so kompliziert«, klagte Lorna und ließ ihre Hand in den Schoß fallen. Mutlos starrte sie auf das Notenblatt. »Und das Erwachsenwerden ist so schwer.«

Als Kinder hatten Lorna und Phoebe häufig im Duett gespielt. Die Tanten hatten applaudiert und um ein weiteres Stück gebeten, während die Eltern sich stolz im Talent ihrer beiden Töchter sonnten. Damals war alles noch so einfach.

»Manchmal wünschte ich, ich wäre noch zwölf«, bemerkte Lorna.

Die beiden fuhren fort, über die Schwierigkeiten des Erwachsenwerdens zu sinnieren. Nach einer Weile fragte Phoebe: »Hast du mit deiner Tante Agnes geredet?«

»Nein. Sie schlief.«

»Sprich mit ihr. Vertraue ihr. Vielleicht redet sie an deiner Stelle mit deiner Mutter.«

Dieser Gedanke schreckte Lorna. Sie ließ ihren Kopf in die Hände sinken, und ihre Ellbogen schlugen auf die Tastatur. *Doooong!* Da saß sie nun, die Unglückliche. Angenommen, Tante Agnes würde wirklich mit ihren Eltern sprechen, dann würde ihr Vater Jens Harken auf der Stelle entlassen. Angenommen, sie selbst würde ihren Eltern die Liebe zwischen ihr und Jens gestehen, dann wäre ihre Mutter in der Lage, den Hochzeitstermin noch weiter vorzuverlegen. Gab es denn keinen Ausweg?

Phoebe hatte ganz ähnliche Gedanken. Sie selber ging mit Jack Lawless aus, wo sie doch nur Augen für Taylor DuVal hatte. Bald würde der Tag kommen, an dem ihre Eltern ähnliche Pläne kundtaten wie Lornas – ohne jeden Zweifel war ihre Wahl bereits auf Jack gefallen.

»Soll ich dir etwas sagen...«, fragte sie und gab ihrer Freundin einen liebevollen Stups in die Seite. »Geh doch einfach zu deiner Mutter und sage ihr, daß *ich* Taylor heirate – je eher, desto besser. Dann bräuchtest du sie nicht an die Laube zu fesseln, sondern sie könnte *meine* Hochzeit planen. Ich glaube, in ganz White Bear Lake gibt es niemanden, der das besser könnte als sie.«

Lorna schlang lachend ihre Arme um Phoebe, und so saßen sie in stiller Eintracht auf der Klavierbank und waren nicht schlauer als bei Lornas Ankunft.

An diesem Abend gab Lorna vor, unpäßlich zu sein, und blieb der Abendgesellschaft fern. Gegen acht Uhr steckte Theron seinen Kopf durch ihre Zimmertür und erkundigte sich: »Bist du krank, Lorna?«

Sie saß in ihrem Nachthemd mit angezogenen Knien auf der breiten Fensterbank. »Oh, hallo, Theron. Komm rein. Ich bin nicht sehr krank.«

»Dann kommst du runter zum Essen?« Er ließ sich im Schneidersitz zu ihren Füßen nieder.

»Ich bin nur traurig, das ist alles.«

»Worüber?«

»Über Erwachsenendinge.«

»Oh.« Dafür hatte er größtes Verständnis. Er legte seine Stirn in sorgenvolle Falten. »Darüber, gutes Personal zu finden? Oder über die Rohstoffpreise?«

Sie streckte ihren Arm aus und fuhr ihm liebevoll durchs Haar. Nun mußte sie trotz aller Sorgen doch lächeln. »Ja, so etwas Ähnliches.«

»He, ich weiß!« rief er strahlend aus. »Warte!«

Er flitzte aus dem Zimmer. Lorna hörte ihn über den Korridor in sein Zimmer poltern, dann herrschte für einen Moment Stille, schließlich schlug mit lautem Krachen seine Tür zu, und das Poltern näherte sich wieder. Atemlos stürmte er in das Zimmer und warf sich neben sie auf die Fensterbank. »Hier.« Er streckte ihr sein Fernrohr entgegen. »Ich leihe es dir für eine Weile. Niemand kann lange traurig sein, wenn er die Vögel in sein Zimmer holt, in den Bäumen schläft und mit einem großen Schiff die Welt umsegelt! Warte, ich ziehe es dir aus.« Er reichte ihr das auf volle Länge ausgezogene Fernrohr. »Halt es einfach an ein Auge und schließ das andere. Du wirst schon sehen!«

Sie tat, was er sagte. Der mondbeschienene Steg war plötzlich zum Greifen nah.

»Schneid eine Grimasse«, sagte sie und richtete das Fernrohr auf Therons Gesicht.

»Hier ist ein Pirat in meinem Zimmer, Captain Kidd, glaube ich.«

Er kicherte, und schon fühlte sie sich ein klein wenig besser.

»Danke, Theron«, sagte sie ernst, ließ das Fernrohr sinken und lächelte ihn liebevoll an. »Genau das habe ich gebraucht.«

Peinlich berührt kratzte er sich mit seinem kleinen Finger am Kopf, worauf seine borstigen Haare in alle Richtungen abstanden. »Hm, ich glaube, ich gehe nun zu Bett.«

»Ja, ich auch. Bis morgen. Schlaf gut... und laß dich nicht von den Wanzen beißen.«

Theron verzog das Gesicht. »Ach komm, Lorna, das sind Geschichten für Babys.«

»Oh, entschuldige!«

Er ging zur Tür.

»Vielen Dank, Theron.« An der Tür drehte er sich um und warf einen letzten liebevollen Blick auf seinen wertvollen Besitz.

»He, Lorna, laß es aber über Nacht nicht draußen liegen oder so etwas. Und paß auf, daß kein Sand reinkommt!«

»Ich werde aufpassen!«

»Wie lange wirst du es wohl brauchen?«

Bis zur Regatta im nächsten Sommer, dachte sie. »Ach, zwei oder drei Tage dürften reichen.«

»In Ordnung. Ich hole es dann wieder ab. Aber versteck es gut vor Jenny und Daph!«

»Ganz bestimmt.« Sie winkte ihm mit dem kostbaren Stück.

»Gut, bis dann«, sagte er und verließ ihr Zimmer.

Als sich die Tür hinter ihm geschlossen hatte, ließ sie das Fernrohr in ihren Schoß sinken und betrachtete es gerührt. Tränen sammelten sich in ihren Augen. Gutes Personal und Rohstoffpreise – sie lächelte unter Tränen. Ob er überhaupt wußte, was Rohstoffe waren? Süßer, kleiner Theron. Eines Tages würde er ein erwachsener Mann sein – hoffentlich einer wie Jens und nicht wie ihr Vater. Plötzlich überkam sie ein bisher unbekanntes Gefühl zärtlicher Liebe für ihren Bruder. Gefangen von diesem ganz neuen Eindruck saß sie noch lange Zeit in ihrer Fensternische. Sie hatte etwas entdeckt, das sie bisher nicht kannte: Liebe entstand aus sich selbst heraus und wurde größer, je mehr Nahrung man ihr gab. So wie die Liebe zu Jens ihr die Augen für ihre physische Umgebung geöffnet hatte, so hatte sie gleichermaßen ihr Herz für eine aufrichtigere Zuneigung gegenüber den Menschen um sie herum geöffnet. Selbst gegenüber Mama mit ihren falschen Prioritäten und ihrem Vater mit seinem groben, lieblosen Verhalten. Sie liebte sie aufrichtig, aber sie hatten kein Recht, ihre Gefühle zu bestimmen. Vater würde selbstverständlich Mutters Ansichten teilen, was den Hochzeitstermin betraf. Im Segelklub und beim Nachmittagstee würden sie mit Taylors Eltern darüber reden. Alle nahmen es als gegeben hin, daß Lorna Taylors Frau werden würde.

Aber wie konnte sie sie nur vom Gegenteil überzeugen? Es würde außerordentlich schwer werden, aber sie wußte, daß sie es versuchen mußte, und damit wollte sie noch in dieser Nacht beginnen.

Sie lag noch wach in ihrem Bett, als die Abendgesellschaft beendet war. Aufmerksam lauschte Lorna den Geräuschen. Ihre Eltern kamen die Treppen hinauf, machten sich im Badezimmer fertig für die

Nacht und zogen sich anschließend in ihr Schlafzimmer zurück. Flink schlüpfte sie aus ihrem Bett, warf sich den Morgenmantel über und schlich leise zum Schlafzimmer ihrer Eltern.

Ihr vorsichtiges Klopfen war von überraschtem Schweigen gefolgt. Dann vernahm sie die Stimme ihres Vaters. »Ja, wer ist da?«

»Ich bin es, Lorna. Darf ich hereinkommen?«

Er öffnete ihr die Tür. Er trug noch seine Hosen, die Träger baumelten lose herab. Levinia lag bereits im Bett. In der Luft hing der schwere Rauch seiner Zigarre.

»Ich muß mit euch beiden sprechen.«

Seitdem sie erwachsen war, betrat sie diesen Raum nur noch selten. Levinia hatte sich die Decke bis unter ihr Kinn gezogen.

Lorna schloß behutsam die Tür und stand mit dem Rücken gegen den Türknopf gepreßt. Noch bevor ihre Eltern etwas sagen konnten, ergriff sie das Wort.

»Es tut mir leid, daß ich heute abend nicht an der Gesellschaft teilgenommen habe, und es tut mir leid, daß ich gelogen habe. Ich wollte Taylor nicht sehen.«

Nun gab es für Gideon kein Halten mehr. »Deine Mutter hat mir von deinen absurden Erklärungen erzählt, davon, daß du ihn nicht heiraten willst. Was, zum Teufel, ist in dich gefahren!«

»Ich liebe ihn nicht, Vater.«

Gideons Augen wurden zu schmalen Schlitzen, als er sie voller Verachtung anblickte. Dann wandte er sich ab und schnaubte wütend: »Das ist mit Abstand das Dümmste, was mir jemals zu Ohren gekommen ist!«

»Warum?«

»Warum!« Wie vom Blitz getroffen fuhr er herum. »Mädchen, wenn ich dir das erklären muß, bist du einfältiger, als ich dachte! Ich bin derselben Meinung wie deine Mutter. Taylor DuVal betet dich an, er küßt den Boden, den du berührt hast! Er ist ehrgeizig, gutaussehend, und bevor er sein dreißigstes Lebensjahr erreicht, wird er ein Vermögen gemacht haben. Wie schon sein Vater. Er gehört zu unserem gesellschaftlichen Kreis, und seine Eltern sind, genau wie wir, hocherfreut über diese Verbindung. Es ist beschlossene Sache! Du wirst ihn im kommenden Juni heiraten, genauso wie deine Mutter sich das vorstellt!«

Lorna starrte ihn fassungslos an, hilflos, innerlich vor Wut zitternd.

»Aber Papa... bitte...«

»Es ist beschlossene Sache, sagte ich!« donnerte Gideon.

Sie preßte fest die Lippen aufeinander. Tränen schnürten ihr die Kehle zu. Brüsk drehte sie sich um, riß die Tür auf und schlug sie mit solcher Wucht hinter sich zu, daß die Asche von Gideons Zigarre zu Boden fiel. Durch das ganze Haus hallten ihre ungestümen Schritte und kurz darauf das laute Krachen ihrer Zimmertür. Blind vor Tränen stürzte sie auf ihr Bett, vergrub ihr Gesicht in den Kissen und schluchzte verzweifelt. Kurze Zeit später, Lorna weinte noch immer bitterlich, öffnete sich langsam die Tür zu ihrem Zimmer. Jenny schlüpfte hinein und näherte sich zögernd dem Bett. Lorna bemerkte sie nicht, bis Jenny ihr sanft über das Haar strich.

»Lorna?... Lorna, was ist nur passiert?«

»Oh, Jenniiiiiiie...« stieß Lorna unter Tränen hervor.

Jenny glitt neben sie ins Bett, und Lorna schmiegte sich in die Arme der Schwester.

»Sie wollen, daß ich Taylor heirate, aber ich will ihn nicht!«

»Taylor ist doch ein großartiger Mann!«

»Ach, Jenny, ich wünschte, ich könnte ihn so bewundern wie du. Aber ich liebe einen anderen!«

»Einen anderen?« wisperte Jenny ehrfürchtig. Diese Neuigkeit beeindruckte sie weitaus mehr als Lornas Schluchzen oder Türeschlagen. »Himmel!«

»Jemanden, mit dem sie nie und nimmer einverstanden wären.«

»Aber wen, um alles in der Welt?«

»Ich kann dir den Namen nicht sagen, und du darfst Mutter und Vater kein Wort davon erzählen! Sie wissen es noch nicht. Ich weiß, ich bin feige; ich hätte es ihnen geradeheraus sagen sollen, aber sie sind so... so mächtig... und gemein... Sie geben mir Befehle... und sagen mir, was ich zu tun habe. Du weißt selbst, wie sie sein können. Ich kann es einfach nicht mehr ertragen!«

Jenny fuhr fort, Lornas Haar zu streicheln. Niemals zuvor hatte die ältere Schwester den Trost der jüngeren Geschwister benötigt. Zuerst Theron und nun Jenny. Sie schienen zu spüren, wann sie gebraucht wurden, und Lorna war tief gerührt von ihrem Beistand. Plötzlich drang eine weitere, scheue Stimme aus dem Dunkel.

»Jenny? Was ist mit Lorna?«

Wie ein kleiner Geist huschte Daphne von der Tür zum Bett.

»Sie hat sich mit Mutter und Vater gezankt. Geh zurück in dein Bett, Daphne.«

»Aber sie weint doch!«

»Es geht mir gut, Daph.« Aus der sicheren Geborgenheit von Jennys Schoß streckte Lorna ihr die Hand entgegen. Daphne ergriff sie und setzte sich auf die Bettkante. »Wirklich.«

»Aber du weinst sonst nie, Lorna. Du bist zu alt dafür.«

»Ein Mensch ist niemals zu alt, um zu weinen, Daphne, merk dir das gut. Und ich fühle mich schon viel, viel besser, nachdem Theron und ihr mich besucht habt.«

»Theron war hier?«

»Ja, vor dem Zubettgehen. Er hat mir sein Fernrohr geliehen.«

»Sein Fernrohr... nein...« Es herrschte atemloses Staunen.

»Geht es dir nun ein wenig besser, Lorna?« fragte Jenny.

»O ja... danke, ihr beiden. Aber nun geht besser zurück in eure Zimmer, bevor ihr auch Schwierigkeiten bekommt.«

Jenny schüttelte Lornas Kissen auf, und Daphne drückte ihr einen feuchten Kinderkuß auf den Mund. »Morgen spiele ich mit dir Tennis, Lorna«, bot sie an.

»Und ich auch«, fügte Jenny hinzu.

»Ich freue mich darauf. Vielen Dank, ihr seid liebe Schwestern.«

»Gute Nacht, Lorna.«

»Bist du sicher, daß du nun nicht mehr weinen mußt, Lorna?«

»Ja, es geht mir wieder gut.«

Die beiden tauchten zögernd in das Dunkel des Zimmers, unsicher, ob sie ihre Schwester auch wirklich allein lassen sollten, und schlichen sich dann auf Zehenspitzen davon, als sei Lorna ein Baby, das sie soeben in den Schlaf gewiegt hätten.

Als Lorna wieder allein im Zimmer war, wurde sie wieder trübsinnig. Die Liebe, die ihre jüngeren Schwestern ihr gaben, erfüllte sie mit Rührung, aber dieses Gefühl hatte den Anflug einer unerklärlichen Traurigkeit, die sie bisher nicht gekannt hatte. Es war die Melancholie der Liebenden, die keine ungetrübte Freude mehr empfinden konnten, wenn sie von ihrem Geliebten getrennt waren.

Jens... Jens... du bist der einzige Mensch auf dieser Welt, der mich glücklich machen kann. Nur mit dir möchte ich zusammensein, nur mit dir lachen, mit dir weinen, dich lieben.

Von der Diele hörte sie die alte Standuhr schlagen. Alles schlief. Sie schlug Viertel. Sie schlug halb – war es halb zwei – oder halb drei? Sie schlug drei Viertel.

Alles war still.

Niemand hörte sie.

Sie lag auf dem Rücken, die gefalteten Hände fest an die Brust gepreßt, ihr Herz erzitterte bei jedem Schlag. Jens... Jens... du schläfst über mir in deinem kleinen Zimmer unter dem Dach.

Alles war still.

Niemand hörte sie.

Ihr Bett war hoch. Es erschien ihr wie eine Ewigkeit, bis ihre Füße im Dunkel den Boden erreicht hatten. Dann lief sie auf Zehenspitzen, ohne sich Morgenmantel oder Schuhe anzuziehen, schnurstracks zur Tür, hinab in die Halle und die enge Dienstbotentreppe hinauf. Sie war schon zuvor hier gewesen und kannte sich etwas aus: drei Räume zur Rechten, drei zur Linken, alle lagen dicht unter dem Dach. Jens gehörte das mittlere Zimmer auf der linken Seite.

Ohne anzuklopfen öffnete sie die Tür, glitt hinein und schloß sie behutsam, ohne auch nur das geringste Geräusch zu verursachen. Sie stand reglos im Raum, ihr Herz klopfte wie ein Dampfhammer. Von den weißen, verschwommenen Umrissen des Bettes hörte sie seinen Atem. Das Bett stand an der linken Wand. Darüber befand sich ein kleines Oberlicht, das so weit wie möglich geöffnet war, um wenigstens etwas Luft in das schmale Zimmer eindringen zu lassen. Es war stickig in dem Raum, und es roch nach einem schlafenden Mann – nach seinem warmen Atem, seiner warmen Haut und getragener Kleidung. Seine Arbeitskleider hingen an einem Haken an der Wand, schwarze Schatten vor dem helleren Hintergrund, zuoberst die Hose und das Hemd, die er heute getragen hatte.

Das Bett war schmal. Sein linker Arm hing heraus. Er lag auf der Seite und schnarchte ganz leicht. Träumte er von Segelbooten? Von duftendem Holz? Oder von ihr?

Sie näherte sich dem Bett und ging neben seinem ausgestreckten Arm in die Hocke.

»Jens?« flüsterte sie.

Er schlief ungestört weiter. Noch nie in ihrem Leben war sie einem schlafenden Mann so nah gewesen. Seine Schultern waren nackt. Ebenso wie seine Brust bis zum Bauch, ab dort war er mit einem Leinentuch bedeckt. Sein heraushängender Arm wirkte blaß und verletzlich. Sie berührte ihn zögernd mit ihren Fingerspitzen und ließ sie über den warmen, weichen, entspannten Muskel gleiten.

»Jens?«

»Hm?« Langsam hob sich sein Kopf. Sein Körper erwachte schneller als sein Geist. »Wsss...«, murmelte er verwirrt. »Was ist das?«

»Jens, ich bin es, Lorna!«

»Lorna!« Mit einem Schlag war er hellwach. Er schoß in die Höhe. »Was tust du hier?«

»Ich bin hier um ... um ... um mit dir zu sprechen ... Ich habe schreckliche Neuigkeiten.«

Er brauchte einen Moment, um einen klaren Gedanken fassen zu können.

»Entschuldige, ich bin noch benommen. Was, um Himmels willen, ist geschehen?«

»Sie wollen mich zwingen, Taylor zu heiraten. Mutter will den Hochzeitstermin festlegen – im nächsten Juni. Ich habe Taylors Uhr in den See geworfen und meine Eltern angefleht, ihnen gesagt, daß ich ihn nicht liebe, aber sie hören mir überhaupt nicht zu und sind sehr wütend auf mich. Sie sagen, daß ich Taylor heiraten muß, ob ich will oder nicht. Oh, Jens, was soll ich nur tun?«

»Wie spät ist es?«

»Ich weiß es nicht genau. Kurz vor zwei ... oder vor drei.«

»Wenn sie dich hier finden, werden sie dich umbringen ... und mich ebenfalls.«

»Ich weiß, sie werden uns aber nicht ertappen. Vor einer Stunde sind sie alle zu Bett gegangen. Jens, bitte, sag, was soll ich nun tun? Ich kann Taylor nicht heiraten, nach alldem, was zwischen uns geschehen ist. Aber ich habe Angst davor, meinen Eltern das alles zu erzählen.«

»Nein, das darfst du auf gar keinen Fall tun!« Er fuhr sich durch sein Haar und zog das Leintuch ein Stück höher. Er wußte sich auch keinen Rat. »Komm« – er faßte nach ihren Händen – »komm her.«

Sie setzte sich auf die Bettkante und schaute ihn an, während er ihre Arme durch das Nachthemd hindurch streichelte. »Ich weiß auch nicht, was wir tun sollen, aber auf keinen Fall darfst du hierherkommen. Wir wollen dich nicht der Gefahr aussetzen, hier ertappt zu werden. Du gehst nun zurück in dein Zimmer, und wir sprechen morgen über alles.«

Mit weinerlicher Stimme fragte sie: »Würdest du mich auch schon jetzt heiraten, Jens?«

Er ließ seine Arme von ihrem warmen Körper sinken und versuchte nicht daran zu denken, daß nur ein dünnes Leinentuch sie trennte. »Ich kann dich jetzt noch nicht heiraten. Wovon sollten wir leben? Und wo? Jeder, den ich kenne, kennt auch deinen Vater. Er würde dafür sorgen, daß mir niemand eine Arbeit gibt, und außerdem hatten wir doch besprochen, daß ich nicht mehr als Hausangestellter arbeiten soll, nicht wahr? Ich werde als Bootsbauer arbeiten, aber das kann ich erst, wenn die *Lorna D* fertig ist.«

»Ich weiß«, flüsterte sie verzagt mit gesenktem Kopf.

Mit seinem Finger hob er ihr Gesicht. »Die Gefahr ist noch weit entfernt. Du sollst ihn schließlich noch nicht morgen heiraten.«

Mit ruhigen Worten schilderte sie ihm nun die Ereignisse des Tages. »Meine Mutter hat heute abend eine Gesellschaft gegeben. Ich sollte an seiner Seite sitzen. Kannst du dir vorstellen, wie es ist, neben einem Mann zu sitzen und so zu tun, als amüsiere man sich mit ihm, während man einen ganz anderen Mann liebt? Ich habe das den ganzen Sommer lang getan, und nun ertrage ich es nicht mehr. Es ist unwürdig. Es ist unwürdig für Taylor, für dich und für mich. Und ich liebe dich viel zu sehr, um dieses Spiel weiterzuspielen, Jens.«

Sie schauten sich schweigend an, nur getrennt durch ein dünnes Stück Stoff, das sich um seine Hüften schmiegte und auch ihre berührte, betrübt durch den Kummer und den Schmerz, den ihnen ihre Liebe bereitete. Manchmal wünschten sie sich sogar, sie hätten sich niemals getroffen. Sie dachten daran, Lornas Eltern die ganze Wahrheit zu sagen, aber sie wußten, daß es unmöglich war, vor sie zu treten, ihnen ihre gegenseitige Liebe zu gestehen und nichts weiter zu fordern, als zusammen leben zu dürfen.

»Hast du jemals daran gedacht«, fragte Jens, »um wie vieles einfacher unsere beiden Leben gewesen wären, wenn du an jenem Abend nicht in die Küche gekommen wärst?«

»Sehr oft sogar!«

»Und hast du dich schuldig gefühlt bei diesem Gedanken?«

»Ja«, flüsterte sie.

»Ich auch.«

Ein Moment des Schweigens verging. Er lag auf einen Arm gestützt auf der Seite. Zärtlich ergriff er ihre Hand.

»Aber wenn alles so wird, wie wir es uns wünschen, und wir eines Tages eigene Kinder haben, werden wir ihnen nie vorschreiben, wen sie zu lieben haben.«

Ihre Daumen kreisten umeinander. Minute um Minute verrann, die Traurigkeit wich allmählich der Versuchung. Sie liebten sich, saßen dicht beieinander in einem stickigen Dachzimmer, beide nur spärlich bekleidet, und versuchten, die Erinnerung daran zu verdrängen, wie es war, als sie sich zum ersten Mal vereint hatten. So saßen sie lange nebeneinander, nur ihre Finger berührten sich, während sie sich in ihren Gedanken innigere Berührungen vorstellten. Sie betrachteten ihre ineinander verschränkten Hände, die in dem dunklen Raum kaum voneinander zu unterscheiden waren, und ihre Daumen kreisten… kreisten…

Dann hielten sie inne.

Ihre Blicke trafen sich. Im Halbdunkel des Raumes konnte er die Wölbung ihres Gesichtes ausmachen. Da saßen sie nun Seite an Seite, hilflos, unglücklich, die gnadenlose gegenseitige Anziehungskraft ihrer beiden Körper verspürend, die nicht sein sollte. Sie stürzte über die beiden hinein, hämmerte in ihrem Inneren. Sie wußten nicht mehr, was richtig oder falsch war, waren blind für das Risiko, in dem sie sich befanden.

Der Druck wurde unerträglich. Flehend brachte er nur ein Wort hervor. »Lorna…«

Bewegung erfaßte sie.

Ihre Lippen, ihre Körper durchbrachen die Trennung, drängten zueinander. Im Rausch der Verzweiflung zog er sie fast grob neben sich auf das Bett, streckte ihre Beine neben seinen aus. Sie küßten sich leidenschaftlich, aneinandergeklammert wie zwei Ertrinkende rollten sie hin und her, ihre Körper eng zusammengepreßt, mit verschlungenen Beinen, nichts außer einem dünnen Nachthemd und dem Leinentuch trennte mehr ihre fiebernden Körper.

»Meine wunderschöne Lorna«, stammelte er. Ihre Brüste füllten seine Hände, dann waren es ihre Hüften, und schließlich mußte das Nachthemd weichen, um seinen suchenden Händen den Weg frei zu machen.

»Ich wollte nicht kommen«, flüsterte sie mit sich vor Verlangen überschlagender Stimme, »ich lag in meinem Bett, versuchte, nicht an dich zu denken, einzuschlafen... aber ich konnte nicht anders.«

Seine Liebkosungen auf ihrer nackten Haut waren zart, aber bestimmt. »Auch ich habe es versucht...« Mit seinen Fingern drang er in sie ein. Ihr Körper bäumte sich auf, sie umfaßte mit beiden Händen seine Hüften, ihre Lippen berührten sich nun nicht mehr, ihre Augen waren geschlossen. Mit der anderen Hand griff er nach dem Tuch und schob es mit seinen Füßen an das Ende des Bettes. Ihre Finger tasteten nach seiner Männlichkeit. Nun streichelte sie ihn ebenso unverhohlen und intensiv. Sie ließen ihrer ungeduldigen Lust freien Lauf und erlaubten ihren Körpern, sich aneinander zu ergötzen, dem lockenden Ruf des Lebens zu folgen. Und all die Tage und Stunden des unterdrückten Verlangens kamen ins Spiel, all die Sommertage, an denen sie versucht hatten, ihre Gefühle und Wünsche zu ignorieren, zu leugnen, zu verdrängen. Auch ihre erste körperliche Begegnung im Schuppen erwachte nun wieder zu neuem Leben, die damals noch neue, ungewohnte, zögerliche Lektion erfuhr nun mit dieser Wiederholung eine ungeahnte Steigerung.

»Du... du...«, stammelte er, sinnlos vor Begierde, »du treibst mich zum Wahnsinn, Tag und Nacht. Warum konntest du mich nicht in Frieden lassen, du Tochter eines reichen Mannes?«

»Sag dem Mond, er soll aufhören, die Gezeiten zu lenken...

Warum hast du mich nicht rausgeworfen, du Sohn eines armen Bootsbauers?«

Als Antwort vernahm sie nur noch ein Stöhnen, er rollte sich auf sie und drang in sie ein.

Ihre Körper streckten sich gegeneinander, sie atmeten durch ihre zusammengebissenen Zähne.

In diesen Minuten der Vereinigung entdeckten die Liebenden einige Wahrheiten: daß sich Gefühle, nachdem man versucht hat, sie zu zügeln, nur um so leidenschaftlicher entluden, daß diese Entladung in wilden, ungezähmten Liebkosungen ein fast lebenswichtiges Bedürfnis war, daß es unmöglich war, zu flüstern, wenn sich alles in einem danach sehnte, laut zum Himmel zu schreien und daß sich auch die aufrichtigsten Absichten nicht immer verwirklichen lassen.

Als sie sich dem Höhepunkt näherten und Jens seine Hand fest auf Lornas geöffneten Mund pressen mußte, um sie am Schreien zu hindern, flehte er den Mond an, aufzuhören, die Gezeiten zu lenken, aber der Mond lächelte nur still, und Jens verharrte bis zum letzten Seufzer in Lornas Körper.

Elftes Kapitel

Der September ging ins Land. Die heißen Tage waren vorbei, und morgens lag leichter Nebel über dem See. Das Quaken der Frösche verstummte. An seine Stelle traten die heiseren Rufe der Wildgänse, die auf ihrem Weg von Kanada in den Süden am See haltmachten. In den Sümpfen, die das Ufer des Sees säumten, lag das Schilf nun verlassen da, nachdem auch die zahlreichen Singvögel in Richtung Süden aufgebrochen waren. Die Sonne versank abends in einem Farbenmeer aus Violett und Orange. Die Luft trug den Geruch nach verbranntem Laub und Weizenspreu, und nachts kündete der klare Mond von bald hereinbrechender Kälte. Die *Lorna D* bekam nun ihre seitlichen Planken. Von morgens bis abends war die Dampfkammer in Betrieb und spuckte eine Ladung Zedernholz nach der anderen aus. Die feuchte Luft im Inneren des Schuppens war von einem so betäubend starken Duft nach dem Holz erfüllt, daß die Spatzen mit ihren Schnäbeln ununterbrochen auf das morsche Dach pickten, so als baten sie darum, hereingelassen zu werden. Planke um Planke, Hammerschlag um Hammerschlag wurde das Boot Wirklichkeit. Als alle Planken angebracht waren, ging es ans Abdichten. Schmale Streifen Baumwollwatte wurden zwischen die Planken geschoben und warteten nur darauf, mit dem Wasser in Berührung zu kommen und die Seetüchtigkeit der *Lorna D* unter Beweis zu stellen. Die tiefen Löcher, die die Senkschrauben hinterlassen hatten, wurden mit hölzernen Stöpseln geschlossen. Dann kam der Augenblick, den Lorna schon seit langem herbeisehnte.

Von dem Moment an, als Jens ihr den Bootsentwurf erklärt hatte, freute sie sich darauf und stellte sich seine Bewegungen vor.

Mit dem Hobel in beiden Händen beugte er sich über die Planken, sein Körper paßte sich der Form des Bootsrumpfes an, wand sich, drehte sich und arbeitete mit einer solchen Liebe und Hingebung, wie es Lorna noch nie bei einem Menschen gesehen hatte. Er pfiff vor sich hin, kauerte sich von Zeit zu Zeit neben den Rumpf auf den Boden und glitt mit seinem kritischen Blick über die gesamte Länge des Boots. Er bahnte sich seinen Weg durch die Häufchen geringelter Zedernspäne, die die Farbe seines blonden Haares hatten und ihm auch den Duft zu verleihen schienen.

»Als ich noch jünger war«, erzählte er, »hat mir mein Vater die Hölle heiß gemacht, wenn ich versucht habe, mich um das Abhobeln zu drücken. Da ließ er nicht mit sich scherzen. Manchmal bemerkte er schon beim Bau der Form eine Unebenheit und ließ uns alles noch mal machen. Dann haben mein Bruder und ich uns beklagt ›Ach, Vater, das ist doch gut genug.‹ Aber heute bin ich ihm dankbar für seine Strenge. Dieses Boot hier... dieses kleine, wunderbare Boot wird so ebenmäßig sein, daß der Wind nicht einmal bemerkt, daß es da ist.«

Lorna hörte ihm zu, beobachtete jede seiner Bewegungen, bewunderte jede Regung seiner Arme und Schultern, wenn er unbeirrt hobelte und hobelte und hobelte. Sie hätte diesem Mann bis in die Unendlichkeit zuschauen können.

»Als ich damals in die Küche kam, als ihr gerade Kuchen gegessen habt und Mrs. Schmitt dich bat, mir Eis für meinen Tee zu zerkleinern... da knietest du dich vor dem Eisblock nieder, und zwischen deinem Hemd und der Hose kam ein schmaler Streifen deiner Haut zum Vorschein, und ich brachte es nicht fertig, meinen Blick von dir abzuwenden. Du trugst schwarze Hosen und ein verwaschenes rotes Hemd – es hat mich an einen ausgewaschenen Tomatenfleck erinnert. Und die Hosenträger liefen über diesen Streifen Haut, und als du da knietest, flogen kleine Eisstückchen über deine Schultern und schlitterten über den Boden. Dann hast du schließlich ein großes Stück gelöst, das du in mein Glas gleiten ließest ...und dir die Hände an der Hose abgetrocknet.« Jens hatte seine Arbeit unterbrochen und schaute sie an. »Wenn ich dich jetzt beobachte, wie du den Hobel über das Holz schiebst, fühle ich dasselbe wie damals.«

Schweigend legte er den Hobel beiseite, durchquerte den Raum, nahm sie in die Arme und küßte sie. Der Duft des Zedernholzes umgab sie. Als er seinen Kopf wieder hob, trug sein Gesicht einen Ausdruck der Verwunderung. »An all das erinnerst du dich?«

»Vom ersten Moment an, als wir uns zum ersten Mal sahen, erinnere ich mich an jede Kleinigkeit und sei sie noch so gering.«

»Sogar daran, daß ich ein verwaschenes, rotes Hemd trug?«

»Das ein Stück deines Rückens zeigte... hier.« Sie berührte ihn dort, wo die Hose endete, und ließ ihre Fingerspitzen sanft auf seiner Haut kreisen.

»Du bist ein sehr unartiges Mädchen, Lorna Diane.« Jens grinste. »Hier.« Er drückte ihr ein Stück Sandpapier in die Hände. »Mach dich lieber ein wenig nützlich. Du kannst dort schmirgeln, wo ich bereits gehobelt habe.« Sie antwortete ihm mit einem Lächeln und küßte sein Kinn. Hand in Hand gingen sie zur *Lorna D*, um gemeinsam an dem Boot zu arbeiten, das ihre Zukunft bedeutete.

In den Wochen bevor die Familie wieder zurück in die Stadt zog, besuchte sie ihn sehr häufig nachts in seinem Zimmer.

Nachdem sie sich geliebt hatten, lagen sie eng umschlungen im Dunkel und unterhielten sich flüsternd.

»Ich habe eine Entscheidung getroffen«, teilte er ihr eines Nachts mit. »Sobald die *Lorna D* fertig ist, komme ich in die Stadt und arbeite bis zum Frühjahr in der Küche.«

»Nein, du gehörst nicht in unsere Küche.«

»Aber was soll ich bis dahin tun?«

»Ich weiß es nicht. Laß uns darüber nachdenken.«

Natürlich dachten sie nicht darüber nach.

Die Mitglieder des White-Bear-Lake-Segelklubs holten ihre Boote an Land und wendeten sich der herbstlichen Jagd zu. Enten und Wildgänse kamen nun häufig in Rose-Point-Cottage auf den Tisch. In der zweiten Septemberwoche stellte Levinia Listen der Dinge zusammen, die entweder in Rose-Point-Cottage bleiben oder mit in die Stadt genommen werden sollten. In der dritten Septemberwoche brach ein früher Nachtfrost herein, der all ihren Rosen den Garaus machte. Gideon und seine Freunde unternahmen einen mehrtägigen Jagdausflug im Gebiet des Brule-Rivers in Wisconsin. Eines Abends erklärte Levinia, daß für den folgenden Nachmittag die Abreise in die Stadt geplant war.

Auch in dieser Nacht schlich sich Lorna in Jens' Zimmer. Ihre Liebe hatte in dieser Nacht einen bitteren Geschmack der Verzweiflung. Sie umarmten sich fester, sprachen weniger und küßten sich leidenschaftlicher.

Als sie danach in seinen Armen lag, fragte sie: »Wann ist das Boot fertig?«

»In zwei Monaten. Das ist länger, als dein Vater mir gegeben hat, aber in vier Wochen kann ich es unmöglich schaffen.«

»Zwei Monate... wie soll ich das nur aushalten?«

»Indem du immer daran denkst, daß ich dich liebe. Indem du nicht vergißt, daß wir eines Tages Mann und Frau sein werden.« Er küßte sie, um sein Versprechen zu besiegeln. Dann suchten und fanden sich ihre traurigen Blicke.

»Dann kommst du also in die Stadt nach, sobald das Boot fertig ist«?

»Ja.«

Schon einige Male hatten sie darüber gesprochen und entschieden, daß dies bis zum nächsten Sommer die beste Lösung war.

»Und bis dahin wirst du im Hotel Leip wohnen?« Die meisten der Hotels an der Küste schlossen im Herbst, sobald die letzten Sommergäste abgereist waren. Das Hotel Leip jedoch senkte seine Preise und blieb geöffnet.

»Ja. Dein Vater zahlt das Zimmer und die Verpflegung. Du kannst mir dorthin schreiben.«

»Das werde ich. Ich verspreche es. Und du kannst mir antworten. Schicke die Briefe an Phoebe und benutze ihre mittlere Initiale *V*, damit sie weiß, daß der Brief für mich ist. Aber ich werde so traurig bei dem Gedanken an unsere Trennung. Reden wir über etwas anderes. Erzähl mir von der *Lorna D*. Was wirst du als nächstes tun und danach und danach, bis wir uns wiedersehen?«

Er sprach wie zu sich selbst. »Zuerst werde ich sie noch gehörig schmirgeln, dann die Außenwände streichen. Grün natürlich. Sie muß grün sein. Dann muß ich die Planken an den Rippen gerade abschneiden und das Boot aus der Form heben. Und dann mache ich mich an den Innenausbau. Ich werde den Rumpf von innen teeren und die Deckplanken anbringen. Auch die müssen natürlich gehobelt und geschliffen werden. Dann kommt die Steuerkajüte an die Reihe, sie wird aus schwarzem Mahagoni sein. Und dann –«

Sie flog in seine Arme, Tränen schnürten ihr die Kehle zu.

»So viel Arbeit«, flüsterte sie. »Wirst du auch an mich denken, so wie ich an dich denke?«

»Ja, ich werde dich schrecklich vermissen.« Er streichelte ihre Halswirbel. »Ich werde dein Auftauchen im Schuppentor vermissen, den Rittersporn und die Johannisbeeren, deine nie aufhörenden Fragen zu dem Boot, den Geruch deines Haares, deine zarte Haut und deine Küsse, die mir erst das Gefühl geben, lebendig zu sein.«

»Oh, Jens, das bist du!«

»Ich bin erst lebendig, seitdem ich dich liebe. Davor war ich mir nie sicher.«

»O doch, das warst du. Erinnerst du dich daran, wie du mir erklärt hast, daß du sicher bist, das schnellste Boot überhaupt bauen zu können? Und wie du damit den Segelsport revolutionieren wolltest? Dein Selbstvertrauen war das erste, was ich an dir bewundert habe. Oh, Jens, du wirst mir so sehr fehlen.«

Abermals umarmten sie sich und zählten die Minuten der dahinschwindenden Nacht. Ihnen graute vor dem Abschied.

»Wie spät ist es?« fragte sie von Zeit zu Zeit, Jens erhob sich, griff nach seiner Uhr und hielt sie in den schwachen Mondschein, der durch das schmale Oberlicht drang.

»Zwanzig nach drei«, antwortete er beim ersten Mal.

Dann: »Kurz vor vier.«

Und schließlich: »Viertel vor fünf.«

Er saß auf der Kante seines schmalen Betts und hielt Lornas Hand umschlossen. Wenigstens einer von beiden mußte vernünftig sein. »Du mußt nun gehen. Das Küchenpersonal wird bald aufstehen, und du darfst ihnen im Korridor nicht in die Arme laufen.«

Sie sprang aus dem Bett, umarmte ihn stürmisch und flüsterte: »Ich will aber nicht gehen!«

Er schmiegte sein Gesicht an ihren Hals und drückte sie fest an sich. Dieser Augenblick sollte sich in sein Gedächtnis einbrennen, um ihn in den nächsten Wochen aufrechtzuerhalten. Er dachte *Lieber Gott, behüte sie, mach, daß sie nicht schwanger ist und mich weiter so sehr liebt, bis wir uns wiedersehen, und daß sie ihr nicht einreden, DuVal zu heiraten, der um so vieles besser zu ihr paßt als ich.*

Sie küßten sich ein letztes Mal, jeder versuchte, für den anderen stark zu sein, Lorna war den Tränen nahe.

Er mußte ihre Umarmung lösen. »Lorna... wo ist dein Nachthemd?« fragte er sanft. »Du mußt es nun anziehen.«

Im Dunkeln suchte und fand sie es, zog es jedoch nicht an, sondern hielt es in ihrer schlaff und leblos herunterhängenden Hand. Er nahm es ihr behutsam ab, suchte nach dem Halsausschnitt und hielt es ihr entgegen. »Hier... schlüpf rein, mein Schatz.«

Sie hob die Arme, und das Nachthemd fiel an ihrem Körper herab.

Er zupfte es zurecht und schloß die beiden Knöpfe am Hals. Dann nahm er ihr Gesicht zwischen die Hände und küßte sie zart.

»Denke immer daran... ich liebe dich. Du mußt nicht weinen, sonst sind morgen früh deine Augen ganz rot, und was willst du ihnen dann antworten, wenn sie dich nach dem Grund fragen?« Sie schlang ihre Arme um seinen Hals. »Daß ich Jens Harken liebe und daß ich ohne ihn nicht in die Stadt zurückkehre.«

Er schluckte den Kloß in seinem Hals hinunter und versuchte, sich aus ihrer Umarmung zu befreien.

»Komm«, sagte er, »du machst es uns beiden schrecklich schwer. Noch eine Minute, und auch ich werde weinen.«

Sofort gehorchte sie ihm – nicht ihretwegen, sondern um ihm den Abschied nicht schwerer als nötig zu machen – und näherte sich der Tür. Er folgte ihr und umarmte sie zärtlich.

»Sie wird das schnellste, beste Boot, das jemals gebaut wurde«, versprach er ihr. »Und sie wird für uns beide gewinnen, du wirst sehen. Daran mußt du immer denken, wenn es dir schwer wird ums Herz. Und du mußt wissen, daß ich dich liebe und dich heiraten werde.«

»Ich liebe dich auch«, konnte sie gerade noch herausbringen, bevor die so lange unterdrückten Tränen herausbrachen.

Ihre Lippen trafen sich ein allerletztes Mal und vereinten sich leidenschaftlich, während ihre bloßen Füße auf seinen Zuflucht suchten. Nun füllten sich auch seine Augen mit Tränen, der Kuß wurde zur Qual.

Mit einem Ruck löste Jens die Umarmung, faßte sie an den Schultern und befahl ihr: »Geh!«

Einen schmerzlichen Augenblick lang liefen ihr die bitteren Tränen über das Gesicht. Dann war sie verschwunden. In seinem Herzen blieben das leise Rascheln ihres Nachthemdes und eine große Leere zurück.

Neun Stunden später reisten sie ab. Levinia war wie jedes Jahr nervös bei all der Aufregung, die der Aufbruch verursachte. »Was um alles in der Welt ist mit dir los, Mädchen? Bist du krank?« fuhr sie Lorna an.

»Nein, Mutter.«

»Setz deinen Hut auf und beweg dich endlich! Lieber Gott, man könnte meinen, du hättest die Addisonsche Krankheit!«

Für Lorna war die Rückkehr in das Haus in Saint-Paul wie ein Gang ins Gefängnis. Es war zwar ihr Zuhause, aber sie fühlte sich dort viel weniger wohl als auf dem Sommersitz am White-Bear-Lake. Das Stadthaus der Familie lag in der Summit-Avenue, einer der feinsten Adressen der Stadt, und zeugte stumm von Gideon Barnetts Erfolg und Reichtum. In dieser Straße standen die Häuser des Geldadels

Minnesotas – von Industriellen, Eisenbahnbaronen, Minenbesitzern und Politikern, die von dort bis zum State-Capitol nur einige Minuten in der Kutsche zurückzulegen hatten. Das Haus war aus dunkelgrauem Granit gebaut, der aus einer Mine in Saint-Cloud, Minnesota, stammte, die sich in Gideon Barnetts Besitz befand. Steinmetze waren eigens für den Bau dieses Hauses aus Deutschland gekommen. Es war im massiven gotischen Stil errichtet und bestand aus Reihen wuchtiger Steinblöcke, die an der Vorderfront von einem hohen quadratischen Turm unterbrochen wurden, in dem sich der Hauptaufgang befand. Die hohen Holztüren waren mit reichen Schnitzereien verziert und trugen schwere Messingklopfer, die mit Fratzen verziert waren. Als Lorna noch klein war, versteckte sie beim Betreten des Hauses stets ihr Gesicht in den Röcken ihrer Mutter, um nicht in diese furchterregenden Gesichter blicken zu müssen.

Die Räume des Hauses waren mit reich verziertem sirupfarbenem Holz getäfelt und mit schweren Mahagonimöbeln auf wuchtigen Füßen ausgestattet. Auf den Tischen, Buffets und Konsolen waren klobige Malachiturnen und französische Bronzestatuetten aufgestellt, die Wände schmückten ausgestopfte Hirschköpfe – Gideons Jagdtrophäen – und kirmanische Teppiche mit dunklen Mustern. Über den Köpfen hingen riesige Kronleuchter, und offene Kamine – acht Stück befanden sich im ganzen Haus – bedrohten die Bewohner mit ihren geöffneten Schlündern. Überdies ließen die Fenster mit ihren tiefen Höhlen nicht viel Licht in die Räume dringen. Das abweisende, dunkel und bedrohlich wirkende Haus paßte nicht nur zu Lornas tiefer Depression, sondern vergrößerte sie sogar noch.

Tag für Tag fühlte sie den Schmerz – von dem Moment an, in dem sie in ihrem Bett mit den dicken Säulen und dem schweren Baldachin die Augen öffnete, bis zu dem Augenblick, in dem sie zum Abendessen das düstere Speisezimmer betrat, dessen Wandbespannung sie schon immer an Leichentücher erinnert hatte. Die dunkle

Holztäfelung des unteren Teils der Wände schluckte überdies einen großen Teil des ohnehin schon spärlichen Lichts.

Sie fühlte sich, als hätte sie ihr Herz in Rose-Point-Cottage gelassen und als trüge sie nun an dessen Stelle einen leblosen, überflüssigen Klumpen mit sich herum – wie eine Geldbörse, in der kein Geld war.

Eine Woche verging und Lorna strich lustlos und schweigsam im Haus umher. In der zweiten Woche wuchs Levinias Besorgnis. Sie legte Lorna ihre Hand auf die Stirn, um festzustellen, ob sie Fieber hatte. »Lorna, was ist nur los mit dir? Du bist so anders, seitdem wir wieder in der Stadt sind.«

»Es ist nichts. Ich vermisse bloß den Garten, das helle, freundliche Haus, die klare, frische Luft, das ist alles. Dieses Haus macht mir angst; es ist so dunkel und abweisend.«

»Du nimmst aber fast kein Essen mehr zu dir, und dein Gesicht ist fahl und bleich.«

»Mutter, ich habe dir bereits gesagt, daß ich nichts habe. Wirklich nicht.«

»Was auch immer du sagst, ich mache mir Sorgen um dich, mein Kind. Als wir in Rose-Point-Cottage abreisten, sprach ich von der Addisonschen Krankheit und habe dich seitdem beobachtet. Und gestern habe ich in unserem Krankheitsbuch nachgeschlagen. Lorna, du zeigst mehrere Symptome dieser fürchterlichen Krankheit!«

»Oh, Mutter...« Lorna flüchtete sich in die entgegengesetzte Ecke des Zimmers und zeigte mehr Energie als in den vergangenen zwei Wochen zusammen. »Um Himmels willen!«

»Lorna, es ist wahr. Du bist seit zwei Wochen matt und gleichgültig, hast keinen Appetit und eine offensichtliche Abneigung gegen Fleisch. Mußtest du dich auch übergeben?«

»Nein, Mutter, ich mußte mich nicht übergeben... Und nun, bitte...«

»Sprich nicht in einem solchen Ton mit deiner Mutter. Alle anderen Symptome passen zu der Beschreibung, und die Übelkeit kommt erst in einem fortgeschrittenen Stadium hinzu. Ich denke, wir sollten trotzdem Dr. Richardson aufsuchen.«

»Nein, ich werde nicht zu Dr. Richardson gehen. Ich fühlte mich nur ein wenig erschöpft, das ist alles.«

Levinia dachte einen Augenblick nach, dann erhob sie sich zu ihrer vollen Größe, als hätte sie nun eine Entscheidung getroffen. »Nun gut. Wenn du nicht krank bist, dann wird es höchste Zeit, daß du diesen Trübsinn beendest und dich wieder unter Menschen begibst. Dorothea DuVal hat uns beide am kommenden Donnerstag zum Mittagessen zu sich nach Hause eingeladen. Ich habe die Einladung bereits angenommen. Wir beide sind der Meinung, daß es Zeit wird, langsam die Hochzeit zu planen. Der Juni kommt schnell, weißt du!«

»Aber Taylor und ich sind noch nicht einmal offiziell verlobt!«

»Ja, das weiß ich. Die Verlobung wird in Kürze stattfinden.«

Lorna starrte Levinia fassungslos an. Sie fühlte ohnmächtige Wut auf ihre Mutter, die sich weigerte, sie zu den Hochzeitsplänen anzuhören, Wut auf ihre Mutter und Dorothea DuVal, die so selbstgefällig über ihr Leben entschieden. Alles in ihr sträubte sich gegen diese Hochzeit.

Doch im selben Augenblick wurde ihr auch bewußt, daß all ihre Einwände gegen diese Verbindung hinweggewischt würden – wenn man ihr überhaupt Gehör schenkte. Zum großen Erstaunen ihrer Mutter antwortete Lorna also mit ruhiger Stimme: »Wie du wünschst, Mutter.«

Sie verließ den Raum und suchte Tante Agnes. Im Musikzimmer fand sie die alte Dame, die in ihrem Schaukelstuhl nahe beim Fenster saß, dessen Spitzengardine sie zurückgezogen hatte, um mehr Licht in den düsteren Raum dringen zu lassen. In ihren Händen hielt sie eine Stickarbeit.

»Tante Agnes, kann ich mit dir sprechen?«

Agnes nahm ihre Brille ab und legte sie auf das zierliche Tischchen neben sich. »Aber natürlich, Lorna, jederzeit.«

Lorna schloß die gepolsterte Flügeltür hinter sich und zog einen niedrigen Fußschemel neben Agnes' Schaukelstuhl.

»Tante Agnes«, begann sie, ließ ihre Ellbogen auf die Knie sinken und legte den Kopf in die Hände. Sie schaute auf und blickte in ein Paar freundliche blaue Augen. »Ich muß dir nun das wichtigste Geheimnis meines Lebens anvertrauen.«

»Wenn du das tust, werde ich mich dessen würdig erweisen und es bis in mein Grab für mich behalten.«

Lorna strich liebevoll über die blassen, runzligen Hände der alten Dame. »Erinnerst du dich, als ich dir von dem Mann erzählte, den ich liebe? Nun, dieser Mann ist nicht Taylor DuVal. Es ist ein Mann, den Vater und Mutter niemals akzeptieren würden. Es ist einer ihrer Angestellten, Jens Harken, der Mann, der Vaters Boot baut. Bevor er mit dem Bau begann, arbeitete er in unserer Küche, aber all das stört mich nicht. Ich liebe ihn so tief und aufrichtig, wie du Captain Dearsley geliebt hast. Ich möchte ihn heiraten.«

Tante Agnes blickte sie liebevoll an, nahm Lornas Gesicht zwischen ihre warmen Hände und sagte mit bewegter Stimme: »Liebes Kind, dann hast du die wahre Liebe gefunden. Du gehörst zu den wenigen Menschen, denen dieses große Glück zuteil wird.«

Lorna lächelte. »Ja, ich gehöre zu ihnen.«

Agnes ließ ihre Hände sinken. »Und du bist bereit, dafür zu kämpfen – das wirst du auch müssen, denn Levinia und Gideon werden alles tun, um eine solche Verbindung zu verhindern!«

»Damit haben sie bereits begonnen. Mutter und Dorothea DuVal treffen sich am kommenden Donnerstag zum Essen, um die Hochzeit zu besprechen. Ich soll auch dabeisein. Ich habe Mutter schon mehrmals gesagt, daß ich Taylor nicht heiraten werde, aber sie hört mir einfach nicht zu!«

»Du mußt wissen, Lorna, daß deinen Eltern dieses große Glück der wahren Liebe nicht vergönnt war. Sie können es nicht verstehen.«

»Aber was soll ich nur tun?«

»Kann der junge Bootsbauer denn für dich sorgen?«

»Nein, noch nicht. In einem Jahr vielleicht.«

»Hast du mit Taylor gebrochen?«

»Nein. Ich habe ihn in der letzten Zeit gemieden und darauf gehofft, daß er sich zurückziehen würde.«

»Hm, das ist aber kein aufrichtiges Verhalten, Lorna.«

»Ich weiß«, wisperte sie schuldbewußt.

»Und auch kein sehr wirkungsvoller Weg. Wenn du möchtest, daß er aufhört, dir den Hof zu machen, dann mußt du ihm das sagen. Falls es nötig ist, sage ihm, daß du einen anderen Mann liebst. Es wird ihn sicher verletzen, aber wen von uns allen hat die Liebe noch nicht verletzt? Der Schmerz erfüllt seinen Zweck – er vergrößert unsere Freude, wenn sie schließlich eintrifft. So wie ich die Dinge sehe, solltest du zuallererst ganz unmißverständlich die Bande zu dem jungen Taylor lösen. Jahrhundertelang haben Mütter ihre Töchter zum Altar getrieben, mit ihren Söhnen hingegen haben sie das nie getan. Wenn ihr beide die Hochzeit ablehnt, müssen selbst diese beiden Tyranninnen kapitulieren. Je eher du mit Taylor sprichst, desto besser.«

Diesmal nahm Lorna Tante Agnes' Gesicht zwischen die Hände. Sie küßte die alte Dame mitten auf den Mund und sagte mit aufrichtiger Stimme: »Jetzt weiß ich, weshalb Captain Dearsley dich so sehr geliebt hat. Vielen Dank, Tante Agnes.«

Am nächsten Morgen zog Lorna ihr Ausgehkostüm an und nahm die Trambahn den Hügel hinab in das Geschäftszentrum der Stadt zu den Bürogebäuden der DuVal-Mühlen-Gesellschaft, die sich am Fuße des dichten Waldes von grauen, in den Himmel emporragenden Förderwerken und Silos am Westufer des Mississippi befanden. Die Gegend war staubig, es roch nach Hafer, und in der Luft lagen die feinen Partikel gemahlenen Korns.

Taylor trug lederne Ärmelschoner und saß an seinem Schreibtisch in einem verglasten Büro, als man Lorna meldete. Seine Überraschung war ihm anzusehen: Er sprang auf die Füße, und seine Augen glänzten, als er sie durch die Glaswand näher kommen sah. Sie winkte ihm unbefangen zu. Er kam lächelnd auf die andere Seite seines wuchtigen Schreibtisches, streifte die Ärmelschoner ab und ließ sie auf die Schreibplatte fallen, als Lorna den Raum betrat.

»Lorna«, rief er erfreut aus und streckte ihr zum Empfang herzlich beide Arme entgegen. »Welch eine Überraschung!«

»Hallo, Taylor!«

»Ich konnte es gar nicht glauben, als Ted dich meldete. Ich dachte, er scherzte.«

»Hier also erlernst du den Beruf deines Vaters.«

»Ja.« Er machte eine ausladende Geste. »Ganz hübsch staubig, nicht wahr?«

»Ja, in der Tat.« Sie schaute sich neugierig um. »Und das hier ist dein Büro.«

»Mit seinen staubigen Fensterscheiben.«

»Könntest du bitte für einen Augenblick die Tür schließen?« Ihr Tonfall ließ sein Lächeln erstarren.

»Natürlich.« Er führte sie am Ellbogen in die Mitte des Raumes und schloß die Tür hinter ihr. Dann nahm er einige Papiere von dem Sessel und wischte mit der Hand den Staub von der Sitzfläche.

»Bitte... nimm Platz.«

Sie ließ sich vorsichtig nieder, doch vermied es, mit dem Rücken die Lehne zu berühren. Er selbst nahm in einem abgenutzten Ledersessel mit laut quietschenden Federn hinter seinem Schreibtisch Platz.

Dann herrschte einen Augenblick lang Schweigen.

Lorna brach die Stille. »Ich bin gekommen, Taylor, um mit dir über etwas sehr Wichtiges zu sprechen. Es tut mir sehr leid, daß es hier stattfinden muß, an einem gewöhnlichen Werktag mitten in der Woche, aber ich wußte einfach nicht, wie ich es sonst hätte tun sollen.«

Abwartend schaute er sie an, seine Unterarme ruhten auf einer ledernen Schreibunterlage, die größer war als ein Teetablett. Er trug einen graugestreiften Anzug, ein weißes Hemd mit einem hohen, weißen Stehkragen und eine schwarze Krawatte. Zum hundertsten Mal fragte sie sich, weshalb sie sich nicht Hals über Kopf in diesen Mann verliebt hatte: Er war perfekt!

»Hat deine Mutter kürzlich mit dir gesprochen – über uns?« fragte sie ihn.

»Ja, allerdings, das hat sie. Gerade gestern abend.«

»Taylor, du sollst wissen, daß ich große Stücke auf dich halte. Ich bewundere dich und... und wir hatten viel Spaß zusammen. Diesen Sommer, als du mir die Uhr schenktest, hast du gesagt, daß du mich heiraten möchtest. Taylor« – sie geriet ins Stocken und starrte hinunter auf ihre Handschuhe – »es ist sehr schwer für mich...« Sie hob den Blick und schaute ihn geradeheraus an. »Du bist ein wunderbarer Mann, ein aufrichtiger, fleißiger Mensch, und ich bin sicher, daß du einen großartigen Ehemann abgeben würdest, aber die Wahrheit ist... Es tut mir so leid, dir das zu sagen, Taylor... aber ich liebe dich nicht. Nicht so, wie eine Frau den Mann, den sie heiratet, lieben sollte.«

Taylors Bart senkte sich auf der linken Seite nach unten, so als bisse er sich auf die Unterlippe. Reglos saß er da, die Hände lagen auf der Lederunterlage, dazwischen ein Blatt Papier mit blauen Linien. Seine Ruhe bestürzte Lorna. Sie redete weiter, um ihre Verwirrung zu verbergen.

»Unsere Mütter stecken schon ihre Köpfe zusammen, und morgen wollen sie gemeinsam mit mir ihre Pläne für die Hochzeit besprechen. Taylor... ich bitte dich, hilf mir, sie davon zu überzeugen, daß unsere Verbindung nicht richtig ist, denn wenn du das nicht tust, werden sie mich zwingen, dich zu heiraten.«

Jetzt endlich schien Taylor wieder zu erwachen. Er stieß den Sessel zurück, atmete tief durch und fuhr sich mit der Hand über das Gesicht. Sie blieb über Mund und Kinn liegen, als er Lorna mit fassungslosem Kopfschütteln betrachtete. Schließlich ließ er die Hand sinken und bemerkte: »Ich habe es schon geahnt.« Peinlich genau plazierte er den Tintenlöscher in der Ecke der ledernen Schreibunterlage. »Du bist mir den ganzen Sommer aus dem Weg gegangen, aber ich wußte nicht, weshalb. Als ich bemerkte, daß du die Uhr nicht trugst, kam mir eine böse Ahnung. Aber ich hatte immer die Hoffnung, daß du deine Meinung ändern würdest... daß es eines Tages wieder so sein würde wie an den ersten Abenden. Was ist nur passiert, Lorna?«

Er sah so verletzt aus, daß Lorna sich sehr unwohl fühlte und seinen Blicken auswich.

Er beugte sich nach vorne, faltete seine Hände auf dem in grünes Leder gebundenen Hauptbuch und fragte mit ernster Stimme: »Habe ich etwas falsch gemacht? Habe ich mich in dieser Zeit verändert?«

»Nein.«

»Habe ich dich mit meinen Aufwartungen verletzt?«

Mit gesenktem Blick flüsterte sie: »Nein.«

»Was ist also der Grund? Ich bestehe darauf, ihn zu wissen. Was hat diesen Sinneswandel bewirkt?«

In ihren Augen schimmerten Tränen. Trotzdem blickte sie ihm nun offen ins Gesicht. »Ich liebe einen anderen.« Fassungslos starrte er sie an, während im Vorzimmer vier Arbeiter damit beschäftigt waren, Mehlsäcke zusammenzunähen und eine Katze auf der Suche nach Mäusen umherstrich. Der Boden erzitterte leicht unter dem Dröhnen der Maschinen ein Stockwerk unter ihnen.

Lorna ergriff das Wort. »Ich war offen zu dir, Taylor, weil ich mich schuldig fühle, dich verletzen zu müssen. Aber du sollst wissen, daß das nie in meiner Absicht lag.«

Nun kam Bewegung in Taylor. Er holte zu einer weiten Geste aus.

»Mit *wem*, um alles in der Welt, kannst du dich getroffen haben, ohne daß ich es bemerkt habe?« Die Wangen über seinem Bart hatten sich gerötet.

»Das kann ich dir nicht sagen, ich würde ein Geheimnis verletzen.«

»Es ist doch nicht etwa Mitchell Armfield, dieser Grünschnabel?«

»Nein, es ist nicht Mitch.«

»Wer dann?«

»Taylor, bitte. Ich kann es dir nicht sagen!«

Sie sah, daß in ihm der Zorn aufstieg, obwohl er versuchte, es zu verbergen. »Offenbar wissen deine Eltern nichts davon.« Als sie ihm nicht antwortete, fuhr er mit seiner Vermutung fort.

»Das heißt, daß sie mit ihm nicht einverstanden wären, nicht wahr?«

»Taylor, ich war ehrlich zu dir, aber es muß zwischen uns bleiben! Ich bitte dich, niemandem etwas von diesem Gespräch zu erzählen!«

Taylor DuVal erhob sich aus dem Sessel und ging nachdenklich zu der Glasscheibe, die sein Büro von dem übrigen Raum abteilte. Er blickte auf die Büroangestellten, die emsig bei der Arbeit waren und Geld für ihn verdienten, Geld, das er mit dieser Frau hätte teilen können, mit dem er ihr ein luxuriöses Leben hätte bieten können. Und er hätte sie wahrlich auf Händen getragen! Mit Geschenken überhäuft! Eine goldene Uhr hatte er ihr schon geschenkt, während sie ihm aus dem Weg ging. Ihm aus dem Weg ging! Du liebe Güte, dabei war er beileibe keine schlechte Partie! Sie hatte es selber gesagt: Er war ein aufrichtiger, fleißiger und loyaler Mann – bei Gott, er hatte sich ihr gegenüber sogar äußerst loyal verhalten! Und außerdem war er eine überaus angenehme Erscheinung. Zum Teufel mit ihr! Wenn ihr all dies nichts bedeutete, dann sollte es ihm leichtfallen, sie gehen zu lassen!

»In Ordnung, Lorna.« Entschieden drehte er sich um. »Du sollst deinen Willen bekommen. Ich werde mit meiner Mutter sprechen und ihr mitteilen, daß sich meine Zukunftspläne geändert haben. Ich werde dir nicht weiter zur Last fallen.«

Sie erhob sich, während er durch den Raum schritt.

»Es tut mir sehr leid, Taylor.«

»Ja... mach... dir keine Gedanken. Ich werde nicht lange suchen müssen.«

Lorna errötete. Er hatte recht, und sie wußte das. Er würde nicht lange allein sein, sobald bekanntwurde, daß er wieder frei war.

Als Levinia die Neuigkeit vernahm, erlitt sie eine Krise. Mit geschlossenen Augen sank sie wimmernd in den Sessel, nur ihr mit Iriswasser besprenkeltes Taschentuch konnte im letzten Moment eine Ohnmacht verhindern.

Gideon fluchte und schimpfte.

Jenny schrieb Taylor einen Brief, in dem sie die zerbrochene Verlobung zutiefst bedauerte und ihm ein verständnisvolles Ohr anbot, falls er das Bedürfnis verspürte, über die Angelegenheit zu sprechen.

Phoebe erkundigte sich ganz unverblümt und mit strahlendem Gesicht: »Er ist also wieder zu haben?«

Tante Henrietta grollte: »Du undankbare Göre, eines Tages wirst du es bereuen!«

Tante Agnes breitete ihre Arme aus und sagte. »Wir Romantikerinnen müssen zusammenhalten!«

Lorna schrieb Jens einen Brief:

Mein Geliebter,
trostlos sind die Tage ohne Dich, aber ich habe gute Neuigkeiten. Ich habe nun endlich begonnen, mein eigenes Leben in die Hand zu nehmen und meine Beziehung mit Taylor DuVal beendet, ein für allemal …

Jens antwortete:

Geliebte Lorna,
der Schuppen ohne Dich ist wie eine Violine ohne Saiten. Hier ist keine Musik mehr …

Lorna schrieb zurück:

Jens, mein Schatz,
noch nie sind mir so wenige Wochen so lang erschienen. Ich weiß nicht, ob es nur unsere Trennung ist, die diese Lethargie in mir entstehen läßt. Ich fühle mich so leblos und verspüre nicht einmal mehr Appetit. Mutter befürchtet, daß ich an der Addisonschen Krankheit leide, aber ich bin sicher, daß sie es nicht ist. Sie möchte, daß ich zum Arzt gehe, aber der einzige, der mich heilen kann, bist Du …

Jens antwortete:

Liebste Lorna,
ich war sehr besorgt, als ich Deinen Brief gelesen habe. Falls Du Dich krank fühlst, mein Schatz, tue bitte, was Deine Mutter sagt, und suche einen Arzt auf. Ich wüßte nicht, was ich täte, wenn Dir etwas zustößt …

Lornas Zustand hielt an. Der Geruch nach Essen, besonders nach gekochtem oder gebratenem Fleisch, drehte ihr den Magen um. Als sich eines Morgens auch noch das letzte Symptom der Addisonschen Krankheit einstellte und Lorna sich übergeben mußte, erfaßte auch sie die Angst. Schnurstracks lief sie zu Tante Agnes.

Agnes warf nur einen Blick in Lornas bleiches Gesicht und eilte durch das Zimmer auf ihre Nichte zu. »Um Gottes willen, Kind, was hast du? Du siehst aus, als hättest du kein Blut mehr in deinen Adern. Setz dich hier hin.«

Kraftlos ließ Lorna sich sinken. »Tante Agnes.« Sie ergriff die Hände ihrer Tante und hob ihren verängstigten Blick. »Bitte erzähle Mutter nichts davon, ich möchte sie nicht beunruhigen, aber auch ich glaube nun, daß ich an der Addisonschen Krankheit leide.«

»Was? Ganz sicher nicht! Addisonsche Krankheit! Wie kommst du denn nur auf einen solchen Unfug?«

»Ich habe in dem dicken Krankheitsbuch nachgeschlagen und bin auf dasselbe gestoßen, was Mutter bereits vermutete. Ich habe alle Symptome dieser Krankheit, und nun muß ich mich auch noch übergeben, und in dem Buch steht, daß dies das fortgeschrittene Stadium anzeigt. Oh, Tante Agnes, ich will doch noch nicht sterben!«

»Höre sofort damit auf, Lorna Barnett! Du wirst nicht sterben! Beschreibe mir all diese Symptome!«

Lorna erging sich in allen Einzelheiten, noch immer voller Angst Agnes' Hände umklammernd. Als sie geendet hatte, setzte sich Agnes neben sie auf die Sesselkante.

»Lorna, liebst du mich?« fragte sie mit ernster Stimme.

Lorna starrte sie verständnislos an, diese Frage überraschte sie.

»Aber ja, natürlich.«

»Und du vertraust mir?«

»Ja, Tante Agnes, das weißt du doch.«

»Dann mußt du mir nun eine Frage beantworten, und du mußt ganz ehrlich sein.«

»Ja, Tante Agnes.«

Agnes hielt Lornas Hand noch ein wenig fester. »Hast du mit deinem jungen Bootsbauer das getan, was Braut und Bräutigam in der Hochzeitsnacht tun?«

Lorna schoß die Röte ins Gesicht. »Ja.«

»Nur einmal?«

Wieder antwortete sie mit leisem Flüstern. »Mehr als einmal.«

»Ist deine Regel ausgeblieben?«

»Ja, die letzte.«

Nun hatte sich auch Agnes' Stimme zu einem Flüstern gesenkt. »Lieber Gott im Himmel!« Schnell faßte sie sich. »Es ist nicht die Addisonsche Krankheit... es ist etwas viel Schlimmeres! Wenn mich nicht alles täuscht, mein Kind, bist du guter Hoffnung!«

Lorna sagte kein Wort. Ihre Hände entzogen sich Tante Agnes' Händen, mit einer faßte sie sich an ihr Herz. Ihr Blick schweifte zum Fenster, und ihre Lippen formten sich zu einem lautlosen »Oh«. Zwei Dinge kamen ihr nun in den Sinn: *Nun werden sie mich Jens heiraten lassen, und Jens wird so glücklich sein.*

Agnes erhob sich und ging im Zimmer auf und ab. »Laß mich nachdenken...«

Lorna murmelte: »Ich bekomme ein Baby von Jens.«

Agnes ergriff das Wort. »Zuerst müssen wir feststellen, ob es wirklich stimmt. Und bis dahin sehe ich keinen Grund, es deinen Eltern zu sagen. Ja, so machen wir es. Ich muß einen Arzt finden, am besten einen in Minneapolis, einen, der uns nicht kennt. Wir fahren gemeinsam dorthin. Wir werden deiner Mutter erzählten, daß wir zum Einkaufen und anschließend zum Teetrinken ausgehen, und dann nehmen wir die Bahn. Hör zu, mein Schatz. Es kann ein Weilchen dauern, bis ich alles arrangiert habe, aber ich werde mich beeilen. Bis dahin ißt du viel Obst und Gemüse und trinkst Milch, auch wenn du sonst nichts bei dir behalten kannst.«

»Ja, das werde ich tun.«

»Ich muß sagen, daß du die Neuigkeit gelassener hinnimmst, als viele andere Mädchen es in deiner Lage täten.«

»Aber verstehst du denn nicht? Nun werden sie mich ihn heiraten lassen. Oh, Tante Agnes, das ist die Antwort auf all unsere Gebete!«

Agnes legte ihre Stirn in sorgenvolle Falten. »Ich glaube nicht, daß deine Mutter deiner Meinung ist.«

Zu Lornas großer Überraschung entpuppte sich Agnes an dem Tag, an dem die beiden den Arzt besuchten, als eine Lügenkönigin. Zuerst steckte sie Lorna ihren Verlobungsring an, den sie selbst nicht vom Finger genommen hatte, seitdem Captain Dearsley ihr ihn im Jahr 1845 angesteckt hatte. Bei dem Arzt angekommen, stellte sie sich als Agnes Henry und Lorna als Laura Arnett vor. Als der Arzt bestätigte, daß Lorna im Mai oder Juni niederkommen würde, ließ Agnes ihrem Entzücken freien Lauf und teilte ihm überschwenglich mit, wie sehr sie sich auf ihr Enkelkind freute und wie glücklich auch der junge Ehemann sein würde. Sie zahlte die Arztrechnung in bar, schenkte dem Arzt ein strahlendes Lächeln und bestätigte artig, daß sie wie empfohlen in zwei Monaten wiederkämen.

Beim Mittagessen im Chamblerlain's bemerkte Lorna: »So kenne ich dich gar nicht, Tante Agnes.«

»So?« Tante Agnes hob mit abgespreiztem kleinem Finger ihre Kaffeetasse, ihre Hand zitterte leicht.

»Warum hast du das getan?«

»Weil dein Vater ein sehr bekannter Mann in der Stadt ist und eine solche Neuigkeit wie ein Lauffeuer die Runde machen würde. Deine Eltern wüßten über alles Bescheid, noch ehe du diesen Bissen hinuntergeschluckt hättest.«

Lornas Herz füllte sich mit Liebe. »Ich danke dir.«

»Du hast das Recht, die Neuigkeit zuerst deinem jungen Mann mitzuteilen, so daß ihr gemeinsam vor deine Eltern treten könnt. Wenn er dich wirklich so sehr liebt, wie du sagst, und ihr ernste Heiratsabsichten habt, werden deine Eltern vielleicht nur fünfundzwanzig Jahre grollen anstatt fünfzig.«

Lornas Augen spiegelten die Zuneigung wider, die sie für ihre Tante empfand. »Oh, Tante Agnes, ich bin so glücklich. Stell dir nur vor, ich trage sein Baby in mir! Ich habe keine Angst mehr vor Mutter und Vater, obwohl es eine schreckliche Szene geben wird, aber wenn sie sich erst einmal wieder beruhigt haben, werden sie uns helfen, da bin ich ganz sicher.«

Als Agnes an jenem Abend ihr Gebet sprach, hängte sie ein kleines Gebet um Vergebung für ihre Lügen an und ein sehr viel längeres, in dem sie den Herrgott inständig darum bat, daß ihr Vater und seine Frau wenigstens dieses eine Mal in ihrem Leben die Gefühle ihrer Tochter über ihre eigenen stellten.

Zwölftes Kapitel

Das Rose-Point-Cottage machte nun, nach der Abreise der Barnetts, einen verlassenen Eindruck. Die Fenster waren von innen mit weißen Tüchern verhängt, die Korbmöbel von der Veranda in den Keller geräumt, die Beete für den bevorstehenden Winter mit Mulch bedeckt, der schwimmende Bootssteg an Land geholt. Auf dem See waren nun keine weißen Segel mehr zu sehen. Noch auffälliger aber war die Ruhe, die nun herrschte. Keine an- und abfahrenden Kutschen, kein Hufgeklapper, kein Plätschern der Springbrunnen, kein Tuten der Schiffssirenen. Keine Stimmen kamen mehr vom Rasen oder aus dem Garten. Nur noch Smythes gelegentliches Grummeln war zu hören, wenn er sich über sein Gewächshaus beschwerte.

Ab und zu sah Jens den Gärtner durch die Bäume hindurch, die bereits alle Blätter verloren hatten, und manchmal vernahm er das Knirschen der Räder, wenn Smythe seinen Schubkarren über die Kieswege schob.

Morgens und abends legte Jens den vierzigminütigen Fußmarsch zwischen dem Hotel Leip und dem Barnettschen Schuppen zurück. Er beobachtete, wie die Tage kürzer und kürzer wurden, schaute den Eichhörnchen zu, die in höchster Eile ihre Vorratskammern füllten, bemerkte den morgendlichen Rauhreif, der die kahlen Äste mit einer immer dickeren Schicht überzog. Nun brauchte er schon einen zusätzlichen Pullover unter seiner Wolljacke und dicke Handschuhe. Im Schuppen entzündete er jeden Morgen im Ofen ein Feuer aus den Resten des Zedernholzes und legte im Laufe des Tages Ahornholz nach, das lange glühte und viel Wärme abgab. Auf den Ofenrost legte er eine Kartoffel, die er zu Mittag aß. Nachdenklich blickte er dann auf den Boden und erinnerte sich an die ersten Tage der Freundschaft mit Lorna, als sie auf den hölzernen Planken ihr Picknick verspeisten. Auf dem Fensterbrett lag noch immer der Rittersporn, vertrocknet zwar, aber immer noch so blau wie der Sommerhimmel, unter dem sie sich verliebt hatten.

Manchmal besuchte ihn Tim. Dann erfüllten der Duft seiner Pfeife und sein freundliches Lächeln den Schuppen. Er fotografierte die Fortschritte, die das Boot machte, und wenn er sich verabschiedete, war es im Schuppen einsamer als zuvor.

Jens hatte den Rumpf des Bootes beendet, die Farbe war getrocknet, und begann nun mit dem Innenausbau. Zuerst waren die Deckplanken an der Reihe. Wieder hobelte und schmirgelte er das Holz. Als seine Hände über die *Lorna D* glitten, hatte Jens das Gefühl, er berührte Lorna selbst, so lebendig war in ihm die Erinnerung an die Berührungen, ihre Haut, ihren Körper, daran, wie er ihr nach der Liebe sanft über den Rücken strich. Oft hörte er bei der Arbeit ihre Worte: *Wenn ich dich beim Hobeln beobachte, fühle ich dasselbe wie damals.* Er lächelte wehmütig bei dem Gedanken an diesen Tag. Er erinnerte sich noch genau daran, was sie damals getragen hatte, wie ihr Haar frisiert war, mit welchen Blicken sie ihn bei der Arbeit beobachtete und wie sie ihm die Kleidung beschrieb, die er trug, als er für sie in der Küche das Eis hobelte. Es hatte ihn ziemlich erstaunt, an welche Einzelheiten sie sich erinnerte – sie mußte ihn wirklich lieben. Weshalb sonst hätte sie sich so genau an die Szene in der Küche erinnern sollen?

Ohne sie fühlte er eine tiefe Einsamkeit in sich.

In ihren Briefen schrieb sie ihm, daß sie ihn vermißte, daß sie sich krank fühlte vor Sehnsucht, daß nur er sie heilen konnte. *Laß es wirklich nur die Sehnsucht sein,* dachte er, *nichts anderes als die Sehnsucht.*

Der Oktober ging seinem Ende entgegen, und das Wetter wurde schlechter. Um den See herum bildete sich ein Gürtel aus Rauhreif, wenig später bedeckte der erste Schnee das braune Schilf. Das Deck der *Lorna D* war fertig, und Jens benötigte zum Aufspannen der abdichtenden Leinwand Hilfe. Er bat Ben. An einem Morgen, als gerade ein kalter Herbststurm über das Land hinwegfegte, arbeiteten die beiden in dem behaglich warmen Schuppen. Der Ofen glühte, in der Luft lag der Geruch nach frischer Farbe und Terpentin. Die beiden hatten die Deckplanken mit Teerfarbe gestrichen und spannten nun die Leinwand über das noch feuchte Holz.

Ben spuckte ein letztes Mal in die Hände und befestigte mit Hammer und Nägeln das Tuch. »Übrigens...«, sagte er. »Was gibt es Neues von Lorna Barnett?«

Jens' Hammerschlag verfehlte zum ersten Mal den Nagel. »Wie kommst du darauf, daß ich etwas Neues von Lorna Barnett wüßte?«

»Ach komm schon, Jens. Ich bin nicht so dumm, wie ich aussehe. Seitdem die Barnetts in die Stadt abgereist sind, schleichst du durch die Gegend wie ein liebeskranker Kater.«

»Man sieht es mir also an?«

»Ich weiß nicht, wem es sonst noch auffällt, aber mir ganz sicher.«

Jens unterbrach seine Arbeit und richtete sich auf. »Es ist schwer, sie zu vergessen, Ben.«

»Das ist immer so, wenn man sich einbildet, jemanden zu lieben.«

»Zwischen uns ist mehr. Wir bilden es uns nicht nur ein.«

Ben schüttelte voller Mitgefühl den Kopf. »Dann tust du mir leid, armer Kerl. Selbst für alle Boote des White-Bear-Segelklubs wollte ich nicht in deiner Haut stecken.«

Bens Pessimismus erfaßte nun auch Jens. Er wurde nachdenklich und verdrießlich und fragte sich, ob Lorna und er sich nicht selbst belogen, ob es wirklich möglich war, sie den Fangarmen ihrer Eltern zu entreißen und zu heiraten. Und selbst wenn ihnen das gelang – würde sie als Frau eines einfachen Bootsbauers, der nie auch nur annähernd so reich sein würde wie ihr Vater, überhaupt glücklich werden? Vielleicht tat er ihr einen größeren Gefallen, wenn er sie freigab und ihr riet, wieder zu DuVal zurückzukehren. Er konnte ihr das Leben bieten, das sie gewohnt war.

Die dunklen Gedanken wühlten Jens innerlich auf; er fühlte sich elend. Sie raubten ihm nachts den Schlaf und tagsüber die Ruhe. Er empfand eine tiefe Unzufriedenheit, fühlte sich Lornas unwürdig.

Ihre Briefe hatte er wieder und wieder gelesen, bis er sie auswendig kannte. Er vermißte sie, sehnte sich nach ihr, nach ihrem Blick, ihrem Lächeln, ihrer Berührung. Er wußte nicht, wie er die Zeit der Trennung überstehen sollte.

Nachdem die gespannte Leinwand getrocknet war, arbeitete Jens wieder allein und machte sich an den Ausbau der Räume unter Deck. Er hatte sich für Mahagoni entschieden. Er genoß es, die Hände über das weiche, warme Holz gleiten zu lassen. An einem grauen Novembertag machte er sich in der Steuerkabine zu schaffen, als sich das große Schuppentor quietschend öffnete.

Erstaunt drehte er sich um und sah einen blauen Mantel und eine blaue Mütze auftauchen. Die Gestalt hatte ihm den Rücken zugewandt und schloß behutsam das Tor.

»Lorna?« Sein Herzschlag verdoppelte sich, als er ihr Gesicht erblickte. »Lorna!« Er ließ das Werkzeug fallen und schwang sich über die Reling des Bootes.

Beide stürzten aufeinander zu. Neben dem Boot fielen sie sich in die Arme. Der Schwung ihrer Bewegungen preßte sie fest aneinander, ihre Lippen fanden und vereinten sich sogleich.

Dann betrachteten sie sich. »Gütiger Heiland, du bist da!« Er nahm ihren Kopf zwischen die Hände und bedeckte ihr Gesicht mit Küssen. Seine Finger strichen ungläubig über ihre Augenbrauen, während er wieder und wieder ihren Mund küßte.

»Jens... laß mich dich anschauen... Jens...« Sie strich über sein Gesicht und murmelte: »Mein Geliebter... mein Geliebter...«

Er drückte sie so fest an sich, daß sie kaum noch Atem holen konnte. »Lorna, was tust du hier?«

»Ich mußte dich einfach sehen. Ich habe es nicht mehr ausgehalten.«

»Du hast mir das Leben gerettet.« Er schloß die Augen und sog den Duft ihres Haares ein, ließ seine Hände über ihren Rücken gleiten. Sie lag lächelnd in seinen Armen.

»Was hast du ihnen erzählt?«

»Ich habe gesagt, ich würde Phoebe besuchen.«

»Bist du mit dem Zug gekommen?«

»Ja.«

»Wie lange kannst du bleiben?«

»Bis drei.«

Er zog eine Uhr aus der Tasche – Viertel vor zehn – und ließ sie wieder zurückgleiten. Er schüttelte noch immer fassungslos den Kopf. »Ich kann es noch gar nicht glauben. Laß sehen, ob du auch Wirklichkeit bist!«

Sie war Wirklichkeit, warm und duftend schmiegte sie sich an ihn, als sie sich abermals innig küßten. Schließlich mußten sie ja die Küsse ihrer fünfwöchigen Trennung nachholen. Als der Kuß endete, war ihr Mantel aufgeknöpft, und er umfaßte ihre Brüste unter dem dicken Winterkleid.

»Du hast mir so sehr gefehlt«, murmelte sie immer wieder.

»Du hast mir mindestens ebenso gefehlt. Ich hätte es nie für möglich gehalten, daß man einen Menschen so vermissen kann.« Bei der Erinnerung an die vergangenen grausamen Wochen blieben seine Augen geschlossen. Wie konnte er auch nur einen Augenblick lang glauben, daß sie sich von ihm abgewandt hatte? Wie hatte ihm der Gedanke kommen können, sie zu einem anderen Mann zu schikken?

Offen gestand sie: »Ich habe deine Hände auf meiner nackten Haut vermißt.«

Er hielt sie in einer kurzen Entfernung, hob ihr Gesicht. »Hast du meine Briefe erhalten?« fragte er.

»Ja. Hast du meine bekommen?«

»Ja, aber ich habe mir große Sorgen gemacht. Geht es dir wieder besser?«

»Ja, mir geht es gut. Wirklich. Komm...« Sie nahm ihn bei der Hand und führte ihn zu der gußeisernen Gartenbank, neben der der Ofen glühte und seine Wärme verbreitete. »Ich muß dir etwas sagen.« Sie schmiegten sich eng aneinander, die Beine zum Ofen hingestreckt, die Finger ineinander verflochten. Den Blick auf seine Knöchel gerichtet, sprach sie mit ruhiger Stimme. »Es sieht so aus, Jens, als sei ich guter Hoffnung.«

Der Druck seiner Hand ließ kurz nach, um dann um so stärker zu werden. »Oh, Lorna«, flüsterte er. Sie bemerkte, daß sein Atem stoßweise ging und das Blut aus seinem Gesicht wich. Dann umklammerte er sie verzweifelt. »Oh, Lorna, nein!« Er schluckte tief.

»Freust du dich denn nicht?«

Als er nicht antwortete, stieg wilde Angst in ihr auf.

»Jens... bitte...«

Seine Umklammerung ließ nach. »Es tut mir leid«, brachte er mit vor Entsetzen rauher Stimme hervor. »Es tut mir leid. Ich... ich... o Gott im Himmel... schwanger. Bist du auch sicher?«

Sie nickte schweigend, ihre Angst wurde größer. Sie hatte Verständnis und Bestätigung erwartet. Sie hatte Freude erwartet. Sie hatte erwartet, daß er ihr mit liebevoller Stimme und zärtlichem Blick sagte: »Hab keine Angst, Lorna. Jetzt können wir heiraten.«

Seitdem sie die Neuigkeit wußte, hatte sie nicht geweint, aber nun schnürten ihr die Tränen die Kehle zu.

»Jens, sag doch etwas. Du ängstigst mich zu Tode.«

Er löste sich aus der Umarmung und blickte in ihr Gesicht. »Ich wollte nicht, daß es so kommt, daß du... in Schwierigkeiten gerätst. Wissen es deine Eltern schon?«

»Nein.«

»Bist du ganz, ganz sicher, daß es stimmt?«

»Ja. Ich war mit Tante Agnes bei einem Arzt.«

»Wann kommt es?«

»Im Mai oder Juni. Er konnte es nicht mit Sicherheit sagen.«

Jens erhob sich und begann mit gerunzelter Stirn und abwesendem Blick im Schuppen auf und ab zu wandern. Bei jedem Schritt, den er tat, schwand ihre Hoffnung. Der Ofen strahlte bullige Wärme ab. Der Geruch nach Farbe und Terpentin benebelte ihre Sinne. Kalter Schweiß brach ihr aus, die Angst lag wie ein schwerer Klumpen in ihrem Magen.

Doch dann nahm sie all ihre Kraft zusammen und befahl: »Hör auf damit, Jens, und komm her!«

Erstaunt hielt er inne.

»Nie zuvor habe ich Angst gehabt... bis jetzt.« Sie bemühte sich, ihre Stimme ruhig klingen zu lassen.

Er erwachte aus seiner Geistesabwesenheit, eilte zu ihr und fiel auf die Knie. »Oh, vergib mir, mein Schatz, vergib mir!« Er faßte nach ihren Händen und küßte sie. Dann bettete er seinen Kopf in ihren Schoß. »Ich wollte dich nicht verängstigen. Ich war nur so überrascht, das ist alles... Nun denke ich darüber nach, was wir als nächstes tun. Oder hast du etwa gedacht, ich überlege, wie ich dich am schnellsten loswerde? Niemals, Lorna, niemals! Ich liebe dich.

Mehr als je zuvor. Aber wir müssen nun das Richtige tun. Wir müssen … Ach, Lorna, Liebling, weine nicht!« Zärtlich strich er ihr über das Gesicht und wischte ihre Tränen mit seinem Daumen weg. »Weine nicht!«

Sie warf sich abermals verzweifelt in seine Arme. »Bis zu diesem Augenblick hatte ich keine Angst, wirklich, Jens, aber du hast mir solche Angst gemacht.«

»Es tut mir so leid, mein Schatz, natürlich mußtest du Angst bekommen, als ich mich abwandte und wie ein verrückter Stier auf und ab lief, ohne zu sagen, worüber ich nachdachte, ohne mich über das Baby zu freuen. Unser Baby … Gott im Himmel, ich kann es kaum fassen.« Ganz vorsichtig legte er seine Hand auf ihren Bauch. »Unser Baby … hier drinnen, in dir.«

Sie legte ihre Hände über seine und fühlte die Wärme durch die dicken Kleider dringen. »Mach dir keine Sorgen, du kannst ihm nicht weh tun.«

Er spreizte die Finger auf dem Wollstoff ihres Kleides und blickte ungläubig auf ihren Bauch. Dann schaute er in ihr lächelndes Gesicht.

»Unseres«, flüsterte er.

Sie lehnte ihre Stirn an seine, und beide schlossen die Augen.

»Bist du nicht enttäuscht?« fragte sie flüsternd.

»Ach, Lorna, nein. Wie sollte ich enttäuscht sein?«

»Als ich es erfuhr, sagte ich ohne zu zögern zu Tante Agnes: ›Jens wird sehr glücklich sein!‹ Nun können sie uns nicht mehr trennen.«

Er setzte sich auf die Ferse und faßte nach ihren Händen. Mit ernstem Gesicht sagte er: »Wir müssen sofort zu deinen Eltern gehen und es ihnen sagen. Es ist schließlich ihr Enkel. Sie werden uns sicher ihren Segen geben, wenn sie sehen, daß wir uns lieben und auf der Stelle heiraten wollen. Ich suche uns hier eine Bleibe – es wird nicht sehr groß, aber billig sein. Den Winter über stehen hier so viele Häuser leer, und im Frühling kommt mein Bruder und wir werden gleich die Werft eröffnen. Weshalb sollten wir bis zur Regatta warten? Alle Welt redet schon über die *Lorna D*, und die Mitglieder des Segelklubs werden Schlange stehen, um bei mir ein Boot bauen zu lassen. Ich werde nicht gleich reich sein, aber ich kann für dich sorgen, Lorna, für dich und das Baby. Uns wird es gutgehen, das verspreche ich dir.«

Sie strich ihm über das vom Sprechen erhitzte Gesicht und lächelte in seine wunderbaren blauen Augen.

»Ja, ich bin ganz sicher. Und ich brauche all das Geld nicht, ich brauche kein großes Haus. Alles, was ich brauche, Jens Harken, das bist du.«

Sie küßten sich, zwischen ihnen herrschte nun wieder die alte Zärtlichkeit, das alte Verständnis. Jens zog Lorna auf die Füße und schlang beide Arme um sie. So standen sie eine lange Weile, friedlich, voller Hoffnung, ihr Baby zwischen sich, fest an den Bauch seines Vaters gepreßt.

»Jetzt erzähle mir... wie ist es dir ergangen?«

»Ich war oft sehr müde.«

»Hast du auch genug gegessen?«

»So gut es eben ging. Von Fleisch wird mir übel, sogar von dem Geruch.«

»Obst und Gemüse?«

»Ja, das schmeckt mir noch.«

»Gott sei gedankt für den alten Smythe und sein Gewächshaus! Ich würde ihn am liebsten gleich suchen und ihm die Hand schütteln.«

Lorna lächelte an seiner Schulter. »Ach, Jens, wie sehr ich dich liebe!«

»Und wie sehr ich dich liebe!«

»Glaubst du, daß wir viele Babys haben werden?«

»Da bin ich mir ganz sicher!«

»Was meinst du, wird es sein?«

»Ein Junge. Ein Bootsbauer wie sein Papa!«

»Oh, natürlich. Wie konnte ich nur eine solch dumme Frage stellen!«

»Das zweite kann meinetwegen ein Mädchen sein, eine kleine dunkelhaarige Schönheit, genau wie seine Mutter, und danach sollten noch einige Jungen kommen, denn bis dahin wird die Werft gut laufen und ich kann sie *Harken und Söhne* nennen.« Bei dieser Vorstellung mußte sie abermals lächeln. Der Gedanke an ihr zukünftiges Leben gefiel ihr!

Schließlich kehrte Jens wieder auf den Boden der Tatsachen zurück. »Hast du eine Kutsche vom Bahnhof hierher genommen?«

»Ja, aber ich habe sie wieder weggeschickt.«

»Was hältst du von einem ausgedehnten Spaziergang durch den Schnee?«

»Mit dir? Welch dumme Frage!«

»Dann sage ich dir nun, was ich vorhabe. Wir gehen zum Hotel Leip, du wartest in der Halle, während ich oben ein Bad nehme und meinen Sonntagsanzug anziehe. Dann nehmen wir zusammen den Zug in die Stadt, und noch heute werden wir mit deinen Eltern reden. Haben wir das erst einmal hinter uns gebracht, können wir alles weitere planen. Dann können wir uns überlegen, wo wir wohnen werden, und Hochzeitspläne schmieden.«

»Hast du genug Geld?«

»Ich habe jeden Penny gespart, seitdem ich bei deinem Vater arbeite. Ich habe genug, um uns durch den Winter zu bringen, vielleicht reicht es auch noch etwas länger.«

Sie fragte nicht, ob das Geld dann auch noch ausreichen würde, die Werft zu eröffnen. Ein Schritt nach dem anderen.

Arm in Arm wanderten sie unter dem grauweißen Himmel, der wie Marmor über ihnen lag. Auch der Schnee, der kaum den Boden bedeckte, erschien wie Marmor, durchzogen von den Adern des braunen Grases. In den kahlen Bäumen saßen Krähen, deren heiseres Krächzen über die brach daliegenden Felder tönte. Ein mit scheppernden Holztonnen beladener Lastwagen überholte sie, die beiden drückten sich eng aneinander. Der Fahrer winkte ihnen freundlich zu. Als sich die Straße dem Seeufer näherte, wurde der Wind eisiger. In der Luft lag der moschusähnliche Geruch der Bisamratten und der Geruch nach moderndem Holz. Die nahe der Stadt gelegenen Hotels hatten ihren belebten Sommeranblick gegen ein trübes Winterbild getauscht. Die Parkbänke standen verwaist auf dem braunen Rasen, die Fenster waren von innen verhängt, nur die Lauben und Pavillons erinnerten an die heitere Sommerzeit. Vor dem Hotel Leip flatterte die amerikanische Flagge im Wind, aber auch sie war zur Hälfte eingerollt. In der leeren Halle verbreitete ein bauchiger Ofen angenehme Wärme. Jens führte Lorna zu einem Lehnsessel, der in der Nähe des Ofens stand. »Warte hier auf mich. Ich beeile mich. Ich schaue, ob ich für dich ein heißes Getränk auftreiben kann.«

Er klingelte an der Rezeption, aber niemand kam. »Ich bin gleich wieder da«, sagte er und ging in die Küche, die ebenfalls verwaist war. Während des Winters bot das Hotel Leip seinen Gästen nur Frühstück und Abendessen. Zur Mittagszeit war kein Personal anwesend. Er öffnete eine Klappe des großen Küchenherdes und fand nur einen Topf mit lauwarmem Wasser, den er zum Waschen mitnahm. »Tut mir leid, Lorna, es ist niemand da.«

»Oh, das macht nichts. Es ist schön warm hier neben dem Ofen, mach dir um mich keine Sorgen.«

»Falls jemand kommt, dann sag ihm, daß du hier auf mich wartest.«

Sie lächelte. »Ja.«

Es kam niemand. Während sie auf Jens wartete, las sie eine Zeitung. Dann kam er die Treppe hinunter, frisch rasiert, in seinem Sonntagsanzug, darüber trug er einen schwarzen Wollmantel und auf dem Kopf den schwarzen Hut, den sie schon kannte.

»Laß uns gehen.«

Formell sah er aus, entsprechend der Angelegenheit, die sie nun zu regeln hatten.

Im Zug nach Saint-Paul saßen sie nebeneinander und hielten sich bei den Händen. Sie sprachen kaum. Draußen fiel leichter Schnee und bedeckte die Landschaft wie mit einem Brautschleier. Sie überquerten den Mississippi und hielten schließlich unter dem Holzdach des Bahnhofs.

Von dort nahmen sie eine Kutsche in die Summit-Avenue. Noch immer hielten sie sich fest bei den Händen, und je näher sie dem elterlichen Haus kamen, desto fester wurde der Druck ihrer Hände. Mit seinem Daumen strich er beruhigend über Lornas Handrücken, als wollte er ihre aufkommende Angst vertreiben. Als sie sich dem Haus näherten, in dem sie in wenigen Augenblicken Lornas Eltern gegenübertreten würden, sagte Lorna mit ruhiger Stimme: »Was auch immer heute abend hier passieren wird, ich verspreche dir, daß ich dieses Haus an deiner Seite verlassen werde.«

Er küßte behutsam ihren Mund, als die Pferde vor dem Haus zum Stehen kamen. Lorna griff in ihren Beutel, doch Jens legte seine Hand auf ihren Arm. »Ab jetzt bin ich für dich verantwortlich. Ich bezahle.«

Er bezahlte den Kutscher, während das Pferd unruhig den Kopf bewegte und sein klirrendes Geschirr schüttelte. Dann fuhr die Kutsche ab. Nun standen die beiden allein vor der hohen Eingangstür, von der ihnen die Messingfratze des Türklopfers höhnisch entgegengrinste. Lorna vermied es, sie anzuschauen. Statt dessen blickte sie in Jens' Gesicht.

»Mutter ist vermutlich im Zeichenraum, und Vater kommt erst gegen sechs Uhr nach Hause. Ich möchte warten, bis beide da sind. Würde es dir etwas ausmachen, solange in der Küche zu warten? Ich hole dich, sobald Vater da ist.«

Als sie die hohe Halle betraten, war es vorbei mit ihrem Glück.

Theron, der sich in diesem Augenblick wohl unbeobachtet geglaubt hatte, kam mit Karacho das breite Treppengeländer heruntergerutscht. Seine Hände quietschten auf dem polierten Holz. Lorna warf Jens einen resignierten Blick zu und entschied, daß in diesem Fall Angriff die beste Verteidigung war. Als ihr Bruder am Ende des Geländers absprang und mit einem lauten Klatschen auf dem Steinboden landete, senkte sie ihre Stimme zum Flüstern. »Theron Barnett!«

Theron, der die beiden noch nicht entdeckt hatte, fuhr erschrokken herum.

»Mutter würde dir das Hinterteil versohlen, wenn sie dich dabei erwischt hätte!«

Theron legte verschreckt beide Hände auf sein Hinterteil.

»Wirst du's ihr sagen?«

»Das sollte ich wohl, aber ich werde es nicht tun – wenn du mich auch nicht verrätst.«

»Warum? Was hast du angestellt?«

»Ich bin zum See gefahren, um unser Boot anzuschauen.«

»Das hast du wirklich getan?« Seine Augen weiteten sich vor Erstaunen. »Und wie sieht es aus?«

»Frag Mr. Harken!«

»Oh, hallo, Harken. Ist das Boot schon fertig?«

»Ja, beinahe. Es fehlen nur noch das Takelwerk und die Segel. Ich bin hier, um mit deinem Vater darüber zu sprechen.«

»Is' nich' da.«

»Vater ist nicht da«, korrigierte ihn Lorna.

»Vater ist nicht da«, wiederholte Theron artig.

»Ich weiß«, antwortete Jens. »Ich werde in der Küche auf ihn warten, in Ordnung?«

»Darf ich mitkommen?«

Jens mußte sich sehr bemühen, Lorna nicht fragend anzuschauen. Schnell aber wurde ihm klar, daß Theron, solange er bei ihm in der

Küche war, seiner Mutter nicht von seiner Anwesenheit berichten konnte.

»Na klar, komm mit«, sagte er, faßte nach Therons Hand und schob ihn vor sich her in Richtung Küche. »Ich werde dir alles über die *Lorna D* erzählen.«

Als die beiden die Küche betraten, streckte Hulduh Schmitt ihre Hände zum Himmel. »Mein Gott!« rief sie in ihrer Muttersprache aus und ließ einen unverständlichen Schwall deutscher Worte folgen. Sie eilte durch die Küche und zog Jens an ihren mütterlichen Busen. »Was tust du denn hier, Junge?«

»Ich berichte Mr. Barnett über die Fortschritte des Boots.«

Diese Erklärung akzeptierten alle Anwesenden widerspruchslos. Die Küchenmädchen näherten sich, um ihn zu begrüßen. Ruby schenkte ihm ein besonders nettes Lächeln, und er fragte sich, wie er sie jemals hübsch genug hatte finden können, um sie zu küssen. Er schüttelte allen die Hände. Jens zu Ehren öffnete Mrs. Schmitt eine ihrer kostbaren Flaschen Wurzelbier vom vergangenen Sommer. Sie unterbrachen ihre Arbeit für einige Minuten und setzten sich um den großen Holztisch. Jens wurde mit Fragen zu dem Boot bestürmt, zu den Gewinnchancen bei der kommenden Regatta, zu seinen Plänen im Falle eines Sieges. Als sich Jens nach einer Dreiviertelstunde langsam Gedanken über Therons Anwesenheit machte, kam auch schon die Kinderfrau Ernesta atemlos in die Küche geeilt. »Ach, hier bist du und hältst wieder alle von der Arbeit ab! In ein paar Minuten möchte deine Mutter die Hausaufgaben sehen, und wenn du weißt, was gut für dich ist, machst du dich schleunigst auf den Weg in dein Zimmer!«

Mit Ernestas Hand im Nacken verließ Theron die Küche.

Kurz nach sechs Uhr erschien Lorna in der Küche. Sie trug ein enganliegendes, jagdgrünes Taftkleid mit elfenbeinfarbenem Kragen. Ihr Haar war ordentlich frisiert, und ihre Wangen schimmerten in einem unnatürlichen Rosaton.

»Harken«, sagte sie förmlich, »mein Vater möchte Sie nun sehen.«

»Ah...« Er erhob sich. »Gerne, Miss Barnett.«

Sie drehte ihm den Rücken zu. »Bitte folgen Sie mir.«

Er tat, wie ihm befohlen, und folgte ihr mit drei Schritten Abstand. Das Rascheln des Tafts drang durch die still daliegende Halle. Aus dem Musikzimmer drang Klavierspiel. Als sie an der geöffneten Tür vorbeigingen, blickte Daphne kurz von ihrem Notenblatt auf, die beiden Tanten unterbrachen für einen Augenblick ihre Unterhaltung, doch Lorna hielt ihre Augen unbeirrt geradeaus auf die Tür der Bibliothek gerichtet. Wie es der Zufall wollte, lief Jenny just in diesem Augenblick über die Galerie im ersten Stock und hielt an der Treppe inne, um erstaunt die beiden in der Halle zu entdecken.

Lorna wandte ihren Blick nicht von der Tür zur Bibliothek ab. Sie gab Jens das Zeichen einzutreten. Gideon Barnett saß mit übereinandergeschlagenen Beinen in seinem wuchtigen dunkelbraunen Ohrensessel, eine Zigarre zwischen seinen Zähnen und die Zeitung auf dem Schoß. In dem Raum duftete es nach dem teuren Tabak und dem Holz im Kamin. In den hohen Regalen, die bis unter die reich mit Stuck verzierte Decke reichten, standen Hunderte in Leder gebundene Bände. In der Mitte des Raumes hing ein schwerer Kronleuchter herab, auf dem niedrigen Tisch neben Gideons Sessel brannte ein Gasleuchter, und an der Wand über dem Sofa hing ein ausgestopfter Hirschkopf mit zwei gekreuzten Degen.

Gideon blickte auf, als Lorna und Jens den Raum betraten. »Hallo, Vater.«

Er nahm mit einer langsamen Bewegung die Zigarre aus dem Mund; er antwortete nicht. Seine Blicke wanderten zwischen Lorna und Jens hin und her.

»Wo ist Mutter?« fragte sie.

»Oben bei dem Jungen.« Er meinte Theron.

»Ich dachte, sie sei hier.«

Barnetts Blick war fest auf Harken gerichtet. Mit dem feuchten Ende der Zigarre deutete er auf ihn. »Was hat er denn hier verloren?«

»Ich habe ihn eingeladen. Wir müssen mit dir und Mutter reden.«

»*Du* hast *ihn eingeladen*?« Gideons Blick fuhr schlagartig zu seiner Tochter. Seine Augen traten hervor, sein Gesicht lief rot an. »Was soll das heißen, du hast ihn *eingeladen*?«

»Bitte sprich nicht so laut, Vater.« Lorna wandte sich Jens zu.

»Warte hier, ich hole Mutter.«

Auf der Treppe kam ihr Levinia entgegen. Ihr Gesicht trug einen sorgenvollen Ausdruck. Mit einer Hand raffte sie ihre Röcke, mit der anderen hielt sie sich am Geländer fest.

»Was ist passiert? Jenny sagte, der Bootsbauer sei hier.«

»Können wir in der Bibliothek darüber sprechen?«

»Oh, Himmel.« Levinias Stimme zitterte und ihre Brust bebte, als sie ihrer Tochter die Treppe hinab folgte. Abermals erhaschte Lorna einen Blick von Jenny, die noch immer auf der Galerie stand, beschloß aber, ihn zu ignorieren.

In der Bibliothek goß Gideon sich aus der kristallenen Karaffe einen Whisky ein. Jens stand noch immer an derselben Stelle.

Levinia machte einen großen Bogen um ihren ehemaligen Küchengehilfen, als sei er ein Landstreicher von der Straße, den man noch nicht entlaust hatte.

»Gideon, was geht hier vor?«

»Ich weiß es ebenso wenig wie du.«

Lorna schloß die ledergepolsterten Türen zur Halle. Das Klavierspiel im benachbarten Musikzimmer verstummte. Lorna ahnte, was kommen würde: In wenigen Sekunden würde ihr Vater brüllen, während der Rest der Familie sich auf der anderen Seite der gepolsterten Türen versammeln und gespannt dem lautstarken Geschehen lauschen würde.

Sie nahm ihren Platz neben Jens ein und bat ihre Eltern:

»Mutter, Vater, würdet ihr euch bitte setzen?«

»Den Teufel werde ich tun«, donnerte Gideon. »Ich ahne Böses, und das erlebe ich besser stehend! Und jetzt raus mit der Sprache, was auch immer es sein mag.«

Lorna hakte sich bei Jens unter.

»Jens und ich würden euch gerne...«

Jens drückte fest ihren Arm und brachte sie zum Schweigen. Dann ergriff er das Wort.

»Mr. und Mrs. Barnett, ich bin mir darüber im klaren, daß es für Sie etwas überraschend kommt, aber ich bin hier, um Ihnen zu sagen, daß ich Ihre Tochter aufrichtig liebe, und um Sie um die Erlaubnis zu bitten, Lorna zu heiraten.«

Levinias Kinnlade klappte runter.

Gideon donnerte noch in derselben Sekunde los. »Sie tun was?«

»Ihre Tochter und ich –«

»Sie unverschämter, dahergelaufener Habenichts!«

»Vater, nicht nur Jens bittet dich, sondern auch ich.«

»Du schweigst auf der Stelle, junge Dame! Zu dir kommen wir nachher!«

»Aber ich liebe ihn, Vater, und er liebt mich.«

»Der Küchengehilfe! Guter Gott, ja hast du denn deinen Verstand verloren?«

»Oh, Lorna«, stöhnte Levinia entsetzt, »ist das der Grund, weshalb du Taylor den Laufpaß gegeben hast?«

»Ich kenne all eure Argumente, aber keines von ihnen zählt für mich. Ich liebe Jens, und ich will ihn heiraten.«

»Und wovon wirst du leben? Und wo?« brüllte Gideon. »Von dem Lohn eines Küchengehilfen in den Dienstbotenzimmern unter dem Dach? Ja, das wäre doch nett! Sollen dich dort etwa deine Freundinnen zum Nachmittagstee besuchen?«

»Wir werden in White-Bear-Lake wohnen, Jens eröffnet dort eine Bootswerft.«

»Erwähne bloß nicht das Wort Boot!« donnerte Gideon. Sein Gesicht war tiefrot und zitterte. »Das ganze Unglück hat mit dem Boot begonnen und *Sie* …« Er bohrte Jens seinen Zeigefinger in die Brust. »Sie hinterlistiger Bandit! Meiner Tochter den Kopf verdrehen, während ich Ihnen Möglichkeiten geboten habe, die ich nicht im Traum jemandem anders gegeben hätte! Ich würde Ihnen meine Tochter nicht geben, auch wenn Sie Christoph Kolumbus persönlich wären!«

Levinia bedeckte ihren Mund und heulte: »Ich wußte, daß etwas nicht stimmte. Ich wußte es. Ich habe versucht, es herauszufinden, aber es ist mir nicht gelungen. – Ihr habt euch im Schuppen getroffen, nicht wahr?«

»Ja«, antwortete Lorna ruhig, Jens' Arm umklammernd. »Wir haben in diesem Sommer viel Zeit gemeinsam verbracht. Ich kenne Jens besser als irgendeinen anderen Menschen. Er ist ehrlich, klug, fleißig, freundlich, und er liebt –«

»Oh, hör auf mit dem Geschwätz.« Gideon verzog angeekelt das Gesicht. »Du machst mich krank.«

»Das tut mir leid, Vater. Aber ich hoffe trotz allem, daß du Wert darauf legst, daß deine Tochter einen Mann heiratet, den sie liebt und der sie ebenso liebt.«

»Nicht im geringsten! Fest steht, daß du keinen Küchengehilfen heiratest und Schluß jetzt!«

Jens stellte sich hinter Lorna, legte seine Hände auf ihre Schultern und ergriff das Wort. »Selbst dann nicht, wenn sie sein Kind trägt, Sir?«

Gideon schien wie vom Donner gerührt, Levinia stieß einen spitzen Schrei aus.

»Gütiger Himmel«, brachte Gideon keuchend heraus, nun wich ihm die Farbe aus dem Gesicht, dann japste er an Lorna gewandt: »Ist das wahr?«

»Ja, Vater, es stimmt. Ich trage euren Enkel.«

Einen Augenblick schien Gideon besiegt. Die Stärke verließ ihn, und seine Schultern fielen kraftlos nach vorne. Er fuhr sich durchs Haar und begann, im Zimmer auf und ab zu gehen. »Nicht in meinen schlimmsten Träumen wäre es mir in den Sinn gekommen, daß unsere Tochter eine solche Schande über uns bringen würde! Sich mit einem Mann einlassen ... mit ihm schlafen und es noch schamlos zugeben würde! Und nenne die Ausgeburt deiner Sünde nie wieder *meinen Enkel*! Lieber Gott, wir werden zum Gespött der Gesellschaft!«

Levinias Knie gaben nach, mit letzter Kraft ließ sie sich auf einen Stuhl sinken. »Gnädiger Gott, diese Schande! Was soll ich meinen Freundinnen denn bloß sagen? Wie kann ich mich jemals wieder mit erhobenem Kopf in der Öffentlichkeit sehen lassen? Und du – ist dir überhaupt bewußt, wie dich die Leute meiden werden? Sie werden unsere ganze Familie schneiden.«

»Mutter, du übertreibst.«

Gideon faßte sich als erster. Seine Schultern strafften sich, er ballte seine Fäuste, und die Farbe kehrte in sein Gesicht zurück. »Bring sie hoch!« befahl er seiner Frau.

»Vater, bitte, wir sind hier, um ehrlich mit euch zu sprechen!«

»Bring sie hoch, Levinia, und schließe sie in ihrem Zimmer ein. Harken, Sie sind gefeuert!«

»Gefeuert ... aber ...«

»Vater, das kannst du doch nicht tun. Wir sind gekommen, um dich um Hilfe zu bitten und statt dessen –«

»Levinia, bring sie hoch«, tobte Gideon. »Und sperre sie so ein, daß ihre Geschwister nicht mit ihr sprechen können. Harken, verschwinden Sie, bevor ich bis drei gezählt habe, oder, Gott steh mir bei, ich nehme die Flinte aus dem Schrank und bringe Sie auf der Stelle um.«

Voller Entsetzen ergriff Levinia Lornas Arm. Lorna entwand sich ihrem Griff. »Vater, ich liebe diesen Mann. Und ich werde sein Kind bekommen, und was auch immer du sagst, ist es mein Recht, ihn zu heiraten!«

»Sprich mir nicht von Rechten! Nicht nachdem du dich mit diesem... diesem... diesem Taugenichts eingelassen hast! Du hast damit all deine Rechte verwirkt – das Recht, zu unserer Familie zu gehören, das Recht, in diesem Haus zu wohnen, das Recht auf meine Unterstützung und auf die Fürsorge deiner Mutter. Nun wirst du ohne all das auskommen müssen und sehen, wie das ist. Bring sie endlich hoch, und zwar ohne Gezeter, denn, Allmächtiger, wenn deine Schwestern von dieser Schande erfahren, die du über uns gebracht hast, dann vergesse ich mich! Geh mir auf der Stelle aus den Augen!«

»Nein, Vater, das werde ich nicht!« antwortete sie trotzig, drückte sich noch enger an Jens und suchte nach seiner Hand.

»Zum Teufel, du tust, was ich sage!« brüllte Gideon. »Levinia, bring sie sofort hoch!«

Levinia ergriff Lornas Arm. »Hoch mit dir!« befahl sie.

»Nein, ihr könnt mich nicht zwingen! Jens...« Schluchzend versuchte sie, Jens' Arm zu ergreifen, während Levinia sie schon beinahe bis zur Tür gezerrt hatte. »Lorna...« Er faßte nach ihrer Hand.

Gideon bellte: »Nehmen Sie Ihre dreckigen Hände von ihr, Sie Schwein! Sie werden sie nie wieder berühren! Verlassen Sie sofort mein Haus und mein Grundstück, und wenn Sie jemals wieder einen Fuß auf meinen Boden setzen, dann werden Sie dafür büßen, und glauben Sie ja nicht, ich hätte nicht die Möglichkeiten!«

»Nein! Jens, bitte nimm mich mit!« flehte Lorna.

Levinia setzte abermals ihre ganze Kraft ein und zerrte an Lornas Arm. »Mädchen, fordere nicht deinen Vater heraus!«

Blitzartig drehte Lorna sich um und versetzte ihrer Mutter einen Hieb. »Laßt mich in Frieden, ich –« Levinia taumelte einige Schritte rückwärts, stieß gegen den Stuhl und fiel beinahe zu Boden. Gideon stürmte durch das Zimmer und gab seiner Tochter eine schallende Ohrfeige. Die Wucht seines Schlages schleuderte ihren Kopf zur Seite, ihre Wange lief feuerrot an, ihre Augen weiteten sich in stummem Entsetzen. »Sofort gehst du mit deiner Mutter!« tobte er.

Durch einen Schleier aus Tränen starrte sie ihn an, ihre Hand fest auf die brennende Wange gepreßt.

»Tyrann!« Jens stürzte sich auf Gideon und packte ihn bei der Brust. »Sie schlagen Ihre eigene Tochter!« Er schleuderte den Mann mit einer solchen Wucht in den Ohrensessel, daß dieser nach hinten rutschte und gegen das Bücherregal prallte. Gideon raffte sich auf und kam mit wutverzerrtem Gesicht und geballten Fäusten auf Jens zu.

»Du niederträchtige, nutzlose Kreatur! Abschaum der Menschheit! Du hast meine Tochter geschwängert!«

»Und ich bringe Sie um, wenn Sie sie noch einmal anfassen!« Die beiden standen sich gegenüber, zum Äußersten entschlossen, als Levinia das Wort ergriff.

»Hört auf, Allmächtiger, hört auf! Hör mir zu, Lorna...« Sie blickte ihre Tochter an. »Siehst du, was du hier angerichtet hast? Beschimpfungen, Wut und Gewalt. Und du allein bist schuld daran, du, die du schon von klein auf gelernt hast, zwischen Gut und Böse zu unterscheiden. Sieh nur die Schande, die du über uns gebracht hast! Du glaubst, du kannst mit diesem Mann das Zimmer verlassen und so tun, als sei nichts geschehen. Aber nichts wird wieder so sein, wie es war! Du hast zwei unschuldige, ahnungslose Schwestern, und was du getan hast, wird auch auf sie zurückfallen, wird auf uns alle zurückfallen. Man wird sie meiden, man wird uns nicht mehr einladen. Unsere Freunde werden hinter vorgehaltener Hand über uns sprechen und uns für deine Schande büßen lassen. Auch über uns wird deine Schande kommen, denn anständige Mädchen tun nicht, was du getan hast. Du scheinst dir all dessen nicht bewußt zu sein. Du hast dich versündigt! Nur die niedersten Kreaturen tun das!«

Lorna senkte den Kopf und starrte auf das düstere Muster des

Teppichs. Tränen schossen ihr in die Augen. Levinia fuhr fort. »Und was sollen wir deinen Freunden erzählen? Taylor und Phoebe und Sissy und Mitchell? Soll ich ihnen sagen, daß du mit einem Küchengehilfen auf und davon bist, dessen Kind du trägst? Stell dir das doch bitte einmal vor! Der Schlag wird sie treffen, und ihre Eltern werden ihnen den Umgang mit dir verbieten. Ebenso wie ich es täte, wenn eine von ihnen sich in einer solchen Lage befände!«

Mit kühler, beherrschter Stimme fuhr Levinia fort. »Du trägst einen Bastard in dir, Lorna. Einen Bastard. Vergiß das nicht. Denk darüber nach, was das bedeutet. Möchtest du, daß dein Kind mit diesem Stempel durchs Leben geht? Auch dein Kind wird für die Schande büßen müssen, die du begangen hast.«

Nun herrschte Schweigen. Jens faßte behutsam nach ihrem Arm. »Lorna...« sagte er mit sanfter Stimme. Auch er war ratlos.

Levinia sagte: »Ich bitte dich, sei vernünftig. Geh hoch in dein Zimmer und gib deinem Vater und mir die Möglichkeit, die ganze Angelegenheit in Ruhe zu besprechen. Wir werden entscheiden, was für alle das Beste ist.«

Lorna schaute Jens unter Tränen an, den Mann, den sie liebte.

»Jens«, sagte sie mit zitternder Stimme, »v... vielleicht...« Er strich ihr beruhigend über den Arm, während sich stumm ihre traurigen Blicke trafen.

»Vielleicht sollten wir alle noch einmal... über die Dinge nachdenken«, flüsterte sie. »Ich werde in den nächsten Monaten ebenso wie deine auch ihre Hilfe brauchen. Vielleicht sollte ich nun... mit meiner Mutter gehen.«

Er schluckte. Langsam bewegte sich sein Adamsapfel auf und ab.

»Einverstanden«, antwortete er ebenfalls flüsternd, »wenn du es so möchtest.«

»Ich möchte es nicht, aber es ist das vernünftigste.«

Er nickte und senkte seinen Blick, denn nun füllten sich auch seine Augen mit Tränen.

»Bald sehen wir uns wieder. Ich werde zu dir kommen«, sagte sie.

Abermals nickte er, zog sie in seine Arme und küßte ihre Wange.

»Ich liebe dich, Lorna«, flüsterte er ins Ohr. »Es tut mir so leid, daß es so weit kommen mußte.«

»Es wird alles gut«, erwiderte sie. »Ich liebe dich auch.«

So standen sie in ihr kleines Universum versunken, bis Gideon seine Kleidung zurechtrückte und wortlos die Tür zur Halle öffnete.

Er trat zurück, während Lorna die Hand ihrer Mutter ergriff und sich zur Tür führen ließ. Bevor sie den Raum verließen, raunte Levinia ihr mit gedämpfter Stimme zu: »Wisch dir die Tränen ab!«

Eine innere Stimme befahl Lorna, zu tun, was man ihr sagte. Sie schniefte und fuhr mit dem Handrücken über ihr tränenüberströmtes Gesicht. Dann trat sie in die Halle, wo sich ihre Geschwister mit fragenden Blicken am Fuß der Treppe herumdrückten. In der Tür des Musikzimmers stand Tante Henrietta, während Tante Agnes im Inneren des Raumes auf dem Klavierschemel saß und es inzwischen aufgegeben hatte, den lautstarken Streit mit ihrem ebenso mißklingenden Spiel zu übertönen.

Levinia setzte eine gleichgültige Miene auf. »Immer dieser Unsinn mit dem Segeln! Wer hat schon einmal eine Frau an einer Regatta teilnehmen sehen?«

Lorna folgte ihr mit gesenktem Kopf. Sie vermied es, ihre Geschwister anzuschauen, und spürte doch ganz genau Jennys Blick auf ihren feuchten Augenlidern und den nassen Flecken der Tränen auf ihrem dunklem Taftkleid. Hinter sich hörte sie Abschiedsgemurmel und wußte, daß Jens nun gegangen war. Sie hörte, wie die schwere Eingangstür ins Schloß fiel, und machte sich selbst mit dem Gedanken Mut, daß nichts sie auseinanderbringen konnte, solange sie sich nur liebten. Mit steifen Bewegungen setzte sich Lorna auf ihr Bett und starrte eine Blume im Muster der Tapete an. Levinia schloß die Tür.

Sie sprach mit einer Stimme, die keinen Widerspruch duldete.

»Ich werde dich nicht einschließen. Ich weiß, daß ich das nicht tun muß, weil du hier warten wirst, bis dein Vater und ich über alles geredet haben. Und du sprichst mit niemandem, hast du mich verstanden?«

»Ja, Mutter«, antwortete Lorna teilnahmslos.

»Und glaube ja nicht, du könntest mit diesem... diesem Habenichts von einem Einwanderer davonlaufen.«

»Nein, Mutter.«

Dann herrschte einen Augenblick lang Schweigen, bevor Levinia fortfuhr. »Nun, ich hoffe, du bist nun mit dir zufrieden. Du gehst deinen jüngeren Schwestern ja mit einem guten Beispiel voran, nicht wahr?«

Lorna antwortete nicht. Sie dachte noch immer an das Wort *Bastard* und fragte sich, ob ihre Schwestern tatsächlich nun von den jungen Männern gemieden werden würden.

»Wenn auch nur ein Wort über diese Angelegenheit bekannt wird, wird kein Mann dich jemals wieder eines Blickes würdigen, geschweige denn, dich heiraten. Eine Frau, die vor ihrer Ehe unzüchtig ist, hat nichts mehr zu erwarten. Der Himmel möge gnädig mit dir sein! Ich weiß nicht, wie du auf die Idee kamst, eine solch schmutzige, niedere Tat zu begehen. Dein Vater und ich können uns niemals wieder mit erhobenen Köpfen in der Gesellschaft bewegen. Du hast den Namen deiner ganzen Familie in den Schmutz gezogen, und ich fürchte, dieser Schock übersteigt meine Kräfte. Aber ich werde stark sein, bis wir eine Lösung gefunden haben, das schwöre ich bei Gott. Du bleibst nun hier, wie es dein Vater befohlen hat. Hast du mich verstanden?«

»Ja, Mutter.«

Die Tür schloß sich hinter Levinia, ihre Schritte verhallten im Korridor. Lorna saß reglos im Dunkel des Zimmers, beide Hände lagen auf ihrem Bauch, in dem sich ihr ungeborenes Kind befand, und sie fragte sich, wohin sein Vater nun gehen würde, was er tun würde und wann sie sich wiedersehen würden.

Dreizehntes Kapitel

Auf dem Rückweg machte Jens sich schwerste Vorwürfe, weil er Lorna allein zurückgelassen hatte. Aber welche andere Wahl hatte er gehabt? Der allmächtige Gideon Barnett! Jens hätte damit rechnen müssen, daß dieser Mann auch nicht den geringsten Anflug von Verständnis zeigen würde. Er hätte mit Lorna weggehen, sie irgendwo heimlich heiraten und ihre Eltern vor vollendete Tatsachen stellen sollen!

Aber er hatte es nicht getan. Er hatte sich für den ehrlichen, aufrichtigen Weg entschieden. Und nun stand er vor den Scherben seines Glücks und seiner Zukunft.

Was sollte er nun tun? Das Haus stürmen? Seine Braut entführen? Mit ihr flüchten? Barnett zur Rede stellen und ihn verprügeln? Das könnte ihm zumindest Genugtuung für all die Demütigungen und Beschimpfungen verschaffen.

Aber Jens wußte nicht, was er tun sollte, und so kehrte er in das Hotel Leip zurück und lag bis zum frühen Morgen wach in seinem Bett. In seinem Kopf wirbelten die Gedanken.

Im frühen Morgengrauen traf er eine Entscheidung: Er würde die Form seines Bootes aus dem Schuppen holen und Tim Iversen bitten, sie in seinem Blockhaus unterstellen zu dürfen. Er stand auf, wusch sich, zog sich an und stieg die Treppe hinab, um zu frühstükken. Dort erwartete ihn bereits die Nachricht, daß er von nun an selbst für Unterkunft und Verpflegung aufzukommen habe. Gideon Barnett hatte ihm jegliche Unterstützung versagt.

Er aß, zahlte und nahm den Zug nach Saint-Paul. Vom Bahnhof

lief er zu Fuß zu Iversens Fotoatelier in der West-Third-Street. Obwohl er ihn zum erstenmal besuchte, fand er ohne Schwierigkeiten den Weg und betrat das Geschäft, das eher einem Blumenladen als einem Fotostudio glich. Überall waren Pflanzen zu sehen: in den Blumenkästen, die auf die Straße zeigten, in großen Gefäßen, die auf dem Boden des Ateliers standen, in Blumenständern an den Wänden der Räume. Blühende Geranien, entzückende Veilchen, Bäume in Kübeln und buschige Farne auf marmornen Säulen. Dazwischen waren in Glaskästen die neuesten patentierten Kodak-Kameras zum Kauf angeboten. In einem Regal am Ende des Raumes waren die unterschiedlichsten Requisiten für die Fotografien untergebracht, und vor dem Fenster, das auf die Straße zeigte, konnte man Tim Iversens imposante Kamera bewundern.

Die Ladenglocke ging, und Tim wandte sich zur Tür. Als er Jens erblickte, machte sich ein Lächeln auf seinem Gesicht breit. Er nahm die Pfeife aus dem Mund.

»Na, wenn das nicht mein Freund Harken ist! Was, um alles in der Welt, tust du hier? Ist etwas passiert? Komm rein... zieh deinen Mantel aus und wärm dich erst einmal am Ofen auf.«

Jens schlüpfte aus seinem schwarzen Wollmantel und folgte Tim zu dem gußeisernen Ofen. Tim schenkte ihm eine Tasse Kaffee ein und holte zwei Stühle herbei.

»Nun, ich will es kurz machen«, sagte Jens und nahm dankbar die Tasse mit dem heißen Getränk in Empfang. »Barnett hat mich davongejagt.«

Tim hielt beim Stopfen seiner Pfeife inne. »Was du nicht sagst! Was ist denn in ihn gefahren?«

»Ich habe um die Hand seiner Tochter angehalten.«

Tims gesundes Auge ruhte auf Jens und sah ihn durchdringend an, während er ein Streichholz entzündete, die Pfeife ansteckte und ihr eine dicke Wolke angenehm duftenden Rauches entweichen ließ.

»Oh, ich kann mir lebhaft vorstellen, wie Gideon auf ein solches

Ansinnen reagiert. Und die Arbeiten an der *Lorna D* sollen auch eingestellt werden?«

»Ja. Er hat verlangt, daß ich sofort sein Haus verlasse, und droht mir für den Fall, daß ich jemals wieder einen Fuß auf seinen Boden setze, mit dem Schlimmsten. Nun, ich habe sein Grundstück verlassen, aber ich werde meine Bootsform nicht dort lassen. Ich habe das Material bezahlt, und er selbst hat zugestimmt, daß die Form in mein Eigentum übergeht, wenn die *Lorna D* fertig ist. Nun muß ich einen Platz finden, wo ich sie unterstellen kann. Ich bin hier, um dich zu fragen, ob du mir deine Hütte zur Verfügung stellst, bis ich einen eigenen Schuppen gefunden habe.«

»Warum nicht? Das Blockhaus steht den Winter über ohnehin leer.«

»Vielen Dank, Tim.«

»Und was ist mit dir? Ich kann mir vorstellen, daß Gideon nicht bereit ist, dir auch nur noch einen Tag im Hotel Leip zu bezahlen.«

»Nein. Er hat alles abbestellt, noch bevor ich heute frühstücken konnte. Er muß in aller Frühe telegraphiert haben.«

»Was wirst du nun tun?«

»Ich weiß es nicht. Ich habe etwas Geld gespart, um meine eigene Werft zu eröffnen. Ich wollte zwar die Regatta im kommenden Sommer abwarten, aber nun sieht es so aus, als hätte ich keine große Wahl. Ich werde die Werft wohl so bald wie möglich eröffnen müssen.«

Tim grinste mit der rechten Seite seines Mundes und dem gesunden Auge.

»Manchmal spornen außergewöhnliche Umstände einen Mann besonders an. Und was ist mit Lorna? Bist du immer noch entschlossen, sie zu heiraten?«

»Da kannst du sicher sein! Niemand wird mich von ihr trennen. Niemand!«

Tim verschränkte seine Arme, steckte die Pfeife wieder in den

Mund und murmelte: »Es ist Schicksal, aber doch fühle ich mich in gewisser Weise verantwortlich für eure Lage.«

»Was, du?«

»Ich habe genau bemerkt, was zwischen Lorna und dir geschah, und ich habe mehr als einmal nichts dagegen unternommen, ganz im Gegenteil...«

»Es wäre mit oder ohne Picknick geschehen. Lorna und ich... wir haben starke Gefühle füreinander, Tim, sehr starke Gefühle. Fast so, als hätte das Schicksal uns füreinander bestimmt. Und so soll es auch sein, aber zuerst muß ich die Werft eröffnen. Ich glaube, daß das den alten Barnett schließlich überzeugt. Es wird so viel über die *Lorna D* gesprochen, daß jeder in White Bear Lake nun meinen Namen kennt. Ich habe ungefähr vierhundertzwanzig Dollar zur Seite gelegt, und den Rest leiht mir die Bank. Ich muß nur jemanden finden, der für mich bürgt. Noch eine Bitte habe ich – könntest du mir eine oder zwei der Fotografien überlassen, die du bei deinem letzten Besuch im Schuppen gemacht hast? Ich habe nicht viel Geld, aber ich weiß, daß ich das mit meinem Kopf wettmache. Und ich bin ein verdammt guter Bootsbauer. Und wenn ich dem Bankangestellten diese Fotografien zeige, wird er sehen, daß es sich lohnt, mir das fehlende Geld zu leihen.«

»Eine oder zwei Fotografien, hm.« Tim ließ der Pfeife ein kleines Wölkchen entweichen. Er zog an der Pfeife, dachte nach und zog wieder an der Pfeife, bis er schließlich sagte: »Komm mit.«

Er führte Jens zu der Kamera, die nahe dem großen Fenster stand. »Siehst du das?« Liebevoll strich er über den schwarzen Kasten auf dem schulterhohen Gestell. »Man könnte sagen, das ist meine *Lorna D.*« Er machte eine ausladende Handbewegung in den Raum hinein. »All dies hier, all die Porträtaufnahmen, mache ich nur, weil ich es muß. Mein Herz aber gehört den Reisen. Ich mache Bilder von Plätzen, die ein normaler Mensch nie mit eigenen Augen sehen wird. Aber auf diese Weise kann er wenigstens die Bilder in seinem Salon aufhängen. Wußtest du, daß ich bei den Goldsuchern in Kanada war? Stell dir das nur einmal vor! Und in Mexiko und Palästina und vor zwei Jahren bei der Weltausstellung in Chicago. In der nächsten Woche breche ich nach Schweden und Norwegen auf, und das Ende des Winters werde ich in Italien und Griechenland verbringen. Und von all diesen Plätzen bringe ich meine kleinen Fotografien mit. Und weißt du, was ich mit ihnen tue? Ich verkaufe sie nicht nur hier in diesem Laden, nein, ich beschäftige ganze Heere von Handlungsreisenden, die meine Aufnahmen im ganzen Land verkaufen! Sie verkaufen sie an Haustüren, in den größten Warenhäusern und über Kataloge. Ich bin ein reicher Mann, Jens, das wußtest du vielleicht schon. Aber ich habe keine Frau, keine Familie, für die ich mein Geld ausgeben kann.« Tim hielt inne und holte Luft.

»Und nun kommst du daher. Ein junger, sympathischer Bursche, der ein verdammt gutes Boot baut und einigen meiner geschätzten Freunde zeigt, daß sie gut daran getan hätten, seinen Ideen Gehör zu schenken. Du brauchst Unterstützung. Und ich habe das Geld. Also mache ich dir einen Vorschlag. Du holst die Form aus Barnetts Schuppen und stellst sie bei mir unter. Außerdem kannst du bis zum Frühling in dem Blockhaus wohnen. Es wird zwar teuflisch kalt werden, aber du kannst dir ja einen Bart wachsen lassen, der dich nachts wärmt. Es ist auch ein alter Ofen da. Wenn ich im Frühling von meinen Reisen zurückkomme, brauche ich das Blockhaus selbst, ohne Mitbewohner, versteht sich. Bis dahin hast du einen geeigneten Schuppen für die Harken Werft gefunden, entweder gekauft oder gemietet, und die Form dort untergebracht. Du beteiligst dich mit dreihundert Dollar, den Rest gebe ich dir. Und dann beginnst du so schnell wie möglich, deine merkwürdigen, platten Zigarren mit Segeln zu bauen, und binnen zwei Jahren, vielleicht schon in einem, hast du die gutgehendste Werft in ganz Minnesota. Sobald du mit Gewinn arbeitest, kannst du mir nach und nach das Geld zurückzahlen. Nun, was hältst du davon?«

Mit weit aufgerissenen Augen starrte Jens seinen Freund an.

»Nun, so antworte wenigstens.«

»Ich kann nicht, mir hat es die Sprache verschlagen.«

Tim schluckte, ging zum Ofen, kratzte den Tabak aus seiner Pfeife in den Ascheimer und steckte die Pfeife in die Hosentasche.

»Also, was sagst du nun, Bootsbauer? Soll ich dir eine Vollmacht über mein Konto erteilen?«

»Das würdest du tun? Das alles würdest du wirklich für mich tun?«

»Hm, das ist alles, was ich für dich tun kann. Dein Mädchen allerdings kann ich dir nicht zurückholen. Das mußt du schon alleine tun.«

»Natürlich kannst du das! Verstehst du denn nicht? Alles, was mir fehlte, war eine Möglichkeit, für sie zu sorgen, und du hast mir diese Möglichkeit gegeben!«

»Jens, du begehst einen großen Fehler, du unterschätzt ihren Vater! Es wird verdammt schwer sein, ihn umzustimmen, selbst wenn du eines Tages ebenso reich bist wie er. Er ist reich geboren, das ist der Unterschied. Du standest weit unter ihm, als ihr euch kennengelernt habt, und dort wirst du für ihn auch bleiben. Nein, Jens, du wirst seine Einwilligung nie bekommen, und wenn du Lorna wirklich heiraten willst, dann mußt du es gegen seinen Willen tun – und das würde das Ende deiner Werft bedeuten. Seine besten Freunde werden deine besten Kunden sein!«

»Und was ist dann mit dir? Du gehörst zu seinen Freunden und hilfst mir trotzdem. Fürchtest du nicht seine Rache?«

»Nein, eigentlich nicht. Ich bin ebenfalls arm aufgewachsen und habe nicht die Absicht, eine seiner Töchter zu heiraten. Wenn er mich aus seinen Kreisen verbannt, dann stört mich das nicht. Und auch meinem Geschäft kann es nicht schaden, denn wie ich dir soeben erzählt habe, kann ich mit der Unterstützung großer Firmen rechnen und nicht zuletzt mit der meines Freundes George Eastman, dem Besitzer der Firma Kodak, für dessen Kameras ich das alleinige Vertriebsrecht in ganz Minnesota habe. Natürlich würde man im Segelklub darüber sprechen, daß ich dir geholfen habe, aber wenn es etwas gibt, vor dem diese Menschen Respekt haben, dann vor jemandem, der weiß, wie man Geld macht. Wenn dein Plan gelingt, werden sie uns beiden gratulieren.«

»Alle außer Gideon Barnett«, fügte Jens hinzu.

»Alle außer Gideon Barnett.«

Mit dieser überzeugten Feststellung endete ihr Gespräch, und trotz allem hatte Jens neue Hoffnung geschöpft. Welch einen Freund hatte er in Tim Iversen nur gefunden! Welch einen beherzten, aufrichtigen, weitblickenden Menschen! Jens empfand ihm gegenüber eine tiefe Dankbarkeit, die Dankbarkeit, die Eltern für den Retter ihres Kindes fühlen – es gab keinen Dank, der diesem Gefühl gerecht werden konnte. Trotzdem versuchte es Jens. Er faßte ihn zum Abschied bei der Schulter und sagte tief bewegt: »Ich kann dir gar nicht genug danken. Du bist ein guter, guter Freund, und ich werde dein Vertrauen niemals enttäuschen. Ich werde hart für meinen Erfolg arbeiten, du wirst sehen!«

»Das mußt du mir nicht sagen. Ich erkenne, ob ein Mensch einen Traum hat, und diese Menschen sind eine Investition wert. Du gehörst zu ihnen. Ich weiß das, weil auch ich einer von ihnen war und mir ebenfalls auf diese Weise geholfen wurde. Es war ein alter Herr namens Emil Zehring, ein Freund meines Vaters, der inzwischen gestorben ist. Der einzige Weg, ihm das zurückzugeben, was ich ihm schulde, besteht darin, die Tradition fortzuführen. Und ich hoffe, daß du eines Tages ebenso handeln wirst, wenn ein junger Mann mit einem Traum deine Hilfe braucht.«

»Darauf gebe ich mein Wort!«

»Nun, worauf warten wir dann noch? Geh und eröffne deine Werft, damit ich auch bald mein Geld zurückbekomme!«

Lächelnd verabschiedeten sich die beiden Männer. Jens wußte, daß sein Leben nun eine glückliche Wendung nehmen würde. Und alles wäre perfekt, könnte er nur Lorna heiraten. Er machte sich keine Illusionen darüber, was geschehen würde, wenn er vor der Tür ihrer Eltern auftauchen würde. Also entschied er, ihr die guten Nachrichten in einem Brief mitzuteilen. Er würde ihr den Brief wie schon früher über Phoebe zukommen lassen und ein geheimes Treffen mit Lorna planen.

In dieser Nacht schrieb er:

Geliebte Lorna,
so viel ist geschehen, seitdem wir uns vor vierundzwanzig Stunden getrennt haben. Ich weiß kaum, womit ich beginnen soll. Zuerst möchte ich Dir sagen, daß ich Dich liebe und daß unsere Zukunft hoffnungsvoller aussieht als jemals zuvor. In der letzten Nacht habe ich die schlimmsten Stunden meines Lebens durchlitten, Dir erging es wahrscheinlich nicht anders, aber wir werden nicht aufgeben, vor allem nicht nach alldem, was sich heute ereignet hat.

Ich habe Tim besucht, und, so unglaublich es auch klingen mag, er hilft mir, die Werft zu eröffnen! Ich schreibe diesen Brief in seinem Blockhaus. Nicht genug damit, daß ich bis zum Frühling hier wohnen darf, nein, er leiht mir auch das fehlende Geld für die Werft. Ich bin schon das Ufer des Sees auf und ab gewandert, um einen geeigneten Schuppen zu finden, aber alle passenden Gebäude sind den Winter über mit Booten belegt. Also habe ich mir ein freies Grundstück ausgesucht, und morgen kommt Tim zur Begutachtung. Wenn wir es kaufen, werden wir dort ein neues Bootshaus errichten. Es liegt zwischen Tims Blockhaus und dem Segelklub auf einer kleinen Landzunge. Es bedeutet eine Menge Arbeit, aber das schreckt mich nicht. Ich habe kräftige Hände und eine gute Axt, mehr braucht ein Norweger nicht zum Überleben. Ich werde das Bootshaus allein bauen und auf diese Weise viel Geld sparen. Ben hilft mir dabei, weil es vor nächstem Frühjahr in der Sägemühle ohnehin keine Arbeit gibt.

Noch eine gute Nachricht: Ben hat eine Motorsäge aufgetrieben, so daß wir auch die Kosten für die Sägemühle sparen können. Im Frühjahr wird das Bootshaus fertig sein, rechtzeitig vor der Geburt des Babys. Was hältst Du davon?

Ich glaube, Du kannst Dir vorstellen, wie aufgeregt ich bin. All unsere Wünsche werden wahr. Das schwierigste wird nun sein, ohne das Wissen deiner Eltern zu heiraten. Lorna, es hat mir beinahe das Herz gebrochen, zusehen zu müssen, wie sie Dich aus dem Zimmer führten wie eine Kriminelle. Mir haben die Beschimpfungen nicht annähernd so weh getan, als zu sehen, wie sie Dich behandelten. Ich habe mich getäuscht, als ich glaubte, sie würden in die Heirat einwilligen, wenn sie erst wüßten, daß wir ein Baby bekommen. Also müssen wir es ohne ihre Erlaubnis tun. Ab nun sind all unsere Pläne geheim. Wir müssen uns so bald wie möglich treffen, meine süße Lorna, um alles zu besprechen. Ich habe lange darüber nachgedacht, und ich halte es für das beste, wenn Du am nächsten Freitag mit dem Halb-Elf-Uhr-Zug kommst. Löse eine Fahrkarte nach Stillwater, denn zu viele Leute kennen Dich in der Stadt, und Dein Vater soll nichts davon bemerken. In White Bear werde ich zusteigen, und gemeinsam fahren wir dann nach Stillwater, um die Papiere für unsere Hochzeit zu besorgen. Stillwater hat mehrere Kirchen, wir können uns für die Hochzeit die schönste aussuchen. Den Winter verbringen wir in Tims Blockhaus, und den nächsten Sommer über wohnen wir über der Bootswerkstatt, bis wir im nächsten Herbst genug Geld für ein eigenes Haus haben. Ich weiß, daß es für Dich ein großer Schritt ist, zuerst in einem Blockhaus und anschließend in einer Bootswerft zu wohnen, aber es ist ja nicht für immer. Ich werde härter arbeiten, als ein Mann es je getan hat, um Dir alles kaufen zu können, was Du möchtest. Und eines Tages wird Dein Vater seine Härte bereuen.

Gerade habe ich den Brief noch einmal gelesen. Vielleicht solltest Du erst am nächsten Dienstag kommen, so hat der Brief mehr Zeit, zu Dir zu gelangen, und Du kannst alles in Ruhe vorbereiten.

Nun, Lorna Diane, so wird es geschehen. Ich hoffe, Du bist mit meinen Plänen auch einverstanden. Wir werden so glücklich sein, mein Schatz. Ich liebe Dich unendlich und unser Baby auch. Streichel den kleinen Burschen und sag ihm, daß sein Papa ihm eine Wiege baut.

Nun sei nicht mehr traurig. Lache und denke an nächste Woche, wenn wir Mr. und Mrs. Jens Harken sein werden.

Dein liebender zukünftiger Ehemann

Jens

Am nächsten Tag schickte er den Brief ab und machte sich weiter daran, seine Pläne in die Tat umzusetzen. Tim kam aus der Stadt, um mit ihm das Grundstück in Augenschein zu nehmen. Es gefiel ihm. Es war von hohen Bäumen bestanden, aus denen die Werft erbaut werden sollte. Und es war nicht weit von seinem Blockhaus entfernt, so daß er im nächsten Frühling, wann immer es ihm beliebte, die Fortschritte begutachten konnte.

Sie kauften es.

Jens mietete einen großen Wagen und fuhr nach Rose-Point-Cottage, um seine Bootsform zu holen. Er fand die Tür mit einem Vorhängeschloß verschlossen. Er brach das Schloß auf und nahm, was ihm gehörte. Beim Anblick der verwaist daliegenden *Lorna D* verspürte er tiefe Traurigkeit darüber, daß sie nie fertiggebaut würde. Ein letztes Mal ließ er seine Hand über das Boot gleiten und murmelte: »Tut mir leid, altes Mädchen, vielleicht sehen wir uns ja irgendwann auf dem Wasser wieder.«

Wieder bei Tims Blockhütte angekommen, zog er die Form vorsichtig ins Innere des Hauses und lehnte die Teile an die Wand des Wohnraumes. So war sie nicht Wind und Wetter ausgesetzt, und er konnte sie nachts anschauen und von den unzähligen Booten träumen, die er in seinem Leben noch bauen würde.

Ben stellte auf dem neuen Grundstück die Säge auf, und beide machten sich ans Bäumefällen. Von dem benachbarten Bauern liehen sie sich zwei kräftige Ackergäule aus, die ihnen die gefällten Stämme zur Säge zogen. Die beiden Norweger waren glücklich: den Duft des frischgesägten Holzes in der Nase, das Sägemehl auf den Stiefeln – nur im Himmel konnte es schöner sein.

Am Dienstag stand er früher als gewöhnlich auf, machte auf dem Ofen Wasser heiß, wusch die flanellenen Bettlaken und hängte sie zum Trocknen über die Bootsform. Er machte einen weiteren Kessel Wasser heiß und schrubbte sich von Kopf bis Fuß ab, zog frische Wäsche an, seinen Sonntagsanzug, eine dicke Jacke und eine wollene Mütze mit Ohrenklappen. So verließ er Tims Blockhütte und legte zu Fuß die vier Meilen zum Bahnhof zurück.

Als der Zug pünktlich einfuhr, machte sein Herz einen Sprung, und er spürte das Blut in seinem Körper pulsieren. Während der Zug langsamer wurde, trat er unruhig von einem Bein auf das andere und knetete seine steifgefrorenen Hände. Sein Blick folgte den vorbeiziehenden Fenstern und suchte Lornas vertrautes Gesicht.

Die Bremsen quietschten ohrenbetäubend, der Bahnsteig erzitterte unter seinen Füßen, dicke Dampfwolken entwichen den Ventilen. Jens blieb auf dem Bahnsteig stehen, schaute den Zug entlang und suchte nach ihrem Gesicht und zwei winkenden Armen.

Er schaute und schaute. Drei Reisende stiegen aus. Der Träger hob ihr Gepäck aus dem Abteil und trug es in den Bahnhof. Der Bahnhofsvorsteher kam mit einem Postsack aus seinem Büro und wechselte einige Worte mit dem Schaffner. Dann ertönte die Pfeife und ein lautes »Alles einsteigen!«.

Jens rief: »Nur noch einen Augenblick! Ich fahre mit!« Er sprang zum Zug, schwang sich in einem Satz auf die gußeiserne Plattform. Ihm war bange ums Herz. Er ging durch den ersten Waggon – keine Lorna. Als er den zweiten Waggon betrat, ertönte die Pfeife noch einmal, und der Zug setzte sich mit einem scharfen Ruck, der ihn beinahe zu Fall brachte, in Bewegung. Er faßte nach einem Haltegriff und ließ einen Moment vergehen. Dann lief er mit suchendem Blick durch den zweiten Waggon, durch den dritten, durch den vierten. Mit jedem Schritt wuchs seine Angst. Als er am Kohlewaggon angelangt war, machte er kehrt.

Keine Spur von Lorna.

Als der Zug sich Stillwater näherte, ließ er sich endlich auf einen Sitz sinken, starrte verzweifelt aus dem Fenster und sah mit leerem Blick die halbverschneite Novemberlandschaft vorbeihuschen. An den Bahnübergängen ertönte ein schrilles Pfeifen von der Lokomotive. Eine Frau, die ihm gegenübersaß, erkundigte sich, ob er sich nicht wohl fühlte. Aber er nahm ihre Worte nicht wahr. In einiger Entfernung sah er einen Fuchs, der mit seinem buschigen Schwanz über ein verschneites Feld lief. Jens starrte in die Leere und fragte sich, was wohl geschehen sein mochte.

Im Bahnhof von Stillwater löste er eine Fahrkarte nach Saint-Paul. Dann ließ er sich im Warteraum neben dem gußeisernen Ofen nieder und bemerkte vor sich in seinem Kopf überstürzenden Gedanken gar nicht, wie sehr er unter seiner warmen Kleidung schwitzte. Kurz nach Mittag fuhr der Zug nach Saint-Paul ab, und um Viertel vor eins stand Jens auf dem Gehsteig vor Gideon Barnetts Haus in der Summit-Avenue. Er überlegte, ob er den Haupteingang oder besser den Dienstboteneingang nehmen sollte. Wenn er den Weg durch die Küche wählte, würde er die neugierigen Fragen seiner Freunde über sich ergehen lassen müssen, und dafür war er in diesem Augenblick nicht in Stimmung.

Also entschied er sich für den Haupteingang und pochte mit dem gewaltigen Messingklopfer an die Tür. Jeanette, eines der Zimmermädchen, die er bereits kannte, öffnete ihm.

»Hallo, Jeanette«, sagte er. »Ich bin gekommen, um mit Miss Lorna zu sprechen. Würdest du sie bitte holen?«

Jeanette und er hatten sich nie gemocht. Und so war es auch an diesem Tag. Sie preßte die Lippen fest aufeinander und hielt die Tür einen winzigen Spaltbreit geöffnet, so daß er nur ihr eines Auge sehen konnte.

»Miss Lorna ist nicht da.«

»Wohin ist sie gegangen?«

»Ich habe weder die Erlaubnis, dir das zu sagen, noch darf ich dich ins Haus lassen. Man hat einiges über dich geredet, Harken.«

»Aber wo ist sie?«

»Sie ist auf irgendeiner Schule, das ist alles, was wir wissen. Und wie du weißt, steht es uns nicht an, Fragen zu stellen.«

»In einer Schule – im November?«

»Wie ich schon gesagt habe, stellen wir keine Fragen.«

»Aber jemand muß es doch wissen!«

»Sicher niemand von den Angestellten «

»Aber Ernesta – sie muß es doch wissen. Sie ist Lornas Zofe.«

Hochmütig zog sie ihre Augenbraue in die Höhe.

»Miss Lorna ist nicht da, und Ernesta weiß auch nicht mehr als ich. Guten Tag, Harken.«

Sie schlug ihm die Tür vor der Nase zu.

Jens kam sich vor, als erlebte er einen Alptraum. Er ging um das Haus herum zum Dienstboteneingang, der direkt in die Küche führte. Er setzte einen Schritt auf die Schwelle, als Mrs. Schmitt vor ihm stand.

»Oh, schon wieder du!«

Er verschwendete keine kostbaren Worte. »Wo ist Miss Lorna?«

»Woher soll ich denn das wissen – ich komme doch nicht aus der Küche heraus.«

»Fragen Sie die anderen. Irgend jemand muß es doch wissen.«

»Frag sie doch selbst!«

Harken machte einen Schritt in die Küche, als im selben Augenblick die Küchentür aufflog und Levinia Barnett in den Raum gestürzt kam. Jeanette mußte sie über Harkens Anwesenheit informiert haben. Sie schoß auf ihn zu und wies ihm die Tür.

»Sie sind entlassen worden, Harken. Verlassen Sie sofort meine Küche und belästigen Sie das Personal nicht weiter!«

Das war mehr, als Jens Harken ertragen konnte. Er hatte sich erniedrigen, übel beschimpfen, demütigen und vor die Tür setzen lassen. Und nun wollte ihn diese Frau, diese verabscheuungswürdige, kaltherzige, gemeine Hexe, daran hindern, die Frau zu sehen, die sein Kind trug.

Das war mehr, als der stärkste Mann ertragen konnte. Er ergriff Levinias Handgelenk und zerrte sie durch den Dienstboteneingang hinaus ins Freie. Sie stieß einen keuchenden Schrei aus, kratzte und schlug ihm ins Gesicht. »Lassen Sie mich los! Lassen Sie mich sofort los!« Während sie laut um Hilfe kreischte, schlug er die Tür zur Küche zu. »Hilfe, Hilfe, mein Gott, hilft mir denn keiner!« Mit eisernem Griff umfaßte er ihre Arme und stieß sie hart gegen die Hauswand. »Wo ist sie?« bellte Jens sie an. »Raus mit der Sprache!«

Abermals schrie Levinia um Hilfe. Er drückte sie fester gegen die Mauer. Einer ihrer Ärmel riß an der Schulter aus. Der Schrei blieb ihr im Halse stecken, ihre Augen weiteten sich vor Angst.

»Hören Sie mir gut zu!« Er lockerte seinen harten Griff. »Ich möchte Ihnen nicht weh tun. Noch nie in meinem Leben habe ich einer Frau Schmerzen zugefügt. Aber ich liebe Ihre Tochter. Sie trägt mein Kind! Wenn ich –«

Die Tür flog auf, und vor ihm stand Lowell Hugo, ein neuer Angestellter, schmal wie ein Handtuch, mit hervortretenden Augen. Mit einem Schlag hätte Jens ihn mühelos wie eine Zeltstange in den Boden rammen können.

»Lassen Sie sie los!« befahl ihm Hugo mit schwacher Stimme.

»Gehen Sie wieder rein und schließen Sie die Tür!« Mit einer Hand stieß Jens gegen seine schmächtige Brust, Hugo taumelte zurück in die Küche und fiel auf den Rücken.

Jens drückte Levinia fester gegen die Wand und schloß eigenhändig die Tür zur Küche.

»Nun hören Sie mir einmal gut zu. Ich bin kein gewalttätiger Mann, aber wenn Sie mir Lorna und das Baby wegnehmen, dann kenne ich keine Gnade. Ich liebe sie, und sie liebt mich. Das scheinen Sie nicht verstehen zu wollen. Wir werden so oder so zueinander finden, und wenn Sie glauben, daß sie nicht ebenso zu mir will wie ich zu ihr, dann kennen Sie Ihre Tochter aber schlecht. Sie können Ihrem Mann ausrichten, daß Jens Harken hier war und wiederkommen wird. So lange, bis ich weiß, wo Sie Lorna versteckt halten.« Er ließ sie los und trat einen Schritt zurück. »Tut mir leid, das mit Ihrem Kleid.«

Levinia war starr vor Angst und klebte mit weit aufgerissenen Augen wie festgenagelt an der Wand. Die Küchentür flog auf, und mit einem Nudelholz fuchtelnd erschien Hulduh Schmitt.

»Verschwinde sofort!« kreischte Hulduh und zog Jens das Holz über den Kopf. Schützend hielt er die Hand vor sein Gesicht, aber der Schlag war so fest, daß er einige Schritte nach rückwärts wankte und schließlich zu Boden fiel.

»Verschwinde oder ich brate dir noch eins über!« Drohend näherte sich Hulduh Schmitt Jens, der nun auf allen vieren kroch. Mit einem Satz sprang er auf, drehte sich um und ergriff die Flucht.

Jetzt umringte das Küchenpersonal ihre Herrscherin, stützte sie und führte sie vorsichtig ins Haus.

Nur eine halbe Stunde später brach in Gideon Barnetts walnußgetäfeltem Büro ein ähnlicher Tumult aus.

»Sir, Sie können da nicht einfach reingehen! Sir!«

Jens Harken kümmerte sich nicht um die aufgeregten Untertanen Barnetts und ging unbeirrt mit festem Schritt auf das Büro zu, hinter dessen Glasscheibe er Gideon Barnett dick und breit an seinem wuchtigen Schreibtisch sitzend erspäht hatte. Ohne anzuklopfen stieß Jens die Tür auf und stand wie ein wütender Krieger mitten im Raum. Vor Gideons Schreibtisch saßen zwei Angestellte.

»Sie sollen den Raum verlassen«, befahl Jens.

Barnett strich über seinen mächtigen Walroßschnauzer, als er sich langsam erhob. »Meine Herren«, sagte er, den Blick fest auf Harken gerichtet, »würden Sie uns bitte einen Augenblick entschuldigen!«

Hastig erhoben sich die beiden und verließen den Raum.

Mit verzerrtem, angewidertem Gesicht begann Barnett: »Sie... Sie nichtswürdige Kreatur... Sie... Sie Einwanderer... Abschaum. Bei Ihnen hätte ich mit derartigem rechnen müssen.«

»Ich bin hier, um Sie zu fragen, wieviel ein Seidenkleid kostet, denn ich habe gerade das Ihrer Frau in Fetzen gerissen.« Jens zog einige Scheine aus der Tasche und legte zwanzig Dollar auf den Tisch. »Sie werden es erfahren, sobald Sie nach Hause kommen, vielleicht schon früher. Diese nichtswürdige Kreatur von einem Einwanderer, der Ihre Tochter liebt und der Vater ihres Kindes ist, hat soeben versucht, aus Ihrer Frau herauszubekommen, wo Sie beide Lorna versteckt halten. Und falls Sie mich festnehmen lassen wollen – ich wohne den Winter über in Tim Iversens Blockhaus draußen am See und dann eine halbe Meile weiter nördlich in meiner eigenen Bootswerft. Bevor Sie aber den Sheriff zu mir schicken, denken Sie an den Prozeß. Und bei dieser Verhandlung werde ich vor aller Welt sagen, weshalb ich Ihre Frau aufgesucht habe. Ich werde allen sagen, daß ich für Lorna und unser Baby kämpfe. Und eines Tages werde ich sie finden. Ihre Tochter wird nie wieder ein Wort mit ihren Eltern wechseln. Und Sie können sich fragen, ob es das wert war, eine Tochter zu verlieren... und ein Enkelkind. Guten Tag, Mr. Barnett. Bitte entschuldigen Sie die Störung.«

Vierzehntes Kapitel

Nachdem Gideon und Levinia erfahren hatten, daß ihre Tochter guter Hoffnung war, wartete Lorna in ihrem Zimmer – weniger gehorsam als apathisch. Ihre Eltern hatten die wirksamste Waffe gewählt: die Scham. Gegen den Zorn ihres Vaters und den Tadel ihrer Mutter hätte Lorna sich entschlossen zur Wehr gesetzt. Die Scham aber lastete schwer auf ihr.

Gebrochen und erniedrigt starrte sie ins Dunkel. Zum ersten Mal in ihrem Leben fühlte sie sich sündig. Vor den Demütigungen ihrer Mutter hatte sie ihre Liebe zu Jens als heilig empfunden. Sie hatte sie zu einem neuen, zu einem besseren Menschen gemacht: großherzig, dort wo sie früher kleinmütig war, großzügig, dort wo sie früher geizig war, wohlwollend, dort wo sie früher kritisch war, geduldig, dort wo sie früher unduldsam war, heiter, dort wo sie mürrisch war.

Heiterkeit und Gelassenheit waren jedoch seit Levinias Beschimpfungen wie fortgeblasen. Nachdem ihre Mutter den Raum verlassen hatte, saß Lorna reglos auf der Kante ihres Bettes und starrte auf die geöffneten Gardinen, zu leer, um aufzustehen und sie zu schließen oder die Lampe anzumachen. Statt dessen saß sie im Dunkel des Raumes und malte sich aus, welchen Schaden sie ihrer Familie zufügen würde, wenn sie mit Jens davonliefe. War es wirklich wahr? Würden ihre früheren Freunde sie und ihre Familie schneiden? Würde ihre eigene Schande sich auch auf ihre Schwestern übertragen? Würden Mutters Freundinnen hinter vorgehaltener Hand über sie sprechen? Würde Vater von seinen Geschäftspartnern gemieden? Würde sie Phoebes Freundschaft verlieren? Würde man ihr Kind sein Leben lang einen Bastard schimpfen?

Wieder und wieder dachte sie über das Wort Unzucht nach.

Niemals zuvor hatte sie das Herrliche, was zwischen Jens und ihr geschehen war, mit einem solchen Wort in Verbindung gebracht. Sie hatte es als wundervollen Ausdruck der Liebe betrachtet, die sie beide füreinander empfanden, als angemessene Würdigung ihrer aufrichtigen Liebe.

Levinia aber hatte es nieder und schmutzig genannt.

Eine Schande.

Die Nacht brach herein, und Lorna saß noch immer reglos auf ihrem Bett. Verzweifelt. Niemand brachte ihr das Abendessen. Niemand ließ sich blicken. Das Klavier war verstummt. Jens war gegangen, und Dunkelheit umgab die Erinnerung an ihn. Über dem Haus schien eine merkwürdige Ruhe zu liegen, als würden hinter den verschlossenen Türen geheime Dinge besprochen. Nach einer langen Zeit legte Lorna sich auf die Seite und zog ihre Füße auf das Bett. Voll bekleidet lag sie mit angezogenen Knien und geöffneten Augen da. Kurz darauf fiel sie in einen leichten Schlaf, aus dem sie von Zeit zu Zeit zitternd hochschreckte. Irgendwann in der Nacht streifte sie ihre Schuhe ab, befreite sich aus dem Kleid und schlüpfte unter die Decke.

Gegen acht Uhr erwachte sie von dem Klopfen an ihrer Tür.

»Ihr Frühstück, Miss.«

Ein Tablett wurde vor der Tür ihres Zimmers abgestellt, und leise Schritte entfernten sich. Durch die nach Westen weisenden Fenster drang trübes Morgenlicht. Ein kalter Zug entwich dem Kamin. Es roch nach Kohle. Lorna lag auf dem Rücken, ihr Handrücken bedeckte die Stirn. Sie fragte sich, was Jens nun tun würde, nachdem ihr Vater ihm gekündigt hatte, ob er wiederkommen würde, um sie zu sehen, ob er ihr schreiben würde, was mit ihnen beiden nun geschehen würde, ob er die Nacht in einer ebensolchen Agonie wie sie verbracht hatte. Ob er ebensolche Schande verspürte.

Sie holte sich das Frühstückstablett, brachte aber keinen Bissen hinunter, sondern trank nur eine Tasse Tee, der ihre Speicheldrüsen anregte und ein rauhes Gefühl in ihrem Mund hinterließ.

Sie machte Feuer im Kamin, starrte in die Flammen und versuchte, sich Jens' Gesicht vorzustellen. Als sie in ihr Tagebuch schrieb, sank ihr Kopf auf die Platte ihres zierlichen Schreibtischs, und sie fiel in einen tiefen Schlaf. Unten ging eine Tür, Lorna erwachte. Von der Straße hörte sie das Geklapper von Pferdehufen. Gegen Mittag öffnete sich leise die Tür zu Lornas Zimmer, und Tante Agnes schlüpfte hinein. Wortlos umarmte sie Lorna und hielt den Kopf der jungen Frau zwischen ihren warmen Armen.

Aus Tante Agnes' Kleidern strömte der vertraute Geruch des Rosenpuders, ein Duft, den Lorna schon immer mit Einsamkeit gleichgesetzt hatte. Lorna konnte nur mit Mühe ihre Tränen zurückhalten. »Mutter hat mir verboten, mit irgend jemandem auch nur ein Wort zu wechseln.«

»Das ist typisch für Levinia. Sie ist ein kaltes, herzloses Biest. Verzeih die Worte, Lorna, aber ich kenne sie länger als du, und ich weiß, wovon ich spreche. Du kannst sie lieben, schließlich ist sie ja deine Mutter, aber bewundere sie nie!«

Lorna lächelte müde an Tante Agnes' Brust. Dann richtete sie sich auf. »Was wird nun geschehen?«

»Ich weiß es nicht, aber irgend etwas ist im Gange. Sie werden mich nicht in ihre Pläne einweihen, aber glaube mir, niemand in dieser Familie kann besser an Türen lauschen als ich, und genau das werde ich nun tun.« Tante Agnes' Stimme zitterte an diesem Tag stärker als gewöhnlich.

»Danke, daß du gestern im Musikzimmer Klavier gespielt hast, als all das in der Bibliothek geschah.«

»Oh, Kind...« Agnes strich über das Haar ihrer Nichte. Wirr ringelten sich die Locken um Lornas bleiches, verzweifeltes Gesicht. Ihr Anblick schmerzte Agnes. »Er hat um deine Hand angehalten, nicht wahr?«

Zwei große Tränen in Lornas verlorenen braunen Augen beantworteten die Frage ihrer Tante.

»Und sie haben ihn weggeschickt, diese herzlosen Heuchler.«

Ernst und gleichzeitig zornig fuhr sie fort. »Bei dem verstorbenen Captain Dearsley, ich hoffe, daß sie eines Tages genauso leiden müssen, wie sie dich nun leiden lassen! Wer gibt ihnen das Recht dazu? Und wie kann man sich selbst einen Christen nennen, wenn man den Vater des eigenen Enkels davonjagt?«

Lorna ließ sich abermals in die Arme der Tante fallen und umschlang ihren mageren Körper. Es tat so gut, all das zu hören, was ihr schon die ganze Nacht im Kopf herumgegangen war und was sie erschrocken als sündhaft aus ihren Gedanken zu verbannen versucht hatte. In diesen Minuten der Geborgenheit in den Armen ihrer Tante sann Lorna nach einem Weg, ihrer Mutter diese Gedanken verständlich zu machen. In den Armen ihrer Mutter hätte sie ihr Herz ausschütten sollen, all ihre Gedanken über das ungeborene Kind, ihre Liebe zu Jens und ihre gemeinsame Zukunft. Aber in Levinias Armen hatte sie sich noch nie ausweinen können.

»Ich habe heute morgen mit deiner Mutter gesprochen«, sagte Tante Agnes. »Ich habe ihr gesagt, daß ich über deinen Zustand Bescheid weiß, und sie gefragt, was nun geschehen wird. Sie antwortete mir nur, daß das nicht meine Angelegenheit sei und ich schweigen müßte. Ich fürchte, mein Liebes, daß ich nicht erfahren werde, was sie planen. Ich kann nichts weiter tun, als dich zu trösten.«

»Ach, Tante Agnes, ich liebe dich!«

»Ich liebe dich auch, mein Herz!«

»Danke, daß du gekommen bist. Du hast mir geholfen, mehr als du ahnst.«

Agnes richtete sich auf und lächelte auf sie herab. »Er ist ein feiner Kerl, dein norwegischer Bootsbauer. Die Form seiner Schultern und der Schwung seines Kinns erinnern mich an meinen Captain. Du kannst sicher sein, Lorna, wenn ich irgend etwas für euch beide tun kann, werde ich nicht lange zögern!«

Auch Lorna erhob sich und küßte ihre Tante auf beide Wangen.

»Du bist die Rose inmitten all der Dornen, Tante Agnes. Du hast mir die wichtigsten Dinge in meinem Leben beigebracht, die Dinge, die ich in meinem Herzen trage. Aber nun mußt du gehen. Wir sollten Mutter nicht noch mehr erzürnen.«

Tante Agnes war der einzige Mensch, den Lorna bis zum späten Nachmittag zu Gesicht bekam. Dann trat Ernesta mit einem leeren Koffer in den Raum.

»Was hat das zu bedeuten, Ernesta?«

»Ich soll Ihnen beim Packen helfen, Miss.«

»Beim Packen?«

»Ja, Miss. Nur einen Koffer, hat Ihre Mutter gesagt. Sie sagt, Sie gingen in ein College, Ihr Vater hat es so arrangiert, daß Sie auch jetzt noch angenommen werden, nachdem das Studienjahr schon lange begonnen hat. Ist das nicht wundervoll? Ich wünschte, ich könnte zur Schule gehen! Ich bin nur die ersten sechs Jahre gegangen, aber da, woher ich komme, war das schon etwas! Immerhin habe ich diese Stellung nur bekommen, weil ich lesen und schreiben kann. Viele meiner Alterskameraden haben das nie gelernt. So, was wollen Sie nun mitnehmen?«

Wie versteinert gab Lorna ihre Anweisungen, während sie fieberhaft überlegte, was das alles zu bedeuten hatte. Als sie fertig gepackt und Ernesta den Raum wieder verlassen hatte, betrat Levinia das Zimmer. Sie trug ihr braunes Reisekostüm, ihre Hände hielt sie fest vor der Brust verschränkt. Mit verkniffenem und strafendem Gesicht sagte sie: »Wir werden eine Reise unternehmen, dein Vater hat alles arrangiert. Der Zug geht um Viertel nach sieben, bitte halte dich um Viertel vor abfahrbereit.«

»Wohin fahren wir?«

»Zu einem Ort, wo deine Schande verschwiegen behandelt wird.«

»Mutter... bitte, wohin?«

»Es gibt keinen Grund, weshalb du das wissen müßtest. Tu, was ich dir sage, und halte dich abfahrbereit. Deine Geschwister sind in der Bibliothek, du wirst dich vor der Abfahrt von ihnen verabschieden. Sie glauben, daß du auf eine höhere Schule gehst und dein Vater all seine Verbindungen eingesetzt hat, um dich noch in diesem Schuljahr unterzubringen und dich dafür zu entschädigen, daß du nicht an der Regatta im nächsten Sommer teilnehmen darfst. Wenn du deine Rolle überzeugend genug spielst, werden sie es glauben, zumal du ja deinen Vater schon lange mit dem Wunsch quälst, ein College besuchen zu dürfen. Und jetzt schau gefälligst nicht so weinerlich drein, denn schließlich hast du dir dies alles selbst zuzuschreiben.«

Der Abschied von Jenny, Daphne und Theron war sehr qualvoll für Lorna. Mit gezwungenem Lächeln und gespielter Begeisterung mußte Lorna ihnen die Geschichte glaubhaft machen, während sie die Geschwister mit ungläubigen Blicken anschauten und sich fragten, ob dies alles mit rechten Dingen zuging. Lorna küßte ihre Geschwister der Reihe nach und sagte zu Daphne: »Ich werde dir schreiben«, zu Jenny: »Ich hoffe, daß Taylor sich wieder faßt und endlich Notiz von dir nimmt« und zu Theron: »Lerne brav, und eines Tages wirst du auch ein College besuchen dürfen.« Gideon gab ihr einen steifen Kuß auf die Wange und verabschiedete sie mit einem förmlichen »Auf Wiedersehen«.

Der Kutscher Steffens fuhr Levinia und Lorna zum Bahnhof von Saint-Paul, wo Levinia zwei Fahrkarten nach Milwaukee löste.

Dann bestiegen sie ihr Abteil erster Klasse. Levinia schloß die schweren Samtvorhänge zum Gang, setzte ihren Hut ab und thronte auf dem gepolsterten Sitz wie eine ausgestopfte Eule. Lorna saß ihr gegenüber und betrachtete in den endlos langen Minuten, die bis zur Abfahrt noch vergingen, voller Angst und Mißtrauen ihren abwesenden Blick durch das Fenster. Schließlich setzte der Zug sich in Fahrt. Die Lichter der Stadt zogen an ihnen vorüber, der Mond stand als schmale Sichel am Himmel.

Schließlich faßte sich Lorna ein Herz: »Warum fahren wir nach Milwaukee?«

Levinias Blick richtete sich auf Lorna. Es war ein Blick voller Abscheu und stummer Anklage, und Lorna wußte, daß dieser Blick nie wieder aus ihrem Gesicht weichen würde, bis entweder dieses Kind oder Levinia selbst im Grabe läge.

»Du mußt eines begreifen, Lorna. Was du getan hast, ist nicht nur eine niedere Sünde, sondern in einigen Bundesstaaten auch gegen das Gesetz. Wenn auch nur der geringste Verdacht dieser Tat auf dich fällt, wirst du diesem schwarzen Schatten nie wieder entrinnen können. Und auch der tadelloseste Lebenswandel wird dir dann nicht mehr helfen. Also tut man gut daran, die Folgen der Tat zu verbergen, um nicht sein eigenes Leben und das seiner Familie zugrunde zu richten. Wir müssen auch an deine Schwestern denken. Ihr Ruf könnte durch deine Schande geschädigt werden, und wenn nicht ihr Ruf, dann doch ohne Zweifel ihre unschuldigen, zarten Gemüter. Du mußt verstehen, Lorna, es fällt deinem Vater und mir nicht leicht, dich wegzuschicken, aber wir sehen keinen anderen Weg. Dank einer glücklichen Fügung hat dein Vater eine... nun, sagen wir... Bekanntschaft gemacht, die nicht unseren gesellschaftlichen Kreisen angehört und gute Verbindungen zur Kirche unterhält. So haben wir ein katholisches Benediktinerinnenkloster gefunden, das –«

»Ein Kloster?«

»Das dich für die schwere Zeit bis zu deiner –«

»Aber Mutter –«

»Das dich für die schwere Zeit bis zu deiner Niederkunft aufnimmt. Es wird gut für dich gesorgt sein, die Abgeschiedenheit wird dir guttun, und wenn der Augenblick gekommen ist, werden dir die Nonnen und ein Arzt Beistand leisten.«

»Ich werde also in einer steinernen Festung versteckt und wie eine Aussätzige behandelt, ist es nicht so, Mutter?«

»Du scheinst immer noch nicht zu verstehen, Lorna. Dein Vater mußte eine beträchtliche Summe aufbieten, um diese Regelung treffen zu können. Er hat dieser Kirche, der er noch nicht einmal angehört, eine schwindelerregend hohe Spende zukommen lassen! Sprich also bitte nicht in einem solchen Ton mit mir! Wir mußten dich irgendwo unterbringen, und zwar schnellstens. Überdies bin ich der Meinung, daß es dir nicht im geringsten schaden wird, von gottesfürchtigen Frauen umgeben zu sein, die den Weg der Keuschheit und der Entsagung gewählt haben. Wenn unsere eigene Kirche uns eine solche Möglichkeit hätte bieten können, hätten wir sie selbstverständlich sofort in Anspruch genommen. Aber da dies bedauerlicherweise nicht der Fall ist, haben wir uns für Saint-Cecelia entschieden.«

»Werde ich nun mein Leben in einem Kloster verbringen müssen?«

»Sei nicht so einfältig. Frauen, die sich außerhalb der heiligen Bande der Ehe in Schande begeben haben, können sich in diesem verabscheuungswürdigen Zustand nicht mehr in der Öffentlichkeit sehen lassen. Sie leben in strengster Abgeschiedenheit, um ihre Mitmenschen nicht in die mißliche Lage zu bringen, Zeuge ihrer Sündhaftigkeit zu werden.«

»Und was wird mit dem Baby geschehen? Werde ich es behalten dürfen?«

»Einen Bastard behalten? Und ihn vielleicht noch mit nach Hause zu deinen beiden unschuldigen Schwestern bringen? Zu deinem Bruder, der seinen Freunden diese Schande erklären muß? Soll er etwa mit deinem Vater und mir unter einem Dach leben? Lorna, du kannst doch nicht allen Ernstes erwarten, daß wir uns einer derartigen Situation aussetzen?«

Lange Zeit herrschte Schweigen zwischen den beiden Frauen. Lorna starrte bekümmert in die Dunkelheit, sie hatte Angst. Von Zeit zu Zeit wischte sie sich die herablaufenden Tränen aus dem Gesicht. Levinia machte keinerlei Anstalten, ihr Trost zu spenden. Statt dessen ergriff sie abermals das Wort.

»Im Kloster wirst du genug Zeit haben, darüber nachzudenken, welche katastrophalen Folgen es hätte, das Kind zu behalten. Die Kirche kennt Familien, die Kinder adoptieren möchten. Es gibt keine andere Lösung.«

Wieder wischte sich Lorna die bitteren Tränen aus den Augen. Draußen flog die stockfinstere Nacht vorbei.

Milwaukee lag auch bei Nacht unter der dicken Rauchschicht der Kohleöfen. Das Gewirr der zusammenlaufenden Gleise erschien wie ein beleuchtetes Spinnennetz. Der Zug verlangsamte seine Geschwindigkeit und durchfuhr eine weite Kurve. In einiger Entfernung konnte man den Michigansee im Mondlicht glänzen sehen. Beleuchtete Schiffe lagen am Ufer. Nebelfetzen jagten an den Fenstern des Abteils vorbei. Der Bahnhof war nur spärlich beleuchtet, wenige Menschen waren zu dieser späten Stunde noch unterwegs. Als sie aus dem Zug stieg, warf Lorna unsichere Blicke auf das schemenhaft daliegende Bahnhofsgebäude. Zwei Laternen verbreiteten auf dem Bahnsteig ein trübes Licht.

»Hier entlang«, sagte Levinia.

Lorna fühlte, wie ihr in Sekundenschnelle die naßkalte Luft in die Knochen kroch. Was hier geschah, war so furchteinflößend, und selbst das Wetter paßte zu der beängstigenden Situation.

Als sie ihrer Mutter durch die Dunkelheit der fremden Stadt folgte, umhüllt von Nebel und Geheimnis, wurde Lorna langsam das Ausmaß ihrer Sünde und die Schwere ihrer Schuld bewußt, die sie auf sich und ihre Familie geladen haben mußte.

Ein Träger nahm Lorna ihren Koffer ab und winkte eine Kutsche heran. Das Fell des Pferdes glänzte vor Feuchtigkeit, in seiner Mähne schimmerte Rauhreif. Der Kutscher öffnete den beiden Frauen die Tür.

»Schönen guten Abend, meine Damen. Viel zu häßliches Wetter, um unterwegs zu sein.« Sein Atem roch nach Alkohol. Levinia und Lorna stiegen in das düstere, muffige Innere der Kutsche.

Hinter ihnen schloß sich die Tür. Als Lornas Koffer aufgeladen wurde, schwankte und quietschte das altersschwache Gefährt.

Dann öffnete sich abermals die Tür der Kutsche, der Kutscher steckte den Kopf hinein und fragte: »Wohin, Mam?«

»Zum Kloster Saint-Cecelia«, antwortete Levinia.

»In Ordnung. Nehmen Sie diese Decke, die werden Sie heute nacht brauchen.«

Die alte Wolldecke war muffig und klamm wie feuchtes Stroh. Levinia und Lorna teilten sie sich. Seite an Seite saßen sie auf der abgewetzten Bank. Als die Kutsche anrollte, wurden sie in den Sitz gedrückt.

Die Luft im Inneren der Kutsche verbrauchte sich schnell, die Fenster beschlugen von ihrem Atem. Ab und zu wischte Lorna mit dem Ärmel ihres Mantels über die Scheibe, um rußgeschwärzte Backsteingebäude, Häuser und Bäume vorbeiflitzen zu sehen. Die Fahrt dauerte eine gute Stunde. Levinia nickte ein, ihr Kopf fiel auf die Seite und wippte auf und ab, als hinge er an einem Gummiband. Von Zeit zu Zeit warf Lorna einen Blick auf ihre Mutter und bemerkte erstaunt, wie der Schlaf die Züge eines Menschen verhärten oder erweichen konnte. Als sie Jens im Schlaf betrachtet hatte, fühlte sie eine Woge der Zärtlichkeit in sich aufsteigen bei dem Anblick seines schutzlosen, entspannten Gesichts. Der Anblick ihrer schlafenden Mutter mit dem geöffneten Mund und den schlaffen Wangen hingegen erweckte in Lorna tiefe Abscheu.

Schließlich konnte man von draußen die Stimme des Kutschers vernehmen: »Wir sind gleich angekommen, meine Damen, nur noch wenige Minuten.«

Levinias Kopf fuhr in die Höhe, Lorna wischte ihre Scheibe frei. Der Nebel hatte sich noch verdichtet, und der Mond war nicht mehr zu sehen. Sie befanden sich offenbar außerhalb der Stadt, denn neben dem Weg waren brach daliegende Äcker zu erkennen. Dann fuhr die Kutsche in einen dichten Wald. Plötzlich tauchte neben der Straße eine hohe Mauer aus Stein auf. Die Kutsche fuhr hundert Meter an der Mauer entlang, bog dann rechts ab, holperte noch einige Meter über groben Schotter und hielt schließlich an.

Die Tür wurde geöffnet. Abermals erschien das Gesicht des Kutschers, dessen Atem noch mehr nach billigem Alkohol stank als zuvor. »Werden Sie erwartet?«

»Läuten Sie nur die Glocke«, antwortete Levinia.

Die Tür der Kutsche schloß sich wieder, während das Pferd ungeduldig seine Mähne schüttelte. Der Kutscher zog an dem dünnen Glockenseil, woraufhin ein leises Läuten ertönte. Lorna war sicher, daß niemand es hören würde. Noch dreimal mußte der Kutscher läuten, bevor eine unförmige, schwarzgekleidete Gestalt unter einem Regenschirm durch die kleine Holztür in dem riesigen Tor trat.

»Ja? Was kann ich für Sie tun?«

»Habe zwei Damen in der Kutsche, die zu Ihnen wollen«, hörten sie den Kutscher antworten.

Levinia öffnete die Tür einen Spaltbreit und steckte ihren Kopf heraus. »Ich bin Mrs. Gideon Barnett. Wir werden erwartet.«

»Ah.« Die Nonne zog einen schweren Schlüsselbund aus ihrem schwarzen Gewand und sagte zu dem Kutscher: »Fahren Sie in den Hof vor das Gebäude an der Längsseite.« Er stieg nickend auf den Kutschbock, während sich quietschend beide Flügel des riesigen Tores öffneten. »Wollen Sie nicht aufsteigen, Schwester?« vernahm man die Stimme des Kutschers. Sie antwortete mit starkem deutschen Akzent: »Nein, danke, ich folge zu Fuß. Es riecht nach dem frischen Schnee, und die Luft ist heute nacht so erfrischend.«

Lorna schielte nach der Nonne, als die Kutsche an ihr vorbeifuhr. Sie war eine große, schwere Person, deren Haar unter einem schwarzen Tuch verborgen war. Unter ihrem schwarzen Regenschirm watschelte sie mit Mühe den leicht ansteigenden Weg hinauf. Auf der Innenseite der Mauer zog sich ein Ring immergrüner Gehölze um den runden Klosterhof. Der Kiesweg wurde von hohen Laubbäumen gesäumt, die nun ihre kahlen Zweige gegen den dunklen Nachthimmel streckten. Auch die Blumenrabatten lagen brach. Aus dem Nebel tauchte langsam ein Gebäude auf. Es hatte drei Stockwerke und war U-förmig aus dunklem Stein erbaut. Zu ebener Erde befand sich ein Säulenrundgang. Die in regelmäßigen Abständen angeordneten Fenster der oberen Stockwerke starrten dunkel in die Nacht.

Die Kutsche hielt vor dem Haupteingang, und der Kutscher lud Lornas Koffer ab. Levinia und Lorna stiegen aus.

Levinia befahl dem Kutscher: »Sie warten hier. Ich beeile mich.«

Große, nasse Schneeflocken fielen vom Himmel, als die dicke Nonne die Auffahrt hochschnaufte. Der Regenschirm hatte beinahe denselben Durchmesser wie die massige Gestalt unter den wallenden Gewändern. Keuchend näherte sie sich und befahl mit demselben deutschen Akzent wie schon zuvor den beiden Frauen: »Kommen Sie... kommen Sie... Sie holen sich ja den Tod in dem nassen Schnee!«

Gemeinsam suchten sie unter dem Bogengang Schutz. Vor ihnen lag eine Tür von enormen Ausmaßen, wie Lorna sie noch nie gesehen hatte. Sie bestand aus schwarzem Holz und zeigte auf jedem Flügel ein riesiges Kreuz aus in Blei gefaßtem Glas. Durch das bunte Glas drang ein schwacher Lichtschein, als würde auf der anderen Seite eine Kerze brennen.

Die Nonne übernahm die Führung und öffnete einen Flügel der schweren Holztür. »Bitte treten Sie ein«, sagte sie, und die hohen Wände der gewölbten Eingangshalle gaben das Echo ihrer Stimme zurück.

Das Geräusch der zufallenden Tür schien sich zu vervielfältigen und schallte ihnen aus allen Richtungen entgegen. Der größte Teil der Halle lag im Dunkel. An den Wänden standen Stühle mit hohen Rückenlehnen, die Mitte des Raumes wurde von einem wuchtigen Holztisch eingenommen, auf dem in einem Messingkerzenhalter drei Kerzen flackerten. An der Wand hing ein mächtiges Holzkreuz mit der Gestalt Jesu. Zu beiden Seiten der Halle führten Treppen in die oberen Stockwerke.

»Mrs. Barnett, ich bin Schwester DePaul«, sagte die alte Nonne und zog das schwarze Wolltuch von ihren Schultern.

»Es ist gut, Sie kennenzulernen, Schwester.«

»Und du bist sicher Lorna.« Ihre Stimme klang, als rumpelten Felsbrocken in ihrer Kehle. Ihr aufgedunsenes Gesicht erinnerte Lorna an einen mit Wasser vollgesogenen Laib Weißbrot. Der schmale Goldring, den sie an der linken Hand trug, schnitt ihr in den schwammigen Finger.

»Guten Tag, Schwester.« Weder Lorna noch die Nonne streckten die Hand zur Begrüßung aus. Die dicke Frau richtete das Wort an Levinia.

»Pater Guttmann hat uns über ihre Ankunft und die getroffenen Vereinbarungen unterrichtet. Sie wird eine gute Pflege und genug Essen bekommen und ausreichend Zeit zum Nachdenken haben. Das wird ihr guttun. Ihr Zimmer ist schon vorbereitet, aber Sie müssen sich hier von ihr verabschieden. Lorna, während du deiner Mutter Lebewohl sagst, warte ich dort auf dich.« Sie deutete ins Dunkel. »Und dann bringen wir gemeinsam deinen Koffer nach oben.«

»Danke, Schwester.«

Nun standen sich Levinia und ihre Tochter allein gegenüber.

Lorna starrte auf die linke Schulter ihrer Mutter, während Levinia nervös an ihren schweinsledernen Handschuhen nestelte.

»Nun«, brachte Levinia schließlich hervor, »du wirst schön gehorsam sein und ihnen keine Probleme bereiten. Sie tun uns einen großen Gefallen, das weißt du.«

»Wann werden wir uns wiedersehen?«

»Nach deiner Niederkunft.« Levinia vermied es, von dem Baby zu sprechen, und wenn sie es nicht umgehen konnte, nannte sie es einen Bastard.

»Vorher nicht mehr? Und Vater? Wird er... wird er mich hier besuchen kommen?«

»Ich weiß es nicht. Du weißt, daß dein Vater ein sehr beschäftigter Mann ist.«

Lornas Blick schweifte zu dem Kruzifix. »Ja... natürlich... ich weiß.« Viel zu beschäftigt, um seine kostbare Zeit für seine schwangere Tochter zu verschwenden, die man sorgfältig versteckt hatte und von der man in den kommenden sechs oder sieben Monaten nichts mehr wissen wollte.

»Wenn es geboren ist, kannst du natürlich wieder nach Hause kommen«, bemerkte Levinia.

»Ohne es... natürlich.«

Zu Lornas grenzenlosem Erstaunen schien Levinias eiserne Fassade in der Stunde des Abschieds ins Wanken zu geraten. Ihre noch im Augenblick zuvor verkniffenen Lippen begannen zu zittern, und ihre Augen füllten sich mit Tränen.

»Lieber Gott, Lorna«, flüsterte sie, »glaubst du, für deinen Vater und mich ist das einfach? Wir versuchen, dich zu schützen, verstehst du das denn nicht? Du bist unsere Tochter... Wir wollen doch nur dein Bestes, aber so etwas würde dein ganzes Leben zerstören. Die Menschen können so grausam sein, grausamer, als du es dir jemals vorstellen kannst. Anstelle uns zu grollen und uns herzlos zu nennen, solltest du dir für einen Augenblick bewußtmachen, daß es auch unser Enkelkind ist, das du trägst. Auch wir leiden.«

Levinias unerwarteter Gefühlsausbruch enthüllte eine Verletzbarkeit, von der Lorna bis zu jenem Augenblick nichts geahnt hatte. Bis jetzt hatte sie Levinia nur als harte, befehlende und rechthaberische Frau kennengelernt, die Jens und sie aus eigensüchtigen Motiven auseinanderbringen wollte. In diesem Moment jedoch, als Tränen in ihren Augen standen, wurde Lorna klar, daß ihre Mutter ihre Gefühle hinter einem mächtigen Wall versteckt hielt, der nun einen Riß bekommen hatte.

»Mutter... es... es tut mir leid.«

Levinia zog ihre Tochter an die Brust, umarmte sie fest und rang um ihre Fassung. »Eine Mutter wünscht sich für ihr Kind die beste Zukunft. An Katastrophen wie diese denkt man nicht. Und wenn sie dann doch eintreffen, dann ringt man nach bestem Gewissen um eine Lösung und tröstet sich mit dem Gedanken, daß die Kinder eines Tages, wenn sie selbst Eltern sind, begreifen, daß es für alle das Beste war.« Sie streichelte Lorna über den Rücken. »Paß auf dich auf, und sag den Schwestern Bescheid, wenn es soweit ist. Sie werden sofort deinem Vater telegraphieren, und ich komme umgehend.« Sie drückte Lorna einen schnellen, harten Kuß auf die Wange und eilte davon, bevor sie die Tränen übermannten.

Lorna blieb allein zurück, verwirrt von dem Gefühlsausbruch ihrer Mutter. Sie begriff langsam, daß für manche Menschen ein außergewöhnliches Ereignis notwendig war, um die verhärteten Herzen zu schmelzen, um der so lange versteckt gehaltenen Liebe freien Lauf zu lassen.

Schwester DePaul trat aus dem Dunkel der Halle auf Lorna zu, nahm den Leuchter vom Tisch und sagte: »Ich bringe dich nun in dein Zimmer.« Sie griff nach Lornas Koffer. »Oh, ist der schwer. Du wirst hier nicht viel brauchen, denn wir leben sehr einfach und zurückgezogen und verbringen viel Zeit beim Gebet.«

»Aber ich bin nicht katholisch, Schwester. Oder hat man Ihnen das nicht gesagt?«

»Um zu Gott zu beten, muß man nicht katholisch sein.«

Auch der Gang im ersten Stock lag im Dunkel. In regelmäßigen Abständen gingen auf beiden Seiten Türen ab. Auf halber Höhe des Ganges öffnete Schwester DePaul eine der schmalen Türen.

»Hier ist dein Zimmer.«

Lorna betrat den Raum und schaute sich neugierig um. Ein Bett, ein Stuhl, ein Fenster, ein Kruzifix, ein Betschemel. In dieser Klosterzelle mit weißgekalkten Wänden sollte sie also nachdenken und beten.

Schwester DePaul setzte den Koffer ab, zündete die Kerze an, die auf dem kleinen Nachttisch stand, und wendete sich wieder Lorna zu. »Morgen früh um sechs ist die Messe, um sieben gibt es Frühstück. Du bist herzlich zur Messe eingeladen, aber du mußt nicht daran teilnehmen. Nach der Messe wird dich jemand abholen und dir den Weg zum Speisesaal zeigen. Und nun schlaf gut.«

Als Lorna einige Minuten in der undurchdringlichen Dunkelheit in dem schmalen Bett lag, das kaum breiter als ihr Körper war, faltete sie die Hände auf ihrem Bauch und versuchte sich vorzustellen, daß sich dort drinnen ein winziger Fötus befand, der ihr Leben so schlagartig verändert hatte. Das grobe, steife Laken roch sauberer als der Regen, die Wolldecken waren rauh und schwer. Und unter all den Decken, in ihrem trügerisch flachen Bauch, sollte sich nun ein Baby befinden, kaum größer als eine Teetasse. Existierte es denn wirklich? Wie war das möglich, wo man doch gar nichts davon sah? Der vergangene Tag lief noch einmal vor Lornas Augen ab. Er erschien ihr merkwürdig unwahr, als sei sie die Hauptdarstellerin in einem Bühnenstück gewesen, das nun langsam zu Ende gehen müßte. Sie hatte das Gefühl, in jedem beliebigen Augenblick aufstehen, das Kloster verlassen und von der Bühne steigen zu können. Sie könnte in den Zug steigen, zu Jens fahren und erzählen: Ich habe in einem sonderbaren Stück mitgespielt – alle wollten mich von dir fernhalten und uns das Baby wegnehmen. Aber nun bin ich wieder bei dir, und ich bin glücklich, und wir können jetzt heiraten.

Die Abschiedstränen ihrer Mutter hatten Lornas Phantasie beflügelt. Zum ersten Mal hatte Lorna begriffen, was dieses ungewollte Kind für ihre Eltern bedeutete. Sie dachte darüber nach, was ihre Mutter über die Grausamkeit der Menschen gegenüber einem unehelich geborenen Kind gesagt hatte, über die Schwierigkeiten, die dieses Kind und seine Familie ein Leben lang begleiten würden. Über all das hatte sie sich zuvor nie Gedanken gemacht, hatte nur an den Tag gedacht, an dem Jens, sie und das Baby eine richtige Familie sein würden, ohne die gesellschaftlichen Konsequenzen in Betracht zu ziehen. Aber nun begriff sie, von welcher Wichtigkeit sie waren. Mit einem Schlag wurde ihr klar, daß sie die letzten Monate in einem Irrglauben gelebt hatte.

Am nächsten Morgen holte sie eine Nonne ab, die sich Schwester Marl nannte. Sie sprach mit leiser, sanfter Stimme, und ihr Gesicht glich dem eines Engels. Ihre Mundwinkel zeigten nach oben, auf ihrem Gesicht lag ein freundlicher, wohlwollender Ausdruck – jedoch kein Lächeln, sondern eine tiefempfundene Zufriedenheit, ein innerer Friede. Sie nannte Lorna »liebes Kind«.

»Liebes Kind«, sagte sie, »habe keine Angst. Gott wird sich deiner annehmen, wie er sich aller seiner Kinder annimmt.« Sie zeigte Lorna den Weg zum Refektorium: »Hier entlang, liebes Kind, du mußt sehr hungrig sein.« Im Speisesaal angekommen, erklärte sie ihr, was sie zu tun hatte: »Setz dich, liebes Kind. Nun wird die Oberin das Gebet sprechen.«

Das Gesicht der Oberin zeigte ein dickes Doppelkinn und war weiß wie ein Altartuch. Sie hielt ihre Hände gefaltet und würdigte Lorna keines Blickes. Die Nonnen erhoben sich von ihren Stühlen. Die Oberin bekreuzigte sich, und die Nonnen taten es ihr gleich. Dann sprachen sie gemeinsam das Tischgebet, das in Lornas Ohren einen ganz und gar ungewohnten Klang hatte. Es war eine Art monotoner Sprechgesang, der zwischen den kahlen Wänden des Refektoriums widerhallte. Die Nonnen bewegten sich langsam und hielten bei jedem Handgriff die weiten Ärmel ihrer Gewänder zusammen, damit sie nicht durch das Essen schleiften, wenn sie über ihre Teller hinweg langten. Das Essen war einfach: Es gab in Scheiben geschnittene, scharfe Wurst, Käse, Weißbrot, ungesalzene, gelbe Butter, kalte Milch und heißen Kaffee.

Schwester Marl stellte Lorna den anderen Schwestern vor. »Unser junger Gast heißt Lorna. Sie kam in der vergangenen Nacht aus Saint-Paul zu uns und wird bis zum nächsten Frühsommer hier bleiben. Sie ist nicht katholisch, und so wird ihr unsere Lebensweise in der ersten Zeit sehr fremd sein. Schwester Maria-Margarethe, würden Sie bitte dem lieben Kind nach dem Frühstück die Küche und die Molkerei zeigen? Ich bin sicher, daß sie in der nächsten Zeit viel frische Milch trinken wird.«

Schwester Marl sprach perfektes Englisch, während die anderen Nonnen mit starkem deutschen Akzent sprachen. Viele unterhielten sich untereinander sogar in deutsch. Zu Lornas großer Überraschung wurde viel gelacht, und manchmal schienen die Nonnen sich gar zu necken. Während des Frühstücks richtete jede der Nonnen mindestens einmal das Wort an sie, teilte Lorna ihren Namen mit, erzählte ihr von dem Tagesablauf im Kloster oder verriet ihr, was es zum Mittagessen geben würde.

Niemand fragte sie, ob sie der Messe beigewohnt hatte, niemand forderte sie auf, an dem Gebet nach Tisch teilzunehmen. Und niemand erwähnte das Kind, das sie erwartete.

Das Kloster lag an einen bewaldeten Bergrücken geschmiegt. In der Entfernung konnte man Bauerngehöfte erkennen. Das Fenster von Lornas Kammer zeigte nicht in den Klosterhof, sondern bot ihr Aussicht auf die mit Feldern, Wiesen und Wäldern bedeckte weite Ebene, die sich bis zum Horizont erstreckte. Durch das Land schlängelte sich ein kleiner Fluß, auf den mit Rauhreif bedeckten Wiesen konnte Lorna Pferde und Kühe sehen.

Stundenlang schaute sie aus dem Fenster, während sie auf ihrem harten Stuhl mit der hohen Rückenlehne saß und die Ellbogen auf den kalten, steinernen Fenstersims gestützt hatte.

Wie die Nonnen, so verbrachte auch Lorna den größten Teil des Tages mit Beten und Nachdenken. Es war eine friedliche Zeit.

Man ließ sie in Ruhe, niemand beschimpfte oder demütigte sie wegen ihres Zustandes. Sie wurde von den Frauen ohne viele Fragen angenommen, und schon bald schien die Ruhe und Zufriedenheit, die das Leben der Schwestern kennzeichneten, auch von Lorna Besitz zu ergreifen. Fast alle waren wie Schwester Marl. Sie bewegten sich ruhig und langsam, auf ihren Gesichtern lag ein stilles Lächeln, das von innerer Zufriedenheit zeugte, ganz anders als Lorna es von Gideon und Levinia Barnett kannte. Die Schwestern beschäftigten sich mit einfachen Tätigkeiten. Sie zogen Kerzen, häkelten Spitzen, bestickten Altartücher und buken Hostien für die heilige Kommunion. Ihr einfaches, abgeschiedenes Leben ließ keinen Gedanken an Wettbewerb zu, der die Kreise, in denen Lorna geboren und aufgewachsen war, Tag und Nacht beschäftigte. Sie empfand es als eine große Erleichterung, zum ersten Mal in ihrem Leben einfach *sein* zu können, ohne stets daran denken zu müssen, was andere von ihr erwarteten: klüger zu sein, hübscher zu sein, aus der reichsten und angesehensten Familie zu stammen, in den besten Kreisen zu verkehren, das teuerste Kleid zu tragen, den aussichtsreichsten jungen Mann zu angeln.

In Saint-Cecelia war sie einfach nur Lorna Barnett, Gottes Kind.

Es wurde Dezember. Im Gemeinschaftsraum bauten die Schwestern eine Krippe mit Gipsfiguren auf: Maria und Joseph und das Jesuskind. Lorna hielt sich am liebsten im Gemeinschaftsraum auf, mit seinen beiden großen Fenstern, von denen eines in den Klosterhof zeigte und das andere über die weite Landschaft, die nun unter einer dicken Schneedecke verborgen lag. Oft betrachtete sie gedankenverloren das Jesuskind in seiner mit Stroh ausgelegten Wiege und stellte ihm all die Fragen, die sie beschäftigten, die Fragen nach Gut und Böse, nach richtig und falsch, aber sie erhielt keine Antwort.

Im Gemeinschaftsraum stand auch ein altes Klavier. Lorna spielte häufig, aber es hatte einen stark metallischen Klang und ähnelte damit eher einem Cembalo als einem Klavier. Die Nonnen lauschten versunken der Musik, ab und an wünschten sie sich auch ein bestimmtes Stück. Und manchmal schlief eine der Schwestern beim Zuhören ein.

Schwester Theresa weihte sie in die Heilkräuterkunde ein. Schwester Martha zeigte ihr, wie man Brot buk. Und Schwester Mary Faith brachte ihr das Sticken bei.

Es wurde Januar, und Lorna fand in ihren Kleidern keinen Platz mehr. Sie nähte sich zwei einfache Gewänder, wie sie die Schwestern trugen. Der grobgewebte, braune Stoff umspielte ihren Tag für Tag runder werdenden Bauch.

Es wurde Februar, und die Schwestern liefen auf dem zugefrorenen Teich hinter dem Kloster Schlittschuh. Die Kuh, die ihnen die tägliche Milch lieferte, brachte ein wunderschönes, hellbraunes Kälbchen zur Welt. Lorna besuchte häufig die Tiere im Stall und genoß es, die warme, nach Heu duftende Luft einzuatmen. Der Geruch erinnerte sie an den Schuppen und an den Sommer, den sie dort zusammen mit Jens und der *Lorna D* verbracht hatte.

Sie hatte ihm noch kein einziges Mal geschrieben, wohingegen jede Woche ein Brief von ihrer Mutter eintraf, in dem Levinia ihre Tochter wieder und wieder beschwor, die Hoffnung aufzugeben, Jens Harken jemals wiederzusehen, und Lorna immer wieder klarmachte, daß sie ihr Baby hergeben mußte, um die Schande und die Schuld, die sie auf sich geladen hatte, wieder wettzumachen. Sie riet ihr, viel zu beten, Gott um Vergebung für ihre niedere Tat anzuflehen und ihn zu bitten, daß niemand jemals hinter ihr Geheimnis kommen würde.

Lorna schrieb nur Tante Agnes. Nur ihr vertraute sie ihren tiefen Kummer an, den Schmerz, den sie schon jetzt bei dem Gedanken verspürte, sich von ihrem Kind trennen zu müssen. Und ihrer Tante gestand sie auch, daß sie es bisher vermieden hatte, Jens zu schreiben, weil sie zuerst in Ruhe über all das nachdenken wollte, was ihre Mutter ihr gesagt hatte. Erst dann wollte sie eine Entscheidung über ihre Zukunft treffen. In ihren Briefen fragte sie Tante Agnes, ob sie etwas von Jens gehört hatte.

Tante Agnes antwortete ihr, daß Jens den Winter über in Tims Blockhaus wohnte und ganz in der Nähe der Hütte eine eigene Werft errichtet hatte, in der er schon das erste Boot baute. Sie wußte aber nicht, für wen.

Immer wieder las Lorna die Worte, während sie am Fenster saß und ihren Blick über die weiße Landschaft gleiten ließ. Ihre Kehle schnürte sich zu bei dem Gedanken an Jens. Über der verschneiten Ebene tauchte sein Gesicht auf, im Wind hörte sie seine Stimme, in ihrer Vorstellung sah sie ihr gemeinsames Kind.

Nur ein Gedanke hielt sie davon ab, mit Jens in Kontakt zu treten. *Vielleicht hat Mutter ja recht.*

Fünfzehntes Kapitel

Nach Lornas Verbannung trennte Levinia und Gideon Barnett ein noch tieferer Graben als bis dahin. Lornas Geschwister stellten viele Fragen und wollten wissen, warum Lorna ausgerechnet eine *katholische* Schule besuchte. Und wenn Levinia sich anschickte, Gideon das Kloster zu beschreiben, in dem sie Lorna abgeliefert hatte, wurde sein Mund schmal, und er gab vor, sehr beschäftigt zu sein.

An einem Abend kurz vor Weihnachten erwartete Levinia Gideon im Schlafzimmer. Gideon trat ein, um sich für die Nacht fertigzumachen. Das Stadthaus, lange Zeit vor dem Sommeranwesen am White-Bear-Lake erbaut, war weder mit fließendem Wasser noch mit modernen Badezimmern ausgestattet. Gideon trat hinter den Wandschirm und benutzte den Toilettenstuhl. Dann schloß er den Deckel und erschien mit herabgelassenen Hosenträgern, die wie ausgeleierte Regenbogen von seinen Schultern herabhingen.

»Ich muß mit dir sprechen, Gideon«, sagte Levinia.

»Worüber denn?«

»Bitte setz dich, Gideon.«

Er unterbrach seine Vorbereitungen für die Nacht und ließ sich auf einem niedrigen, unbequemen Sessel nieder, der seiner Frau gegenüberstand.

»Ich dachte, du würdest schon schlafen.«

»Nein, Gideon, ich habe auf dich gewartet. Wir müssen über Lorna sprechen.«

»Für Lorna ist gut gesorgt, was gibt es da noch zu besprechen?«

Er machte Anstalten, sich zu erheben, doch sie beugte sich nach vorn und drückte ihn in den Stuhl zurück. »Du fühlst dich schuldig – das kann ich gut verstehen. Aber uns blieb keine andere Wahl.«

»Ich fühle mich durchaus nicht schuldig!«

»Doch, Gideon, das tust du, und mir ergeht es ebenso. Glaubst du, ich hätte sie leichten Herzens dort gelassen? Glaubst du, ich hätte nicht Angst, daß jemand es herausfindet – trotz aller Vorsichtsmaßnahmen, die wir ergriffen haben? Wir haben es nur getan, um ihre Zukunft zu retten, das dürfen wir nicht vergessen!«

»Alles schön und gut!« Gideon warf ungeduldig die Hände in die Luft. »Du hast vollkommen recht, Levinia, und genau aus diesem Grund will ich nicht mehr über die Angelegenheit sprechen!«

»Das weiß ich wohl, Gideon, aber bist du dir darüber im klaren, daß sie dein Enkelkind erwartet?«

»Levinia, verflucht, nun reicht es mir!« Er erhob sich schwerfällig und stampfte hinüber zur Waschschüssel.

Es kam nicht oft vor, daß Gideon Barnett fluchte. Aber noch seltener kam es vor, daß seine Frau sich seinem Willen widersetzte.

»Komm sofort wieder her, Gideon, und unterstehe dich, eines

dieser scheußlichen Dinger anzuzünden! Ich habe dir etwas zu sagen, und ich werde es dir sagen! Und zwar nicht, während du mir den Rücken zuwendest.«

Verblüfft drehte er sich zu seiner Frau um. Er blickte sie erstaunt an, wie sie aufrecht, als hätte sie einen Stock verschluckt, in ihrem Sessel saß, umwallt von dem voluminösen weißen Baumwollnachthemd, die Haare noch zu ihrer Tagesfrisur aufgesteckt. Er ließ seine Zigarre, die er sich eben anstecken wollte, sinken und setzte sich wieder in den unbequemen Sessel.

»Du weißt sehr wohl, Gideon, daß ich nur selten etwas von dir fordere. Aber nun werde ich dich um etwas bitten, und bevor du losbrüllst, solltest du gut darüber nachgedacht haben. Dieses Kind ist ein Bastard, daran besteht keinerlei Zweifel, aber in den Adern dieses Bastards fließt auch unser Blut. Ich kann es mir nicht vorstellen, daß unser... nun... unser Enkelkind in... in irgendeiner *armseligen Hütte* lebt und vielleicht sogar hungert oder friert.« Sie hielt inne, um sich zu fassen. Dann fuhr sie fort. »Ich habe gut darüber nachgedacht und einen Weg gefunden, wie für das Kind gesorgt werden kann, ohne daß auch nur ein Mensch jemals davon erfährt. Ich möchte deine Erlaubnis, um mit Mrs. Schmitt zu reden.«

»Mit Mrs. Schmitt?«

»Seit Jahren spricht sie davon, uns zu verlassen, um sich um ihre alte kranke Mutter zu kümmern. Ich glaube, ihr können wir trauen.«

»Trauen?«

»Ja, sie soll das Kind großziehen.«

Mit einem Satz war Gideon auf den Beinen. »So, und nun wirst du mir zuhören!«

»Ich weiß, es wird dich Geld kosten.«

»Es *hat* mich bereits Geld gekostet!«

»Aber davon haben wir ja schließlich eine Menge, nicht wahr! Bitte, Gid, tu es mir zuliebe!«

Seit der ersten Zeit ihrer Ehe hatte sie ihn nicht mehr Gid genannt. Erstaunt hielt er inne, mit einem tiefen Seufzer ließ er sich abermals in den niedrigen Sessel fallen, während sie mit überzeugter Stimme fortfuhr. »Niemand würde Verdacht schöpfen, wenn Mrs. Schmitt jetzt ihre Stellung kündigte. Sie würde uns einige Monate vor Lornas Wiederkehr verlassen. Alle wissen, daß ihre Mutter alt und krank ist. Und wenn sie das Kind nimmt, würden wir dafür sorgen, daß sie und ihre Mutter bis an ihr Lebensende keine Not leiden müssen.«

Einen Augenblick lang herrschte nachdenkliche Stille. Gideon sprang nicht auf, und auch Levinia verharrte ruhig in ihrem Sessel. Sie erinnerten sich an Lornas Kindheit und stellten sich die ihres Enkels vor. In diesem Augenblick der Stille entdeckten sie, daß sie, ohne es zu wollen, für dieses Kind Verantwortung und Sorge empfanden.

Nach einer ganzen Weile fragte Gideon: »Wie alt ist Mrs. Schmitt?«

»Dreiundfünfzig.«

»Das ist schon recht alt.«

Das war das erste Anzeichen dafür, daß auch Gideon sich um das Wohlergehen seines Enkelkindes sorgte.

»Hast du eine bessere Idee?« fragte Levinia mit erhobener Augenbraue.

Gideon stützte seine Ellbogen auf die Knie und legte den Kopf in die Hände. Nachdenklich betrachtete er das Muster des Teppichs und schüttelte langsam den Kopf. Schließlich blickte er Levinia an. »Und du bist bereit, auf Mrs. Schmitt zu verzichten, nachdem du sie den ganzen Sommer lang beschwatzt hast, zu bleiben?«

»Ja«, antwortete sie kurz. Ihre Stimme senkte sich zu einem Flüstern, als sie ihre Hand auf seine legte. »Oh, Gid ... es ist doch unser Enkel. Wie sollen wir jemals wissen, ob es ihm gutgeht, wenn wir ihn zur Adoption freigeben?«

Nach vielen Jahren der körperlichen Entfremdung streichelte er zum erstenmal wieder ihre Hand.

»Und Lorna soll es nie erfahren?« fragte er.

»Nein, auf keinen Fall. Weder Lorna noch irgend jemand sonst. Und Mrs. Schmitt muß mir ihr Ehrenwort geben, zu schweigen.«

So saßen sie eine Weile beieinander, und es war ungewohnt, sie Hand in Hand und einer Meinung zu sehen.

»Eines noch«, unterbrach er das Schweigen. »Auch das Kind darf es niemals erfahren.«

»Nein, natürlich nicht. Wir tun es für unseren Seelenfrieden, nicht mehr und nicht weniger.«

»Ausgezeichnet.« Gideon ließ Levinias Hand los. »Aber eines kann ich dir sagen, Levinia.« Er blickte in die Ferne, und sein Gesicht verhärtete sich. »Am liebsten würde ich diesen verdammten Bootsbauer umbringen. Und ich meine, was ich sage. Am liebsten würde ich diesen Hurensohn umbringen.«

In den Tagen nach Lornas Verschwinden dachte Jens, er müßte den Verstand verlieren. Er fühlte sich so hilflos, so gottverlassen, so angsterfüllt wie nie zuvor in seinem Leben. Wohin hatten sie sie gebracht? Ging es ihr gut? Ging es dem Baby gut? Hatten sie es vielleicht sogar getötet? Würde er es jemals zu Gesicht bekommen? Hatten sie sie davon überzeugt, daß es das beste war, ihn nie mehr wiederzusehen? Warum schrieb sie nicht?

Er kehrte mehrmals zu dem Haus in der Summit-Avenue zurück, wurde aber jedesmal schon an der Tür weggejagt.

Tim war auf Reisen gegangen, und nun hatte er niemanden mehr, mit dem er reden konnte. Er wollte sich Ben nicht anvertrauen, denn dann hätte er erzählen müssen, daß Lorna ein Kind bekam. Als die Tage vergingen und keine Nachricht von ihr kam, war er der Verzweiflung nahe.

Weihnachten verbrachte er wie jeden gewöhnlichen Tag. Er war mit dem Innenausbau der Werft beschäftigt und zimmerte die Holztreppe in den ersten Stock. Ununterbrochen fragte er sich, ob Lorna all das jemals sehen würde.

Im Januar konnte er den Schmerz kaum noch ertragen. Er schrieb seinem Bruder und gestand ihm die ganze Wahrheit über das ungeborene Kind und das Verschwinden der Frau, die er liebte. Im Februar war die Werft fertig. Er brachte die Bootsform von Tims Hütte in sein eigenes Bootshaus, begann die Arbeit an seinem ersten Auftrag, einem Boot, das Tim bei ihm bestellt hatte. *Manitou* sollte es heißen. Aber er war nicht mit dem Herzen bei der Sache.

Im März konnte er wegen heftiger Schneestürme tagelang das Haus nicht verlassen. Als die Stürme nachließen, kämpfte er sich bis zur nächsten Poststelle durch, aber kein Brief wartete auf ihn. Im April, fünf Monate nach Lornas Verschwinden, bekam er einen Brief in einer ihm unbekannten Handschrift. Er öffnete ihn auf dem Gehsteig vor der Poststelle und las die unerwarteten Neuigkeiten.

Lieber Mr. Harken,
in Anbetracht der besonderen Umstände, in die ich vollends eingeweiht bin, hielt ich es für meine Pflicht, Sie über den Aufenthaltsort meiner Nichte Lorna Barnett in Kenntnis zu setzen. Ihre Eltern haben sie in das Kloster Saint-Cecelia vor den Toren von Milwaukee, Wisconsin, gebracht. Sie müssen wissen, daß ihre Eltern alles tun, um sie von ihrer großen Schuld zu überzeugen. Bitte denken Sie daran, bevor Sie über Lorna urteilen.
Mit den besten Grüßen
Agnes Barnett

Da stand er nun in der Vormittagssonne mit dem wertvollen Brief in seinen zitternden Händen und las ihn wieder und wieder. Sein Herzschlag glich einem Donnern, neue Hoffnung keimte in ihm auf. Liebe und Verlangen überkamen ihn, die Gefühle, die er in den vergangenen Monaten versucht hatte, aus seinem Herzen zu verbannen. Er hob sein Gesicht der Sonne entgegen und genoß die Röte hinter den geschlossenen Lidern. Die Sonne hatte schon Kraft, der Frühling war zum Greifen nah. Das Leben schien für ihn wieder zu beginnen. Nochmals las er die Worte *in ein Kloster vor den Toren von Milwaukee*. Sein Herz machte einen Freudensprung, und seine Entscheidung war gefällt.

Auch im Kloster Saint-Cecelia war es Frühling geworden. Die kalten Nordwinde waren verstummt, statt dessen wehte ein milder Wind aus Südwest. Die Felder, die das Kloster umgaben, hatten ihre weiße Decke abgeschüttelt, und erstes Grün zeigte sich. Der Geruch frischgepflügter Erde wehte über die Klostermauern, und auf der Wiese führte die Stute ihr Fohlen spazieren. Auf den Rabatten im Klosterhof erschienen die bunten Frühlingstulpen.

Eines Nachmittags, Lorna lag auf ihrem Bett und hielt ihren Mittagsschlaf, klopfte Schwester Marl an ihre Tür.

»Es ist Besuch für dich da«, sagte sie.

»Besuch? Für mich?« Lorna wußte nicht einmal, daß Besuch gestattet war. »Wer?«

»Ich habe nicht nach seinem Namen gefragt«, erwiderte Schwester Marl.

»Ein Mann?« Lorna fuhr in die Höhe und stand rasch auf. Die einzigen männlichen Wesen, die sie jemals innerhalb der Klostermauern gesehen hatte, waren Pater Guttmann, der die tägliche Frühmesse hielt, und der Landarzt namens Enner, der ab und zu vorbeischaute, um sie zu untersuchen.

»Er erwartet dich in der Halle.«

Leise schloß sich die Tür hinter Schwester Marl. Lorna blieb verwirrt in ihrem Zimmer zurück, beide Hände auf dem stark gewölbten Leib ruhend. In ihrem Kopf überschlugen sich die Gedanken. Ihr Vater oder Jens? Das waren die einzigen Männer, die sie hier vielleicht besuchen würden. Aber sicher würde es ihr Vater sein, der seiner elterlichen Pflicht nachkam, denn Jens wußte ja überhaupt nicht, wo sie sich aufhielt.

Aber angenommen, er hätte es herausbekommen... Nur angenommen...

Lorna gab sich einen Schubs und bewegte sich watschelnd durch den Raum, goß ein wenig Wasser in die Waschschüssel, befeuchtete ihre Handflächen und fuhr sich über das Gesicht. Ihr Herz raste. In ihrem Zimmer gab es keinen Spiegel. Sie strich sich über ihr glatt herunterhängendes Haar und band es geschwind im Nacken zusammen. Sie tauschte rasch ihr zerknittertes braunes Kleid gegen ein ebenso schmuckloses, ebenso braunes, ebenso unförmiges aus und wünschte sich zum erstenmal ein hübscheres Kleid. Sie öffnete die Tür und ging zögernd die Treppen hinab in die große Eingangshalle. Ihre Art der Fortbewegung war eine seltsame Mischung aus den langsamen Bewegungen der Nonnen und dem zögernden Vorantasten einer Schwangeren, die ihre Füße nicht mehr von oben sah.

Die Halle war leer, aber die mächtige Eingangstür stand weit geöffnet da und ließ den Sonnenschein in die düsteren Mauern eindringen. Die Sonne schien auch Lorna zu neuem Leben zu erwekken. Ihr Herz vollführte Sprünge, als sie nach draußen in den Laubengang trat. Sie schaute zuerst nach rechts und sah Schwester DePaul, die mit ihrem deutschen Gebetbuch in der Hand unter den Arkaden wandelte.

Dann schaute Lorna nach links... und da stand Jens, seinen Hut in der Hand, den Blick auf sie gerichtet.

Ihr kam es vor, als wollte ihr Herz in tausend Stücke zerspringen, als sie ihn erblickte. Dankbarkeit, Erleichterung und Liebe durchströmten sie, als sie ihm mit zitternden Knien entgegenlief. Er trug seinen Sonntagsanzug, sein Haar war frisch geschnitten, ein wenig zu kurz. Sein Blick verriet Angst und Unsicherheit, als sie sich ihm in ihrem weiten Umstandsgewand näherte. In einem Sumpf der Gefühle bewegte sie sich auf ihn zu – in ihrer Brust rang die tiefe Liebe, die sie für ihn empfand, mit den wiederholten Verunglimpfungen und Warnungen ihrer Mutter.

»Hallo, Jens«, flüsterte sie, als sie bei ihm angekommen war. Aus ihrer vollkommenen Ruhe schloß er sofort den Einfluß, den die Schwestern und ihre Eltern über sie gewonnen hatten. Sie hatten ihr auch ihre Schönheit genommen. Ihr Haar, ihre Kleidung, ihr Blick – nichts erinnerte ihn mehr an die Lorna Barnett, die er gekannt hatte. Ihr Wille war gebrochen. An seine Stelle war Gehorsam getreten. Und das machte ihm angst.

»Hallo, Lorna.«

Sie standen in einiger Entfernung voneinander, schließlich war Schwester DePaul in der Nähe.

»Wie hast du mich gefunden?«

»Deine Tante Agnes hat mir geschrieben, daß du hier bist.«

»Wie bist du hierhergekommen?«

»Mit dem Zug.«

»Oh, Jens...« Für einen kurzen Augenblick glaubte er, in ihrem Blick schmerzende Liebe erkannt zu haben. »Nach alledem, was geschehen ist, tut es gut, dich zu sehen.« Sie sprach mit sanfter, leidender Stimme.

»Es ist gut –« Er brach ab und schluckte. Es war ihm unmöglich, weiterzusprechen. Er hätte sie am liebsten in seine Arme gezogen und ihr alles, was er ihr zu sagen hatte, in ihr Haar geflüstert, ihr gesagt, wie glücklich er war, sie endlich gefunden zu haben, sie wiederzusehen, sie zu berühren. Er wollte ihr sagen, wie viele Sorgen er sich um sie gemacht hatte, wie sehr er sich nach ihren Küssen gesehnt hatte, wie schrecklich der Winter ohne sie gewesen war und wie erleichtert er war, zu sehen, daß es ihr und dem Baby gutging. Statt dessen stand er da wie versteinert, einige Schritte von ihr entfernt, und hatte das Gefühl, daß sie einen Schutzschild um sich herum trug, der ihm jede Annäherung untersagte.

»Warum hast du mir nicht geschrieben?« fragte er.

»Ich... ich wußte nicht, an welche Adresse.«

»Glaubst du wohl, ich wäre weit weggezogen, mit dir in diesem Zustand? Du hättest es herausfinden können, wenn du es nur gewollt hättest. Hast du denn nie daran gedacht, welche Sorgen ich mir um dich gemacht habe?«

»Es tut mir leid, Jens. Aber ich konnte nichts tun. Sie haben alles im geheimen geplant und mich dann zum Bahnhof gebracht, ohne daß ich wußte, wohin wir fuhren.«

»Du bist seit fünf Monaten hier, Lorna. Du hättest mich wenigstens wissen lassen können, daß es dir gutgeht.«

Schwester DePaul bog um eine Ecke und verschwand.

»Es ist kalt hier im Schatten«, sagte Lorna. »Laß uns in die Sonne gehen.«

Ohne sich zu berühren, traten sie aus dem Schatten des Laubenganges in den Klosterhof, wo eine verwitterte Holzbank in der Nachmittagssonne nahe der Klostermauern stand. Dort setzten sie sich nieder.

»Du bist rund geworden«, bemerkte er, als er seinen Hut neben sich legte. Der Anblick ihres stark gewölbten Bauches löste solch starke Gefühle in ihm aus, daß es ihm schien, als hörte er sein Herz laut pochen.

»Ja«, erwiderte sie.

»Wie fühlst du dich?«

»Oh, ich fühle mich gut. Ich bin oft müde und schlafe viel, aber sonst geht es mir sehr gut.«

»Sorgen sie auch gut für dich?«

»O ja. Die Schwestern sind sehr freundlich und besorgt, und ab und an kommt ein Arzt vorbei. Es ist sehr ruhig hier, aber ich habe gelernt, die Zurückgezogenheit zu schätzen. Ich hatte viel Zeit nachzudenken.«

»Worüber? Über mich?«

»Ja. Und über mich, und über das Baby.« Mit leiser Stimme fügte sie hinzu: »Über unsere Fehler.«

Seine aufkommende Freude schlug in Zorn um, als ihm klarwurde, wie sehr sich ihre Eltern in ihr Leben gemischt hatten. »Das ist es doch, was sie wollten. Sie wollten dir einreden, einen Fehler begangen zu haben, siehst du das denn nicht, Lorna?«

»Sie taten nur, was sie für das Beste hielten.«

»Sicher«, antwortete er mit bitterer Stimme. Sein Blick schweifte in die Ferne.

»Das haben sie, Jens«, wiederholte sie.

»Auch ich war viel allein, aber ich kann nicht behaupten, daß ich die Zurückgezogenheit schätze.« Er seufzte, als schmerzte ihn die Erinnerung. »Gott im Himmel, ich habe geglaubt, den Verstand zu verlieren, als du verschwunden warst.«

»Mir ging es genauso«, wisperte sie unsicher.

Beide waren den Tränen nahe, aber Tränen waren unklug, da Schwester DePaul jeden Augenblick wieder um die Ecke biegen konnte. Also schluckten sie sie hinunter und saßen aufrecht nebeneinander, ohne eigene Schuld gefangen in einer Sackgasse, aus der sie im Moment keinen Ausweg wußten. Nach einer Weile schmerzvollen Schweigens versuchte Lorna das Gespräch wieder in Gang zu bringen.

»Was hast du in den vergangenen Monaten getan?«

»Ich habe viel gearbeitet.«

»Tante Agnes hat mir geschrieben, daß du deine Werft eröffnet hast.«

»Ja, Tim Iversen hat mir dabei geholfen.« Sein Blick wanderte wieder zu ihrem Gesicht zurück. »Ich baue gerade ein Boot für ihn, mit dem er an der Regatta im Juni teilnehmen wird. Und ich bin der Skipper.«

»Oh, Jens, ich freue mich so für dich.« Sie ergriff seinen Arm, und beide dachten an die *Lorna D*, die unvollendet in Gideon Barnetts

Schuppen stand und vielleicht nie das Wasser sehen würde. Sie dachten an die unbeschwerten Sommertage, die sie gemeinsam in dem Schuppen verbracht hatten. »Du wirst gewinnen, ich bin mir ganz sicher.«

Er nickte und zog ihren Arm fester an sich. »Ich kam in die Summit-Avenue, um dir das alles zu erzählen, aber du warst schon nicht mehr da. Tim hat mir das nötige Geld geliehen, alles sah plötzlich so gut aus, und wir hätten auf der Stelle heiraten können. Aber sie haben mich nicht ins Haus gelassen. Sie haben mich behandelt wie den Dreck unter ihren Stiefeln. Und nun...« Sein Blick richtete sich auf ein Rosenbeet, das noch unter der winterlichen Mulchdecke lag. Alte Erinnerungen überkamen ihn und schnürten ihm das Herz zu. »Verdammt.«

Eine Wolke verdunkelte die Sonne, ihr Schatten zog über sie hinweg, bevor sie die Sonne wieder freigab.

Er wollte sie in die Arme nehmen und anflehen, mit ihm zusammen diesen Ort zu verlassen. Statt dessen saß er reglos an ihrer Seite, während Schwester DePaul ihre Kreise zog und lautlose Gebete sprach.

»Meine Eltern wollen das Baby zur Adoption freigeben.«

»Nein!« explodierte er und wendete ihr seinen gequälten Blick zu.

»Sie sagen, daß die Kirche kinderlose Ehepaare kennt, die gut für es sorgen würden.«

»Nein! Nein! Nein! Warum läßt du dir solche Ideen in den Kopf setzen?«

»Aber Jens, was sonst sollen wir tun?«

»Heiraten – *das* können wir tun!«

»Sie haben mir gezeigt, welchen Preis wir dafür zahlen müßten. Und nicht nur wir, sondern auch unser Baby.«

»Du bist genau wie sie! Ich dachte, du seist anders, aber ich habe mich getäuscht. Auch du lebst nach diesen dummen, falschen Regeln, und auch du entscheidest nicht nach deinen Gefühlen, sondern überlegst zuerst, was die anderen wohl darüber denken!«

Nun wurde auch Lorna zornig. »Nun, vielleicht bin ich ja endlich vernünftig geworden, nach allem, was geschehen ist! Vielleicht habe ich damals wie ein Kind gedacht, als ich glaubte, wir könnten einfach tun, was uns gefällt, und heiraten! Aber nun sehe ich die Folgen, die ein solches Handeln gehabt hätte.«

»Wie kannst du mir von den Folgen sprechen! Die Folge ist ein Baby, das ebenso mir wie dir gehört, und ich bin bereit, dich auf der Stelle mitzunehmen, dich zu heiraten und dir ein Zuhause zu geben. Und zum Teufel mit dem Gerede der Leute! Aber das ist nicht mehr dein Wunsch, nicht wahr?«

Er spürte, wie sie sich zurückzog.

»Jens, wir haben gesündigt!«

»Und das Baby weggeben, ist das etwa keine Sünde?«

Ihre Augen füllten sich mit Tränen, und ihre Lippen bebten, als sie ihr Gesicht abwendete. Bevor er auftauchte, hatte sie geglaubt, ihren Frieden gefunden zu haben. Ebenso wie die Schwestern hatte sie gelernt, sich demütig in ihr Schicksal zu fügen, und hatte viel Zeit damit verbracht, Gott um Vergebung ihrer Sünden zu bitten. Sie hatte entschieden, daß es für alle das beste war, das Baby wegzugeben. Aber jetzt war ihre Sicherheit verschwunden, sie war verwirrt, fragte sich, ob es wirklich so sein sollte.

Mit Liebe und Schmerz im Blick wandte sich Jens ihr zu. »Komm mit mir«, drängte er. »Verlasse einfach dieses Kloster.«

»Ich kann nicht.«

»Du kannst nicht oder du willst nicht? Sie können dich nicht gegen deinen Willen hier festhalten. Niemand kann das!«

»Mein Vater hat viel Geld dafür bezahlt, daß ich hier sein darf.«

Jens sprang auf, packte sie bei den Schultern und schüttelte sie. »Verflucht! Du bist wie er!«

Schwester DePaul hielt in ihrem Schritt inne und schaute herüber.

»Jens, vergiß nicht, wo du bist!« flüsterte Lorna.

Er senkte seine Stimme, und die Schwester fuhr mit ihren Gebeten fort. »Du denkst mehr an deinen eigenen Ruf als an das Wohl deines Kindes!«

»Ich habe nicht gesagt, daß *ich* es weggebe.«

»Das mußt du auch nicht sagen. Ich habe schon bemerkt, daß du mit deinen Eltern einer Meinung bist. Du hast den Küchengehilfen satt, du hast das Baby satt, und schließlich wird es ja auch niemand erfahren, nicht wahr!«

»Jens... bitte. Es war nicht leicht für mich!«

»Nicht leicht für dich?« Nur mit Mühe konnte er seine Stimme dämpfen. »Hast du auch nur einen Augenblick darüber nachgedacht, wie es für mich war? Ich wußte nicht, wo du warst, warum ich dich in dem Zug nach Stillwater nicht gefunden habe, ob sie dir nicht vielleicht mit einem Fleischermesser das Baby aus dem Leib geschnitten haben! Ich bin gekommen, um dich zu bitten, mich zu heiraten, und du sagst nein, und du willst, daß ich weine, weil es nicht leicht für dich war?«

Er wendete sich ab und versuchte mit aller Kraft, seine Wut unter Kontrolle zu bekommen, versuchte mit aller Kraft, die Tatsache zu akzeptieren, daß er nichts unternehmen konnte, falls sie sich weigerte, mit ihm zu gehen. Er verspürte tiefen Haß auf ihre Eltern und auch Wut über ihr Verhalten. Er rang einen Augenblick lang mit seinen Gefühlen und sprach erst dann weiter, als er sich wieder unter Kontrolle hatte und die Macht über seine Stimme wiedererlangt hatte.

»Willst du etwas Komisches hören?« fragte er sie, während er ihr noch immer den Rücken kehrte. »Ich liebe dich noch immer. Da sitzt du nun neben mir auf der Bank, sagst mir, daß du hierbleiben und dir unser Baby wegnehmen lassen willst, und ich Narr liebe dich noch immer. Aber ich sage dir etwas, Lorna.«

Nun wandte er ihr wieder sein Gesicht zu, griff nach seinem Hut und setzte ihn auf. »Wenn du unser Baby wirklich hergibst, dann werde ich dich hassen bis zu dem Tag, an dem ich sterbe!«

Wie zwischen zwei fast gleich starken Mächten hin und her gerissen, sah sie ihn weggehen. Langsam verschwand seine Gestalt im Schatten der noch unbelaubten Ulmen neben dem großen Tor, wo die Kutsche auf ihn wartete. Schwester DePaul hatte ihre Gebete unterbrochen und beobachtete den Abschied aus dem Schutz des Laubenganges, während die Nachmittagssonne unbekümmert auf die unglückliche Frau hinabschien, die Jens zurückließ.

»Auf Wiedersehen, Jens«, flüsterte sie mit Tränen in den Augen. »Ich liebe dich auch.«

Jens verließ das Kloster. Er war tief verletzt und enttäuscht.

Wütend.

Verängstigt.

Er suchte nach einem Anlaß, seinen Gefühlen des Zorns und der Trauer freien Lauf zu lassen.

Als er am Bahnhof von Milwaukee ankam, hatte er seine Entscheidung getroffen. Für die Barnetts war er vielleicht nicht mehr als ein Küchengehilfe, aber er wollte es ihnen zeigen! Und mit den Barnetts würde es die ganze Welt sehen.

Bevor er in den Zug nach Hause stieg, schickte er seinem Bruder Davin ein Telegramm.

Komm schnell. Ich brauche deine Hilfe. Die Werft ist fertig!

Wieder in White-Bear-Lake angekommen, schienen sich die Ereignisse zu überstürzen. Der Frühling war ungewöhnlich heiß, und schon trafen die ersten Sommergäste am See ein. Tim kehrte von seiner Reise zurück. Der Segelklub eröffnete die Saison, die Boote wurden zu Wasser gelassen. Auf dem See waren wieder die weißen Segel zu sehen, und die im Juni bevorstehende Regatta war bereits in aller Munde.

Tim berichtete Jens, daß Gideon Barnett sich weigerte, die *Lorna D* vollenden zu lassen, und so würde Tims *Manitou* das ungeteilte Interesse zukommen. Jens arbeitete wie besessen an dem Boot, fast als wollte er seine Enttäuschung und Wut mit der Arbeit vertreiben. Tim stattete ihm einen täglichen Besuch ab und hielt jeden noch so kleinen Fortschritt mit seiner Kamera fest.

An einem herrlichen Maitag, Flieder und Pfirsichbäume standen in voller Blüte und im Zentrum von White-Bear-Lake herrschte geschäftiges Treiben, machte sich Jens zum Bahnhof auf, um seinen Bruder Davin abzuholen. Er stand auf dem vertrauten Bahnsteig und sah den Zug einfahren. Seine Augen glitten suchend an den Abteilfenstern entlang, während der Zug mit lautem Quietschen zum Stehen kam. Dicke Rauchwolken entwichen, und über dem ganzen Bahnhof lag das Schnaufen der mächtigen Dampflokomotive. Der Schaffner sprang auf den Bahnsteig und half einer jungen Frau mit einem kleinen Jungen an der Hand aus dem Abteil. Dann erschien Davin. Jens lief mit offenen Armen auf ihn zu. Die beiden umarmten sich herzlich, klopften einander auf die Schultern, um sich dann wieder lachend in die Arme zu fallen.

»Du hast es geschafft, du bist hier!«

»Ja, ich bin hier!«

Sie gingen etwas auf Abstand und musterten sich fröhlich grinsend.

»Ach, laß dich anschauen, Bruder!« Jens tätschelte seinem jüngeren Bruder die Wange und drehte seinen Kopf. Davin war wie er selbst blond, jedoch etwas kleiner und kräftiger gebaut.

»Ich sehe, du hast endlich genug Bart, daß sich das Rasieren lohnt!«

»Das will ich schwer hoffen. Ein verheirateter Mann mit zwei Kindern – eines kennst du noch gar nicht! Cara, komm rüber!«

»Cara ist hier?« Verblüfft drehte sich Jens um und erblickte seine Schwägerin, die sich bei der Begrüßung der Brüder etwas abseits gehalten hatte. An ihrer Hand hielt sie einen kleinen Jungen und im Arm ein Baby. Sie hatte eine mollige Figur und trug ihr blondes Haar zu einem Nest geflochten wie auch schon ihre Mutter. »Cara, Liebes!« Jens hatte sie schon immer gemocht. Er umarmte sie, behutsam, um das Einjährige auf ihrem Arm nicht zu wecken. »Der alte Trottel hat mit keinem Wort erwähnt, daß du mitkommst!«

»Jens... wie schön, dich wiederzusehen!«

Davin ergriff das Wort. »Ich konnte sie einfach nicht dort lassen!«

»Ich bin froh, daß du es nicht getan hast! Ja, und wen haben wir denn hier?« Jens schob vorsichtig die Decken beiseite, in die das Baby eingehüllt war. Cara drückte es ihm in den Arm. »Das ist Klein Roland«, antwortete Davin stolz. »Und hier ist Jeffrey. Jeffrey, du erinnerst dich doch noch an Onkel Jens, nicht wahr?« Scheu lächelnd versteckte der kleine Junge sich hinter den Röcken seiner Mutter. Roland begann nun zu schreien und wurde wieder an seine Mutter zurückgereicht. Nun wandte sich Jens seinem kleinen Neffen zu, der bei ihrer letzten Begegnung noch Windeln getragen hatte.

»Jeffrey, bist du es wirklich? Nein, wie du gewachsen bist! Ein richtig großer Junge bist du ja geworden!«

Seine Familie! Da waren sie nun endlich und ließen Jens' einsame Welt in der Zukunft weniger einsam erscheinen. Davin und er tauschten noch einige freundliche Klapse und Schulterklopfen, bevor Davin sagte: »Ich weiß, daß du nicht mit Cara und den Jungen gerechnet hast, aber wir haben über die Sache gesprochen und entschieden, daß wir alle gemeinsam kommen. Wir gehören zusammen, auch wenn uns vielleicht eine unsichere Zukunft erwartet. Wir werden in einer Pension wohnen, bis wir etwas anderes gefunden haben.«

»Das ist überhaupt nicht nötig! Über der Werft ist eine große Wohnung, in der wir alle Platz haben.«

»Das ist aber deine Wohnung, Jens.«

»Glaubst du, ich lasse euch in einer Pension wohnen, jetzt, wo wir endlich wieder alle zusammen sind? Ich denke, die Familie hat einiges nachzuholen, und wir haben uns viel zu erzählen. Und später, wenn ihr euch erst eingelebt habt, können wir uns in aller Ruhe nach etwas anderem für euch umschauen.«

Von einem Tag auf den anderen war Leben in Jens Harkens Werft eingekehrt. Zu seinen spärlichen Möbeln gesellten sich die, die Davin und Cara mitgebracht hatten, und vieles bauten oder kauften die beiden Brüder gemeinsam. Zum Frühstück gab es heiße Waffeln, Eier und Schinken, Schokolade und Kaffee. Jeffrey thronte in seinem hohen Kindersitz, während Cara den Kleinen in ihrem Arm fütterte. Tagsüber arbeiteten die beiden Männer in der Werft im Erdgeschoß, begleitet von dem Getrappel und den fröhlichen Stimmen der Kinder im Stockwerk darüber. Manchmal sang Cara den Jungen Lieder vor, und manchmal schimpfte sie mit ihnen. Zwischen den Bäumen, die das Haus umgaben, hingen nun Wäscheleinen, an denen im warmen Sommerwind Rolands Windeln flatterten. In der Mittagshitze brachte Cara den beiden Brüdern Eistee und belegte Brote. Wenn die Kinder schliefen, setzte sich Cara zu den Männern und schaute ihnen bei der Arbeit zu. Alle genossen das enge Zusammensein.

Jens tat es gut, bis spät in die Nacht mit seinem Bruder reden und Pläne schmieden zu können. Eines Abends, als Cara und die Kinder schon zu Bett gegangen waren, sagte er zu Davin: »Du bist ein glücklicher Mann.«

Die beiden saßen an dem selbstgezimmerten Tisch, zwischen ihnen stand eine Kerze. Davin blickte hinüber zu seiner schlafenden Familie. Dann glitt sein Blick zurück zu Jens.

»Und was ist mit deiner Frau? Wo ist sie?«

Nachdem Jens ihm die ganze Geschichte erzählt hatte, schwieg Davin eine lange Weile, bevor er ihn ruhig fragte: »Und was wirst du nun tun?«

»Was kann ich schon tun? Ich warte und hoffe, daß sie ihren Verstand wiederfindet.«

»Und dich heiratet?«

Als Jens nicht antwortete, fuhr Davin fort. »Es wäre ein sehr schwerer Schritt für sie. Sie kommt aus den besten Kreisen, und die Leute würden sich das Maul über euch zerreißen. Sie würden euer Kind einen Bastard schimpfen – und seine Mutter wahrscheinlich noch Schlimmeres.«

»Ja, das würden sie sicher tun, diese Heuchler, aber ich bin sicher, daß Cara diesen Schritt getan hätte. Schau nur, sie ist mit dir hierhergekommen, hat sich für eine gänzlich unsichere Zukunft entschieden. Und so sollte es auch sein, wenn man sich wirklich liebt!«

»Du sagst, ihre Eltern besitzen ein Anwesen am See?«

Jens stieß einen Seufzer der Hoffnungslosigkeit aus. »Ja, und ich weiß, was du mir gleich sagen wirst – daß sie nie wieder ein Wort mit ihrer Tochter wechseln werden.«

Davin studierte seinen Bruder mit traurigem, nachdenklichem Gesicht, das nicht viel Hoffnung verbreitete. Er sprach mit langsamer Stimme, so als sei er zu einer bitteren Einsicht gelangt.

»Du hättest das Kloster nicht ohne sie verlassen dürfen.«

»Ja ... und wie hätte ich sie da rausbekommen sollen? Hätte ich sie an den Haaren wegzerren sollen?«

»Ich weiß es nicht, aber wenn es mein Baby gewesen wäre, dann hätte ich sie irgendwie zu der Kutsche geschleppt und mitgenommen!«

Jens seufzte. »Ich weiß. Aber sie war sich ihrer Sache so sicher, so sicher, daß sie eine unverzeihliche Sünde begangen hatte, so sicher, daß ihr Leben ruiniert sein würde, wenn jemand es erfahren würde, so sicher, daß ihre Eltern nur ihr Bestes tun. Sie war nicht mehr das Mädchen, das ich kennengelernt hatte. Zum Teufel, und ich weiß ja noch nicht einmal, ob sie mich überhaupt noch liebt!«

Davin konnte nichts tun, als seinem Bruder beruhigend über den

Arm zu streichen. Abermals entwich Jens ein tiefer Seufzer, und sein Blick wanderte zu dem Bett, in dem Cara friedlich neben ihren beiden Jungen schlief. Er wünschte, es sei Lorna mit seinen beiden Söhnen. Nachdenklich sagte er wieder zu Davin gewandt: »Das vergangene Jahr war mein bestes und gleichzeitig mein schlechtestes. Das hier alles...« Er machte eine ausladende Geste. »Und sich in sie zu verlieben, und nun das Baby, aber nichts von alledem gehört mir...« Resigniert schüttelte er den Kopf. Dann sagte er mit tief bewegter Stimme: »Ich bin nur so verdammt froh, daß du hier bist. Ich weiß nicht, wie ich sonst die letzten Wochen überlebt hätte.«

Die beiden Brüder arbeiteten achtzehn Stunden am Tag an der *Manitou*. Und schon von Anfang an hatte Jens seinem Bruder versprochen: »Du segelst in meiner Mannschaft!«

»Bist du sicher, daß sie mich lassen werden?«

»Das Boot gehört Tim – und Tim ist der lausigste Segler weit und breit, aber die Regeln erlauben es ihm, seine Mannschaft selbst zu bestimmen. Wir segeln die *Manitou* zusammen, du wirst schon sehen.«

An dem Tag, an dem Tim Jens' ganzer Familie einen Besuch abstattete, beendeten die Männer ihre Arbeit früher als gewöhnlich, und Cara bereitete ein Essen für alle vor. Noch während der Mahlzeit legte Tim seinen Kopf auf die Seite, so daß er den stämmigen Norweger mit seinem gesunden Auge voll im Blick hatte, und fragte: »Verstehen Sie etwas vom Segeln?«

Davin grinste breit, zwinkerte seinem älteren Bruder verstohlen zu und erwiderte: »Alles, was Jens kann, hat er von mir gelernt.« Das war zwar nicht die volle Wahrheit, aber die beiden Harken-Brüder tauschten gutgelaunte Blicke aus.

»Werden Sie dann in Jens' Mannschaft segeln?« fragte Tim.

»Nichts lieber als das, Sir!« Und so war die Sache beschlossen.

Aber auch zwei gute Segler konnten die *Manitou* nicht allein steuern.

»Wir brauchen insgesamt sechs Leute, der Skipper eingeschlossen«, bemerkte Jens zu Tim. »Und du solltest einer von ihnen sein.«

»Ich!« Lachend schüttelte Tim den Kopf. »Ich dachte, wir wollten gewinnen!«

»Vergiß nicht, daß du jetzt Besitzer eines völlig neuartigen Boots bist. Es hat nichts mit der Kiste gemein, mit der du so oft verloren hast! Kein Wunder, daß man dich aufgezogen hat. Vertraue mir nur, und wir werden in nur einem einzigen Rennen deinen Ruf wieder zurechtrücken!«

Tim kratzte sich nachdenklich am Kopf. »Nun, ich kann nicht bestreiten, daß das ziemlich verlockend klingt!«

»Du solltest vielleicht nicht gerade am Spinnaker sitzen!«

Auf Tims Gesicht erschien ein breites Grinsen, als er sich auf dem dahingleitenden Boot vorstellte, das als erstes die Ziellinie erreichen würde. »In Ordnung. Ihr habt mich schon überredet.«

»Gut! Dann sollten wir uns jetzt über den Rest der Mannschaft unterhalten. Dein Einverständnis vorausgesetzt, würde ich gerne meinen Freund Ben Jonson und einen seiner Freunde, Edward Stout, anheuern. Beide sind gute Segler, auf die man sich verlassen kann. Und außerdem ist da ein junger Bursche, den ich schon einige Male auf dem See beobachtet habe. Er segelt, als sei er auf einem Boot zur Welt gekommen, Mitch Armfield. Ich würde ihn gerne in meiner Mannschaft sehen.«

»Wie du willst, du bist der Skipper«, antwortete Tim.

»Ja, und unsere Mannschaft wird gewinnen!« versprach Jens.

»Na, worauf wartest du dann noch! Heuer sie an!«

Cara ging um den Tisch und schenkte Kaffee ein. Jens nahm einen Schluck des heißen Getränks, lehnte sich zurück und schaute Tim an. »Noch etwas... hast du etwas dagegen, die *Manitou* vor dem Rennen nur nachts zu Wasser zu lassen?«

»Warum?«

»Nun, das kann ich dir erklären...« Jens' Blick wanderte zu Davin, dann wieder zurück zu Tim. »Ich habe einen Plan. Aber wenn er funktionieren soll, darf niemand außer der eigenen Mannschaft die *Manitou* vor dem Rennen auf dem Wasser sehen. Nur so können wir mit dem Überraschungseffekt rechnen.«

»Ich hoffe, du weißt, was du tust, Jens Harken.«

»Absolut. Ich bin mir so sicher, daß ich mein eigenes Geld darauf setze.« Jens erhob sich und ging zu seinem Bett, das am anderen Ende des großen Raumes stand. Er kehrte mit einem Beutel Geld wieder, den er mit einem lauten Plumps auf den Tisch fallen ließ. »Ich habe eine letzte Bitte an dich, Tim. Wie du weißt, bin ich nicht Mitglied des Segelklubs, also darf ich nicht wetten. Aber ich möchte jeden Penny, den ich besitze – und ich habe fast zweihundert Dollar –, auf den Sieg der *Manitou* setzen. Wirst du statt meiner den Einsatz machen?«

Während Tims Blick auf dem Beutel ruhte, fügte Jens hinzu: »Es gibt immer noch Stimmen, die behaupten, daß unser Boot sofort Schlagseite bekommen und sinken wird. Also werden die Wettchancen gut für uns stehen.«

»Schon jetzt vier zu eins«, bemerkte Tim, »und sie werden sicher noch weiter steigen, wenn die Leute erst einmal das komische flache Ding im Wasser sehen!«

»Und genau das ist der Grund, weshalb sie niemand vor dem Rennen in Aktion sehen soll!«

»Perfekt!«

»Du wirst es also tun?«

Tim legte seine Hand auf den Sack mit dem Geld. »Natürlich werde ich das!«

»Und gleich nach dem Sieg kann ich dir die Schulden zurückzahlen«, versprach Jens.

»Na, das ist ein Wort!« erwiderte Tim.

Jens dachte lange darüber nach, ob es richtig war, Mitch Armfield in seine Mannschaft zu holen. Aber schließlich kam es hier auf das Geschick beim Segeln und nicht auf die Zugehörigkeit zu einer gesellschaftlichen Schicht an! Als er sich dem Haus der Armfields näherte und schließlich mit seinem Hut zwischen den Händen vor der hohen Eingangstür stand, hoffte er inbrünstig, die richtige Entscheidung getroffen zu haben.

Ein Dienstmädchen mit weißem Häubchen öffnete ihm. In diesem Augenblick überkamen Jens die schon verschüttet geglaubten Erinnerungen an seinen Rausschmiß bei den Barnetts. Aber das Mädchen war sehr höflich und führte ihn in den elegant eingerichteten Wintergarten, wo er auf Mitch Armfield wartete.

Der junge Armfield kam mit raschen Schritten die Treppe hinuntergesprungen und betrat lächelnd den Raum. »Harken?«

»Ja, Sir«, antwortete Jens und ergriff Mitchs ausgestreckte Hand. »Jens Harken.«

»Ja, ich erinnere mich. Sie haben für die Barnetts gearbeitet.«

»Das ist richtig.«

»Lorna hat im letzten Sommer viel von Ihnen erzählt. Und nun haben Sie Ihre eigene Werft!«

»Ja, zusammen mit meinem Bruder. Und wir werden bei der Regatta Tim Iversens Boot segeln, die *Manitou*. Sie haben sicherlich schon von ihr gehört.«

»Von ihr gehört! Die Leute hier sprechen über nichts anderes mehr!«

»Ich bin hier, um Sie zu fragen, ob Sie nicht an der Mannschaft teilnehmen möchten.«

Verblüffung machte sich auf Mitchs Gesicht breit. »Das meinen Sie wirklich? Ich?«

»Ich habe Sie auf dem See beobachtet. Sie haben ein gutes Gefühl für Boote. Sie sind flink und gelenkig, und Sie lieben das Segeln ebenso wie ich. Man sieht, daß Sie schon von klein auf segeln.«

»Nun, Mr. Harken...« Geschmeichelt und erfreut fuhr sich Mitch mit der Hand durch sein Haar. »Ihr Angebot ehrt mich. Aber ich bin viel zu überrascht, um etwas zu sagen.«

»Ihre Antwort reicht mir schon. Sie übernehmen das Hauptsegel.«

»Gerne, Sir!«

»Ende nächster Woche wollen wir sie zu Wasser lassen. Können Sie Freitag abend zu Tims Blockhaus kommen?«

»Worauf Sie sich verlassen können!«

»Sehr gut. Und noch etwas – ich weiß, es ist ein ungewöhnliches Anliegen, aber wir wollen bei ihrer Jungfernfahrt keine Zuschauer.«

»Sie können mir vertrauen.« Armfield hatte Harkens Gegner behaupten hören, daß das Boot schon bei seinen ersten Metern auf dem Wasser kentern würde. Kein Wunder, daß sie dabei keine Zuschauer gebrauchen konnten. »Bis Freitag abend also!«

Die beiden schüttelten sich die Hand, und Jens verließ das Haus in der Überzeugung, sich für den richtigen Mann entschieden zu haben.

Am Tag, als die *Manitou* zu Wasser gelassen werden sollte, genau eine Woche vor dem offiziellen Rennen, versammelte sich die Mannschaft in Harkens Werft. Tim fotografierte das prachtvolle Boot von allen Seiten. Erst allein, dann mit seinem Erbauer und schließlich – mit Caras Hilfe – mit der gesamten Mannschaft. Mit vereinten Kräften transportierten sie es auf den schon zuvor ausgelegten runden Holzstücken hinunter zum Wasser.

Als die *Manitou* zum erstenmal das Wasser berührte und eigenständig schwamm, applaudierten alle. Jens verspürte einen ihm bisher unbekannten Stolz. Ihre perfekten Formen spiegelten sich im Mondlicht auf der ruhigen Oberfläche des Wassers. Auf dem Steg beugte sich Cara zu ihrem Sohn Jeffrey hinab und flüsterte ihm liebevoll ins Ohr: »Eines Tages, wenn du groß bist, wirst du allen erzählen können, daß du dabei warst, als dein Papa und dein Onkel das erste Segelboot mit flachem Rumpf zu Wasser gelassen haben. Der Segelsport wird ab heute ein anderer sein.«

Jens ging an Bord, fühlte, wie sein Traum unter ihm Auftrieb bekam, und konnte es kaum erwarten, die Segel zu hissen.

»Davin, hierhin, und Ben, dorthin. Edward, du weißt, wie die Seitenruder funktionieren, hör nur auf mein Kommando. Mitch, du weißt, wie man das Hauptsegel bedient, das hast du oft genug getan. Tim, gib Obacht auf die Schot!«

Jens selbst übernahm die Pinne.

Endlich war er da, der Moment, von dem er so lange schon geträumt hatte.

»Hauptsegel hissen!« Und das Hauptsegel mit der Nummer W-30 erhob sich über dem Boot.

»Klüver hissen!«

Die Schoten zischten über die Rollen, und die funkelnagelneuen Segel blähten sich im Wind. Sofort kam Leben in das Boot unter ihren Füßen. Es reagierte wie ein gut abgerichteter Hund ohne Verzögerung auf die Kommandos der Mannschaft.

Jens, der an der Pinne saß, strahlte vor Begeisterung und Glück: »Spürt ihr es?«

»Ich spüre es, Bruder«, brüllte Davin zurück, »ich spüre es!«

»Phantastisch!« rief Tim. »Ich kann es gar nicht fassen!«

»Glaub es nur!« schrie Edward.

»Sie fliegt!« flüsterte Mitch mit heiserer Stimme, während Ben einen lauten Freudenschrei ausstieß.

Wie ein Pfeil glitten sie über das Wasser, vor Freude jubelnd, lachend, die Fäuste in die Luft werfend.

Vom Vorsegel erkundigte sich Davin: »Wie fühlt sie sich am Steuer an?«

»Leicht wie eine Feder und perfekt im Gleichgewicht!« kam Jens' Antwort wie aus der Pistole geschossen.

Mitch wandte sich an den Skipper: »Wie eng muß ich das Hauptsegel halten?«

»Laßt es uns ausprobieren. Ich mache eine scharfe Wende, und ihr hängt euch über Bord.« Jens dirigicrte das Boot dichter an den Wind. »In Ordnung... jetzt!« Alle fünf Männer lehnten sich über Bord, und die *Manitou* zog eine perfekte Wende. Der Nachtwind frischte auf, und die Gischt schäumte. Das Boot schoß über das dunkle Wasser, wie niemand es für möglich gehalten hatte. Die *Manitou* tat genau das, was Jens von ihr verlangte. Sie war ein Wunder an Schnelligkeit und Gleichgewicht.

»Sie ist unglaublich!« frohlockte Jens.

»Weich wie Seide!« stimmte Davin ihm zu.

»Laßt uns eine Backbordhalse versuchen«, schlug Edward vor.

»In Ordnung. Bedien die Seitenruder!«

Die *Manitou* gehorchte auf jede Bewegung. Sie fuhr eine Halse, wie sie besser nicht hätte sein können. Und noch eine und noch eine.

Das Boot flog durch die Nacht, Boot und Mannschaft taten, was der Skipper ihnen befahl. So bekam die Mannschaft schnell ein Gefühl füreinander und lernte auch alle Reaktionen des Boots kennen. Langsam zog der Mond seinen Kreis über dem See und überzog das schwarze Wasser mit einem silbernen Schleier. Sie segelten über den ganzen See bis zur Wildwood Bay, wo sie das Spinnaker setzten und sich gemächlich auf den Rückweg begaben.

Alle durchströmte ein tiefes Gefühl des Glücks, während die nasse Kleidung auf ihrer Haut klebte.

Wieder an der Werft angekommen, rollten sie sorgfältig die Segel zusammen und rieben in aller Ruhe das Deck trocken. Als sie mit der Arbeit fertig waren, sprachen sie mit dem Boot, als sei es ihre gemeinsame Geliebte.

»Du bist wundervoll!«

»Gute Nacht, mein Schatz.«

»Bis zum nächsten Mal.«

Wie alte Kameraden, die zusammen durch dick und dünn gegangen waren, wünschten sich die Mitglieder der Mannschaft eine gute Nacht. Nachdem sich alle mit freundschaftlichem Schulterklopfen von Jens verabschiedet hatten, legte er den Arm um seinen Bruder. Beide wanderten langsam den Steg entlang.

»Sie ist besser als alles, was jemals das Wasser berührt hat«, sagte Davin.

»Ja, ohne jeden Zweifel«, antwortete Jens. »Wir werden das Rennen gewinnen und auch alle Wetten!«

Als sie die steile Holztreppe zu der Wohnung über der Werft hinaufstiegen, wußten beide, daß die Aufregung über das bevorstehende Rennen sie nicht schlafen lassen würde und sie bis in die frühen Morgenstunden wach liegen würden.

Jens hatte sich fest vorgenommen, bis zur Regatta nicht mehr an Lorna zu denken. Aber als er am Tag der Regatta um vier Uhr morgens aufwachte und nicht mehr in den Schlaf fand, war die Erinnerung an sie stärker und klarer als jemals zuvor. Nach seinem Besuch im Kloster hatte er sie nach und nach aus seinen Gedanken verdrängt. Aber in jener Nacht wollte es ihm nicht gelingen, sie aus seinen Erinnerungen zu vertreiben. Er mußte an die vergangenen glücklicheren Tage denken, und sie erschien ihm mit den vertrauten Gesten und mit den geliebten Bewegungen. Er fragte sich, weshalb ihn gerade in dieser Nacht die Gedanken an sie heimsuchen mußten.

Aber Lorna war untrennbar mit dem großen Tag verbunden, der einst die Wendung ihres Schicksals bringen sollte. Seitdem sie in jener Nacht die Küche betreten und ihn zum ersten Mal nach Booten ausgefragt hatte, war sie Teil seiner Gedanken.

War das Kind schon auf der Welt? Wo hielt sie sich in diesem Augenblick auf? War das Kind noch bei ihr – geboren oder ungeboren?

Er stellte sich vor, wie sie mit dem Baby auf dem Arm auf dem Rasen des Segelklubs stand, während er als Erster über die Ziellinie segelte. Er stellte sich ihr Lächeln vor, ihr Winken, ihre Freude, ihr Haar, ihr Kleid und neben ihrem Kopf ein kleinerer mit blondem Haar... ihren Begrüßungskuß...

Als der Schmerz unerträglich wurde, schlug er die Bettdecke zurück, richtete sich auf und schwor sich, daß er wenigstens in den kommenden zwölf Stunden keinen Gedanken mehr an sie oder das Baby verschwenden würde.

Der Tag dämmerte, es wehte ein frischer Wind von acht bis zehn Knoten. Jens verspürte ein tiefes Gefühl der Befriedigung, als er zum ersten Mal die Uniform des White Bear-Segelklubs anzog: weiße Leinenhosen und den offiziellen dunkelblauen Klubpullover mit weißer Aufschrift.

Als er einen Augenblick innehielt, um an sich hinabzuschauen, wurde ihm klar, daß er in der nächsten Stunde Gideon Barnett gegenübertreten würde, der ebendiese Uniform trug. Dieser Gedanke ließ Bitterkeit in ihm aufsteigen, die aber rasch von einer gewissen Genugtuung abgelöst wurde. Gideon war mit seinem eigenen Boot, der *Tartar*, zu dem Rennen der A-Klasse gemeldet, und er selbst führte die Mannschaft. Nach alledem, was zwischen den beiden Männern geschehen war, empfand Jens eine große Zufriedenheit bei dem Gedanken, Gideon Barnett in seinem eigenen Spiel zu schlagen. Und die Tatsache, daß er bei seinem Triumph die Uniform des elitären Segelklubs tragen würde, versüßte Jens den Gedanken nur noch.

Er fuhr ein letztes Mal mit dem Kamm durch sein Haar und richtete beim Gehen das Wort an seinen Bruder: »Wir treffen uns am Boot. Bis später.«

Genau eine Stunde vor dem Rennen betrat Jens zum Treffen der Skipper das Klubhaus. Es fand im zweiten Stock statt, von wo aus man den ganzen See überblicken konnte. Obwohl sich in dem Raum schon zahlreiche Menschen befanden, fiel sein Blick sofort auf einen: auf Gideon Barnett, der trotz seiner weißen Segelmütze mit der

Goldkordel über dem Schild einem Walroß glich und mit knurrender Stimme auf den Rennleiter einredete. Als Barnett Jens' Gegenwart bemerkte, verstummte er mitten im Wort. Sein Mund verschmälerte sich, seine Augen wurden zu engen Schlitzen, und sein Kiefernmuskel spannte sich. Jens parierte seinen kalten Blick noch einige Grade kühler.

»Liebe Skipper...«, ergriff der Rennleiter das Wort, während Gideon seinen Blick abwandte. »Der heutige Kurs ist...«

Jens kannte den Kurs so gut wie jede einzelne Planke seines Bootes. Er fühlte eine beinahe schon unwirkliche Distanz, als er zwischen den anderen Skippern stand und den Instruktionen für das Rennen lauschte, die ihm schon bekannt waren, bevor sie ausgesprochen wurden.

Erst als das Treffen beendet war und sich die Skipper wieder nach draußen begaben, fiel Gideons Blick abermals auf Jens. Der kalte Blick war haßerfüllt, und seine Augen sprachen eine nur allzu deutliche Sprache: Du trägst zwar die Uniform, du Küchengehilfe, aber glaube ja nicht, daß du jemals dazugehören wirst!

Draußen auf dem Rasen hatte sich bereits eine große Zuschauermenge versammelt, es mußten gut zweihundert Menschen sein. Jens ging hinüber zu seiner Mannschaft, die etwas abseits der Menschenmenge in der Nähe der *Manitou* auf ihn wartete. Alle blickten dem Rennen gutgelaunt und zuversichtlich entgegen. Während der vergangenen Woche hatten sie die *Manitou* noch in fünf weiteren Nächten gesegelt und waren zu einer verschworenen Gemeinschaft geworden. Auf seinem Weg durch die Zuschauer mußte sich Jens allerlei hämische Bemerkungen anhören.

»Wirst du diesen Brotlaib segeln oder essen, Harken?«

»Wer ist denn auf deine Zigarre getreten, Jens?«

»Die Bratpfanne hättest du besser in der Küche gelassen!«

Mit knappen Worten begrüßte Jens seine Mannschaft. »Morgen, Männer. Laßt uns an Bord gehen und lossegeln!«

Die Menge machte noch immer ihre Witze, als die Mannschaft der *Manitou* das Hauptsegel zum Boot trug.

Als er neben Tim den Steg entlangging, fragte Jens mit leiser Stimme: »Hast du mein Geld gesetzt?«

»Ja, deines und auch noch etwas von meinem!«

»Vier zu eins?«

»Fünf zu eins!«

Fast heiterer Stimmung und voller Vertrauen in sein Boot und seine Männer ging Jens an Bord. Laß sie nur spotten! In zehn Minuten würde ihnen das Lachen schon vergehen.

Er gab das Kommando zum Hissen des Hauptsegels. Er war etwas kleiner als die meisten anderen, aber wesentlich effektiver, das wußte Jens. Als die *Manitou* Kurs auf die Startlinie nahm, hörte Jens, wie sich das Gekicher der Umstehenden zu einem ungläubigen Murmeln senkte, denn das Boot schien schon auf den ersten Metern wendiger und behender zu sein als alles andere, was man jemals auf dem Wasser gesehen hatte. »Achtet auf die W-30! Seht nur, die W-30!« konnte man noch über das Wasser vernehmen.

Dann fiel der erste Schuß – noch fünf Minuten bis zum Start. Die Mannschaft hatte alle Hände voll mit den letzten Vorbereitungen zu tun. Jens spürte sein Herz bis zum Hals pochen. Er steuerte die *Manitou* neben die *Tartar* und fing einen Blick von Barnett auf. Auch die anderen Skipper, besonders die des Klubs aus Minnetonka, den es an diesem Tag zu schlagen galt, beäugten neugierig die *Manitou*. Man konnte sie leicht an dem großen M auf ihren Segeln erkennen. Aber keiner der Blicke störte Jens, außer dem Gideon Barnetts, des Mannes, der ihm seine Frau und sein Kind weggenommen hatte.

Eine Minute vor dem Beginn des Rennens zog Edward seine Uhr aus der Tasche und zählte laut die Sekunden bis zum Startschuß.

»Fünf... vier...« Ihr Blut geriet in Wallung, ihr Pulsschlag stieg an, ihre Herzen rasten. Jens kam schlagartig ein allerletzter Zweifel: Was war, wenn doch etwas schiefging?

»Drei… zwei…«

Der Startschuß fiel.

Jens ergriff die Pinne und rief: »Segel hissen!«

Die *Manitou* übernahm schnell die Führung, während alle anderen Boote wie Blei hinter ihr blieben.

Sie schossen über das Wasser.

Sie glitten dahin.

Sie flogen.

Am Ufer machte sich erstauntes Gemurmel breit. In den Booten hinter ihnen ertönten laute Kommandos.

»Zeigt ihnen, was sie noch alles kann, Jungs!«

Jens' Mannschaft hing sich über die Bordwand, so weit es nur ging, ihre Körper zischten knapp über der Wasseroberfläche hinweg. Ein solches Schauspiel hatten die Zuschauer noch nicht gesehen.

Die Zurufe der Mannschaft wurden vom Wind ans Land zu der Menschenmenge getragen, die begeistert jubelte. Bevor die konkurrierenden Boote auch nur die ersten Meter zurücklegten, hatte die *Manitou* schon eine Markierung umrundet. Der Abstand zwischen der *Manitou* und dem restlichen Feld wurde so groß, daß Jens nur noch mit Mühe die einzelnen Boote auseinanderhalten konnte. Seine Mannschaft jubelte und jauchzte vor Freude.

»Waa-hoo!« sang Mitch.

»Yee-ha!« fiel Edward Stout ein.

»Von diesem Tag werden sie sich noch in drei Generationen erzählen«, frohlockte Davin.

»Welch ein Ärger, einige von ihnen werden gleich viel Geld verlieren!« bemerkte Jens grinsend mit siegessicherem Glitzern in den Augen.

»Ihr solltet gleich eure Ärmel hochkrempeln und die Werft vergrößern«, riet ihnen Tim. »Das ganze Land will jetzt eure Boote!«

»Bist du bereit, Davin?« rief Jens seinem Bruder zu.

»Da kannst du Gift drauf nehmen!«

»Seid ihr auch bereit für die Reporter, die uns am Ufer erwarten?« fragte Ben Jonson.

»Auf die warte ich schon mein Lebtag lang«, erwiderte Jens fröhlich lachend.

Mittlerweile war das zweitschnellste Boot im Rennen nur noch ein kleiner Punkt am Horizont. Als sie am Ende des Sees gewendet hatten, trafen sie es auf der halben Strecke des Rückwegs. Es war das Boot mit der Nummer M-14, dicht gefolgt von Gideon Barnetts W-10.

Als die W-30 die Ziellinie überquerte, wurde der Zielschuß des Rennleiters vom Jubel der Menge übertönt.

Die Mitglieder der Mannschaft wurden wie Helden gefeiert. Als die *Manitou* an Land gezogen wurde, brach ein regelrechtes Gerempel aus, weil jeder das Wunderboot aus der Nähe sehen wollte. Ein Mann wurde ins Wasser gestoßen, die Frauen mußten ihre Hüte festhalten. Die Reporter brüllten wild durcheinander.

»Ist es wahr, daß Sie ein Bootsbauer aus Neuengland sind?«

»Werden Sie im nächsten Jahr mit demselben Boot an den Start gehen?«

»Bauen Sie sich selbst ein solches Boot?«

»Stimmt es, daß Sie nicht Mitglied des Segelklubs sind?«

»Wie ist die offizielle Rennzeit?«

»Mr. Harken, Mr. Harken...«

Jens erwiderte auf diese Fragen: »Sie haben sicher Verständnis dafür, daß ich mit meiner Mannschaft erst einmal etwas essen gehe, wir sind alle sehr hungrig.«

Auch auf dem Weg in das Klubhaus verfolgten sie die Reporter, und Jens stand im Mittelpunkt des Geschehens. Er fühlte, wie langsam Stolz in ihm aufstieg. Alle wollten mit ihm sprechen, ihn berühren, ihm auf die Schulter klopfen, ihn wie einen Helden feiern.

Plötzlich erblickte er in der Menge Levinia Barnett.

Er hielt einen Augenblick inne, sein Stolz fiel schlagartig wieder in sich zusammen.

Sie stand einige Meter abseits der Menge mit einer kleinen Gruppe mit Familienangehörigen und Freunden zusammen. Sie durchbohrte ihn mit ihrem kalten, harten Blick. Ihr knochiges Kinn war emporgereckt. Drei endlose Herzschläge lang starrte sie ihn an, dann kehrte sie ihm den Rücken zu.

Ungewollte Gedanken kamen ihm wieder in den Sinn: Lorna sollte hier sein, und sie beide sollten ein Ehepaar sein, und auch das Baby sollte hier sein. Er sollte das Rennen mit der *Lorna D* gewonnen haben und mit Gideon Barnett in einer Mannschaft gesegelt sein. Lorna hätte ihnen vom Ufer aus zuwinken sollen, das Baby auf dem Arm, und ihre Mutter lächelnd neben ihr. Ach, welch ein herrlicher Tag hätte das sein können.

Aber die Wirklichkeit sah ganz anders aus. Lorna war in Schimpf und Schande weggebracht worden, und sein Baby sollte an fremde Menschen weggegeben werden. Gideon und Levinia Barnett hatten ihn heute kaltschnäuzig geschnitten. Und die *Lorna D* moderte in dem Schuppen langsam vor sich hin und würde wohl niemals das Wasser unter ihrem Kiel spüren.

Er wandte sich von Levinia Barnett ab und ging mit bitterem Herzen hinüber zum Klubhaus.

Sechzehntes Kapitel

Zwei Tage nach der Regatta erhielt Lorna von Tante Agnes einen Brief mit der Nachricht von Jens' Sieg. »Er fegte über den See wie ein Wirbelsturm, die Zuschauer konnten nur noch ungläubig hinter dem Boot herblicken. Die anderen Boote erweckten den Eindruck, als würden sie durch Schlamm pflügen, während seines beinahe über das Wasser flog. Er umrundete die erste Markierung, bevor die anderen auch nur die halbe Strecke zurückgelegt hatten. Auf dem Rückweg traf er sie irgendwo auf halber Strecke. Die Begeisterung im Ziel kannte keine Grenzen, und die Jubelrufe waren noch am anderen Ufer zu hören. Als das zweite Boot ins Ziel kam, hatte dein Jens schon die Segel eingeholt und saß mit der Mannschaft im Klubhaus beim Essen. Und stelle dir nur vor, sogar Zeitungsreporter aus Rhode Island rissen sich um ein Interview mit deinem Jens.«

Er hat es geschafft, dachte Lorna, *er hat es wirklich geschafft!* Sie saß in ihrer kleinen Klosterzelle und las den Brief wieder und wieder. Auf ihrem Gesicht lag ein wehmütiger Ausdruck, als sie durch ihre Tränen auf die entfernten grünen Hügel blickte und sie sich das blaue Wasser und die weißen Segel vorstellte. Wie gerne sie dort gewesen wäre, wie gerne sie selber miterlebt hätte, wie sein Boot alle anderen schlug, wie gerne sie in der Stunde des Erfolges an seiner Seite gewesen wäre.

Ihr Blick senkte sich wieder auf den Brief.

»Und deinem Vater kam als Präsident des Segelklubs die Aufgabe zu, den Siegerpokal zu überreichen. Doch gleich nach dem Rennen gab er an, starke Magenschmerzen zu verspüren und überließ diese Aufgabe seinem Stellvertreter.«

Der Stolz ihres Vaters war also verletzt. Aber was bedeutete das schon angesichts Jens' Sieges.

Sie hätte dort sein sollen. Sie beide hatten soviel gemeinsam mit der *Lorna D* erlebt, daß sie an diesem Tag einfach an seine Seite gehörte. All die Tage, an denen sie ihn bei der Arbeit beobachtet, seinen Träumen gelauscht, ihn ermutigt und sich in ihn verliebt hatte. Sie hätte dort sein sollen. Statt dessen hielt man sie und ihr Kind in dieser unüberwindbaren Festung aus Stein und Mauern versteckt.

Draußen ließ der Sommer die Felder reifen. Auf einer Wiese, die sich ostwärts über einen Hügel erstreckte, wogten die blauen Kornblumen im heißen Sommerwind. Während Lorna sehnsüchtig über das weite, grüne Land blickte, glitten ihre Hände über den gewölbten Bauch und streichelten ihn ganz behutsam, als könne das Baby die Berührung spüren. Das Gewicht des Kindes war so schwer geworden, daß Lorna beim Laufen ihre Füße nach außen drehte und den watschelnden Gang einer Ente angenommen hatte, und beim Sitzen spreizte sie die Beine, daß die Knie weit nach außen zeigten. Der Gedanke, daß das Baby, das ihr und Jens gehörte, nun bald zur Welt kommen würde, überwältigte sie immer wieder aufs neue. Während der vergangenen Monate wurde der Gedanke an das Baby immer realer, vor allem dann, wenn es mit seinen Ellbogen und Knien gegen Lornas Bauchdecke stieß. In solchen Augenblicken erschien ein liebevolles Lächeln auf ihren Lippen. Häufig erwachte Lorna in der Nacht, wenn sich das Kind in seiner engen, nassen Welt drehte und wendete, als wolle es sie dazu bringen, noch einmal über die Antwort nachzudenken, die sie Jens gegeben hatte. Und wenn sie dann sanft über ihren Bauch tastete, konnte sie sich nicht vorstellen, ihr Kind wegzugeben, wenn sie es erst einmal im Arm gehalten und geküßt hatte.

Trotz aller Zweifel, die sie von Zeit zu Zeit plagten, wußte Lorna, daß sie das weder dem Vater des Kindes noch sich selbst antun konnte.

Tante Agnes hatte ihn *dein Jens* genannt. Es war nicht ihr Jens, aber sie wollte, daß er es werden würde. Sie wünschte es sich so sehnlich wie damals, in den ersten Tagen ihrer erblühenden Liebe. Sie trug ihre Liebe für ihn mit sich herum wie einen großen Stein auf ihrer Seele, der ihr das Atmen, die Bewegungen, das ganze Leben zu einer einzigen Mühsal werden ließ.

Seit dem Augenblick, in dem er sich zornig von ihr abgewandt und ihr erklärt hatte, sie zu hassen, war dieser Stein noch schwerer geworden. Sein Kind weggeben? Ihn vergessen? Wie sollte sie das nur können? Er hatte recht: Das Kind wegzugeben, das sie in Liebe empfangen hatte, wäre grausam und unverzeihlich. Und es hatte der

Drohungen des geliebten Mannes bedurft, ihr die Augen dafür zu öffnen, daß eine solche Herzlosigkeit nicht geschehen durfte. Sie würde das Baby behalten und Jens Harken heiraten. Und wenn das bedeutete, für immer Abschied von ihrer Familie zu nehmen, so war sie auch dazu bereit. Sie hatte verrückt sein müssen, nicht mit ihm zu gehen, als er sie darum gebeten hatte.

Drei Nächte später war die Zeit ihrer Niederkunft gekommen. Die ersten Wehen rissen sie aus dem Schlaf. Während sie wartete, daß der Schmerz nachließ, starrte sie von ihrem Bett aus in die Nacht und bemerkte, daß der Mond schon langsam wieder verschwand. Als der erste Schmerz nachließ, erhob sie sich und ging zum Fenster, stützte sich mit einer Hand auf den steinernen Sims und wartete auf die nächste Wehe, um sicher zu sein, daß ihre Zeit gekommen war. Die Minuten kamen ihr endlos vor, doch als die nächste Schmerzwelle sie erfaßte, hatte sie keine Zweifel mehr. Ihre Fingernägel gruben sich in den Stein. Um Kraft zu sammeln für das, was ihr nun bevorstand, und sich den Schmerz zu erleichtern, versuchte sie, sich Jens' Gesicht vorzustellen.

Dann warf sie sich den Morgenmantel über, ging zu Schwester Marls Zimmer und klopfte leise an ihre Tür. Eine Fremde öffnete ihr, eine wunderschöne, junge Frau, deren zartes Gesicht von dunklen Locken umspielt wurde. Ihre Haut schimmerte im weichen Licht der Kerze wie Seide.

»Schwester Marl?«

Die junge Frau lächelte sie fragend an. »Ja, Lorna?«

Lorna konnte ihr Erstaunen nicht verbergen.

»Du hast mich noch nie mit offenem Haar und ohne mein Schwesterngewand gesehen, nicht wahr?«

»Sie haben ja Haare!«

Abermals lächelte die Nonne, ihr sanftes Lächeln glich dem, das die Statue der Jungfrau Maria in der Kapelle trug.

»Ist es soweit, Lorna?«

»Ich glaube ja.«

Mit langsamen Bewegungen drehte sich Schwester Marl um, setzte den Kerzenleuchter nieder und legte sich ein wollenes Tuch um die Schultern. »Hast du schon lange wach gelegen?«

»Eine Stunde, vielleicht weniger.«

»Folgen die Wehen schon dicht aufeinander?«

»Nein, ich glaube, sie haben gerade erst begonnen.«

»Dann haben wir noch viel Zeit. Ich werde die Oberin wecken und ihr Bescheid sagen. Wenn Pater Guttmann zur Frühmesse kommt, wird er den Arzt verständigen. Und deiner Mutter müssen wir sofort telegraphieren.«

»Schwester Marl, ich habe eine Bitte.«

»Ja?«

»Hat sie mit jemandem darüber gesprochen, daß sie das Baby weggeben will?«

»Ja, sie hat mit der Oberin darüber geredet.«

»Aber ich möchte es nicht mehr fortgeben! Ich habe beschlossen, mein Kind zu behalten.«

Schwester Marl kam mit der Kerze auf Lorna zu. Sie strich Lorna über die Wange, als wollte sie eine Wunde heilen. »Gott hat seine eigenen Wege, und manchmal sind sie nicht einfach, so wie es für dich nicht einfach sein wird. Aber auch ich kann nicht glauben, daß es gut ist, ein Kind von seiner Mutter zu trennen. Gott segne dich für deine Entscheidung.«

Nach der Frühmesse verließ Pater Guttmann eilig das Kloster, um den Arzt zu verständigen. Mit lähmender Langsamkeit schritt der Tag voran, während Lorna Stunde um Stunde das Auf und Ab der schmerzenden Wogen ertrug. Bis zum frühen Nachmittag geschah nichts Neues. Dann traf Dr. Enner ein, untersuchte sie und teilte ihr mit, daß es noch einige Zeit dauern würde.

»N... noch länger?«

»Beim ersten Baby kann es sich hinziehen.«

In den zwei folgenden Stunden wurden die Schmerzen stärker und stärker. Die Wehen folgten dichter aufeinander und hielten immer länger an. Lorna lag auf ihrem schmalen Bett und spürte, wie die Geburt näher rückte, und fragte sich, wo Jens in diesem Augenblick war und ob er wohl fühlte, was in diesem Moment geschah. Schwester Marl wich keine Sekunde von ihrer Seite.

»Ganz ruhig, ganz ruhig«, murmelte sie beruhigend, wenn Lorna sich vor Schmerz aufbäumte, und wischte ihr den Schweiß vom Gesicht. Einmal, als der Schmerz unerträglich zu werden schien, flüsterte die junge Schwester ihr zu: »Stell dir deinen Lieblingsort vor.« Und Lorna dachte an den See, auf dem sich die weißen Segel tummelten, an das Wasser, das aufspritzte, wenn sie die Hand über Bord hängen ließ, an Jens, der auf der Ruderbank saß mit seinem blonden Haar, in dem die Sonne spielte, an das grüne Schilf, das den See säumte, an die Weide, die ihre langen Äste ins Wasser hängen ließen. Eine neue Schmerzwelle riß sie mit, und als Lorna wieder die Augen öffnete, erblickte sie Levinia, die sich über sie beugte.

»Mutter?«

»Ja, Lorna, ich bin hier.«

Ein schwaches Lächeln kam über ihre Lippen. »Wie konntest du so schnell kommen?«

»Die Eisenbahn ist eine der größten Errungenschaften Amerikas. Der Doktor sagt, daß es nun nicht mehr lange dauern wird.«

»Mutter, mir ist so heiß.«

»Ja, natürlich, Liebes. Die Schwestern werden sich um dich kümmern, während ich draußen warte.«

Als Levinia den Raum verlassen hatte, wandte sich Lorna mit schwachem Lächeln an Schwester Marl. »Ich hatte nicht geglaubt, daß sie wirklich kommen würde.« Die nächste Wehe überrollte sie. Lorna schrie auf. Der Doktor befestigte rasch lederne Schlaufen am Fußende ihres Bettes, zog ihre Füße hindurch und kündigte ihr an, daß es bald Zeit sein würde zu pressen. Die Nonnen hatten die weiten Ärmel ihrer Gewänder bis über die Ellbogen hochgerollt. In der folgenden Viertelstunde war Lorna umgeben von zahlreichen helfenden Händen, die ihr mit kühlen Tüchern den Schweiß vom Gesicht wischten, sie festhielten und beruhigend auf sie einsprachen. Lorna hörte sich selbst stöhnen und schreien, fühlte den zerreißenden Schmerz, ihr Kopf bäumte sich auf, und ihre Stimme rief: »Jens, Jens, Jeeeens!« Dann fühlte sie, wie etwas ihren Körper verließ und hörte eine sanfte Frauenstimme sagen: »Da ist es! Ein Junge!«

Sogleich spürte sie einen warmen, weichen Druck auf ihrem Bauch, und Tränen liefen ihr über das Gesicht. Sie tastete mit den Händen nach dem Bündel, und jemand stützte ihren Kopf. Dann berührte sie das schleimige, rote Wesen mit den dünnen, gekrümmten Ärmchen und Beinchen.

»Oh, schaut... schaut es nur an... welch ein Wunder!«

»Ja, es ist wahrhaft ein Wunder«, flüsterte Schwester Marl Lorna mit ergriffener Stimme ins Ohr, bevor sie ihren Kopf sanft wieder auf das Kissen bettete. »Ruhe dich einen Augenblick aus. Das hast du verdient.«

Später, als die Nabelschnur durchtrennt und die Nachgeburt geborgen war und Lorna ihren Sohn zum ersten Mal hatte schreien hören, legte Schwester Marl ihr den in weiße Tücher gehüllten Säugling in den Arm.

»Oh... Schwester...« Abermals strömten Tränen über Lornas Wangen, als sie zum ersten Mal in sein zerknittertes, noch von den Anstrengungen der Geburt verzerrtes Gesicht schaute.

»Schauen Sie ihn nur an. Oh, du bist ein solch wundervolles, kleines Wesen, und ich habe noch nicht einmal einen Namen für dich!« Sie küßte seine blutige Stirn und drückte ihn so fest an sich, als wollte sie ihn niemals wieder hergeben. »Wie soll ich dich nur nennen?« Sie hob den Blick zu der Schwester und flüsterte: »Oh, Schwester, jetzt sollte sein Vater hier sein.«

Schwester Marl lächelte still und strich Lorna das feuchte Haar aus der schweißnassen Stirn.

»Ich wollte ihn heiraten, und meine Eltern haben es nicht zugelassen.«

Lorna glaubte für einen kurzen Augenblick einen gewissen Glanz in den Augen der Schwester entdeckt zu haben, aber sie zeigte nichts weiter als ihre ganz gewöhnliche Ruhe, die alle anderen Gefühle, die sie vielleicht verspürte, überdeckte.

»Aber nun werde ich es tun«, gelobte Lorna. »Hätte ich von Anfang an auf mein Herz gehört, wäre Jens nun bei mir, bei uns.« Sie wendete ihre Aufmerksamkeit wieder dem Säugling zu, berührte mit der Fingerspitze vorsichtig sein Kinn. »Möchte meine Mutter ihn sehen?«

»Ich glaube nicht, aber ich denke, sie möchte dich sehen.« Die Schwester griff nach dem Baby. »Es tut mir leid, aber ich muß es dir kurz wegnehmen, um es zu waschen. Und auch du kannst jetzt ein Bad nehmen.«

Lorna wurde gebadet, in ein frisches Nachthemd gehüllt und auf neue Laken gebettet. Dann betrat Levinia den Raum. Das Baby wurde woanders gebadet, und so lag Stille über der Klosterzelle. Lorna war hellwach.

»Hast du ihn gesehen, Mutter?« fragte sie.

Levinia war erstaunt, Lorna so wach zu sehen.

»Lorna, Liebes, wie fühlst du dich?«

»Hast du ihn gesehen?«

»Nein, das habe ich nicht.«

»Mutter, du mußt ihn doch anschauen wollen! Er ist doch dein Enkelsohn!«

»Nein. Niemals. Nicht in dem Sinn, in dem du meinst.«

»O doch. In jedem Sinn. Er ist dein Fleisch und Blut ebenso, wie er *mein* Fleisch und Blut ist, und ich werde ihn behalten.«

»Lorna, über all das waren wir uns doch bereits einig.«

»Nein. Du und Vater wart euch vielleicht einig. Du hast mir gesagt, wie du es wünschst, aber du hast mich nie gefragt, wie ich es wünsche. Mutter, Jens war hier. Er hat mich hier besucht.«

»Ich möchte kein Wort über diesen Mann hören.«

»Ich werde diesen Mann heiraten, Mutter.«

»Nach alledem, was dein Vater und ich für dich getan haben, nach alledem, was du deiner Familie zugefügt hast – wie kannst du es wagen, so etwas nur zu denken!«

»Ich werde ihn heiraten«, wiederholte Lorna entschlossen.

Levinias Gesicht lief tiefrot an, sie mußte sich beherrschen, um nicht zu brüllen. Mit mühsam erzwungener Ruhe erwiderte sie: »Wir werden sehen« und verließ mit schnellem Schritt den Raum.

Vor dem Büro der Oberin hielt Levinia kurz inne, um sich zu fassen. Sie atmete zweimal tief durch, preßte ihre kühlen Handflächen an die erhitzten Wangen und rückte ihren Hut zurecht. Als sie anklopfte und den Raum betrat, pochte ihr das Herz noch immer bis zum Hals, aber sie war in der Lage, es gut zu verbergen.

»Mutter«, sagte sie mit ruhiger Stimme und trat auf die Oberin zu.

»Ah, Mrs. Barnett, wie schön, Sie wiederzusehen. Bitte nehmen Sie Platz.«

Die Oberin ging bereits auf die Achtzig zu und hatte ein breites Gesicht mit einem Doppelkinn und einer riesigen Nase.

Mit ihren fleischigen, von Altersflecken bedeckten Händen legte sie den Federhalter beiseite und schloß das Tintenfaß. Dann stützte sie ihre Hände auf den wuchtigen Schreibtisch, als wollte sie sich erheben.

»So bleiben Sie doch sitzen«, beeilte sich Levinia zu sagen und rückte einen der beiden lederbezogenen Stühle vor den Schreibtisch der Oberin. Dann nahm sie Platz, holte ein kleines Notizbuch aus ihrer Tasche und zog einen Scheck heraus, den sie mit hastigen Bewegungen auf ihren Knien ausfüllte. Sie wies die Bank zur Zahlung von zehntausend Dollar zugunsten von Saint-Cecelia an. Dann legte sie den Scheck auf die Schreibunterlage der Oberin.

»Oberste Mutter, mein Mann und ich sind Ihnen sehr dankbar für die barmherzige Sorge, die Sie während der vergangenen Monate unserer Tochter zukommen ließen. Bitte nehmen Sie dies als Zeichen unserer Dankbarkeit an. Sie können nicht wissen, wie sehr es uns erleichtert hat, Lorna an diesem Ort zu wissen, wo sie sich in Ruhe und Frieden von diesem... diesem unglücklichen Zwischenfall in ihrem jungen Leben erholen konnte.«

Die Oberin warf einen kurzen Blick auf den Scheck und nahm ihn dann mit ihren kurzen, dicken Fingern rasch an sich. »Gott schütze Sie«, murmelte sie und las nochmals ungläubig die Summe auf dem Scheck. »Das ist wirklich sehr großzügig.«

»Gott schütze auch Sie, Schwester«, erwiderte Levinia. »Sie werden mit Freude vernehmen, daß wir eine brave, gottesfürchtige Familie gefunden haben, die sich des Kindes annehmen wird.«

Wie ein Pfeil schoß der Blick der Oberin zu Levinia. »Davon wußte ich nichts. Wir haben auch Familien, die sich Kinder wünschen.«

»Ja, sicherlich. Aber wie ich bereits erwähnte, sind alle Regelungen getroffen, und ich werde noch heute den Säugling mitnehmen.«

»Heute schon? So schnell?«

»Je früher, desto besser, da stimmen Sie mir doch sicher zu. Bevor seine Mutter sich an ihn gewöhnt. Ich habe eine Amme mitgebracht, die in einem Hotel in der Stadt wartet. Sie brauchen sich also keine Sorgen um das Wohlergehen des Säuglings zu machen.«

»Bitte verzeihen Sie mir, Mrs. Barnett, aber Schwester Marl hat mir zu verstehen gegeben, daß Ihre Tochter sich noch nicht sicher ist, ob sie das Kind behalten oder weggeben möchte.«

Levinia durchbohrte die Oberin mit kalten Blicken. »Aber ich bitte Sie, ein Mädchen in ihrem Alter und in ihrem Zustand ist doch nicht in der Lage, Entscheidungen von solcher Wichtigkeit zu treffen. Da müssen Sie mir doch zustimmen, Oberin!« Ihr Blick schweifte langsam zu dem großzügigen Scheck, den die Oberin noch immer in ihren Händen hielt. »Wenn ich Sie richtig verstanden habe, wollen Sie das Geld für den Bau des nahe gelegenen Waisenhauses verwenden. Ich muß sagen, daß ich froh bin, daß dieses Kind nie ein solches brauchen wird.«

Die alte Nonne legte den Scheck auf die Schreibunterlage, stemmte beide Fäuste auf die Tischplatte und erhob sich mühsam.

»Ich schaue nach, ob das Kind schon gebadet und für die Reise angezogen ist.« Gebeugten Ganges verließ sie den Raum.

»Nein, Mutter, tun Sie es nicht!« Schwester Marls Gesicht war so rot wie Blut auf einer weißen Wand.

»Schwester Marl, Sie werden gehorchen!«

»Aber Lorna hat mir gesagt, daß sie das Kind behalten und seinen Vater heiraten möchte – den jungen Mann, der sie vor kurzem besucht hat, Sie erinnern sich doch, nicht wahr?«

»Die Entscheidung ist gefallen. Das Kind wird das Kloster mit seiner Großmutter verlassen.«

»Nicht durch meine Hand!«

»Wollen Sie sich mir *widersetzen*?«

»Ich bitte um Verzeihung, Mutter, aber ihr das Kind wegzunehmen, wäre die größte Sünde, die man begehen kann!«

»Genug, Schwester!«

Die junge Nonne preßte ihre Lippen fest aufeinander.

»Holen Sie den Säugling.«

Schwester Marl senkte langsam ihren Blick zu Boden und antwortete mit leiser Stimme: »Bitte verzeihen Sie mir, Mutter, aber ich kann es nicht!«

»Nun gut. Gehen Sie sofort in Ihre Zelle. Wir sprechen uns später.«

In ihrer engen Zelle mit dem schmalen, harten Bett und dem kahlen Fenster angekommen, nahm Schwester Mary Marl – geboren als Mary Marlys Anderson of Eau Claire in Wisconsin, die als Siebzehnjährige ein uneheliches Kind zur Welt gebracht hatte, das man ihr auf dieselbe Weise weggenommen und sie dann zur Buße in dieses Kloster geschickt hatte, wo sie für den Rest ihres Lebens bleiben wollte – den Rosenkranz von ihrem Gürtel und ließ ihren Blick zu dem einfachen Holzkruzifix an der weißen Wand schweifen. »Gott, vergib ihnen«, flüsterte sie mit Tränen in den Augen, »denn sie wissen nicht, was sie tun.«

Langsam ließ sie sich auf die Knie sinken, legte ihr Gesicht auf die kalten Steinplatten und breitete beide Arme aus. So betete sie still um Vergebung und ließ ihren Geist in ein weit entferntes Tal jenseits dieser Welt mit all ihrem Schmerz und Leid gleiten.

Sie lag noch immer auf dem Boden ihrer Zelle, als Lornas Schreie durch das Gebäude gellten. Noch lauter als die Schmerzensschreie, die die Geburt ihres Kindes begleitet hatten, hallte nun ihre verzweifelte Stimme in den langen, kahlen Gängen wider. Ihre Rufe erreichten die Ohren von achtzehn schwarzgekleideten Jungfrauen, die weder die Freuden noch den Schmerz der körperlichen Liebe kannten, und die einer um Vergebung bittenden Frau, die beides kennengelernt hatte.

»Neiiiiiiiiiiiiiiiiin!«

Sie ließen sie schreien, türenschlagend von Zelle zu Zelle laufen, immer wieder brüllend: »Wo ist mein Baby? Wo ist mein Baby?« Wild trommelte sie mit den Fäusten gegen die Wände.

Diese gehorsamen Nonnen, die ein Leben in Abgeschiedenheit gewählt hatten, waren nun Zeuge geworden, wie Lorna die Oberin zu Boden gestoßen hatte.

Schwester Maria Margarethe und Schwester Lawrence halfen ihr wieder auf die Füße und flüsterten mit verschreckten Stimmen: »O gnädiger Gott… haben Sie sich verletzt, Mutter?« Die Brille der alten Frau war bei ihrem Sturz zerbrochen. Als die beiden jüngeren Nonnen sie vorsichtig und mit vereinten Kräften auf den Stuhl setzten, murmelte die Oberin: »Haltet sie fest!«

Aber nun konnte keine Macht der Welt oder des Himmels Lorna mehr halten. Sie stürmte zu Schwester Marls Zelle, riß die Tür auf und fand die junge Frau auf dem Boden liegend in ihr Gebet versunken. Lorna schrie abermals verzweifelt: »Wo ist mein Baby? Wohin habt ihr es gebracht, ihr gottlosen Heidinnen?« Sie trat Schwester Marl an die linke Hüfte, fiel auf die Knie und trommelte mit beiden Fäusten auf den Rücken der Nonne ein. »Zur Hölle mit euch, ihr gottlosen Heuchlerinnen! Wohin?«

Schwester Marl rollte zur Seite, bäumte sich auf und wurde von Lornas Fäusten mehrmals im Gesicht getroffen, bevor sie ihre Handgelenke zu fassen bekam und Lornas Raserei beenden konnte.

»Hör auf!« Lorna versuchte, sich aus dem harten Griff der Schwester zu befreien, aber es gelang ihr nicht. »Hör sofort auf, Lorna! Du tust dir selber weh!«

»Sie haben ihn meiner Mutter gegeben! Zur Hölle mit euch!«

»Hör auf, habe ich gesagt! Du blutest!«

Plötzlich sackte die junge Frau kraftlos in die Arme der Nonne, ihr Körper fiel schlaff in sich zusammen. Die beiden Frauen knieten voreinander und bildeten ein Knäuel aus schwarzem und weißem Stoff, aus dem ein riesiger blutroter Fleck herausstach.

Lorna wimmerte: »Warum haben Sie das getan? Warum nur?«

»Du mußt sofort wieder ins Bett. Du blutest stark!«

»Das ist mir egal. Ich will nicht mehr leben!«

»Oh, doch, das willst du. Und du wirst! Und nun komm mit!« Mit all ihrer Kraft versuchte Schwester Marl, Lorna auf die Füße zu ziehen, aber vergebens. Ihr Körper blieb schlaff und kraftlos auf dem kalten Steinboden liegen. Ihr Gesicht hatte einer wächserne Farbe angenommen, ihr Blick, der auf Schwester Marl gerichtet war, verschwamm.

»Sagen Sie Jens...«, flüsterte sie mit kaum vernehmbarer Stimme, »sagen Sie ihm...« Ihre Lider schlossen sich, und sie sank in die Arme der Nonne.

»Schwester Devona, Schwester Maria Margarethe! Helft mir, schnell!«

Es dauerte länger als eine Minute, bis die Nonnen in die Zelle gestürzt kamen und Lorna blutüberströmt am Boden liegen sahen.

»Sie ist bewußtlos, helft mir, sie in ihr Bett zu tragen!«

»Sie hat die Oberin niedergeschlagen«, flüsterte Schwester Devona, die noch immer unter dem Schock des unglaublichen Geschehens stand.

»Ich sagte, sie ist bewußtlos! Helft mir jetzt!«

Zögernd näherten sich die beiden Schwestern und taten, was ihnen befohlen wurde.

Irgendwann tauchte Lorna aus der Dunkelheit in den silbernen Schleier des Spätnachmittags. Es war ein schöner, glitzernder Tag, über dem Himmel lag ein weißlicher Schleier wie nach einem sommerlichen Hitzegewitter. In dem Zimmer schwirrte eine Fliege umher, die sich von Zeit zu Zeit niederließ. Die feuchte Luft schien schwer auf ihrem Gesicht, ihrer Decke und ihren bloßen Armen zu lasten. Sie verspürte einen Druck auf ihrem Unterleib, der schmerzte und sich heiß anfühlte.

Schlagartig kam ihr die Erinnerung.

Sie haben mir das Baby weggenommen.

Tränen stiegen ihr in die Augen. Sie schloß ihre Lider und drehte den Kopf zur Wand.

Jemand legte die Hand auf die Bettdecke. Sie öffnete die Augen und wendete den Kopf. Schwester Marl beugte sich in ihrer alten Gelassenheit über Lorna. In ihrem Gesicht leuchteten zwei rotviolette Blutergüsse. Ihr schwarzes Kopftuch war makellos gebügelt und fiel hinter ihren Schultern über den Rücken. Ein Duft der Reinheit ging von ihr aus, nach frischgewaschener Wäsche, frischer Luft und Sündlosigkeit.

»Lorna, Liebes...«, sagte sie. »Du bist wieder bei Bewußtsein.«

Sie bekreuzigte sich.

»Wie lange habe ich geschlafen?«

»Seit gestern nachmittag. Fast vierundzwanzig Stunden.«

Lorna rieb die Beine aneinander, um das unbehagliche Gefühl zu vertreiben, doch Schwester Marl legte ihr beruhigend die Hand auf den Arm.

»Ich habe Schmerzen.«

»Ja, das glaube ich dir. Du hattest schwere Blutungen. Wir hatten sogar Angst, daß du verblutest.«

Lorna schaute unter ihre Decken. Ein Geruch von Erde, Blut und Kräutern schlug ihr entgegen. »Was ist das?«

»Ein Umschlag aus Schwarzwurz, der die Heilung beschleunigt.«

Lorna ließ die Tücher wieder fallen und schaute Schwester Marl mit entschuldigendem Blick an. »Ich habe Sie geschlagen. Das tut mir leid.«

Schwester Marl lächelte verzeihend: »Es sei dir vergeben.«

Lorna schloß die Augen. Sie hatten ihr das Baby weggenommen. Jens war weit weg. Sie hatte Schmerzen. Ihr ganzes Leben erschien ihr sinnlos.

Die Fliege zog summend ihre Kreise. Sonst war in dem ganzen Kloster kein Laut zu hören. Schwester Marl saß mit einer Ruhe an ihrer Seite, die nur eine Nonne aufbringen konnte... wartete... wartete... und ließ Lorna all die Zeit, die sie benötigte, um zu verstehen, was geschehen war.

Als Lorna wieder die Augen öffnete, sprach Schwester Marl mit sanfter Stimme zu ihr: »Als ich siebzehn Jahre alt war, habe ich auch ein Kind zur Welt gebracht. Meine Eltern sind streng katholisch, sie haben es mir weggenommen und mich ins Kloster geschickt. Seitdem bin ich hier. Glaube mir, ich verstehe dich sehr gut.«

Lorna bedeckte mit beiden Händen ihr Gesicht und brach in bitteres Schluchzen aus. Sie fühlte, daß Schwester Marl ihr über den Kopf strich. Aber Lorna konnte nicht sehen, daß auch sie Tränen in den Augen hatte.

Zum ersten Mal seit ihrer Ankunft im Kloster ließ Lorna ihren Tränen freien Lauf. Ihr Körper bäumte sich unter Schluchzen auf, ein Zittern durchlief sie.

»Was soll ich nur tun?« brachte sie unter lautem Weinen hervor.

Verzweifelt warf sie sich auf die Seite und spürte, daß die Wunde, die schon am Verheilen war, wieder aufriß. »Oh, Schwester... was soll ich tun?«

»Du wirst weiterleben... und du wirst gute Gründe dafür finden.« Die Nonne streichelte Lornas stumpfes, schweißnasses Haar und dachte an den jungen Mann, der Lorna besucht hatte, und an ihren eigenen Geliebten vor vielen Jahren.

Elf Tage nach der Geburt ihres Sohnes verließ Lorna das Kloster Saint-Cecelia. Sie trug eines der drei neuen Kleider, die ihr Levinia mitgebracht hatte. Die Oberin hatte ihr einen Umschlag mit der Zugfahrkarte übergeben und Geld für die Kutschfahrt zum Bahnhof und ein Mittagessen im Speisesalon des Zugs. In dem Umschlag befand sich außerdem ein Brief von Levinia.

Liebe Lorna, Steffens erwartet Dich am Bahnhof und bringt Dich entweder in die Summit-Avenue oder nach Rose Point, ganz wie Du es wünschst. Die Familie wird sich, wie jeden Sommer, in Rose Point aufhalten. In Liebe, Mutter.

Lorna verbrachte die Kutschfahrt nach Milwaukee in geistiger Abwesenheit. Sie starrte stumpf vor sich hin, blickte nicht ein einziges Mal aus dem Fenster und nahm nichts von dem wahr, was um sie herum vorging. Ihre Wunden waren gut verheilt, so daß sie während der holperigen Fahrt keine Schmerzen mehr verspürte. Als der Zug sich in Bewegung gesetzt hatte, warf Lorna von Zeit zu Zeit einen

Blick aus dem Fenster. Sie sah eine Weide, auf der eine Stute mit ihrem Fohlen graste. Dieser Anblick erinnerte sie an die Aussicht aus ihrem Zimmer im Kloster. Zwischen Madison und Tomah stieg eine junge Frau mit einem kleinen Jungen zu. Der Junge, der drei Jahre alt sein mochte, schmiegte sich an seine Mutter und schenkte Lorna ein scheues Lächeln. Lorna ging ein Stich durchs Herz. Das Geld für das Mittagessen blieb unberührt. Sie verspürte weder Hunger noch Durst. In den schrecklichen Tagen, als sich ihre Brüste wieder und wieder mit Milch gefüllt hatten und die Schwestern sie fest mit Tüchern zusammenschnürten, um die Produktion der unbenötigten Milch zu unterbinden, hatte sie sich daran gewöhnt, ohne Flüssigkeit auszukommen. Ihre Brüste waren nun etwas größer als vor der Geburt. Lorna hatte das Gefühl, daß sie wie zwei nutzlose Beutel an ihr herabhingen, so, als gehörten sie nicht mehr zu ihrem Körper. Und auch ihr restlicher Körper erschien ihr wie eine leere, überflüssige Hülle.

Kurz vor Saint-Paul riß der Schaffner sie aus ihren trüben Gedanken und erinnerte sie ans Aussteigen.

Schon auf dem Bahnsteig erwartete sie Steffens, der artig seinen Hut zog und sie mit steifem Lächeln willkommen hieß.

»Danke, Steffen«, erwiderte sie hölzern. Wie eine reglose Marionette stand sie ihm gegenüber, so als hätte sie keine Ahnung, wo sie sich befand.

»Wie war die Schule? Und Ihre Reise nach Chicago?«

Sie brauchte einen Augenblick, um zu verstehen, welch ein Netz aus Lügen ihre Eltern um sie herum gesponnen hatten, nachdem sie nach dem Ende des Schuljahres noch nicht wiederkam.

»Es war schön... sehr schön.«

Als er ihren Koffer aufgeladen und ihr in die Kutsche geholfen hatte, fragte er: »Wohin möchten Sie, Miss Barnett?«

Sie dachte eine Weile nach und murmelte schließlich: »Ich weiß nicht.«

Steffens drehte sich auf seinem Kutschbock zu ihr und schaute sie leicht befremdet an. »Ihre Familie ist draußen am See, soll ich Sie auch dorthin bringen, Miss?«

»Ja, ich glaube ja... Nein!... O Himmel...« Sie preßte erschreckt die Hand vor den Mund, ihre Augen füllten sich mit Tränen. »Ich weiß es nicht.« Der Bahnsteig erzitterte unter dem sich wieder in Bewegung setzenden Zug. Dichte Rauchschwaden, die dem Schornstein der Lokomotive entwichen, hüllten sie ein. Als sich der Zug langsam entfernt und der Nebel verzogen hatte, wartete Steffen noch immer auf ihre Antwort. Als sie immer noch schweigend vor sich hin starrte, schlug er vor: »Ich fahre Sie am besten raus zum See. Ihre ganze Familie ist dort, Ihre Eltern, Ihre Geschwister und auch Ihre Tanten.«

Langsam erwachte Lorna aus ihrer Versunkenheit. »Meine Tanten – ja. Bringen Sie mich nach Rose Point.«

Sie kam am späten Nachmittag an. Auf dem Rasen war gerade eine Partie Krocket in Gang. Daphne hatte einige Freunde eingeladen. Levinia saß mit Mrs. Whiting plaudernd unter einem großen Sonnenschirm. Sie tranken Limonade und beobachteten die jungen Leute beim Spiel. Die Tanten saßen auf der Bank unter der hohen Ulme. Henrietta fächelte sich mit einem venezianischen Fächer Luft zu, und Agnes war in ihre Stickarbeit vertieft. Von Zeit zu Zeit fächelte auch sie sich Luft mit dem Stickreifen zu. Unten am Bootssteg fingen Theron und ein Freund Kaulquappen. Nichts hatte sich verändert. Und doch hatte sich alles verändert.

Henrietta erblickte Lorna zuerst, reckte den Kopf und winkte ihr mit dem Fächer zu. »Lorna! Hallo!...« Und sogleich fielen alle anderen ein. »Lorna ist wieder da!«

Aus allen Winkeln des Gartens strömten sie zusammen, ließen Stickarbeiten, Kaulquappennetze und Krocketschläger fallen, um Lorna zu begrüßen. Levinia küßte Lorna auf die Stirn, und Tante

Henrietta tätschelte ihre Wange, während sich Mrs. Whiting lächelnd abseits hielt. Tante Agnes umarmte Lorna am längsten und drückte sie mit stiller, herzlicher Zuneigung an ihre Brust, während Lorna über ihre Schulter hinweg das gegenüberliegende Ufer nach Jens' Werft absuchte. Aber auf die große Entfernung konnte sie nur verschwommen den Beginn der Wälder erkennen.

»Oh, Lorna, du warst sogar in Chicago. Hast du dort dieses entzückende Kleid gekauft?« rief Daphne aus.

Lorna blickte an sich hinab und nahm zum ersten Mal das neue Kleid wahr. »Ja... ja, sicher.« Sie hatte nicht die Kraft, hinzuzufügen, daß sie noch zwei weitere gekauft hatte.

»Oh, Lorna, du hast es so gut!«

Theron bemerkte: »Wir haben geglaubt, du kommst nie wieder!«

Während ihrer Abwesenheit war er eine gute Handbreit gewachsen.

Die jungen Leute begrüßten Lorna mit lautem Hallo und Lachen, und Levinia bot allen kalte Limonade an.

Lorna fragte: »Wo ist Jenny?«, und Daphne antwortete: »Beim Segeln, mit Taylor.«

Also hatte sich *doch* etwas geändert!

Sicherlich auch für Lorna. Sie lehnte es dankend ab, an der Krokketpartie teilzunehmen, mit Theron Kaulquappen zu fangen, den Tanten auf der Bank Gesellschaft zu leisten, und auch die Limonade schlug sie aus. Sie gab an, müde von der langen Reise zu sein, und wollte sich in ihrem Zimmer einen Augenblick ausruhen.

Die Fenster in ihrem Zimmer waren weit geöffnet, und die zarten Gardinen flatterten im warmen Sommerwind. Tante Agnes, die süße Tante Agnes, hatte einen bunten Blumenstrauß gepflückt, unter dem ein kleines Kärtchen lehnte. Darauf war in verschnörkelten Lettern zu lesen: *Willkommen zu Hause, mein Liebes. Wir alle haben Dich sehr vermißt.*

Lorna legte das Kärtchen traurig lächelnd beiseite, nahm ihren

Hut ab und legte ihn auf die breite Fensterbank. Sie setzte sich daneben, starrte über den See und fragte sich, wo er war, ob er spürte, daß sie wieder da war, wann sie ihn wiedersehen würde und wie sie ihm von dem Baby erzählen sollte.

Aus dem Garten drang das laute Gelächter der Mädchen zu ihr hoch, und sie dachte: Lacht nur, solange ihr es könnt, solange ihr noch nicht wißt, daß die Welt auch böse sein kann, lacht, solange ihr noch eure Mädchenträume habt.

Gideon kehrte um sechs Uhr aus der Stadt zurück, aber er begrüßte Lorna nicht.

Als Jenny von ihrer Segeltour zurückkam, lief sie schnurstracks zu Lorna, um ihr zu verkünden, daß sie sich in Taylor verliebt habe, und sie zu fragen, ob es ihr wohl etwas ausmachte, wenn er nun um sie warb.

Levinia kam den Gang entlang und steckte den Kopf durch die Tür: »Abendessen um acht Uhr, Liebes.«

Nur mit viel Mühe bewahrte Lorna die Fassung, als sie ihren Vater wiedersah. Er gab ihr einen steifen Kuß auf die Wange, sie wiederholte ihre einsilbigen Antworten auf die schon so oft gestellten Fragen über die nicht existierende Schule und ihre Reise nach Chicago und wich Henriettas Adlerblick aus, der ihr zu sagen schien: *Lorna hat sich aber sehr verändert*. Statt dessen lauschte sie den endlosen Klagen ihrer Mutter, die sich ständig über das Essen beschwerte, seitdem Mrs. Schmitt ihren Dienst quittiert hatte. Sie mußte sich beherrschen, Tante Agnes nicht vor versammelter Familie zu fragen, ob sie etwas von Jens gehört hatte. Langsam wurde ihr klar, daß dies nicht mehr ihr Platz war, daß sie andererseits aber nicht wußte, wohin sie hätte gehen sollen.

Nach dem Abendessen ging jeder seiner eigenen Beschäftigung nach. Lorna wußte, daß ihre Eltern sich im Morgenzimmer aufhielten. Leise betrat sie den Raum und stand einen Augenblick in der offenen Tür, bevor sie das Wort ergriff. Das Gesicht ihres Vaters war hinter der Zeitung versteckt, ihre Mutter saß vor ihrem Schreibtisch und blickte durch die geöffneten Terrassentüren über den See. Lorna machte auf sich aufmerksam: »Wenn ihr nicht wollt, daß die Kinder gleich alles hören, schließt ihr besser die Türen.«

Gideon und Levinia fuhren gleichzeitig in die Höhe, als hätte ein Pfeil sie getroffen. Sie tauschten Blicke, während Lorna die dicken Polstertüren zur Halle schloß und Gideon sich erhob, um auch die Terrassentüren zu schließen. Er blieb neben Levinia stehen. Lorna wurde mit einem Mal klar, daß sie sie erwartet haben mußten, denn normalerweise verbrachten sie einen warmen Sommerabend wie diesen in den Korbsesseln auf der Veranda.

»Ich brauche euch wohl nicht zu erklären, wie ich mich fühle, nachdem ihr mir mein Baby gestohlen habt!«

Levinia erwiderte mit ruhiger Stimme: »Wir haben es dir nicht gestohlen, wir haben es zur Adoption freigegeben.«

»Wo ist es?«

»Die Kirche sagt nicht, wohin sie es gegeben hat.«

»Ihr habt mir das Baby ohne mein Einverständnis weggenommen.«

»Aber Lorna, so sei doch vernünftig. Was hätten wir denn mit dem Kind tun sollen? Wir hätten dir unmöglich erlauben können, es hierhin mitzubringen. Siehst du denn nicht, wie deine Schwestern dich vergöttern? Wie sie dich bewundern und dir nacheifern wollen?«

Lorna hörte den so oft wiederholten Sermon schon gar nicht mehr. Statt dessen erklärte sie ihren Eltern mit ruhiger, fester Stimme: »Ich möchte, daß ihr wißt, daß ich keine Gefühle mehr für euch habe nach alledem, was ihr mir angetan habt. Ich werde nun wieder hier leben, weil ich sonst niemanden habe. Aber ich werde den erstbesten Mann heiraten, der mich will, nur um hier wegzukommen. Ich hoffe, ihr seid nun beide zufrieden mit dem, was ihr da angerichtet habt.«

Mit der gleichen Gelassenheit, die sie an Schwester Marl so bewundert hatte, verließ sie den Raum.

Als Tante Agnes noch spät an diesem Abend ihr Zimmer betrat, überkam Lorna eine große Zärtlichkeit. Die beiden Frauen fielen einander in die Arme und drückten sich mit schweren Herzen.

»Es war ein Junge«, preßte Lorna hervor. »Sie haben ihn mir gleich nach der Geburt weggenommen, obwohl ich ihn behalten wollte. Ich habe ihn nicht... nicht wiedergesehen.«

»Oh, mein armes, verletztes Kind!«

Während Lorna sich an ihrer Schulter ausweinte, fragte Tante Agnes: »Weiß Jens davon?«

»Nein, ich habe es ihm nicht gesagt.« Lorna löste sich von der Schulter der alten Dame und wischte sich mit einem Zipfel ihres baumwollenen Nachthemds die Tränen aus den Augen. »Hast du ihn gesehen, Tante Agnes?«

»Nein, aber ich habe mit Tim Iversen gesprochen. Das Geschäft scheint zu blühen. Seit der Regatta will alle Welt ein Boot wie die *Manitou*. Du weißt doch, wo die Werft ist, oder?«

Lorna blickte aus dem Fenster. »Ja, seit Wochen stelle ich sie mir vor.«

Am nächsten Tag zog sie den blau-weiß gestreiften Rock an, den sie damals bei ihrem ersten Picknick mit Jens getragen hatte. Mit feierlichem Gesicht befestigte sie eine spitze Hutnadel in ihrem Strohhut. Als sie sich schließlich im Spiegel betrachtete, sah sie eine reife Frau dort, wo ihr noch ein Jahr zuvor ein unbeschwertes Mädchen entgegengeschaut hatte.

Sie nahm die Jolle, ohne auch nur einen Gedanken daran zu verschwenden, um Erlaubnis zu bitten. Gideon hätte in der Tat die Stirn besessen, ihr nach alledem, was geschehen war, diesen »undamenhaften Sport« zu verbieten. Die wenigen Stunden, die ihr Mitch

Armfield gegeben hatte, reichten kaum aus, um mit diesem Boot fertigzuwerden. Aber welchen Unterschied machte das schon: Wenn sie kenterte und ertrank, war wenigstens alles vorbei. Dieser Gedanke konnte ihr nicht mehr den geringsten Schrecken einjagen – angesichts der Reaktion, die sie in Kürze von Jens erwartete. Sie wäre lieber ertrunken, als von ihm schlecht behandelt zu werden.

Sie fand die Werft auf Anhieb. Schon von der nördlichen Bucht aus war sie zu sehen, das neue, helle Holz leuchtete vor dem dunklen Grün des Waldes, der gleich hinter der Werft begann.

So groß, dachte sie, als sie sich dem Gebäude näherte. Die hohen Wände und das kühn geschwungene Dach beeindruckten sie zutiefst. Sie hatte sich vorgenommen, so ruhig wie Schwester Marl zu bleiben, doch als sie am Steg Tims Boot, die *Manitou*, entdeckte und dann die Werft in ihrer vollen Größe mit den riesigen Toren, den im ersten Stockwerk geöffneten Fenstern und den Weg, der direkt zum Wasser führte, erblickte, schlug ihr vor Aufregung das Herz bis zum Hals. Und gleichzeitig verspürte sie eine immer stärker werdende Sehnsucht, an diesem Ort mit ihm zu leben, an dem Ort, von dem sie immer geträumt hatten. Hier ihr Kind aufwachsen zu sehen, seine ersten Schrittchen zu beobachten, zu erleben, wie sein Vater ihm das Bootebauen und das Segeln beibrachte...

Lorna legte am Steg an, vertäute die Jolle an einem Holzpflock und sprang auf den Steg. Langsam ging sie an der *Manitou* vorbei und fühlte, wie ihr das Herz schwer wurde, denn sie sah aus wie die *Lorna D.* Als sie sich dem schmalen Uferstreifen näherte, hielt sie Ausschau und erblickte ungläubig Babywindeln, die auf der Wäscheleine flatterten. Ihr Herz machte einen Sprung.

Er hat das Baby gefunden!

Sie hielt noch immer fassungslos inne, dachte einen Augenblick nach und kam zu einer wahrscheinlicheren, aber entsetzlichen Erklärung: Er hatte eine junge Witwe geheiratet.

Sie zwang sich weiterzugehen... bis zum Ende des Stegs, über den schmalen Sandstreifen, über die Holzbohlen, auf denen die zukünftigen Boote zum Wasser gleiten sollten. Das schmirgelnde Geräusch von Sandpapier, das aus dem Inneren der Werft drang, wurde mit jedem Schritt lauter. Kurz vor dem Tor blieb sie stehen. Das Holzgebäude war so hoch, breit und beeindruckend wie eine Kirche. Durch die Fenster und das weit geöffnete Tor fiel Licht ins Innere, das noch frische Holz, aus dem es erbaut war, leuchtete in der Mittagssonne. Und der Geruch – es duftete nach dem so vertrauten Zedernholz, nach Leim und Sägemehl.

Im Inneren arbeiteten drei Männer an einem halbfertigen Boot – Jens, Ben Jonson und ein Mann, den sie nicht kannte.

Der Fremde erblickte sie zuerst und unterbrach seine Arbeit.

»Hallo«, sagte er offen.

»Hallo«, erwiderte sie.

Jens und Ben hielten ebenfalls inne und blickten auf.

»Kann ich Ihnen behilflich sein?« fragte der Fremde.

Ihr Blick suchte im ungewohnten Halbdunkel des Raumes noch nach Jens, während Jonson sie schon freundlich begrüßte: »Hallo, Miss Barnett.«

Jens schwieg. Er starrte sie endlose Sekunden an, dann machte er sich mit steinernem Gesicht wieder an seine Arbeit. Aus dem oberen Stockwerk drang Essensgeruch und das Geplapper von Kindern, was Lornas schlimmste Befürchtungen zu bestätigen schien.

»Sie müssen Lorna sein«, sagte der Fremde, der ihr zur Begrüßung seine Hand hinstreckte. »Ich bin Jens' Bruder, Davin.«

»Oh, Davin«, brachte sie erleichtert vor, »Gott sei Dank, ich wußte nicht, daß Sie hier sind. Wie schön, Sie kennenzulernen.«

»Ich denke, Sie sind wegen Jens gekommen.«

Jens schmirgelte unbeirrt weiter.

»Ja... ja, das ist richtig.«

Davin wandte den Blick zu seinem Bruder, dann wieder zu Lorna.

»Nun, sieht so aus, als wäre Cara bald mit dem Essen fertig. Ich könnte eine kleine Pause gebrauchen, Ben, was hältst du davon?«

Ben ließ den Hammer sinken, wischte sich die Hände an der Hose ab und erwiderte ohne zu zögern: »Klar, hört sich gut an!«

Zu Lorna gewandt sagte Davin: »Wir haben schon eine Menge von Ihnen gehört. Ich bin sicher, Cara würde Sie gerne kennenlernen. Kommen Sie doch noch hoch in die Wohnung, bevor Sie wieder gehen. Vielleicht haben Sie noch Zeit für eine Tasse Kaffee.«

Sie ließ ihm ihr schönstes Schwester-Marl-Lächeln zukommen, während sich in ihrem Inneren die Gefühle überschlugen.

»Sie sind sehr freundlich«, antwortete sie, und das meinte sie auch so. Sie mochte ihn auf Anhieb, den Mann, der unter glücklicheren Umständen schon ihr Schwager gewesen wäre.

»Dann laß uns hochgehen, Ben«, sagte er, und die beiden stiegen die steile Holztreppe in den ersten Stock hinauf.

Als sie verschwunden waren, wartete Lorna auf ein Wort der Begrüßung von Jens. Aber er drehte ihr noch immer den Rücken zu und schmirgelte ungerührt weiter. Sein so vertrauter Anblick schnürte ihr die Kehle zu. Scheu näherte sie sich ihm.

»Hallo, Jens«, sagte sie, ihn direkt ansprechend.

Keine Antwort.

Der Rücken seines dunkelblauen Arbeitshemdes war schweißnaß. Auf seinen schwarzen Hosenträgern lag Sägemehl.

»Willst du mich denn nicht begrüßen?«

Noch immer keine Antwort.

Da stand sie nun wie ein kleines Schulmädchen, das zum ersten Mal vor allen, ein Gedicht aufsagen muß, die Füße eng geschlossen beieinander, die Hände auf dem Rücken gefaltet. Sie wünschte sich nichts sehnlicher, als daß er sich umdrehte und mit ihr sprach.

»Es ist ein großes Gebäude... so, wie du es dir gewünscht hast. Und dein Bruder ist da, und Ben arbeitet für dich. Du mußt jetzt doch sehr glücklich sein.«

»Ja, ich bin wirklich glücklich«, antwortete er bitter.

Sie schluckte den Kloß hinunter, der sich in ihrem Hals festsetzen wollte, und unternahm einen neuen Versuch.

»Ich habe gehört, daß du die Regatta großartig gewonnen hast.«

Er richtete sich langsam auf, drehte sich um und klopfte ungeduldig mit dem Sandpapier gegen seine Arbeitshose.

»Ich habe viel zu tun, Lorna. Was möchtest du von mir?«

»Oh, Jens...«, flüsterte sie mit sich überschlagender Stimme, »bitte sei mir nicht...« Ein Schmerz schnürte ihre Brust zusammen, in ihren Augen sammelten sich Tränen. »Ich kann nichts dafür... o Gott... die letzten Wochen waren so entsetzlich.« Sie schloß kurz die Augen, heiße Tränen liefen über ihre Wangen. »Es war ein Junge.« Jens ließ das Sandpapier sinken. »Ich habe ihn nur kurz gesehen, dann nahmen sie ihn mir weg, ohne mich zu fragen.«

Aus dem oberen Stockwerk drang Kindergebrabbel und Stühlerücken zu ihnen hinunter.

Jens sagte: »Das glaube ich dir nicht. Du hast ihn selbst weggegeben.«

»Nein, Jens, bitte glaube mir, das habe ich nicht getan!« Lornas Gesicht verzerrte sich vor Schmerz. »Meine Mutter kam, um mich zu sehen, und nachdem sie wieder abgereist war, sagten mir die Nonnen, daß auch mein Baby nicht mehr da sei. Niemand wollte mir sagen, wohin sie es gebracht hat.«

»Und das soll ich dir wirklich glauben?« Er war so zornig, daß ihm das Blut aus dem Gesicht gewichen war. Für einen kurzen Augenblick glaubte sie, er wollte sie schlagen. »Aber mir kannst du das nicht weismachen! Schon als ich dich besuchte, hattest du deine Entscheidung getroffen. Es war so klar wie das Wasser im See, daß sie dich überzeugt hatten. Sie haben dir klargemacht, daß dein Leben ein ganzes Stück einfacher sein würde, wenn du ohne einen Bastard wiederkämst, und so hast du unser Kind einfach verstoßen, ist es nicht so? Du hast es einfach irgend jemandem in die Hand gedrückt, und so war das Problem für dich gelöst. So, und nun höre gut zu, was ich dir zu sagen habe!« Er packte sie grob am Arm und drückte ihn hart gegen ihre Brust. »Der Tag, an dem ich dich getroffen habe, war der dunkelste in meinem Leben. Denn seitdem habe ich nichts als Leid und Schmerz erfahren. Das feine, reiche Fräulein, das ein wenig in der Küche herumschnüffelt, ein wenig um den Schuppen streicht und plötzlich in meinem Zimmer steht und in Wirklichkeit nur einen Idioten sucht, der dumm genug ist, es ihr zu machen. Das habe ich dann auch getan, nicht wahr? Aber mit Geld kann man ja alles wieder beheben, ist es nicht so?«

Sein Gesicht, aus dem tiefe Abscheu sprach, war inzwischen ganz dicht vor ihrem. Plötzlich stieß er sie mit Wucht von sich.

»Ach, verschwinde doch, ich habe dir nichts mehr zu sagen.«

Lorna taumelte rückwärts gegen einen Stapel Holz und fiel zu Boden. Ein stechender Schmerz fuhr ihr durch den Körper. Er hatte ihr schon wieder den Rücken zugekehrt und schmirgelte mit wütenden, entschlossenen Bewegungen die Bootsplanken. Durch einen Tränenschleier starrte sie ihn an.

Sie rieb ihren Arm, der noch von seinem festen Griff schmerzte, während ihr tausend Erklärungen durch den Kopf schossen. Aber sie wußte, daß er ihr nicht mehr zuhören würde. Er schmirgelte wie ein Besessener, als wollte er seine Wut, seinen Schmerz und die Erinnerung an sie damit vertreiben. Jede seiner Bewegungen schien eine dünne Schicht ihres Herzens fortzutragen.

Als sie seine stille Feindseligkeit nicht länger ertragen konnte, rappelte sie sich auf, flüsterte: »Du täuschst dich, Jens Harken« und lief hinaus.

Als sie verschwunden war, warf Jens zornig das Sandpapier auf den Boden. Er hörte ihre eiligen Schritte auf dem Steg und sah durch das geöffnete Tor hindurch, wie sich das kleine, weiße Segel immer weiter entfernte, immer weiter weg von ihm. Nach einigen Minuten sackten seine Schultern zusammen, er lehnte sich gegen das halbfertige Boot und ließ sich langsam zu Boden rutschen. Verzweifelt legte er sein Gesicht in die Hände und weinte leise vor sich hin.

Siebzehntes Kapitel

Es war ein bitterer und schmerzvoller Sommer. Lorna schien kaum noch am Leben teilzunehmen. Sie setzte einen Fuß vor den anderen und bewegte sich nur, wenn sie mußte, nahm automatisch Essen zu sich, wenn ihr Körper Hungergefühle signalisierte, verbrachte die Nächte auf der breiten Fensterbank und starrte über den mondbeschienenen See, bis die Sonne aufging, beschrieb endlose Seiten in ihrem Tagebuch, fing hundert Gedichte an, vollendete aber keines. Sie lehnte alle Einladungen ab.

Nur eine Beschäftigung verschaffte ihr wenigstens für kurze Zeit Frieden: das Segeln.

Sie fragte weder um Erlaubnis, die Jolle nehmen zu dürfen, noch wurde sie bestraft. Gideon gewöhnte sich langsam daran, daß das Boot oft den ganzen Tag über nicht am Steg lag, und den Anwohnern des Sees war der Anblick des weißen Segels in den ersten Sonnenstrahlen schon vertraut geworden. Lorna verbrachte ganze Tage auf dem See, vom frühen Morgen an, wenn fast noch kein Wind wehte, über die gleißende Mittagshitze bis zum Abend.

Levinia bemerkte fast tagtäglich: »Du bist dünn wie ein Stock, und deine Haut ist schrecklich braun. Bitte meide die Sonne, Kind.« Theron quengelte: »Immer segelst du allein. Nimm mich doch mit, nur einmal, bitte, bitte.« Phoebe beklagte sich: »Lorna, du läßt dich überhaupt nicht mehr blicken, was ist denn nur los mit dir?« Auch Jenny war beunruhigt: »Ist Taylor etwa der Grund dafür, daß du dich so merkwürdig benimmst? Wenn du ihn doch noch liebst, mußt du es mir sagen!«

Gideon bemerkte verstimmt: »Kein Mann wird jemals dieses Mädchen heiraten. Alle fragen sich schon, ob sie verrückt geworden ist, weil sie den ganzen Tag auf dem See verbringt, vom frühen Morgen bis zum Sonnenuntergang, tagein, tagaus!«

Nur Tante Agnes verstand sie: »Höre nicht auf ihre Worte. Mir ging es genauso, nachdem Captain Dearsley gefallen war.«

Bei Tante Agnes, die alle Einzelheiten ihres Leidensweges kannte, fand Lorna Trost. Ihr Mitgefühl linderte den Schmerz. Die beiden Frauen teilten ihre geheimsten Gefühle, und Lornas Kummer ließ den, den Tante Agnes viele Jahre zuvor durchlitten hatte, wieder lebendig werden.

Tante und Nichte gingen oft stundenlang am Ufer des Sees spazieren oder lasen Seite an Seite auf der Bank unter der Ulme. Wenn es regnete, tranken sie auf der Veranda Tee, und wenn die Sonne schien, vertrieben sie mit Lavendelzweigen die Fliegen und rezitierten Gedichte.

Und so verging der Sommer.

Oft beobachtete Jens, wie sich die kleine Jolle seiner Bucht näherte, aber noch weit vom Ufer entfernt abdrehte und Lorna sie wieder hinaus auf den See brachte. Dann stand er im weitgeöffneten Tor seiner Werft, das Werkzeug in der Hand, starrte gedankenverloren über das Wasser und fragte sich, wie es wohl seinem Sohn ging, wie er aussehen mochte, wie er hieß und wer für ihn sorgte. Er stellte sich vor, daß er vielleicht eines Tages noch mehr Kinder haben würde, die aber nie etwas von der Existenz ihres Bruders erführen.

Die Frau in dem Boot, das sich nun langsam wieder entfernte, verkörperte für ihn gleichzeitig das größte Glück und die tiefste Verzweiflung, die er jemals erfahren hatte. Und beides versuchte er vergeblich aus seinen Gedanken zu verbannen.

In diesem Augenblick erschien Tim und riß ihn aus seinen düsteren Gedanken. »Hier. Ich dachte, sie gefallen dir vielleicht.« Er reichte Jens die Fotografien, die er im Sommer zuvor von Jens und

Lorna vor der *Lorna D* gemacht hatte. Jens verwahrte die Bilder in einem großen Koffer unter seinem Bett zwischen der zusammengefalteten Winterkleidung. Manchmal, wenn er nachts wach in seinem Bett lag und an die Decke starrte, war er versucht, den Koffer hervorzuziehen und die Bilder anzuschauen, doch er wußte, daß die Erinnerung an die vergangenen Tage ihn zu sehr schmerzte und er sich lieber auf die praktischen Dinge des täglichen Lebens konzentrieren sollte, anstatt Träumen nachzuhängen, die ohnehin niemals Realität werden würden. Er mußte sie einfach vergessen.

Und tatsächlich gelang es ihm manchmal, ein oder zwei Tage lang nicht an sie zu denken, doch dann tauchte wieder das kleine, weiße Segel in der Bucht auf, jemand erwähnte den Namen ihres Vaters, oder einer der großen Vergnügungsdampfer zog über den See, beladen mit reichen, lachenden Menschen, die sich einen Abend lang beim Tanz im Ramaley-Pavillon amüsieren oder an einer der festlichen Dinnerveranstaltungen im Segelklub teilnehmen wollten, und er fragte sich, ob auch sie an Bord war. Oft drang in den stillen Abendstunden die Musik über das Wasser, während er in der Dunkelheit auf dem Steg stand und über die Kluft, die sie beide trennte, nachdachte. Dann stieg Bitterkeit in ihm auf, Bitterkeit darüber, daß sie es abgelehnt hatte, ihrer sozialen Schicht den Rücken zu kehren, als er sie bat, ihn zu heiraten. *Dann amüsiere dich nur,* dachte er voller Schmerz, *tanz mit deinen reichen Verehrern und versuche zu vergessen, daß du unser Baby weggegeben hast!*

Die *Manitou* lag am Steg, und fast täglich kamen Segler aus dem ganzen Land, um sie anzuschauen und zu bewundern. Oft wollten interessierte Kunden sie ausprobieren, und so trommelten Davin und Jens die Mannschaft zusammen, um für eine Probetour kreuz und quer über den See zu segeln. Einmal umsegelten sie die östliche Spitze von Manitou-Island und nahmen Kurs auf das Ufer, an dem Rose-Point-Cottage lag. Schon aus der Ferne konnte man das prächtige Anwesen mit den weit geöffneten Terrassentüren, den blühenden Rosenrabatten und dem sattgrünen Rasen, der sich wie ein Samtteppich bis zum Wasser erstreckte, ausmachen. Als sie näher kamen, sah Jens, daß auf dem Rasen eine Partie Krocket in Gang war und einige Damen mit Hüten so groß wie Wagenräder an einer ebenfalls auf dem Rasen aufgebauten Kaffeetafel saßen. Nach einem kurzen, verstohlenen Blick zwang Jens sich, in die andere Richtung zu schauen und sich auf seinen Kurs zu konzentrieren. Es interessierte ihn nicht, wer sich da amüsierte.

Sein Geschäft lief ausgezeichnet. Aus dem ganzen Land flatterten Aufträge ins Haus, und er war bereits mehr als ein Jahr im voraus ausgebucht. Er bekam auch viele Reparaturaufträge, so daß er Bens Freund Edward Stout eigens für Ausbesserungsarbeiten einstellte. Das zweite Boot, das er nach der *Manitou* zu Wasser ließ, nannte er *Nordstern*. Nathan DuVal hatte es unmittelbar nach der Regatta bei ihm in Auftrag gegeben. An den Wochenenden nahm Jens an Regatten im Umkreis teil – und gewann sie alle. Die Reporter kamen aus Chicago, Newport und New Jersey, um ein Interview mit Jens zu ergattern, und veröffentlichten anschließend begeisterte Artikel in ihren Zeitungen. Die Geschichte des ersten Rennens wurde immer wieder erzählt – wie Jens und die Mannschaft der *Manitou* schon beim Essen saßen, als das zweite Boot ins Ziel kam.

Eine Werft aus New Jersey und eine andere aus Südcarolina boten ihm Positionen als Chefingenieur an. Er lehnte beide Angebote ab, bewahrte aber die Briefe in seinem Koffer zwischen der Wäsche auf, wobei er die Gelegenheit nutzte, um einen verstohlenen Blick auf die Fotografie von Lorna und ihm zu werfen.

Eines Tages schneite Tim in die Werkstatt und rief: »Ich habe eine Neuigkeit. Gideon Barnett läßt die *Lorna D* fertig bauen und will sie noch in diesem Sommer zu Wasser lassen. Man munkelt, daß er nächstes Jahr mit ihr an der großen Regatta teilnehmen will.«

Und tatsächlich hatte Gideon Barnett einen Mann aus dem Dorf angeheuert, der die Aufgabe hatte, die *Lorna D* zu vollenden. Als der letzte Handstreich ausgeführt war, rief er seine Tochter und verkündete ihr: »Ich werde nun die *Lorna D* zu Wasser lassen. Willst du bei ihrer Jungfernfahrt mit an Bord sein?«

Lorna saß in einem breiten, bequemen Korbsessel auf der Veranda und polierte lustlos ihre Fingernägel. Als er seine Frage gestellt hatte, hielt sie inne und blickte zu ihm auf.

»Nein danke.«

»Aber das ist es doch, was du immer wolltest. Immerhin warst du den ganzen Sommer mit der Jolle unterwegs, warum verschmähst du jetzt die *Lorna D*?«

»Es ist zu spät, Vater.«

Seine Augen verengten sich zu schmalen Schlitzen, sein Gesicht lief rot an. »Lorna, zum Teufel, jetzt reicht es! Wann gibst du endlich dieses verdammte Selbstmitleid auf und wirst wieder ein normaler Mensch?«

»Ich weiß es nicht, Vater.«

Gideon hätte am liebsten laut herausgeschrien, daß Levinia und er ihres selbstvergessenen, selbstversunkenen Gehabes bald überdrüssig seien und daß sie wünschten, sie wieder so fröhlich und unbeschwert wie früher zu sehen. Aber Schuld verschloß seine Lippen. Wortlos drehte er sich um und ließ sie allein zurück.

Das Unvermeidliche geschah. An einem düsteren, wolkigen, windigen Tag Ende September trafen sich die beiden Boote auf dem See. Jens hatte mit seiner Mannschaft eine Vergnügungsfahrt auf der *Manitou* unternommen. Sie trafen sich in der schmalen Durchfahrt bei Manitou Island, die *Manitou* hatte Kurs auf Süden genommen, und die *Lorna D* segelte in Richtung Norden. Beide Skipper saßen an der Pinne und warfen sich Blicke zu, die düsterer waren als der bleigraue Himmel über ihnen. Tim erhob die Hand zum Gruß, doch Gideon machte keine Anstalten, den Gruß zu erwidern, sondern starrte Jens unter seinen grauen Augenbrauen haßerfüllt an. Jens beantwortete diesen Blick in gleicher Weise. Hätten sie Kriegsschiffe gehabt, so wären in diesem Augenblick Kanonen über das Wasser gedonnert. Aber statt der Kanonenkugeln tauschten sie nur ihre finsteren Blicke. Beide wußten, daß ihre Boote beim nächsten Zusammentreffen in die gleiche Richtung steuern würden.

Ende Oktober packten die Barnetts ihre Koffer, verschlossen Rose Point Cottage für den Winter und machten sich auf den Weg zurück in die Stadt. Bevor sie aufbrachen, ging Lorna ein letztes Mal hinunter zum Wasser und blickte lange hinüber zum anderen Ufer. Der eisige Wind schlug ihr das lange Haar ins Gesicht, doch sie schien weder die Kälte noch den Wind zu spüren. Die Oberfläche des Sees war bereits von den ersten Herbststürmen aufgewühlt und mit unzähligen Schaumkrönchen bedeckt. Die kreischenden Möwen segelten dicht über das bleigraue Wasser hinweg. Lorna dachte an ihr Kind, das nun vier Monate alt war und jemanden anders anlächelte, seine kleinen Fingerchen nach einer anderen Frau ausstreckte.

»Auf Wiedersehen, Jens«, flüsterte sie mit Tränen in den Augen. »Du fehlst mir.«

Der Winter stand nun vor der Tür, und das Haus in der Summit Avenue war ebenso trist und düster wie das Novemberwetter.

Lornas Geschwister waren den ganzen Tag über in der Schule.

Levinia war mit der Planung verschiedener Wohltätigkeitsveranstaltungen und Bälle beschäftigt und versuchte pausenlos, Lorna zur Mithilfe zu ermuntern. Doch Lorna lehnte ab. Von Zeit zu Zeit half sie jedoch in der nahe gelegenen Leihbücherei aus. Sie liebte die Arbeit in der Bücherei, denn sie bot ihr einen Vorwand, das Haus zu verlassen. Zur Weihnachtszeit fanden zahlreiche Veranstaltungen statt, die Lorna soweit wie möglich mied. Ihre Eltern bekamen Besuch von Geschäftsfreunden aus Washington. Unter ihnen befand sich ein einunddreißig Jahre alter Junggeselle namens Arnstadt, der Lorna vom ersten Augenblick an den Hof machte. Er hatte mit dem Bau der Eisenbahn zu tun, und sein Vater verkaufte Holz an die Eisenbahngesellschaft. Es hatte den Anschein, daß Arnstadt ausgesprochen gut betucht war und doch nach einer Frau Ausschau hielt. Vielleicht würde Lorna ja ihre Drohung wahr machen und den erstbesten Mann, der um ihre Hand anhielt, heiraten. Als er jedoch eines Abends in der Bibliothek schüchtern ihre Hand ergriff, zog Lorna sie wie vom Blitz getroffen zurück, Tränen schossen in ihre Augen, und unter hastigen Ausflüchten stürzte sie aus dem Raum. Später fragte sie sich, ob sie jemals wieder die Berührung eines Mannes ertragen konnte, der nicht Jens Harken hieß.

In den Weihnachtsfeiertagen kam Phoebe zu Besuch. Sie trug den Verlobungsring eines Mannes namens Slatterleigh, der der aufsteigende Stern in der Firma ihres Vaters war. Anfang Januar verbreitete sich die Nachricht, daß Taylor DuVal und Jenny sich in Kürze verloben würden. Die Hochzeit sollte im darauffolgenden Sommer stattfinden. Levinia plante mit Begeisterung und Hingabe das größte gesellschaftliche Ereignis ihrer Laufbahn als Mutter.

Während um sie herum das Leben tobte, zog sich Lorna mehr und mehr in ihre Glasglocke zurück, schottete sich gegen alle Einflüsse von außen ab und vergrub sich in ihren Schmerz.

Als sie im Februar eines späten Nachmittags aus der Leihbücherei in die Summit-Avenue zurückkehrte, wurde sie schon in der Halle von der aufgeregten Tante Agnes empfangen.

»Komm geschwind mit hoch!« flüsterte die alte Dame mit sich überschlagender Stimme.

»Was ist passiert?«

Agnes legte den Finger auf die Lippen, ergriff Lornas Hand und zog ihre Nichte, die sich noch nicht einmal den Mantel ausziehen konnte, die Treppe hinauf. In Agnes' Zimmer angekommen, schloß sie rasch die Tür, drückte Lorna auf das Bett und eröffnete ihr mit glänzenden Augen die großen Neuigkeiten.

»Ich habe es gefunden!«

»Was denn?«

»Dein Baby!«

Lorna starrte mit entgeistertem Blick die aufgeregte alte Dame an. »Oh, Tante Agnes...«, flüsterte sie fassungslos, während sie im selben Augenblick vergessen geglaubte Hoffnung durchströmte.

»Komm her«, wisperte Agnes. Sie zog ihre zur Salzsäule erstarrte Nichte hinüber zu ihrem zierlichen Rosenholzschreibtisch, öffnete mit flinken Händen die oberste Schublade und zog einen kleinen, weißen Zettel heraus, den sie Lorna entgegenhielt. »Ich glaube, er war von Anfang an bei Hulduh Schmitt. Hier ist ihre Adresse!«

Lorna las *Hulduh Schmitt, 850 Hamburg Road, Minneapolis, Minnesota.*

Ihr verwirrter Blick wanderte zu ihrer Tante. »Aber weshalb sollte er bei ihr sein?«

»Ich weiß es nicht sicher, aber ich vermute, daß Levinia und Gideon so etwas wie einen Anflug von Menschlichkeit hatten und sie überredeten, das Kind aufzuziehen.«

»Aber wie kamst du auf diese Idee?«

»Ich habe, nachdem sie dich weggebracht hatten, nach und nach bei jeder kleinen Gelegenheit, die sich mir bot, den Schreibtisch deines Vaters durchsucht, um irgendeinen Anhaltspunkt zu finden.« Tante Agnes lächelte verschwörerisch.

»Das ist nicht wahr!«

»O doch, es stimmt! Es hat mich eine Menge Überwindung gekostet, das kannst du mir glauben, mein Kind. Ich habe immer nach einem Brief von einem Waisenhaus, einer Kirche oder einem unbekannten Absender gesucht. In all den Monaten habe ich mir nichts bei Mrs. Schmitts Briefen gedacht. Aber dann fiel mir in den Unterlagen plötzlich auf, daß sie ihr Geld zahlten, viel Geld, und das, nachdem sie ihren Dienst quittiert hatte! Schlagartig wurde mir alles klar!«

Lornas Herz pochte so heftig, daß sich ihre fahlen Wangen zum ersten Mal seit Monaten wieder gerötet hatten. Sie trug noch immer ihren Mantel. Aufgeregt ergriff sie die Hände der Tante.

»Oh, Tante Agnes, glaubst du, es ist wirklich so?«

»Nun, was denkst du denn darüber?«

»Ja, natürlich, es könnte möglich sein.« Lornas Stimme überschlug sich vor Erregung. »Nachdem Mutter abgereist war, war auch das Baby verschwunden. Und während meiner Abwesenheit hat Mrs. Schmitt ihre Stellung aufgegeben. Alles paßt zusammen!«

»Niemand schöpfte Verdacht, als sie kündigte. Schließlich sprach sie schon seit einiger Zeit davon, sich zur Ruhe zu setzen. Jeder wußte, daß sie uns früher oder später verlassen würde. Und nun bezahlen sie sie weiter, weil sie sich um den Kleinen kümmert.«

»Das werde ich herausfinden!« Lorna prägte sich die Adresse ein. »Gleich morgen!« Sie richtete den Blick auf ihre Tante. »Wenn das wirklich wahr ist, kann ich dir in meinem ganzen Leben nicht genug danken!«

In dem Gedanken, daß Lorna schon am nächsten Tag ihren Sohn in die Arme schließen würde, lächelten die beiden Frauen sich still an. Dann verdüsterte sich Agnes' Lächeln.

»Angenommen, mein Verdacht bewahrheitet sich. Was wirst du dann tun?«

Nun verdunkelte sich auch Lornas Blick. »Ich weiß es nicht.« Kraftlos nach all der Aufregung ließ sie sich auf den Schreibtischstuhl fallen, starrte auf die silberne Schreibgarnitur und wiederholte mit leiser Stimme: »Ich weiß es nicht.«

Was würde sie tun? Das Kind zu sich nehmen? Allein großziehen?

Jens alles erzählen? Jede vermeintliche Lösung warf neue Fragen auf, auf die sie keine Antwort wußte. Zuerst würde sie die Adresse aufsuchen, in der Hoffnung, daß sich Tante Agnes' Verdacht bestätigte.

Am nächsten Morgen verließ sie in aller Frühe das Haus. Ihre Familie ließ sie in dem Glauben, daß sie den ganzen Tag in der Bücherei arbeitete. Um nach Minneapolis zu gelangen, mußte sie zweimal umsteigen. An der Endstation der Straßenbahn fragte sie einen Mann nach dem Weg. Einige Straßen weiter hatte sie sich schon verlaufen und mußte sich in einem Krämerladen nochmals nach dem Weg erkundigen. Nach einer guten halben Stunde, sie hatte schon fast die Stadtgrenze erreicht, war sie in der Hamburg Road angekommen. Es war eine schmale Kopfsteinstraße, und hinter den geduckten Häuschen begannen bereits die Felder. In manchen Gärten befand sich ein Schweinestall oder ein Hühnergehege, und es roch nach Vieh. Die Vorgärten waren mit niedrigen Zäunen umgeben, an den Hauswänden war Brennholz aufgeschichtet.

Das Haus mit der Nummer 850 war aus lehmgelben Ziegelsteinen erbaut. Es war sehr einfach und schmal und hatte ein weit heruntergezogenes Dach, das auf Holzstützen ruhte. Die Regenrinne benötigte ebenso wie der Gartenzaun dringend frische Farbe. Lorna öffnete das quietschende Gartentor und ging auf dem schmalen, freigeschaufelten Weg zum Haus. Links und rechts türmte sich der Schnee. Als sie das Haus fast erreicht hatte, erhob sich neben der Tür ein Hund, der dort auf einem alten Lumpen in der Sonne vor sich hin gedöst hatte. Er bellte die junge Frau zweimal an. Lorna blieb stehen, der Hund kam schwanzwedelnd auf sie zu, umkreiste sie einmal und beschnüffelte ihre Überschuhe aus Gummi. Er hatte zotteliges Fell in der Farbe des Hauses, einen buschigen Schwanz und ein freundliches Gesicht.

»Na du«, begrüßte ihn Lorna und hielt ihm ihren Handschuh

zum Beschnüffeln hin. Schwanzwedelnd gab er ihr den Weg frei und begleitete Lorna bis zur Haustür.

An der Tür stieg langsam die Aufregung in ihr hoch, ihr Herzschlag beschleunigte sich. Wenn Tante Agnes recht hatte, würde sich in den nächsten Minuten ihr ganzes Leben ändern. Die Hand schon fast am Türklopfer, hielt sie einen Augenblick inne, atmete tief durch und versuchte, sich zur Ruhe zu zwingen. Ihre Kehle war wie zugeschnürt, und ihre Hände zitterten.

Sie klopfte und wartete.

Von den Eiszapfen an der Regenrinne fielen dicke Wassertropfen hinab, die rechts und links von der Tür schon viele kleine Löcher in den Schnee gehöhlt hatten. Von den nahe gelegenen Feldern hörte sie das heisere Krächzen der Krähen. Im Haus wurde eine Tür geöffnet, und der Luftzug bewegte auch die Haustür. Durch die Gardine aus dicker Spitze hindurch konnte Lorna erkennen, wie sich jemand der Eingangstür näherte. Dann wurde die Tür geöffnet, und vor ihr stand, mit einem Geschirrtuch in der Hand, Hulduh Schmitt. Als sie Lorna erblickte, fiel ihr die Kinnlade hinunter.

»Miss Lorna...«

»Guten Tag, Mrs. Schmitt.«

Der Hund drückte sich an ihnen vorbei ins Haus, während sich die beiden Frauen schweigend gegenüberstanden. Lorna trug einen roten Wollmantel mit einer weiten Pelerine, und Mrs. Schmitt bot mit ihrer weißen, gestärkten Schürze den gewohnten Anblick.

»Darf ich eintreten?« fragte Lorna, die sich schneller gefaßt hatte.

Mrs. Schmitt zögerte einen Moment, faßte sich dann aber doch ein Herz, trat einen Schritt zur Seite und winkte Lorna mit dem Geschirrtuch ins Haus. »Sie würden es sich ohnehin nicht verbieten lassen, jetzt, wo Sie schon da sind.«

Lorna betrat den schmalen, unbeheizten Flur, der kaum größer als eine Speisekammer war.

»Gehen Sie rein«, befahl Mrs. Schmitt, während sie Lorna in die

Diele schob und die Tür hinter ihr schloß. Hier wurde es wärmer und duftete nach frischgebackenem Brot. Auf der rechten Seite ging ein Zimmer ab, auf der linken Seite führte eine schmale Stiege ins obere Stockwerk. Geradeaus befand sich ein kleines Wohnzimmer. Aus einem der Zimmer ertönte die Stimme einer sehr alten Frau in deutsch.

Mrs. Schmitt antwortete ebenfalls in deutsch. »Meine Mutter«, sagte sie zu Lorna gewandt.

Sie konnte hören, wie die alte Frau den Hund ausschimpfte, wahrscheinlich weil er mit seinen nassen Pfoten ins Haus gekommen war. Lorna warf einen kurzen Blick ins Wohnzimmer, dann schaute sie Mrs. Schmitt offen ins Gesicht.

»Ist er hier?« fragte sie ohne Umschweife.

»Woher wissen Sie es?«

»Tante Agnes hat es herausgefunden.«

»Ihre Eltern haben mir mein Ehrenwort abgenommen, daß es niemand erfährt.«

»Das glaube ich Ihnen gerne. Ist er hier?«

Hulduh dachte an den monatlichen Wechsel, der ihren eigenen Ruhestand und die Versorgung ihrer alten, gebrechlichen Mutter sicherte. Aber dieser flüchtige Gedanke brachte die aufrichtige Frau nicht ernsthaft in Versuchung, die Mutter des kleinen Jungen anzulügen. »Er ist in der Küche. Hier entlang.«

Der Raum war peinlich sauber und mit wuchtigen, alten Möbeln ausgestattet. Überall waren Spitzendeckchen verteilt. Im Erdgeschoß befanden sich nur zwei Räume: das Wohnzimmer geradeaus, in dem eine leere Wiege stand, und die große Küche. Lorna betrat sie und sah als erstes eine alte Frau in einem Schaukelstuhl. Ihr gegenüber saß in einem hochbeinigen Kinderstühlchen ein wunderschönes blondes Baby. Die alte Frau beschäftigte es mit einer selbstgehäkelten Puppe, die sie ihm entgegenhielt. Das Kind streckte gerade seine kleine Hand nach dem Spielzeug aus, als Lorna es erblickte.

Ein kleines, dickes Kinderhändchen mit fünf perfekt geformten, runden Fingerchen umschloß die weiche Puppe mit den noch unbeholfenen, tapsigen Bewegungen eines achtmonatigen Babys. Als es sie erblickte, vergaß es sofort sein Spielzeug und blickte mit großen, runden Augen zur Tür. Blonde Locken umrahmten das pausbäckige Gesichtchen, das von den riesigen, dunkelblauen Augen beherrscht wurde. Der kleine, rote Mund war so perfekt geformt wie der eines Engels. Lorna schien bei dem Anblick ihres Kindes alles um sie herum vergessen zu haben. Sie bewegte sich auf das Kind zu, als leitete sie ein himmlisches Licht.

»Wie heißt er?«

»Daniel.«

»Daniel…«, flüsterte sie, als sie auf ihn zueilte.

»Wir nennen ihn Danny.«

Lornas Augen blieben auf sein strohblondes Haar gerichtet, als sie vor ihm in die Knie ging. Mühsam brachte sie ein scheues, unsicheres, fragendes »Hallo, Danny« heraus.

Ohne die Miene zu verziehen, starrte das Kind sie an, mit seinen langen, nach oben gebogenen Wimpern, die eine Spur dunkler waren als sein Haar. Seine Gesichtszüge ähnelten sehr denen von Jens, weniger den ihren.

Sie streckte beide Hände nach ihm aus und hob es aus seinem Stuhl, in seiner Hand baumelte noch immer die Wollpuppe mit ihren schlaffen Gliedern. »O mein süßes Kind…«, flüsterte sie, als sie den zarten Körper an sich drückte und mit ihren Lippen die weiche Wange berührte, »…endlich habe ich dich gefunden.«

Sie schloß die Augen, drückte ihr Kind an sich und genoß den unwiderstehlichen Moment. Das Kind begann, vor sich hin zu brabbeln »Mam-mam-mam« und schlug ungeduldig mit der Puppe gegen ihren Arm, während sie ihn reglos mit geschlossenen Augen an sich preßte und von einer Welle von Muttergefühlen überrollt wurde. Er roch nach Milch und Brot, wie der ganze Raum, und fühlte sich so weich an, daß sie keinen Vergleich dafür fand. Diese Art von Liebe hatte sie bisher noch nicht verspürt, aber das neue, noch unbekannte Gefühl erfüllte sie so vollkommen, daß alle anderen, ihr bekannten Regungen dagegen verblaßten. In diesem Augenblick, in dem sie ihn auf den Armen hielt, seinen Geruch wahrnahm, seine weiche Babyhaut spürte, war Lorna wunschlos glücklich.

Langsam begriff sie, daß sie ihn gefunden hatte und er nun ganz ihr gehörte. Er steckte einen Finger in seinen Mund und drehte ihn hin und her, wobei zwei winzige weiße Zähnchen sichtbar wurden. Ungeduldig schlug er noch immer die Puppe gegen Lornas Arm und begann, mit den Beinchen zu strampeln. Mit seiner feuchten Hand griff er an ihren Mund. Lorna lachte und nahm die Fingerchen zwischen die Lippen.

»Er ist wunderschön«, sagte sie zu den beiden alten Frauen.

»Und so klug. Er kann schon heiß sagen.«

»Heiß. Kannst du schon heiß sagen, Danny?«

Seine Augen weiteten sich, und mit seinem kleinen Finger deutete er auf den mächtigen Küchenherd. »Heiß.«

»Ja, der Herd ist heiß.«

»Heiß«, wiederholte er abermals und schaute dabei direkt in Lornas Gesicht.

»Kluger Junge. Ist er auch brav?« fragte sie.

»O ja, brav wie ein Engel. Er schläft die ganze Nacht durch.«

»Ist er auch gesund?«

»Ja, vollkommen. Im Augenblick quengelt er ein wenig, aber das liegt daran, daß er die ersten Zähnchen bekommt.«

»Zähne bekommst du? Schöne kleine Zähne? Mein Gott, bist du süß!« Sie hielt ihn hoch in die Luft, um ihn wieder fest an sich zu drücken. Langsam schien die Freude die anfängliche Scheu zu verdrängen. »Mein süßer, kleiner Junge!« strahlte sie ihn an, und zu beiden Frauen gewandt: »Ich kann es noch gar nicht fassen, daß ich ihn in den Armen halte!«

»Er besabbert gerade Ihren Mantel, Miss Lorna! Wollen Sie ihn nicht lieber ausziehen?«

»Ach, das ist mir egal! Soll er ruhig sabbern! Ich bin so glücklich!«

Der Hund, der die ganze merkwürdige Szene von der Tür aus beobachtet hatte, schüttelte sich nun kräftig, kam über die Holzdielen getappt und rieb seinen Kopf an Lornas Beinen. Danny beugte sich über Lornas Arme, stieß einen Juchzer des Entzückens aus und streckte beide Ärmchen nach dem Tier aus.

»Er liebt den alten Summer, die beiden sind die besten Freunde!«

Lorna kniete sich mit dem Baby auf dem Arm nieder, und Danny griff sofort vor Vergnügen quietschend und brabbelnd ins Fell des Hundes.

»Neiiiin«, sagte Hulduh Schmitt mit warnender Stimme und löste flink Dannys Fingerchen aus der zottligen Mähne des Hundes.

»Sei schön lieb zu dem alten Summer, Danny!« Sofort ließ Danny die gelben Zotteln los, tätschelte seinen Kameraden und suchte in Hulduhs Miene nach Anerkennung.

»Ja, so bist du ein braver Junge.«

Wie jede stolze Mutter registrierte Lorna die ersten Anzeichen der Intelligenz ihres Kindes. Dann bemerkte sie, daß Danny schon auf unsicheren Beinchen stehen konnte, wenn er sich am Tischbein festhielt. Wenn man ihn danach fragte, deutete er auch schon mit seinen dicken Fingerchen auf *Tante Hulduh* und *Großmutter*.

Hulduh Schmitt sagte: »Mutter und ich trinken jetzt unseren Nachmittagskaffee. Es ist auch frisches Brot da. Haben Sie noch Zeit?«

»O ja, sehr gerne!« antwortete Lorna zutiefst erfreut. Hulduh deckte den Tisch mit Geschirr, dem man den täglichen Gebrauch ansah. Der elfenbeinfarbene Grund der Teller war mit Tulpen und Rosen bemalt, die inzwischen nur noch mit Mühe zu erkennen waren, und auch der Goldrand war schon fast vollkommen abgeblättert. Fast jedes Stück war angeschlagen. Hulduh entschuldigte sich für die fehlende Tischdecke und erklärte, daß sie auf sie verzichtete, weil sie Angst hatte, daß Danny sie eines Tages herunterzog und sich mit dem heißen Kaffee verbrühte. Während die Frauen ihren Kaffee tranken und frisches Brot mit Butter und Pfirsichmarmelade aßen, krabbelte Danny unter dem Tisch auf dem Boden umher, spielte mit hölzernen Kochlöffeln, zupfte an den langen Röcken der Frauen und stieß kleine Schreie aus, wenn er auf den Schoß genommen werden wollte. Der Hund hatte sich neben dem warmen Herd niedergelegt und war eingenickt. Einmal kroch Danny zu dem Hund und schlug mit seiner kleinen Faust gegen das Hinterbein des Hundes, woraufhin Summer müde den Kopf hob, dem Kind mit seiner großen, rosafarbenen Zunge über die Hand leckte und sein Nickerchen fortsetzte. Hulduh stand auf, wusch Dannys Hand ab und setzte ihn in sein Kinderstühlchen, an dem mit Kordel einige Spielsachen festgebunden waren.

Die alte Frau verstand die fremde Sprache nicht, lächelte Danny aber liebevoll mit ihren von Falten umgebenen Augen zu und verfolgte über den Rand ihrer Kaffeetasse hinweg jede seiner Bewegungen. Von Zeit zu Zeit beugte sie sich vor, um ihm ein neues Spielzeug zu reichen, wenn er ein anderes nicht mehr mochte. Ab und zu steckte sie ihm auch ein winziges Stückchen Brot in den Mund und sprach zärtlich in ihrer fremden Sprache auf ihn ein. Dann stellte sie Lorna eine Frage, die die junge Frau auch trotz der unterschiedlichen Sprachen verstand. Lorna nickte, legte mit glücklichem Gesicht eine Hand auf ihren Bauch, die andere auf ihr Herz und sagte: »Ja, ich bin seine Mutter.«

Das Baby wurde in seinem Stühlchen langsam unruhig und begann zu quengeln. Lorna hob ihn heraus und setzte ihn wieder auf den Boden. Plötzlich verlor er das Gleichgewicht und stieß mit seinem Kopf an das Tischbein. Danny brach in lautes Geschrei aus. Lorna nahm ihn sofort wieder auf den Arm und redete tröstend auf ihn ein, aber er streckte seine Arme hilfesuchend nach der alten Köchin aus. Lorna reichte ihn Hulduh, die ihn in ihren kräftigen Armen schaukelte, so daß bald wieder ein leichtes Lächeln auf dem Gesicht des Jungen erschien. Dann lehnte er erschöpft seinen Kopf an das weiße Oberteil ihrer raschelnden Schürze und starrte an die Wand. »Er ist müde, er hat lange nicht geschlafen.«

Lorna fragte sich, wieviel ein acht Monate alter Säugling wohl schlafen mußte. Und was zu tun war, wenn er hinfiel und sich ernsthaft verletzte. Und woher die Frauen wußten, wie sie mit solch einem zarten Wesen umzugehen hatten.

Dannys Augen fielen zu, und der Zeigefinger rutschte ihm aus dem Mund. Mrs. Schmitt brachte ihn ins Wohnzimmer und bettete ihn sorgsam in die Wiege. Dann kam sie in die Küche zurück.

Sie goß Kaffee nach. »Was werden Sie nun tun?« Diese Frage brannte ihr schon die ganze Zeit auf der Seele.

Lorna setzte langsam ihre Tasse auf den Unterteller und schaute der Köchin offen ins Gesicht. »Er ist mein Sohn«, antwortete sie ruhig.

»Dann wollen Sie ihn also mitnehmen.«

»Ja, das möchte ich.«

Aus Hulduh Schmitts dickem Gesicht schien plötzlich die Farbe zu weichen, und Lorna glaubte auch, einen Anflug von Angst in ihrem Blick erkannt zu haben. Sie schaute hinüber zu ihrer Mutter, die in ihrem Schaukelstuhl eingenickt war.

»Wenn Sie das tun, werden sie mir kein Geld mehr geben. Meine Mutter ist alt und gebrechlich und hat niemanden außer mir.«

»Ja, das... das tut mir leid, Mrs. Schmitt.«

»Und dem Baby geht es doch gut bei uns.«

»Oh, sicher, daran habe ich keinen Zweifel.« Lorna legte die Hand auf ihre Brust. »Aber er ist mein Sohn. Sie haben ihn mir gegen meinen Willen weggenommen.«

In dem Gesicht der alten Köchin machte sich Entsetzen breit. »Weggenommen? Gegen Ihren Willen?«

»Ja. Meine Mutter kam kurz nach der Geburt in mein Zimmer. Die Schwestern sagten, sie würden das Baby nur waschen. Seitdem habe ich es nicht wiedergesehen. Als ich es sehen wollte, war meine Mutter schon mit ihm abgereist. Und das ist nicht richtig, Mrs. Schmitt, das ist einfach nicht richtig.«

Mrs. Schmitt legte ihre große Hand auf Lornas schmale. »Nein, mein Kind, das ist nicht richtig. Und auch mir haben sie nicht die Wahrheit gesagt. Sie sagten, Sie wollten das Kind nach der Geburt nie wiedersehen.«

»Aber natürlich wollte ich das! Ich muß jetzt nur...« Lorna schluckte und schaute hinüber zu der Wiege. »Nun, ich muß nur eine Möglichkeit finden, für ihn zu sorgen. Ich... ich werde mit seinem Vater darüber sprechen.«

»Bitte verzeihen Sie mir die Frage, Miss, aber kann es sein, daß Jens der Vater ist?«

Lornas Blick wurde traurig. »Ja. Und ich liebe ihn sehr, aber meine Eltern wollten mich ihn nicht heiraten lassen.« Und bitter fügte sie hinzu: »Seine Eltern haben kein Haus am See, wissen Sie.«

Mrs. Schmitt starrte in ihre Kaffeetasse. »Ja, das Leben ist manchmal hart. Es hält viele Sorgen und viel Kummer bereit.«

Schweigend saßen sich die beiden Frauen gegenüber, während nebenan das Baby schlief und die alte Frau in ihrem Schaukelstuhl leise schnarchte, während ihr Kopf im Schlaf von einer Seite auf die andere nickte.

»Heute kann ich ihn jedenfalls noch nicht mitnehmen«, sagte Lorna.

»Nun, das ist ja schon etwas. So haben wir ein wenig Zeit, um uns an den Gedanken zu gewöhnen, ihn herzugeben.« Lorna konnte Sehnsucht in den Augen der Frau erkennen.

Nun legte Lorna ihre schmale Hand auf Hulduhs große. »Wenn ich einen Platz für ihn gefunden habe, können Sie ihn besuchen, so oft Sie wollen.«

Aber beide Frauen wußten, daß dieses Angebot angesichts Mrs. Schmitts Alter, der langen, umständlichen Fahrt mit der Straßenbahn und ihrer pflegebedürftigen Mutter nicht sehr realistisch war.

»Wenn ich ihn zu mir nehme...« Lorna zögerte, die Worte auszusprechen. Sie machte sich Sorgen um das Wohlergehen der beiden alten Frauen. »Kommen Sie dann auch ohne das Geld meines Vaters aus?«

Mrs. Schmitt straffte ihre Haltung, strich über ihr Haar und sagte mit fester Stimme: »Ich habe ein wenig Geld gespart.«

Als Lorna sich erhob, wachte die Großmutter auf, wischte sich über den Mund und schaute sich um, als wüßte sie im ersten Moment nicht, wo sie war. Dann erblickte sie Lorna, lächelte sie schlaftrunken an und nickte ihr wohlwollend zu.

»Auf Wiedersehen«, sagte Lorna.

Im Wohnzimmer verabschiedete sie sich mit einem zärtlichen Kuß auf die Stirn von ihrem Sohn. »Auf Wiedersehen, mein Süßer, ich komme bald wieder«, flüsterte sie. Bei dem Gedanken, daß sie nun wieder seinen Vater besuchen mußte, zog sich ihr Herz zusammen.

Achtzehntes Kapitel

Der nächste Tag war bitter kalt, und es wehte ein eisiger Wind. Als Lorna sich morgens für ihre Fahrt nach White-Bear-Lake anzog, achtete sie darauf, ganz andere Kleidung zu wählen als bei ihrem letzten Besuch bei Jens. Damals hatte sie ihr mädchenhaftes Kleid getragen, mit dem sie die Erinnerung an die vergangenen Tage wiedererwecken wollte. Doch heute lag ihr diese Absicht fern. Sie hatte viel gelitten, viel gelernt und war gereift. Sie wollte Jens als Frau gegenübertreten, die bereit war, an diesem wichtigen Scheideweg ihres

Lebens für ihr Glück zu kämpfen. Sie entschied sich für ein schlichtes, dunkles Wollkleid, den schweren Mantel aus Seal mit dem Muff und eine schlichte wollene Mütze.

Aus dem Zugfenster blickte sie in die Landschaft, die unter ihrer gleichmäßigen weißen Schneedecke eintönig erschien.

Schneeböen fegten über das flache Land, und der eisige Wind pfiff. Das Grau der Wälder, Felder und der zugefrorenen Flüsse schien ineinander zu verschwimmen und in der Ferne eins zu werden mit dem blaugrauen Himmel.

Im Zugabteil war es kalt. Lorna schlug die Beine übereinander, zog den schweren Mantel noch fester um ihren Körper und beobachtete ihren Atem, der in Sekundenschnelle auf der Scheibe gefror. Sie dachte an das bevorstehende Treffen mit Jens und fragte sich, was sie ihm sagen sollte. Dann aber kam sie zu dem Schluß, daß solch schwierige und entscheidende Gespräche nicht vorauszuplanen waren. Jedenfalls war sie nicht mehr der verträumte, verliebte Backfisch, der dem Küchengehilfen schöne Augen gemacht und sich zu heimlichen Picknicks davongeschlichen hatte. Nein, nun war sie Mutter und dazu noch eine, die man bisher betrogen hatte.

Dannys süßes Gesichtchen mit seinem strohblonden Schopf, den himmelblauen Augen und den gutgeschnittenen Zügen seines Vaters erschien in ihrer Erinnerung. Ein mächtiges Gefühl der Liebe überkam Lorna, und bei dem Gedanken, daß ihr Sohn vielleicht nie ihr gehören würde, krampfte sich ihr Herz zusammen, und die Tränen stiegen ihr in die Augen.

Am Bahnhof von White-Bear nahm sie sich einen der breitkufigen Pferdeschlitten, die im Winter die Kutschen ersetzten, der sie nach Delwood bringen sollte. Sie zog sich die Felldecke bis zur Brust hoch. Während der Fahrt bemerkte sie weder den Schnee, der ihr eisig ins Gesicht wehte, noch die vorbeifliegende Landschaft, noch das gleichmäßige Atmen der Pferde. Ihre Gedanken waren weit weg, und sie stellte sich vor, welch glückliche Familie Jens,

Danny und sie hätten sein können. Lorna hatte die Zeit ganz vergessen, als plötzlich in der verschneiten Landschaft Jens' Werft auftauchte. Das Gebäude war inzwischen in einem satten, dunklen Grün gestrichen, in der Farbe, die auch die meisten Segelboote trugen, und auf der Breitseite prangte stolz in großen, weißen Lettern *Harkens Werft*. Unter der Schrift befand sich ein riesiges Schiebetor, das auf Rollen in einer Schiene lief. Daneben war eine kleine Tür zu erkennen.

»Wir sind da, Miss«, bemerkte der Kutscher und sprang flink vom Schlitten.

»Bitte warten Sie hier auf mich.«

»In Ordnung, Ma'am. Ich binde nur Ronnie fest. Lassen Sie sich ruhig Zeit.«

Wie vielen verschlossenen Türen hatte sie sich, seitdem sie Jens Harken kannte, schon mit klopfendem Herzen und zugeschnürter Kehle genähert? Da war zuerst die große Schwingtür, die von dem schlecht beleuchteten, stickigen Korridor in die Küche von Rose-Point-Cottage führte, dann das Tor des Schuppens, in dem die *Lorna D* entstanden war, die schmale Tür, die in Jens' kleine Dienstbotenkammer unter dem Dach führte, und schließlich am Vortag die niedrige Eingangstür des geduckten Häuschens aus gelben Ziegeln in der Hamburg-Road, hinter der sie Danny wiedergefunden hatte.

Nun stand sie vor einer weiteren Tür, hinter der ihr Schicksal vielleicht eine Wendung nehmen würde. Die Aufregung, die sie in den vergangenen Situationen verspürte, hatte sich inzwischen verhundertfacht. Das Herz klopfte ihr bis zum Hals bei dem Gedanken, den Mann, den sie über alles in der Welt liebte, zu verlieren, falls die Unterredung nicht den erhofften Erfolg haben würde.

Sie atmete tief durch, die eisige Luft schmerzte in den Lungen, öffnete den metallenen Riegel der Tür und trat ins Innere des Gebäudes.

Wie immer, wenn sie den Ort betrat, wo Jens Harken arbeitete, stürzten unzählige Erinnerungen auf sie ein, die Vergangenheit wurde schlagartig wieder lebendig: der Geruch nach Teer und Farbe, nach frischem Zedernholz und nach Feuer, das in einem gußeisernen Ofen loderte. Sie erblickte ein halbfertiges Boot und ein anderes, das zur Reparatur da zu liegen schien.

Am anderen Ende des langgestreckten Gebäudes waren einige Männer bei der Arbeit. Jens' Geschäfte schienen zu florieren.

Einer von ihnen pfiff eine nordisch klingende Volksweise vor sich hin, die anderen unterhielten sich. Ihre Stimmen hallten in dem weitläufigen Raum wie in einer Kirche. Einer der Männer bemerkte sie und sagte: »Jens, da ist jemand für dich.«

Jens war gerade dabei, mit seinem Bruder Planken an den skelettartigen Rumpf des halbfertigen Bootes zu nageln, eine Arbeit, an die sich Lorna noch gut erinnern konnte. Er drehte den Kopf und erblickte sie bei der Tür.

Wie schon bei ihrem vorigen Besuch starrte er sie für einen kurzen Augenblick verwirrt an, bevor sein Gesicht sich zu einer steinernen Maske der Gleichgültigkeit verhärtete.

»Halt das für mich, Iver«, sagte er zu einem der Männer und näherte sich ihr. Er trug ein Hemd aus rotem Wollstoff, das nicht ganz bis zum Hals geschlossen war. Die Ärmel waren, wie gewöhnlich bei der Arbeit, bis über die Ellbogen aufgekrempelt, so daß einige Zentimeter seines dicken Winterunterhemdes sichtbar wurden. Sein Haar war länger, als sie es bisher bei ihm gesehen hatte. Sein Gesicht war die Vorlage, nach dem das ihres Sohnes geschnitzt war. Es verriet keine Gefühlsregung, als er vor ihr zum Stehen kam.

»Hallo, Jens.«

»Lorna«, sagte er ohne Lächeln, ohne Anzeichen dafür, daß er sich über ihren Besuch freute, und streifte seine nassen Arbeitshandschuhe ab. Für einen Augenblick glitt sein Blick über ihr Gesicht, bevor er sich zu den Handschuhen senkte.

»Ich wäre nicht gekommen, wenn es nicht wichtig gewesen wäre.«

»Was ist?« Seine knappen Worte ließen wenig Zweifel an der Feindseligkeit, mit der er ihr gegenüberstand.

»Können wir irgendwo ungestört reden?«

»Alles, was du zu sagen hast, kannst du hier sagen. Also, was ist?«

»Gut. Ich habe unseren Sohn gefunden.«

Für den Bruchteil einer Sekunde schien er die Fassung zu verlieren, sein harter Gesichtsausdruck ließ Bestürzung erkennen. Aber noch im gleichen Augenblick hatte er sich wieder unter Kontrolle, sein Gesicht, das sie so sehr liebte, versteinerte sich abermals. »So?«

»So? Ist das alles, was du dazu zu sagen hast? Du warst es doch, der –«

Die Tür öffnete sich, und herein kam der Kutscher.

»'n Tag«, grüßte er, als er die beiden sah.

»Guten Tag«, erwiderte Jens mit schmalen Lippen und unerbittlich hartem Gesicht.

»Bißchen kalt draußen.« Sein Blick wanderte von Jens zu Lorna, dann schien er zu bemerken, daß er die Unterhaltung störte. »Wenn es Ihnen nichts ausmacht, wärme ich mich ein bißchen auf und warte hier drinnen. Ich fahre die Dame.«

Jens deutete mit einem leichten Kopfnicken hinüber zum Ofen. »Da drüben steht Kaffee, bedienen Sie sich.«

Der Kutscher ging zum Ofen und wickelte sich aus seinem dikken, mit Schnee und Eis verkrusteten Wollschal.

»Komm mit«, befahl Jens, drehte sich um und ließ Lorna keine andere Wahl, als ihm zu folgen. Er führte sie in sein Büro, einen etwa zehn Quadratmeter großen, quadratischen Raum, der mit allen nur erdenklichen Segelutensilien ausgestattet war. In einem Regal an der Wand standen zahlreiche glänzende Pokale. Auf dem Schreibtisch herrschte heilloses Durcheinander. Er schlug die Tür zu und wandte sich ihr zu.

»In Ordnung, du hast ihn also gefunden. Und warum erzählst du mir das?«

»Du könntest zumindest fragen, wie es ihm geht!«

»Wie es ihm geht! Ha! Schließlich hast du ihn weggegeben! Und ich soll mich nun für sein Wohlergehen interessieren!«

»Wie oft soll ich dir noch sagen, daß ich ihn nicht weggegeben habe! Sie haben ihn mir weggenommen und zu Hulduh Schmitt nach Minneapolis gebracht!«

»Zu Hulduh Schmitt?« Fassungslos starrte er sie an.

»Die ganze Zeit über war er bei ihr. Meine Eltern geben ihr Geld, damit sie ihn großzieht.«

»Und jetzt willst du wohl, daß ich zu Hulduh gehe und ihn für dich zurückstehle? Daß ich zu deinem Vater gehe und ihn dafür niederschlage? Nein, nein, das habe ich einmal versucht und bin hochkant rausgeflogen. Das reicht mir ein für allemal!«

»Ich erwarte überhaupt nichts von dir, Jens Harken! Ich dachte nur –«

Er ließ einen Augenblick verstreichen, bevor er ihr ironisch erwiderte. »Du dachtest wohl nur, daß ich nochmals bitte, mich zu heiraten, daß wir unseren Sohn holen und für den Rest unseres Lebens fernab von deiner reichen Familie und deinen vornehmen Freunden eine glückliche, kleine Familie sein könnten, nicht wahr?« Sie errötete, während er sich in Wut redete. »Nun, dann will ich dir aber mal was erzählen, Lorna Barnett! Ich will kein geduldeter Ehemann sein! Wenn ich eine Frau heirate, dann muß sie mich nehmen, wie ich bin! Ich gehöre zwar nicht zu deiner feinen Gesellschaft, aber ich bin noch lange kein Habenichts! Als ich zu dir ins Kloster kam, um dich zu bitten, meine Frau zu werden, konnte ich dir schon ein anständiges Leben bieten, du hättest nichts entbehren müssen. Und ich habe von dir erwartet, daß du für uns kämpfen würdest, deine Eltern ein für allemal zum Teufel schicken und für dein Recht – für unser Recht – einstehen würdest! Aber nein, du hast dich gedreht und gewunden und hattest Angst vor den Beschimpfungen, die du geerntet hättest, wenn du mit mir und unserem Kind vor den Traualtar getreten wärst! Nun, es war deine eigene Entscheidung. Damals wolltest du mich nicht, heute will ich dich nicht mehr!«

»Oh, so einfach ist das für dich also!« schleuderte sie ihm entgegen und senkte trotzig den Kopf. »Du mit deinem norwegischen Dickschädel und verletzten Stolz! Stell dir nur ein einziges Mal vor, du hättest Eltern wie meine, du müßtest sie dazu bewegen, auch nur einen Millimeter von ihren Überzeugungen abzuweichen und würdest dich in den falschen Mann verlieben und schließlich –«

»In den falschen Mann. Das ist wohl wahr!« Jens' Stimme war bitter.

»Ja, in den falschen Mann!« fauchte sie noch eine Spur lauter. »Und stell dir vor, du würdest schließlich sein Kind tragen, würdest an das Ende der Welt verfrachtet, würdest eingeschüchtert und angelogen und müßtest pausenlos anhören, daß dein Leben die wahre Hölle sein würde, wenn die Leute es herausfinden! Stell dir vor, du müßtest monatelang in einem Kloster leben, nur umgeben von schwarzen Schatten, von dahinhuschenden Wesen, die den ganzen Tag lang für deine arme Seele beten, bis du laut schreien möchtest! Stell dir vor, du hättest zwei jüngere Schwestern und bekämst pausenlos gesagt, daß auch ein Wort über deinen sündhaften Zustand für immer und ewig ihre Unschuld zerstören und all ihre Chancen zunichte machen würde, jemals einen passenden Ehemann zu finden, weil deine Schande sich über die ganze Familie legt. Und stell dir vor, du müßtest einem norwegischen Dickschädel klarmachen, daß nicht alles deine Schuld war und daß auch du nur ein Mensch bist, daß du dich verliebt hast, Fehler begangen hast und nun versuchst, die Dinge wieder in Ordnung zu bringen, aber daß das nicht immer so schnell geht und nicht immer so einfach ist! Stell dir bitte all dies einmal vor, Jens Harken!« Als ihre Stimme schließlich verstummte, zitterte sie am ganzen Körper.

Er hielt ihr zwei Finger vor das Gesicht. »Zweimal habe ich dich gebeten, meine Frau zu werden. Zweimal! Und was hast du geantwortet?«

Sie stieß seine Hand beiseite. »Ich habe geantwortet, was die Umstände von mir verlangten!«

»Du hast nein gesagt, weil du dich meiner geschämt hast!«

»Das ist nicht wahr! Ich hatte solche Angst!«

»Die hatte ich auch!« Er schlug sich an die Brust. »Aber sie hat mich nicht daran gehindert, für dich zu kämpfen!«

»Oh, deine Selbstgerechtigkeit macht mich krank! Ich war es, die Danny wiedergefunden hat, oder nicht? Ich habe ihn gefunden und Mrs. Schmitt gesagt, daß ich ihn mitnehmen will – und das werde ich auch tun, mit oder ohne dich! Wenn es sein muß, werde ich ihn auch allein großziehen!«

»Oh, das sind aber große Worte von einem Mädchen, das selbst vor dem Schatten ihrer Eltern vor Angst erzittert! Das habe ich schon einmal gehört, aber als es dann schließlich soweit war, standst du unter der Knute der Barnetts: Ehre deine Eltern – selbst wenn sie im Unrecht sind und dein Leben zerstören!«

Sie trat einen Schritt zurück, ihr Mund verengte sich. »Ich sehe nun, daß es ein Fehler war, hierherzukommen!«

»Es war schon ein Fehler, damals nicht in den Zug nach Stillwater zu steigen. Und einen noch größeren Fehler hast du begangen, als du nicht mit mir das Kloster verlassen wolltest! Und nun mußt du damit leben.«

Sie zog ihre Pelerine noch enger um ihre Schultern und sagte mit gefaßter Stimme: »Ich muß nun feststellen, Jens, daß ich dich nicht richtig gekannt habe. Ich habe eine Seite von dir gekannt, aber eine Frau muß auch mit der zweiten leben können. Du bist meinem Vater ähnlicher, als du es wahrhaben möchtest, und einen solchen Mann will ich ganz bestimmt nicht heiraten.«

Mit diesen Worten rauschte sie aus dem Raum und schlug die Tür hinter sich zu. Mit tellergroßen Augen starrte er auf die ins Schloß fallende Holztür, die das ganze Gebäude erzittern ließ. Dann sank er auf dem Schreibtisch nieder und blickte ins Leere. Langsam schien er zu erwachen. Wild fuhr er sich mit beiden Händen durchs Haar und stieß seinen Stuhl mit einer wütenden Bewegung zurück, so daß er mit lautem Krachen an der Wand hinter ihm landete. Zornschnaubend packte er den Stuhl und schleuderte ihn diesmal gegen den Schreibtisch. Auf der rechten Seite stand eine Schublade offen. Er holte weit aus, um sie mit aller Wucht zuzustoßen. Aber sie klemmte. Abermals holte er aus und noch einmal, bis ihm ein stechender Schmerz von der Hand aus durch den ganzen Arm schoß.

»Du gottverdammter Idiot!« heulte er laut auf und versetzte der Schublade nun mit seinem Stiefel einen derartigen Tritt, daß der Schreibtisch schräg im Raum stand.

Dann rieb er sich mit seiner schmerzenden Hand das Gesicht, während sich in seinem Inneren zu der grenzenlosen Wut langsam Abscheu vor seinem eigenen Verhalten, das bittere Gefühl enttäuschter Liebe und der herzzerreißende Gedanke an seinen Sohn gesellten, der nur wenige Stunden von ihm entfernt war.

In den folgenden drei Wochen wuchs in ihm beständig der Wunsch, seinen Sohn zu sehen, ihn in die Arme zu schließen, ihm ein guter Vater zu sein und ihn nie wieder herzugeben.

Seine väterliche Liebe gewann schließlich die Oberhand.

Mrs. Schmitt öffnete ihm die Tür, sie hatte sich seit der Zeit, da sie in der Küche von Rose-Point-Cottage das Zepter schwang, nicht im geringsten verändert.

»Nun...«, sagte sie, »mit dir habe ich schon gerechnet.«

»Lange nicht gesehen, hm, Mrs. Schmitt?«

»Komm ins Haus. Das durfte seine Mutter schließlich auch.«

Er folgte ihr ins Wohnzimmer, wo Danny in seiner Wiege schlief.

Sie weckte ihn vorsichtig. Als Jens Danny zum ersten Mal erblickte, konnte er es kaum für möglich halten. In seinem Inneren schien ein Feuerwerk der Gefühle abzubrennen. Wo sich einst sein Herz befunden hatte, erstrahlte nun eine Sonne.

Behutsam nahm er das Baby, drückte es selig an sich und küßte es zart auf die Stirn. Als es noch schlaftrunken zu schreien begann, wiegte er es in seinen Armen, herzte und liebkoste es.

Er blieb den ganzen Nachmittag, leistete der alten Frau im Schaukelstuhl bei Kaffee und Streuselkuchen Gesellschaft und konnte sich an seinem Sohn nicht satt sehen.

Hulduh Schmitt bemerkte: »Ich nehme an, seine Mutter hat dir gesagt, daß er bei mir ist.«

»Ja.«

»Um ehrlich zu sein, habe ich früher mit dir gerechnet.«

»Ich wußte nicht, ob ich kommen sollte oder nicht. Es ist schwer, wieder ohne ihn zu gehen.«

»Dasselbe sagt seine Mutter auch immer, wenn sie wieder geht.«

Jens antwortete nicht.

»Sie kommt jeden Donnerstag«, fügte Hulduh Schmitt hinzu.

»Ich hatte befürchtet, daß sie ihn schon mitgenommen haben könnte. Sie sagte mir, daß sie es vorhätte.«

»Ja, das stimmt, aber wohin soll sie mit ihm gehen? Ein so junges Mädchen, das ohne Mann dasteht. Jens Harken, du solltest sie heiraten!«

»Ach... das würde nicht gutgehen. Die Tochter eines reichen Mannes kann doch nicht mit einem ehemaligen Küchengehilfen zusammenleben. Das hätte uns von Anfang an klar sein sollen!«

Mrs. Schmitt nickte zwar, doch in ihrem Gesicht lagen Zweifel an Jens' Worten. »Ach, es ist ein prächtiges Baby, ich liebe es, als sei es mein eigenes. Ich streite nicht ab, daß ich das Geld der Barnetts gut gebrauchen kann, aber so wie ich die Sache sehe, ist es ein Verbrechen, daß Danny nicht bei seinen leiblichen Eltern aufwächst!«

Am folgenden Donnerstag eröffnete Mrs. Schmitt Lorna, daß Jens da war. Lornas Blick fuhr in die Höhe, doch sogleich nahm ihr Gesicht einen abwehrenden Ausdruck an.

»Hat lange genug gedauert!«

»Er hat Geld da gelassen. Ich habe ihm zwar gesagt, daß ich von Ihrem Vater gut bezahlt werde, aber er hat es trotzdem da gelassen. Sie können es jetzt sicher gut gebrauchen.«

»Nein, er hat es Ihnen gegeben!«

»Aber ich bekomme schon genug Geld von Ihrem Vater. Ich kann mich doch nicht zweimal für dieselbe Sache bezahlen lassen! Hier...« Sie griff nach Lornas Hand. »Nehmen Sie es!«

Lorna schaute haßerfüllt auf die Scheine, die Mrs. Schmitt ihr entgegenhielt. In ihr stieg Wut auf. Dieser verdammte norwegische Dickkopf! Doch schließlich nahm sie das Geld aus Mrs. Schmitts Hand und stopfte es in die Tasche ihres Rockes.

»Wann war er hier?«

»Am Dienstag.«

»Kommt er wieder?«

»Ja, am nächsten Dienstag.«

Am folgenden Dienstag sagte Mrs. Schmitt: »Ich habe das Geld deiner Frau gegeben.«

»Es war aber für das Baby gedacht!« antwortete Jens zornig.

»Oh, wirklich? Das wußte ich nicht. Miss Lorna hat es jedenfalls angenommen«, erwiderte Mrs. Schmitt mit unschuldigem Blick.

Als Jens wieder gegangen war, lagen abermals gefaltete Scheine unter seinem Unterteller, noch einige mehr als in der Woche zuvor.

Von da ab gingen beide an ihren gewohnten Tagen – Lorna jeden Donnerstag, Jens jeden Dienstag – bei Mrs. Schmitt ein und aus. Der resoluten Frau wurde es von Woche zu Woche schwerer ums Herz, wenn sie mit ansehen mußte, daß die beiden keinen Weg zueinander fanden.

Der April zog ins Land, und Lorna bemühte sich verzweifelt um eine bezahlte Stellung in der Leihbücherei. Jens' Geld hatte sie während der vergangenen Monate eisern zur Seite gelegt.

Es wurde Mai, und die Reichen aus Saint-Paul brachen wie jedes Jahr zu ihren Sommersitzen an den See auf. Einen Tag vor der Abfahrt der Barnetts nach Rose Point Cottage machte sich Lorna wieder auf den Weg in die Hamburg Road, um Danny noch einmal zu sehen, denn der Weg vom White Bear Lake nach Minneapolis und zurück war weit. Sie würde ihn den Sommer über nun nicht mehr wöchentlich besuchen können.

Da sich die beiden Frauen in den vergangenen Monaten sehr nahegekommen waren, betrat Lorna inzwischen Mrs. Schmitts Haus, ohne zuvor anzuklopfen. So tat sie auch an jenem warmen Frühlingstag. Sie trat wie gewöhnlich in den schmalen Flur und rief: »Hallo, alle zusammen!« Niemand antwortete. Sie vernahm das Rasseln von Mrs. Schmitts handbetriebener Wäschetrommel.

Sicherlich hatte sie ihren Gruß nicht gehört.

Lorna betrat die Küche – und erblickte Jens. Er hielt Danny auf seinem Arm, während Mrs. Schmitt Wäsche wusch.

Lorna zuckte zusammen, ihr Herz brach in lautes Trommeln aus. »Oh«, sagte sie errötend, »ich wußte nicht, daß du hier bist!«

»Ich dachte, du kämst nur donnerstags!«

»Ja, normalerweise schon. Aber wir fahren morgen nach Rose Point Cottage, und deshalb wollte ich mich für die nächste Zeit von Danny verabschieden. Du weißt schon... die Zugfahrt... dauert...« Ihre Erklärung ging in Schweigen über.

Auch er war errötet! Sie konnte es kaum glauben, aber es war tatsächlich so! Da stand er nun, der dickschädelige Norweger, seinen ebenso strohblonden Sohn auf dem muskulösen Arm – und errötete.

Als das Baby Lorna erblickte, wurde es unruhig. »Mama, Mama!« brabbelte es, streckte seine Ärmchen nach ihr aus und strampelte ungeduldig mit den Beinchen. Sie setzte ein in braunes Packpapier gewickeltes Paket ab, eilte lächelnd auf Jens zu und nahm ihm zum ersten Mal ihr gemeinsames Baby aus dem Arm.

»Hallo, mein süßer Schatz! Mmmm...« Sie küßte es auf die Wange und fuhr ihm liebevoll durch den blonden Schopf. Sie schien die Personen um sie herum vollkommen vergessen zu haben.

Die beiden Frauen, die alte Großmutter in ihrem Schaukelstuhl und Hulduh, die Kurbel in der Hand an den Spülstein gelehnt, schauten die glückliche junge Mutter an.

Hulduh ergriff das Wort: »Er hat Sie seit Ihrem letzten Besuch sehr vermißt. Jeden Tag hat er Mama gesagt.«

»Hast du Mama gesagt, mein Kleiner?«

»Mama, Mama«, wiederholte Danny.

»Mama hat dir etwas Schönes mitgebracht! Schau nur...« Das Baby auf dem Schoß, setzte sich Lorna an den Holztisch und schnürte das große Paket auf. Danny faßte nach dem braunen Papier, das mit Kordel verschnürt war. Ab und zu bekam er einen Zipfel zu fassen und umklammerte ihn mit seinen kleinen, dicken Händchen. »Laß es mich aufmachen, dann wirst du sehen, was ich für dich habe!« Mit einer Hand mühte sie sich mit der Kordel ab, mit der anderen hielt sie das unruhig zappelnde Baby fest. Endlich hatte Jens sich von der Überraschung erholt und kam ihr zu Hilfe. »Ich halte ihn, und du kannst in Ruhe auspacken.«

Als er Danny von ihrem Schoß hob, schaute Lorna auf, und zum ersten Mal trafen sich ihre Blicke. Wie ein Blitz durchzuckte sie es. In diesem Bruchteil einer Sekunde, in dem sie sein frischrasiertes Gesicht, den Geruch des Zedernholzes, sein schlecht gebügeltes Hemd, seine blauen Augen und seinen wundervollen Mund registrierte, wurde ihr bewußt, daß sie in diesem Augenblick zum ersten Mal ihr gemeinsames Baby teilten.

Mit sanfter Stimme sagte Jens: »Pack es aus«, und an seinen Sohn gewandt: »Schau nur, deine Mama hat dir etwas mitgebracht!«

Als sie ihn das Wort Mama aussprechen hörte, zitterten ihr plötzlich die Hände. Ungeschickt fingerte sie an dem Knoten, während ihr Gesicht errötete. Schließlich gelang es ihr, die Schnur zu lösen, und zum Vorschein kam ein großer, weißer Teddybär mit schwarzen Knopfaugen, weichem Fell und einer ledernen Nase.

Begierig streckte Danny seine Hände nach dem neuen Spielkameraden aus. Jens gab das Baby an sie zurück. Danny blickte halb mißtrauisch, halb freundlich auf das zottelige Spielzeug und brabbelte leise vor sich hin.

»Ich habe ihn von deinem Geld gekauft«, sagte Lorna zu Jens gewandt, während ihr abermals das Blut in die Wangen stieg. »Ich hoffe, du hast nichts dagegen.«

»Nein, überhaupt nicht.«

»Ich habe ihm noch nie etwas mitgebracht.«

»Ich auch nicht.«

Sie wollte ihm in die Augen schauen, hatte aber gleichzeitig Angst vor diesem Moment. Sie konnte ihre Gefühle nicht gut verbergen. Unsicher blickten beide auf das Kind hinab, während Hulduh am Spülstein die Wäsche bearbeitete. Unvermittelt bot Lorna ihre Hilfe an: »Lassen Sie mich Ihnen helfen!«

»Nein, um Himmels willen, spielen Sie lieber mit Ihrem Kind. Sie haben ohnehin viel zu wenig von ihm!«

»Während Sie seine Windeln waschen? Das ist doch das mindeste, was eine Mutter tun kann!« Sie drückte Jens das Baby in den Arm, krempelte ihre Ärmel hoch und half Mrs. Schmitt, einen schweren Eimer in den Spülstein zu heben. Schulter an Schulter arbeiteten die beiden Frauen, wuschen, spülten, wrangen die Wäsche aus. Als die Windeln schließlich wie dicke Schlangen im Wäschekorb lagen, fragte Lorna: »Darf ich sie aufhängen?«

»Das gefällt mir aber gar nicht, Sie in Ihrem guten Kleid, Sie werden sich naß machen!«

Lorna strich über ihre Röcke. »Ach, das stört mich gar nicht, wirklich nicht. Ich würde so gerne einmal seine Windeln aufhängen!«

»Nun gut, wenn Sie unbedingt wollen. Wäscheklammern finden Sie in dem Beutel am Ende der Wäscheleine.«

Den Wäschekorb auf ihrer Hüfte, entfloh Lorna Jens' Anwesenheit. Sie trat durch die Hintertür in den kleinen Garten und genoß für einen Augenblick die warme Maisonne, die von dem wolkenlosen Himmel in ihr Gesicht hinabschien. Hier konnte sie tief durchatmen und ihre Fassung wiedergewinnen. Es war ein rein zufälliges Treffen, das nichts mit Schicksal zu tun hatte. Sie, Jens und Danny waren unabhängige Wesen, keine Familie. Etwas anderes zu glauben wäre einfältig.

Der Garten zeigte nach Westen. Ein niedriger Holzzaun trennte ihn von dem dahinter beginnenden Weideland. Am Ende der Wiese erhob sich die dunkelgrüne Linie des dichten Waldes. Summer, der schon betagte Hund, hielt vor der Hauswand in der Sonne ein Schläfchen. Neben ihm stand ein mit Erde verklebter Korb, in dem sich Saatkartoffeln befanden, daneben lehnten ein Spaten und eine Hacke. Ein Trampelpfad führte zur Wäscheleine. Lorna setzte den Wäschekorb im Gras ab und griff nach der ersten feuchten Windel. Noch niemals zuvor hatte sie Wäsche aufgehängt. In ihren Kreisen hatte man Bedienstete für diese Art von Arbeiten. Aber sie hatte den Dienstmädchen früher schon bei der Arbeit zugeschaut, und so wußte sie, was sie zu tun hatte: Sie faßte die Windel an zwei Zipfeln, schüttelte sie mit einem kräftigen Ruck und befestigte sie mit der Klammer an der Leine... und noch eine... und noch eine. Die Arbeit begann ihr Spaß zu machen. Die warme Brise fuhr ihr durchs Haar, die Windeln flatterten fröhlich im Wind wie kleine, weiße Segel und rochen sauber nach Seife. Es war eine friedliche Szene, der in der Sonne dösende Hund, der in der Luft liegende Fliederduft, die Schmetterlinge, die die ersten Sommerblumen umflatterten, und Lorna... die die Windeln ihres Sohnes aufhing.

Als sie nach der nächsten griff, trat Jens in den Garten und kam auf sie zu. Er blieb neben dem T-förmigen Pfosten, an dem die Leine befestigt war, stehen und griff mit beiden Händen nach der Querstrebe.

Sie schüttelte die nächste Windel aus und hing sie auf.

Schließlich sagte er: »Du kommst also jede Woche.«

»Wie Mrs. Schmitt dir sicherlich gesagt haben wird.«

»Normalerweise komme ich dienstags, aber diesen Dienstag muß ich nach Duluth fahren.« Als Lorna nichts erwiderte, fuhr er fort: »Jemand hat dort ein Boot in Auftrag gegeben.« Sie antwortete noch immer nicht.

Sie griff ungerührt nach der nächsten Windel, während Jens versuchte, sie nicht anzuschauen. Aber schließlich konnte er doch nicht mehr widerstehen und richtete seinen Blick auf ihr Profil, als sie sich nach der Leine streckte, um die Windel über ihrem Kopf mit der Klammer festzustecken. Ihre Brüste, die ihm voller vorkamen als vor der Geburt des Kindes, hoben sich deutlich vor dem grünen Hintergrund der Wiese ab. Das Profil ihres Gesichts, Lippen und Nase waren in den zwei Jahren, die er sie nun schon kannte, noch hübscher geworden. Sie hatte jetzt das Gesicht einer reifen Frau, nicht mehr das eines unbeschwerten Backfischs. Der Wind hatte eine Strähne ihres Haares gelöst. Mit einer Hand schob sie die sich im Wind blähende Windel beiseite, während sie sich nach der nächsten bückte. Er dachte an das Kind im Haus, das in der Verschmelzung ihrer beiden Körper entstanden war.

»Er ist der hübscheste Junge, den ich jemals gesehen habe«, sagte Jens aufrichtig. Die Vorstellung, daß sie drei nun zum ersten Mal vereint waren, wenn auch nur für einen Nachmittag, hatte sein Herz weich werden lassen.

»Er wird eines Tages so aussehen wie du.«

»Das wäre schön, nicht wahr?«

»Und wahrscheinlich hat er auch deinen Dickschädel geerbt.«

»Ja, ich bin nicht umsonst Norweger!« Er blickte eine Weile in die fernen Wälder. Dann ließ er die Arme sinken, rieb die Handflächen aneinander und suchte nach Worten. Eine weitere Minute verging, und ihm war noch immer nichts eingefallen. Er trat verlegen von einem Bein auf das andere und murmelte: »Verdammt, Lorna...«

Langsam richtete sie sich auf und trocknete sich die feuchten Hände an ihrem Rock ab. »Verdammt, Lorna, und weiter?« Ihre Kieferknochen mahlten in feindseliger Anspannung. »Ich nehme an, du bist wütend, weil ich dein Geld genommen habe.«

»Nein, das ist es nicht!«

»Nun, was ist es dann?«

»Ich weiß es nicht!« Nach einer Weile angespannten Schweigens fragte er: »Weiß deine Familie, daß du ihn hier besuchst?«

»Nein. Sie sind in dem Glauben, daß ich in der Leihbücherei arbeite.«

»Siehst du? Du würdest ihnen noch immer nicht mit der Wahrheit gegenübertreten. Du tust noch immer, was sie von dir verlangen!«

»So? Und was sollte ich deiner Ansicht nach tun?«

»Nichts«, erwiderte er und drehte sich zum Haus. »Nichts.«

Sie versetzte dem Wäschekorb einen wütenden Tritt und lief hinter ihm her: »Verflucht noch eins, Jens Harken!« Sie schlug ihm ihre Faust zwischen die Schulterblätter. »Schau mich an!« Verblüfft drehte er sich zu ihr. Beide Hände in die Hüften gestemmt, stand sie mit wutfunkelnden Augen vor ihm. Nie hatte er sie schöner gesehen!

»Frag mich!« befahl sie ihm. »Du verfluchter norwegischer Dickschädel! Frag mich endlich!«

Und noch im selben Augenblick wußte sie, daß er sie nicht fragen würde. Er würde sie nicht bitten, ihn zu heiraten, bevor sie ihm nicht zeigte, daß er ihr wichtiger war als ihre Eltern. Daß sie ihn liebte, war ihm nicht genug. Sie sollte vor der ganzen Welt zu ihrer Liebe stehen!

»Nicht bevor du sie herausforderst!«

»Das kann ich mir nicht leisten! Selbst das Geld, das du Danny gibst, langt nicht für ihn und mich!«

»Dann bitte sie um Geld!«

»Niemals!«

»Nun gut, dann stecken wir in einer Sackgasse!«

»Du liebst mich! Versuche nicht, mir das Gegenteil zu erzählen!«

»Das war nie die Frage. Die Frage war immer, ob du mich liebst.«

»Natürlich habe ich dich geliebt, Jens Harken! Ich war es schließlich, die alles ins Rollen brachte! Wann wirst du das endlich begreifen? *Ich* war es, die in die Küche kam. *Ich* war es, die in den Schuppen kam. *Ich* war es, die sich nachts in dein Zimmer schlich!«

»Bis du schwanger wurdest. Dann plötzlich wolltest du mich loswerden. Keiner sollte wissen, daß du mich liebst. Und so ist es noch heute. Kannst du dir vorstellen, wie ich mich fühle?«

»Was glaubst du, wie ich *mich* fühle, wenn ich quer durch zwei Städte fahre, um meinen Sohn zu besuchen?«

»Begreifst du denn immer noch nicht, was du tun mußt?«

»Mich etwa hier vor dir zur Närrin machen? Nein, nein das werde ich niemals tun!«

Er konnte nicht anders, jetzt mußte er grinsen! Die Situation war schon fast wieder komisch: Hier standen sie nun zwischen flatternden Windeln auf einem Gartenweg, und aus ihren Augen sprühten Funken. Gott im Himmel, wie einfach wäre es gewesen, drei Schritte nach vorne zu machen, sie in den Arm zu nehmen, sie zu küssen und zu sagen: *Laß uns Danny nehmen und gehen!*

Und dann? Sollte er ein Leben voller Lügen führen? Etwa den Leuten erzählen, das Kind sei adoptiert? Nur damit sie ihr Gesicht wahren konnte?

Nein, sie mußte sich mit allen Konsequenzen für ihn entscheiden – oder gar nicht!

Also stand er grinsend vor ihr, amüsierte sich über ihre Wut, begehrte sie aber gleichzeitig so brennend wie niemals zuvor, während sie ihm ihre Liebe gestand und zugab, sich wie eine Närrin zu fühlen!

»Worüber grinst du?«

»Über dich!«

»Hör sofort auf damit!«

»Ich lache nur über deine Worte. Du sagst, daß du dich wie eine Närrin fühlst, und vielleicht bist du wirklich eine!«

Ohne Vorwarnung schleuderte sie eine Wäscheklammer auf ihn. Sie prallte an seine Stirn und fiel ins Gras.

»Autsch!« jaulte er auf. »Womit, um Himmels willen, habe ich das verdient?« Er rieb seine Stirn.

»Ich würde dich jetzt nicht einmal mehr heiraten, wenn meine Eltern mich darum bäten!«

Er trat einen Schritt auf sie zu und ließ seine Hand sinken.

»Und da wir beide wissen, daß dies niemals geschehen wird, sind wir ebenso schlau wie vor unserem kleinen Streit!« Mit diesen Worten drehte er sich um und ging zurück zum Haus. Nach einigen Schritten hielt er inne und sagte: »Ich schlage vor, du hältst dich in Zukunft an deinen Donnerstag!«

Sie schleuderte eine weitere Wäscheklammer nach ihm, die jedoch über seine Schulter flog und hinter ihm zu Boden fiel. Nach ihren erbitterten Versuchen, den anderen zu verletzen, standen sie sich einige Herzschläge lang gegenüber und schauten sich trotzig an.

»Werde erwachsen, Lorna«, sagte Jens ruhig, drehte sich um und ließ sie allein in der warmen Maisonne zurück.

Als sich die Tür hinter ihm geschlossen hatte, konnte sie ihre Tränen nicht mehr zurückhalten. Aber schnell gewann sie ihre Fassung wieder, mit ihrem Ärmel wischte sie die Tränen weg, schniefte kurz und hing die letzten Windeln auf. Sie bückte sich hinunter zum Korb, griff nach der nächstbesten, schüttelte sie und streckte sich nach der Leine. In diesem Augenblick schienen alle Dämme zu brechen. Es traf sie mit der Wucht einer Springflut. Tränen stürzten über ihr Gesicht, Weinkrämpfe schüttelten ihren ganzen Körper. Sie unternahm nichts dagegen und ließ ihrem Selbstmitleid freien Lauf. Die Windel noch in der Hand, ließ sie sich auf die Knie sinken, schlug beide Hände vors Gesicht und schluchzte verzweifelt in den kühlen, feuchten Stoff.

Neunzehntes Kapitel

In den Tagen nach ihrem Zusammentreffen mit Jens fühlte sich Lorna miserabel. Nachdem sie nun Danny zusammen mit seinem Vater gesehen hatte, hatte sie eine Vorstellung davon bekommen, welches Bild sie drei als Familie abgeben würden. Und dieser Gedanke wurde in ihrer Phantasie immer lebendiger. Sie malte sich aus, wie Danny, Jens und sie in der Wohnung über der Werft wohnten, wie sie jeden Tag Dannys Windeln auf der Wäscheleine zwischen den Obstbäumen aufhing, wie sie das Abendessen für ihre kleine Familie zubereitete, wie sie abends, nach getaner Arbeit, alle drei gemeinsam aussegelten, wie sie und Jens nachts engumschlungen in einem großen, selbstgezimmerten Bett schliefen.

Jedesmal, wenn ihr klarwurde, daß ihre Wünsche wohl immer nur schöne Träume bleiben würden, weinte sie bitterlich.

Als sie das nächste Mal zu Mrs. Schmitt fuhr, kam ihr das Treffen mit ihrem Sohn traurig und einsam vor, weil Jens nicht da war.

Die Tage waren leer und sinnlos, und einer glich dem anderen.

Eines Tages lief sie beim Verlassen des kleinen Krämerladens in White-Bear-Lake Mitch Armfield in die Arme.

»Lorna?«

»Mitch!« sagte sie lächelnd. »Mein Gott, Mitch, bist du es wirklich?« Er war in den vergangenen zwei Jahren in die Höhe geschossen. Er war groß, bereits leicht gebräunt und hatte breite Schultern, aus dem fröhlichen, pausbäckigen Jungen war ein gutaussehender Mann geworden.

Grinsend streckte er ihr die Arme entgegen. »Ja, ich bin es wirklich!«

»Wo ist der unbeschwerte Junge, der mir das Segeln beibringen wollte?«

»Der segelt noch immer – und was ist mit dir?«

»Ich segle auch noch immer, aber meistens allein, mit der Jolle.«

»Das haben wir schon bemerkt. Man sieht dich aber sonst nirgends mehr, nur in deiner Jolle auf dem Wasser!«

»Ich... ich bin...« Ihre Gedanken schweiften ab, sie starrte in die Ferne.

Höflich wartete Mitch, bis Lorna sich wieder sammelte. Dann ergriff er das Wort. »Wir alle vermissen dich beim Mondscheinsegeln und bei den Konzerten im Pavillon. Besonders Phoebe.«

Lorna blickte ihm wieder ins Gesicht und fragte mit sehnsüchtiger Stimme: »Wie geht es denn Phoebe?«

»Phoebe geht es gut... aber du fehlst ihr sehr.«

Auf Mitchs Gesicht erschien ein sorgenvoller Ausdruck, bevor er weitersprach. »Darf ich ehrlich zu dir sein, Lorna?«

»Aber natürlich!«

»Du hast Phoebes Herz gebrochen. Nachdem du aufs College gegangen bist, hat sie nie auch nur einen einzigen Brief von dir bekommen. Auch in den Ferien hast du dich nicht bei ihr gemeldet. Sie hat sich schwere Vorwürfe gemacht und sich gefragt, ob sie dich verletzt hat, ohne es zu bemerken. Was ist zwischen euch geschehen?«

»Oh, nichts... gar nichts«, antwortete Lorna aus tiefstem Herzen, während sie ihre Hand auf Mitchs Arm legte. »Sie war die beste Freundin, die ich jemals hatte.«

»Aber was ist nur zwischen euch vorgefallen?«

Lorna starrte ihn wortlos an und ließ ihre Hand wieder sinken.

Die Augenblicke vergingen, bevor Mitch wieder das Wort ergriff.

»Ich weiß, daß sie dich auch vermißt hat, als sie sich verlobte und Heiratspläne schmiedete. Sie sagte immer, daß ihr beide euch sehr nahegestanden und euch gerade in diesen Dingen vertraut habt. Sie würde alles darum geben, wenn es zwischen euch beiden wieder wie früher sein könnte.«

»Mir geht es ebenso«, flüsterte Lorna.

Nicht nur ihre Worte, sondern auch ihr Gesicht zeigten Mitch, daß sie es ehrlich meinte. In ihren Augen konnte er tiefe Traurigkeit erkennen. Was auch immer der Grund für den Bruch mit seiner Schwester war, Lorna tat es ebenso weh.

Mitchell reichte ihr die Hand. »Es war schön, dich wiederzusehen, Lorna. Darf ich Phoebe davon erzählen?«

»Ja, natürlich! Und bitte bestelle ihr viele liebe Grüße.«

Freundschaftlich drückte er Lornas Hand. »Das tue ich sehr gerne!«

Den ganzen Tag ging Lorna diese Unterhaltung nicht aus dem Kopf. Noch tief in der Nacht wälzte sie sich schlaflos in ihrem Bett hin und her, stand schließlich auf, setzte sich auf die vertraute Fensterbank, blickte über den schwarzen See hinweg und grübelte darüber nach, weshalb sie die Freundschaft mit Phoebe so einfach aufgegeben hatte. War es Scham, die sie abgehalten hatte, sich ihrer Freundin zu offenbaren? Ja, das mußte es gewesen sein. Ihre Mutter hatte ihr eingeredet, daß ihre Freunde sich entsetzt von ihr abwenden würden, wenn sie von ihrer Verfehlung erführen. Aber hätte Phoebe wirklich so gehandelt? Die Antwort war eindeutig nein! Sie war sich sicher, daß ihre Freundin nicht so gehandelt hätte. Und wie eine Ironie des Schicksals erschien es Lorna nun, daß sie selbst es war, die die Freundschaft gebrochen hatte.

Am nächsten Morgen erwachte Lorna mit dick geschwollenen Augen und fühlte sich wie gerädert. Aber in ihrem Inneren fieberte sie dem Tag entgegen. Noch bevor sie endlich Schlaf gefunden hatte, war ihre Entscheidung getroffen. Flink stand sie nun auf, sie hatte schon zuviel Zeit verloren.

In freudiger Erregung, bald ihre Freundin wiederzusehen, riß sie ein Kleid vom Bügel, steckte achtlos ihr Haar zusammen, stürzte das Frühstück hinunter und stand um halb elf vor der Tür der Armfields. Als Phoebe die Treppe hinunterkam und Lorna auf der Veranda warten sah, verlangsamten sich ihre Schritte.

Doch nach einem kurzen Augenblick der Unsicherheit flogen sich die beiden Freundinnen mit Tränen in den Augen in die Arme.

»Oh, Lorna... bist du es wirklich?«

»Phoebe, ja... ich bin wieder da!«

Sie drückten sich minutenlang und ließen ihre Gedanken zu den vergangenen Tagen schweifen. Glücklich und mit vor Freude glänzenden Augen lösten sie schließlich die Umarmung.

»Mitch erzählte, daß er dich getroffen hat, aber ich wagte nicht zu hoffen...«

»Ja, er hat mir die Augen geöffnet. Es war schon lange Zeit für ein Gespräch, das werden wir nun nachholen!«

Arm in Arm gingen die beiden Freundinnen die Treppe hinauf in Phoebes Zimmer, wo sich seit dem vorletzten Sommer nichts verändert hatte.

»Es tut so gut, hier zu sein!« rief Lorna glücklich aus und drehte sich im Kreis, daß ihre Röcke flogen. Dann ging sie zum Fenster und schaute einige Minuten schweigend auf den See, bevor sie sich ihrer Freundin zuwandte. »Ich weiß gar nicht, wann ich hier das letzte Mal war!«

»Im vorletzten Sommer.«

»Ach ja, im vorletzten Sommer, in dem Jahr, in dem ich Jens kennenlernte. Seitdem ist so unendlich viel geschehen!«

»Erzählst du mir es?«

»Ja… alles.«

»Komm, setz dich neben mich!« Phoebe lehnte ihre Kissen an die Wand, und beide zogen ihre Schuhe aus und setzten sich im Schneidersitz einander gegenüber, ganz wie damals.

Lorna lächelte und sagte: »Du fängst an. Ich habe das Gefühl, daß deine Geschichte eine glücklichere ist als meine!«

»Einverstanden. Er sieht gut aus, ist höflich, couragiert und ehrgeizig, und als ich ihn zum erstenmal sah, dachte ich, mein Herz bliebe stehen!«

Lorna sagte lachend: »Dein Mr. Slatterleigh!«

»Dennis, ja.«

»Und du liebst ihn wirklich?«

»So aufrichtig, daß ich glaube sterben zu müssen, wenn er mir gute Nacht wünscht und weggeht!«

»Oh, ich bin so glücklich für dich! Wann ist die Hochzeit?«

»Einfach nicht früh genug! In der letzten Juniwoche. Ich wollte, daß du meine Brautjungfer bist, aber ich hatte Angst, dich zu fragen. Als die Hochzeitspläne geschmiedet wurden, hattest du dich schon so zurückgezogen und warst so abweisend und wortkarg, daß ich nicht mehr den Mut aufbrachte, dich darum zu bitten.«

»Ich weiß, Phoebe, und ich muß dich um Verzeihung bitten. Mitch sagte, du hättest dir Vorwürfe gemacht und dich gefragt, ob du einen Fehler begangen hast, aber das war ganz und gar nicht der Grund. Es war… meine… meine Situation, sonst nichts.«

»Welche Situation?«

Lornas Gesicht bekam einen abwesenden Ausdruck. Sie blickte in die Ferne. »Ich habe mich oft gefragt, ob du es dir nicht schon gedacht hast, wo du mich doch so gut kanntest.« Ihr Blick kehrte zu Phoebe zurück. »Wir wußten doch fast alles über die Gefühle der anderen.«

»Da war Jens Harken, der Bootsbauer, natürlich.«

»Ja... natürlich. Wir haben uns in dem Sommer, in dem er die *Lorna D* baute, ineinander verliebt.«

»Und?«

»Und ich habe ein Kind von ihm bekommen.«

Phoebe saß ihr regungslos gegenüber. Nach einigen Sekunden atmete sie tief aus, als machte sich nun nach all der Zeit endlich Erleichterung in ihrem Herzen breit. Sie beugte sich nach vorne und legte ihre Hände auf die der Freundin. Lorna ließ sie gewähren.

»Dann warst du also gar nicht auf dem College!«

»Nein, ich war in einem Kloster in der Nähe von Milwaukee, in der Obhut von Nonnen.« Jetzt sprudelte die ganze Geschichte aus Lorna heraus, und sie ließ keine Einzelheit aus. Schließlich kam sie zu dem schmerzlichen Zusammentreffen mit Jens bei Hulduh Schmitt, seitdem erst eine Woche vergangen war. Während der ganzen Geschichte war Lorna ruhig geblieben, aber nun zitterte sie, und Tränen liefen ihr über das Gesicht. »Und dann...«, endete sie, »...dann drehte er sich einfach um und verschwand.«

»Hast du es ernst gemeint, als du ihm sagtest, du würdest ihn nicht einmal heiraten, wenn deine Eltern dich darum bäten?« fragte Phoebe und traf wie so oft den Nagel auf den Kopf.

»Nein«, antwortete Lorna mit kläglicher Stimme. »Ich war so wütend und so verletzt, und dieser Satz war der erste, der mir in den Sinn kam. Ich denke an nichts anderes als daran, ihn zu heiraten!«

Und wieder stellte sie sich vor, wie es wäre, wenn sie wie eine ganz normale Familie zusammenlebten. Phoebe beobachtete, wie sich Lornas Gesichtsausdruck veränderte.

»Ich erinnere mich an etwas, das du vor langer Zeit einmal sagtest, in jenem Sommer, als ihr euch kennengelernt habt. Erinnerst du dich daran, als wir in eurer Gartenlaube auf dem Hügel saßen und du mir erzähltest, daß du dich in ihn verliebt hast? Du warst dir deiner Sache so sicher, daß dein Gesicht ganz ruhig und gelassen war. Und dann hast du etwas gesagt, das ich nie vergessen habe. Du sagtest, daß dein Leben erst jetzt einen Sinn habe und daß Eiszeit in deinem Herzen herrscht, wenn er nicht bei dir ist.«

»Das habe ich wirklich gesagt?«

»Ja, das hast du gesagt, und mit solch einem schönen und leidenden Ausdruck in deinen Augen. Und ich war mir in diesem Augenblick so sicher, daß ihr eines Tags vereint sein würdet, ganz egal, was deine Eltern dazu sagen! Es sah für mich so aus, daß ihr wirklich füreinander bestimmt wart, und seitdem habe ich meine Meinung auch nicht geändert!«

»Ach, Phoebe, das ist auch mein größter Wunsch!«

»Dann tu etwas dafür!«

»Aber was soll ich tun? Er ist dort und ich bin hier, und meine Eltern werden ihre Meinung niemals ändern!«

»Nein, das werden sie nicht tun. Und wenn du noch hundert Jahre wartest, werden sie es immer noch nicht tun! Jens hatte recht, als er sagte, daß du sie herausfordern würdest, wenn du ihn nur genug liebtest! Ich an deiner Stelle würde es tun!«

»Deine Eltern herausfordern?«

»Für den Mann, den ich liebe? Sofort!«

»Aber Phoebe, Jens hat gesagt –«

»Ja, Jens hat gesagt, und du hast gesagt, und dann hat er gesagt, und du hast erwidert – ihr beide wart so wütend und verletzt, daß ihr gar nicht gewußt habt, was ihr euch da sagtet! Tatsache ist, daß ihr euch noch immer liebt! Ihr habt ein Kind! Deine Eltern haben dir eingeredet, daß du dich zu schämen hast, und du hast es getan! Statt sie in die Wüste zu schicken, hast du das mit Jens gemacht!«

»Das habe ich nicht, Phoebe! Wie kannst du so etwas nur sagen!«

»Nun, für ihn sieht es jedenfalls so aus. Du hast dich für deine Eltern entschieden, oder nicht?«

»Nein, das habe ich nicht!«

»Oh, Lorna, hör auf, dir etwas vorzumachen, und höre lieber auf das, was Jens dir sagt! Solange du die Wahrheit verbirgst, dein Baby versteckst und deine Liebe zu ihm verleugnest, sagst du indirekt, daß er nicht genug für dich ist! Wenn du ihn willst, dann mußt du auch dazu stehen! Hol Danny, geh zu deinen Eltern und sage ›Wenn ihr mein Kind und meinen Mann nicht akzeptieren wollt, werdet ihr mich nie wieder sehen!‹«

»Das habe ich ihnen doch schon einmal gesagt!«

»Ja, aber du hast nicht danach gehandelt! Du lebst doch noch immer bei ihnen, oder? Du hast ihnen auch kein Ultimatum gestellt, nicht wahr? Ich an deiner Stelle täte das! Ich... ich würde...« Phoebe hatte sich immer mehr in Hitze geredet. Sie stand nun vor dem Bett und fuchtelte wild mit beiden Händen durch die Luft. »Ich würde mich mit Danny in aller Öffentlichkeit zeigen!«

»In aller Öffentlichkeit?«

»Jawohl! Vielleicht bei der Regatta, und ich würde –«

»Bei der Regatta?«

»– würde ihn auf dem Arm halten und ihm zeigen, welches Boot seinem Vater gehört und –«

»Du bist verrückt, Phoebe!«

»– und ihn fragen ›Siehst du deinen Vater segeln? Siehst du das Boot, das er gebaut hat? Er ist der berühmteste Bootsbauer im ganzen Land, und ich bin hier, um aller Welt zu zeigen, daß ich mich entschieden habe!‹«

Für einen Moment herrschte Schweigen in Phoebes Zimmer. Die Idee war so wagemutig, daß es den beiden Frauen den Atem verschlagen hatte. Sie starrten einander an – und konnten sich beide tief in ihrem Innersten vorstellen, daß Lorna dazu vielleicht sogar in der Lage wäre.

Lorna flüsterte ungläubig: »Würdest du das allen Ernstes tun?«

»Ich weiß es nicht.« Phoebe sank wieder auf das Bett. »Ich habe es mir nur vorgestellt... und versucht, eine Lösung zu finden.«

»Aber sag, würdest du es tun?«

Phoebe blickte Lorna an, Lorna blickte Phoebe an.

Dann fragte Phoebe fast verschwörerisch: »Lorna, würdest *du* es denn tun?«

Es erschien zu verwegen, um in die Tat umgesetzt zu werden, aber je mehr die beiden Freundinnen darüber nachdachten, desto röter färbten sich ihre Wangen vor Aufregung.

»Das wäre doch großartig! Du mit Danny auf dem Arm...«

»...während mein Vater die *Lorna D* segelt...«

»...und meine Mutter auf dem Rasen flaniert...«

»...und Jens mit der – mit welchem Boot geht er in diesem Jahr an den Start?« Lorna überschlug sich beinahe vor Aufregung.

»Mit der *Manitou*.«

»Mit der *Manitou*.« Nach einem Augenblick des Schweigens fragte Lorna: »Glaubt man, daß er gewinnt?«

»Da ist man sich nicht ganz sicher. Es gehen Gerüchte um, daß in diesem Jahr mehrere Boote mit flachem Rumpf ins Rennen gehen, auch dein Vater. Aber andererseits munkelt man, Jens habe an Tims Boot einige Veränderungen vorgenommen, aber keiner weiß, welche. Jedenfalls kennt er sich mit Abstand am besten mit Booten aus, da sind sich alle einig.«

»Er wird gewinnen«, sagte Lorna voller Vertrauen. »Ich weiß es einfach. Es liegt in seinem Blut, zu gewinnen.«

»Und wie sieht das mit dir aus?«

Lorna ließ sich auf den Rücken fallen, wie früher schon so oft, und starrte hinauf zu der hohen Stuckdecke.

»Jens wollte mich herausfordern, nicht wahr?«

Phoebe ging auf die Knie, beugte sich über ihre Freundin und blickte ihr direkt ins Gesicht. »Du denkst ernsthaft darüber nach, nicht wahr?«

»Ich weiß es nicht.«

»Gott sei Dank tust du es!«

»Aber du mußt schon zugeben, daß es alles aufwiegen würde, was ich Jens angetan habe. Und ich möchte ihn auf jeden Fall heiraten!«

Phoebe ließ sich neben Lorna fallen, und für einen Augenblick lagen die beiden Schulter an Schulter nebeneinander, blickten gemeinsam hoch auf die Stuckrosetten und stellten sich Lornas Auftritt vor.

Nach einer Weile des Nachdenkens sagte Lorna: »Ich brauche aber eine Freundin an meiner Seite. Würdest du dich neben mich stellen, wenn ich es wirklich tue?«

Phoebe ergriff Lornas Hand und drückte sie fest. »Natürlich würde ich das!« Sie dachte einen Augenblick nach und sammelte dann all ihren Mut, um der Freundin ein Geständnis zu machen: »Ich muß dir etwas sagen, was noch kein Mensch weiß.« Sie drehte ihren Kopf zu Lorna, fand ihren Blick und sagte: »Der einzige Unterschied zwischen uns ist, daß du gleich schwanger geworden bist.«

Vielleicht war es Phoebes Geständnis, daß auch sie mit ihrem Geliebten geschlafen hatte, vielleicht war es aber auch die Tatsache, daß Lorna schon viel zu lange auf ihr Glück gewartet hatte und sie nun der Überzeugung war, ihr Schicksal endlich in die eigenen Hände nehmen zu müssen. Was auch immer letztlich den Ausschlag gab – nach dem Gespräch mit Phoebe war sie fest entschlossen, ihren kühnen Plan in die Tat umzusetzen.

Bis zur Regatta waren es nur noch wenige Tage. Seitdem Phoebe ihr die Idee in den Kopf gesetzt hatte, dachte Lorna an nichts anderes mehr. In ihrer Vorstellung tauchte immer wieder das Bild einer glücklichen Familie auf, das Bild von Jens, Danny und ihr.

Wenn sie sich vorstellte, wie ihre Eltern darauf reagieren würden, verließ sie der Mut. Wenn sie sich aber vorstellte, den Rest ihres Lebens unter der Knute ihres Vaters zu verbringen, fühlte sie sich zu jeder Kühnheit bereit.

Bei ihrem nächsten Besuch bei Mrs. Schmitt hatte sie ein Päckchen bei sich. Darin befand sich ein kleiner blauweißer Matrosenanzug.

»Wenn ich in der nächsten Woche wiederkomme, möchte ich Danny gerne in diesem Anzug sehen. Ich werde am Samstag in aller Frühe da sein und ihn dann mitnehmen.«

»Jetzt ist also der Moment gekommen.«

Lorna legte ihre Hand auf die von Mrs. Schmitt, der man ansehen konnte, daß die Frau in ihrem Leben hart gearbeitet hatte. »Es tut mir sehr leid, ihn Ihnen wegnehmen zu müssen, ich weiß, wie sehr Sie an ihm hängen, aber auch ich liebe ihn sehr.«

»Sie werden ihn also nicht wiederbringen?«

»Nein. Nicht wenn... wenn alles so verläuft, wie ich es mir vorstelle.«

»Sie und Harken.«

»Ja. Ich hoffe es so sehr. Er ist ein schrecklicher Dickkopf... aber wir werden schon sehen.«

Mrs. Schmitt nahm ihre Brille ab und wischte sie an ihrer weißen Schürze sauber. »Sie haben recht. Ein Kind sollte bei seinen Eltern aufwachsen, egal wie sehr ich ihn auch vermissen werde.«

»Ich versuche, Ihnen Geld zu schicken, wenn ich kann.«

»Machen Sie sich um mich keine Sorgen. Ich habe –«

»– ein wenig zur Seite gelegt«, fiel Lorna ein, »ich weiß, aber wir werden tun, was wir können.«

Die erste der vielen Hürden auf ihrem Weg zum Glück war also genommen, nun konnte sie nichts mehr aufhalten.

An dem Samstag, an dem die Regatta stattfand, war die Sonne noch nicht aufgegangen, als Jens erwachte. Mit seiner Tasse Kaffee in der Hand trat er aus der Werft, ließ den noch kühlen Wind durch sein Haar streichen und blickte auf den still im ersten Morgenlicht daliegenden See. Langsam ging er den Anlegesteg hinab zur *Manitou*.

Das Boot lag gut vertäut am Steg, und das Wasser klatschte leise an seinen Rumpf.

Jens leerte seine Tasse mit einem Schluck, stellte sie auf die Holzplanken und sprang auf das Deck der *Manitou*. Auf der Plane hatte sich in der Nacht etwas Wasser angesammelt, und auch die Taue waren noch klamm. Langsam schritt Jens über das Boot, betrachtete die Seile und Rollen, die Haken und das Holz, jede kleine Einzelheit, strich liebevoll über die Pinne und die zusammengerollten Segel. Der Wind frischte nach und nach auf, es versprach, ein idealer Segeltag zu werden. Noch war der Himmel bleigrau, doch über dem östlichen Ufer zeigte sich bereits das erste Stückchen blauer Himmel. Jens wischte die Deckplanken trocken.

In solchen Augenblicken fühlte er sich seinem verstorbenen Vater sehr nahe und wünschte, daß der alte Mann noch hätte sehen können, was sein Sohn sich erarbeitet hatte. Er sehnte sich nach seiner tiefen, rauhen Stimme und nach seiner Liebe und Anerkennung.

Jens richtete in seinen Gedanken einige Worte an ihn: *Der große Tag ist wieder einmal gekommen, Pa. Wünsche uns viel Glück.*

Jetzt brachen die ersten Sonnenstrahlen durch die dünne Wolkendecke und ließen die Segel der Boote, die an den Ufern lagen, in einem fast unwirklichen Licht golden erglühen. Davin trat aus der Werft, ebenfalls eine Tasse Kaffee in der Hand, noch schlaftrunken, mit zerzaustem Haar und dem zerknitterten Hemd vom Vortag, das er nur lose über die Hose hängen ließ.

»Du bist schon früh auf«, begrüßte ihn Davin.

»Konnte nicht mehr schlafen.«

»Ja, ich glaube, ich weiß, was du meinst. Ich habe vor dem Einschlafen lange wachgelegen und habe nachgedacht, bin erst nach Mitternacht eingeschlafen.«

Nach einem Augenblick der Stille fragte Jens: »Denkst du auch manchmal an Pa?«

»Ja.«

»Ich wünschte, er wäre hier.«

»Geht mir genauso.«

»Er hat uns viel beigebracht, nicht wahr?«

»Ja, das hat er.«

»Hat uns beigebracht, an uns zu glauben. Gleichgültig ob wir heute gewinnen oder verlieren, das kann uns niemand nehmen.«

»Du willst heute unbedingt gewinnen, nicht wahr?«

»Du nicht?«

»Natürlich. Aber bei mir ist es trotzdem etwas anderes. Ich habe nicht Gideon Barnett im Nacken, der sich an mir rächen will, weil seine Tochter ein Kind von mir bekommen hat!«

»Ja, das Rennen bedeutet viel mehr in diesem Jahr.«

»Glaubst du, daß die *Lorna D* gewinnen kann?«

»Natürlich kann sie das. Ich habe sie gebaut, und sie ist verdammt schnell, genauso wie die *Nordstern*. Aber ich hoffe, daß die Veränderungen, die wir an der *Manitou* gemacht haben, ausreichen, um zu gewinnen.« Er hatte die Seitenruder durch kleinere ersetzt und das Boot auf diese Weise manövrierfähiger gemacht.

»Und was ist mit den Booten aus Minnetonka, keine Gefahr?«

»Nein, ich fürchte vor allem die *Lorna D*.«

Davin klopfte seinem Bruder auf die Schulter. »Durch unsere Fachsimpelei vergeht die Zeit auch nicht schneller. Komm, laß uns hochgehen, Cara und die Kinder sind sicher schon aufgestanden, bald gibt es Frühstück.«

Das Rennen war für zwölf Uhr mittags angesetzt, und der Vormittag verging wie im Flug. Jens aß nur wenig, dann zog er die offizielle Uniform des Segelklubs an und träumte davon, eines Tages ein Mitglied mit allen Rechten und Pflichten zu sein. Tim traf ein, ebenfalls mit der schmucken Uniform bekleidet, und war wie gewöhnlich zu Scherzen aufgelegt. »Kann ich nach dem Rennen mein Boot endlich wieder mitnehmen?«

Jens hatte sich von seiner Mannschaft necken lassen müssen, weil er die *Manitou* schon Wochen vor dem Rennen an seinem Steg liegen haben wollte, um die »notwendigen Veränderungen« vornehmen zu können.

Tim hatte gewitzelt: »Vielleicht kann ich sie ihm ja zum Rückkauf anbieten und sogar noch ein Geschäft damit machen!«

Nun traf auch nach und nach die übrige Mannschaft ein. Als alle versammelt waren, segelten sie über den See. Cara und die Kinder waren auch an Bord der *Manitou*, sie wollten das Rennen vom Rasen des Segelklubs aus beobachten. Die Überfahrt war schnell und feucht, denn der Wind hatte inzwischen eine Geschwindigkeit von fünfzehn Knoten erreicht, und die Gischt spritzte den Fahrgästen ins Gesicht.

Als sie am anderen Ufer ankamen, war das B-Klasse-Rennen schon in vollem Gang. Auf dem Rasen hatten sich schon einige Menschen versammelt, andere schlenderten über die Stege und begutachteten die dort vertäuten Boote. Aber alle fieberten natürlich dem Hauptereignis des Tages entgegen. Als die Zuschauer erkannten, daß sich das Boot mit der inzwischen schon fast legendären Nummer W-30 näherte, kam Applaus auf. »Hör nur, Jens, sie kennen dich noch!« sagte Cara, und in ihren Augen leuchtete Stolz.

Jens schenkte ihr ein geistesabwesendes Lächeln, das schnell verschwand, als er die Boote sah, die am Steg lagen. Sofort blieb sein Blick an der *Lorna D* hängen. Die Mannschaft war bereits an Bord, und Gideon Barnett höchstpersönlich wischte die Deckplanken trocken und inspizierte die Segel. Als der Applaus aufkam, richtete sich Barnett auf, um zu sehen, wem er wohl galt. Jens registrierte genau, daß er sich noch in derselben Sekunde, in der er die *Manitou* erkannte, abrupt umdrehte, außergewöhnliche Geschäftigkeit mimte und einen Hagel von Befehlen auf seine Mannschaft niedergehen ließ.

Die *Manitou* legte an, Cara und die Kinder gingen an Land. Jens warf einen Blick auf seine Uhr – noch eine Viertelstunde bis zur Zusammenkunft der Skipper. Der traditionelle Mädchenchor hatte bereits Aufstellung genommen, und die Reporter, die noch weitaus zahlreicher vertreten waren als im Vorjahr, scharten sich um das

Klubhaus. Auf der runden Dachkuppel des Klubhauses wehte die Klubfahne vor dem noch immer bleigrauen Himmel. Seine Mannschaft hatte den Spinnaker zum Falten auf dem Rasen ausgebreitet. Jens war auf dem Boot geblieben, um zum hundertsten Mal an diesem Morgen die Takelage zu prüfen. Aber die Beschäftigung mit dem Boot verlieh ihm Sicherheit. Alles war, wie es zu sein hatte.

Sein Blick wanderte hinüber zum Rasen. Damen mit prachtvollen Kleidern trugen zierliche Sonnenschirmchen in fröhlichen Farben, Kinder in Matrosenanzügen flitzten zwischen den Beinen der Erwachsenen herum und spielten Fangen, ein kleines Mädchen quengelte, weil sie einen Lutscher haben wollte. Etwas abseits der Menge erblickte Jens die Zuschauer aus Rose-Point – Levinia Barnett, die beiden alten Tanten, Lornas Schwestern und ihren kleinen Bruder, der die Szenerie durch sein Fernrohr beobachtete. Die Barnetts waren umgeben von ihresgleichen, von reichen Nachbarn und Geschäftsfreunden, die zweifelsohne alle die *Lorna D* anfeuern würden. Seltsamerweise fehlte Lorna.

Jens unterdrückte seine Enttäuschung und fand an Bord der *Manitou* immer noch etwas zu tun. Dann beantwortete er die Fragen dreier junger Mädchen, die das Boot betrachteten.

»Haben Sie es wirklich selbst gebaut, Mister?«

»Wie lang haben Sie dafür gebraucht?«

»Mein Vater hat gesagt, daß er mir eines Tages ein Boot schenken würde.«

Langsam wurde es Zeit, sich zum Skippertreffen zu begeben. Und da kam auch schon seine Mannschaft mit dem sorgfältig gefalteten Spinnaker. Als Jens das Boot verließ, nickten sie sich nur schweigend zu, die Mannschaft verstand sich inzwischen auch ohne Worte.

Als er auf seinem Weg hinüber zum Klubhaus an den Barnetts vorbeimußte, konnte er förmlich spüren, wie sie ihn mit ihren Blikken durchbohrten. Er aber hielt seinen Blick starr geradeaus gerichtet und schritt mit hoch erhobenem Kopf an der Gruppe vorbei.

Als er das Klubhaus schon fast erreicht hatte, erspähte er aus einem Augenwinkel einen vertrauten Anblick. Eine Farbe, eine Kontur – ein unbestimmtes Gefühl veranlaßte ihn, den Kopf in diese Richtung zu drehen.

Und da stand Lorna.

Mit... mit...

Mein Gott, sie trug Danny auf ihrem Arm. Danny und Lorna waren hier, bei der Regatta, inmitten der Menschenmenge, wo jeder sie sehen konnte!

Einen Augenblick stockte ihm das Herz. Dann trat er einen Schritt auf sie zu. In ihm überschlugen sich der Schreck, begeisterte Freude und Jubel. Sein Sohn und seine Frau standen kaum zwanzig Schritte von ihm entfernt und blickten ihn an! Sie trug ein pfirsichfarbenes Kleid und Danny einen blau-weiß-gestreiften Matrosenanzug mit einer kleinen, dunkelblauen Mütze, die unter seinem Kinn festgebunden war!

Lorna deutete mit ihrem Zeigefinger, und Jens konnte ihr die Worte von den Lippen ablesen. *Das ist Papa*!

Danny hörte auf, an seinem Mützchen zu zerren, und streckte ebenfalls seine kleine Hand nach ihm aus.

»Papa«, quietschte er und strampelte wild mit den Füßen, als wolle er abgesetzt werden und auf seinen Vater zulaufen.

Jens jubilierte! Noch nie in seinem Leben hatte er ein derart starkes Verlangen gespürt, auf jemanden zuzurennen wie in diesem Moment. Aber es war ein schlechter Augenblick. Die Sekunden zum Skippertreffen verrannen, und wer zu spät kam, wurde vom Rennen ausgeschlossen.

Hinter ihm näherten sich Schritte. Lornas Gesicht verdüsterte sich. Die Schritte hielten inne. Jens drehte sich um und erblickte Gideon Barnett, der wie zu einer Salzsäule erstarrt seine Tochter und seinen Enkel anstarrte. Ein Murmeln lief durch die Menge, und Gideons Gesicht wurde mit einem Schlag weiß wie ein neues Segel.

Jens spürte instinktiv den Moment, in dem die Nachricht bei Levinia anlangte, denn unter den Zuschauern breitete sich eine Welle der Unruhe aus. Jens wußte, daß nun alle, die die Barnetts kannten, fieberhaft im Gedächtnis die Monate zurückrechneten.

Dann löste sich eine junge Frau aus der Menge und ging auf Lorna zu. »Hallo, Lorna! Wo hast du denn nur gesteckt? Ich habe schon überall nach dir gesucht!« Phoebe Armfield war bei Lorna angekommen und ergriff die kleine Hand des Kindes. »Hallo, Danny!« Kein Mensch wäre jemals auf die Idee gekommen, daß sie den Jungen in diesem Moment zum erstenmal sah. Dann küßte sie Mutter und Kind herzlich auf die Wangen. Lornas Blick löste sich von Jens und glitt zu dem Mann, der nur einige Schritte hinter ihm stand.

In gebührendem Abstand voneinander betraten die beiden Männer das Klubhaus. In dem großen Versammlungsraum im zweiten Stockwerk des Gebäudes fiel es Jens schwer, sich auf die Worte des Rennleiters, eines streng offiziell aussehenden Mannes in weißen Hosen und dunkelblauem Blazer, zu konzentrieren.

»Willkommen, Skipper! Der diesjährige Kurs verläuft in einem Dreieck, das Rennen beträgt zweieindrittel Runden. Zehn Minuten vor dem Start fällt der erste Schuß zum Betreten des Bootes, fünf Minuten später der zweite zum Fertigmachen und nach weiteren fünf Minuten der Startschuß. Vorzeitig startende Boote müssen wieder hinter die Startlinie.«

Während der Rennleiter sprach, fühlte Jens Gideon Barnetts Blicke in seinem Rücken. Zehn Skipper waren anwesend, fünf von jedem Klub. Und inzwischen hatten alle die neuen Boote mit dem flachen Rumpf, das Rennen würde sich also in diesem wichtigen Punkt von dem des Vorjahres unterscheiden!

Das Treffen war beendet. »Mast- und Schotbruch, meine Herren.«

Die Skipper erwiderten den Gruß. Jens drehte sich nach Gideon Barnett um, doch der hatte den Raum schon verlassen.

Als Jens das Klubhaus verließ, suchte er mit seinem Blick nach Lorna – sollte er zu ihr gehen oder ohne Umwege an Bord seines Bootes? Was war ihr wohl lieber? Einige Freunde hatten sich inzwischen um sie geschart, er kannte ihre Gesichter, weil er sie schon oft in ihren Booten auf dem See gesehen hatte. In diesem Augenblick nahm eine der beiden Tanten Danny von Lornas Arm und schien ganz entzückt von ihrem Großneffen zu sein. Als Jens gerade an seine Mannschaft dachte, die ihn auf dem Boot erwartete, löste Lorna sich von der Gruppe und kam auf ihn zu. Wie festgenagelt stand er da und wartete wie ein Schwachsinniger, bis sie sich ihm genähert hatte. Kurz vor ihm kam sie zum Stehen, so dicht, daß der Wind ihren weiten Rock gegen seine Beine drückte. Sie faßte nach seiner Hand, drückte sie fest und sagte ganz einfach: »Alles Gute, Jens!«

Er erwiderte ihren Händedruck und hatte das Gefühl, seine Brust würde bersten. »Ich tue mein Bestes... für dich und Danny!« konnte er gerade noch herausbringen.

Dann ging er hinüber zur *Manitou*. Er schritt wie auf Wolken, er schwebte in Höhen, in denen sich sonst nur Götter aufhalten!

An Bord angekommen, spürte er, daß sich alle Mitglieder seiner Mannschaft des menschlichen Dramas bewußt waren, das sich in wenigen Momenten neben dem sportlichen abspielen würde.

Niemand stellte Fragen, jeder sprach leise mit verständnisvoller Stimme, alle lächelten Jens aufmunternd zu.

Nur Davin klopfte ihm herzlich auf die Schulter und fragte: »Was meinst du, Skipper, sollen wir die Segel setzen und ihnen zeigen, was der Kahn alles kann?«

Als Jens seinen Platz an der Ruderpinne einnahm und die Kommandos zum Segelsetzen gab, begriff die Crew, daß die *Manitou* unter dem Kommando eines Mannes stand, der heute schon etwas viel Wichtigeres als ein A-Klasse-Rennen gewonnen hatte.

»Hauptsegel setzen, Vorsegel setzen!« Aus Jens' Stimme war eine ganz neue Art von Eifer und Motivation herauszuhören, als er die üblichen Kommandos gab.

Mitch setzte das Hauptsegel, Davin das Vorsegel, und das Boot mit der Nummer W-30 glitt zwischen seinen Konkurrenten hinaus auf der von Windböen aufgewühlten See. Zehn schlanke, wendige Boote begaben sich zur Startlinie, einige probten noch eine letzte Halse, eine letzte Wende, bevor sie versuchten, sich den besten Platz in der Startreihe zu sichern. Jeder der zehn Skipper beobachtete aus dem Augenwinkel heraus die anderen Boote, um vielleicht schon vor dem Rennen die eine oder andere Schwäche ausmachen zu können, aber alle Boote schienen perfekt im Wasser zu liegen, eines erschien wendiger und schneller als das andere.

Der Rennleiter beobachtete das Geschehen aus einem Ruderboot, das auf der Höhe der Startlinie lag. Graue Wolken jagten über den Himmel, ab und zu blitzte die Sonne durch die dunklen Wolkenberge.

»Schaut nur, die Wolken verziehen sich langsam«, bemerkte Jens. »Das könnte eine Hochfront bedeuten, achtet also gut auf drehende Winde!«

Nachdem der 10-Minuten-Schuß gefallen war, befahl Jens: »Edward, halte beim 5-Minuten-Schuß deine Uhr bereit.«

Edward zog seine Uhr aus der Tasche.

Man sprach nur über das Allernötigste, während die *Manitou* in Wartestellung knapp hinter der Startlinie wartete. Die Hemden der Männer waren bereits durchnäßt, die Muskeln gespannt, die Blicke auf die anderen Boote gerichtet, unter denen sich die *Nordstern* und die *Lorna D* befanden.

Der 5-Minuten-Schuß fiel. Edward fixierte seine Uhr.

Jens entschied sich, vor dem Start noch eine Runde zu ziehen.

»Achtet auf die W-32«, rief Davin seinen Kameraden zu. »Sie kommt leewärts auf uns zu!« Geschickt fuhr Jens einen engen Bogen um den Konkurrenten aus Minnetonka. Dann näherte er sich wieder der Startlinie. »Es wird sehr schwer werden«, bemerkte er leise zu seinem Bruder. »Wir müssen gleich zu Beginn eine der ersten Positionen besetzen und die Segel dicht am Wind halten!« Inzwischen trennte sie nur noch eine Minute vom Startschuß, und alle Boote kreuzten ungeduldig und mit gezügelter Kraft knapp hinter der Startlinie, um in der Sekunde, in der der Startschuß fiel, eine gute Startposition belegen zu können. Zwischen den einzelnen Booten lagen nur einige Handbreit. Von der linken Seite näherte sich ein Boot, und Jens hörte Gideon Barnetts Stimme: »Aus dem Weg, aus dem Weg, wir schlagen gleich zusammen!« Doch Jens brauchte keine Sekunde, um den Bluff zu bemerken. Er wich keinen Zentimeter von seinem Kurs und gestand Barnett nicht die bevorzugte Position zu, die er durch diesen Trick zu ergattern versuchte. Fünfzehn Sekunden bevor der Startschuß fiel, schien das Chaos komplett. Der Wind frischte unerwartet auf. Männer brüllten Kommandos, die Gischt spritzte auf die Deckplanken. Ein Skipper aus Minnetonka rief: »Wir gehen zu früh los, holt die Schoten dicht!«

Edward zählte: »...zehn... neun...«

Der Wind pfiff durch die Seile und blähte die Segel.

Plötzlich ergab sich eine Lücke an der Startlinie.

»Fiert auf die Schoten, Davin, da vorn ist eine Lücke!«

»...acht... sieben...«

»Laßt locker, beeilt euch!« rief Jens.

Davin lockerte die Schoten des Vorsegels, Mitch die des Hauptsegels.

Ein Ruck ging durch die *Manitou*.

»Mehr! Mehr!«

»...vier... drei...«

Die Mannschaft gab schon vor dem Start ihr Bestes, die Männer lehnten sich über den Rand, daß ihre Rücken beinahe das Wasser streiften.

»...zwei... eins«

In dem Augenblick des Startschusses glitt die *Manitou* bereits in voller Fahrt über die Linie, keine Sekunde zu früh!

»Haltet sie im Gleichgewicht!« brüllte Jens, und schon hatten sie sich an die Spitze des Pulks gesetzt. Das nächste Boot, ein Konkurrent aus Minnetonka mit der Nummer W-9, lag schon nach wenigen Metern eine volle Bootslänge hinter ihnen, dicht gefolgt von der W-10. Sie segelten mit der Strategie von Schachspielern, jede Mannschaft versuchte, den Windschatten des vorderen Bootes so gut wie möglich zu nutzen.

Als sie sich der ersten Wendeboje näherten, schrie Edward: »Die W-10 hat eine Böe genutzt! Sie kommt mit voller Geschwindigkeit!«

Und tatsächlich näherte sich die *Lorna D* mit aufgeblähten Segeln. Das rivalisierende Boot nahm die erste Boje noch vor der *Manitou*.

»Aufgepaßt«, brüllte Jens, als der Baum bei der Wende über das Deck fegte. »Setzt den Spinnaker!«

Die Schoten sausten über die Rollen, und Sekunden später schoß das Segel knatternd am Mast empor. Ein Ruck ging durch die *Manitou*, und die Verfolgung der *Lorna D* wurde aufgenommen.

In rasender Fahrt näherten sie sich der nächsten Wendemarke, einer orangefarbenen Boje, die auf den Wellen auf und ab schaukelte. Jens steuerte scharf auf die Boje zu, vor ihm die *Lorna D* und in seinem Kopf das Bild von Lorna und Danny.

»Eine riesige Welle von hinten«, gellte Mitchs Schrei über das Deck.

Jens fuhr herum und sah auf eine Wand aus schwarzem Wasser. Die Woge fegte über das Deck und trieb die *Manitou* ein gutes Stück nach vorn. Als sie fast auf gleicher Höhe mit der *Lorna D* lagen, brüllte Jens: »Fertigmachen zur Wende!«

Über die Wellen hinweg konnte Jens noch einen kurzen Blick auf Gideon Barnetts verbittertes Gesicht werfen, dann zog die *Manitou* an dem konkurrierenden Boot vorbei und nahm als erster die Wende.

Aber die *Lorna D* gab sich noch lange nicht geschlagen. An der nächsten Boje übernahm sie wieder die Führung, Gideon Barnett triumphierte. Alles deutete auf ein knappes Kopf-an-Kopf-Rennen hin. Als sich die Boote der letzten Wendemarke näherten, waren die Gesichter von Jens' Mannschaft entschlossen: Sie wollten gewinnen. Eine ganze Bootslänge lagen sie hinter der *Lorna D. Für sie, Barnett*, dachte Jens, dessen Blick an Barnetts Rücken geheftet war, *für Lorna und das Baby will ich dieses Rennen gewinnen. Und dann werde ich vor den Augen der ganzen Gesellschaft und vor den Augen Gottes über den Rasen gehen und sie mitnehmen!*

»Er nimmt sie weit. Laßt uns dicht beisteuern!« Ein waghalsiges Manöver, aber Jens war zum Äußersten entschlossen.

Als die *Lorna D* die Boje in einer weiten Wende umfuhr, brüllte Jens: »Beiholen!«, und die *Manitou* schoß zwischen Boje und der *Lorna D* hindurch. »Fiert auf die Schoten! Mit voller Kraft voraus!« Nun lagen die beiden Boote gleichauf. In gleicher Höhe schossen sie über das Wasser, mal führte die *Lorna D* einen halben Meter, mal die *Manitou*, es ging um Zentimeter.

Spätestens auf der Zielgeraden war allen klar, daß das Rennen von dem tatsächlich schnelleren Boot gewonnen werden würde, da halfen keine Taktiken und Windböen mehr.

»Tut, was ihr könnt! Gebt alles!« brüllte Jens.

Die Mannschaft hing bereits so weit über den Rand des Bootes, daß die Wirbelsäulen der Männer nur noch Millimeter von der aufgepeitschten Wasseroberfläche entfernt waren. Die Gischt zischte über sie hinweg, sie waren naß bis auf die Knochen. Sie spürten, daß der Sieg nah war. Ganz langsam, Zentimeter für Zentimeter, schob sich die *Manitou* an der *Lorna D* vorbei. Dann kam das Ziel schon in Sicht, und wenig später konnte man die Zielpistole in der Hand des Rennleiters erkennen.

»Weiter so, wir schaffen es!« brüllte Jens sich die Seele aus dem Leib. Er hörte nun schon das Jubeln der Menge. Spürte die Kraft des Bootes. Sah die Boje hinter der Ziellinie. Er drehte sich um: Die *Lorna D* lag nun zwei ganze Längen hinter ihnen. Mit voller Geschwindigkeit flog die *Manitou* auf das Ziel zu.

Dann fiel der erlösende Zielschuß.

»Erster Platz W-30!« tönte es aus dem Megaphon des Rennleiters.

Der Jubel der Zuschauer kannte keine Grenzen. Die Ansagen der folgenden Boote gingen im Sturm der Begeisterung unter. Die Mannschaft der *Manitou* platzte beinahe vor Stolz. Die Siegesfreude überstrahlte alles!

Sie holten die Segel ein... entspannten ihre Muskeln... und fielen sich gegenseitig in die Arme.

»Wir haben es geschafft! Wir haben es geschafft!«

»Gut gemacht, Jens!«

Davin schlug ihm kräftig auf die Schulter. »Bravo, großer Bruder!«

»Wir haben es wirklich geschafft!«

Mitch drückte Jens die Hand. »Gut gemacht, Skipper! Danke, daß ich dabeisein durfte!«

»Du bist ein Teufelssegler, Mitch. Ohne dich hätten wir das Rennen niemals gewonnen!«

Jetzt, nachdem alles überstanden war, konnte Jens es kaum fassen. Er hatte das Unglaubliche wahr gemacht – und mit einem Zettel in Gideon Barnetts Dessert hatte zwei Jahre zuvor alles begonnen. Für die Mannschaft war dieses Kapitel einfach mit dem Sieg abgeschlossen, aber für ihn bedeutete er so viel mehr.

Mit eingeholten Segeln steuerte er das siegreiche Boot auf den pfirsichfarbenen Punkt am Ufer zu. Schon von weitem hatte er Lorna erblickt, die noch immer Danny auf dem Arm hielt. Mit der freien Hand winkte sie ihm zu. Und auch ihre Freundin Phoebe winkte begeistert.

Ihr Lächeln, ihre Begrüßung – das war alles, was nun noch zählte. Was interessierte ihn der Pokal, der auf einem festlich geschmückten Tisch unter einer hohen Ulme aufgebaut war? Was interessierte ihn die jubelnde Menge, die sich hinter den Absperrungen drängte, um einen Blick von dem Boot, seiner Mannschaft und dem Skipper zu erhaschen? Was interessierten ihn die Fotografen, die Blaskapelle oder die reichen Mitglieder des Segelklubs, die ihn erwarteten, um ihre Bootsbestellungen aufzugeben?

Ihn interessierte nur Lorna Barnett und das Zeichen, das sie ihm dadurch gegeben hatte, daß sie sich mit ihrem gemeinsamen Kind in aller Öffentlichkeit zeigte!

Bis sie am Steg angelegt hatten, ließ er die beiden nicht aus den Augen. Doch dann mußte er seine Aufmerksamkeit erst einmal anderen Dingen zuwenden. Er gab die Kommandos zum Anlegen und zum Bergen der Segel. Noch während die Mannschaft anlegte, kamen Zuschauer an Bord der *Manitou*, bewunderten sie mit einer Mischung aus Ehrfurcht und Begeisterung, stellten hundert Fragen, schüttelten der Mannschaft die Hand und beglückwünschten die Männer. Jens antwortete, bedankte sich für die Gratulationen und die Freudenbezeugungen und wünschte sich doch nichts sehnlicher, als endlich zu Lorna und Danny zu eilen. Die Kluft der Gefühle, die noch eine Woche zuvor zwischen ihnen geklafft hatte, schloß sich mit jedem Augenblick mehr. Endlich wurde die *Manitou* am Steg vertäut. Er warf einen kurzen Blick auf die Mannschaft der *Lorna D*, die neben ihnen lag, und fragte sich, was nun wohl in ihren Köpfen vorgehen mochte – besonders in einem. Die letzten Boote liefen ein. Zwei besonders beharrliche Reporter wichen Jens nicht von der Seite.

»Mr. Harken, Mr. Harken…«

»Bitte entschuldigen Sie mich, meine Herren«, sagte er freundlich, aber bestimmt, »zuerst ist jemand anders an der Reihe.«

Lorna stand auf einem kleinen Hügel, ihre Augen strahlten wie

Sterne. Er suchte und fand ihren Blick und ließ ihn nicht mehr los. Wie im Traum bahnte er sich den Weg durch die Menge und hörte nicht einmal mehr die Gratulationen, die von allen Seiten auf ihn einprasselten. Er fühlte seinen Herzschlag, sein Herz plusterte sich auf wie ein Segel im Wind, das das Schiff zum sicheren Sieg führte.

Als er bei ihr ankam, war die Menge um sie herum vollkommen unwichtig geworden. Unter den Hunderten von dichtgedrängten Menschen hatten sie nur Augen füreinander.

Seine Arme umschlossen ihre Schultern, sie blickten sich tief in die Augen.

»Oh, Jens«, flüsterte sie. »Du hast es geschafft!«

»Ja, ich habe es geschafft...« Er küßte sie auf den Mund. Zwischen ihnen befand sich Danny, der sich nun auch zu Wort meldete.

»Papa?« fragte er ungläubig mit weit aufgerissenen Äuglein.

»Ja, wen haben wir denn hier? Das ist ja Danny! Komm und gib deinem Papa einen Kuß!« Aber Danny war zu aufgeregt. »Boot? Boot?« Er deutete hinüber zu der Anlegestelle.

»Er möchte auch segeln!« interpretierte Lorna.

»Das wirst du auch lernen, mein Sohn«, erwiderte Jens voller Vaterstolz. »Gleich morgen mache ich mich an die Arbeit und baue dir ein kleines Segelboot, mit dem du dann üben darfst, sobald du schwimmen kannst!«

Danny hatte nun seine himmelblauen Augen auf seinen Vater gerichtet. Jens gab ihm einen Kuß auf seinen rosigen Kindermund und strich ihm mit seiner großen, rauhen Hand über das weiche, blonde Haar. »Mein Gott, was für ein Tag«, murmelte er.

Noch während er gegen den Sturm der Gefühle ankämpfte, der in seinem Innern tobte, schaute er Lorna an, die ihn fragte: »Du erinnerst dich doch noch an Phoebe, nicht wahr?«

Mitten in Phoebes Gratulationen platzte eine Stimme: »Zwei schöne Frauen, und wo ist meine?« Es war Davin, der im gleichen Augenblick wie Cara und die Kinder die kleine Gruppe erreichte.

»Hier ist sie doch, du Wikinger! Oh, ich bin so stolz auf dich!« Cara küßte Davin. »Und auf dich auch!« Auch Jens bekam einen Kuß. Auf ihrem Arm zappelte Roland, den sie seinem Vater in die Hand drückte, um Jeffrey hochzuheben, der ungeduldig an ihrem Rock zerrte und auch an dem Geschehen teilhaben wollte.

Jens hielt Danny im Arm und drückte ihn zärtlich an sich.

Endlich fand Jens einen günstigen Augenblick, um alle miteinander bekannt zu machen. »Meinen Bruder Davin kennst du schon... und das ist Cara, seine Frau... komm her, Cara.«

Jens legte den Arm um die Schulter seiner schüchtern lächelnden Schwägerin. »Und das ist Lorna...«

Sie brauchten keine Worte mehr darüber zu verlieren, in Zukunft würde sie nichts mehr trennen können. Die beiden Frauen begrüßten sich lächelnd. Dann ergriff Davin Lornas Hand, drückte sie fest und sagte: »Was für ein Tag. Ich weiß gar nicht, worüber ich mich mehr freuen soll!«

Jeffrey zerrte an Jens' Hosenbein. »Heb mich hoch, heb mich hoch!«

»Oh, da ist ja auch Jeffrey!« Mit seinem freien Arm hob er den kleinen Neffen in die Höhe. »Schau her, Jeffrey, das ist dein Cousin, Danny. Es sollte mich wundern, wenn ihr beide nicht eines Tages zusammen Rennen gewinnt wie dein Vater und ich.«

All die Aufregung und die vielen unbekannten Gesichter waren zuviel für den armen Danny. Sein Gesicht verzog sich, Tränen liefen über seine Wangen, und er streckte die Arme nach seiner Mutter aus. Die Erwachsenen lachten, und die ungewöhnliche Situation hatte ihre Spannung verloren.

Aus dem Hintergrund ertönte die Stimme einer alten Dame. »Jetzt möchte ich aber endlich einmal den siegreichen Skipper kennenlernen! Auf diesen Augenblick habe ich schon viel zu lange gewartet!« Alle drehten sich um, und da stand Tante Agnes mit verschmitztem Lächeln.

Sie drückte Jens fest die Hand, die beiden bildeten einen lustigen Kontrast: Die kleine alte Dame mit dem grauen, sorgfältig frisierten Haar reichte ihm kaum bis zum Ellbogen. Er hingegen wirkte gegen die zerbrechliche Frau mit seinen breiten Schultern, seinem sonnengebräunten Gesicht und dem noch immer feuchten Haar wie ein Hüne. Sie blickte hoch in sein gutgeschnittenes, kantiges Gesicht und sagte mit ihrer piepsenden Stimme: »Nein, ich habe mich nicht getäuscht! Er sieht Captain Dearsley zum Verwechseln ähnlich! Ich bin sicher, junger Mann, daß dies der glücklichste Tag in Ihrem Leben ist. Sie sollen wissen, daß es auch der glücklichste Tag in meinem Leben ist.«

Schüchtern näherten sich nun auch Lornas Geschwister, allen voran Theron, der darauf brannte, Danny endlich aus der Nähe zu sehen.

»Lorna, bin ich wirklich sein Onkel?« fragte er ungläubig.

»Ja, allerdings bist du das!«

»Wie heißt er?«

»Danny.«

»Hallo, Danny. Willst du zu deinem Onkel Theron auf den Arm? Ich zeige dir auch mein Fernrohr!«

Und Danny streckte tatsächlich die Arme nach ihm aus, als hätte er Theron schon hundertmal gesehen. Stolz lächelnd nahm Theron ihn hoch. Nun waren auch Jenny und Daphne bei der Gruppe angelangt.

Mit einem dicken Kloß sagte Lorna: »Es ist höchste Zeit, daß ihr Jens kennenlernt.«

Noch Jahrzehnte später erzählte man sich die Geschichte von dem Tag, an dem Jens Harken Lorna Barnetts Familie kennenlernte und sie seine, auf dem Rasen vor dem Klubhaus, nachdem er in bravouröser Weise das Rennen gewonnen hatte. Wie Lorna mit Danny in seinem Matrosenanzug ankam und Jens Lorna am hellichten Tage vor mehreren hundert Zuschauern auf den Mund küßte. Und wie

Gideon Barnett und seine Frau Levinia das Geschehen aus der Entfernung fassungslos beobachteten, nachdem Gideon mit dem Boot, das nach seiner Tochter benannt war, gegen Jens verloren hatte. Und daß Jens Harken früher einmal in der Küche der Barnetts gearbeitet hatte. Und daß der Tag der Regatta mit grauen Wolken begonnen und mit Sonnenschein geendet hatte, als hätte der Himmel seinen Segen gegeben. Und wie Gideon Barnett, der sich im Jahr zuvor geweigert hatte, Jens den Pokal zu überreichen, nun doch Mannes genug war, die Siegerehrung selbst zu bestreiten.

Inzwischen waren alle Boote im Ziel angekommen. Der mächtige Pokal glänzte in der Sonne.

Gideon Barnett überreichte ihn Jens Harken.

»Glückwunsch, Harken«, sagte Barnett und streckte Jens die Hand entgegen.

Jens ergriff sie. »Danke, Sir.« Es war ein fester Druck, der einen Augenschlag länger dauerte als nötig. Vielleicht konnte die Verbitterung der beiden neuen Gefühlen weichen. Barnetts Gesicht war ernst, und in Jens' Antlitz war keine Spur mehr von Siegestriumph zu erkennen. Dieser Mann war der Großvater seines Sohnes. Gideons Züge, seine Fähigkeiten und vielleicht auch seine Wesensart waren nun Teil seiner eigenen Familie. Jens war sicher, daß es einen Weg gab, den Haß zu überwinden.

Ihre Hände lösten sich wieder.

»Ich möchte, daß der Pokal im Klubhaus steht, Sir, dort gehört er hin.«

Gideon schien einen Augenblick lang sehr verwundert. Doch dann gewann er wieder die Kontrolle über sein verblüfftes Gesicht und erwiderte: »Der Klub bedankt sich. Das ist sehr großzügig von Ihnen, Skipper.«

»Ich möchte ihn nur für den heutigen Tag behalten, morgen kommt er in die große Vitrine im Versammlungsraum.«

»Selbstverständlich.«

Jens drehte sich zu der jubelnden Menge und hielt den Pokal über den Kopf. Der Applaus ließ den Tisch hinter ihm erzittern.

Er blickte hinüber zu Lorna und Danny, die auf ihn warteten.

Dann wanderte sein Blick einige Meter weiter zu Levinia Barnett, die vollkommen verunsichert wirkte und nicht wußte, was sie nun tun sollte. Er konnte förmlich hören, wie neben ihm Gideon Barnetts harte Schale einen Riß bekam. Er hatte es auch unterschwellig gespürt, als sie sich die Hände geschüttelt und die ersten normalen Worte seit fast zwei Jahren gewechselt hatten, und das vor Hunderten von Menschen. Und wenn sie das geschafft hatten, konnten sie es ebenso gut im Privaten wiederholen. Es würde vielleicht noch eine Weile dauern, bis die Zeit begonnen hatte, langsam die Wunden und den auf beiden Seiten verletzten Stolz zu heilen, aber eines Tages würde der richtige Moment kommen.

Als Jens vom Siegerpodest stieg und zu Lorna eilte, vergaß er ihre Eltern. Aber sie gehörten sich immer noch nicht allein. Die Zuschauer drängten sich um Jens, um ihm die Hand zu schütteln und den Pokal zu berühren. Anschließend mußte er mit seiner Mannschaft den Siegeschampagner aus dem großen, silbernen Gefäß trinken und sich den zahlreichen Fotografen stellen, darunter natürlich auch Tim. Danach gab Jens einige Interviews, doch die ganze Zeit war sein Blick nur auf Lorna gerichtet. Danny schlief auf ihrem Arm.

Schließlich sagte Jens in den allgemeinen Tumult hinein: »Meine Herren, es war ein langer Tag für mich.« Er hob abwehrend beide Hände, als wollte er den Fragenstrom auf diese Weise unterbrechen. »Und ich habe heute noch einiges vor. Bitte entschuldigen Sie mich jetzt...« Er verabschiedete sich von seiner Mannschaft, zuletzt von Davin.

Leise flüsterte Jens ihm zu: »Ich komme heute abend vielleicht nicht nach Hause.«

»Hör, Jens, Cara und ich... nun, wir haben das Gefühl, daß wir deine Gastfreundschaft schon viel zu lange in Anspruch genommen haben, und nun hast du ja eine eigene Familie –«

»Darüber können wir später sprechen. Diese Frau hat schließlich noch immer nicht meinen Heiratsantrag angenommen, aber wenn du mich jetzt gehen läßt, werde ich sie noch einmal fragen!«

Davin drückte ihm fest den Arm und sagte: »Dann geh!«

Endlich durfte Jens zu Lorna.

Sie wartete schon auf ihn, das schlafende Kind auf dem Arm. An ihrer Schulter hatte Dannys geöffneter Mund einen feuchten Fleck hinterlassen. Der Wind, der sich mittlerweile gelegt hatte, hatte ihre Frisur durcheinandergebracht. Ihre Wangen und Stirn waren sonnenverbrannt. Sie war zur Frau gereift in der vergangenen zwei Jahren.

»Komm, laß uns woanders hingehen«, sagte er und ergriff ihre Hand. »Soll ich ihn nehmen?«

»O ja, bitte... er ist schon sehr schwer.«

Er reichte ihr den Pokal und nahm dafür seinen Sohn in Empfang, dessen rosiger Mund leicht geöffnet war.

»Dort drüben unter dem Baum liegt noch eine Tasche voller Windeln.«

Sie machten noch einmal kehrt. Dann verließen sie Hand in Hand auf dem knirschenden Kiesweg das Anwesen des Segelklubs.

»Wohin gehen wir?» fragte Lorna.

»Irgendwo hin, wo wir allein sind.«

»Aber wohin?«

Er führte sie zu einer wartenden Kutsche, half ihr beim Einsteigen und sagte zu dem Kutscher: »Zum Hotel Leip, bitte.«

Dann stieg auch er in den Wagen und fragte sie: »Einverstanden?«

Ihre Augen antworteten schneller als ihre Lippen. »Ja.«

Sie setzten den Pokal zwischen ihre Beine auf den Boden. Das Kind bettete er in seine linke Armbeuge, mit seiner rechten Hand ergriff er ihre linke und schaute sie an – schmal und sonnengebräunt lag sie in seiner großen, von der harten Arbeit schwieligen und ebenfalls sonnengebräunten Hand. Ihre Finger waren schmal und fein, seine breit und kräftig. Er führte ihre Hand zu seinen Lippen und küßte ihren Handrücken.

»Mein Gott«, murmelte er und ließ seinen Kopf in das Lederpolster sinken, seinen Augen schlossen sich. »Ich kann es noch nicht glauben, daß du hier bist.« So verharrte er eine Weile, ihre Hand fest von seiner umschlossen, lauschte dem Geklapper der Pferdehufe und dem Knirschen der Räder auf dem Weg. Der Fahrtwind kühlte sein sonnenverbranntes Gesicht. Aus der Windel des Babys drang Feuchtigkeit durch seine Hose. Hätte er in diesem Augenblick den Himmel beschreiben sollen – so mußte er sein! Dann öffnete er die Augen. Lorna hatte den Kopf abgewandt und ein Taschentuch vor den Mund gepreßt. Er hob erstaunt den Kopf. »Na, na...« Er drehte ihren Kopf in seine Richtung. »Weinst du?«

Seine Worte lösten ein herzzerreißendes Schluchzen aus, und ihr Kopf sank an seine Schulter. »Ich kann nicht anders!«

»Die traurigen Zeiten sind jetzt vorüber, ein für allemal!«

»Ja... ich weiß. Es ist nur...« Sie konnte keinen Grund finden. Sie schniefte und trocknete ihre Tränen.

»Ich verstehe dich. Mir geht es ebenso. Wir sind durch die Hölle gegangen und können den Himmel nicht glauben.«

»Ja... so muß es wohl sein.«

Schweigend saßen sie nebeneinander. Die Kutsche fuhr unter Buchen hindurch, deren belaubte Äste in der späten Nachmittagssonne grüngolden schimmerten. Man konnte den See riechen, der Geruch der nassen Steine und der Weiden vermischte sich mit dem des Pferdes, und sie genossen die letzten Sonnenstrahlen dieses herrlichen Tages auf ihren Gesichtern. Im hohen Gras neben dem Weg zirpte eine Grille, in der Entfernung hörte man einen Hund bellen. Der Pokal hatte sich zwischen ihren Beinen erwärmt.

Nach einer Weile sagte Jens: »Dein Vater hat mir die Hand gereicht«, so als hätten sie zuvor über Gideon gesprochen.

»Ja, ich habe es gesehen.«

»Und er hat mich beglückwünscht... und weißt du was?« Jens schaute hinab, und Lorna schaute auf. »Es wird eine Zeit dauern, aber eines Tages werden wir die Barrieren überwinden. Ich bin ganz sicher. Irgend etwas an ihm war anders als sonst. Es war...« Er ließ seine Gedanken schweifen.

»Es war, als ob er seine Dickköpfigkeit in Frage stellen würde«, ergänzte sie.

»Ja, aber weshalb nur?«

»Wegen Danny«, sagte sie.

Die beiden schauten hinab auf ihren friedlich schlafenden Sohn.

»Ja, das mag sein.«

Nach einer weiteren Weile fragte Jens: »Hat dein Vater heute irgend etwas zu dir gesagt?«

»Nein.«

»Und deine Mutter?«

»Auch nicht.«

Er drückte ihre Hand und legte sie auf seine Brust, auf die Stelle, an der sich sein Herz befand.

»Aber es ist ihnen schwergefallen, das weiß ich. Und deine Geschwister und deine Tante Agnes... hat ihnen Danny gefallen?«

»Ja, und wie!«

Das war alles, was er im Augenblick an Trost spenden konnte.

An der Rezeption des Hotels verlangte er zwei Zimmer.

»Zwei?« Der junge Mann mit dem vorstehenden Adamsapfel schaute auf das schlafende Baby, dann zu Lorna, dann zu Jens.

»Ja, zwei, bitte.«

»Selbstverständlich, Sir. Gerne zu Diensten. Wir haben genug freie Zimmer, jetzt wo die Gäste, die zur Regatta gekommen sind, wieder abreisen.«

Jens schrieb sich zuerst in das Gästebuch ein, dann reichte er Lorna den Stift.

Lorna & Daniel Barnett trug sie ein.

Der Angestellte nahm zwei Schlüssel vom Brett und kam hinter seinem Tresen hervor. »Gepäck, Sir?«

Lorna reichte ihm die Tasche mit den Windeln. Der Angestellte warf einen erstaunten Blick in das Innere der Tasche, deren Inhalt leicht zu erkennen war. Aber er stellte keine weiteren Fragen und führte sie zu den Zimmern.

Lorna betrat mit Danny auf dem Arm das erste, Jens verschwand im zweiten. Eine Minute später betrat er ohne anzuklopfen auf Zehenspitzen ihr Zimmer und schloß behutsam die Tür hinter sich. Sie hatte Danny auf das Bett gelegt und war gerade dabei, ihm seinen Matrosenanzug auszuziehen.

»Warte einen Augenblick...«, flüsterte Jens. »Laß ihn noch einen Moment schlafen.«

Sie richtete sich auf und schaute ihm ins Gesicht. Er legte den Schlüssel auf die Kommode und kam langsam durch den Raum auf sie zu. Sanft nahm er ihr Gesicht zwischen seine Hände, seine Daumen streichelten kreisend über ihre Wangen, und ihre Blicke verschmolzen. Ihre Lippen waren leicht geöffnet, ihr Atem ging schneller.

»Jens...«, flüsterte sie, und in diesem Augenblick senkte sich sein Mund auf ihren herab, und er zog sie fest an sich. Endlich, der Kuß, den sie so lange herbeigesehnt hatten. Seit er sie vor dem Klubhaus hatte stehen sehen und sie ihn von der *Manitou* an Land hatte gehen sehen, schwebte dieser Augenblick wie eine Verheißung an ihrem gemeinsamen Horizont. Ihre Körper berührten sich auf der ganzen Länge, ihre Lippen, ihre Brüste, ihre Hüften trafen sich wieder. Mit ihren Händen, Körpern und Lippen holten sie sich das, was ihnen so lange versagt war. Ihre Herzen waren sich ganz nah, ihre Hände ertasteten seinen Rücken, Wirbel für Wirbel, fuhren durch sein Haar.

Er hielt ihren Kopf, ihr aufgelöstes Haar quoll über seine Hände. Aus ihm stieg der köstliche Duft auf, den er so lange vermißt hatte. Sie konnten nicht genug voneinander bekommen, konnten sich nicht nah genug sein. Sie wanden und bogen sich wie zwei Wellen, die zu einer wurden.

Schließlich löste er seinen Mund von ihren Lippen, ihren Kopf noch immer mit beiden Händen umfaßt, und keuchte atemlos.

»Willst du mich heiraten?«

»Ja.«

»Wann?«

»Sofort, morgen, so schnell es das Gesetz erlaubt.«

»Ach, Lorna... Lorna...«, seufzte er und schloß die Augen. »Ich liebe dich so sehr!«

»Ich liebe dich auch, Jens, und es tut mir so leid, daß ich dich verletzt habe. Ich habe mich so elend gefühlt ohne dich.«

Nun umfaßten ihre Hände sein Gesicht, ihr Mund berührte seine Lippen, seine Wange, seine Augen, wieder seinen Mund, während sie murmelte: »So elend... so schlecht... so verliebt, daß mein Leben ohne dich sinnlos war... Und als ich dich bei Mrs. Schmitt mit Danny sah... o mein Gott, ich dachte, ich müßte sterben, als du gingst...«

»Scht... später... darüber sprechen wir später. Komm her.« Er hob sie durch die Luft und ließ sich mit ihr auf dem Schoß in einen Sessel sinken. Ihre Lippen trafen sich noch im Niedersinken, und seine Hände wanderten ungehindert über ihre Brüste, ihren Bauch, ihre Hüften. Dann hoch über Hals, Gesicht und Haar, wo er eine Haarnadel nach der anderen aus ihrem Haar zog und zu Boden fallen ließ. Als alle Nadeln gefunden waren, schüttelte sie den Kopf, und ein Sturzbach von kastanienbraunem, dickem Haar ergoß sich über ihre Schultern. Dann legte sie ihre Arme um seinen Hals und küßte ihn so sanft, als sei er ein soeben geschälter Pfirsich. Während sie sein Gesicht mit Küssen bedeckte, versuchte er, die Knöpfe auf dem Rücken ihres Kleides zu öffnen. Da sie aber schwer in seinem Arm lag, konnte er sie beim besten Willen nicht erreichen.

Ungeduldig unterbrach er ihren Kuß. »Richte dich auf, ich komme nicht ran.«

Sie richtete sich auf seinem Schoß auf und zerwühlte sein Haar, während er die Knöpfe öffnete. Dann fuhr sie mit ihren Fingerspitzen die Konturen seiner Lippen nach, seinen vollen, wohlgeformten, norwegischen Mund, der schon ihre Lippen, ihre Brüste, ihren Bauch geküßt hatte, in den längst vergangenen Tagen ihrer Sommerliebe, und sie nach zwei Jahren endlich wieder küssen würde.

Die Knöpfe waren geöffnet. Er flüsterte unter ihren Fingerspitzen: »Zieh die Bluse aus.« Sie hob die Arme, zog die Bluse über den Kopf und schleuderte sie achtlos in den Raum.

Welch ein Vergnügen, nur darauf zu warten, daß seine Hände ihre nackte Haut berührten!

»Und jetzt deinen Pullover!« flüsterte sie. Nur allzugerne kam er ihrem Wunsch nach.

Als sein Pullover neben ihrer Bluse lag, knöpfte er ihr Hemdchen auf, löste die Träger und schob es hinab bis zur Hüfte. Dann beugte er sich über ihre Brüste, über ihre weichen, runden, vollen Brüste, die er schon ein dutzendmal zuvor geküßt hatte. Er umfaßte sie mit seiner großen, rauhen Hand und ließ seine Zunge über die warme Haut gleiten. Sie schloß ihre Augen, Schauer liefen über ihren Rükken, und ihre Körper wiegten sich im ältesten Rhythmus der Welt.

Er unterbrach den Kuß, seine Hände umfaßten noch immer ihre Brüste. »Was haben sie mit deinen Brüsten gemacht, nachdem sie dir das Baby weggenommen hatten? Das habe ich mich oft gefragt!«

Lorna öffnete langsam die Augen. »Sie haben sie mit einem Tuch abgebunden«, antwortete sie. »Und nach einigen Tagen kam keine Milch mehr.«

»Und wer hat Danny gestillt?«

»Meine Mutter hatte eine Amme mitgebracht.«

Nach ihrer Antwort herrschte Schweigen. Er dachte an die schwere, traurige Zeit, die sie durchgemacht hatte.

»Das muß sehr weh getan haben.«

»Es ist vorbei.«

Sanft fuhr er über ihren Körper, als wollte er die Schmerzen, die man ihr zugefügt hatte, wiedergutmachen.

»Denk heute nacht nicht daran«, flüsterte sie und schlug ihre Arme wieder um seinen Hals. »Nicht heute nacht, Jens.«

»Du hast recht, die heutige Nacht gehört nur uns beiden.« Mit seinen Handflächen fuhr er an den Seiten ihrer Brüste hinab.

»Zieh deinen Rock aus«, wisperte er, »bevor unser Baby aufwacht.«

Sie löste die Haken ihrer Röcke. Er erhob sich und stellte sie auf den Boden, der Rock glitt mit leisem Rascheln an ihr hinab.

»Du bist noch schöner als früher«, flüsterte er. Ihre Figur hatte sich verändert, ihre Hüften waren breiter geworden, ihr Bauch zeigte nach Dannys Geburt eine leichte Wölbung. Liebevoll strich er mit seiner Hand darüber.

»Er ist nicht mehr so flach«, wisperte sie.

Lächelnd zog er die restlichen Kleidungsstücke aus, dann zog er sie hinab auf ihr Kleid, seine Hose, ihre Bluse, seinen Pullover. Wozu brauchte man schon ein Federbett? Sie hatten sich, und das reichte.

Sie streichelten sich, liebten einander, flüsterten sich Liebesschwüre ins Ohr, machten sich Versprechungen, entschlossener und endgültiger als bei jeder Trauungszeremonie.

»Ich lasse dich nie wieder gehen.«

»Ich werde nie wieder gehen!«

»Und wenn unser nächstes Baby zur Welt kommt, werde ich bei dir sein.«

»Und beim übernächsten und beim überübernächsten!«

»Oh, Lorna, wie sehr ich dich liebe!«

»Jens Harken, mein Geliebter, ich werde dich bis ans Ende meines Lebens lieben und es dir jeden Tag aufs neue beweisen.«

Als er in sie eindrang, erzitterte sein Körper, und er schloß seine Augen. Sie hielt den Atem an und stieß einen erleichterten Seufzer aus. Sie mußten sich erst wieder neu entdecken.

»Kann sein, daß du heute nacht schwanger wirst«, sagte er.

»Dann bekommt Danny einen Bruder.«

»Oder eine Schwester.«

»Ja, eine Schwester wäre auch schön.«

»Besonders, wenn sie so aussieht wie du.«

»Jens...« Ihre Lider schlossen sich. »Oh, Jens...« Ihre Lippen öffneten sich, und beide wußten, daß es nun keiner Worte mehr bedurfte. Nun näherten sich die Augenblicke der rückhaltlosen Liebe, die sie in vollen Zügen genießen und in Erinnerung behalten wollten für die schlechteren Zeiten, wenn ihre Kinder krank sein oder die Erziehung Schwierigkeiten bereiten würde, wenn ihnen viel Mühe oder Sorgen bevorstanden – und diese schlechten Zeiten würden sicher kommen, das wußten beide. Aber sie würden zusammenhalten, in gesunden wie in kranken Tagen, in schlechten wie in guten Zeiten, bis der Tod sie scheiden würde, und beide wußten, daß das Band der Liebe stark genug war.

Er erschauderte, stammelte unzusammenhängende Silben und ergoß sich in sie.

Sie bäumte sich unter ihm auf, stöhnte und schrie laut auf, während er den Schrei mit seinem Mund auffing.

Als sie sich dann dem süßen Gefühl hingaben, er sein Gewicht von ihr nahm und ihre Arme in seinem Nacken spürte, malte er sich ihr gemeinsames Leben in den schönsten Farben aus, aber er wußte, auch Tränen würde es geben. Er nahm beides gleichermaßen hin, denn er wußte, daß beides zur Liebe gehörte. Er ließ sich zur Seite rollen, strich ihr das feuchte Haar aus der Stirn und küßte sanft ihre Wange.

»Wir werden es schon schaffen.«

Den Kopf auf ihre Arme bettend, erwiderte sie: »Ganz sicher.«

»Und das mit deinen Eltern kommt sicher auch wieder in Ordnung!«

»Und falls nicht, dann –«

Mit seinem Zeigefinger verschloß er ihren Mund. »Es wird.«

Sie schob seinen Finger weg. »Aber falls nicht, dann werden wir eben ohne ihren Segen glücklich!«

»Ich habe von dir verlangt, sie für mich herauszufordern, und das hast du auch getan. Aber nun bin ich nicht mehr sicher, ob ich nicht doch zuviel von dir verlangt habe. Meine Eltern sind tot, und wir haben nur noch deine Eltern, seien sie, wie sie mögen, aber es sind die einzigen, die wir noch haben. Und du sollst wissen, daß ich alles daransetzen werde, mich mit ihnen auszusöhnen. Nicht für mich und auch nicht für dich – für unsere Kinder.«

»Oh, Jens...« Sie streckte ihre Arme nach ihm aus und drückte ihn fest an sich. »Oh, Jens, du bist der beste Mann auf der ganzen Welt! Wieso begreifen sie das einfach nicht?«

Eng umschlungen lagen sie nebeneinander auf ihrem Bett aus Kleidern, bis ein Geräusch von dem richtigen Bett kam: Es war das ängstliche Wimmern eines Babys, das zum ersten Mal allein an einem unbekannten Ort aufwacht. »Oh, oh«, flüsterte Jens.

Das Wimmern wurde schnell zu einem lauten Brüllen.

»Aber Liebling, Mama ist doch bei dir!« Ihren Worten folgten zwei tiefe Seufzer, der von Liebenden, die nicht die geringste Lust verspüren, sich zu trennen, und gleichzeitig der von Eltern, die Sorge hatten, daß ihr Kind aus dem Bett fiel.

»Sieh nur«, sagte Lorna, als sie Danny vom Bett hob und mit ihm auf dem Arm in die Knie ging. »Sieh nur, hier ist Mama... und da ist auch Papa!« Jens versuchte sich zu erheben, hatte sich aber so in dem Kleiderberg verheddert, daß Lorna laut lachen mußte.

Nun hörte Danny auf zu schreien und blickte mit seinen verschlafenen Äuglein auf das ungewohnte Bild seiner vereinten Eltern.

»Na, mein Sohn? Hast du geglaubt, wir lassen dich allein? O nein, Mama und Papa lassen dich nie wieder allein!« Lorna bettete Danny wieder in die Kissen, und er strampelte freudig mit Ärmchen und Beinchen. Jens stützte seinen Kopf auf die Bettkante und küßte Dannys kleinen Fuß.

»Tut mir leid, kleiner Mann«, sagte er, »aber ich war gerade damit beschäftigt, für ein Geschwisterchen zu sorgen!«

Lorna klapste Jens auf den Arm. »Jens Harken!«

Er zog seine Augenbrauen hoch und markierte den Unschuldigen. »Oder etwa nicht?«

Sie lachte herzlich und bemerkte zu Danny: »Du mußt nicht auf alles hören, was dein Vater sagt! Er ist ein abscheulicher Bursche, der keine Hemmungen hat, und manches von dem, was er sagt, ist noch nichts für deine kleinen Ohren.«

Jens legte den Arm um Lornas nackte Taille und zog sie zu sich hinab.

»Ach ja? Wer hat denn die ganze Geschichte angefangen, du oder ich? Du bist mir doch nachgelaufen. Du warst es doch, die mich nicht in Frieden gelassen hat. Du bist doch heute bei der Regatta erschienen, mit unserem Kind. Du hast es zum Schlafen aufs Bett gelegt und dich dann mit mir hier auf den Kleidern gewälzt!«

Sie grinste ihn mit funkelnden Augen an. »Stimmt! Und du bist mächtig froh, daß ich all das getan habe!«

Er grinste zurück. »Das kannst du aber glauben!«

Für einen Augenblick schwelgten sie in ihrem Glück, dann hoben sie gemeinsam ihren Sohn vom Bett und nahmen ihn in ihre Mitte.